SOPHIA COMO

Anchor Up To Me

Zur Autorin

Sophia Como wurde 1996 in der Nähe von Frankfurt am Main geboren. Seither lebt sie in einer Kleinstadt, nahe Frankfurt und Wiesbaden.
Die junge Autorin verbringt neben dem Schreiben viel Zeit mit ihren Hunden oder Pferden, lernte schon im frühen Alter die Instrumente Geige, Gitarre und Klavier und nahm Schauspiel-, Tanz- und Gesangsunterricht.
Im Frühling 2017 veröffentlichte sie ihren Debüt-Liebesroman „Der Klang von Erinnerungen". 1 1/2 Jahre später erschien ihr zweiter Roman „Wie Stimmen im Wind" und schaffte es bereits nach einem Monat auf Platz 4 der Verlagsbestsellerliste. Ihre Dilogie „Saving Love" und „Giving Love" erschien 2019 und hielt sich ein Jahr lang unter den Top 15 der Verlagsbestseller. Für ihre Bücher erhielt Sophia Como mehrmals die Auszeichnung TWENTYSIX-Top-Titel

Sophiacomo.de
Instagram: @Sophiacomo_author
Facebook: Sophia Como
Pinterest: @Sophiacomo

Zum Buch

Sommer 1984

Abby ist leblos. So fühlt sie sich jedenfalls im Hause ihres Onkels. Missbraucht, eingesperrt und ihres Bruders beraubt, bricht sie eines Nachts zusammen und stürzt sich in die Tiefen des Ozeans. Dass genau in dieser Nacht Jake - der Sohn des Leuchtturmwärters Saint Marys - seine Nachtschicht antritt, rettet ihr das Leben. Und das nicht nur körperlich. Auch seelisch blüht Abby mit seinen Briefen und Worten langsam wieder auf und lernt es, geliebt zu werden.
Doch der Tod scheint mit ihr noch nicht fertig zu sein.

SOPHIA COMO

ANCHOR UP TO ME

ROMAN

FSC
www.fsc.org
MIX
Papier aus verantwortungsvollen Quellen
Paper from responsible sources
FSC® C105338

Bibliografische Information der Deutschen Nationalbibliothek: Die Deutsche Nationalbibliothek verzeichnet diese Publikation in der Deutschen Nationalbibliografie; detaillierte bibliografische Daten sind im Internet über http://dnb.dnb.de abrufbar.

TWENTYSIX – Der Self-Publishing-Verlag
Eine Kooperation zwischen der Verlagsgruppe Random House und BoD – Books on Demand

ISBN: 9783740768300

Text: *© Sophia Como*
Herausgeber: *Sophia Como*
Textsatz & Covergestaltung: *Sophia Como*
Coverbild: *Unsplash*

Herstellung und Verlag:
BoD – Books on Demand, Norderstedt

Für all die Seelen ohne Anker

Every time you think you are broken, know this: you are never really breaking.
No one can break an ocean,
darling, all you are doing,
is breaking the glass that is holding you back,
diving deeper into your own depth,
discovering yourself in pockets,
of the most somber waves,
rebuilding your heart with coral,
with seaweed, with moon coloured sand dust.
So stop trying to hold yourself back inside that glass,
it was never meant to hold you.
Instead, break it,
shatter it into a thousand pieces…
and become who you were always meant to be,
an ocean, proud and whole.

Nikita Gill

Achtung! Triggerwarnung!

Dieses Buch enthält Gewalt- und Missbrauchsszenen und beschäftigt sich mit den Themen Tod, Verlust, Depressionen und Suizidalität.
Falls du dich von einem dieser Themen getriggert fühlst oder ähnliche Themen in deinem Leben gerade durchmachst / schon durchmachen musstest, rate ich dir, Anchor Up To Me mit einer Person deines Vertrauens oder gar nicht zu lesen.
Solltest du zurzeit eine persönliche Krise durchmachen und das Gefühl haben, sie nicht alleine bewältigen zu können, kannst du dir unter folgender Nummer rund um die Uhr helfen lassen. – Vertraulich und kostenlos.

0800 1110111
www.telefonseelsorge.de

Ich wünsche dir alles Gute!
Deine Sophia

Playlist

Anchor – Novo Amor
I'm On Fire – Imaginary Future
Vantablack – Novo Amor feat. Ed Tullett (Live Version)
Love Like This – Kodaline (Acoustic Version)
Loving You – Seafret
Every Breath You Take – The Police
Atlantis – Seafret
Calm after the Storm – The Common Linnets
Sometimes – Chelsea Cutler
The One That Got Away – Katy Perry
Gentle Rain – Brian Crain
Heaven – Bryan Adams
Dancing With Your Ghost – Sasha Sloan
Big In Japan – Alphaville
Forever Young – Alphaville
Repeat Until Death – Novo Amor
Epiphany – Taylor Swift
Maniac – Michael Sembello
State Lines – Novo Amor
Like everybody else (Acoustic) – Lennon Stella

Prolog

Ich sehe sie.

Sie steht an den Klippen. Gebrochen und doch irgendwie so stark. Ihr kurzes Haar gleicht in der tiefroten Abendsonne den dunklen Stämmen der vielen Bäume, die hinter ihr wie eine schützende große Wand hervorragen. Es raschelt, verbindet sich mit dem Wind, verschmilzt mit der Luft. *Mit mir.*

Die Zeit hat ihre Spuren auf ihr hinterlassen. Tiefe Denkerfalten bohren sich in die Porzellanhaut auf ihrer Stirn, zeigen der Welt, wie stark sie wirklich ist. Was sie alles erlebt hat. Ich bin stolz auf sie, dass sie es bis hier hingeschafft hat. Dass sie lebt.

Ich trete neben sie, mustere ihr Profil noch näher. An ihrem Haaransatz versucht sie, ein paar graue Strähnen zu verstecken. Warum tut sie das? Sie ist doch so schön.

So schön, wenn sie das silberne Ankeramulett, das sie um den Hals trägt, an ihre Lippen drückt, weil sie nervös ist. So schön, wenn sie die Luft anhält und im Inneren bis drei zählt, weil sich eine Panikattacke in ihr anbahnt. So schön, wenn sie den Gefühlen freien Lauf lässt, so wie sie es sonst nie getan hatte, und endlich den Tränen ihre Freiheit gewährt.

Sie wollen raus. Sie wollen sich mit dem Wind verbinden. Ich spüre sie.

Mein Blick wandert über ihre Statur, ihre Schultern, ihre Arme bis zu ihren Händen. Sie krallt sich an dem Brief fest. So fest, dass ihre Glieder zittern.

»Shh«, mache ich, um sie zu beruhigen, und fasse ihr vorsichtig an die Schulter.

Umgehend schließt sie die Augen, lässt meine Ruhe durch ihre Adern fließen. Erschöpft legt sie den Kopf in den Nacken, die Augen fest verschlossen. Sie erinnert sich, das spüre ich. Sie erinnert sich an das Floß, das sie trägt. An den warmen Wind, der uns umgibt. An das Lachen auf unseren Lippen.

Sie atmet ein paar Mal tief durch, ich fühle ihren Herzschlag durch meine Berührung. Er rast, er ist so schnell.

»Ganz ruhig.«, sage ich und umfasse ihre zitternde Hand mit dem Brief. Dann führe ich sie hoch zu ihrem Gesicht, woraufhin sie die Augen öffnet und in meine Richtung wirft. »Lies ihn. Es ist in Ordnung.«

Sie hält kurz inne, lässt ihre schwere Atmung noch eine Weile ausklingen, bis schließlich ein warmes Lächeln über ihre Lippen huscht und sie nickt.

»Okay«, haucht sie kaum hörbar. Es ist nur ein einzelner Atemzug, ein Hauch von Nichts.

Nun greift sie auch mit der anderen Hand an den Umschlag und öffnet ihn. Mit jeder Bewegung scheint sie mehr und mehr zu zittern, doch ich halte sie, denn an diesem Ort habe ich endlich die Kraft dazu.

Vorsichtig zieht sie das gelbliche Papier hervor und öffnet es. Die Ecken des Briefes flattern im Wind, - sie tanzen mit ihm, denn sie freuen sich, dass seine Worte nun endlich am richtigen Ort sind.

Aufgeregt atmet sie ein paar Mal tief durch, bläst dann die ganze Luft aus ihren Lungen, als wolle sie damit sagen, dass sie bereit ist. Bereit für die nächste Hürde in ihrem Leben.

Kaum liest sie die ersten Worte, presst sie die Hand auf den Mund und unterdrückt einen lauten Schluchzer. Umgehend verschließen sich ihre Augen wieder, doch die Tränen sind stärker, sie pressen sich durch die zugekniffenen Lider.

»Es ist in Ordnung.«, wiederhole ich mich und streiche ihr über den Kopf. »Lass es raus.«

Sie nickt eine Zeitlang ununterbrochen, hält die Hand aber weiterhin auf ihrem Mund gepresst. Dann dasselbe Spiel von vorn: Tief durchatmen, Stand lockern und weiterlesen.

Diesmal fliegen ihre Augen über das Blatt. Egal, wie sehr sie weint, egal, wie schwer es für sie ist, kann sie nicht den Blick von den Worten abwenden. Ab und zu huscht ein trauriges Schmunzeln über ihre Lippen, was auch mich zum Lächeln bringt. Es ist schwach.

Langsam gelangt sie ans Ende des Briefes, presst dann die Lippen aufeinander und drückt das Papier gegen ihre Brust. Ihre nassen Wimpern liegen ruhend auf ihren Wangen, weil sie den Moment genießt und alles Revue passieren lässt. Immer wieder schlägt ihr brauner Mantel gegen ihren Körper und enthüllt dadurch ab und zu ihre zarte Silhouette. Es hat sich kaum etwas an ihr verändert.

In der Ferne ertönt ein dumpfes Grollen. Auch der Wind wird langsam stärker. Sie zuckt fast unmerklich zusammen und öffnet die Augen, um den Blick an den Horizont zu werfen. Dichte Wolken tun sich auf und wollen sich vor die feuerrote Sonne schieben. Immer wieder bricht sich eine Welle an dem harten Gestein. Es wirkt fast, als wolle der Ozean zu ihr hinauf, als vermisse er sie genau so sehr.

Sie öffnet den Mund und atmet die salzige Brise ein. Die kühle Luft lässt langsam ihre Wangen trocknen. Ich weiß, was sie sieht, wenn sie in die Ferne blickt. Ich weiß, dass sie sich vor dem Sturm fürchtet. Nicht, weil sie Angst vor der Naturgewalt und ihren Folgen hat, sondern weil sie sich den

Erinnerungen nicht stellen will. Doch nun steht sie hier, zerzaustes Haar, rote Wangen und vor Nervosität verbissene Lippen, - und sie bewegt sich nicht. Sie stellt sich.

Sie lässt einen leisen Lacher von sich. So leise, dass man ihn in dem Heulen des Windes kaum hört. Dann sinkt sie langsam auf ihre Knie und setzt sich auf die kalten nassen Steine. Ich folge ihr, folge ihr überall hin.

Eine Zeitlang sitzen wir stumm da und genießen das Rauschen der Wellen. Sie hat das Meer lange nicht mehr gesehen, zu lange, dabei ist es doch mein Zuhause.

Vorsichtig lege ich meine Hand auf ihrem Oberschenkel ab. Er ist warm und wärmt meine blasse Haut umgehend. Sie faltet den Brief wieder zusammen und steckt ihn zurück in den Umschlag. Dann streicht sie mit dem Finger über ihren Namen, der nach all den Jahren schon etwas verblasst ist. Eine Träne löst sich aus ihrem Augenwinkel und fällt auf das vergilbte Papier.

»Du fehlst mir so.«, flüstert sie dem Wind, dem Meer und dem Himmel zu.

Ich presse die Lippen aufeinander und verstärke meinen Druck an ihrem Oberschenkel. »Ich bin hier.«

Mit meinen Worten schließt sie ihre Augen und versucht zitternd ihre Atmung zu beruhigen.

Am liebsten würde ich den Moment mit ihr festhalten. Alle Momente mit ihr, damit wir immer hier her zurückkommen und alles neu durchleben können.

Ich wende mich von ihr ab und blicke zurück in den Himmel, der sich mittlerweile fast schwarz gefärbt hat. Zwischendrin gibt es immer wieder Stellen, durch die das Licht bricht. Goldenes Feuer spiegelt sich in den pechschwarzen Wolken. Ein wunderschönes Schauspiel.

Eine Strähne fällt in ihr Sichtfeld. Am liebsten hätte ich sie genommen und sie ihr hinters Ohr gestrichen, doch so schnell wie ich die Hand hebe, dreht sie den Kopf auch schon wieder weg und bändigt ihre goldene Mähne von selbst.

Und so wie der Sturm näher kommt und sich über uns aufbaut, ist es, als würde er unseren Schmerz greifen, ihn aus uns heraus reißen und mit sich mitziehen. Sie legt den Kopf in den Nacken, reckt das Gesicht in den Himmel, der Stück für Stück auch seine eigenen Tränen nun loslässt. Er wäscht ihre salzigen Wangen, die getränkt von unseren Erinnerungen sind. Mit jeder Sekunde wird ihr Haar nasser und nasser, ihr Mantel schwerer und schwerer, - und ihre Seele freier. Sie lässt los. Lässt die Gefühle los, die vergangenen Tage und Jahre voller Leid.

Ich wende den Blick ein letztes Mal auf ihre geschlossenen Augen, ehe ich mich erhebe und gehe. Mittlerweile ist es ihr fast unmöglich, sie zu öffnen, denn der Regen ist zu heftig.

Ein letztes Mal streichele ich sie mit meinem Ausdruck. Dann ist es Zeit zu gehen.

Doch ich sehe sie.

Ich sah sie immer und werde sie immer sehen.

I

6. Juli 1984

Abby

Kennt ihr den Geschmack von Blut? Kaltes Eisen.

Für mich besaß Blut jedoch immer mehrere Geschmäcker. Es war salzig, wenn ich meine Tränen nicht unterdrücken konnte, so wie ich es eigentlich sollte, sauer, wenn mir vor Schmerzen Galle den Hals hochstieg, und bitter, wenn sich letztendlich alles zu einem vermengte. Am allermeisten schmeckte es aber nach Angst. Doch nicht diese aufregende, kribbelnde Angst, die man verspürt, wenn man etwas Verbotenes macht oder kurz davor ist, seinen Schwarm zum ersten Mal zu treffen.

Nein, die Angst, die in meinem Leben präsent war, schmeckte grässlich. Sie schmeckte nach der Luft, die mir fortblieb, wenn er mich würgte, sie schmeckte nach dem widerlichen Pelz, der sich in meinem Mund verbreitete, weil mir der Sauerstoff fehlte, und sie schmeckte nach dem süßlichen Speichel, der sich in unseren Mündern zusammentut, wenn wir kurz davor sind, uns zu übergeben.

Die meisten denken, es gibt nichts Schlimmeres als die Todesangst. Diese sei die höchste Art von Furcht. Doch eine Zeitlang machte mir der Tod keine Angst, - ganz im Gegenteil.

Es war die Angst zu überleben, die damals schlimmer war. Denn überleben hieß, ich würde all das nochmal durchmachen müssen, immer und immer wieder.

Lebensangst. Wenn das Leben so aussah wie meines, dann war es das, was ich fürchtete.

Bis zu diesem Punkt.

Das kalte Laub kitzelte an meinen Füßen, abgebrochene Äste bohrten sich in meine nackten Sohlen. Ich konnte kaum gerade laufen, blieb immer wieder an einer Wurzel hängen oder taumelte gegen einen großen Baumstamm. Der Boden war uneben und voller Blätter und hinter jedem Baum schienen sich gierige Kreaturen zu verstecken. Doch ich hatte keine Angst vor ihnen. Die Monster der Nacht waren meine Freunde.

In der Ferne hörte ich schon das Rauschen der Wellen. *Gott*, wie lange ich die frische Meeresbrise nicht mehr eingeatmet hatte, wie lange ich diese Hoffnung auf Glück nicht mehr gespürt hatte. Gleich war es vorbei, gleich war ich endlich bei meinem Bruder.

Obwohl meine Tränen mir die Sicht fast vollkommen versperrten, nahm ich schließlich ein weit entferntes Blinken wahr. Es kam vom Waldrand. Immer wieder erhellte es das Bild vor meinem Auge, immer wieder warf es tiefe Schatten der Baumstämme in den sandigen Boden. Ein Ast schlang sich um mein Bein und zog mich zurück. Ich fiel in das Laub unter mir und schlug mir mein Knie an einem Baumstumpf blutig. Eine Zeitlang verschnaufte ich ausgelaugt, beobachtete das melancholische Leuchten vor mir, das mir zeigte, dass mein Ziel nur noch wenige Schritte entfernt war. Dort war das Ende des Waldes. Dort war einer der großen Klippenvorsprünge, der mich ins Meer beförderte. Und dessen Wellen würden mich direkt in Davids Arme tragen.

Plötzlich stahl sich ein breites Lächeln auf meine Lippen. Wann hatte ich das letzte Mal gelächelt? Erleichtert rappelte ich mich wieder auf und zog mich von Baum zu Baum. Immer näher an das Leuchten, immer näher an die Weite des Meeres. Je weiter ich vortrat, desto klarer wurde mir, wie weit mich meine Orientierungslosigkeit von der Stadt entfernt hatte. Doch das war in Ordnung. Es war perfekt.

Mit dem Moment, in dem ich hinter dem letzten Baum hervortrat, peitschte der Wind des Meeres durch meine Haare. Hier unten war es deutlich kälter und windiger als auf unserem Anwesen hoch oben zwischen den dichten Bäumen. Ich verharrte eine Zeitlang keuchend am Rande des Waldes, ehe ich schließlich Schritt für Schritt den Klippen näherkam. Der Anblick war atemberaubend. Ich konnte das Glück in meinen Adern schon fühlen. Die Freiheit, die wohlige Tragfläche des Meeres. Gleich war es so weit. Gleich würde ich wieder mit David lachen können, mit ihm durch den Wald rennen, verstecken spielen und seine Hand halten können. Er würde mir verzeihen, dass ich mein Versprechen nicht hatte halten können, das wusste ich.

Meine Tränen trockneten in dem kühlen Wind sofort. David trocknete sie. Er nahm jegliche Last von mir und stärkte mich. So wie er es schon immer getan hatte.

Meine Schritte wurden kürzer, je näher ich dem Ende der Klippen kam. Jedes Mal, wenn das Licht aus der Ferne mich umgab, fiel eine weitere Last von mir. Das Leuchten war warm. Es war, als würde es mir den Unterschied zwischen Leben und Tod zeigen. Zwischen der kalten Realität und dem warmen Zusammensein mit meinem Bruder. Ich wusste, dass das Licht etwas Gutes bedeutete. Dort musste ich hin. Dort ins Licht. Dort zur Erlösung. Dort zu dir, David.

Der Morgen davor

Vogelzwitschern.

Es war so ruhig an jenem Freitagmorgen, als ich auf dem Boden des alten Baumhauses am Rande unseres privaten Sees aufwachte. Die Knochen in meinem Rücken knackten in jenem Moment, in dem ich mich aufrappelte. Für meine jungen 17 Jahre fühlte ich mich an solchen Tagen meist wie Ende 50. Es war klar, dass die harten Holzdielen mit der Zeit seine Spuren auf mir hinterlassen würden, so oft, wie ich die Nächte auf ihnen verbrachte. Doch an manchen Tagen ging es nicht anders.

Ich zog die dünne Tagesdecke um meine Schultern und trat auf den kleinen Vorsprung des Baumhauses, an dem die alte Strickleiter befestigt war. Gedankenversunken verharrte ich kurz, ließ den Anblick der feuerroten Morgensonne, die sich im Wasser unseres Sees spiegelte, auf mich wirken. Für einen Moment schloss ich die Augen und atmete die Atmosphäre ein. Es konnte so idyllisch hier sein. Ein paar Möwen zogen ihre Kreise in der Luft, junge Drosseln läuteten den Tag mit ihren Hungerschreien ein und am Ufer putzten smaragdgrüne Enten ihr Gefieder. Die Wasseroberfläche war glasklar. Wie ein Spiegel zeigte sie unsere Welt in einem völlig anderen Licht. Als könnte man einfach eintauchen und auf der anderen Seite wieder hinaussteigen, als würde auf jener Seite alles besser sein. Manchmal wünschte ich, es wäre so einfach.

Ich warf den Blick auf das Anwesen meines Onkels am anderen Ufer. Als Besitzer und Erbe mehrerer Baumwollplantagen konnte er es sich leisten. Dichte Bäume umzingelten unser Grundstück, denn wir lebten am Rande des Waldes und am höchsten Punkt Saint Marys. Auf meiner Seite des Sees wurde das Grundstück zwischen den Bäumen durch einen hohen Zaun markiert, dahinter lag nichts als Wald. Im unteren Esszimmer brannte Licht. Mr. Welsh und die anderen Bediensteten waren schon im vollen Gange, den Tag vorzubereiten. Onkel Hugh hielt sich sicherlich noch in seinem Zimmer auf und übte seine Rede für den diesjährigen Wahlkampf. Es war doch klar, dass er wieder Bürgermeister werden würde, wieso machte er sich also diese Arbeit? Die Menschen liebten ihn seit acht Jahren, seine Kollegen im Stadtrat schätzten ihn, sie sahen nur das, was er ihnen preisgab oder das, was sie sehen wollten.

Ich lehnte mich mit dem Arm gegen die Wand des Baumhauses und seufzte. Sofort durchfuhr meine Schulter ein dumpfer Schmerz und ich zuckte zusammen. Für eine Sekunde hatte ich vergessen, weshalb ich die Nacht mal wieder hier oben verbracht hatte. Mein ganzer Oberarm war blau. Ich kniff die Augen zusammen, presste die Lippen aufeinander und versuchte, den Schmerz fort zu atmen. Mein ganzer Körper bebte eine Zeitlang, überflutet von den Erinnerungen des letzten Abends, von den Erinnerungen meines bisherigen Lebens. Wenn doch nur David hier sein könnte, wenn er das doch nur mit mir gemeinsam durchstehen könnte.

Tränen fluteten meine Sicht. Nicht wegen des Schmerzes, - an den hatte ich mich bereits gewöhnt, - viel mehr wegen den kleinen Worten *Hätte* und *Könnte.*

Heute *hätte* Davids 18. Geburtstag sein *können.* Heute *hätten* wir endlich unseren Plan umsetzen und abhauen *können.* Heute *hätte* er mich mit sich nehmen und bei sich verstecken *können,* bis auch ich die Volljährigkeit erreicht *hätte.*

Doch aus diesen Plänen wurden letztendlich nur noch Worte, nur noch Konjunktive. Träume, die nicht wahr wurden. Ich war nichts ohne ihn und wusste, dass ich auch nicht mehr lange ohne ihn durchhalten würde. Mein Bruder war trotz seiner Krankheit immer der Starke von uns gewesen, er hatte Mut und den Mumm, etwas zu riskieren. Neben ihm fühlte ich mich stark und meinungsvoll. Er respektierte mich, zeigte mir, dass auch meine Worte und Gedanken zählten, dass ich nicht nur irgendein unbedeutendes Mädchen war, das niemand brauchte. *Er* brauchte mich.

Doch nun war er schon seit fast zwei Jahren fort und auch, wenn ich ihm versprochen hatte, durchzuhalten, starb auch ich mit seiner Abwesenheit Stück für Stück.

Hastig rappelte ich mich auf, begradigte meinen Stand und trocknete meine nassen Wangen. Ich durfte nicht weinen. Ich durfte nie weinen.

Sei nicht so undankbar und hör gefälligst auf, herum zu jammern, hörte ich die Stimme meines Onkels im Inneren.

Und er hatte Recht, *oder?* Ich musste dankbar dafür sein, ein Dach über dem Kopf und Essen und Trinken zu haben. Ich versuchte es zumindest.

Langsam stieg ich die Strickleiter hinunter. Das moderige Floß, das David und ich vor einigen Jahren gebaut hatten, lag am Rande des Sees im Schilf. Onkel Hugh hasste es. Er hasste alles, was mit diesem Baumhaus zu tun hatte.

Ich kniete mich auf das feuchte Holz, wobei mein Rock sofort einweichte. Große Ringe breiteten sich auf der spiegelglatten Wasseroberfläche aus, die die lila Wolken am Himmel reflektierte, als ich mich vom Ufer abstieß und in die Mitte des Sees trieb. Ich hätte auch den kleinen Weg am See vorbei nehmen können, doch eine solch ruhige Fahrt über das Wasser gab mir immer ein Stückweit Frieden zurück, der mir in meinem restlichen Leben zu fehlen schien. Wie ein wohltuendes Balsam, das sich auf meine Seele legte, legten sich auch die tiefstehenden Äste über das glasklare Wasser. Von hier aus beobachtete ich tieffliegende Libellen, die in der Morgensonne ein Freudentänzchen aufführten, ein paar

Fische, die unter mir in einer ganz anderen Welt zu leben schienen, oder schlichtweg Davids und mein Baumhaus, das mit jedem Zentimeter immer kleiner wurde und von dem aus ich nur ganz manchmal unser dummes kindliches Gekicher zu hören schien.

Ich ließ mir extra immer etwas Zeit, ruderte mit dem Paddel nur ab und zu, um diesen ruhigen Moment so lange wie möglich in mir zu speichern. Doch Onkel Hugh hasste Unpünktlichkeit und ich wollte ihn nicht noch mehr verärgern.

Seufzend schleppte ich das Floß zwischen die Bäume, als ich wieder an Land ankam. Sofort schwand der kurze Funken von Glück in meiner Seele, das Licht wurde gelöscht mit dem Moment, in dem ich wieder festen Grund unter den Füßen hatte, denn der harte Boden erinnerte mich nur wieder daran, dass mein Leben nicht zum Schweben gemacht war. Mein Leben besaß Regeln und Prinzipien, die eingehalten werden mussten. Mein Leben war nicht zum Träumen gemacht, egal wie sehr ich es mir manchmal wünschte.

Ich streifte meinen Rock glatt. An den Knien bohrten sich dunkle feuchte Schatten in den Stoff, die ich mit meinem Ärmel versuchte, zu entfernen. Doch es war zwecklos. Vielleicht war Onkel Hugh ja noch auf seinem Zimmer und ich konnte mich unbemerkt reinschleichen, um mir etwas Ordentliches überzuziehen.

»Miss Wincester«, begrüßte mich Mr. Welsh mit einem aufrichtigen Nicken. Auch die anderen Bediensteten stellten kurz ihre Arbeit ein und begradigten ihren Stand umgehend, als sie mich erblickten.

»Guten Morgen«, hauchte ich leise, huschte dann mit gesenktem Blick in die große, zweistöckige Eingangshalle.

Eine große antike Veranda schlang sich im ersten Stock durch den ganzen Raum und gewährte einem dadurch eine perfekte Übersicht des Einganges. Als ich hastig die ersten

Schritte tat, knarzte das robuste Holz der Stufen unter mir. Doch ich kam nicht weit, Hugh stand am Ende der Treppen auf der Veranda im ersten Stock und wollte sich gerade nach unten begeben.

»Hugh«, hauchte ich erschrocken, trat dann zurück ins Erdgeschoss und begradigte mit gesenktem Blick meinen Stand.

Ich hörte, dass er die Treppen hinunter kam. Langsam und schreitend, als gäbe es nichts Wichtigeres auf der Welt als ihn. Mit jedem Schritt, den er mir näherkam, wuchs die unausweichliche Angst in meinem Magen. Gänsehaut, schweißgebadete Hände, zitternde Glieder. Mein ganzer Körper rebellierte, doch ich war dazu gezwungen, ruhig zu bleiben.

»Wie siehst du denn schon wieder aus?«, tönte seine tiefe Stimme durch die große Halle. Sie war belegt mit Ekel, Hass und Arroganz. Er blieb vor mir stehen, griff dann nach meinem Kiefer und hob mein Gesicht in sein Sichtfeld, damit ich ihn ansah. Seine dunklen Augen musterten mich angewidert, als hätte ich mich seit Jahren nicht mehr gewaschen.

Er trug einen seiner besten Anzüge, roch nach Jacques Bogart und hatte seinen Schnauzer ordentlich stutzen lassen. Mit seinem Auftreten wirkte er, als wäre er direkt aus den 50ern entsprungen, - und so altmodisch waren auch seine Erziehungsmethoden.

»Hast du die Nacht schon wieder in dieser Absteige verbracht?«, fragte er mich. Seltsam zu wissen, dass das Baumhaus, von dem er sprach, einst ihm und Mum gehört hatte. Ich konnte mir nicht vorstellen, dass er jemals Kind gewesen war und Spaß gehabt hatte.

Ich wandte den Blick ab, doch er zog mein Gesicht noch tiefer an sich heran. »Antworte mir!«

Ängstlich zuckte ich zusammen. Eigentlich wollte ich ihm meine Angst nicht zeigen, denn das machte ihn noch wütender, doch manchmal konnte ich nicht anders.

»Ja, Onkel.«, hauchte ich mit gebrochener Stimme, weil der breite Kloß in meinem Hals mir jegliche Luft zum Atmen nahm.

Er verhöhnte mich noch eine Zeitlang mit seinen blutunterlaufenen Augen. Sein Atem roch nach teurem Whisky, - und wir hatten nicht mal sieben in der Früh. Wenn seine Wähler nur wüssten…

Schließlich seufzte er und ließ von mir ab. Mein Blick sank sofort wieder zu Boden, heftete sich an meinen nassen Füßen fest.

»Gut«, meinte er. »Heute ist ein neuer Tag, heute fangen wir neu an, okay?«

Nun war seine Stimme ruhig und reuevoll. Doch es war nur eine Frage der Zeit, bis er wieder die Beherrschung verlor. Trotzdem nickte ich auch dieses Mal, denn das waren schließlich die Regeln. Lächeln, nicken und schweigen.

Er musterte mich einen Moment, setzte ein prüfendes Lächeln auf und ließ den Blick ein weiteres Mal über meinen Körper gleiten. Ich fühlte mich unter seiner Beobachtung so unwohl, dass ich umgehend Schweißausbrüche bekam. Schließlich wandte er sich von mir ab und trat in die Tür zum Esszimmer.

»Miss Sue«, posaunte er mit lautem Ton in den Raum hinein. Jae Sue, - eine zierliche, junge Frau Anfang 30, die aus Korea stammte, - trat mit einem Meter Abstand vor meinen Onkel und nickte einmal befangen.

»Helfen Sie meiner Nichte beim Anziehen.« Er ließ seinen Blick abfällig über meinen Körper schweifen. »Ich möchte nicht, dass sie mit diesem neumodischen bunten Zeugs herumrennt, das die jungen Leute heutzutage tragen. Sie soll anständig aussehen, wenn Professor Gagnon kommt.«

Jae senkte den Blick, machte einen kurzen Knicks und eilte dann zu mir. Auch ich setzte mich sofort in Bewegung und begab mich mit ihr in den ersten Stock.

Hugh hasste dieses Zeitalter und alles, was damit zu tun hatte. Obwohl ich rein gar nichts von diesem *neumodischen Zeugs* besaß, - denn es war mir ja untersagt, - musste er doch immer wieder betonen, wie schrecklich er es fand. Das Haus stammte mit seinen robusten Holzdielen und dem fein säuberlich geschnitzten Stuck aus dem 19. Jahrhundert. Der Urgroßvater meines Onkels und meiner Mutter hatte es damals als großer Baumwollunternehmer erbaut und seitdem war es im Besitz der Familie. Leider schien die Zeit innerhalb dieser Wände seitdem allerdings ebenfalls stehen geblieben zu sein, denn manchmal fühlte ich mich, als würde ich immer noch im 19. Jahrhundert leben. Ich durfte keine Pop- oder Rockmusik hören, meine Kleidung sollte schlicht sein und neutrale Farben tragen und die örtliche Rollschuhdisco oder das Diner am Hafen kamen gar nicht erst in Frage.

Mein Tag war jedes Mal aufs Neue fremdbestimmt. Montag bis Samstag acht Uhr Französischunterricht, danach Mathematik und Englisch. Im Anschluss gab es immer Mittagessen mit meinem Onkel, meistens hatte er noch irgendwelche Geschäftspartner oder Kollegen vom Stadtrat zu Besuch. Wenn ich Glück hatte, blieben mir dann noch ein paar Minuten fürs Lesen oder Schreiben, bis mein Geschichts- und im Anschluss der Politikunterricht begann. Mittwochs und donnerstags wurde mir nach dem Abendessen von Dr. Mason Biologie und Chemie gelehrt, und montags, dienstags und freitags war Geigen- und Klavierunterricht angesagt, ehe mich Hugh schließlich zu Bett schickte. Sonntags besuchte ich mit ihm den Gottesdienst, wonach er sich meistens noch mit

Kollegen oder Mitgliedern des Stadtrates zum Essen traf. Ich durfte bei diesen Treffen nicht dabei sein und wurde meist zum Lernen nachhause geschickt.

Freizeit gab es keine, Freunde oder Gleichgesinnte genauso wenig. Dabei hätte ich so gerne einmal zu einem der vielen Songs, die ich nicht hören durfte, ausgelassen getanzt, den Wind in meinen Haaren bei einer Fahrt in einem Cabriolet gespürt oder schlichtweg einmal meine Fähigkeiten an einem der neuen *Mario Bros.* Spielautomaten in Frankies Arcade-Hall getestet. Doch Hughs Meinung nach waren diese Spiele und Discotheken nur Zeitverschwendung und verdarben die Jugend von heute. Manchmal, wenn er nicht hinsah und ich einen Moment Zeit hatte, stöberte ich in den Zeitschriften der weiblichen Angestellten und beneidete mit meinen spießigen Röcken die lockeren Korthosen, Leggings oder bunten Hemden, die andere Mädchen in meinem Alter tragen durften. Wenn Mr. Bucket – Hughs Chauffeur – mich zum Musikunterricht in die Stadt brachte, konnte ich ab und zu einen Blick auf die Straßen werfen, denn außer der Kirche bekam ich sonst nicht viel von der Stadt zu sehen. Dann beobachtete ich jedes Mal laut lachende Jugendliche, die mit ihren Fahrrädern an der Strandpromenade entlang fuhren und herumalberten, groß gefüllte Becher mit Eis und Milkshakes in den Schaufenstern des örtlichen Diners oder auch schlichtweg die unendliche Weite des Meeres. Obwohl wir in Saint Marys in einer Küstenstadt lebten, war es für mich jedes Mal aufs Neue ein Highlight, den Strand oder Hafen zu sehen. Hugh besaß eine Yacht, auf die David und ich aber nie mitdurften. Mein letzter Badegang war auch schon etliche Jahre her. Mrs. Spark - Davids und mein Kindermädchen - hatte oft solch schöne Ausflüge mit uns unternommen, bevor Hugh sie entlassen hatte, weil er der Meinung war, dass ihre

Erziehungsmethoden zu verweichlicht und lieb wären und er die Sache lieber selbst in die Hand nahm.

Sobald ich im oberen Flur angekommen war, beschleunigte ich mein Schritttempo. Hastig rannte ich in mein Zimmer, um das Chaos des letzten Abends zu beseitigen, bevor Jae das Ausmaß sah. Doch es war zwecklos. Viel zu viele Scherben und zerrissene Papierschnipsel flogen auf dem Teppich herum und erinnerten mich an den Schmerz der letzten Tage. Den Schmerz der letzten Jahre.

Ich kniete mich auf den Boden und stopfte die Scherben in den Saum meines Rockes. Es klirrte, - ein Geräusch, das mich umgehend wieder in die Situation der letzten Nacht zurückkatapultierte. Bei der Erinnerung an Hughs Beschimpfungen, spürte ich, dass die Gefühle in mir wieder aufflammten. *Nicht weinen,* sprach eine Stimme in mir, die meinen Onkel nachahmen wollte. *Sei gefälligst dankbar*

Doch ich konnte es nicht stoppen, konnte die Tränen nicht aufhalten, egal, wie verboten und unangebracht sie waren. Ich hielt meinen Blick fest auf das Chaos gerichtet, steckte eine nach der anderen Scherbe in meinen Rock, woraufhin Davids und mein Bild zum Vorschein kam. Sofort wurde meine Sicht geflutet, sofort sackte ich jammernd in mir zusammen und presste umgehend die Hand auf die Lippen.

Hör verdammt nochmal auf mit diesem Gejammer!

Dein Bruder ist tot! Lass mich endlich in Frieden mit diesem Thema!

Du bleibst morgen zuhause, es ist mir egal, ob er Geburtstag hat oder nicht!

»Miss Wincester!«, erschrak Jae und blickte sich um. Hugh mochte es nicht, wenn mich die Angestellten duzten, doch Jae tat es trotzdem heimlich.

Ehe sie vorsichtig die Tür hinter sich schloss, beäugte sie mich und das Chaos aufgebracht. Dann zierte ein anderer Ausdruck ihr Gesicht: Mitleid. »Nein, nein.«, flüsterte sie, weil sie ganz genau wusste, was Hugh davon halten würde, mich so zu sehen. »Lass mich das machen.«

Ich sackte mit dem Rücken an mein Bett und lehnte mich erschöpft dagegen. Es gab Momente, in denen ich aufgab. Momente, in denen mir Onkels Regeln so egal waren, dass ich mich nicht mehr vor ihm fürchtete. Momente, in denen ich das Versprechen vergaß, das ich meinem Bruder gegeben hatte. In manch kleinen Augenblicken war ich so erschöpft, dass ich mich nicht mehr um die Konsequenzen meines Handelns scherte. Sie spielten keine Rolle mehr, denn in diesen Momenten spürte ich umso mehr, dass ich auf dieser Welt und in Hughs Leben nicht willkommen war. Doch ich durfte nicht aufgeben, ich durfte David nicht enttäuschen, ich musste stark bleiben. Schließlich gab ich ihm mein Wort, egal wie sehr mich der Gedanke, tot bei David anstatt lebendig bei Hugh zu sein, auch mit Sehnsucht erfüllte

Ein lauter Schluchzer drückte sich durch meine Kehle und brachte mich umgehend wieder in die Realität zurück. Zurück zu dem Willen, zu kämpfen. Zu dem Willen, es meinem Onkel recht zu machen.

»Es tut mir leid.«, hauchte ich erschöpft, trocknete mit meinem Ärmel die nassen Wangen und rappelte mich wieder auf. Wenn er mich so sehen würde, hätte ich ein paar blaue Flecken mehr.

Jae hob den Blick von ihren Händen, die damit beschäftigt waren, die Scherben einzusammeln, und schenkte mir ein verständnisvolles Lächeln. Dann ließ sie kurz von den Scherben ab und streichelte mir sanft über die Wange. Bei ihrer Berührung zuckte ich erschrocken zusammen, denn eine solche war mir fremd. Sie verstand sofort und wandte sich wieder dem Boden zu. Dann deutete sie auf meine Kommode.

»Ich lege dir deine Klamotten raus, während du duschst.«, sagte sie Und sie hatte Recht. Mir blieb nur noch eine knappe Stunde Zeit, bis mein Französischunterricht begann.

Hastig fischte ich zwischen den Scherben das Foto von David und mir hervor, welches gestern noch fein säuberlich und eingerahmt auf meinem Nachttisch gestanden hatte, drückte es gegen meine Brust und stand schließlich auf. Als ich damit im Bad verschwand und endlich durchatmen konnte, strich ich mit dem Daumen über sein freches Lächeln. Ich war nichts ohne meinen großen Bruder. Mutlos, kraftlos, erschöpft, - *irgendwie tot.*

Mein einziger Wunsch an seinem Geburtstag war, ans Meer zu fahren. Zu seinem Grab. Ein einziger Wunsch, eine simple Bitte. Doch mein Onkel wollte mir meine Wünsche nicht erfüllen, denn er hasste mich. Und auch ich begann immer mehr, mich zu verachten.

Vielleicht war dies das einzige, für das ich auf der Welt gut war: Gehasst zu werden.

II

Jake

Dad hatte Recht gehabt.

Die dunklen Wolken am Horizont, welche sich heute Vormittag kurzzeitig über dem Leuchtturm zusammengebraut hatten, waren verschwunden. Das Meer war so ruhig, als würde es schlafen. Es würde also kein Sturm kommen, womit ich nun zum dritten Mal in dieser Woche eine Wette gegen ihn verloren hatte. Wieso wettete ich eigentlich noch mit Dad? Er kannte als Leuchtturmwärter die See und das Wetter besser als jeder andere in Saint Marys, meine Niederlage war also eigentlich vorprogrammiert.

Ich seufzte. Erst heute Morgen war Dad ein paar der Stufen des Turmes herunter gestürzt und hatte sich am Fuß verletzt. Trotz seines Widerstandes hatte ich darauf bestanden, für ihn die heutige sowie die nächsten Nachtschichten der Seerettung zu übernehmen. Er hasste es, wenn ich ihm Arbeit abnahm, wollte immer alles alleine schaffen – und auch wenn ich wirklich Besseres zu tun haben könnte, konnte ich es nicht zulassen, dass er sich mit verletztem Fuß auf sein Boot begab.

Statt dass ich also wie geplant meinen Freitagabend mit Nino, seiner Freundin Ann und ihrer Freundin Sofie, mit der ich bis vor einigen Wochen gegangen war, in *Rosie's Bowlingclub* verbrachte, durfte ich mich bis in die Früh auf das kleine Fischerboot verfrachten und dort meine eigene kleine Party mit der dunklen See schmeißen.

Die nächtliche Seerettung war freiwillig. Eigentlich bestand Dads Job nur daraus, den Leuchtturm zu warten und von dort aus, den Ozean zu überwachen. Doch seitdem er es vor ein paar Jahren nicht rechtzeitig auf sein Boot geschafft hatte, um einen über Board gegangenen Jungen zu retten, hatte er sich geschworen, seine Nächte auf See zu verbringen, um rechtzeitig handeln zu können. Meistens nutzte er die Zeit auf dem Boot dann zum Fischen, was sich unter wenigen Menschen herumgesprochen hatte. Es war klar, dass er mit dieser zusätzlichen Aufgabe oftmals überfordert war und in stressigen Zeiten meine Hilfe brauchte.

»Sieh es positiv«, meinte Alex schulterzuckend und feuerte seine Fußspitze in den weichen Sand. »Jetzt hast du Sofie wenigstens nicht den ganzen Abend an der Backe. Da verbringe ich meine Nacht auch lieber auf der ruhigen See.«

Mein Lachen vermischte sich mit dem Rauschen der Wellen, als ich mich zurück in die mit hohem Gras bewachsenen Sanddünen lehnte. Etwas weiter entfernt hinter uns schlängelte sich eine lange Straße am Strand entlang, auf der sich ein paar Touristen ein leckeres Fischbrötchen bei *Mace & Grace* holten und die kleinen Souvenirläden abklapperten.

Alex hatte Recht. Sofie war nervig und kam mit unserer Trennung nicht klar. Zwar saß jede Locke in ihrer Dauerwelle perfekt und küssen konnte sie auch gut, doch mit der Zeit merkte ich, dass sie nichts Besonderes an sich hatte. Sie war wie jedes andere Mädchen in dieser Gegend: Egal, wie aufreizend und anziehend sie auch waren, gehörten sie meist genau der Außen-hui-innen-pfui-Sorte an. Tolles Aussehen, scheiß Charakter.

»Hast Recht.«, nickte ich schmunzelnd. »Ich hätte Nino wahrscheinlich sowieso abgesagt, wofür er mich sicherlich am liebsten wieder geohrfeigt hätte.«

Alex schüttelte lachend den Kopf. Ich kannte ihn erst seit ein paar Wochen und doch wusste er komischerweise schon einiges mehr über mich als Nino. Er war mir in vielen Dingen ziemlich ähnlich. Dinge, die ich vor Nino nicht zugeben konnte. Zum Beispiel, dass ich es manchmal vorzog, alleine und in Ruhe am Strand zu sitzen, als auszugehen und mich über den Tisch zu trinken.

Zurzeit kellnerte ich Hauptberuflich in dem kleinen Diner *Mace & Grace*, um mir irgendwann mein Wunschstudium ermöglichen zu können. Nach meiner Schicht setzte ich mich - so wie heute auch - immer nochmal an den Strand und genoss nach einem stressigen Arbeitstag, umgeben von neugierigen Touristen und anstrengenden Gästen, das Alleinsein. Alex schien es da ähnlich zu gehen. Komischerweise hatten wir dieselbe Tagesroutine und tauchten immer gleichzeitig am Strand auf. Zu Beginn noch hatten wir uns beide strikt an unsere Plätze gehalten, doch ab irgendeinem Punkt wurde es so urkomisch, dass wir uns zusammensaßen. Wir verstanden uns auf Anhieb und seine lockere, lustige aber zugleich auch sehr offene und geduldige Art war eine schöne Abwechslung zu der Sturheit, die mein bester Freund manchmal an den Tag legte.

Ich liebte Nino wie einen Bruder, aber oft war es wirklich schwierig mit ihm. Bei ihm ging es meist nur um Partys und Abenteuer. Er verstand es nicht, wie ich es mögen konnte, auch mal alleine zu sein und über wichtigere Dinge - wie zum Beispiel unsere weitere Zukunft - nachzudenken. Für ihn zählte nur dieser eine Moment, er machte sich keine

Gedanken, was morgen käme oder gestern war. Eine wirklich schöne Einstellung, für die ich ihn in manchen Situationen beneidete, doch ich war nicht wie er. Ich dachte gerne über meinen nächsten Schritt nach, träumte davon, irgendwann, wenn ich genug Geld zusammengespart hatte, in Jacksonville Kunst studieren und meinem Dad vielleicht eines Tages ein neues Fischerboot kaufen zu können. Nino war mit seinem Job in der alten Holzfabrik mehr als zufrieden, doch so sehr ich Dad auch den Wunsch erfüllen wollte, irgendwann in seine Fußstapfen zu treten, wusste ich mit meinen 20 Jahren langsam, dass mich die Arbeit im Leuchtturm kaum so sehr erfüllen würde, wie sie es bei Dad tat.

»Obwohl Sofie heute wahrscheinlich gar nicht dabei ist. Nino hat erzählt, dass sie und Ann sich gestritten haben.«, warf ich noch ein und zog die Nase kraus. Alex musterte jene Geste belustigt. Er wusste, wie sehr ich mich für dieses Zickendrama interessierte – gar nicht »Aber das wird Nino nicht davon abhalten, mich mit der nächsten Freundin von Ann zu verkuppeln.« Ich verdrehte seufzend die Augen.

»Naja, dann wird deine Nacht auf dem Boot hoffentlich aufregender.«, versuchte Alex mich zu motivieren, als ich mich erhob und langsam mit ihm zum Auto schlenderte. »Wer weiß, vielleicht begegnest du ja einer geheimnisvollen Meerjungfrau.«

Ich lachte. »Meerjungfrauen und Seeungeheuern bin ich allen schon begegnet.«, antwortete ich schulterzuckend, woraufhin Alex mich überrascht von der Seite musterte. »Sind Freunde von mir.«

Er lachte laut los. »Na dann hast du ja genug Gesellschaft heute Nacht.«

Mühselig fischte ich den Schlüssel für Dads alten Jeep aus meiner Jeans hervor. Alex hingegen ging zu seinem Fahrrad, das er daneben abgestellt hatte.

»Du kannst ja mitkommen.«, nickte ich ihm zu, ehe ich einstieg. »Dann lernst du meine Seeungeheuer-Freunde mal kennen.«

Er schnaubte lachend, als er sich auf sein Fahrrad schwang. »Nein danke. Du kennst mich langsam, wenn ich nicht am Strand bin, bin ich lieber alleine.«

Das stimmte. Ich hatte Alex schon öfters gefragt, ob er Nino und mich mal begleiten will, doch er hatte immer verneint. Es musste wohl wirklich ein Wunder geschehen, dass er sich mal unters Volk mischte.

»Außerdem«, fügte er noch grinsend hinzu. »möchte ich dich und die Meerjungfrauen nicht stören.«

»Ja ja, hab schon verstanden.«, winkte ich spielerisch gekränkt ab. »Komm, hau schon ab. Bleiben mehr Meerjungfrauen für mich!«

Ich verdrehte die Augen und schwang mich in meinen Wagen. Im selben Moment hob Alex seinen Mittelfinger und präsentierte ihn mir breit grinsend, während er in die gegenüberliegende Richtung radelte und langsam in meinem Rückspiegel verschwand.

Sobald der Motor ansprang, ertönte der Refrain zu *Super Trouper* von ABBA aus dem Radio. Sofort betätigte ich den Knopf am Kassettenrecorder, der die Anlage verstummte. Dann räumte ich die leeren Eimer, in denen ich heute Morgen den Fisch für Mrs. Marble, - eine ältere Dame, die meinen Vater schon länger kannte und eine der wenigen war, die wusste, dass wir auch ab und zu fischten, - transportiert hatte, auf den Rücksitz. Ich wühlte in den vielen Kassetten im Handschuhfach und fischte schließlich eine etwas zerkratzte von *Genesis* hervor. Auch wenn Phil Collins bereits einige erfolgreiche Soloalben herausgebracht hatte, mochte ich ihn in der Band immer noch am liebsten.

Ich spulte vor zu meinem Lieblingssong *The Knife* und begann sofort, wild auf dem Lenkrad zu tippen, als ich vom großen Parkplatz fuhr und mich auf den Weg nachhause machte. Vielleicht würde ich heute Nacht ja wirklich eine kleine Party schmeißen. Nur ich, die See, mein Walkman und Genesis.

»Wie es aussieht, scheint Mr. Grogan dieses Jahr die Bürgermeisterwahl erneut zu gewinnen.«, erzählte ich Dad beim Abendessen. Er verließ das Haus nur für seinen Job, weswegen ich ihn immer mit dem neusten Klatsch und Tratsch von Saint Marys versorgte. Ich konnte mich nicht erinnern, wann er das letzte Mal in der Stadt gewesen war. Seit Mums Tod, - also eigentlich seit meiner Geburt, - mied er jene Orte, die er mit ihr gemeinsam besucht hatte.

Er sprach nicht oft von ihr, - eigentlich nie, - genau so oft, wie er mir seine Trauer zeigte. In meiner Gegenwart ließ er den coolen, ruhigen und allwissenden Dad heraushängen. Dass ich wusste, wie sehr er litt, ließ ich mir nicht anmerken.

»Die ersten Wahlen sind gut für ihn ausgegangen.«, berichtete ich weiter, ehe ich mir ein großes Stück Hamburger in den Mund schob.

Dad ließ den Blick melancholisch aus dem Fenster schweifen und heftete ihn an den Horizont, der sich langsam in tiefes Gold färbte und immer dunkler wurde.

»Ich kann diesen Typ irgendwie nicht leiden.«, antwortete er nachdenklich und rümpfte die Nase. Dann schnappte er sich sein Bier und kippte den Rest davon hinunter.

»Wieso nicht?«, fragte ich etwas verwundert. »Er hat Saint Marys die letzten vier Jahre ziemlich weit vorangetrieben Es gibt mehr Arbeitsplätze, die Straßen wurden verbessert-«

»Ich weiß nicht«, unterbrach er mich und runzelte angespannt die Stirn. Nachdem er mich ein paar Sekunden nachdenklich fokussiert hatte, schmunzelte er schließlich ausatmend. »Es ist nur so ein Gefühl. Dasselbe Gefühl, das ich mit dem Wetter habe.«

Skeptisch hob ich eine Augenbraue und legte den Kopf schief. »Dad, du magst vielleicht magische Kräfte haben, was das Wetter angeht, aber diese Kräfte kannst du nicht bei Menschen anwenden. Vor allem nicht, wenn du nie in der Stadt unterwegs bist und Mr. Grogan gar nicht kennst.«

»Kennst du ihn denn?« Nickend deutete er in meine Richtung, kratzte sich dabei an dem dichten Bart, hinter dem sich seine Lippen versteckten.

Ich dachte kurz nach. Natürlich kannte ich unseren Bürgermeister nicht persönlich, doch ich hatte ihn schon ein paar Mal reden gehört. Er versprach der Stadt bessere Bildungsmöglichkeiten, unterstützte, dass auf die individuellen Talente der Schüler besser eingegangen wurde. Hätte es das zu meiner Schulzeit schon gegeben, hätte ich mein künstlerisches Talent vielleicht viel besser ausbauen können und wäre heute an einem ganz anderen Punkt im Leben.

»Besser als du jedenfalls.«, antwortete ich ihm schulterzuckend, woraufhin er nur den Kopf schüttelte. »Er mag vielleicht etwas altmodisch aussehen und vielleicht hat er in manchen Dingen auch altmodische Gedanken, wie zum Beispiel, dass die Arcade-Hall abgeschafft werden sollte, weil sie angeblich die Kinder verdirbt, aber vieles, was er sagt und tut, gefällt den Menschen und bewirkt etwas.«

Dad erhob sich vom Tisch und sammelte seinen und meinen Teller ein. Dann humpelte er zur Küchenanrichte und räumte alles in die Spüle. Das Holz knarzte laut unter seinen Füßen und schien allmählich morsch zu werden. Diese alte Hütte brauchte dringend einen neuen Anstrich und war schon längst nicht mehr die Jüngste. Wir lebten abseits der Stadt, einsam und alleine am Leuchtturm und zwischen Sanddünen und Klippen. Unser Cottage misste gerade so 50m², doch es reichte, da wir sowieso die meiste Zeit draußen verbrachten. Als ich zwei Jahre alt war, hatte Dad sich mit mir hier her zurückgezogen, weil er es nicht ertrug, in derselben Umgebung, in der er mit Mum jahrelang glücklich gelebt hatte, einfach so weiterzuleben. Er hätte auch gleich in eine andere Stadt ziehen können, doch die Arbeit im Leuchtturm war ihm viel zu wichtig, als dass er sie hätte aufgeben können. Ich glaube sogar, dass er sich in dem hohen Turm weit über dem Ozean manchmal geborgener fühlte als in den eigenen vier Wänden.

»Ich sag ja nur, dass er mir unsympathisch ist.« Dad schnappte sich seinen Krückstock und lief zu unserem alten Radio auf der Kommode. Als das Gitarrenriff von Queens *Another one bites the dust* einsetzte, stellte er die Lautstärke höher. Schließlich lehnte er sich gegen die Kommode und schüttelte nachdenklich den Kopf. »Es ist die Art, wie er spricht und lächelt. Irgendetwas ist faul an ihm, das spüre ich.«, fügte er ernst hinzu.

Ich lehnte mich in meinen Stuhl zurück und beobachtete, wie er gedankenversunken den Blick aus dem Fenster in Richtung Leuchtturm schweifen ließ. Sein Profil war getränkt im Gold der Abendsonne, der Rest lag im dunklen Schatten und hob seine rauen Falten dadurch noch weiter in den Vordergrund. Dad arbeitete viel zu viel, das sah man ihm deutlich an. Er meinte zwar immer, dass es viel zu tun gab, doch ich wusste, ein wichtiger Grund, weswegen er die letzten Jahre keinen Tag frei gehabt hatte, lag darin, dass er sich rund um die Uhr Ablenkung verschaffen wollte. Und das tat er, indem er sich selbst dort mehr und mehr Arbeit auf bürgte, wo eigentlich gar keine war.

»Er macht allen nur etwas vor.«, flüsterte er kaum hörbar. Als ich belustigt schnaubte, drehte er sich zu mir um und fixierte mich. Schließlich machte seine ernste Miene wieder Platz für ein überhebliches Grinsen. »So wie die dunklen Wolken heute Nachmittag dir etwas vorgemacht haben.«

Siegessicher über unsere Wette zwinkerte er mir zu. Dann warf er erneut den Blick zum Leuchtturm und das freche Grinsen verschwand.

»Ich muss jetzt wieder zur Arbeit.«, erklärte er und deutete zur Tür. Die meiste seiner Zeit verbrachte er auf dem Turm. Es war selten, dass ich ihn länger als eine Stunde zu Gesicht bekam. »Du kommst sicher klar mit dem Boot?«

Seufzend erhob ich mich von meinem Platz, als er sich seine schwere Fischerjacke überzog und mühsam in die Arbeitsschuhe schlüpfte. Diese Frage stellte er mir jedes Mal, wenn ich für ihn die Seewache übernahm. Er sorgte sich zu sehr, dabei sollte er sich lieber mal um sich und seinen verstauchten Fuß sorgen.

Ein Blick auf die Uhr verriet mir, dass ich noch eine Stunde hatte.

»Na klar, Dad.«, antwortete ich ihm grinsend, um auch aus ihm ein Lächeln hervorzulocken.

Und das tat er. Auch wenn es schwach war, auch wenn ich wusste, dass er gedanklich eigentlich an einem ganz anderen Ort war. Dad lachte nicht oft – jedenfalls nicht ehrlich. Cool wie er war, riss er gerne ein paar Witze oder sprach viel in Sarkasmus, doch meistens tat er das nur, weil er unterdrücken wollte, wie einsam er wirklich war. Er wollte mich schützen, den coolen Dad spielen, und ich spielte mit, tat so, als würde ich nichts merken. Auch wenn es mich innerlich zerstörte, mit anzusehen, wie er nach und nach an seiner Trauer zerbrach.

Er wurde unruhiger, das merkte ich. Also klopfte ich ihm auf die Schulter und öffnete die Haustür. »Nun hau schon ab.«, lachte ich und schob ihn nach draußen. Egal, wie gerne ich ihn gebeten hätte, die Reparaturen im Turm liegen zu lassen, um sich auszuruhen, wusste ich, dass es nichts bringen würde. Dad war ein Sturkopf. Es war ein Wunder, dass er überhaupt einen Teil seiner Arbeit an mich abgegeben hatte.

Schmunzelnd setzte er sich seinen Hut auf und entfernte sich dann von mir. Ich sah ihm noch eine Zeitlang nach. Das tat ich oft in der Hoffnung, er würde sich nochmal umdrehen und mir zeigen, wie es ihm ging, damit ich etwas tun konnte. Damit ich ihn in den Arm nehmen, für ihn da sein konnte.

Doch auch diesmal entfernte sich Dads Hülle ohne weiteren Kommentar von mir.

Unser Cottage und der Steg direkt davor wurden immer kleiner, als ich mich mit unserem Fischerboot in Richtung Horizont machte. Rechts von mir rankten große Klippen aus dem Wasser, an denen sich die Wellen laut brachen und die in der Dunkelheit noch gefährlicher wirkten als bei Tageslicht. Links von mir erhellte der Leuchtturm im Rundgang die Umgebung. Wenn ich die Augen zusammenkniff, konnte ich Dad ganz klein in der Kabine an der Spitze des Turmes erkennen. Ich war mir sicher, dass auch er gerade zu mir hinab sah und mir hinterherblickte. Doch irgendwann verschwand er vom Fenster und lief ins Innere des Raumes.

Auch ich wandte den Blick wieder ab und widmete ihn der Ferne. Ein großes Flutlicht am Bug half mir neben dem Leuchtturm, die Ferne zu erhellen, wodurch ich näherkommende Schiffe rechtzeitig erkennen konnte. Etwas weiter draußen ließ ich schließlich meinen Anker ins Wasser und machte es mir mit meinem Walkman und meinen Skizzen bequem. Auch wenn Dad Recht gehabt hatte und es keineswegs stürmisch war, war das Meer doch ziemlich unruhig. Kalter Wind wehte mir um die Nase, als das Boot auf und ab schwankte, doch das kannte ich mittlerweile. Ich hatte schon schlimmere Tage und Nächte durchlebt und war inzwischen immun gegen jegliche Seekrankheiten.

Mit dem angenehmen Rauschen der See und Genesis in meinen Ohren tauchte ich wieder in die Welt der Selkie ein. Ganz ungelogen war meine Aussage gegenüber Alex ja nicht. Wenn ich auf See war, widmete ich mich nicht wie Dad den Fischen, sondern beschäftigte mich viel mit Seeungeheuern und anderen Wasserwesen. In meinen Zeichnungen und Notizen erzählte ich gerne über Mythologien und Sagen, baute sie in meine Fantasien ein. Die Selkie waren Wesen, die ich erst vor kurzem in einem Buch über schottische Legenden kennengelernt und die mich umgehend fasziniert hatten. Dad hatte immer gemeint, wenn ein Mensch von uns scheidet, wird er zu einer Welle im Ozean. Also jedes Mal, wenn sich eine am Bug, an der Klippe oder auch am Strand brach, war es, als würde Mum anklopfen. Vielleicht war dies der Grund, weswegen ich mich so sehr für Mythologien der Wasserwesen interessierte. Vielleicht suchte ich in ihnen nach Mum. Auch wenn ich keine Erinnerungen an sie besaß, vermisste ich sie sehr. Ich fragte mich immer, wie unser Leben ausgesehen hätte, wenn sie noch hier wäre. Ob Dad und mein Verhältnis vertrauter und gefühlsvoller gewesen wäre?

Nach einer Stunde legte ich meine Notizen kurz zur Seite und ließ den Blick durch die Umgebung schweifen. Viele fürchteten sich vor dem Meer bei Nacht. Die tiefe Dunkelheit verbarg unentdeckte Geheimnisse und schien einen fast zu verschlucken, wenn man zu lange hinein sah. Ich hingegen mochte es, zu beobachten, wie die Lichtstrahlen meiner Taschenlampe mit der Tiefe verschmolzen. Fast so, als würde es ab einem bestimmten Punkt im Ozean keine Unterschiede mehr geben. Alles wurde zu Einem. Das Licht verband sich mit dem Wasser, mit dem Schatten, mit der Luft. Nach wenigen Momenten hob ich den Blick von der

Wasseroberfläche. In der Leuchtturmkabine war niemand zu erkennen, Dad machte sich sicherlich gerade einen Kaffee. Den brauchte er auch für seinen Job. Schlafstörungen waren ein Symptom seiner Trauer und somit auch ein weiterer Grund, weshalb er so viel arbeitete. Und auch hier spielte ich sein Spiel mit und tat so, als würde ich nicht wissen, dass er gar nicht die Nacht durcharbeiten *musste.* Als würde ich nicht wissen, dass er sich somit vor der Trauer rettete, die ihn noch tiefer traf, wenn er nachts alleine im Bett lag. Als würde ich nicht wissen, dass er sich in seiner Arbeit bloß Ablenkung suchte. Immer wieder erinnerte ich mich an die Nächte, in denen er vollkommen aufgelöst im Wasser am Strand gestanden und in den Himmel gestarrt, nach Mum Ausschau gehalten hatte. Die Nächte, in denen ich hilflos am Fenster gestanden hatte und so tun musste, als würde ich schlafen.

Dad war mein bester Freund. Wir neckten uns und ließen keine verletzlichen Emotionen an uns heran, wenn wir uns gegenüber standen. Das wars dann aber auch schon mit der Freundschaft. Keine Gefühle, keine Verletzlichkeit und tausende Geheimnisse. Vielleicht lag das daran, dass wir beide nie die Chance dazu gehabt hatten, diese gegenseitigen Emotionen von einer Frau zu lernen. Auch wenn Dad mich abgöttisch liebte und alles für mich tun würde, wusste ich, dass mir eine mütterliche Hand, die mir zeigte, dass Verletzlichkeit und Emotionen in Ordnung sind, ganz eindeutig fehlte. Ich wusste nicht, wie ich mit Wärme ihm gegenüber umgehen sollte und lag daher die meisten meiner Nächte mit der Hoffnung wach, dass seine Tränen irgendwann von alleine schwinden würden.

Ich richtete den Blick in die Ferne. Jedes Mal wenn der Leuchtturm sein Licht aussendete, kniff ich die Augen zusammen und überprüfte, ob irgendwo etwas zu sehen war.

Gerade als ich mir sicher war, dass die Luft rein war, und mich wieder meinen Zeichnungen widmen wollte, machte ich im Augenwinkel eine Bewegung aus. Schlagartig richtete ich den Blick zu den Klippen, welche von der Dunkelheit sofort wieder verschluckt wurden. Doch dann deutete der Leuchtturm mit seinem Pegel von neuem in jene Richtung und eine kleine Gestalt kam für kurze Zeit zum Vorschein. Hastig stand ich auf und lief zum Bug, da war der Lichtpegel von neuem bei ihr angekommen. Ein Mädchen, da war ich mir sicher, denn ihr Rock wehte im Wind. Ich warf einen Blick auf die Uhr. Wir hatten fast ein Uhr nachts, wollte sie ernsthaft um diese Zeit spazieren gehen? In dieses Gebiet verirrte sich selten mal jemand. Hier hinten existierten eigentlich nur mein Dad, der Leuchtturm und ich. Ich lehnte mich über die Reling, kniff die Augen zusammen, um sie besser erkennen zu können. Doch die Klippen waren zu weit weg und das Licht des Leuchtturms verschaffte mir immer nur Sekundenweise eine bessere Sicht. Ich musste näher ran.

Ohne lange drüber nachzudenken, setzte ich das Boot in Bewegung. Mir schien es, als würde sie mit jedem Mal, in dem das Licht sie umgab, dem Abgrund näherkommen, und irgendwie hatte ich für diese Nacht plötzlich gar kein gutes Gefühl mehr.

Was zur Hölle hatte sie vor?

III

Abby

Onkel Hughs Wahlkampfrede war ein voller Erfolg, er fand viele Sympathisanten und der Stadtrat war weiterhin auf seiner Seite. Dies hatte er am späten Nachmittag berichtet und feierte es mit einem festlichen Abendessen zu viert. Extra für mich, - wie er es sagte, - hatte er meinen abendlichen Unterricht ausfallen lassen, damit ich mit feiern konnte. Großzügig von ihm, wie ich fand.

»Freu dich nicht zu früh, Hugh.«, meinte sein Rechtsberater, Anwalt und guter Freund Dr. Ralf Woods, nachdem sie ihr Whiskeyglas zusammenklirren lassen hatten. »Der Wahlkampf ist noch nicht gewonnen.«

Hugh winkte ab. »Ach, den Rest schaukeln wir auch noch. Spätestens nach dem Dinner am Sonntag habe ich alle überzeugt. Die Leute lieben mich.«

Bei seiner Bemerkung musste ich sauer aufstoßen und räusperte mich angewidert. Er hatte Recht, alle liebten ihn, doch warum fiel es mir so schwer, ihn auch zu lieben?

»Abbigail, trinkst du gefälligst langsamer!«, schimpfte er mit mir und schlug einmal laut auf den Tisch, als ich auch nach einer halben Minute immer noch am Husten war. »Und setz dich gerade hin!«

Sofort begradigte ich meinen Sitz. Meine untere Rückenmuskulatur schmerzte allerdings so sehr, dass es fast unerträglich war. Ich verschluckte meinen nächsten Hustenanfall mühselig und räusperte mich heimlich, dann quälte ich mich zu einem Lächeln, das mit Sicherheit einer elendigen Grimasse glich.

Auch wenn ich mich für ihn freuen sollte, - denn so wurde ich von ihm erzogen, - hielt sich meine Feierlust irgendwie in Grenzen. Ich bemühte mich, das tat ich wirklich! Ich wollte ihm eine gute Nichte sein, ich wollte ihm nicht immer zur Last fallen. Doch trotzdem wurde ich das beengende Gefühl in meiner Brust nicht los, dass es nicht sein Wahlkampf hätte sein dürfen, weswegen wir feierten. Heute war Davids Tag, heute war sein Geburtstag. Heute hätten wir ihm die Ehre erweisen müssen und nicht meinem Onkel. Doch Hugh scherte sich keineswegs um seinen Verlust. Vielmehr verachtete er meinen Bruder für den Vorfall, denn damit brachte er Schande über Hughs Ruf. Neben dem Mitgefühl, das er von einigen für den Tod seines Neffen erntete, hatten es auch viele Unruhen in den Medien gegeben. Wie es zum Beispiel dazu kommen konnte, dass David und ich ohne Führerschein und in seinem Zustand Onkel Hughs Wagen nehmen konnten. Passte Hugh nicht genug auf uns auf? Konnte er sich in seinem Haus nicht durchsetzen? War ihm der Ernst Davids Krankheit nicht bewusst? Die Menschen zweifelten seine Erziehungsmethoden an, was ihn dazu anregte, sie bei mir noch weiter zu verschärfen. Er sperrte mich ein, überwachte mich noch deutlicher, weil er wusste, dass auch ich sofort abhauen würde, hätte ich den Mumm dafür. Und mit meiner Flucht wäre sein Ruf vollkommen ruiniert.

Michael, Dr. Woods Sohn, schenkte mir einen mitleidigen Blick. Auch er war wenig darüber erfreut, hier sein zu müssen. Sein Dad setzte seinen Sohn stark unter Druck, was das Jurastudium und somit Dr. Woods Nachfolge anging. Bei jedem Wahlkampf, Beratungsgespräch oder Pressekonferenz von meinem Onkel musste er dabei sein, damit er den praktischen Teil auch aktiv lernte. Und als wären sein Studium und die Termine mit seinem Vater nicht schon zeitaufwändig genug, erwartete Dr. Woods zusätzlich einen einwandfreien Notendurchschnitt von ihm.

Ich hatte mich schon öfters mit ihm gezwungenermaßen unterhalten. Gezwungenermaßen deshalb, weil Dr. Woods und mein Onkel eine zukünftige Bindung zwischen Michael und mir erwarteten. Dass er mit seinen 25 Jahren eigentlich viel zu alt für mich war, ließen sie dabei völlig außer Acht. Onkel Hugh kümmerte es nur, dass ich sein Ansehen wahrte und eine Bindung einging, die auch zu seinem Vorteil war, und Dr. Woods hatte nur Augen für das Geld, das Hugh ihm zahlte.

Michael war ganz anders als sein Vater. Nicht so aufgeblasen und herablassend. Ich mochte ihn. Wenn sein Vater nicht in der Nähe war, konnte man sich ab und an ganz gut mit ihm unterhalten, - auch mal über Themen, die wir vor Hugh und Dr. Woods nicht ansprechen durften, - aber für ein engeres Verhältnis kamen wir beide einfach nicht in Frage.

»Wie läuft dein Studium, Michael?«, fragte Hugh interessiert, als er gerade dabei war, sich eine Zigarre anzuzünden.

Michael holte Luft zum Antworten, kam aber nicht dazu, da sein Vater ihm zuvorkam.

»Ausgezeichnet.«, berichtete Dr. Woods breit grinsend, leerte dann den Rauch aus seinen Lungen. »Das letzte

Semester war er Jahrgangsbester und sein Dozent und ich sind uns sicher, dass es dieses Semester genauso sein wird.«

»Sieh an«, antwortete mein Onkel begeistert und visierte mich eine Zeitlang mit hochgezogener Braue. »So zahlt sich harte Arbeit aus. Du kannst wirklich stolz auf dich sein, mein Junge.«

»Vielen Dank, Mr. Grogan.«, antwortete Michael höflich und nickte ihm zu. »Ich beschäftige mich rund um die Uhr mit den Studienthemen.«

»So ist es auch richtig.«, betonte Dr. Woods, weil er den Vorwurf in Michaels Stimme heraushörte. »Deine Mutter und ich tun alles, damit du es gut hast und deine Zukunft gewahrt ist.«

Mrs. Woods hatte ich bisher noch nie kennenlernen dürfen. Sie schien in der Beziehung und Erziehung ihres Sohnes nicht viel zu sagen zu haben. Michael sprach nicht oft von ihr.

»Ich wünschte, solch einen Lernehrgeiz könnte ich auch in meinem Haus zu spüren bekommen.«, meinte Hugh plötzlich mit angespannter Stimme. Ich hob erschrocken den Kopf von meinem Teller und blickte in seine Augen, in denen sich Abneigung und Hass widerspiegelten.

Hastig senkte ich den Blick, als ich merkte, dass er von meinen Leistungen sprach. Sie waren nicht gut genug. Sie würden niemals gut genug sein, denn *ich* war nicht gut genug.

»War dein Neffe nicht so begabt im Politikunterricht?«, fragte Dr. Woods interessiert nach und richtete seine viel zu große Fliegenbrille, nachdem er Onkel Hughs kritischen Blick beäugt hatte.

Er ließ sich Zeit mit seiner Antwort. Obwohl ich nur den Teller vor meinen Augen hatte, spürte ich seinen hasserfüllten Blick auf mir. Er legte sich auf meine Haut wie Säure.

»Das war er in der Tat.«, antwortete er schließlich flüsternd, ehe er noch einen tiefen Zug seiner Zigarre nahm und den

Rauch in meine Richtung blies. »Doch er hat es nicht richtig eingesetzt. Dieser Nichtsnutz wollte lieber Sozialwissenschaften studieren. Wofür braucht man das eigentlich?«

Ich wollte nicht weinen, wollte ich wirklich nicht. Ich wollte auch nicht wütend werden. Ich hatte kein Recht, wütend auf meinen Onkel zu sein, *oder?* Doch ich konnte das beengende Gefühl in meiner Brust nicht umgehen, es nahm mir jegliche Kraft, zu atmen, jegliche Kraft, ordentlich über meine Worte nachzudenken.

»Er wollte anderen helfen. Er war ein guter Mensch.«, platzte es aus mir heraus, ohne dass ich den Blick hob. Heute war Davids Geburtstag. Wenigstens heute sollte Hugh es verdammt nochmal lassen, so schlecht über ihn zu reden.

Mein Onkel lachte. Ein widerliches tiefes Lachen, das einem kränklichen Husten glich. Dann verstummte er, lehnte sich langsam vor und schlug mit einem Mal laut auf den Tisch. Ich zuckte ängstlich zusammen, hob dennoch nicht den Blick. Auch wenn es sich richtig anfühlte, David zu verteidigen, war es falsch von mir gewesen, ohne Erlaubnis zu sprechen. Ich musste mich an die Regeln halten

»Du bist so naiv.«, keuchte er belustigt. »Wenn dein Bruder wirklich so ein guter Mensch gewesen wäre, hätte er seine Schwester nicht in solche Gefahr gebracht und die Zeit, die ihm noch blieb, sinnvoller genutzt. Aber ich will nicht über ihn richten, das hat Gott bereits getan.«

Es tat so weh. So weh, wie er über ihn sprach, sodass ich am liebsten aufgesprungen wäre und meinen Onkel geohrfeigt hätte. Doch allein dieser Gedanke erfüllte mich mit Angst vor der Bestrafung. Ich wollte mir nicht ausmalen, was geschehen würde, könnte er in meinen Kopf sehen.

Trotz aller Ehrfurcht hob ich schließlich doch den Blick. Fassungslos, gefüllt mit Tränen. Mein Kopf war so schwer, sehnte sich danach, einfach zu schweigen, mich wieder auf dem harten Boden meines Baumhauses zusammenzurollen und die Nacht mit Weinen zu verbringen, nur um am nächsten Morgen für einen weiteren Tag voller Qualen bereit zu sein. Doch irgendetwas hielt ihn aufrecht, irgendetwas gab mir die Kraft, von deren Existenz ich bisher nichts gewusst hatte. Vielleicht der starke Wille, meinen Bruder zu schützen, so wie er es immer mit mir getan hatte.

»Du weißt, dass es nicht seine Schuld war.«, hauchte ich gebrochen und leise, weil ich einerseits Angst hatte, zu reden, andererseits aber trotzdem für David einstehen und mich stellen musste.

Mit einem Mal verschwand jegliche Farbe aus dem Gesicht meines Onkels, nur damit sich in der nächsten Sekunde seine Haut zu Feuerrot färbte. Er war wütend. Angespannt krallte er sich an seiner Serviette fest und presste die Lippen aufeinander. Ehe er sich vor seinen Gästen eines ruhigen Tones bemühte, atmete er einmal tief durch.

»Abbigail Wincester«, begann er warnend. Wenn er meinen vollen Namen aussprach, wusste ich, wie ernst es ihm war. Urplötzlich wurde ich mir über die Konsequenzen meiner Worte bewusst und begann zu zittern.

Ohne mich aus den Augen zu lassen, deutete er auf die Tür. »In den Salon.«, sagte er nur angespannt. »Sofort!«

Mein Blick zappte zu Michael, der seinen Kopf senkte und mich nur im Augenwinkel musterte. Er ahnte sicherlich, was mir bevorstand. Ehe ich mich erhob, schloss ich für eine Sekunde die Augen, um die Tränen zurückzuhalten, und atmete tief durch. Als ich dann im Zimmer nebenan verschwand und die breite Flügeltür hinter mir verschloss, hörte ich meinen Onkel sich noch für mein *unerhörtes Benehmen* entschuldigen.

Ich setzte mich auf das Sofa, verschränkte die Hände im Schoß und dachte über meine Worte nach. Sie waren doch richtig gewesen, *oder?* War es nicht meine Pflicht, Davids Ruf zu wahren? Ihn zu schützen? Es war doch sein Geburtstag! Und doch wusste ich plötzlich nicht mehr, was richtig und was falsch gewesen war. Onkel Hugh war jedenfalls alles andere als erfreut. Ich hatte seine Party zerstört, ich hatte ihn verärgert.

Mein Körper versteifte sich sofort zu einem Brett, als die Tür geöffnet wurde. Hastig erhob ich mich von meinem Sitz und heftete den Blick auf meine Füße. Innerlich erfror ich. Alles wurde mit einem Mal ganz kalt. Der Raum verdunkelte sich, oder bildete ich mir das nur ein?

Hugh ließ sich Zeit. Ich spürte seinen Blick eine Zeitlang auf mir, er erdrückte mich und nahm mir jegliche Luft zum Atmen. Es vergingen unerträgliche Minuten, bis er sich schließlich in Bewegung setzte und langsam auf mich zukam. Seine Schritte hallten dunkel durch den Raum. Mit jedem pochte mein Herz schneller. Ich zitterte. *Verdammt!* Ich durfte nicht zittern. Er deutete es als Vorwurf. Denn eigentlich musste ich ja keine Angst vor ihm haben. Eigentlich war es ja meine eigene Schuld, wenn er mir wehtat. Eigentlich war er ja ein guter Mensch, der mir Bildung und ein Dach über dem Kopf ermöglichte. Eigentlich sollte ich dankbar sein. Er wollte das Ganze ja genau so wenig wie ich, doch manchmal brauchte ich eine harte Hand, um mich an meine Manieren zu erinnern. Dies war viel mehr ein Akt des guten Willens als eine Bestrafung, - *meinte er.*

Sein halbvolles Whiskeyglas und seine fein säuberlich polierten Anzugschuhe aus Italien tauchten in meinem Sichtfeld auf, als er knapp vor mir zum Stehen kam. Ich schluckte, weil ich seinen alkoholgetränkten Atem wahrnahm und mir umgehend tausende von Erinnerungen ins Gedächtnis strömten. Er schwenkte den Inhalt im Glas ein paar Mal, setzte es dann an seinen Mund und schluckte die Hälfte des Inhaltes hörbar hinunter.

»Es war nicht seine Schuld?«, fragte er mit angespanntem Unterton nach und presste anschließend die Lippen aufeinander. Auch wenn ich es nicht sah, wusste ich es, denn das tat er jedes Mal, wenn er wütend war.

War es seine Schuld?, stellte ich meine Aussage plötzlich selbst in Frage. Natürlich nicht, oder? David hatte doch nur nochmal das Meer sehen wollen.

»Nein«, hauchte ich unsicher, weil ich nicht wusste, was die richtige Antwort war.

Anscheinend die Falsche, denn sein Griff um das Glas verstärkte sich umgehend, sodass seine Knöchel weiß hervortraten. Wie ein Stier stieß er mit einem Mal alle Luft aus seinen Lungen, nur um kurz darauf sie wieder angespannt einzuziehen. Meine Schultern stiegen mit jedem seiner Atemzüge höher und höher. Ich fühlte mich so klein. So falsch. Schließlich drehte er sich kurz von mir weg und versuchte sich zu beruhigen. Als er sich wieder umdrehte, schien er fast ein bisschen ruhiger.

Spottend stieß er den Atem aus und lachte leise. »Wessen Schuld war es denn dann?«

Ich schnappte nach Luft, so zischend war sein Tonfall. Eine Zeitlang rang ich nach Worten, weil ich nicht mehr wusste, wo oben und unten war. Was richtig und was falsch war. Panisch versuchte ich, meine Atmung zu beruhigen, den Kloß in meinem Hals zu beseitigen. Aber ich bekam keine Luft mehr. Ich konnte nicht mehr reden.

»SCHAU MICH VERDAMMT NOCHMAL AN, WENN ICH MIT DIR REDE!!«

Eine brennende Flüssigkeit landete in meinem Gesicht, kurz darauf schallte das Klatschen seiner Hand an meiner Wange laut durch den Raum. Ich zuckte schmerzerfüllt zusammen und taumelte nach hinten. Meine Beine ließen nach, weswegen ich auf das Sofa fiel. Erst jetzt realisierte ich richtig, was geschehen war. Doch ehe ich überhaupt die Chance dazu bekam, den stinkenden Whiskey aus meinem Gesicht zu wischen, packte er mich schon am Kragen und schleuderte mich einmal gegen die Lehne.

Sein Gesicht war mir so nah, dass sein lautes Keuchen meine nassen Wangen umgab. Ich bekam die Augen kaum auf, weil sie von dem sauren Alkohol brannten. Doch er erwartete, dass ich ihn ansah, also musste ich sie irgendwie offenhalten.

»So«, zischte er schließlich und zog seine Oberlippe in die Höhe wie ein beißender Hund. Er befestigte seinen Griff um meine Kehle und stieß sie noch ein paar Mal gegen die harte Lehne. Sterne traten mir vor die Iris. Ich bekam kaum mit, was mit mir geschah. »Jetzt stell dich verdammt nochmal gerade hin und schau mir in die Augen.«

Er packte mir an die Haarwurzel und zog mich wieder auf die Beine. Ein stechender Schmerz durchfuhr meine Kopfhaut, doch ich durfte mich nicht beschweren. Ich hatte es verdient.

Für eine Sekunde versagten meine Knie wieder, doch ich fing mich rechtzeitig und versuchte, gerade zu stehen. Schon im nächsten Moment traf mich eine weitere Backpfeife.

»SCHAU MICH AN!«, brüllte er so laut, dass es in meinen Ohren klingelte. Umgehend hob ich den Blick, versuchte, ihn in seinen blutunterlaufenen Augen zu festigen.

»Jetzt sagst du mir verdammt nochmal, wessen Schuld es war!«, presste er angespannt hervor.

Ich öffnete den Mund und holte zitternd Luft zum Antworten. Doch was wollte ich antworten? Was war richtig?

»Ich-«, brachte ich gerade so unsicher hervor, weil mir irgendetwas den Hals zuschnürte. Es war der Kloß in meiner Kehle, der mir seit Jahren treu war.

Wütend schmetterte er sein leeres Whiskeyglas neben mich auf den Boden. Es zerbrach umgehend in Tausende von Scherben, woraufhin ich erneut ängstlich zusammenzuckte. *Fehler*! Denn genau das veranlasste seine Wut dazu, noch weiter aufzuflammen.

»Willst du mir sagen, dass es meine Schuld war?!« Er packte mich erneut an der Kehle und stürzte sich auf mich. Ich fiel zurück auf das Sofa und wurde in den harten Stoff gedrückt. »Willst du mir sagen, dass ich nicht richtig aufgepasst habe?!« Onkel Hugh platzierte sein komplettes Gewicht in seinem Griff, sodass ich keine Luft mehr bekam.

Ängstlich schüttelte ich den Kopf, um ihm zu signalisieren, dass ich ihn nicht beschuldigte. Dass niemand außer der Krankheit Schuld trug. Doch das war ihm mittlerweile egal. Mit jeder Sekunde, die verging, schien er seinen Griff nur noch zu verfestigen. Auch wenn ich unter ihm wie ein hilfloser Käfer zappelte, wurde mir der Gedanke an den Tod immer vertrauter. Ich sehnte mich nach Ruhe, nach Frieden, nach David.

Vielleicht war es besser, wenn ich zu Atmen aufhörte. Vielleicht sollte ich mich nicht wehren. Vielleicht hörte ich dann auf, Hugh zur Last zu Fallen.

»Dein Bruder war ein Nichtsnutz genau wie du!«, spuckte er mir ins Gesicht. »Es war seine Schuld! Hörst du?! Er hätte noch länger leben können, wenn er es gewollt und sich an die Regeln gehalten hätte!«

Langsam wurde alles dunkler. Langsam wurde alles stiller. Ich war so nah am Frieden, so nah an meinem Bruder. Meine Wimpern fielen auf meine feuchten Wangen. Glieder und Knochen wurden taub, begannen zu kribbeln und meine Lunge brannte wie Feuer. Gerade als ich mich mit meinem Schicksal abgefunden hatte, löste er sich von meinem Hals und feuerte seine Faust gegen meinen Wangenknochen. Er würde mich niemals so einfach gehen lassen.

Der Schmerz in meinem Gesicht und der plötzliche Sauerstoff, der in meine Lungen strömte, holten mich wieder in die Realität zurück. Weg von der Stille, weg vom Frieden, weg von meinem Bruder.

»Ich habe dieses Thema so satt!«, hörte ich ihn dumpf irgendwo brüllen. »Dein Bruder ist fort und du machst mir nur noch mehr Probleme! Schrecklich bist du! Ein totaler Nichtsnutz! Warum bist du nicht mit ihm gegangen!«

Ein zweites Mal landete seine Faust auf meiner Haut, diesmal war die Lippe dran. Ich konnte deutlich das Blut in meinem Mund spüren. Es schmeckte nach Eisen und Whiskey.

»Hör auf zu weinen!«. Erst jetzt fiel mir auf, wie überflutet meine Wangen bereits waren. Wann hatte ich damit angefangen? Ich konnte mich nicht erinnern.

»Du hast keinen Grund zu weinen!«, fuhr er fort und packte mich am Kragen. »Das hast du dir selbst eingebrockt!«

Mit einem Mal zog er mich wieder auf die Beine, nur um mich im nächsten Moment zu Boden zu schleudern. Ich fiel gegen den kleinen Wohnzimmertisch und zog eine große Vase mit mir. Die Scherben landeten auf meinem Körper, als ich mich ängstlich zusammenkrümmte.

»Bitte!«, hauchte ich mit heiserer Stimme, weil mir durch das Würgen jegliche Stimmbänder eingequetscht worden waren. »Es tut mir leid!«

Schützend hob ich meine tauben Hände vor meinen Körper, als er sich wieder über mir aufbaute. Auch er keuchte laut, beugte sich dann zu mir runter und nahm meinen Kiefer in seinen Griff. Ich wimmerte laut, sah sein Gesicht nur durch verschwommene Sicht. Doch ich konnte deutlich erkennen, welch kraftvolle Wut in seinen Augen stand.

»Es war seine Schuld!«, wiederholte er laut. »SAG ES!«

Bei der plötzlichen Lautstärke seiner Stimme kniff ich die Augen zusammen und nickte wimmernd mit dem Kopf.

»Es war seine Schuld.«, ahmte ich ihn weinend nach. »Es war seine Schuld. Es war seine Schuld.«

Endlich ließ er von mir ab, woraufhin ich noch dichter in die Ecke kroch. Schützend zog ich die Beine zu meiner Brust und schlang die Arme darum. Durch die Flut in meinen Augen sah ich, dass er sich benommen im Raum umblickte und seine Hand, mit der er mich geschlagen hatte, ausschüttelte. Schließlich fuhr er sich durch die Haare, richtete dann sein Jackett und deutete ein letztes Mal auf mich.

»Du trittst mir heute nicht mehr unter die Augen, hast du das verstanden?!«

Hastig nickte ich, hielt dabei die Luft an, weil ich es verhindern wollte, vor ihm vor Schmerz los zu schreien.

»Und das nächste Mal sprichst du erst, wenn du gefragt wirst!«

Auch diesmal nickte ich. Auch diesmal wurde ich daran erinnert, dass es besser war, mich an die Regeln zu halten.

Ich sah ihn bloß als unscharfe Gestalt. Alles war verschwommen, so unklar, so dumpf. Als wäre er nicht echt. Und doch waren die Schmerzen realer als sonst etwas. Mit dem Moment, in dem er sich endlich entfernte, stieg der Druck in meiner Brust aufs Zehnfache.

»Schrecklich bist du!«

Ich kämpfte. Kämpfte mit meiner Entscheidung. Zwischen dem Drang zu weinen oder der Regel, nicht weinen zu dürfen. Zwischen Brüllen oder die Luft anhalten. Zwischen Aufstehen, Rock richten und Weitermachen - oder einfach aufgeben. Ich kämpfte mit dem Drang, loszuschreien, all die Worte herauszulassen, die ich jahrelang heruntergeschluckt hatte. Doch meine innere Stimme war längst außer Atem.

Selbst sie war zu müde, zu erschöpft, um noch irgendetwas sagen zu können. Jene unausgesprochenen Worte würden für immer im Kerker meines Inneren verrotten.

»Ein totaler Nichtsnutz!«

Der Druck in meiner Brust erhöhte sich, der Schmerz an meiner Lippe und um meinen Hals wurde stärker. Ich hielt die Luft an, so stark ich konnte, presste die Lippen aufeinander, so fest ich es schaffte. Doch es nützte nichts. Ich hatte keine Kraft mehr. David war das einzige, an das ich noch festhalten konnte. Das einzige, das mir Mut und Stärke gegeben hatte, doch mit Onkel Hughs Worten gegen ihn, nahm er mir immer mehr die Erinnerungen an meinen Bruder und ohne diese hatte ich keinen Halt mehr.

Endlich öffnete ich meinen Mund, endlich ließ ich jeglichen Druck aus meiner Brust. Ich sackte gegen die Wand, lehnte den Kopf dagegen und ließ die Tränen meine Augenwinkel passieren. Das salzige Wasser brannte an meiner Wunde und erinnerte mich erneut daran, was ich so eben hatte durchmachen musste. Was ich schon immer durchmachen musste. Aber ich hatte es doch verdient, *oder*?

»Warum bist du nicht mit ihm gegangen!«

Ich vermisste David so. So sehr, dass es meinen körperlichen Schmerz übertönte. So sehr, dass ich kaum merkte, wie ich mich plötzlich schwankend erhob und an der Sofalehne auf die Beine zog. Irgendetwas schob mich Richtung Tür, irgendetwas wollte, dass ich ihm folgte. Ich war hier nicht richtig, ich fiel Hugh nur zur Last. Er hatte Recht, ich machte ihm nur noch mehr Probleme. Und der kurze Moment in seinem Griff, in dem ich beinahe Frieden gefunden hatte, in dem ich fast bei David gewesen war, hatte mir das gezeigt, was ich schon längst hätte tun müssen. Ich gehörte hier nicht her, ich gehörte nicht in diese Welt und ich musste schleunigst zu meinem Bruder. Auf die andere Seite.

Der Raum drehte sich, als ich mich an der Wand entlang tastete. Ich taumelte durch die Tür in den Eingangsbereich und visierte den Ausgang an. Noch nie zuvor hatte ich mich dies getraut. Noch nie zuvor hatte ich diese Tür alleine passiert. Ich durfte nicht raus. Nicht ohne Begleitung, nicht ohne guten Grund. Ich brach die Regeln schon wieder.

Doch im Moment spielten diese Regeln auch gar keine Rolle mehr. Nichts, das mit mir zu tun hatte, spielte weiterhin eine Rolle. Es würde sowieso das letzte Mal gewesen sein, dass ich durch diese Tür ging.

Obwohl meine Lungen brannten und die blauen Wunden an meinem Hals sich mit jedem Atemzug tiefer in meine Haut bohrten, rannte ich, so schnell ich konnte. Ich kannte den Weg nicht, wusste aber, in welche Richtung mein Ziel lag. Dichter Wald umgab die breite, steile Landstraße, an der unser Anwesen lag. Hier oben gab es nur wenige Häuser und die meisten waren mindestens genauso auffällig und zwischen Bäumen versteckt wie unseres.

Benommen taumelte ich die Straße hinab. Bergabwärts war gut. Bergabwärts ging es in die Stadt. Bergabwärts lag das Meer. Das Wasser. David. Ein großes Licht der Scheinwerfer eines Autos hinter mir zeichnete meinen Schatten vor meinen Füßen ab. Ich zuckte ängstlich zusammen und machte einen Satz zur Seite, um mich zwischen den Bäumen zu verstecken. Hastig setzte ich meine Flucht durch den Wald fort und lief tiefer hinein. Ich wusste, auch dieser Weg würde zum Meer – zu den Klippen - führen.

IV

Jake

Sie wollte springen.

Dieses Mädchen war dabei, sich in die Meeresklippen zu stürzen.

Mein Blick fiel hektisch auf die vielen Steinvorsprünge im Wasser, die sie umbringen würden, würde sie einen davon treffen. Immer wieder brach sich eine Welle daran, laut und unberechenbar. Die friedliche Stille war von jetzt auf gleich vorüber. Als hätte jemand die Lautstärke auf Hundert gedreht, hörte ich jedes Detail plötzlich so präzise. Das Summen des Leuchtturms, das Drehen des Lichtfeuers, der laute Motor meines Bootes, das ihr immer näherkam, mein schneller Atem. Adrenalin schoss mir durchs Blut. Nun wusste ich, wie hilflos und hektisch Dad sich gefühlt hatte, als er vergebens auf die Yacht zugesteuert war. Dieses Gefühl, nicht von der Stelle zu kommen, nicht helfen zu können. Zu versagen.

»HEY!«, rief ich so laut, dass meine Stimme brach. Die ganze Zeit war ich so in Hektik gewesen, dass ich gar nicht daran gedacht hatte, ihr zuzurufen. Doch es brachte nichts.

Meine Stimme wurde im Zusammenspiel des Windes und Meeres verschluckt.

Panisch warf ich den Blick zurück. Ich war schon ein gutes Stück nähergekommen, - und doch noch nicht nah genug, um mich groß bemerkbar zu machen. Sollte ich sie mit meinem Fernlicht blenden? Dann würde sie sich vielleicht erschrecken und das wollte ich nicht. Ich wusste nicht mal, ob es sinnvoll war, ihr zuzurufen, mich überhaupt bemerkbar zu machen. Jede Maßnahme schien plötzlich so falsch.

Sie tat einen letzten Schritt. Ich konnte deutlich erkennen, dass ihre Fußspitzen bereits in die Tiefe starrten, so nahe war sie dem Abgrund. Ein paar Steinchen lösten sich und fielen hinab. Machten vor, was mit ihr passieren würde, würde sie sich wirklich für den Tod entscheiden.

Ich stoppte den Motor und trat an die Reling. Ein letztes Mal sprang ich auf und ab, winkte ihr zu und flehte sie schreiend an, es nicht zu tun. Und in diesem Moment fiel ihr Blick in meine Richtung. Sie war eigentlich immer noch zu weit weg, um ihre Gesichtszüge richtig erkennen zu können, doch mit jenem Blick wurde es plötzlich ganz kalt um mich herum. Ich hätte schwören können, den hoffnungslosen Tod in ihren Augen erkennen zu können. So leblos, voller Qualen.

Sie ließ die Augen nicht von mir, als sie das Bein hob und es für einen weiteren letzten Schritt nach vorne Schwang. Es fiel ins Leere, fand keinen Halt mehr.

»NEIN!«, schrie ich, ohne es wirklich wahr zu nehmen. Es kam einfach aus meinem Mund heraus, ohne Steuerung. Als hätte nicht ich es geschrien, als wäre es irgendwo weit weg von jemand anderem gekommen.

Ich hielt die Luft an, klammerte mich an die Reling. Von nun an verlief alles in Zeitlupe. Das Rauschen der Wellen verschwand, der laute Wind um meine Ohren war wie ausgeschaltet. Das einzige, das ich hörte, war jedes einzelne

Blutkörperchen in meinen Adern, die durch meinen Körper schossen. Das Herz bebte, die Luft blieb mir weg.

In einer Sekunde schien ihr Körper in der Atmosphäre zu schweben, in der nächsten erreichte er auch schon das Wasser. Hastig kniff ich die Augen zusammen, weil ich es nicht ertrug, zu sehen, wie das harte Gestein sie tötete; doch es erfolgte kein harter Aufprall, man hörte nur das Platschen des Wassers.

Jetzt kam ich wieder zur Besinnung. Langsam wurde wieder alles lauter. Das Meer, der Wind, der Leuchtturm. Ich öffnete die Augen und sah weiße Gischt auf der Meeresoberfläche zwischen den Steinen.

Sie hatte sie verfehlt. *Herrgott*, wie konnte das möglich sein? Sie hatte die Steine verfehlt!

Keuchend starrte ich eine Zeitlang auf das aufgewirbelte Wasser. Immer noch voller Schock. Panisch und erleichtert zugleich. Doch das Glück nahm nicht lange in mir Platz, denn sie tauchte nicht wieder auf

Erst nach einer halben Ewigkeit wurde mir klar, dass ich etwas tun musste. Ohne groß drüber nachzudenken, streifte ich mir Jacke und Schuhe vom Leib und sprang im großen Bogen in das kalte Wasser. Das Salz brannte in meinen Augen, als ich mühevoll den Steinen entgegen kraulte. Die Wellen erschwerten mir das Ganze umso mehr, ich hatte das Gefühl, kaum vom Fleck zu kommen.

Meine Arme zitterten bereits, als ich endlich an der Stelle ankam, in der sie eingetaucht war. Kurz bevor ich mich in die Tiefe hievte, atmete ich ein paar Mal tief durch. Dann drückte ich mich mit aller Kraft von einem der vielen Steine ab und sank in das dunkle Wasser.

Die Sicht wurde mir fast vollkommen versperrt. Blind tastete ich mich durch das Wasser und tauchte tiefer und tiefer. Kurz bevor die Luft in meinen Lungen vollkommen aufgebraucht war, machte ich in der Tiefe etwas aus. Eine

Gestalt, einen Körper. Aber er war zu weit weg, ich brauchte frische Luft und auch der Druck des vielen Wassers schien meinen Kopf zu erdrücken.

Konzentriert fixierte ich mich auf den Punkt, an dem ich sie zuvor entdeckt hatte, tauchte dann nochmal auf, um neu Luft zu holen. Da fiel mir auf, dass mein Boot immer weiter raus getrieben wurde. In der Hektik hatte ich den Anker gar nicht rausgeworfen, jetzt war also noch schnelleres Handeln angesagt, sonst würde ich nicht nur ein Menschenleben, sondern auch das Boot meines Vaters verlieren.

Mit aller Kraft tauchte ich ein weiteres Mal unter, ignorierte den schrecklichen Druck an meinen Ohren, je tiefer ich sank. Und dann war sie direkt vor mir.

Ich krallte mich an ihrem Arm fest, hievte ihren Körper mit mir an die Oberfläche. Sie bewegte sich nicht, als wir über Wasser ankamen. Ich musste sie schleunigst an Land bringen.

Obwohl sie leicht wie eine Feder war, musste ich nun noch mehr Kraft aufwenden, um zurück zum Boot zu kommen. Ihr langer Rock hing schwer im Wasser und ich musste immer wieder darauf achten, dass ihr Gesicht an der Oberfläche blieb. Sie war so zierlich und dünn, dass ich fast Angst bekam, sie in meinem starken Griff zu zerbrechen. Dads Boot war schon so weit entfernt, dass ich die dreifache Zeit des Hinweges für den Rückweg brauchte. Doch irgendwann merkte ich, dass wir langsam vorankamen. Mit letzter Kraft krallte ich mich an der kleinen Leiter am Heck fest, verschnaufte kurz, ehe ich ihre Arme um meinen Nacken befestigte und sie auf das Boot hievte. Beine und Arme zitterten vor Anstrengung. Ich hatte schon lange nicht mehr so viel Kraft im Wasser aufwenden müssen, und doch stellte das Adrenalin in meinem Blut die Erschöpfung fast vollkommen taub.

Für ein paar Sekunden betrachtete ich das Mädchen und stellte fest, dass es nicht atmete. Es hatte sicherlich viel zu viel

Wasser geschluckt. Ich erinnerte mich an die vielen Stunden mit meinem Dad, in denen er mir verschiedene Griffe der Ersten Hilfe gezeigt hatte.

Instinktiv drehte ich sie auf den Rücken und versuchte, mich zu entsinnen.

Herzdruckmassage und Mund-zu-Mund Beatmung.

30 zu 2.

Hastig setzte ich meine flachen Hände auf die Mitte ihrer Brust und drückte mein Gewicht 30 Mal drauf. Immer wieder hatte ich Angst, ihr dabei etwas zu brechen, so zierlich war sie. Doch daran durfte ich jetzt nicht denken.

Als ich mit dem ersten Durchgang fertig war, nahm ich ihr Kinn, drückte ihre Nase zusammen und spendete ihr zwei Mal mit voller Kraft meinen Atem. Danach setzte ich die Herzdruckmassage ein zweites Mal fort, ehe ich erneut meine Lippen mit ihren vereinte.

Beim vierten Mal ging selbst mir langsam die Luft aus und auch meine Hoffnung auf Rettung verblasste allmählich. Ein letztes Mal blies ich mit voller Kraft Leben in ihre Lungen, da regte sich etwas in ihrem Hals. Laut prustend drehte sie sich zur Seite und entfernte das salzige Wasser aus ihrem Körper. Ich wich zurück, sank erschöpft gegen die Reling und blieb dort völlig überwältigt sitzen. Sie sammelte sich langsam, blickte sich ausgelaugt um. Als sie mich entdeckte, wich sie erschrocken zurück und kroch in die letzte Ecke. Ich beobachtete sie eine Zeitlang, während auch ich versuchte, meine Atmung zur Ruhe zu bringen. Sie zog die Knie zur Brust, schlang dann die Arme darum. Ihr Haar schien durch die Nässe dunkel, doch ich war mir fast sicher, dass sie blond war. Es reichte ihr bis unter die Brust. Ihr langer Rock war schwer und passte auf irgendeine Weise überhaupt nicht in die heutige Zeit. Allgemein sah sie ganz anders aus als jedes andere Mädchen, das ich kannte.

Da der nasse Stoff ihrer Kleidung fast vollkommen ihren Körper bedeckte, merkte ich erst jetzt, dass sie zitterte. Hastig fischte ich in einer Truhe unter dem Steuerungssitz eine dicke Wolldecke hervor und reichte sie ihr. Sie starrte mich an, unsicher darüber, was sie tun sollte.

»Nimm sie bitte.«, sagte ich und entfaltete den dicken Stoff. »Es ist zu kalt. Du zitterst.«

Wieder regte sie sich nicht, sah mich nur geistesabwesend an. Der Anblick ihres nassen, zitternden Körper machte mich unruhig, also machte ich Anstalten, ihr die Decke selber über die Schultern zu ziehen. Doch je näher ich ihr kam, desto ängstlicher wurde sie. Schließlich griff sie selbst nach dem Stoff, um zu verhindern, dass ich sie berührte.

Während sie die Decke über sich ausbreitete, fiel mein Blick auf den dünnen Stoff ihrer weißen Bluse. Durchnässt gab er einen fast durchsichtigen Einblick auf ihre Arme. Wenn ich mich nicht täuschte, waren sie übersäht mit dunklen Flecken. Wunden? Blutergüssen?

Bevor ich es richtig erkennen konnte, versteckte sie sich unter der Decke und warf mir einen skeptischen Blick zu, ehe sie ihren Kopf wieder zwischen den Knien vergrub.

Es war seltsam. Normalerweise hätte ich mich schon längst ans Steuer schwingen und sie an Land bringen müssen. Doch aus irgendeinem Grund saß ich immer noch vollkommen überwältig auf dem Boden meines Bootes und ließ es immer weiter hinaustreiben. Vielleicht stand ich unter Schock? Vielleicht machten mich dieses Mädchen und ihre Geschichte aber auch einfach so neugierig und traurig, dass ich unbedingt noch ein bisschen alleine mit ihr sein wollte. Solch einen Vorfall erlebte man schließlich nicht alle Tage.

»Geht es dir gut?«, hörte ich mich plötzlich fragen.

Natürlich geht es ihr nicht gut, Vollidiot.

»Ich meine«, verbesserte ich mich, als sie den Kopf ein Stückweit hob und mich überrascht anstarrte. »Hast du dich verletzt?«

Ich lehnte mich zu ihr rüber und streckte meine Hand aus, um ihr meine Hilfe zu signalisieren, da schreckte sie ängstlich zurück. Sofort stellte ich mein Hilfsangebot ein und ließ ihr ihren Freiraum. Wer weiß, was sie bisher durchmachen musste.

Als sie merkte, dass ich ihr nichts tun wollte, entspannte sie sich wieder ein wenig und schüttelte zaghaft den Kopf. Ihr leerer Blick verbreitete in mir eine Eiseskälte. Eine Kälte, die von Innen kam, die nicht auf meine nassen Klamotten zurückzuführen war. Eine Kälte, die nur Gefühle auslösen konnten. Auch wenn ich ihren Körper soeben vor dem Tode bewahrt hatte, war ich mir sicher, dass ihre Seele weiterhin am Abgrund stand und das verbreitete in mir immer noch dieselbe Panik wie der Moment, in dem ich sie an den Klippen entdeckt hatte.

Erst jetzt fiel mir auf, dass auch ihr Hals blau war. Wie eine Kette schlang sich ein dunkler Ring um ihren Nacken. Ich starrte wohl etwas zu intensiv darauf, denn irgendwann verdeckte sie die empfindliche Haut mit ihren vielen Haaren und zog die Decke bis zur Nasenspitze hoch.

»Ich bin Jake.«, stellte ich mich freundlich vor, um ihr Vertrauen zu gewinnen. Sie sollte wissen, dass ich ihr nichts Böses wollte. »Jake Ayres.«

Ihre blutunterlaufenen Augen wanderten hoch zu meinen. Ich konnte deutlich erkennen, dass sie mit sich kämpfte. Sie war unsicher darüber, was sie tun sollte. Ob sie antworten oder einfach schweigen sollte.

»Abb-«, begann sie, kam aber nicht weit, da sich ihre heisere Stimme überschlug und sie schmerzerfüllt das Gesicht verzog.

Ich beobachtete sie dabei, wie sie die Augen schloss und ein paar Mal tief durchatmete, ehe sie nochmal neu ansetzte. Es war nicht zu übersehen, dass ihre Stimmbänder angeschwollen waren.

»Abbigail Wincester«, flüsterte sie kaum hörbar. Sie hatte keine Stimme mehr und dieser Zustand bereitete ihr sichtlich Qualen.

Hastig winkte ich ab, um ihr dieses Leid zu ersparen. »Du musst nichts sagen.«, meinte ich und griff nach meiner trockenen Jacke, um sie mir überzuziehen. »Ich bringe dich am besten jetzt erstmal an Land, wo du dich kurz aufwärmen kannst und dann sehen wir weiter. Dir wird nichts passieren.«

Ihr Blick war felsenfest auf den nassen Boden meines Bootes gerichtet. Sie schien mich nicht zu hören, jedenfalls wirkte sie so. Ihr Körper zitterte weiterhin, doch sie hatte sich ein wenig beruhigt. Trotzdem fehlten immer noch jegliche Emotionen in ihr, jegliches Leben. Keine Angst, keine Freude, keine Traurigkeit. Nur ein leerer Körper.

»Ist das in Ordnung für dich?«, fragte ich vorsichtig nach, weil ich nichts tun wollte, was ihr missfiel.

Jetzt regte sie sich. Für einen Moment verarbeitete sie meine Frage etwas verwundert, blickte dann zu mir hoch und runzelte skeptisch die Stirn.

»Was?«, hauchte sie kaum hörbar und verharrte mit offenstehendem Mund. In dem Moment, in dem sie die Augen weit aufriss, sah ich, wie stahlblau sie wirklich waren. Selbst durch den Schleier aus Tränen, der sich vor ihre Pupille legte, sah man die Farbe deutlich durchstrahlen. Wie ein schimmernder Ölfilm auf der Meeresoberfläche oder glänzendes Silber. Für kurze Zeit war ich wie paralysiert.

Zum Glück fing ich mich wieder und deutete schließlich ans Festland. »Ich habe gefragt, ob es in Ordnung für dich ist, wenn ich dich an Land bringe?«

Ihre Augen wurden noch größer. Sie sah mich an, als würde ich eine völlig andere Sprache sprechen. Eine Sprache, die sie noch nie zuvor gehört hatte, - und vielleicht war es ja auch so.

»Wieso fragst du das?«, flüsterte sie skeptisch und zog die Schultern hoch. »Wieso fragst du nach meinem Einverständnis?«

Ich musterte sie eine Zeitlang verwundert. Das Mädchen stand eindeutig unter Schock. Wusste sie überhaupt, was soeben passiert war?

»Weil«, begann ich, stockte aber, weil ich nicht wusste, was ich überhaupt sagen sollte. War das eine Fangfrage? Oder meinte sie es vielleicht wirklich ernst? Ich entschied mich für letzteres. »Naja, weil es dir scheinbar nicht gut geht«, erklärte ich ihr vorsichtig wie einem Erstklässler. »und ich das ändern möchte.«

Mit jedem Wort, das mein Mitgefühl ausdrückte, wurde ihr Blick verwunderter. Redete ich wirklich solchen Müll? *Gott*, dieses Mädchen verunsicherte mich so sehr, dass ich kaum mehr wusste, was ich sagen sollte.

»Ich meine« Hektisch deutete ich auf ihren bebenden Körper. »du zitterst und musst ins Warme und stehst scheinbar vom Sturz noch unter Schock.«

Endlich schien sie zu verstehen. Als hätte ich ihr eine verpasst, zuckte sie kaum merkbar zusammen, heftete dann nachdenklich den Blick wieder auf den Boden vor sich.

»Der Sturz …«, nuschelte sie zu sich selbst, als würde sie jetzt erst realisieren, was soeben geschehen war.

Ich rutschte noch ein Stück näher heran. »Du bist von der Klippe gestürzt.«, erklärte ich ihr mit Bedacht. Ihre Augen zappten bei meinen Worten panisch hin und her. Gedanklich stand sie wieder am Abgrund, dachte vielleicht an den Grund, weshalb sie sich das antun wollte, warum sie keinen Ausweg mehr sah. Ihr Geist war mit einem Mal an einem völlig anderen

Ort und ich bekam den unausweichlichen Drang, ihn zurück zu holen. Zurück ins Leben. Erneut.

»Bitte« Ich legte meine Hand auf ihr Knie, woraufhin sie umgehend zusammenzuckte und mich ängstlich anstarrte. Sie war wieder da. »Bitte, egal, was es ist«, sagte ich mit ruhiger Stimme. Ihr Körper war eiskalt. Ich spürte jedes einzelne Beben ihrer Glieder in meiner Handinnenfläche. »bleib am Leben.«

Meine Worte klangen so fehl am Platz, so falsch. Was sagte man einem Menschen, der keinen anderen Ausweg mehr kannte? Ich wusste nicht, was in ihrem Leben vorging, ich kannte ihre Gründe nicht. Und doch wünschte ich ihr von Herzen, dass das Schicksal doch noch eine schöne Wendung für sie bereithielt.

Ihr Blick war kalt und warm zu gleich. Mit meiner Bitte flackerte plötzlich etwas in ihren Augen auf. Hoffnung? Dankbarkeit? Irgendetwas in ihr, das lange Zeit schon tot war, kam für eine einzige Sekunde wieder zum Leben. Ich schenkte ihr ein aufrichtiges Lächeln, gab meiner Bitte damit Nachdruck. Am liebsten hätte ich ihr gesagt, dass alles wieder gut wird, dass wieder bessere Tage kommen würden, dass sie vermisst werden würde, wenn sie fort wäre. Doch das wusste ich nicht. Was war, wenn sich ihre Situation nie ändern würde? Ich hoffte es inständig für sie.

»Ich meine, es ist ein Zeichen, dass du den Sturz überlebt hast.«, kam mir plötzlich der Gedanke. »Die Meeresgötter haben noch Pläne für dich und dein Leben.«

Mein Gedanke verwirrte sie. Skeptisch legte sie den Kopf schief und beäugte mich aufmerksam. »Die Meeresgötter?«, krächzte sie schmerzerfüllt.

Ich nickte. »Mein Vater glaubt an sie. Er ist fest davon überzeugt, dass unsere Seelen nicht in den Himmel sondern ins Meer kommen, wenn wir sterben. Sie tragen uns, wenn wir schwimmen. Sie halten uns über Wasser, sie halten uns am Leben.«

Von jetzt auf gleich zuckten ihre Mundwinkel. Komisch, wie diese kurze Mimik mein Herz erwärmte. Es war nicht mal ein richtiges Lächeln gewesen. Nur ein Hauch von Freude, ein Funken von Hoffnung in ihren Augen, ein Stückweit Glaube an eine bessere Zukunft. Doch so schnell es gekommen war, verblasste es auch schon wieder, sodass ich nicht wirklich wusste, ob es real oder einfach nur ein schlichtes Zucken ihrer zittrigen Glieder gewesen war.

Sie heftete ihren Blick in die Ferne, beobachtete das ruhige Auf und Ab der Wellen, als würde sie vergebens in ihnen nach etwas suchen. Doch mit jeder Sekunde, in der sie es nicht fand, breitete sich in ihr wieder diese kalte Leere aus, die auch mich nicht unversehrt zurückließ.

V

Abby

Meine Glieder waren taub. Ich fühlte sie nicht.

Ich fühlte gar nichts, denn es war mir gleichgültig. Bemerkte nicht, wie sich die nasse Kälte in meine Kopfhaut bohrte. Bemerkte nicht, wie sehr sich mein geschwollener Hals zuschnürte. Bemerkte nicht das Schwanken unter mir, das so melancholisch, so ruhig und doch irgendwie so fremd war.

Ich wusste nicht, wo ich war. Wusste nicht, wer er war. Dieser Jake. Der Mensch, der mein Leben gerettet und es gleichzeitig wieder zerstört hatte. Aber das war nicht seine Schuld, er hatte es schließlich nur gut gemeint.

Meine Gedanken hingen an den Klippen. Auch wenn ich durch den Schock vieles vergessen hatte, konnte ich mich noch ganz genau an das Gefühl erinnern, das mich durchströmt hatte, als ich am Abgrund gestanden hatte. Hoffnung, Vorfreude darauf, gleich endlich bei meinem Bruder zu sein. Darauf, dem Licht an einen besseren Ort zu folgen. Darauf, Erlösung im Wasser zu finden.

Doch David war nicht hier, das Licht kam lediglich vom Leuchtturm und das Wasser erfüllte meinen Körper mit einer schrecklichen Kälte.

Wenn der Vater dieses Jakes Recht hatte und die Seelen der Toten mit dem Wasser verschmelzen, warum sah ich David dann nicht in den Wellen? Warum spürte ich ihn nicht bei mir? Warum fühlte ich nur diese schreckliche Kälte in mir?

»Jetzt bringe ich dich aber wirklich an Land, sonst bekommen wir beide noch eine Unterkühlung.«, dröhnte Jakes Stimme zu mir hervor. Doch ich nahm sie kaum war, sah nur durch das Schimmern seiner Bernsteinfarbenen Augen hindurch.

Er wühlte in einer Kiste, fischte dann eine orangefarbene Weste hervor, die er mir vors Gesicht hielt. Ich starrte geistesabwesend auf die Narben auf seiner großen Hand. Er hatte auch welche. Woher sie wohl stammten? Wahrscheinlich nur von einfacher Alltagsarbeit auf dem Boot.

»Bitte zieh die über, ist leider Vorschrift.«, hörte ich ihn sagen.

Als ich nicht reagierte, seufzte er und ging vor mir in die Hocke. »Ich muss sichergehen, dass du fest sitzt und nicht über Board gehst, wenn wir fahren.«

Aber ich will doch zu David, hätte ich am liebsten geantwortet, doch allein daran zu denken, etwas zu sagen, brannte mir höllisch in der Kehle.

Er durchforstete hilflos mein Gesicht, ich das seine. Während er sich innerlich wahrscheinlich gerade die Haare raufte und mich für total gestört abstempelte, studierte ich die kleinen zarten Denkerfalten auf seiner Stirn. Er war etwas älter als ich und auch ihm konnte man ansehen, dass sein Leben von Stress geprägt war. Wie es wohl aussah? Sein Leben. War er trotz des Stresses glücklich? Hatte er eine liebevolle Familie? Eine tolle Zukunft vor sich?

»Also« Seine Lippen bewegten sich, woraufhin mein Blick auf die dünne Haut darauf zappte. Sie waren voll und die Lippenlinie etwas uneben. Als sie sich zu einem verschmitzten Lächeln formten, bildeten sich Grübchen in seinen Wangen. Es war ein schöner Anblick.

»Ziehst du die Weste jetzt an, oder muss ich dich an das Boot ankern, damit du nicht herunterfällst?«

Erschrocken wich mein Blick zu seiner linken Hand, in der die Kette des großen Ankers klimperte. Ich wollte nicht ans Boot geankert werden, ich wollte nicht gefangen sein.

»Fesseln?«, krächzte ich verängstigt, woraufhin sein Lächeln für einen empörten Ausdruck Platz machte.

»Nein, nein!«, winkte er hastig ab und schmiss die Kette zurück. »Das war doch nur so gesagt. Ich möchte dir nichts tun, ich möchte nur, dass dir nichts passiert.«

Dass mir nichts passiert? Warum zur Hölle wollte er das? Er kannte mich doch gar nicht, ich sollte ihm doch egal sein, so wie jedem anderen auch.

Er merkte meine Unsicherheit und blickte schmunzelnd auf den Anker neben sich. Dann griff er in seinen Ausschnitt und fischte eine Lederkette mit einem silbernen Anhänger hervor. Ein Anker.

»Die habe ich von meinem Vater bekommen. Unter Seemännern steht das Symbol des Ankers für Sicherheit und Stabilität. Wenn ich also sage, dass ich dich festankern möchte, dann nur, damit du sicher bist und dir nichts passiert.«

Ich starrte auf den Anhänger in seiner Hand. Er krallte sich daran fest, als gäbe es nichts Wichtigeres in seinem Leben. Er schien ihm viel Sicherheit zu geben. Trotzdem entschied ich mich lieber für die Schwimmweste, woraufhin er nickte und die Kette wieder unter seinem Shirt versteckte.

Hastig schlang ich die Arme durch die Weste. Jede Bewegung schmerzte und brannte an meinen Wunden. Das

Salz machte es nicht besser. Sobald die Weste verschlossen war, versteckte ich meinen Körper wieder unter der warmen Decke. Dieser Jake hatte schon genug von meinem Leid mitbekommen.

Er stand mittlerweile am Steuer. Erst jetzt realisierte ich richtig, wie groß und stämmig er wirklich war. Während er den Motor startete, fragte ich mich, wie viele Leben er wohl schon retten musste und ob er an eine solche Situation gewöhnt war. Gehörte es zu seinem Alltag?

Ein lauter Knall ließ mich zusammenschrecken. Ängstlich krallte ich mich an die Reling hinter mir, als der Motor das Boot erschütterte.

»Halt dich gut fest.«, rief er mir durch das Grölen des Motors zu, während wir uns in Bewegung setzten. »Und zieh die Decke über deinen Kopf. Der Fahrtwind ist kühl.«

Ich tat, was er sagte, und hüllte mich in der Decke ein. Da fiel mir der schwarze kurze Pflaum auf seinem Kopf auf, der ebenso in Wasser getränkt war.

»Was ist mit dir?«, versuchte ich durch die Lautstärke hindurch zu fragen, doch meine Stimme war vollkommen verloren. Ich durfte nicht reden, sonst würden meine Stimmbänder noch weiter anschwellen, auch wenn ich ihm zu gerne gebeten hätte, sich doch auch etwas auf den Kopf zu ziehen.

Das Festland kam immer näher. Mit jedem Meter, den wir hinter uns ließen, wuchs das ungute Gefühl in mir. Es war, als hätte ich all die zarte Freude und Hoffnung auf ein Wiedersehen mit meinem Bruder am Horizont in den Wellen gelassen. Sie existierten nun nicht mehr. In der Ferne erkannte ich ein kleines Haus zwischen den vielen Dünen. Weit und breit war außer dem Leuchtturm sonst nichts zu sehen. Mein Umweg durch den Wald hatte mich wirklich vollkommen Abseits der Stadt gebracht.

Geschickt platzierte Jake das Boot an einem modrigen Steg, befestigte es in Windeseile mit einem komplizierten Fischersknoten und packte dann seine Sachen zusammen. Erst jetzt fielen mir die vielen losen Blätter auf seiner Sitzbank auf. Sie waren allesamt beschrieben und mit Zeichnungen versehen. Hastig steckte er sie in eine Mappe und verstaute sie mit ein paar Büchern in einem geflickten Rucksack. Dann schnallte er ihn sich auf den Rücken und wandte sich an mich.

»Kannst du aufstehen?« Er musterte mich aufmerksam, als ich meine angezogenen Knie ausstreckte und die Zehen ein paar Mal zappeln ließ. Meine Glieder waren fast taub und steif vom Schock, doch trotzdem nickte ich und rutschte zu ihm vor.

Meine Füße fühlten sich an, als wären sie in Watte gepackt, als ich sie auf den Boden stemmte. Es kribbelte so stark, dass ich, beim Versuch aufzustehen, schwankte und zurück auf die Sitzbank fiel.

Seufzend schüttelte ich meine Beine erneut aus, während ich ungeduldig an der Schnalle der Rettungsweste hantierte.

»Das klemmt manchmal etwas.«, erklärte Jake, dann deutete er vorsichtig auf den Verschluss, unsicher darüber, ob er mir helfen sollte oder nicht.

Erschöpft ließ ich die Arme sinken und ergab mich schließlich seiner Hilfe.

»Darf ich?«, fragte er trotzdem noch mal nach und trat einen Schritt näher.

Ich nickte und krallte die Hände in die warme Decke, als er meinem geschwollenen Hals und der Platzwunde an meiner Lippe gefährlich nah kam. Außer unseren Angestellten und David hatte wahrscheinlich noch nie zuvor jemand meine Verletzlichkeit so stark zu Gesicht bekommen. Doch Jake ließ sich geschickt nichts anmerken, hantierte eine Sekunde am Verschluss und öffnete die Weste schon im nächsten Moment.

Nachdem er sie wieder in der Kiste verstaut hatte, stieg er mit einem Bein auf den Steg und reichte mir die Hand. Bevor ich sie ergriff, starrte ich einen Moment auf seine rauen Handinnenflächen. Zitternd legte ich die meine in seine. Als er sie schloss, verstummte das Beben meiner Glieder, so stark war sein Griff. So stark, dass mich als natürliche Reaktion auf solche Härte für eine Sekunde eine schaudernde Furcht erfüllte. Doch dann spürte ich die Wärme, den Halt und Schutz, der von ihm ausging und die Angst schwand.

Vorsichtig hievte ich mich auf die Beine. Mittlerweile war das taube Gefühl in meinen Füßen vollkommen verschwunden. Trotzdem schwächelte ich noch ein wenig und war sichtlich auf seine Hilfe angewiesen. Geschickt führte er mich auf den Steg. Der plötzliche feste und ruhige Untergrund erinnerte mich von neuem daran, wie sehr ich das freie, leichte Gefühl auf dem Wasser doch liebte.

Jake führte mich einen kleinen Weg durch die Dünen entlang zu seiner Haustür. Von nahem wirkte sein Zuhause noch kleiner als von weitem. Es handelte sich dabei lediglich um ein Steincottage, das vielleicht gerade mal für zwei Personen ausreichte. Entweder wohnte er hier alleine oder mit besagtem Meeresgötter-gläubigem Vater. Und obwohl es für die meisten wahrscheinlich zu klein und zu einsam war, stellte ich mir das Leben in jenem kleinem Häuschen mitten im Nirgendwo mehr als perfekt vor.

»Mein Dad ist wahrscheinlich noch im Leuchtturm.« Jake öffnete die Tür und bat mich einzutreten. Er wohnte also mit seinem Vater zusammen.

Der Eingangsbereich war Küche, Esszimmer und Wohnzimmer in einem vereint. Einen halben Meter von mir entfernt stand ein kleiner Holztisch, einen weiteren Meter davon gelangte man auch schon an den Herd. Links davon stand ein durchgesessener Sessel, neben dem eine Anrichte mit einem Radio stand.

»Er ist Leuchtturmwärter.«, erklärte er, als ich ein gerahmtes Foto von ihm und einem älteren Herren - anscheinend seinem Vater - am Steg zum Leuchtturm stehend betrachtete.

Hastig wandte ich mich von seinen Sachen ab und senkte den Blick. Wie unhöflich es von mir doch war, in seine Privatsphäre einzudringen.

»Komm mit, ich gebe dir etwas zum Anziehen, damit deine Sachen trocknen können.« Mit gesenktem Blick folgte ich ihm in ein kleines Nebenzimmer in dem ein Einzelbett, ein Regal und ein kleiner Holzschreibtisch stand. Auch hier konnte ich zahlreiche Notizbücher sowie lose Zeichnungen entdecken und hätte sie mir am liebsten näher angesehen.

Aus dem kleinen Regal fischte er einen grauen Pullover sowie eine dunkelgrüne Jogginghose und weiße Socken. Dann packte er auch trockene Sachen für sich aus und klemmte sie unter seinen Arm.

»Die Sachen werden dir etwas zu groß sein und sind leider auch nicht in so einer guten Qualität wie die deinen, aber darin kannst du dich erstmal aufwärmen.« Ohne mir in die Augen zu sehen, legte er sie auf sein Bett. Mit einem Mal bekam ich das Gefühl, dass er sich für seinen Besitz und das, was er mir anbot, schämte. Wie gerne ich ihm gesagt hätte, dass es mehr als genug für mich war. Dass bisher niemand außer David so großzügig zu mir gewesen war.

»Deine nassen Kleider kannst du dann über die Heizung hängen.«

Mit meinem Nicken versuchte ich, ihm meinen Dank zu signalisieren. Ehe er hinaustrat, kratzte er sich noch einmal unsicher am Hinterkopf. Für einen kurzen Moment herrschte peinliches Schweigen zwischen uns. Es schien, als wollte er noch etwas sagen, traute sich aber nicht richtig. Ich spürte seinen Blick auf mir. Er musterte mich vorsichtig, als würde ich jede Sekunde zerbrechen.

»Ich«, begann er, ehe er wieder verstummte und eine Pause machte. Als ich den Blick hob, entfernte er seinen blitzartig von meinem gefärbten Hals. »Das sollte sich ein Arzt ansehen. Du könntest noch innere Verletzungen haben.«

»Nein!« Mittlerweile war meine Stimme vollkommen verschwunden. Ich brachte nur ein jämmerliches Hauchen heraus. »Bitte!«, sagte ich mit aller Mühe und sah ihn flehend an.

Ein Arzt würde alles verschlimmern. Er würde Fragen stellen, Fragen, die meinen Onkel noch wütender machen würden, als er es eh schon war. Wenn ich also wirklich wieder zu ihm zurückmusste, dann wollte ich seine Wut auf mich nicht weiter schüren. Es war schon schlimm genug, dass ich überhaupt weggelaufen war.

»Bitte!«, hauchte ich mit Tränen in den Augen und griff hilfesuchend nach Jakes Oberarm.

Er musterte mich besorgt und überrascht. Als sein Blick zu meinem Griff schweifte, ließ ich blitzartig von ihm ab und wandte den meinen zum Boden. Es stand mir nicht zu, ihn zu berühren.

»Okay«, antwortete er zu meiner Überraschung irgendwann. Mit aufgerissenen Augen blickte ich zu ihm hoch, ehe er einen Schritt näherkam. »Aber deine offenen Wunden schauen wir uns trotzdem noch an.«

Ich nickte, auch wenn ich das gar nicht wollte. Ich wollte nicht, dass er meine Wunden sah. Ich wollte nicht, dass er mir weiterhin seine Hilfe anbot. Ich wollte einfach nur zu meinem Bruder.

Nachdem er die Tür hinter sich verschlossen hatte, ließ ich das schwere Kleid von meinen Schultern fallen und breitete es auf der Heizung aus. Dabei streifte mein Blick den Spiegel auf seiner Kommode und ich erstarrte für eine Sekunde. Ich weiß nicht, wann ich mich das letzte Mal selbst betrachtet hatte. Den Spiegel in meinem eigenen Zimmer ignorierte ich seit langer Zeit und hatte mich irgendwann nicht mehr für mein Äußerliches interessiert, schließlich sorgte Jae für das ordentliche Auftreten, das mein Onkel verlangte. Ich hatte kein Mitspracherecht und sowieso wollte ich mich, um ehrlich zu sein, auch gar nicht ansehen. Die Angst, zu sehen, wie gebrochen ich mittlerweile wirklich war, war einfach zu groß. Doch hier in Jakes Zimmer war der Drang, mein Aussehen zu prüfen, plötzlich stärker als erwartet.

Vorsichtig drehte ich mich zur Kommode, heftete den Blick auf das elendige Wesen, das mir aus dem Spiegel heraus entgegenstarrte. Bevor ich mich richtig betrachten konnte, fluteten Tränen meine Sicht. Das war nicht ich. Das war nicht Abbigail Wincester. Doch wer war die schon?

Ich trat einen zaghaften Schritt vor, blinzelte die Flut vor meiner Iris davon. Meine Hand zitterte, als ich sie anhob und zu meinen Lippen führte. Die Haut darauf war brüchig und aufgeplatzt. Unter meinen Augen hingen tiefe Schatten und mein Hals war schrecklich angeschwollen. Die fahle Blässe meines Gesichts und die tiefen Einkerbungen unter meinen Wangenknochen bohrten sich in mein Gedächtnis und ich wusste, dass ich dieses Bild nie wieder loswerden würde. Wie sollte mein Onkel mich auch so lieben können? Wie sollte irgendjemand mich so lieben können?

Ein Klopfen ließ mich herumfahren. »Abbigail?«, ertönte es auf der anderen Seite der Tür. Es war Jakes Stimme. »Ist alles in Ordnung?«

Hastig streifte ich auch mein Bustier von den Schultern und warf mir den trockenen Pullover über den Kopf. Er besaß einen würzigen Duft nach Meeresbrise und Natur und ich sog ihn für eine Sekunde in mir auf. Als Jake ein zweites Mal klopfte und ungeduldig wurde, schlüpfte ich in seine Jogginghose und Socken und wischte mir anschließend die Tränen von den Wangen. Ehe ich die Türklinke betätigte, atmete ich ein paar Mal tief durch und zwang mich zu einem Lächeln. Ich hatte ihm schon genug Sorgen bereitet.

Jake studierte mein Gesicht eine Zeitlang unschlüssig, ehe er seine Klamotten an meinem Körper mit einem Schmunzeln betrachtete. Dann deutete er einladend zum Esstisch.

»Ich habe Wasser aufgesetzte.«, begann er. »Möchtest du einen Tee?«

Ich nickte, denn mir war immer noch unglaublich kalt, und ließ mich dann auf einem der drei knarzenden Holzstühle nieder. Jake wandte sich von mir ab und kümmerte sich um den Tee. Ich nutzte den Moment und blickte mich im Raum um. An der Wand hingen mehrere Bilder sowie verschiedene Fischersknoten und andere Souvenirs. Auf den meisten war ein kleiner Junge zu sehen – wahrscheinlich Jake im Kindheitsalter – nur in wenigen zeigte sich noch ein älterer Mann, Jakes Dad - der Leuchtturmwärter. Auf einem Foto hielt der junge Jake einen großen Fisch breit grinsend in die Luft. Er sah so glücklich aus. Manchmal fragte ich mich, wie mein Leben ausgesehen hätte, wenn Mum nicht gestorben und Dad nicht abgehauen wäre. Wären sie gute Eltern gewesen oder war Mums Charakter derselbe wie der von ihrem Bruder Hugh? Ich wusste rein gar nichts über sie, doch das spielte sowieso keine Rolle mehr.

Jake stellte die Tasse vor mir auf den Tisch, woraufhin ich meinen Blick sofort von der Wand abwandte. Hoffentlich hatte er meine Neugierde nicht bemerkt, ich wollte nicht unhöflich sein.

Ehe ich die kalten Finger um die Tasse schlang, nickte ich ihm dankbar zu. Jake ließ sich auf dem anderen Stuhl nieder.

»Sind die Sachen warm?«, fragte er irgendwann und deutete auf sein Zimmer. »Ich kann dir noch mehr geben. Einen Schal? Eine Jacke?« Er war zu gutmütig.

Hastig schüttelte ich den Kopf, versuchte ihm mit einem kurzen Lächeln zu signalisieren, dass dies nicht nötig war und er sich keine Umstände machen sollte. Er verstand und nickte, dann presste er die Lippen aufeinander und blickte sich um. Peinliches Schweigen schwebte in der Luft, weswegen ich meinen Blick wieder der Tasse widmete und versuchte, einen Schluck zu nehmen. Das heiße Wasser brannte in meiner geschwollenen Kehle und löste ein kurzes Flashback der Geschehnisse dieses Abends aus. Jake schien mein schmerzerfülltes Gesicht mitzubekommen, stand auf und trat einen Schritt näher. Umgehend begann mein Herz wieder zu rasen. Ängstlich wich ich zurück und krallte mich am Stuhl fest. Doch Jake wirkte ganz und gar nicht furchteinflößend. Er war vorsichtig und verständnisvoll.

»Darf ich?«, fragte er irgendwann mit ruhiger Stimme und hob langsam die Hand an meinen Hals.

Mein Körper reagierte automatisch, zog den Kopf ein und versteckte meine Schwellung im Pulli.

»Ich möchte dir nur helfen.«, versuchte er es erneut, was mich verwirrte. Niemand außer David hatte mir jemals helfen wollen. *Er macht sich sicherlich nur lustig über mich,* sprach das Misstrauen in mir, das seit neuestem auf Kriegsfuß mit all meinen anderen Gefühlen stand.

»Ich muss mir das ansehen«, seufzte er nun etwas bestimmender. »oder ich hole einen Arzt.«

Nein, nein bitte kein Arzt!, flehte ich innerlich. Mir ging es doch gut, diese Verletzungen würden bald wieder verheilt sein. Mein Körper hatte sich doch längst an sie gewöhnt.

Ein lauter Schlag drang von der Tür zu uns vor, dann wurde sie aufgerissen und das Rauschen der Wellen wurde lauter.

Hastig flüchtete ich in die Ecke des Raumes. Jetzt war es so weit, Jake hatte Hugh kontaktiert. Jetzt würde ich meine nächste Strafe bekommen.

VI

Jake

Ich hatte mich noch nie so hilflos gefühlt wie in diesem Moment. Mit einem Vater zusammen zu leben, der einem jegliche Gefühle verheimlichte, war eine Sache. Doch nun stand ein Mädchen vor mir, das sich hatte umbringen wollen, und ich hatte keine Möglichkeiten ihr zu helfen, egal, wie sehr ich es auch wollte. Durch Dad hatte ich früh gelernt, Menschen deuten zu können. Ich wusste, welches Lächeln echt war und welches nicht. Und das Lächeln, das sie mir schenkte, wenn sie mir weismachen wollte, dass sie nichts weiter brauchte, gefiel mir ganz und gar nicht.

Welcher Mensch würde nach einem missglückten Versuch, sich umzubringen, lächeln? Ich hatte Verständnis dafür, dass sie sich fürchtete und mich nicht an ihren Gefühlen teilhaben lassen wollte, gleichzeitig wusste ich aber auch, dass ich sie nicht einfach so gehen lassen konnte. Sie konnte innere Verletzungen haben und bleibende Schäden erleiden.

Ein drittes Mal wollte ich ausholen und sie davon überzeugen, dass ich ihr nichts tun wollte, da öffnete sich die

Haustür hinter ihr und brachte sie dazu, panisch in die Ecke zu stolpern.

»Warum bist du so früh schon-«, begann Dad mit seinem alltäglichen Standardblick, - abwesend und nachdenklich. Er sah mich kaum mehr an, traute sich nicht, mir zu zeigen, wie es ihm ging. Wahrscheinlich hatte er eben noch eine halbe Ewigkeit am Fuße des Leuchtturms gestanden und nach Mum Ausschau in den Wellen gehalten.

Als er Abbigail verängstigt in der Ecke entdeckte, veränderte sich das erste Mal seit Jahren etwas in seinem Gesicht. Sein Ausdruck wurde wacher, aufmerksamer und er sah mir für kurze Zeit endlich mal wieder richtig in die Augen. Er hatte sich schließlich schon seit Ewigkeiten keiner anderen Person mehr gezeigt.

»Oh«, stammelte er nur und blickte hilfesuchend zu mir rüber. So ratlos hatte ich ihn länger nicht mehr erlebt. Doch so schnell die Überraschung in seinem Gesicht auch aufgetaucht war, verschwand sie schon wieder.

»Ich wusste nicht, dass du Besuch hast.« Nun heftete er seinen Blick zurück auf den Boden und schloss die Tür hinter sich.

»Dad« Ich trat einen Schritt vor, um ihn davon abzuhalten, im Schlafzimmer zu verschwinden. »Das ist-« Jetzt war ich derjenige, der stammelte.

Wie stellte ich Abbigail nun vor? Wie sagte ich ihm während ihrer Anwesenheit, was Sache war? Ich wollte sie schließlich nicht noch mehr verunsichern, wollte ihre Wunden nicht noch weiter öffnen.

Dad hob den Blick und schaute mich skeptisch an. Auch er hatte mich lange nicht mehr so unsicher erlebt und bemerkte sofort, dass etwas nicht stimmte.

Prüfend blickte ich kurz hinter mich zu Abbigail und überlegte. Sie stand immer noch in der dunklen Zimmerecke, ließ den Kopf hängen, sodass ihre nassen Haare ins Gesicht fielen, und versteckte ihre zierlichen Hände in den viel zu großen Ärmeln meines Pullis.

Nach ein paar Sekunden Überdenkzeit entschied ich mich schließlich für die Wahrheit. Es war wichtig, dass Dad Bescheid wusste.

»Ich habe Abbigail vor einer halben Stunde aus dem Wasser gefischt.« Dads Augen weiteten sich. »Sie ist von den Klippen gestürzt.«

Endlich fing das alte Retter-Getriebe in Dads Hirn wieder an zu arbeiten. Er musterte sie aufmerksam, wandte sich dann wieder an mich.

»Ist sie verletzt?« Bevor er den Satz ganz ausgesprochen hatte, ging er einen Schritt auf sie zu. »Bist du verletzt?«

Wie zu erwarten, schüttelte sie auch diesmal den Kopf. Doch Dad konnte nicht mal das Wetter etwas vormachen. Er bemerkte sofort die Lüge und warf mir einen vielsagenden Blick zu, ehe er ins Bad humpelte und im Schrank wühlte.

»Abbigail«, rief er von dort aus in einem so gelassenen und väterlichen Ton, als würde er sie lediglich zum Abendessen holen wollen. »Setz dich ruhig wieder. Ich bin gleich für dich da.«

Diese ruhige, entspannte und vor allem lebhafte Art meines Vaters schien sie genauso zu verwundern wie mich, weshalb sie kurze Zeit in meinem Blick nach Antworten suchte. Ich hatte keine Antwort, denn auch mein Gesicht zeigte ein großes Fragezeichen auf. Ich deutete lächelnd auf den Stuhl, auf den sie zuvor gesessen hatte, und sie gehorchte.

Nachdem es eine Zeitlang im Badezimmer gerumpelt hatte, kam Dad mit seinen alten Medikamentenkoffern, die auch der Grund dafür waren, weshalb sein Fuß sofort entsprechend versorgt werden konnte, zurück und kniete sich mit ihnen vor Abbigails Füße auf den Boden.

»Dad war ursprünglich Admiralarzt bei der Marine.«, erklärte ich Abbigail vorsichtig, weil ich wusste, dass sie eigentlich keinen Arzt sehen wollte. Erschrocken blickte sie bei meinen Worten zu mir hoch und versteifte sich umgehend wieder.

»Ja, aber du brauchst keine Angst zu haben.«, lachte er, als er ihren Gesichtsausdruck bemerkte und fischte aus seinem Koffer ein Pflaster mit Elefantenmotiven darauf. Aber… seit wann lachte Dad so gelassen?

»Das sind Jakes Pflaster«, erklärte er und deutete mit der Verpackung in meine Richtung. Abbigails Augen wurden größer. »Wenn er sich als Kind verletzt hatte, hat er so lange geschrien, bis seine Wunde mit einem von denen hier versorgt war.«

»Dad!« Meine Wangen fingen augenblicklich Feuer. Seit wann redete Dad so viel? Und vor allem: Seit wann sprach er über meine Kindheit, über die Vergangenheit?

»Einmal hatten wir nur noch normale Pflaster zuhause«, erzählte er weiter und ignorierte mich dabei vollkommen. »Doch er wollte keines davon. Also musste ich mit ihm in den Supermarkt fahren. Du hättest ihn sehen müssen, er hat die ganze Fahrt geweint und erst Ruhe gegeben, als endlich sein geliebtes Elefantenpflaster auf dem Knie klebte.«

Entsetzt verdrehte ich die Augen, warf dann einen beschämten Blick zu Abbigail, wobei mir auffiel, dass ihre Mundwinkel ein ganz schwaches Lächeln umspielte. Als ihre Augen die meinen trafen, sah ich jenes Lächeln auch hinter ihrer Iris schimmern. Langsam verstand ich, weshalb Dad das alles erzählte. Es brachte sie auf andere Gedanken, auf bessere Gedanken.

Ich meine, sie lächelte. Das Mädchen, das sich soeben in den Tode stürzen wollte, lächelte.

Umgehend zuckten auch meine Mundwinkel in die Höhe. Nicht, weil meine Kindheitsstory so witzig war, viel mehr, weil mir Abbigails Anblick gut tat. Ich kannte sie nicht und doch fühlte ich mit ihr. Freute mich für sie.

Dad erhob sich lachend und legte die Schachtel Pflaster auf den Tisch. »Okay, jetzt aber Spaß beiseite. Lass mich mal sehen.«

Als er vorsichtig nach ihrem Kinn griff und es anhob, verflog die Freude in ihrem Gesicht wieder. Ängstlich zuckte sie zusammen, ließ seine Hilfe aber schließlich zu. Während Dad ihre Platzwunden an Auge und Lippe mit Jod behandelte, setzte ich ihr eine weitere Tasse Tee auf. Dad erzählte weiter Geschichten aus seiner Zeit bei der Marine vor meiner Geburt und auch von seiner Arbeit als Leuchtturmwärter, um ihr die Angst zu nehmen und sie aufzumuntern. In meinen zwanzig Jahren hatte er kaum so viel und so munter gesprochen und ich fragte mich, ob er, wenn Abbigail wieder weg war, wieder zurück in seine schweigsame und trauernde Hülle zurückfallen würde. Wahrscheinlich ja, was mich ehrlich gesagt etwas enttäuschte, jetzt wo ich mitbekam, wie schön es war, von ihm Geschichten erzählt zu bekommen

Für ihren geschwollenen Hals bereitete ich auf Anweisung von Dad einen Wickel mit Arnika vor, welchen sie sich um den Nacken legte, und zuletzt ließ sie es sogar zu, dass Dad ihren Bauch nach inneren Verletzungen abtastete, - zwar durch den Pullover hindurch, doch dass sie sich überhaupt berühren ließ, war meiner Meinung nach ein großer Fortschritt.

Nach einer halben Stunde, als ich gerade dabei war, ihren Wickel zu erneuern, klingelte das Telefon im Nebenzimmer.

»Bitte entschuldigt mich kurz.«, sagte er und verschwand in seinem Schlafzimmer.

Abbigail blickte ihm kurz hinterher, heftete den Blick dann auf den Boden, als die Tür ins Schloss fiel. Mit einem Mal schwebte peinliche Stille im Raum.

»Geht es dir etwas besser?«, traute ich mich irgendwann zu fragen, als ich ihr das nasse Tuch reichte.

Ihr Blick traf sanft den meinen, - nur für eine Sekunde, nur für einen Augenblick. Seltsamerweise hätte ich ihn am liebsten viel länger aufrechterhalten, sie noch länger angesehen.

Eine traurige Melancholie machte sich in ihrem Ausdruck breit, als sie kaum merkbar nickte. Die letzten 30 Minuten hatte sie sich immer mehr entspannen und ab und an ehrlich lächeln können. Doch bei meiner jetzigen Frage verblasste der Hauch von Freude vollkommen, als hätte ich sie damit an die Realität erinnert, an die Gegenwart, - an das Leben, das *sie* führte und nicht mein jüngeres Ich.

Am liebsten hätte ich meine Frage sofort zurückgenommen, ihr einen Witz oder von mir aus auch eine peinliche Kindheitsgeschichte erzählt, damit sie wieder lächelte, doch all die Wörter in meinem Kopf kamen mir so albern vor und wollten sich nicht zusammensetzen. Ich war wie gelähmt.

»Danke.«, flüsterte sie nach einer Ewigkeit peinlichem Schweigen, blickte dann endlich wieder zu mir hoch.

Wie gerne ich den Klang ihrer echten, ihrer gesunden Stimme gehört hätte. War sie eher dunkel und rau? Oder hell und lieblich? Die seltsamsten Gedanken verteilten sich in meinem Hirn, während wir uns ansahen. Ich fragte mich, wie sie klang, wenn sie aus vollster Seele lachte, wie sie klang, wenn sie wütend war oder bei einem guten Song im Radio mitsang. Hörte sie überhaupt Radio oder bevorzugte sie ihre eigene Musik auf dem Walkman? Und wenn ja, welche Bands waren ihre liebsten?

Tausende Fragen schossen mir durch den Kopf und ich wusste, ich musste früher oder später Antworten darauf finden, oder mein Hirn würde niemals Ruhe geben.

»Abbigail?« Dads Stimme holte uns beide in den Raum zurück. Er stand im Türrahmen, das Telefon fest umschlungen, mit einem Gesichtsausdruck, der uns beide direkt erschaudern ließ.

Ehe er weitersprach, schluckte er hörbar, ließ den Blick dabei immer wieder angespannt zu mir rüber zappen. »Du bist nicht zufällig die Nichte von Bürgermeister Grogan,… oder?«

Ihr Blick veränderte sich schlagartig. Panik machte sich darin breit, dann folgten Tränen. Ich spürte, dass sie mit sich kämpfte und nicht preisgeben wollte, wer sie war oder wer für ihre Verletzungen verantwortlich war. Doch die Wahrheit stand dick und fett in ihrem Blick geschrieben und sie traf mich wie einen Schlag.

Häusliche Gewalt.

Schockiert erhob ich mich von meinem Stuhl und starrte in Dads Augen, die auch Bescheid zu wissen schienen.

»Er sucht dich überall.«, ergänzte Dad mit einem nicht mehr so fröhlichen Ton, mit dem er Abbigail die letzte halbe Stunde auf andere Gedanken gebracht hatte. Ihre Augen verzerrten sich noch weiter, dann löste sich eine Träne aus ihrem Augenwinkel, die sie hastig versteckte. »Die Polizei ist auch alarmiert. Die Wache hat mich gerade gebeten, Ausschau nach dir zu halten.« .

Bürgermeister Grogan war der Bösewicht? Er hatte ihr das angetan? Er hatte sie in diese Situation gebracht? Die Angst in ihrem Blick, die sich mit jedem weiteren Moment, in dem sie merkte, dass sie zu ihm zurückmusste, verschlimmerte, schien das jedenfalls auszusagen.

Ihr Blick sank erschöpft zu Boden, jegliche Anspannung wich ihrem Körper, als wüsste sie, dass Widerstand zwecklos war. Sie musste zurück zu ihm. Doch konnten wir denn gar nichts tun?

»Vielleicht« Dads Stimme war plötzlich so klein und gebrochen. Wir wussten beide, was sie erwarten würde, wenn sie nachhause kam. »Vielleicht sollten wir dich zu ihm bringen. Er macht sich bestimmt Sorgen.«

Ich warf Dad einen panischen Blick zu. Das konnte er nicht ernst meinen! Auch wenn ich spürte, dass er mit dem Aussprechen dieses Satzes kämpfte, war ich doch schockiert darüber, dass er es tatsächlich tat. Uns blieb nichts anderes übrig, das wusste ich, richtig war es trotzdem nicht und ich konnte es nicht mit mir vereinen, dass ich sie wirklich zurück in die Hölle bringen musste.

Als sie sich nickend erhob, traf ihr Blick den meinen. Für diesen Moment wusste ich nicht, was ich tun sollte. Lächeln? Oder ihr zeigen, dass ich Bescheid wusste? War Mitleid der richtige Ausdruck? Mein Gesicht verzerrte sich, unschlüssig über die ganzen Gefühle in mir, zu einer grauenvollen Grimasse, weshalb sie schließlich die Lippen aufeinanderpresste und zurück in meinem Zimmer verschwand, um sich umzuziehen. Sobald die Tür verschlossen war, wandte ich mich an Dad.

»Das können wir nicht tun!«, flüsterte ich aufgebracht.

Dad seufzte. Er hatte mit meiner Konfrontation gerechnet. »Wir haben keine andere Wahl.«, meinte er und ging zur Garderobe, um seinen Mantel zu nehmen.

»Wir haben eine Wahl!«, versuchte ich ihn zu überzeugen.

»Ach ja? Und die wäre? Willst du sie irgendwo verstecken? Damit machen wir uns strafbar! Zumal sie das vielleicht auch gar nicht will.«

»*Er* ist hier der Straftäter!«, zischte ich aufgebracht. »Wir *müssen* etwas tun! Warum bist du jetzt plötzlich so kalt!? Warum kannst du nicht so bleiben, wie du es eben gewesen bist?«

Dad zog sich die Jacke über und wollte aufbrechen. Das war typisch für ihn. Sobald es komplizierter wurde und wir verschiedener Meinungen waren, flüchtete er, um dem Streit aus dem Weg zu gehen.

»Jake«, hauchte er schließlich nochmal und sah mich mitleidig an. In seinem Blick klangen so viel Trauer und Wissen mit, als hätte er das alles schon mal erlebt. »Bitte schlag sie dir aus dem Kopf. Bitte vergiss sie.«, bat er mich mit flehendem Blick. »Du kannst nichts für sie tun! Bring dich nicht in Schwierigkeiten.«

Voller Schock über seine Worte blieb mein Mund offenstehen. Wie konnte er das sagen? Wie konnte er sie aufgeben, wo er ihr eben noch so schön geholfen hatte?

Ohne etwas Weiteres zu sagen, öffnete er die Tür und lief in Richtung Leuchtturm. Ich starrte noch eine Zeitlang auf die Tür, vor der er eben gestanden hatte. Fassungslos spürte ich, wie sich ein dicker Kloß in meinem Hals bildete. Ein Kloß voller Sorgen, Hilflosigkeit, Ärger und Verzweiflung. Und sie galt nicht nur Abbigails Situation. Auch jene zwischen Dad und mir machte mir zu schaffen. Dass er nicht mit mir reden konnte, es mir so schwer machte, brachte mich um den Verstand.

Seufzend fuhr ich mir übers Gesicht und schüttelte all diese Gefühle ab. Jetzt war nicht der richtige Moment, um über Dad und mich nachzudenken. Jetzt war Abbigail dran.

Leise lauschte ich hinter meine Zimmertür, dann klopfte ich zaghaft an. Nach wenigen Sekunden öffnete sie die Tür für einen Spalt. Der Kloß vergrößerte sich, als mein Blick auf ihre aufgeplatzte Lippe fiel. Die Welt konnte so ungerecht sein.

VII

Abby

Ich wollte eigentlich verneinen, meine Herkunft verheimlichen. Doch meine tränengefluteten Augen und der geschockte Gesichtsausdruck auf meinem Gesicht hatten mich sofort verraten.

Sie wussten Bescheid.

Jetzt stand ich hier in Jakes Zimmer und wartete auf mein Todesurteil, wartete darauf, dass ich zum Galgen geführt wurde, zurück in die Hölle.

Meine Kleider waren noch etwas klamm, weshalb ich kalt erschauderte, als ich sie mir überzog. Nach nur knappen fünf Minuten tönten Jakes und die Stimme seines Dads dumpf zu mir hervor. Sie schienen zu diskutieren, hörten sich aufgebracht an, - hoffentlich nicht wegen mir. Der Gedanke, dass sie sich wegen meiner Situation streiten oder sorgen könnten, weckte in mir fiese Gewissensbisse. Ich wollte doch nie irgendjemandem zur Last fallen.

Das Knallen der Haustür wurde von plötzlicher Stille verfolgt, als ich Jakes Sachen sorgfältig zusammenfaltete und auf seinen Schreibtisch legte. Dabei warf ich heimlich einen

Blick auf die vielen Zeichnungen. Die meisten davon zeigten mystische Meeresgestalten mit langen Flossen und fahlen Gesichtern. Waren dies besagte Meeresgötter? Neugierig zog ich die Blätter ein wenig zur Seite, um auch die Zeichnungen darunter betrachten zu können. Eines war das Portrait einer jüngeren Frau, auf einem zweiten sah man den Leuchtturm und auf dem dritten den Strand mit einem Jungen darauf, der aussah-

»Abbigail?« Aufgebracht fuhr ich herum, als es zaghaft an der Zimmertür klopfte. *Gott, Abby!*, ermahnte ich mich. *Es ist unhöflich in den Sachen Fremder herumzuschnüffeln.*

Als ich mich von dem Schock allmählich beruhigt hatte, öffnete ich die Tür und erwiderte Jakes aufgebrachten Blick. Er presste die Lippen zu einem dünnen Schmal, zog die Brauen zusammen, während er meine noch nassen Klamotten studierte. Dann drückte er sich an mir vorbei und griff nach seinem Pulli, welcher mich zuvor gewärmt hatte.

»Bitte zieh ihn an. Behalt ihn.«

Bevor ich überhaupt den Kopf schütteln und abwinken konnte, entfaltete er den Stoff und hielt ihn mir vor die Nase. »Bitte, deine Kleider sind noch nass. Es ist kalt draußen.«

Sein Blick war entschlossen und flehend, hart und zärtlich zugleich. Nach kurzem Überlegen nahm ich seinen Pullover schließlich an mich und zog ihn über den Kopf. Als meine Augen unter der Kapuze wieder zum Vorschein kamen, trug Jake einen anderen Gesichtsausdruck. Durch die traurige Melancholie, die sich vor seine Augen gelegt hatte, schimmerte etwas Fröhliches hindurch. Er lächelte mir schwach entgegen. Ein verzweifeltes Lächeln, das wusste ich, doch war es trotz allem das, was mich letztendlich von innen heraus erwärmte. Und diese Art von Wärme überraschte mich, denn ich hatte sie bisher noch nie fühlen dürfen.

Meine Wangen fingen Feuer, weswegen ich den Blick abwandte und ihn nach draußen zum Esstisch warf. Jakes Dad war nirgends zu sehen und, so wie ich es mitbekommen hatte, aufgebracht nach draußen gestürmt. Schade, ich hätte ihn gerne noch ein letztes Mal gesehen und ihm meinen Dank signalisiert.

Ergeben machte ich schließlich Anstalten aufzubrechen, doch noch bevor ich an der Türschwelle ankam, stoppte mich Jake.

»Ich muss dich nicht nach Hause bringen, wenn du nicht willst.« In seinen blutunterlaufenen Augen blitzte schwache Hoffnung auf. »Du musst nicht dorthin zurück, ich kann dich auch woanders absetzen. Bei Freunden zum Beispiel?«

Ich musste traurig schmunzeln. Wenn er nur wüsste, dass ich niemanden außer meinen Onkel besaß. Keine Freunde, keine weitere Familie. Jake und sein Dad waren die ersten Personen, seit ich denken kann, mit denen ich außerhalb unseres Anwesens Kontakt hatte.

Ich zuckte mit den Schultern, zwang mich zu einem dankbaren Lächeln. »Ist okay.«, hauchte ich. Und das war es doch auch, *oder*?

Es musste okay sein, das musste es schon immer. Wenn ich gleich vor meinen Onkel trat, dann durfte ich mir nicht anmerken lassen, wie sehr ich litt. Das mochte er schließlich nicht – und erst recht nicht vor Dritten. Ich hoffte nur, dass Jake ihm nicht erzählte, weshalb ich wirklich mit durchnässten Klamotten vor ihm stand.

»Bist du sich-« Beharrend trat er einen Schritt vor. Als mein Automatismus reagierte und mich ängstlich zurückweichen ließ, stockte Jake mit offenstehendem Mund und starrte mich verzweifelt an. Ich konnte nicht mit ansehen, wie sehr ihn meine Situation herunterzog, und wandte den Blick zu meinen Füßen.

Schließlich schaffte er wieder mehr Abstand zwischen uns und nickte, ohne mich dabei anzusehen.

»Okay«, hauchte er nur enttäuscht. Dann brach seine Stimme noch mehr. »Dann bringe ich dich jetzt nachhause.«

Ich wusste nicht, was es war, aber irgendetwas an der kalten und enttäuschten Art, mit der er sich an mir vorbeidrückte, verletzte mich. *Mich.*

Vielleicht, weil dadurch die Wärme in meinem Inneren sogleich erlosch, vielleicht, weil es mir nicht gefiel wie verletzt er war und weil ich mich fragte, ob dies ganz allein meine Schuld war oder ob noch andere Gründe involviert waren. Vielleicht war es aber auch nur meine angeschwollene Kehle, dessen Schmerz ich mit einem Kloß im Hals verwechselte.

Er schwieg die Fahrt über. Ich sowieso.

Jakes Dad hatte ich nicht mehr zu Gesicht bekommen und Jake selbst hatte auch nichts weiter zu seinem Verschwinden gesagt. Für mich wirkte er plötzlich so fern. Seitdem wir aufgebrochen waren, hing er in Gedanken, schien enttäuscht und wütend aber auch irgendwie traurig zu sein. Hatte ich ihn verärgert? Oder war er von der Diskussion mit seinem Vater noch aufgebracht? Was es auch war, ich war in jedem Fall der Auslöser gewesen und das beschäftigte mich nun so sehr, dass ich fast vergaß, weshalb ich überhaupt gerade in diesem Auto saß.

Sollte es mich nicht mehr darum sorgen, nachhause zu kommen? Komisch, - egal wie viel Angst ich auch vor dem Zusammentreffen mit meinem Onkel hatte, - Jakes Stimmung beschäftigte mich trotzdem mehr.

Ich warf den Blick im Augenwinkel in seine Richtung und rutschte noch tiefer in die Kapuze seines Pullis. Er hatte Recht gehabt, es war wirklich frisch draußen. Umso dankbarer war ich ihm für sein großzügiges Geschenk.

Seine Aufmerksamkeit galt wahrscheinlich weniger der Straße, denn er war eindeutig in Gedanken vertieft. Was das wohl für Gedanken waren? Tiefe Denkerfalten bohrten sich in seine Stirn, während er die Brauen zusammenzog und nervös auf der Innenseite seiner Wange kaute. Mit einem Mal bekam ich den Drang, die Hand auszustrecken und sie auf seine weißen Knöchel zu legen, welche sich angespannt am Lenkrad festkrallten. Ich wollte ihm die Aufregung nehmen, irgendetwas tun, damit es ihm besser ging, ihm helfen, - so wie er mir geholfen hatte. Doch ich verwarf den Gedanken ganz schnell wieder und erinnerte mich an die Worte meines Onkels: *Schweigen und lächeln, dann machst du auch keine Schwierigkeiten.*

Als wir die sandige Waldstraße hinauf und an den vielen anderen Anwesen vorbeifuhren, überkam mich ein kurzes Déjà-vu von dem, was vor wenigen Stunden geschehen war. Ich erinnerte mich kaum daran, wie Panik-trunken ich hier entlang gestolpert war, erinnerte mich kaum, weshalb ich letztendlich in den Wald gerannt war und nicht auf der Straße geblieben bin, erinnerte mich kaum an die Zuversicht und Hoffnung, gleich bei meinem Bruder zu sein, die mich durchströmt hatten. Ich versuchte, diese Gefühle zwanghaft zurückzurufen. Nur kurz. Nur um noch mal zu spüren, wie schön sie sich angefühlt hatten. Nur um mir Kraft für das Bevorstehende zu geben.

Ich sah die blauen Polizeilichter, schon bevor wir in die Einfahrt fuhren, und rutschte automatisch ein Stück tiefer in den Sitz. Erst mit dieser Bewegung wandte Jake mir das erste Mal die Autofahrt über den Blick zu. Er war in Überraschung getränkt, als hätte er vollkommen vergessen, weshalb er überhaupt gerade Auto fuhr. Der Überraschung folgte Schmerz, dann seufzte er und wandte ihn wieder vor sich, als er zum Stehen kam.

Hugh stand mit zwei Polizisten auf der Veranda des Eingangs und schaute mit ihnen überrascht zu uns hinunter. Das grelle Licht von Jakes Wagen blendete sie so sehr, dass sie ihre Augen genervt zusammenpressten. Täuschte ich mich, oder sah Hugh wirklich besorgt aus? Er hatte es wirklich drauf, anderen etwas vorzumachen.

Ich schloss ein letztes Mal die Augen und atmete tief durch. Vor meiner Iris spielte sich das Unausweichliche ab. Ich spürte Hughs Griff, Hughs flache Hand auf meiner Wange, den Schmerz in meiner Kehle, die –

Etwas packte mich an der Hand. Ich bildete mir ein, dass diese Berührung grob und schmerzhaft war, auch wenn sie sich sanft und wohltuend anfühlte. Trotzdem überkam mich Panik und ich schreckte ängstlich gegen die Tür.

»Bitte nicht!«, krächzte ich. Als ich meine Augen aufriss, blickte ich in jene verzerrten von Jake. Seinem Blick zufolge wusste er sofort, was er falsch gemacht hatte und rieb seine Finger, als wären sie selbst für ihn Gift.

»Tut mir-«, begann er, wurde aber von einem grellen Licht, das urplötzlich das Auto durchflutete, geblendet.

Mit zugekniffenen Augen spähten wir aus der Frontscheibe, kurz darauf betätigte ich zitternd den Türöffner und kletterte aus Jakes hohem Jeep. Als meine Füße den Boden erreichten, ließen meine schwachen Knie nach und ließen meine Beine zusammenklappen. Zum Glück fand ich Halt am Türgriff und zog mich wieder in die Waagerechte.

Nun umgab der Lichtpegel nur noch mich. Ein Officer strahlte mich mit seiner Taschenlampe an, als ich ihnen näher kam. Erst als Hugh »Das ist sie!« rief, entfernte sich der Lichtpegel und ich wurde mit einer glückseligen Umarmung empfangen, die mich sofort kalt erschaudern ließ. Ich wusste ja, dass Hugh ein guter Schauspieler war, aber dass er so weit über seinen Schatten sprang und mich in den Arm nahm, nur um den Schein, dass er mich wirklich liebte, aufrecht zu erhalten, war selbst für mich eine Überraschung.

»Abby!« Er nannte mich nie bei meinem Spitznamen, das hatte bisher nur David getan. »Ich habe mir solche Sorgen gemacht.«

Aus Angst vor den Konsequenzen, wenn ich es nicht tat, schlang auch ich behutsam die Arme um ihn und beobachtete dabei die Officer - ein Hilfspolizist und unseren Sheriff - hinter Hugh, welche uns mit einem erleichterten Lächeln bedachten. Die Polizei von Saint Marys war ebenso angetan vom Bürgermeister wie alle anderen Einwohner, zumal Sheriff Morgan ein guter alter Freund von ihm war. Manchmal fragte ich mich, ob ich ihn genau so toll finden würde, würde ich ihn nicht kennen.

Die Eingangstür wurde geöffnet, als Hugh sich von mir löste, und Michael trat mit seinem Vater auf die Veranda. Während Dr. Woods bereits lachend die Treppe hinunterschlenderte und irgendetwas von der heutigen Jugend erzählte und dass er ja gleich gesagt hätte, ich würde nach ein paar Stunden wieder auftauchen, starrte Michael mich durchdringlich an. Er wusste es besser.

»Geht es dir gut, Abbigail?«, fragte mich Sheriff Morgan und deutete auf meine Wunden im Gesicht. »Du bist ja verletzt.«

Mein Blick zappte zu Hugh, der für eine Sekunde sein besorgtes Schauspiel vergaß. Wut blitzte in seinem Gesicht auf. Eine stumme Warnung, die mich daran erinnern sollte, zu schweigen. Mal davon abgesehen, dass ich überhaupt keine Stimme zum Sprechen besaß und mich sowieso nicht trauen würde, den Mund zu öffnen, brauchte sich mein Onkel so oder so keine Sorgen zu machen, dass irgendjemand in dieser Stadt denken könnte, er wäre für meine Wunden verantwortlich.

Alle liebten ihn. Alle - auch das Gesetz.

»Junger Mann!« Sheriff Morgan wandte sich von mir ab und leuchtete hinter mich in Richtung Jakes Wagen. »Sind Sie dafür verantwortlich? Wer sind Sie überhaupt?«

Hughs Angespanntheit verflog sofort mit dem Gedanken, die Schuld für meine Wunden jemand anderem in die Schuhe zu schieben. Ich drehte mich panisch zu Jake herum, blickte zwischen ihm, dem Sheriff und meinem Onkel hinterher.

Nein! Das konnte er nicht tun!

Jake hatte die Hände tief in der Hosentasche vergraben und lehnte an der Motorhaube seines Jeeps. Als er den Vorwurf realisierte, machte er ein entsetztes Gesicht, welches jedoch im nächsten Moment Platz für ein spottendes Schnaufen machte. Dann stieß er sich vom Auto ab, befreite seine Hände aus den Taschen und kam auf uns zu. Ich weiß nicht wieso, doch als er neben mir und vor meinem Onkel stand, fühlte ich mich direkt sicherer.

»Guten Abend erstmal«, sagte er in die Runde und wandte sich dann mit einem überheblichen Lächeln, von dem ich komischerweise direkt wusste, dass es nicht echt war, an meinen Onkel. »Jake Ayres.« Mit gerunzelten Brauen nahm Hugh seine Hand und schüttelte sie. »Ich bin Fred Ayres Sohn - der Leuchtturmwärter von Saint Marys.«

Das Stirnrunzeln meines Onkels lockerte sich für eine Sekunde, nur um sich kurz darauf noch mehr zu vertiefen. Er zog seine Hand fort und musterte Jake von oben bis unten. Jake hingegen ließ sich davon nicht verunsichern.

»Nun, Mr. Ayres«, begann er, musterte ihn ein weiteres Mal hochnäsig und blieb schließlich mit dem Blick an seinen schmutzigen Händen hängen. »Können Sie mir erklären, woher meine Nichte diese Verletzungen hat?«

Jake schnaufte, sein Gesicht verdunkelte sich vor Wut. »Das kann ich tatsächlich!«, murmelte er wütend.

»Wie war das?« Hugh trat einen Schritt näher, bei dem ich sofort zusammengezuckt wäre. Doch Jake rührte sich nicht, verschränkte die Arme vor der Brust und musterte ihn voller Ekel. Er wirkte so stark.

Ehe er zu mir hinübersah, schnaufte er einmal und schüttelte abwertend den Kopf. In dem Moment, in dem er meine Wunden an Lippe und Auge studierte - meinen geschwollenen Hals konnte man in dem großen Pullover zum Glück nicht sehen - verstärkte sich die schmerzvolle Wut in seinem Blick und er presste angespannt die Lippen aufeinander. Ich spürte ganz genau, was er spürte. Wusste ganz genau, was ihm auf den Lippen hing. Doch ich flehte ihn innerlich an, es nicht zu tun, meinem Onkel nicht die Meinung zu sagen und sich zurückzuhalten. Jakes Wut flaute etwas ab, als er meinen flehenden Blick sah. Auch er realisierte allmählich, dass es nichts bringen würde, gegen meinen Onkel zu rebellieren. Er würde mich damit nur in weitere Schwierigkeiten bringen.

»Ich war gerade auf meinem Posten der nächtlichen Seerettung, als ich Ihre Nichte am Waldrand nahe der Klippen spazieren gehen sah.«, begann er bedacht ruhig. Mein Herz schlug mir bis zum Hals, ich spürte es in meinen Schläfen, in meinen Schwellungen, in meinen Fingerspitzen. »Die Felsen dort sind ziemlich locker. Ich habe versucht, sie zu warnen. Leider war sie zu weit weg, um mich zu hören. Sie stürzte ins Wasser, hat sich aber zum Glück keine ernsthafteren Verletzungen zugezogen.«

Hugh musterte mich überrascht und besorgt, zog mich dann an sich, als wäre er erleichtert, dass mir nichts passiert war. Anschließend wandte er sich wieder aufgebracht an Jake.

»Und das wissen Sie, weil Sie Arzt sind?!« In seiner Stimme klang ein erneuter Vorwurf mit.

Nun meldete sich auch Sheriff Morgan wieder zu Wort. »Haben Sie denn niemanden gerufen?! Sie hätten einen Arzt oder Mr. Grogan alarmieren müssen!«

Nun schien selbst Jake etwas überfordert. Wie konnten sie nur so auf ihn einreden? Wie konnten Sie ihm diese Vorwürfe machen, wo er doch schon so viel geleistet hatte?

»Ich-«, stammelte er hin- und hergerissen zwischen dem Wunsch, einfach auszurasten und dem Wissen, ruhig bleiben zu müssen. Er trat einen Schritt näher und ballte die Fäuste »Mein Vater hat sich um sie gekümmert. Er war mal Admiralarzt bei der Marine. Er-«

»Ach, das ist doch sicherlich schon viel zu lange her! Ihr Vater hat doch keine Ahnung!«, schimpfte Hugh so laut mit Jake, dass ich den Kopf am liebsten im Pullover versteckt hätte. Ich schämte mich für die Art, wie er mit ihm umging. Das hatte er nicht verdient. »Sie hätten mich kontaktieren-«

»Er hat sehr wohl Ahnung!«, verteidigte Jake seinen Dad. »Mehr Ahnung als Sie alle hier!«

Hugh lachte amüsierte, die Polizei stimmte mit ein. Dann wurde er ganz ernst. »Passen Sie auf, wie sie mit mir reden! Wissen Sie denn gar nicht, wer ich bin? Sie sollten froh sein, dass ich Sie nicht dafür anzeige, dass sie meiner Nichte nicht ordentlich geholfen hab-«

»Mr. Grogan!«, mischte sich plötzlich Michaels Stimme dazwischen. Ich hatte ihn noch nie so laut und aufgebracht sprechen gehört. »Mr. Ayres hat Abbigail das Leben gerettet! Wollen Sie das wirklich vollkommen ignorieren? Er stand wahrscheinlich selbst unter Schock und hat dennoch so gut gehandelt, dass Ihre Nichte nun wohl auf und mit nur ein paar Kratzern vor Ihnen steht. Sie sollten ihm und seinem Vater danken, anstatt ihn zu verspotten!«

»Michael!« Dr. Woods warf seinem Sohn einen Blick zu, der hätte töten können, trat dann die Verandastufen zu ihm hoch.

Doch Michael ignorierte das. Er hatte nur meinen Onkel im Visier, wofür ich ihm mehr als dankbar war.

»Bitte entschuldigen Sie meinen Sohn, Mr. Grogan. Er-«

»Nein, nein.«, winkte Hugh schließlich ab. Ich spürte, dass er sich daran erinnerte, seinen Bürgern gefallen zu müssen, und bemühte sich eines ehrlichen Lächelns. Ich war die einzige, die wusste, dass er kein ehrliches Lächeln besaß.

»Er hat Recht.« Mein Onkel wandte sich wieder Jake zu, welcher sich ebenfalls etwas beruhigt hatte und die Finger lockerte. »Bitte entschuldigen Sie, es war eine harte Nacht.«

»Das war sie offensichtlich nicht nur für Sie.«, fuhr Jake ihn wütend an.

Nun stellte sich Sheriff Morgan zwischen die beiden und drückte Jake fort. »Passen Sie auf, wie Sie reden! Etwas mehr Respekt, wenn ich bitten darf!«

»Ist gut, Harry.«, beruhigte Hugh seinen alten Freund, welcher sofort einen Schritt zur Seite trat. Dann wandte er sich wieder an Jake. »Wie kann ich Ihnen und Ihrem Vater danken?« Er zog sein Geldbeutel hervor und öffnete ihn, doch Jake schnaufte nur und schüttelte verächtlich den Kopf.

»Ich brauche Ihr Geld nicht!«, lehnte er ab, drehte sich dann zu seinem Wagen und raufte sich die Haare. Als er sich wieder umdrehte, schaute er nur mich an und wirkte direkt etwas ruhiger. »Passen Sie einfach nur auf Abbigail auf.«

Wir verharrten noch einen Moment mit vereinten Blicken. Seine Augen verzerrten sich traurig, weil dies unser Lebewohl war. Er ließ mich ungern hier zurück, das wusste ich, und komischerweise war auch ich traurig, dass er ging. Zu gerne hätte ich noch ein paar Geschichten von ihm und seinem Vater gehört, Dinge über jene Meeresgötter erfahren oder seine Zeichnungen betrachtet.

Irgendwann presste er die Lippen aufeinander und schmunzelte schwach. Er war ein leichtes Lächeln, das die anderen sicher kaum bemerkten, und trotzdem fühlte es sich so stark an, als könne er damit direkt in mein Inneres vordringen, meine Schwächen und Ängste und all die rohen und ehrlichen Gefühle darin sehen.

Und mit jeder Sekunde, in der er mich betrachtete, wie es bisher kein anderer getan hatte, verblasste das Geschehen um mich herum. Ich erinnerte mich daran, wie viel Wert David in mir gesehen hatte, wie schön es gewesen war, eine Meinung zu besitzen, die geschätzt wurde.

Jakes Blick war anders als der von meinem Bruder – und doch irgendwie gleich. Auch in seinem konnte ich erkennen, dass er das Mädchen hinter all diesen Unsicherheiten sah. Das Mädchen, das selbst ich nicht mehr kannte, aber urplötzlich wieder hervorholen und kennenlernen wollte.

Doch als er sich schließlich von mir abwandte, sich in den Wagen schwang und mich keines Blickes mehr würdigte, prallte die für kurze Zeit ausgeblendete Realität wieder mit voller Wucht gegen mich.

Der Verlust seines Blickes schmerzte. Schmerzte mehr als all die Wunden auf meiner Haut.

Kapitel 8

März 2002

Prüfend blicke ich mich ein paar Mal an der Tankstelle um, ziehe meine Kapuze tiefer in die Stirn und richte meine Sonnenbrille, ehe ich den Zapfhahn zurück in die Säule hänge und mein Geldbeutel aus dem Auto fische. Ein alter Cadillac in rostbraun, der jeden Moment seinen Geist aufzugeben scheint. Ich weiß, es ist nicht viel, doch leider das einzige, was ich mir leisten kann.

Die Kassiererin ist bestimmt 10 Jahre jünger als ich, trotzdem möchte ich kein Risiko eingehen, erkannt zu werden, und knalle ihr einen 20 Dollar Schein auf den Tresen, drehe mich um und flüchte zurück zu meinem Auto.

Als ich einsteige, spüre ich etwas Nasskaltes in meinem Nacken.

»Lass das, Alpha.«, bitte ich genervt das schwarz-weiße Knäuel Fell auf meinem Rücksitz, das ich vor wenigen Stunden vollkommen hilflos auf der Straße aufgegabelt habe.

Er trägt den Namen Alpha, benannt nach meiner langjährigen Lieblingsband Alphaville, außerdem sieht er für mich einfach aus wie ein Alpha. Von klein auf habe ich immer einen Hund gewollt und obwohl ich zu Beginn unsicher war, ihn einfach mitzunehmen, denke ich jetzt doch, dass es die richtige Entscheidung war. Vielleicht wurde er geschickt, um mir in der momentanen Situation Halt zu schenken.

Belustigt schüttele ich den Kopf und spotte über meinen eigenen Gedanke, als ich zurück auf die Straße fahre. Seit wann meint das Schicksal es bitte gut mit mir?!

Es sind nur noch wenige Meilen, bis das Meer vor meiner Nase liegt. Nur noch wenige Meilen, bis ich wieder in Saint Marys bin, und mit jedem Meter, dem ich diesem Höllenort näherkomme, kralle ich mich fester an das Lenkrad.

18 Jahre.

Als ich vor zwei Wochen die Todesanzeige in der Zeitung in meinem kleinen Apartment in Atlanta gesehen hatte, hatte mich kurz der Fluchtinstinkt ergriffen.

Bevor dieser Instinkt aber Überhand nehmen konnte, war ich noch am selben Tag auf dem Boden der Besenkammer - so nenne ich die Absteige, in der ich lebe - zusammengebrochen. Kaum zu glauben, dass er wirklich tot ist. Was ich aber noch weniger glauben kann, ist, dass ich es wirklich über mich gebracht habe und nun auf dem Weg zur Beerdigung bin.

Die Gleise rechts verraten mir, dass ich in wenigen Minuten die Stadt erreiche. Ich erkenne kaum etwas wieder und das liegt vielleicht auch daran, dass ich diese Stadt eigentlich nie richtig gekannt habe. Nach wenigen Minuten stehe ich an der Kreuzung zum Ortseingang und rutsche tiefer in meinen Sitz, als neben mir ein Auto zum Stehen kommt. Die letzten Jahre scheint Saint Marys viele neue Bewohner dazu gewonnen zu haben, die sicherlich alle keine Ahnung haben, wer ich bin, doch trotzdem ist es mir lieber, wenn ich unsichtbar bleibe.

»Da sind wir also.«, sage ich, als die Ampel auf Grün schaltet und das Willkommensschild näherkommt. Ich werfe einen Blick auf die Rückbank, auf der Alpha wild hechelnd und schwanzwedelnd aus dem Fenster schaut, als wäre es echt so toll hier. »Freue dich nicht zu früh. Wir bleiben nicht lange.«

Eine Stunde Beerdigung und dann raus hier. Dass ich nicht lange bleibe, war von Anfang an klar. Bis vor wenigen Tagen habe ich schließlich nicht mal vorgehabt, überhaupt zu kommen. Zu Beginn habe ich versucht, die Zeitung einfach in den Mülleimer zu werfen und nicht länger daran zu denken. Es sind schließlich fast zwei Jahrzehnte vergangen, seitdem ich ihn das letzte Mal gesehen habe, doch sein Tod lässt mich seitdem nicht mehr los. Es ist nicht richtig, mich zu verstecken. Es ist nicht richtig, ihn im Stich zu lassen. Ich habe ihn schließlich immer gemocht und geschätzt und er war gut zu mir. Diese letzte Ehre will ich ihm noch erweisen, auch wenn ich dafür über meinen Schatten springen muss.

Das Wetter spielt heute super mit. Sonne, blauer Himmel, 20 Grad. Um ehrlich zu sein, wäre mir Regen lieber gewesen. Zum einen, weil er zur Stimmung dieser Stadt passt, zum anderen, weil man sich somit noch besser unter einem Schirm verstecken kann.

Es ist das erste Mal für mich, dass ich den kleinen Friedhof von Saint Marys betrete, fällt mir auf, als ich auf den Parkplatz fahre. Ich spähe aus dem Fenster. Die Äste von dichten Eichen legen sich über den Weg, der zum Eingang führt. Ein paar Menschen stehen am Tor, die wenigen restlichen laufen gemeinsam zum Grab. Es sind nicht viele gekommen, er war schließlich auch nicht groß bekannt.

Ich warte ein paar Minuten im Wagen, bis ich mich traue auszusteigen und das erste Mal seit 18 Jahren wieder Saint Marys Boden unter meinen Füßen habe.

Auf der Rückbank fängt Alpha ungeduldig an zu winseln. »Es wird nicht lange dauern.«, verspreche ich ihm und blicke in den Rückspiegel. Dabei erhasche ich auch auf mich einen kurzen Blick. Ob ich mich für die anderen überhaupt verändert habe? Sie erkennen mich sicherlich nicht mehr wieder und das ist auch in meinem Interesse. Aufgeregt atme ich ein paar Mal tief durch, schließe die Augen und denke an früher. Ich sehe sein Gesicht noch genau vor mir, höre seine Stimme, als wäre es gestern gewesen. Für ein paar Sekunden bin ich wieder 17 und erinnere mich, ehe mich der breite Kloß im Hals wieder zurück in die Realität holt.

Schluss damit!

Seit 10 Jahren habe ich keine einzige Träne mehr vergossen und das soll verdammt nochmal so bleiben.

Aufgewühlt schwinge ich mich aus dem Wagen und lasse Alpha dort zurück. Er steht im Schatten und die Fenster sind zur Hälfte geöffnet, außerdem werde ich sowieso nicht lange fortbleiben.

Die Luft riecht nach nasser Erde und Salz, ein Duft, den ich einst geliebt habe, nun seit langer Zeit aber mühsam versuche zu verdrängen. Mit hochgezogenen Schultern laufe ich zum Tor, könnte aber mit jedem weiteren Schritt gleich wieder umdrehen. Mutig schlucke ich meine Trauer hinunter und ziehe den Kopf ein, als ein Ast meine Schulter streift und mich wachzurütteln scheint. Dann nähere ich mich von hinten den anderen Gästen und bleibe mit ein paar Metern zu ihnen entfernt stehen. Niemand hat mich gesehen.

Der Pastor segnet seinen Sarg und spricht ein paar Gebete, die ich kaum wahrnehme. Dann tritt er ein paar Schritte zur Seite und eröffnet mir dadurch den Blick auf das Bild, das auf einer Staffelei steht.

Mir bleibt die Luft weg.

Er ist ihm wie aus dem Gesicht geschnitten.

IX

Jake

Aufgewirbelter Sommerregen wurde vom Wind gegen mein Fenster geschlagen. Das gräuliche Morgenlicht verfing sich in den Tropfen. Ich beobachtete jeden einzelnen. Beobachtete, wie sie sich ihren Weg von oben an den unteren Fensterrand bahnten, sich zwischendrin vermehrten und am Ende doch nur ausgelaugt irgendwo im Nirgendwo endeten. Ich weiß nicht, wann ich damit angefangen hatte, mit ihnen Wettrennen zu spielen, ich konnte mich nur erinnern, dass ich bisher kein Auge hatte zu machen konnte, seitdem ich Abbigail zuhause abgesetzt hatte.

Nun, die Sonne ging auf. Die Nacht war also sowieso hinüber.

Mein Blick schweifte durchs Zimmer. Die Bewegung zerrte im Nacken, weil ich den Kopf bestimmt schon seit Stunden nur zum Fenster ausgerichtet hatte. Die Heizung war noch angeschaltet. Eigentlich war sie das nie, weil mir selten kalt war und wir somit Heizkosten sparen konnten. Zum Trocknen von Abbigails Klamotten musste ich sie aufdrehen, und zu sehen, dass der Zeiger immer noch auf der Drei stand, zeigte mir, dass diese Nacht auch wirklich real gewesen war. Dass Abbigail wirklich hier gewesen war. Und dass sie wirklich solch Schreckliches erleben musste.

Ich zog mich vor zur Bettkannte und drehte die Heizung auf null. Ich durfte die Sache nicht zu sehr an mich ranlassen, jedenfalls hatte das Dad gemeint. Seit unserem Streit letzten Abend hatte ich ihn noch nicht zu Gesicht bekommen. Ich verstand nicht, wieso ihm Abbigails Situation plötzlich so egal war.

Lass es gut sein, Junge, erinnerte ich mich. *Du kannst nichts für sie tun.*

Wir hätten mehr tun können, wenn Dad nicht den Schwanz eingezogen hätte. Wir hätten sie von Mr. Grogan fernhalten können. Ich kaufte diesem Schnösel seine Sorgentour sowieso nicht ab. Wenn er seine Nichte wirklich so liebte, würde er sie besser behandeln. Jedenfalls hätte sie dann nicht das Bedürfnis, von dieser Erde zu verschwinden.

Dass Dad mit seinem Gespür, was den Bürgermeister anging, nun erneut Recht hatte, verärgerte mich. Nicht, weil ich dadurch eine weitere Wette verloren hatte oder eingeschnappt war. Es verärgerte mich wegen Abbigail. Für sie hätte ich mir gewünscht, dass Dad falsch lag.

Als der Regen etwas nachließ, schwang ich mich aus dem Bett und lief in die Küche, um das flaue Gefühl in meinem Magen mit etwas Essbarem zu bekämpfen. Mein Blick fiel aus dem Fenster zum Ufer. Sofort schüttelte ich den Kopf. Dad stand einbeinig auf seinem Boot und putzte es. Eines der Dinge, die er so oft tat, nur um sich von seinen Gefühlen abzulenken - selbst, wenn es regnete.

Kurzerhand bereitete ich zwei Tassen Kaffee vor und lief mit ihnen runter zum Ufer. Als Dad mich von weitem entdeckte, drehte er sich kurz von mir weg und wischte sich mit dem Unterarm übers Gesicht. Ich ignorierte diese Geste und reichte ihm zur Versöhnung die Tasse Kaffee.

»Danke.« Schmunzelnd nahm er das Heißgetränk entgegen, ehe auch ich mich auf das Boot schwang und gegenüber der Stelle niederließ, auf der Abbigail gestern gesessen hatte. Dad ließ sich am Steuer nieder, um seinen Fuß zu entlasten, und starrte gedankenversunken zu den Klippen.

»Der Regen ist gut, um das Boot zu putzen.«, sagte er irgendwann, weil die Stille uns auffraß. »Er wäscht das Salz von der Oberfläche.«

Ich nickte. Er wollte, dass ich das dachte. Dass ich dachte, dies sei der einzige Grund, weswegen er wie ein verrückter am Putzen war. Nicht weil er aufgewühlt war, nicht weil er trauerte und sich ablenken wollte. Ich ließ ihn in dem Glauben und spielte mit.

»Ja, ich weiß.«, nickte ich lächelnd und führte die Tasse an meinen Mund. »Sieht auf jeden Fall schon besser aus.«

Er reagierte nicht. Die Stimmung zwischen uns war sichtlich angespannt. Dad und ich stritten eigentlich nie. Für einen Streit brauchte es tiefgründige Gefühle und Emotionen, und die hatten wir bisher immer gut voreinander verstecken können.

»Es tut mir leid, Dad.«, fing ich irgendwann an. Seine Lippen zuckten zu einem Schmunzeln. Er schien erleichtert, dass ich mich versöhnen wollte. »Abbigails Situation hat mich einfach zu sehr mitgenommen.«

Dad wandte den Blick zu Boden und nickte. Als er ihn zu den Klippen warf, bohrten sich tiefe Falten in seine Stirn.

»Ich weiß.« Seine Stimme war rau und gebrochen. Er räusperte sich und lockerte seinen Sitz. »Mich hat sie auch mitgenommen. Du solltest sie dir aber schleunigst aus dem Kopf schlagen, sonst zerfrisst sie dich… wir können nichts tun. Er ist der Bürgermeister, er ist Teil des Gesetzes. Die Polizei ist auf seiner Seite.«

Ich war anderer Meinung, das zeigte ich ihm diesmal aber nicht. Ich wollte mich nicht nochmal mit ihm streiten. Es fühlte sich einfach nur so falsch an, zu wissen, wie sehr sie litt, und dabei nichts zu unternehmen und einfach zuzusehen. Vielleicht hatte Dad aber gerade deshalb Recht. Es zerfraß mich, der Gedanke an Abbigail zerfraß mich, auch wenn ich komischerweise zu gerne an sie dachte. Ich musste sie mir aus dem Kopf schlagen.

Dads Humpeln holte mich aus meinen Gedanken. Er hatte sich vom Steuer abgedrückt und kam auf mich zu. Mitfühlend legte er die Hand auf meine Schulter und drückte mich dann an sich, um mich zu trösten, - und irgendwie hatte ich dabei das Gefühl, dass auch er sich trösten musste.

»Ich hoffe, du weißt, wie stolz ich auf dich bin.«, flüsterte er, ohne mich anzusehen, als er sich wieder löste und mir ein paar Mal auf die Schulter klopfte. Dann versuchte er, sich zurück auf den Steg zu verfrachten.

»Warte, ich helfe dir.«, meinte ich und reichte ihm die Hand, doch er winkte nur stur ab und schaffte es schließlich alleine.

Seine Worte hallten in meinem Inneren nach und lösten eine Gänsehaut auf meiner Haut aus. Solche Sätze waren selten zwischen uns. Auch Dad schien die Situation unangenehm zu sein, weswegen er schleunigst verschwinden wollte.

»Ich brauche dich ab heute Abend übrigens nicht mehr.«, Er nahm drei große Schlucke seines Kaffees, ehe er weitersprach. Dann deutete er damit zum Boot. »Meinem Fuß geht's schon besser, ich schaffe das alleine.«

Ich schluckte. Bei dem Gedanken, Dad mit seiner Verletzung bei der Seerettung und beim Fischen alleine zu lassen, wurde mir schlecht. Auf einem Stuhl im fest stehendem Leuchtturm zu sitzen, war ja noch in Ordnung, - davon konnte ich Dad sowieso nicht abhalten, - doch ein wackelndes Boot zu steuern und in der Not dann auch noch anderen zu helfen, wenn man selbst verletzt war, ging für mich gar nicht klar.

»Kommt gar nicht in Frage.«, verneinte ich und verschränkte die Arme.

Dad wich meinem Blick aus, legte dann einen bestimmenden Ton an. »Nun, es ist bereits entschieden, Jake.«

»Dad!« Aufgebracht lief ich zur Reling und folterte ihn mit einem flehenden Blick. »Bitte sei nicht so unvernünftig! Lass mich dir helf-«

»Nein, nein!«, winkte er ab, bevor ich überhaupt fertigreden konnte. »Mach dir einen schönen Abend mit deinen Freunden. Du musst mal hier rauskommen. Verschaff dir ein wenig Ablenkung.«

Ich presste die Lippen aufeinander, weil ich verneinen wollte, weil ich mir die Haare raufen und ihn anbrüllen wollte, aber ich konnte nicht. Dad wollte meine Hilfe nicht und ich wusste, dass ich ihn da auch nicht umstimmen konnte. Ich wusste, dass es ihm nun mal am besten ging, wenn man ihn alleine ließ. Egal, wie wenig ich das auch akzeptieren wollte.

Abbigails Situation hatte ihn wahrscheinlich noch schlimmer mitgenommen als mich selbst. Ich wusste nicht viel über Mum, doch dass sie aus eigener Hand starb, war mir schon früh klar geworden. Den Grund hierfür kannte ich nicht, doch Abbigails Selbstmordversuch schien Dad um Zeiten mit seiner Trauer zurückgeworfen zu haben.

»Ist gut.«, gab ich schließlich seufzend auf und zwang mich ihm zuliebe zu einem Lächeln. Ich wollte mich nicht wieder mit ihm streiten. Es nützte doch sowieso nichts, dagegen zu gehen.

Dad nickte ein paar Mal gedankenversunken, dann machte er kehrt und humpelte in Richtung Leuchtturm.

Ich nutzte den restlichen Tag, um etwas Ordnung ins Häuschen zu bringen. Abbigails Anwesenheit die letzte Nacht hatte mir gezeigt, wie unordentlich unser Haushalt eigentlich war. Ich bezweifelte es, dass wir so schnell wieder Besuch bekommen würden, aber man konnte ja nie wissen. Außerdem half mir diese Tätigkeit, den Tag zu überstehen. In dieser Hinsicht war ich Dad scheinbar sehr ähnlich. Auch ich verschaffte mir Ablenkung durch Arbeit.

Unter normalen Umständen wäre ich an einem freien Samstag wie diesem mit Nino in der Stadt unterwegs, oder alleine am Strand. Ich würde mich freuen, heute keine Nachtschicht übernehmen zu müssen und mal wieder rauszukommen. Auch wenn Nino meist ziemlich nervig sein konnte, hatte ich doch immer viel Spaß mit ihm. Doch Spaß haben kam mir, jetzt wo ich wusste, wie schlecht es diesem Mädchen ging, irgendwie so falsch vor.

Am späten Nachmittag glänzte die Küche, wie ich sie noch nie gesehen hatte. Erschöpft warf ich einen Blick nach draußen. Dad war immer noch im Leuchtturm. In Anbetracht dessen, dass angeblich alles erledigt war, war er doch sehr lange weg.

Seufzend drückte ich mich vom Fenster ab und schlürfte in mein Zimmer. Eigentlich hatte ich vorgehabt, nach dem Putzen der Küche, hier auch etwas Ordnung rein zu bekommen, doch dass diese Aktion so lange brauchte, hätte ich nie gedacht. Ich war viel zu kaputt, um das Ganze in meinem eigenen Zimmer nochmal zu wiederholen.

Inmitten meines Chaos blieb ich stehen und blickte mich um. Meine Klamotten waren auf dem Fußboden verteilt. Ich hatte sie die letzte Nacht einfach nur abgestreift und liegen gelassen. Ich zwang mich dazu, wenigstens diese in die Wäsche zu räumen, und bückte mich nach meiner Hose, die unter der Heizung lag. Als ich sie anhob, entdeckte ich eine kleine, weiße

Muschel in der hintersten Ecke des Heizkörpers und stockte. Diese gehörte ganz eindeutig nicht in mein Zimmer.

Neugierig griff ich danach und erkannte erst bei näherem Hinsehen, dass es sich um ein Armband handelte. Eine kleine Strandmuschel war durch ein kleines Loch gefädelt und in die Innenseite die Buchstaben *A+D* geritzt. Das A stand sicherlich für Abbigail, sie musste es hier verloren haben. Doch das D? Hatte sie einen Freund? Oder vielleicht gehörte der Buchstabe einem geliebten Familienmitglied?

Was es auch war, sie musste das Armband sicherlich schrecklich vermissen. Mich überkam ein Lächeln bei dem Gedanke, dass ich sie nochmal wiedersehen konnte, um es ihr zurückzugeben. Auch wenn ich etwas Bange davor hatte, wie schlimm ihre nächsten Verletzungen sein würden.

Hastig rannte ich in Dads Schlafzimmer, wo das Telefon stand, und suchte im Telefonbuch nach der Nummer des Bürgermeisters. Als ich die Wählscheibe betätigte, klopfte mein Herz so laut, dass ich befürchtete, man könnte es durch den Hörer wahrnehmen.

»Grogan, hier Welsh am Apparat. Was kann ich für Sie tun?«, ertönte eine alte Stimme am anderen Ende.

»Guten Tag, Ayres hier. Ich würde sehr gerne mit Abbigail sprechen.«

»Leider ist das nicht möglich.«

»Es dauert nicht lang-« Ein penetrantes Tuten würgte mich ab und nahm mir meine Worte. Fassungslos musterte ich den Hörer und knallte ihn dann zurück in seine Halterung. *Das darf doch nicht wahr sein!*

Wutentbrannt umschloss ich das Band fest in meiner Faust und lief zum Fenster. Das Meer war durch den Regen unruhig geworden, doch die Wolken verzogen sich allmählich. Hinter ihnen kam ein rosa gefärbter Himmel zum Vorschein. Die Sonne stand schon ziemlich tief.

Mein Blick blieb am Leuchtturm hängen. Dad war immer noch dort oben. Vielleicht hatte er Recht, vielleicht musste ich wirklich mal rauskommen, - und wenn ich Abbigail schon nicht anrufen durfte, musste ich halt bei ihr vorbeischauen, um ihr das Armband zurückzugeben.

Eine Stunde später saß ich im Auto und fuhr die ansteigende Waldstraße entlang, die mir letzte Nacht noch so kurz vorgekommen war. Jetzt zog sie sich endlos lang. Neben mir huschten immer mal wieder Dächer verschiedener Villen zwischen den dichten Bäumen vorbei. Je höher du hier wohntest, desto mehr Geld hattest du.

Mein Blick fiel auf den Beifahrersitz, wo das Armband lag. Für einen kurzen Moment überdachte ich mein Vorhaben nochmal. Was war, wenn ich ihr mit meinem Besuch schadete?

Unsicher krallte ich mich an das Lenkrad. Meine Hände waren nass und auch an meiner Stirn prangten ein paar Schweißtropfen. Ich war nervös. Aber komischerweise nicht nur, weil mich ihre Situation besorgte, nein, da war noch etwas anderes, das diese Nervosität in mir auslöste. Etwas Stärkeres.

Als die Dachspitze von Bürgermeister Grogans Anwesen zwischen den Bäumen auftauchte, und ich der Einfahrt immer näherkam, klopfte mein Herz so schnell, dass ich die Luft anhielt. Das große Tor stand wie gestern auch offen und die Einfahrt und die dazugehörigen Pflanzen waren gepflegt und glänzten mehr als unsere Küche nach meiner mehrstündigen Putzaktion. Erst jetzt fiel mir der große Brunnen zentral vor den Eingangsstufen richtig auf. Ich parkte den Wagen relativ nah am Tor, da ich mich mit dem alten, dreckigen Jeep in solch nobler Gesellschaft doch etwas unwohl fühlte. Als der laute Motor verstummte und ich ausstieg, lauschte ich ein paar Sekunden der Stille. Ich war durch ein Leben abseits der Stadt und mit einem Vater, der kaum sprach, Ruhe durchaus gewohnt, doch diese Ruhe hier oben ließ mich erschaudern. Vor meiner Haustür gab es das Rauschen des Meeres, das laute Krachen, wenn sich eine Welle am Felsen brach oder das Heulen des Windes, der vom Ozean zum Festland getrieben wurde. Außer dem leisen Plätschern des Brunnens und dem sachten Rascheln der Baumkronen gab es hier oben keinen einzigen Ton. Ich wollte mir nicht vorstellen, wie laut ein ausartender Streit hier sein musste.

Ich schlenderte die Einfahrt in Richtung Haustür, das Armband fest in meiner Hand umschlossen. Das Grundstück besaß, soweit ich wusste, keinen Zaun. Große und akkurat beschnittene Hecken dienten als Schutz und Abgrenzung zu den anderen Grundstücken. Den Rest erledigten die dichten Bäume. Die Einfahrt führte von der rechten Vorderseite des Hauses in einem großen Bogen direkt zur Treppe. Ich versuchte, einen Blick über die Seite des Hauses in den Garten zu erhaschen, konnte aber nichts erkennen, also begab ich mich direkt zur Treppe. Als ich vor der Tür stand, überkam mich für ein paar Sekunden wieder diese Wut, welche mich die letzte Nacht bei Mr. Grogans Kommentaren übermannt hatte. Ich atmete ein paar Mal durch und beruhigte mich wieder. Dann betätigte ich mit zittrigen Händen die Klingel. Während ich wartete, blickte ich kurz an mir hinunter. Meine schwarze Korthose war das Ordentlichste, was ich hatte finden können, und das Jeanshemd, das ich trug, hatte ich aus Dads alten Sachen herausgekramt. Dazu schlang ich mir eine weiße Strickjacke um die Schultern und knotete sie vorne zu. So schick hatte ich mich noch nie gefühlt und ich hoffte, ich konnte somit die Erinnerung an den dreckigen und stinkenden Seemannsjungen aus Abbigails Kopf löschen. Vielleicht gefiel ihr mein Outfit ja, auch wenn ich es zum Kotzen fand.

»Was kann ich für Sie tun?« Eine junge Asiatin öffnete die Tür und beäugte mich verwundert. Wahrscheinlich gab es hier nie unangekündigten Besuch.

»Guten Tag«, begann ich höflich, erhaschte dann einen Blick in die Eingangshalle. Sie zog sich ins erste Stockwerk hoch und wurde in der Mitte von einem großen tiefhängendem Kronleuchter und einer eleganten Treppe geziert. Alles war aus edlem Holz gefertigt, mit feinen Details und handgefertigtem Stuck. Diese Eingangshalle war größer als mein ganzes Zuhause.

»Also?« Die Dame trat in mein Sichtfeld und holte mich damit zurück in die Realität.

»Tschuldigung«, nuschelte ich und lockerte meinen Stand. »Ich wollte … ist es möglich, kurz mit Abbigail Grog-« Hastig schüttelte ich den Kopf. »mit Abbigail Wincester zu sprechen?«

Sie stockte verwundert, als hätte sie diese Frage noch nie gestellt bekommen. Für eine kurze Zeit durchforstete sie fragend mein Gesicht, dann räusperte sie sich.

»*Mr. Grogan*«, betonte sie extra scharf, blickte sich dann ein paar Mal hinter sich um. »ist zurzeit nicht zu sprechen.«

»Okaaay«, lachte ich unsicher. »Ich wollte ja auch mit Abbigail sprechen. Es ist wirklich wichtig und dauert auch nicht lange.«

Sie musterte mich teils bekümmert, teils belustigt. Dann blickte sie sich erneut im Eingangsbereich um und trat ein paar Schritte zu mir vor, um die Tür hinter sich anlehnen zu können.

»Hören Sie«, begann sie flüsternd. »Miss Wincester ist zurzeit nicht zu sprechen.«

»Wann ist sie wieder zu sprechen?«, fragte ich besorgt. Plötzlich überkam mich die Angst, ihr könnte erneut etwas zugestoßen sein.

»Sie ist *nie* zu sprechen.«, betonte sie und blickte mich eindringlich an. »Auf Anweisung von Bürgermeister Grogan.«

»Das heißt-«, wollte ich gerade verwirrt fragen, da wurde die Eingangstür aufgerissen.

»Miss Sue!« Bürgermeister Grogan stand in der Tür und beäugte uns verärgert. »Was ist hier los?«

Als er mich erblickte, verdunkelten sich seine Augen, bis er ein provokantes Lächeln zeigte. Besagte Miss Sue war mit seinem Auftreten zu einer Statue erfroren und hatte sich ein paar Schritte zurückgezogen. Bevor sie den Mund öffnen und erklären konnte, was ich von ihm wollte, hob Mr. Grogan die Hand und wies ihr damit an, zu verschwinden.

»Soso, möchtest du also doch das Geld haben? Kann deinem Vater und dir sicherlich nicht schaden, oder? Ich helfe doch gerne.«, meinte er und fischte seine Geldbörse hervor.

Ich ballte die Hände zu Fäusten und zerquetschte damit fast Abbigails Armband.

Ruhig bleiben, Jake. Ruhig bleiben.

Angewidert winkte ich schließlich ab. »Nein, ich möchte immer noch nicht Ihr blödes Geld!«

Er hielt in seiner Bewegung inne, betrachtete mich dann über den Rand seiner Brille hinweg mit einem arroganten Grinsen.

»Dann verstehe ich nicht, weshalb du hier bist? Du hast hier nichts zu suchen!«, fauchte er und tauschte das überhebliche Lächeln gegen eine wütende Fratze.

Ich trat ebenfalls einen wütenden Schritt näher und öffnete den Mund zum Antworten, da machte ich hinter ihm eine Bewegung aus. Abbigail stand am Geländer der Treppe im ersten Stock und war gerade dabei, runterzukommen. Als sie mich entdeckte, blieb sie abrupt stehen und erstarrte. Eine jüngere Frau neben ihr – wahrscheinlich auch eine von Mr. Grogans Bediensteten – versuchte sie dazu zu bringen, weiterzugehen. Doch Abbigail war wie erfroren. In ihrem Blick lag so viel Leid und Trauer.

»Abbigail!! Dein Lehrer wartet!« Mr. Grogans Gebrülle ließ selbst mich zusammenzucken. Ich wich einen Schritt zurück, als er die Tür ein Stückweit schloss, sodass ich Abbigail nicht mehr sehen konnte.

»Hör zu.« Nun bemühte er sich eines ruhigeren und höflicheren Tonfalls. Als ob das noch irgendetwas ändern könnte. »Ich schätze es wirklich sehr, was du für meine Nichte getan hast, du hast große Arbeit geleistet!«

Ich schnaufte verächtlich und wandte den Blick ab. Im Augenwinkel sah ich, dass er seinen Stand begradigte und hochnäsig die Brust rausdrückte. Als ich wieder zu ihm zurückblickte, war die Höflichkeit aus seinem Gesicht verschwunden. Jetzt wirkte er streng und entschlossen.

»Aber ich würde es sehr begrüßen, wenn ich dich hier nicht mehr zu Gesicht bekomme.« Mit diesen Worten drehte er sich um und knallte mir die Tür vor der Nase zu.

Entsetzt starrte ich noch eine Zeitlang auf die Stelle, auf der er eben gestanden hatte, und musste mich zusammenreißen, meine Faust bei mir zu lassen. Am liebsten hätte ich sie in die Tür gerammt, sie kurz und klein geschlagen.

Wie konnte man nur so unausstehlich sein? Und vor allem, wie hatte der Bürgermeister mich und so viele andere Menschen so gut täuschen können? Bis gestern hatte ich noch in den höchsten Tönen von ihm gesprochen, gedacht, er sei ein guter Mensch.

Fassungslos schüttelte ich den Kopf und stürmte wutentbrannt die Treppe hinunter, da machte ich rechts von mir eine Bewegung aus.

»Alles in Ordnung?« Der Mann, der mich die letzte Nacht verteidigt hatte, - ich glaube sein Vater hatte ihn Michael genannt, - stand mit einer Zigarette an der Seite des Hauses und kam mir langsam entgegen.

Ich beäugte ihn kurz wütend, weil ich nicht wusste, ob er zu den Guten oder Bösen gehörte. Ich entschied mich, ihm nicht zu trauen und wandte mich kopfschüttelnd zum Gehen um.

»Du willst Abbigail sehen?« Ich blieb abrupt stehen und lauschte hinter mich. Der knirschende Kies verriet mir, dass er näherkam. »Das ist eigentlich fast unmöglich.«

Neugierig drehte ich mich zu ihm um. »Fast?«

Er grinste frech. Keine Frage, er gehörte ebenfalls zu der arroganten Schnösel-Sorte, die in dieser Gegend lebte. Doch irgendetwas an ihm war freundlicher und bodenständiger.

»Ihre Tage sind eng getaktet, für Freizeit hat sie eigentlich keine Zeit, zumal sie sowieso nie alleine gelassen wird. Vor allem jetzt-« Er stockte. Für einen Moment verlor er sein Lächeln und wandte den Blick gedankenversunken zu Boden. Er wusste Bescheid, das spürte ich. Er wusste, dass meine Geschichte über Abbigails Rettung gelogen war. Genauso wie er wusste, dass sie die Wunden nicht dem Sturz zu verdanken hatte.

Er räusperte sich, nahm dann einen großen Zug seiner Zigarette, ehe er weitersprach.

»Soweit ich weiß, hat sie an manchen Tagen unter der Woche gegen 18 Uhr Musikunterricht. Sie wird dafür immer zu Mr. Chest in die Watts Street gebracht.«, erklärte er, sah sich dabei immer wieder nervös auf dem Grundstück um.

Ich überlegte kurz. Ich kannte Mr. Chest, jeder kannte Mr. Chest. In seinen besten Jahren hatte er viel mit seinen Kompositionen erreichen können. Hier in Saint Marys war er eine kleine Berühmtheit, die Stadt war stolz, einen solchen Star als Einwohner zu haben. Er musste mittlerweile Mitte 70 sein und komponierte, soweit ich wusste, nicht mehr. Ich wusste kaum etwas über seinen Charakter, ob er eher streng oder freundlich war, doch dass er trotz seines vielen Gelds in der Stadt geblieben und nicht in Mr. Grogans Gegend gezogen ist, machte ihn mir direkt sympathisch.

»Sie ist dort zwar auch nicht wirklich alleine, aber wenigstens ist ihr Onkel nicht dabei. Vielleicht findest du einen günstigen Moment.« Michael klopfte mir lächelnd auf den Oberarm, zerquetschte dann seine Zigarette unter seinem Schuh.

Ich zog eine unsichere Grimasse, die ein halbes Lächeln und ein halbes Stirnrunzeln darstellen sollte, weil ich immer noch skeptisch ihm gegenüber war.

»Ich muss jetzt wieder rein.« Er deutete zur Eingangstür. »Dieses Gespräch hat nie stattgefunden.«

»Danke…«, stammelte ich, als er sich umdrehte und die Treppen zum Eingang hoch lief.

Erst als er im Inneren verschwunden war, bemerkte ich, wie dunkel es bereits geworden war. Etwas benommen hob ich meine Faust und öffnete schließlich die verkrampften Finger. Die Muschel hatte tiefe und schmerzhafte Abdrücke in meiner Handinnenfläche hinterlassen. An einer Stelle blutete ich sogar ein wenig.

Für kurze Zeit fragte ich mich nochmal, warum ich mir diesen Stress für ein fremdes Mädchen zumutete. Doch vielleicht war es mit ihr dasselbe wie mit ihrem Muschelarmband.

Abbigail hatte Abdrücke in mir hinterlassen, schmerzhaft und tief, und ich hielt daran fest. So lange, bis das Armband wieder bei ihr war.

So lange, bis ich wieder bei ihr war.

X

Abby

Das smaragdgrüne Gefieder der Enten leuchtete im goldenen Schein der Abendsonne. Durch das Fenster beobachtete ich die Mutter der Entenfamilie und ihre kleinen Babys. Sie selbst hatte es sich am flachen Ufer gemütlich gemacht und döste in den letzten Sonnenstrahlen, während die kleinen Küken in unmittelbarer Nähe gemeinsam spielten, auf der Mutter herumkletterten oder ihre Geschwister gegenseitig nass machten. Bei dem Anblick musste ich sogleich daran denken, wie der heutige Tag ausgesehen hätte, wenn ich es letzte Nacht zu meinem Bruder geschafft hätte.

Ob die Enten gemerkt hätten, dass ich fort war? Ob das irgendjemand groß gemerkt hätte?

Hugh hätte ich damit jedenfalls eine Menge Last und Stress in Zukunft erspart.

»Miss Wincester?«

Ich zuckte kaum merkbar zusammen und blickte hoch in Professor Hydes Gesicht. Als er sich wieder meiner Aufmerksamkeit bewusst war, schob er seine Brille zurecht und las weiter aus dem Geschichtsbuch vor. Wenige Sekunden später schweiften meine Gedanken wieder ab.

Hugh hatte mich mit Schmerzmittel vollgestopft, damit ich sogleich wieder in den Tag starten konnte, als wäre nichts passiert. Ich fühlte mich benommen und hundemüde, aber wenigstens spürte ich keine Schmerzen mehr, auch wenn ich immer noch kein Wort herausbekam. Jae hatte nach Anweisung von Hugh meine Wunden mit einer dicken Schicht Puder überdeckt, vor die Tür durfte ich trotzdem erstmal nicht. Man sah mir immer noch ganz genau an, wie es mir wirklich ging, doch meine Lehrer schwiegen. Sie wurden schließlich gut genug bezahlt.

Zu meiner Verwunderung hatte ich sonst keine Strafen bekommen. Vielleicht würden diese noch folgen, sobald meine Wunden verheilt waren. Hugh würde mit weiteren Verletzungen schließlich nur noch mehr Aufmerksamkeit darauf ziehen.

Ich unterdrückte ein Gähnen. Die letzte Nacht war der Horror gewesen, was Schlaf betraf. Hugh hatte mich in mein Zimmer eingeschlossen und das würde er die nächsten Nächte sicherlich wieder tun. Von nun an wurde ich 24/7 beaufsichtigt, damit ich ja nicht nochmal wegrannte.

Müde fand mein Blick die Uhr. Vor fast einer Stunde hatte mein Unterricht bei Professor Hyde begonnen. Eine Stunde war es schon her, dass Jake vor der Tür gestanden hatte. Was er wohl gewollt hatte? Sich doch noch seine Belohnung bei Hugh abholen? Das konnte ich mir nicht vorstellen. Vielleicht wollte er seinen Pullover zurück. Ich seufzte innerlich. Schade, dass Jae ihn im Auftrag von Hugh entsorgt hatte. Ich hätte ihn zu gerne behalten, denn irgendwie hatte ich mich ein Stückweit sicherer in ihm gefühlt.

Als die Stunde endlich rum war und ich somit den heutigen Unterricht überstanden hatte, führte ich Professor Hyde in den Eingangsbereich, in dem sich Hugh zum Abschied noch mit Dr. Woods unterhielt.

»Abbigail.«, sagte mein Onkel gespielt erfreut, als er mich erblickte, kam dann auf mich zu und legte den Arm um mich. »Und? Wie hat sie sich gemacht?«

Professor Hydes Blick zappte in meine Richtung, dann seufzte er. »Miss Wincester schien mir heute etwas abwesend.«

Hugh drückte mich näher an sich. »Ja, die letzte Nacht war für uns alle etwas nervenaufreibend.«, meinte er ernst, schickte aber noch einen Lacher hinterher. »Es wäre besser, wenn du jetzt schlafen gehst.«

»Wir sollten jetzt auch langsam aufbrechen.«, unterbrach Dr. Woods uns, sah sich dann ungeduldig im Raum um. »Wie lange braucht Michael denn? Er wollte doch nur kurz die restlichen Unterlagen holen!«

»Abbigail, schau mal schnell nach ihm.«, wies Hugh mir an, ehe er meinen Professor zur Tür brachte.

Ich verabschiedete mich hastig, lief dann zur Tür des Salons. Hughs Büro lag hinter dem Esszimmer. Ich durfte selten hinein, da er dort seine Ruhe brauchte und ich ihm alles andere als Ruhe brachte. Die meiste Zeit arbeitete er im Bürgerbüro der Stadt, doch abends verfrachtete er sich dann gerne nochmal hierher zurück.

Die Tür stand einen Spalt offen. Vorsichtig öffnete ich sie und steckte meinen Kopf hinein. Michael lehnte mit seinen Unterlagen in der Tür zum Esszimmer am anderen Ende des Raumes und unterhielt sich ziemlich vertraut mit Jae. Ich wusste gar nicht, dass die beiden sich so gut kannten. Als sie mich bemerkten, wandten sie sich voneinander ab und Jae verließ sofort den Raum.

»Ich«, hauchte ich mit rauer Stimme etwas verwirrt, deutete dann hinter mich Richtung Ausgang. »Dein Vater wartet.«

Ohne etwas zu erwidern, schob er sich an mir vorbei und lief durch den Salon. Ich folgte ihm ins Foyer, wo Hugh mich wieder an sich zog. Auch Jae bahnte sich in diesem Moment mit einer Wäscheschüssel ihren Weg durchs Foyer, um die Wäsche in den ersten Stock zu bringen.

»Miss Sue!«, rief Hugh, woraufhin sie sofort angespannt stehen blieb. »Bringen Sie meine Nichte in ihr Zimmer. Wenn ich in einer halben Stunde nach ihr sehe, soll sie bettfertig sein.«

Ich schluckte. Seit wann schaute Hugh am Abend nochmal nach mir? Was hatte er vor? Kam heute Abend der Zeitpunkt meiner Bestrafung?

Ehe ich mich an Jae wandte, verabschiedete ich mich bei Dr. Woods und Michael. Dabei blickte Michael mich eine Zeitlang zu intensiv an, bevor seine Augen für einen Augenaufschlag zu Jae zappten und er schließlich hinaus eilte.

Oben angekommen, stellte ich mich vor meinen Spiegel, sah aber daran vorbei, da ich mein Gesicht nicht sehen wollte. Jae knöpfte mein Kleid am Rücken auf und half mir, es abzustreifen. Hugh hatte extra eines mit Rollkragen gewählt, damit man meinen Hals nicht sah, was mir, ehrlich gesagt, ebenfalls recht war.

»Ich habe noch etwas für dich.«, flüsterte Jae, als ich mein Nachthemd überstreifte, und blickte sich unsicher um. Dann ging sie zu meinem Schrank und zog die unterste Schublade auf. Neugierig trat ich einen Schritt näher, während sie ein paar Stapel anhob, um etwas, was darunter lag, heraus zu kramen.

Dann hielt sie plötzlich Jakes Pullover im Arm.

»Ich weiß, Mr. Grogan hat mich angewiesen, ihn zu entsorgen, aber ich dachte mir, vielleicht willst du ihn behalten. Ich weiß auch nicht …«

Überrascht trat ich noch ein paar Schritte näher und fuhr über den weichen Stoff. Ein Lächeln huschte über mein Gesicht. Wie glücklich ich war, dass sie ihn aufgehoben hatte.

»Vielen Dank!«, flüsterte ich mit Tränen in den Augen. Dass sie freiwillig ihren Job aufs Spiel setzte, nur um mir eine Freude zu machen, überwältigte mich.

Schließlich drückte sie mich an sich, woraufhin noch weitere Tränen in mir aufstiegen. Eine solche Umarmung hatte ich lange nicht mehr erleben dürfen und ich merkte erst jetzt, wie sehr ich sie doch vermisst hatte.

»Bitte halt noch ein bisschen durch.«, flüsterte sie ebenfalls den Tränen nahe und streichelte mir übers Haar. »Lass ihn nicht gewinnen.«

Ich löste mich von ihr, wischte meine Wangen trocken und nickte. Warum ich nickte, wusste ich nicht. Es war eine natürliche Reaktion auf ihre Bitte, wobei ich vollkommen außer Acht ließ, dass mir die Kraft zum Durchhalten eigentlich schon lange ausgegangen war. Doch dass sie mich überhaupt darum bat, mir zeigte, dass sie sich um mich sorgte und ich vielleicht doch nicht jedem egal war, gab mir ein Stückweit Kraft zurück.

Jae legte den Pullover zurück in die Schublade und schaufelte die beiden Stapel wieder darüber. Nachdem ich mich im Bad fertig gemacht und die Schminke von meiner Haut gewaschen hatte, ließ sie mich schließlich alleine im Zimmer zurück und machte sich auf den Nachhauseweg. Ich setzte mich auf mein Bett und warf den Blick nach draußen. Das Schmerzmittel ließ langsam nach, meine Kehle brannte und die Wunden pochten. Was aber noch schlimmer schmerzte, war die Erkenntnis, dass ich mein Armband letzte Nacht verloren hatte. David hatte es mir geschenkt, es war das letzte, was ich von ihm noch besessen hatte, und jetzt schwebte es sicherlich irgendwo im Ozean.

Ich rieb mein Handgelenk und schluckte die Tränen hinunter. Ich durfte jetzt nicht weinen, Hugh würde jede Sekunde hochkommen und ich wollte ihm nicht noch weitere Gründe geben, wütend zu werden.

Wie aufs Sprichwort sprang in dem Moment die Tür auf. Erschrocken erhob ich mich und blieb vor meinem Bett stehen. Hugh lächelte mich an, als wäre ich ihm ernsthaft wichtig.

»Jetzt aber ab ins Bett.«, meinte er und klopfte in die Hände. Sofort schlüpfte ich unter die Bettdecke, blieb aber aufrecht sitzen.

Je näher er kam, desto lauter klopfte mein Herz. Ich spürte das Pochen in meinen Schläfen, in meinen Wunden, in meiner Kehle. Angespannt versuchte ich mich zusammenzureißen, als er sich neben mich auf die Bettkante setzte.

»Hör zu«, meinte er ruhig und nahm meine Hand in seine. Tränen fluteten meine Sicht, ich hielt den Blick fest auf die Bettdecke gerichtet, weil er mich mit seiner Berührung verunsicherte. Wahrscheinlich war das nur die Ruhe vor dem Sturm. »Der letzte Abend ist leider vollkommen aus dem Ruder gelaufen und ich möchte, dass du weißt, dass ich dir für dein Verhalten keine Schuld gebe.«

Voller Verwunderung hob ich den Blick. Das Wasser vor meinen Augen verringerte sich mit dem Moment, in dem ich die Lider aufriss. Was hatte er gerade gesagt?

»Wirklich nicht.«, verdeutlichte er seine Aussage nochmal und hob die Hand. Dann wandte er den Blick auf meinen Arm und fuhr mit dem Daumen meine blauen Flecken ab. »Es ist meine Schuld. Ja, ich hätte das schon früher merken müssen.«

Ich weiß nicht, ob ich durch die Schmerzmittel halluzinierte, doch das, was er gerade von sich gab, gab nicht im Geringsten irgendeinen Sinn. Wurden wir beobachtet? Musste Hugh den einsichtigen Onkel spielen?

Als er seinen Griff an einem besonders großen Bluterguss verstärkte, verzog ich schmerzerfüllt das Gesicht. »Du armes Ding wurdest viel zu lange mit Erinnerungen an deinen Bruder konfrontiert, aber keine Sorge, das wirst du ab sofort nicht mehr.«

Meine Augen weiteten sich noch mehr, diesmal aber aus Angst. Langsam ahnte ich, was er vorhatte, aber … das konnte er doch nicht tun!

»Ich werde alle Bilder mit ihm und all seine Sachen entsorgen lassen, damit die Erinnerungen dich nicht mehr verletzen können.«

Panisch schüttelte ich den Kopf. »Nein, nein«, hauchte ich und wollte mich aus seinem Griff lösen.

»Shh«, machte er, bohrte seinen Daumen dann noch tiefer in den blauen Fleck. »Alles wird gut.«

Nun zierte sein Gesicht ein finsteres Lächeln. Wie hatte ich nur so dumm sein und ernsthaft glauben können, dass er es gut meinte? Wie konnte ich denken, dass er mich ohne Bestrafung davonkommen ließ? Nach dem schlimmsten, das ich ihm antun konnte.

Nein, Hughs Bestrafung war schlimmer als all jene, die ich je von ihm bekommen hatte. Er nahm mir alles, was mir von meinem Bruder übrigblieb.

»Bitte!«, weinte ich und griff unter mein Kopfkissen nach dem Bild von David und mir. Doch da war nichts.

Hugh hob die Arme und legte seine Hände auf meine bebenden Schultern. »Es ist alles gut, Abbigail. Er ist nun endgültig fort, er kann dir nichts mehr tun.«

Nein, nein … *NEIN!* Er hatte mein Zimmer durchsucht, er hatte mir alles genommen, all seine Sachen, alles, was mir blieb. Meine Notizen waren fort, sie lagen nicht mehr auf meinem Nachttisch. Es fühlte sich an, als hätte er mir all meine Gedanken geraubt. Ich wollte Schreien, wollte aus tiefster

Seele weinen. Jeder Schlag von ihm wäre mir lieber gewesen, ich litt Höllenqualen mit der Erkenntnis, dass wirklich alles fort war.

Schluchzend warf ich mich ins Kissen. Hugh streichelte mir über den Kopf, flüsterte immer wieder »Jetzt wird alles gut.« und machte damit meinen Bruder und alles, was mit ihm zu tun hatte, zu dem Monster dieses Hauses Als wäre mein Bruder daran schuld, dass es mir nicht gut ging, als wäre er daran schuld, dass ich verletzt war, als wäre er daran schuld, dass ich mich letzte Nacht in die Klippen gestürzt hatte.

Hugh löste sich von mir, ging dann zur Tür und verschloss sie von außen. Zurück blieb der Schmerz. Aber nicht der meiner Wunden, meiner Blutergüsse und nicht der in meiner Kehle.

Meine Seele schmerzte und blutete, wie sie es noch nie zuvor getan hatte. Hugh hatte mich an der schlimmsten Stelle verprügelt, an der er mich überhaupt verletzen konnte und das wusste er.

Ich wollte nicht mehr. Ich wollte verdammt nochmal nicht mehr.

Ich hob meinen schweren Kopf und blickte zur Uhr. Wir hatten halb drei mitten in der Nacht und ich hatte noch kein einziges Auge zu gemacht. Meine Glieder waren taub, ich fühlte mich noch ausgelaugter, als ich mich nach meinem Sturz gefühlt hatte. Wer hätte gedacht, dass es noch schlimmer ging?

Seit Hugh mich eingesperrt hatte, hatte ich mich nicht gerührt, nur geweint und alle übrig gebliebenen Gefühle rausfließen lassen. Als ich mich aufrappelte und die nackten Füße auf den kalten Fußboden setze, erschauderte ich. Nicht vor Kälte, mehr vor der Angst, wirklich nichts Persönliches in diesem Zimmer mehr finden zu können, nichts, das mich an David erinnerte, nichts, das meine Zeit hier leichter machte.

Der Schreibtisch war leergeräumt. Komisch, dass mir das beim Umziehen vorhin gar nicht aufgefallen war. Wahrscheinlich lag das wirklich an den Schmerztabletten. Ich konnte keinen einzigen Zettel und keinen einzigen Stift in den Schubladen finden. Meine Notizbücher waren fort, meine Geschichten, meine Fantasien. Erneut stiegen mir Tränen vor die Pupillen, als ich zu meinem Regal blickte. Ich hatte nie viele Dinge von meinem Bruder behalten dürfen, Hugh hatte sein Zimmer vollkommen leerräumen lassen, als er starb. Sein Armband und sein Foto waren zwei der drei Dinge, die mir geblieben waren. Mit 15 hatte er mir eine Schwanenfeder aus unserem Garten geschenkt. Schwäne waren selten in unserem See, doch einen Sommer lang hatten sich zwei hier her verirrt. Als sie fort waren, blieb nur eine lange Feder mit einem leichten Riss zurück, die mir mein Bruder zum Schreiben gab. Er meinte, wenn ich irgendwann eine berühmte Schriftstellerin sein würde, - denn davon ging er aus, - brauchte ich eine schöne Feder, um für Fans meine Bücher zu signieren. Bis dieser Tag kam, bewahrte ich sie in einer Schatulle in meinem Regal auf. Mit der Erkenntnis, dass diese Schatulle fort war, zerbrach nicht nur von neuem mein Herz, sondern auch endgültig der Traum, dass ich sie jemals hätte benutzen können.

Ich taumelte erschöpft mit dem Rücken gegen meine Kommode und schlug den Kopf ein paar Mal gegen die Schubladen. Mein Magen schmerzte unglaublich, so schrecklich vermisste ich meinen Bruder. Und nun, ohne einen einzigen persönlichen Besitz, ohne eine einzige Sache, die mich daran erinnerte, wer ich war, fühlte ich mich wie leergeräumt. In diesem Zimmer, in diesem Haus, in meinem Leben, hier gab es ab sofort nur noch Dinge, die mein Onkel ausgesucht hatte. Seine Möbel, seine Klamotten, seine Bilder. Nichts gehörte mehr wirklich *mir*… obwohl!

Etwas benommen hob ich den Kopf und drehte mich zur Kommode um. Als ich die mittlere Schublade öffnete, machte sich in mir ein klitzekleiner Funken Hoffnung breit. Meine Finger bitzelten, als ich die Klamottenstapel zur Seite räumte und über den ausgefransten Stoff von Jakes Pullover fuhr. Er schien schon älter zu sein, hatte starke Gebrauchsspuren, was mich aber ganz und gar nicht störte. Im Gegenteil: Es zeigte mir, dass in ihm schon das Leben geherrscht hat. Wer weiß, wie oft Jake in ihm gelacht hatte, wie oft er damit auf seinem Boot gedöst oder sich mit seinem Dad unterhalten hatte. Klingt seltsam, aber mich heiterte die Vorstellung ein Stückweit auf, dass dieser Pullover aus einem besseren Leben als das meine stammte.

Er war das einzige, das ich noch besaß. Das einzige, das ich mit Wärme verband. Und das einzige, das mich daran erinnerte, dass ich nicht jedem Menschen egal war. Jake und sein Dad hatten sich um mich gekümmert. Klar, das war ihr Job, doch sie hätten auch einfach einen Krankenwagen rufen und mich weitergeben können. Nein, ich spürte, dass ich ihnen nicht egal war, dass ich Jake nicht egal war. Und jetzt, wo ich seinen Pullover an meine Brust hielt, daraus Kraft schöpfte und raus aus dem Fenster zum Mond sah, wünschte ich mir auf irgendeine Weise, dass auch er wach war. Dass auch er zum Himmel sah.

Dass auch er an mich dachte.

Die nächsten Tage verliefen für mich alle gleich.

Nur eines änderte sich: Hugh ließ mich, bis meine Wunden etwas verheilt waren, nicht aus dem Haus. Ich sollte mich etwas ausruhen, was für meinen Onkel hieß, zuhause bleiben und lernen. Was anderes blieb mir schließlich auch nicht mehr übrig.

Wenigstens bekam ich ihn zu dieser Zeit etwas weniger zu Gesicht, da er Tagsüber mit Dr. Woods zum Wohle seines Wahlkampfes viel unterwegs war. Dass ich auf keine dummen Gedanken kam, wenn er weg war, regelte er mit viel Beschäftigung für mich. Neben den normalen Unterrichtseinheiten stopfte er meine *Freizeit* mit weiteren Nachhilfestunden voll. Da mein Musikunterricht Montag und Dienstag wegen meinen Verletzungen ausfiel, buchte Hugh für diesen Zeitraum eine Doppelstunde Geschichte. Wenn er aus dem Haus war, war ich also, bis er wieder kam, mit meinen Professoren beschäftigt. Zum Mittag bekam ich von Jae ein Käsebrötchen serviert und abends durfte ich dann mit Onkel Hugh warm essen. Von nun an besaß ich keine Sekunde Privatsphäre mehr, er hatte einfach viel zu viel Angst, dass ich nochmal fortlief, dass ich nochmal versuchte, mir das Leben zu nehmen und die Leute dann erneut seine Erziehungsmethoden anzweifelten. Doch um ehrlich zu sein, brauchte er sich um mich keine Gedanken mehr zu machen. Ich hatte keine Kraft und auch keine Motivation mehr, mir die Mühe zu geben, aus dieser Hölle auszubrechen. Allmählich fand ich mich mit meiner Situation ab.

Ich gehorchte, wie Hugh es wollte, ging jeglichen Konflikten aus dem Weg und sprach nur noch, wenn ich es durfte. Vielleicht hatte er ja Recht. Jetzt wo er mir alles genommen hatte, gab es für mich keinen Grund mehr, gegen ihn anzukämpfen.

Mittwoch konnte ich wieder einigermaßen sprechen, allerdings nur wenige Sätze an einem Stück. Hugh hatte all meinen Lehrer erzählt, ich hätte eine Kehlkopfentzündung, weswegen ich nicht sprechen durfte. Ich glaube kaum, dass sie ihm diese Lüge abgenommen hatten, dagegen unternommen hatten sie aber trotzdem nichts.

Am Nachmittag schlug mein Matheprofessor vor, den Unterricht auf die Terrasse und in die Sonne zu verlegen. Ich freute mich unglaublich, endlich mal wieder an die frische Luft zu kommen, die Vögel singen und das Wasser vom See plätschern zu hören. Dass dies allerdings nicht in Hughs Sinne war, merkte man, als er am Abend nachhause kam und uns draußen sitzen sah. Er sagte zwar nichts, - das tat er nie vor meinen Lehrern, - brach den Unterricht trotzdem vorzeitig ab mit der Begründung, ich müsste heute früh ins Bett.

So ging es die nächsten Tage weiter, bis ich jede Funktion im Schlaf lösen, alle Namen und Vorkommnisse des ersten Weltkrieges auswendig aufsagen und Französisch langsam als zweite Muttersprache anerkennen konnte. Umso erleichterter war ich, als sich am Freitag meine Wunden so gut zurück entwickelt hatten, dass man sie perfekt abdecken konnte, und ich wieder normal sprechen konnte. Denn das hieß, ich durfte heute endlich wieder zum Musikunterricht und somit vor die Haustür.

»Sie setzen sie vor der Tür ab und warten so lange dort, bis sie wieder rauskommt.«, wies mein Onkel Mr. Bucket an, als ich ins Auto stieg.

Nachdem er ihm sein Versprechen gegeben hatte, beobachtete ich unser Anwesen und Hugh im Rückspiegel kleiner werden. Mit jedem Meter, der zwischen uns kam, wurde mein Herz etwas leichter. Auch wenn ich ganz genau wusste, dass ich wieder zurückmusste, auch wenn ich wusste, dass ich keine Hoffnung und keine Freude mehr haben durfte.

Auch wenn ich wusste, dass ich mich am Abend wieder in den Schlaf weinen würde.

XI

Jake

»Dein Outfit gefällt mir heute besonders gut.«

Sofie rückte etwas näher und legte ihre Hand auf die oberen Knöpfe meines Hemds. Ich ignorierte ihren Versuch, einen Kuss zu bekommen, und nippte an meinem Bier. Das sechste bisher.

Nach meinem missglückten Besuch bei Mr. Grogan hatte ich definitiv etwas Alkohol gebraucht und im *Rollings* – unsere örtliche Rollschuhbar – Nino und seine Kollegen getroffen. Scheinbar hatten Ann und Sofie sich wieder vertragen. Ich mochte Ninos Freundin. Von allen, die er bisher gehabt hatte, war sie die netteste. Zwar war die Wahl ihrer Freundinnen etwas gewöhnungsbedürftig und auch sie selbst schien ab und zu doch etwas zickig zu sein, doch ihr Kern war durch und durch gut. Das merkte ich daran, dass sie eine ganz andere Person war, wenn mal keine ihrer Freundinnen dabei war. Sie lachte über die dümmsten Männerwitze, war beim größten Blödsinn, den wir Jungs manchmal ausheckten, dabei und wirkte einfach viel ausgelassener und echter. Zudem war sie die erste mit der es Nino mehr als einen Monat ausgehalten hatte und obwohl ich es mit ihrer Freundin kaum mehr eine Minute aushielt, hoffte ich, dass die Beziehung zwischen Ann und Nino doch noch etwas länger ging.

»Ja, sieht wirklich sehr fesch aus.«, neckte Nino mich über den Tisch hinweg und wackelte mit den Brauen. »Ich hätte das Hemd an deiner Stelle noch etwas weiter aufgeknöpft, aber so geht's auch. Hat was Spießiges an sich, wie der perfekte Schwiegersohn.«

Sofie machte sich an meinen Knöpfen zu schaffen und wollte das Hemd öffnen. Ich drückte sie von mir weg.

»Lass das, Sofie!«, fauchte ich mürrisch und entfernte mich ein Stück von ihr.

Beleidigt warf sie ihr langes Haar über die Schulter, stand auf und lief hochnäsig in Richtung Tanzfläche. Ann seufzte, weil es der Freundschaftskodex anscheinend so wollte, dass sie in solchen Situationen ihrer Freundin folgte, um ihr Trost zu spenden. Also schenkte sie mir kurz einen genervten Blick und erhob sich dann ebenfalls vom Tisch.

»Okay« Nino lehnte sich über die Tischplatte. »Was ist los mit dir?«

»Gar nichts«, antwortete ich und warf den Blick desinteressiert über die Menschenmenge.

Nino schnaufte. »Hör auf zu lügen. So genervt habe ich dich noch nie erlebt.«

»Ich hatte einfach nur eine harte Nacht.«, winkte ich ab und versuchte, etwas zu entspannen, damit Nino aufhörte zu fragen. Er würde es sowieso nicht verstehen.

»Wärst du lieber mal mitgekommen. Sofie hat dich ganz schön vermisst.« Er beugte sich über die Tischplatte und stieß mir grinsend gegen die Schulter.

Ich verdrehte die Augen. »Tja, ich sie aber nicht.«

»Wowow«, machte er und hielt sich schützend die Hände vor die Brust. »Ist es wegen ihr? Nervt sie dich echt so extrem?

Sie hat doch sicherlich auch ein paar Pluspunkte, vielleicht könnt ihr es nochmal versuchen.«

»Nino!«, brüllte ich durch die Menschenmenge. »Es geht verdammt nochmal nicht immer nur um diese Tussen. Es gibt wichtigeres im Leben.«

Ich weiß, mein Ton war nicht angebracht. Nino hatte keine Ahnung, was letzte Nacht vorgefallen war, was zugegeben auch meine Schuld war, schließlich wollte ich ihm nichts davon erzählen.

»Okay okay«, lachte er. Er war bei weitem nicht so leicht zu provozieren wie ich. Zum Glück – auf einen Streit mit ihm hatte ich im Moment herzlich wenig Lust. »Hab schon verstanden.«

Seufzend setzte ich das Bier ein letztes Mal an meine Lippen und griff dann nach meiner Strickjacke. »Sorry, tut mir leid.«, sagte ich und schüttelte den Kopf. »Ich glaube, ich muss etwas runterkommen. Ich melde mich bei dir.«

Als ich mich erhob, entdeckte ich von weitem Ann und Sofie zurück zu unserem Tisch kommen.

»Alles klar! Das nächste Mal bist du hoffentlich etwas entspannter!«, antwortete Nino grinsend. Dann fiel ihm noch etwas ein. »Du kommst aber nächsten Monat mit ins Autokino? Der neue Film *Terminator* wird gezeigt.«

Ich fuhr mir übers Gesicht und überlegt kurz. Dann nickte ich und blickte zu Sofie. »Okay, aber es wäre gut, wenn mir Sofie nicht wieder auf dem Schoß hängt.«

Nino warf den Kopf in den Nacken und lachte laut. »Jaja, ich rede mit Ann.«

»Worüber redest du mit mir?«, fragte Ann und setzte sich auf seinen Schoß. Als Antwort gab er ihr einen innigen Kuss.

Ich verdrehte die Augen und verabschiedete mich, bevor Sofie auf die Idee kam, dasselbe bei mir zu tun.

Die Bar lag wie so viele Orte, die wir oft besuchten, im Zentrum der Strandpromenade. Nur wenige Meter davon entfernt kam man zum *Mace & Grace,* auf dessen Parkplatz ich meinen Jeep abgestellt hatte.

Als ich aus der viel zu überfüllten Bar trat, fühlte sich die Stille wie ein wohltuendes Balsam an. Endlich konnte ich wieder durchatmen.

Auf meinem Weg zum Auto warf ich den Blick zum Strand. Alexs und mein Platz war leer. Warum sollte er auch mitten in der Nacht am Strand sein?

Ich wühlte in meiner Hosentasche nach meinen Schlüsseln, doch sie hatten sich in einem Loch in der Tasche verhakt. Seufzend zerrte ich an ihnen und war kurz davor durchzudrehen. Als ich mein Auto erreichte, hielt ich es nicht mehr aus. Wutentbrannt trat ich gegen den Reifen. Heute war so ein Scheiß-Tag!

»Das arme Auto.«, hörte ich eine Stimme lachen, die vom Strand aus kam. Alex Stimme.

Er stand auf der anderen Straßenseite, dort wo der Sand begann, und schüttelte grinsend den Kopf. Auch ich stieß nun einen keuchenden Lacher aus und fuhr mir durch die zerzausten Haare, während ich zu ihm rüber schlenderte.

»Was machst du hier?«, fragte ich und trat in den weichen Sand.

»Das gleiche könnte ich dich fragen.«, konterte er frech, vergrub die Hände in den Hosentaschen und ging ein paar Schritte Richtung Meer. Ich folgte ihm.

»Ich komme gerade aus der Rollschuhbar, habe dort ein paar Bier runtergekippt. Das brauchte ich heute.«, erklärte ich, dann ließen wir uns beide in einer Sanddüne nieder.

»Harten Tag gehabt?«, fragte er.

Ich nickte. Bei ihm fiel es mir direkt leichter, ehrlich zu sein. Ich weiß nicht, ob ich das bei Nino jemals hätte sein können.

»Eigentlich nur eine harte Nacht, aber die hat den scheiß Tag dann eingeleitet.«, erklärte ich und rupfte ein paar Sandhalme aus dem Boden.

»Wie?«, grinste er. »Keine Meerjungfrau gesehen?«

Ich schmunzelte. »Ehrlich gesagt … irgendwie schon.« Dann verlor ich mein Lächeln. »Ein Mädchen hat versucht, sich das Leben zu nehmen, und sich von den Klippen gestürzt.«

Alex verzog seine Miene mitleidig. Er schien nicht überrascht, sondern einfach nur traurig.

»Wie geht es ihr jetzt?«, erkundigte er sich, warf den Blick dann über den Ozean.

»Ich weiß nicht. Ich befürchte, nicht wirklich besser.« Angestrengt versuchte ich, den Moment zurück ins Gedächtnis zu rufen, in dem ich sie auf der Treppe gesehen hatte. Wie ging es ihr? Wie hatte sie ausgesehen? Alles, an das ich mich erinnerte, war das schwache überraschte Lächeln, das sie getragen hatte, als sie mich entdeckte. Für mehr war in meinem Gedächtnis kein Platz gewesen.

»Ich weiß nicht, wie schlimm es ist, aber ich glaube, sie wird zuhause misshandelt.«

Er nickte nur stumm, hielt den Blick zum Horizont gerichtet, als wäre auch er gedanklich gerade bei Abbigail.

»Wie schrecklich.«, flüsterte er mit rauer Stimme.

»Ich weiß nicht, weshalb es mich so sehr beschäftigt, aber ich bekomme sie nicht aus dem Kopf.«, erklärte ich verzweifelt. »Dad meinte, ich soll sie vergessen, weil es mich nur zerstören würde aber … ich weiß auch nicht. Ich will einfach nur, dass es ihr gut geht.«

Alex musterte mein Profil, doch ich hielt meinen Blick fest auf die Sandhalme in meiner Hand gerichtet, an denen ich momentan meinen Frust ausließ. Zurück blieben nur Fetzen, die sich im Wind mit den Sandkörnern vermischten. Er sagte nichts, doch das war irgendwie auch gut so. Ich brauchte diese Stille, brauchte diesen Moment, in dem ich meine Gedanken aussprechen konnte, ohne verurteilt zu werden.

Ich zuckte mit den Schultern, als sich der Gedanke, den ich schon, seitdem ich erfahren hatte, weshalb sie sich wirklich das Leben nehmen wollte, mit mir herumtrug. Der Gedanke, den ich eigentlich niemals aussprechen wollte.

»Vielleicht«, begann ich und schluckte, ehe ich fortfuhr. »Vielleicht … ich weiß nicht. Ich habe nur gedacht, … vielleicht würde es ihr jetzt besser gehen, wenn ich nicht …« Alex blickte erwartungsvoll zu mir rüber. Er wusste, was ich dachte. »Ich meine, war es richtig, sie zu retten?«

Wieder sagte er nichts, starrte mich nur gedankenversunken an. Ich rupfte vor Nervosität die nächsten fünf Halme aus dem Boden.

»Ich fürchte, das kannst du nicht wissen.«, flüsterte er nach wenigen Minuten Stille. Unsicher blickte ich zu ihm rüber, er zuckte nur mit den Schultern. »Das weiß nur sie selbst.« Nun begann auch er, gedankenversunken seine Finger im Sand zu vergraben, malte Bilder hinein und überlegte, ehe er weitersprach. »Du hast dein Bestes gegeben und ihr diese zweite Chance ermöglicht. Ob sie sie nutzt oder nicht, liegt leider nicht in deiner Hand.«

Ich überlegte nickend und dachte an Abbigail. »Ich hoffe, das tut sie.«, hauchte ich andächtig. Ich hoffte es wirklich.

»Sie hat es dir angetan, oder?« Alex malte mit dem Zeigefinger wellen in den Sand.

Ich zuckte mit den Schultern. Diese Frage hatte ich mir noch gar nicht gestellt. Ja, Abbigail ging mir nicht mehr aus dem Kopf, aber bisher hatte ich diesen Zustand auf ihre schreckliche Situation zurückgeführt. Jetzt, wo ich drüber nachdachte, merkte ich aber, dass mir eine Sache noch penetranter im Kopf schwirrte.

»Ich kenne sie doch gar nicht. Ich weiß nicht mal, wie ihre Stimme klingt.«, antwortete ich, um abzulenken, weil es mir absurd vorkam, an jemanden so intensiv zu denken, von dem man gar nichts wusste.

Vielleicht war sie ja genauso unausstehlich wie Sofie, vielleicht war es ein Fehler, so viele Gedanken an sie zu verschwenden.

Komisch. Ich hatte in meinem Leben schon viele Frauen laut lachen und breit grinsen gesehen, und doch ging mir das schwache von Abbigail, das man wirklich kaum Lächeln nennen konnte, nicht aus dem Kopf.

»Okay, lass mich die Frage anders stellen.«, begann Alex und wandte sich in meine Richtung. »Wie oft hast du in den letzten 24 Stunden daran gedacht, sie wieder zu sehen?«

Ich stockte in meiner Bewegung, ließ die Halme fallen und blickte ertappt zu ihm hoch. »Ehrlich gesagt, war ich heute schon bei ihr.«

Ein schwaches Grinsen machte sich in seinem Gesicht breit, doch ich holte zur Erklärung aus. »Aber nur, weil sie ihr Armband bei mir verloren hat und ich es ihr zurückgeben wollte.«

»Der perfekte Vorwand, um bei ihr aufzutauchen.«, neckte er mich, doch ich seufzte nur.

»Ich durfte sie sowieso nicht sehen. Ihr Onkel ist so ein mieses Arschloch. Er ist der Bürgermeister und hält sich für was Besseres. Man kann nichts gegen ihn unternehmen.«

»Bürgermeister Grogan – In allen Zeiten für Sie da.«, äffte Alex seinen Wahlspruch nach, auf den ich bis vor kurzem auch noch reingefallen war. »Ich wusste schon immer, dass er ein Arschloch ist. Seine Nichte habe ich ein paar Mal bei seinen Reden oder Wahlpartys gesehen.«

»Ich wusste das leider nicht.«, seufzte ich.

Für kurze Zeit verstummten wir, dann griff er nochmal das ursprüngliche Thema auf. »Also hat sie noch nicht ihr Armband zurück?«

Ich fischte es aus meiner Hosentasche und zeigte es ihm kopfschüttelnd. Alex studierte es eine Zeitlang schweigend, dann blickte er frech grinsend hoch. »Na, dann musst du einen Weg finden, sie wiederzusehen.«

Dem stimmte ich voll und ganz zu.

Den Sonntag über saß ich an meinem Schreibtisch vor einem leeren Blatt Papier und starrte Abbigails Armband an. Wann hatte ich das letzte Mal einen Brief geschrieben? Hatte ich das überhaupt schon mal getan? Ich hatte überhaupt keine Ahnung, wie das ging, und mich zu Beginn auch stark dagegen gesträubt. Doch Alex meinte, wenn ich schon nicht mit ihr reden durfte, sollte ich ihr eben heimlich schreiben.

Ganz blöde Idee, wenn ihr mich fragt. Nino würde mich sicherlich dafür auslachen.

Doch irgendwie hatte Alex Recht.

Wenn Abbigail wirklich nur für ihren Musikunterricht das Haus verließ, war sie selbst dort ununterbrochen beaufsichtigt. Entweder würden mich ihr Fahrer oder Mr. Chest sehen, ich hatte also nicht genug Zeit, um ordentlich mit ihr sprechen zu können. Zumal ich nicht mal wusste, was ich ihr sagen sollte.

Nachdem ich Alex letzten Abend von Michael und seinem Vorschlag, es mal während ihrem Musikunterricht zu versuchen, erzählt hatte, meinte er, er hätte Mr. Grogans Limousine schon öfters montags, dienstags und freitags vor Mr. Chests Haus gesehen, sich aber immer gefragt, was der Bürgermeister wohl dort trieb. Jetzt wusste ich wenigstens, an welchen Tagen Abbigail unterrichtet wurde, wenn Alex sich nicht irrte. Warum auch immer er sich dort herumtrieb…

Doch was brachte mir dieses Wissen, wenn ich nichts zu sagen hatte?

Genervt stieß ich mir mit dem Stift gegen den Kopf, als ich zum fünften Mal nun mit den Worten *Liebe Abbigail* begann.

Vielleicht sollte ich einfach ehrlich sein? Ihr sagen, dass ich noch nie einen Brief geschrieben hatte und nicht wusste, wie das überhaupt ging? Vielleicht stand sie aber auch auf großartige Poesie und war kaum beeindruckt, wenn ich ihr nicht damit schmeicheln konnte. Ich war vielleicht gut im Zeichnen, doch Wörter hatten es mir schon immer schwergetan.

Oh Mann! Was machte ich mir eigentlich vor? Wahrscheinlich würde ich mich nur blamieren.

Wütend zerknüllte ich das Papier und warf es zu den anderen auf den Boden. In dem Moment öffnete Dad meine Tür, holte zum Reden aus, verstummte bei meinem Anblick und den vielen Papierschnipseln auf dem Boden aber sofort.

Ich wollte aufstehen, alle Zettel einsammeln, so sehr schämte ich mich vor ihm. Doch es war zu spät, Dad hatte einen der vielen Versuche bereits aufgehoben.

Ich vergrub das Gesicht zwischen den Händen und seufzte, als ob ich mich somit vor seiner Reaktion verstecken könnte. Ihren Namen zu lesen und dadurch zu wissen, was ich vorhatte, würde ihn sicherlich wieder in Aufruhr versetzen. Das hatte ich nicht gewollt.

Es raschelte hinter mir. Dad hatte das Papier entfaltet. Dann hörte ich einen leisen Seufzer, woraufhin er den Zettel vor mir auf den Schreibtisch legte und sich wieder zur Tür drehte.

»Ich wollte dir nur Bescheid sagen, dass ich jetzt im Leuchtturm bin.«, meinte er.

Ich hob den Kopf von meinen Händen und nickte, ohne ihn anzusehen.

»Ach, und Jake?« Seine Stimme klang besorgt aber auch irgendwie erfreut. Ich drehte mich zu ihm um und blickte in ein bemühtes Lächeln. »Sag Abbigail einen schönen Gruß von mir, wenn du ihr schreibst.«

Ich öffnete den Mund, um etwas zu erwidern, doch es kam nichts raus. Dad ließ mich vollkommen überrascht in meinem Zimmer zurück und nach wenigen Minuten machte sich auf meinem Gesicht ein breites Grinsen und in meinem Inneren pure Motivation zum Schreiben breit.

Mr. Chest besaß ein kleines Häuschen in einer ruhigen Gegend etwas abseits der Stadt. Der Altbau war sehr schmal gehalten und von einem schwarzen, hohen Zaun umgeben. Auf der rechten Seite stand eine große Garage, links vom Haus schien der Garten zu sein. Große Pflanzen und Sträucher mit Rosen und Flieder versperrten mir die Sicht darauf. Ein einzelnes schmales Tor führte zwischen den Hecken an der Seite des Hauses hindurch.

Ich warf einen Blick auf meine Uhr. Kurz vor sechs. Wenn Michael und Alex Recht hatten, müsste jeden Moment Mr. Grogans Limousine hier auftauchen. Ich positionierte meinen Wagen ein paar Häuser weiter neben einer großen Eiche, trug einen Kapuzenpulli, damit man mich nicht sofort erkannte. Nach ein paar Minuten fischte ich den Umschlag aus der Bauchtasche meines Pullovers. Nachdem ich gestern Abend endlich zu einem Ende gekommen war, hatte ich mir heute früh vor der Arbeit im Schreibwarenladen richtiges Briefpapier und Umschläge besorgt. So etwas besaßen wir nicht und ich fühlte mich unwohl, Abbigail einen vollgeschmierten Notizzettel zu schicken. In meiner Mittagspause hatte ich den Brief dann noch mal fein säuberlich abgeschrieben und jetzt lag er hier zusammengefaltet in dem verschlossenen Umschlag. Für ihn gab es nun kein Zurück mehr.

Nach einer halben Stunde gab es immer noch keine Spur von Abbigail. Ich entschied mich, noch bis kurz nach sieben zu warten. Vielleicht hatte sich Michael ja auch einfach in der Uhrzeit vertan.

Doch sie kam nicht. Auch nach einer Stunde war die Straße leer und ich musste langsam los, Dads Einkäufe erledigen, bevor die Geschäfte schlossen.

Dienstag wechselte ich meine Spätschicht gegen die Mittagsschicht, damit ich einen weiteren Versuch wagen konnte. Diesmal wartete ich schon um kurz vor fünf auf sie. Doch auch diesmal tauchte in den nächsten drei Stunden niemand auf. Etwas skeptisch ging ich zum Tor und überprüfte das Türschild. Vielleicht hatte ich mich ja im Haus geirrt? Doch auf der Klingel prangte groß und fett der Name Chest.

Ich musste es also noch einmal versuchen.

Mühsam klapperte ich den Rest der Woche jeden Tag Mr. Chests Haus ab – ohne Erfolg. Mittwoch verpasste ich das Abendessen mit Dad, Donnerstag meldete ich mich krank, weil ich die Schicht nicht wechseln konnte, und Freitag hatte ich fast jegliche Hoffnung verloren.

»Vielleicht hat sie Hausarrest.«, meinte Alex um kurz nach 12 in meiner Mittagspause. »Oder sie ist noch krank und muss sich erholen. Ich meine, nach so einem Vorfall …«

Enttäuscht biss ich in meinen Burger, den ich mir vom Restaurant mit zum Strand genommen hatte, und nickte. »Ja, das wird es sein.«

»Willst du mir den Brief zeigen?« Alex streckte grinsend die Hand aus.

Ich schreckte hektisch zurück und fasste mir an die Bauchtasche meines Pullovers. »Nein! Das ist streng geheim.«

»Okay, okay«, lachte er und hob schützend die Arme. »

»Das war das erste Mal für mich, dass ich einen Brief geschrieben habe. Du weißt nicht, wie schwer mir das gefallen ist.«, meinte ich mit vollem Mund.

Alex wandte den Blick nachdenklich zum Meer. »Ich habe bisher auch nur einen Brief in meinem Leben geschrieben.«

Neugierig blickte ich zu ihm rüber. »Was war das für ein Brief?«

Er stieß schmunzelnd die Luft aus. »Eine Art Abschiedsbrief.«

Ich runzelte die Stirn und öffnete den Mund, um weiter nachzuhaken, da rief von weitem plötzlich jemand meinen Namen.

»Scheiße!« Hastig steckte ich den letzten Rest in meinen Mund und stand dann auf. »Das ist mein Chef, ich muss zurück.«

Alex lachte und winkte ab. »Wir sehen uns!«, grinste er, als ich loslief. »Ach und Jake?« Während dem Laufen drehte ich mich nochmal zu ihm um und ging ein paar Schritte Rückwärts. Er hatte sich ebenfalls erhoben und zwinkerte mir zu. »Gib die Hoffnung nicht auf.«

Als Antwort grinste ich ihm breit entgegen. Ich und aufgeben?

Nervös saß ich auf dem Fahrersitz meines Jeeps die Straße von Mr. Chest hinauf. Sein Haus war weit genug entfernt, um nicht gesehen zu werden, und nah genug für mich, um zu erkennen, ob ein Wagen davor hielt. Ich zappelte ungeduldig mit meinen Beinen. Das tat ich oft, wenn ich warten musste, und Dad nannte mich daher oft einen Zappelphillip.

Ich sah mich ein wenig um. Hinter mir lag der Eingang eines kleinen Parks, daneben begannen die Häuserblocks. Es war so ruhig an jenem Nachmittag, dass mich fast schon wieder der enttäuschende Gedanke einholte, Abbigail würde auch heute nicht hier auftauchen. Doch dann fuhr von hinten plötzlich ein schwarzer Wagen heran und vertrieb jegliche negativen Gedanken. Er sauste an mir vorbei in Mr. Chests Richtung.

Ein breites Grinsen stahl sich auf mein Gesicht, als ich dem Wagen nachblickte. Das musste sie sein. Hastig schob ich die Kapuze in mein Gesicht und lief die Straße hinunter. Als der Wagen zum Stehen kam und die hintere Tür geöffnet wurde, blieb ich hinter einem Baum stehen und hielt die Luft an. Sie war es wirklich.

Ihr Fahrer beobachtete sie dabei, wie sie zur Tür ging, die sofort von Mr. Chest geöffnet wurde. Als sie im Inneren verschwand, parkte ihr Fahrer etwas abseits des Hauses und zündete sich eine Zigarette an. Wie sollte ich ihr so unbemerkt den Brief geben können?

Seufzend stieß ich mir die Faust gegen die Stirn und war kurz davor, wieder umzudrehen, da machte ich eine Bewegung im Garten von Mr. Chest aus. Da sein Haus die Straße bergab lag, konnte ich von hier oben ein paar mehr Dinge sehen. Er besaß einen großen Wintergarten, welcher jetzt im Sommer vollständig geöffnet war. Der Flügel stand direkt mittendrin, auf dessen Sitz es sich Abbigail nun gemütlich machte.

Ich überlegte. Wenn ich Mr. Chest dazu bringen könnte, den Raum zu verlassen, könnte ich schnell über das Tor klettern und ihr den Brief geben. Aber dann war da auch noch ihr Fahrer.

Ich schlich mich etwas näher heran. Abbigails Chauffeur saß in seinem Wagen und las eine Zeitung. Mit etwas Glück bekam er also gar nichts mit.

Von weitem durchsuchte ich das Grundstück und visierte die Klingel. Dann hastete ich vorsichtig durch das Eingangstor und versteckte mich zum Verschnaufen hinter einem großen Busch. Mein Herz raste vor Aufregung. Wenn mich irgendjemand erwischte, drohte mir sicherlich eine Anzeige, doch daran dachte ich gerade gar nicht.

Durch die Blätter spähte ich zum Wagen. Der Chauffeur hatte sein Gesicht immer noch hinter der Zeitung versteckt, dies war also meine Chance. So leise wie möglich schlich ich mich zur Eingangstür, atmete ein paar Mal tief durch und betätigte dann die Klingel. Mit dem Läuten bekam ich kurz einen Herzaussetzer, fing mich aber sofort wieder und hastete zum hohen Gartentor zwischen den Sträuchern. Durch einen kleinen Spalt konnte ich sehen, wie Mr. Chest sich bei Abbigail entschuldigte und den Wintergarten verließ. Ein letztes Mal sah ich mich in der Nachbarschaft um, hievte mich dann am Tor hoch und sprang in den Garten. Abbigail erblickte mich von weitem und riss die Augen erschrocken auf, ehe sie sich panisch nach ihrem Lehrer umblickte.

Geduckt lief ich auf sie zu und hielt meinen Zeigefinger vor die Lippen. In dem Moment, in dem ich ihr den Umschlag überreichte, zitterten meine Finger so sehr, dass ich vor Aufregung fast vergaß, wieder umzudrehen und abzuhauen. Doch ich wollte sie für den Moment noch betrachten, um ihr Gesicht zu studieren und herauszufiltern, wie es ihr ging. Hatte sie noch weitere Verletzungen dazubekommen? Nein, eigentlich schienen ihre Wunden gut verheilt zu sein.

Etwas verdutzt betrachtete sie den Umschlag in ihren Fingern.

»Lass dich nicht damit erwischen.«, flüsterte ich, woraufhin sie ängstlich zu mir hochblickte. Auch ihr Herz schien zu Rasen, das spürte ich. Und doch lächelte sie schließlich aufgeregt und nickte.

»War wohl irgendein blöder Streich.«, hörten wir Mr. Chest vom Haus heraus rufen, woraufhin sie den Brief in ihren Rockbund klemmte und die Bluse drüber legte.

So schnell, wie es ging, huschte ich zurück zum Tor und ließ mich auf der anderen Seite hinter die Sträucher fallen. Ein letzter Blick durch den Spalt des Holztores zeigte mir ein weiteres Mal ihr Lächeln, woraufhin auch ich breit grinsen musste.

Ja, Alex, sie hat es mir angetan. Und wie sie das hat.

XII

Abby

Heute zog sich die Fahrt nachhause besonders lange. Mr. Bucket schien sich Zeit zu lassen, oder bildete ich mir das nur ein? Ungeduldig klapperten meine Finger auf dem Rücksitz. Die Innenseite meiner Wange wurde bereits seit einer Stunde von meinen Zähnen penetriert und blutete schon, so nervös war ich. Vorsichtig fühlte ich über meinen Bauch. Dort, wo unter meiner Bluse Jakes Brief klemmte. Meine Finger kribbelten, die Haut an meinem Bauch brannte. Der Umschlag schien sich etwas geöffnet zu haben und die scharfe Kante des Papiers scheuerte nun schmerzhaft. Ich spürte jede Bewegung, die ich machte, hundert Mal intensiver. Hoffentlich merkte Hugh nichts, hoffentlich schickte er mich sofort zu Bett und ließ mich wieder auf dem Zimmer essen, damit ich ungestört sein konnte.

Als wir endlich in unsere Einfahrt fuhren, versuchte ich, mein Gesicht wieder zu entspannen. Die letzte Stunde hatte es einen Ausdruck zwischen Freude und Skepsis angenommen. Wenn Hugh mich so sah, würde er sicherlich sofort Verdacht schöpfen.

Mit gesenktem Kopf lief ich zum Eingang und wusste plötzlich gar nicht mehr, wie sich die *normale* Abby sonst verhielt. Wenn ich von meinem Musikunterricht kam, ging ich dann sofort auf mein Zimmer? Oder wartete ich auf Hughs Ansage? Gab es erst Essen?

Mein Kopf spielte vollkommen verrückt bei dem Versuch, mich normal zu verhalten.

»Guten Abend, Miss.«, begrüßte mich Mr. Welsh, als er mir die Tür öffnete.

Ich nickte ihm einmal zu, lief dann in Richtung Treppe.

»Abbigail!« Auf der ersten Stufe stoppte ich und drehte mich nervös um. »Wo willst du hin?«

Mein Onkel stand in der Tür zum Salon, trat dann ein paar Schritte näher. Ich versuchte, ihm so wenig wie möglich in die Augen zu sehen.

»Ich wollte hoch in mein Zimmer mich umziehen.«, erklärte ich mich.

»Wozu das? Du brauchst dich nicht umzuziehen.«, antwortete er skeptisch. »Komm mit, es gibt gleich essen.«

Ich spürte meinen Herzschlag bis in die Schläfen, als ich nickte und ihm in das Esszimmer folgte. Michael saß bereits am Tisch und schien wie immer schlecht gelaunt zu sein.

»Ich bespreche noch kurz etwas mit Ralf. Setz dich schon mal hin, Abbigail.«, sagte er mit einem überheblichen Grinsen und verschwand dann in seinem Büro.

War ja klar, dass sie dies als Chance nutzten, um uns beide in einem geschlossenen Raum zurück zu lassen.

Mit einem Mal war es unheimlich ruhig. Seufzend lief ich zu meinem Platz und fühlte über den Brief an meinem Bauch, ehe ich mich niederließ. Mit jeder Bewegung bohrte sich das Papier tiefer in meine Haut und es schmerzte höllisch.

»Alles in Ordnung?« Michael betrachtete mein verzogenes Gesicht und die Hand an meinem Unterleib. Sofort zog ich sie weg.

»Ja, ja. Alles gut.«

Skeptisch hob er die Brauen, beließ es aber schließlich dabei und wandte wieder seufzend den Blick ab.

»Und bei dir?«, fragte ich nach ein paar Minuten Schweigen.

Er zuckte mit den Schultern, deutete dann abwertend zur Tür und rümpfte die Nase. »Das Übliche. Hauptsache, dass ich immer alles wissen muss, aber bei den wichtigen Dingen werde ich ausgeschlossen.«

Mitleidig presste ich die Lippen zusammen. David und ich hatten jahrelang geplant, abzuhauen, sobald er die Volljährigkeit erreicht hatte. Ich war nur knapp ein Jahr jünger als er, was hieß, dass wir uns auf jeden Fall erstmal eine Zeitlang verstecken mussten, bis auch ich meine 18 Jahre voll hatte. Doch wir waren uns sicher, egal wie schwer es werden würde, wir blieben zusammen und wir zogen das durch. Nichts konnte uns hier halten – bis der Tod uns einen Strich durch die Rechnung gemacht hatte.

»Darf ich dich etwas fragen?« Ich lehnte mich zu ihm vor und dachte an Davids und meinen durchdachten Plan. Daran, was wir alles vorgehabt hatten, würden wir es hier raus schaffen und daran, dass ich ihm vor seinem Tod versprach, diese Pläne niemals aufzugeben.

Michael nickte gedankenversunken, blickte aber weiterhin mit zusammengezogenen Brauen vor sich auf den Tisch.

»Du bist 25«, begann ich leise. »Wieso bist du noch bei deinem Dad und lässt dir das gefallen, wenn du doch eigentlich schon selbst entscheiden könntest. Wieso studierst du Jura, wenn du das doch gar nicht willst?«

Ohne sich zu rühren, schnaufte er einmal belustigt. Es war spottend mit so viel Trauer dazwischen. Schließlich fuhr er sich durch die schwarzen, zurecht gemachten Haare und stützte seine Ellenbogen auf den Tisch.

»Ich habe nie gesagt, dass ich kein Jura studieren will. Ich liebe dieses Studium, ich liebe diesen Job.«, erklärte er und blickte zu mir hoch. »Gerechtigkeit in die Welt zu bringen, *echte* Gerechtigkeit« Bei dieser Aussage sah er mich extra etwas intensiver an. Ich wusste ganz genau, auf was oder viel mehr auf wen er anspielte. »Glaub mir, ich finde keine der Methoden, die mein Vater bei Mr. Grogan an den Tag legt, gut. Trotz allem ist dein Onkel immer noch der einzige, der meinen Vater gut zahlt und somit die einzige Geldquelle meiner Studiengebühren.«

Ich nickte und senkte den Kopf, weil es für mich nichts mehr zu sagen gab. Doch Michael war noch nicht fertig. Kurzerhand packte er seinen Stuhl und zog sich näher an mich ran.

»Weißt du, mein Vater ist eigentlich gar kein schlechter Mensch. Er steht selbst unter starkem Druck, er kennt es nicht anders. Auch wenn mir die Arbeit bei ihm keinen Spaß macht, liegt das weniger an ihm, mehr an …« Er stockte und überlegte, wie er seinen Satz, dessen Ende ich schon ganz genau kannte, fertigbrachte. »Naja, mehr an seinem Klienten.«

Nickend verzog ich das Gesicht, versuchte, ihm damit mein vollstes Verständnis zu zeigen. Hughs Nichte zu sein, war schwierig und qualvoll, daher konnte ich mir umso besser vorstellen, dass auch die Zusammenarbeit mit ihm schrecklich sein musste. »Trotz allem möchte ich nicht weg von meiner Familie. Ich möchte hier bleiben und, sobald ich mein Studium beendet habe, alles besser machen, diese Stadt zu einem besseren Ort machen, als er momentan ist.«

Michaels Vorhaben und das Leuchten in seinen Augen, das er dabei trug, lockte in mir ein Schmunzeln hervor.

»Das wirst du bestimmt.«, war ich mir sicher und beugte mich zu ihm vor. Dabei durchfuhr mein Bauch einen schrecklichen Schmerz und ich krümmte mich zusammen.

Sofort erhob er sich und eilte zu mir. »Abbigail, was hast du?«

»Nichts«, versuchte ich ihm klar zu machen, doch er ließ nicht locker.

»Lüg mich nicht an. Dein Onkel ist gerade nicht hier, also sei ehrlich. Was hast du am Bauch?«

Panisch blickte ich mich um. Hugh könnte jeden Moment reinkommen. Ich musste diesen Umschlag schleunigst woanders unterbringen.

Meine Atmung beschleunigte sich, meine Finger zitterten, als ich vorsichtig die Hand von meinem Bauch hob und einen kleinen Blutfleck auf meiner Bluse entdeckte.

»Oh nein!«, hauchte ich und spürte, dass mir bei dem Gedanken, was passieren würde, wenn Hugh mitbekam, woher dieser Fleck kam, wieder Tränen vor die Iris flossen.

»Okay, ganz ruhig« Michael hob die Hände, ging dann vor mir in die Hocke. Im Nebenzimmer rumpelte es. »Abbigail, wenn ich dir helfen soll, musst du mir sagen, was du unter der Bluse versteckst.«

Ich dachte nicht groß drüber nach, zog den Saum aus dem Bund meines Rockes und fischte Jakes Brief hervor. Jetzt sah ich den kleinen Schnitt auf meiner Haut, den das Papier dort hinterlassen hatte.

Tränen fluteten meine Sicht, weil ich wusste, es war zu spät. Hugh würde ihn mir wegnehmen, mich dafür bestrafen, dass ich etwas vor ihm verheimlichte.

»Er ist von Jake.«, schluchzte ich leise. »Ich habe keine Tasche, ich weiß nicht, wo ich ihn hinlegen soll. Hugh darf ihn nicht sehen.«

Kurzerhand nahm Michael den Brief an sich und betrachtete ihn. »Ich überlege mir etwas, okay? Du wirst den Brief auf jeden Fall wiederbekommen.«

Dankbar und überrascht zugleich beobachtete ich ihn dabei, wie er den Umschlag hektisch zusammenfaltete und in der Innentasche seiner Jacke verschwinden ließ. Dann blickte er panisch zur Tür, hinter dessen man laut Hughs und Dr. Woods Stimmen näherkommen hörte.

»Steck deine Bluse wieder in den Rock und zieh ihn höher. Der Bund muss die Wunde verdecken.«

Ich gehorchte, erhob mich von meinem Platz und hantierte an meinem Rock. Michael beobachtete mich dabei und sorgte dafür, dass man als Außenstehender auch ja nichts erkennen konnte.

»So ist gut.«, meinte er, gab mir noch ein paar Anweisungen, meine Tränen wegzuwischen sowie mein Haar zu richten und ließ sich dann im letzten Moment mit mir am Tisch nieder.

Hugh und Dr. Woods kamen laut lachend ins Essenszimmer gestürzt. Als sie sahen, wie eng wir beieinander saßen, tunkten sich ihre Blicke in Überraschung und Freude zugleich. Breit grinsend bedachten sie uns eine Zeitlang, warfen sich dann vielsagende Blicke zu.

»Schön!« Hugh klatschte laut in die Hände, woraufhin zwei Kellner in den Raum geeilt kamen. »Dann kann das Essen ja beginnen.«

Ich hoffte bloß, dass ich bei dem Schrecken überhaupt etwas runterbekam.

Das Essen lief heute überraschend gut. Von Hugh kamen weder gemeine Bemerkungen, noch blickte er mich in irgendeiner Weise böse an. Mein Herz pochte durchgehend wie verrückt, doch der Gedanke, dass Jakes Brief in Michaels Jacke lag, beruhigte mich ein wenig. Irgendwie vertraute ich ihm, auch wenn ich bisher kaum etwas von ihm wusste. Doch das Gespräch mit ihm und unser gemeinsames Geheimnis hatte uns ein Stückweit nähergebracht. Und dies schien auch seinen Vater und Hugh zu freuen.

Immer wieder wurde ich in die Gespräche mit eingebunden, sollte von meinen Lehrern und dem Gelernten erzählen und hatte beim Sprechen kaum das Gefühl, von Hugh verspottet zu werden. Heute schien er einen guten Tag zu haben. Ich glaube aber seine gute Laune belief sich mehr darauf, dass auch Michael und ich uns mehr unterhielten, um somit von unserem Geheimnis abzulenken.

Komisch, wie *menschlich* Hugh mich ansehen konnte, wenn ich in seinen Augen einmal etwas richtig machte. Mir graute schon der Tag, an dem er langsam merkte, dass sich an Michaels und meinen Gefühlen zueinander trotzdem niemals etwas ändern würde.

Hugh und Dr. Woods lachten so laut, dass es in meinen Ohren klingelte, als wir Michael und seinen Vater am späten Abend ins Foyer brachten. Die beiden hatten sich die letzte Stunde reichlich Whiskey eingeflößt, darüber geredet, wie sicher ihr diesjähriger Sieg war und wie groß die anschließende Feier sein würde. Michael und mir schmerzten langsam die Ohren, das konnte ich auch ihm deutlich ansehen.

»Komm ja gut nachhause, Ralf!«, verabschiedete sich mein Onkel, woraufhin mein Herz wieder zu rasen begann. Wie sollte ich nun meinen Brief zurückbekommen?

»Mr. Grogan« Michael stoppte meinen kurzen Herzanfall, indem er meine Hand nahm und sich vor meinen Onkel stellte. »Wenn es Ihnen recht ist, würde ich Abbigail heute liebend gerne persönlich auf ihr Zimmer bringen.«

Ich schluckte, denn ich wusste ganz genau, wie sehr Michael dieses hochnäsige Gerede hasste. Dass er für mich über seinen Schatten sprang, machte mich stutzig. Irgendetwas würde er sicherlich noch im Gegenzug wollen.

Um der Lüge unserer Berührung Nachdruck zu verleihen, legte er nun auch noch die andere Hand auf meine Finger und umschloss sie damit vollkommen. Hugh und Dr. Woods bedachten unsere verschränkten Hände, dann folterte mein Onkel uns mit einem skeptischen Blick. Wir durften es ja nicht übertreiben, schließlich kam unsere plötzliche Zuneigung auffällig überraschend.

Nach einer Weile nickte er. »Du darfst, Michael.«, antwortete er und trat zur Seite. »Abbigail, ich bin dann auch gleich nochmal bei dir.«

Schluckend setzte ich mich schließlich mit Michael in Bewegung und lief zur Treppe. Das letzte Mal, als Hugh mit mir sprechen wollte, war nicht gut verlaufen. Schöpfte er verdacht? Wusste er, dass Michael und ich ihnen etwas verheimlichten und nur etwas vorspielten?

Als Michael die Tür hinter uns verschloss, konnte ich endlich wieder atmen. Unentschlossen lief ich im Zimmer auf und ab. »Was soll ich jetzt tun? Wo lege ich den Brief hin?«

Auch Michael sah sich nach einer günstigen Stelle im Zimmer um, ging ein paar Schritte und stockte schließlich, als das Parkett knarzte. Kurzerhand kniete er sich auf den Boden, hob den Teppich und warf einen Blick auf die alten Holzdielen. Ich ließ mich ebenfalls zu Boden. Viele der Dielen hatten sich durch die Jahre gelöst und waren locker. Michael griff sich die lockerste und riss sie schließlich komplett heraus. Vor Schreck presste ich meine Hand vor den Mund.

»Keine Angst, du kannst die Diele wieder hereinlegen und den Teppich drüber legen. Er wird nichts merken.«, erklärte Michael, als er den Umschlag aus seiner Tasche fischte und ihn unter dem Boden verstaute. Dann legte er die Diele zurück in ihre Lücke und rollte den Teppich an Ort und Stelle.

Zur Prüfung lief ich ein paar Schritte über die Stelle. Sie knarzte wie immer, sonst merkte man aber nichts. Trotzdem war ich vor Aufregung sichtlich außer Atem.

»Wann hat er dir den Brief gegeben?« Michael ging ein paar Schritte durchs Zimmer, blieb dann am Fenster stehen und warf seinen Blick nach draußen.

Ich war mir erst nicht sicher, ob ich ihm mehr erzählen sollte. Was war, wenn er mich am Ende doch nur verpetzte? Wenn er alles zerstörte?

Nach ein paar Minuten Schweigen merkte er meine Unsicherheit und drehte sich vom Fenster weg. Er schmunzelte ausatmend. »Abbigail, ich werde dich schon nicht verraten. Hätte ich das gewollt, hätte ich dieses Drama eben nicht veranstaltet.«

Seufzend ließ ich mich auf der Kante meines Bettes nieder. Er blieb an der Fensterbank lehnend stehen.

»Er ist heute ganz plötzlich im Garten von Mr. Chest aufgetaucht.«, erklärte ich und senkte den Kopf, weil ich ein Lächeln unterdrücken wollte.

Michael lachte leise. »Dann hat er also wirklich auf mich gehört.«

Erschrocken hob ich den Kopf. »Was?«

Eine Zeitlang folterte er mich mit einem breiten Grinsen, dann vergrub er die Hände in den Hosentaschen und lockerte seinen Stand.

»Er war letzten Sonntag kurz da und wollte mit dir sprechen.«

»Ich weiß«, hauchte ich und senkte den Kopf. Ich hatte seinen Blick noch ganz genau vor Augen, spürte noch ganz genau, was für ein Gefühl sein plötzlicher Besuch bei mir ausgelöst hatte.

»Er durfte aber nicht, wie du sicherlich auch weißt.«, fuhr Michael fort, ehe er zurück aus dem Fenster blickte und sich auf das Marmor der Fensterbank stützte. »Ich habe ihm von deinem Musikunterricht erzählt und dass dies eine der wenigen Male ist, in denen du außer Haus bist.«

Er schluckte und warf den Blick dann traurig in meine Richtung, weil er ganz genau wusste, wie ich mich dabei fühlte, hier eingesperrt zu sein.

Dann zuckte er mit den Schultern. »Wie er es dann letztendlich gehandhabt hätte, mit dir trotz Mr. Chest und Mr. Bucket sprechen zu können, wusste ich nicht, aber er hat es scheinbar ganz gut gehändelt.«

Ein Lächeln machte sich in seinem Gesicht breit, woraufhin meine Wangen Feuer fingen. So sehr mich der Brief auch schmeichelte, war mir dieses Thema doch mehr als unangenehm - schließlich hatte ich mich mit solchen Gefühlen noch nie beschäftigen müssen.

»Was wollte er?«, fragte ich vorsichtig, weil mich der Inhalt des Briefes doch etwas skeptisch machte.

Er hob die Schultern und deutete zum Teppich. »Das wird er dir sicherlich geschrieben haben.«

Ein Klopfen ertönte, dann wurde die Tür geöffnet. Als Hugh seinen Kopf reinsteckte, fuhr mein Körper wie von alleine in die Höhe und versteifte sich. Michael bedachte mich mitleidig, als ich den Blick auf den Boden heftete und somit Hughs aus dem Weg ging.

»Michael, mein Lieber.«, begann er. »Ich störe euch nur ungern, aber Abbigail muss nun wirklich ins Bett. Ihr Unterricht beginnt morgen um acht Uhr.«

»Natürlich, ich will nicht weiter stören.«, winkte Michael ab, ging dann auf mich zu und drückte kurz meine Hand. Als ich den Blick hob, zwinkerte er mir wohlwollend zu.

Dann verabschiedete er sich auch bei meinem Onkel und begab sich schließlich zurück zu seinem Vater, der im Eingang wartete.

Als wir alleine waren, bemühte ich mich, ihm meine Aufregung nicht allzu sehr zu zeigen. Langsam kam er auf mich zu, trat auf den Teppich. Es knarzte, Hugh blieb stehen - und mein Herz setzte aus.

Jetzt war es soweit, jetzt würde er die lose Diele bemerken, jetzt würde er Jakes Brief finden, Michaels und meinen Betrug aufdecken und mich ein für alle Male wegsperren lassen.

»Abbigail«, begann er, lief dann einen weiteren Schritt und verließ damit unbemerkt die knarzende Diele. Mit einem Mal stieß ich alle angesammelte Luft aus meinen Lungen.

»Setz dich.« Er deutete auf mein Bett, ließ sich dann ebenfalls auf der Kante nieder. Eine verbogene lächelnde Grimasse, die für mich fremd war, zierte sein Gesicht. Unter seinen Augen prangten dunkle Taschen und das Trimmen seines Schnauzers war vollkommen überfällig. Ich sah ihn zu selten an, erst jetzt fielen mir all die kleinen Details in seinem Gesicht auf.

»Wie geht es dir?«

Die Panik in meinem Inneren verschlimmerte sich mit seiner Frage. War das eine Fangfrage? Wollte er mich testen? Gab es eine falsche Antwort?

Ich wandte den Blick auf die Hände in meinem Schoß und versuchte mich eines Lächelns. »Mir geht es schon besser.«

Er schmunzelte, hob dann die Hand, woraufhin ich kurz schreckhaft zusammenzuckte. Statt mich aber zu schlagen, fasste er mir ins Gesicht und zog mir eine Strähne aus den Augen.

Am liebsten hätte ich seinen Arm fort geschlagen, am liebsten hätte ich ihm gesagt, dass er verschwinden soll. Seine freundliche und liebevolle Art machte mir allmählich noch mehr Angst als die bösartige, denn sie war mir vollkommen fremd, ich konnte sie nicht einschätzen.

»Das merkt man.«, nickte er lächelnd, dann erhob er sich endlich von meinem Bett und ging ein paar Schritte durchs Zimmer. »Es freut mich, dass meine Methoden Wirkung zeigen und du dich endlich von deinem Bruder lösen und das Leben genießen kannst.«

Das Leben genießen?! Was verstand er unter Leben genießen?!

»Weißt du, ich will nur das Beste für dich und wie es schien, haben Davids Sachen und Erinnerungen dich nur durcheinandergebracht. Sieh doch, wie gut du dich heute angepasst hast.«

Ich schluckte, um die Wut auf ihn zu unterdrücken, zwang mich dann zu einem zustimmenden Lächeln.

»Michael ist ein großartiger Mann.«, betonte er. »Es freut mich, dass dein Bruder deinem Glück mit ihm nun nicht mehr im Wege steht.«

Seine Worte schmerzten so sehr, dass ich kurz nach Luft schnappte. David wäre meinem Glück niemals im Wege gestanden. Er hätte alles dafür getan, dass es mir gut ging.

»Gute Nacht, Abbigail.« Hugh holte mich aus meiner Wut-Starre wieder heraus und erinnerte mich daran, dass ich mein Lächeln aufrechterhalten musste. Er stand in der Tür und wartete auf meine Antwort.

»Gute Nacht, Onkel.«, sagte nun auch ich und nickte ihm einmal zu.

Eine viertel Stunde später lag ich endlich fertig gemacht im Bett und starrte auf meinen Teppich. Jae hatte erst vor fünf Minuten das Haus verlassen, das Risiko war noch zu groß, den Brief herauszuholen. Ungeduldig drehte ich mich auf den Rücken und wartete.

Ich wartete zwanzig Minuten, drehte mich dann zur Seite, wartete nochmal eine halbe Stunde, setzte mich dann auf die

Bettkante, und wartete dann nochmal zehn Minuten, bis ich meine Neugierde nicht mehr im Zaum halten konnte.

Hugh hatte mich hier eingeschlossen, was hieß, dass ich rechtzeitig bemerken würde, wenn er reinkommen wollte. Außerdem war er sicherlich schon längst im Bett, das Haus war unheimlich ruhig.

Ich schob all meine Ängste zur Seite, hob den Teppich an und fischte die Diele so leise wie möglich aus ihrem Spalt. Durch die Dämmerung sah ich das zerknitterte Weiß des Umschlags und holte ihn an die Oberfläche. Auf Zehenspitzen huschte ich zurück ins Bett, setzte mich mit dem Rücken zur Wand und starrte meinen Namen auf dem Papier an. Andächtig fuhr ich mit dem Daumen über die Tinte und stellte mir vor, wie Jake in seinem Zimmer gesessen und seine Worte niedergeschrieben hatte.

Als ich ihn umdrehen und öffnen wollte, entdeckte ich mein Blut, das auf dem Papier seine Spuren hinterlassen hatte. Jae hatte mir heimlich ein Pflaster gegeben. Zum Glück war der Schnitt nicht allzu tief.

Ich öffnete den Umschlag, fischte das Papier hervor. Es war einseitig beschrieben. Aufgeregt ließ ich den Blick über seine krakelige Schrift flattern, dann begann ich zu lesen.

Liebe Abbigail,

ich bin ehrlich zu dir. Dies hier ist der erste Brief, den ich jemals geschrieben habe, also sei bitte gnädig mit mir.
Der Hauptgrund, warum ich dir schreibe, ist, weil ich dein Muschelarmband gefunden habe und es dir gerne zurückgeben möchte. Leider durfte ich dich nicht persönlich sehen. Damit ich

weiß, dass das Armband aber auch sicher bei dir ankommt, werde ich es dir nur persönlich aushändigen. Ich hoffe also sehr, dich wiedersehen zu können.

Ich kann mir vorstellen, dass dies wahrscheinlich fast unmöglich für dich sein wird, aber vielleicht finden wir trotzdem einen Weg.

Seitdem ich dich in jener Nacht aus dem Wasser gefischt habe, gehst du mir nicht mehr aus dem Kopf. Ich hoffe inständig, dass es dir besser geht. Tut es das?

Ich weiß nicht, was du von mir oder diesem Brief hältst. Vielleicht lachst du mich aus, vielleicht willst du gar nichts mit mir zu tun haben.

Falls ich dir mit meinen Worten aber eine Freude bereiten konnte, hoffe ich sehr auf einen Antwortbrief von dir.

Wenn es dir möglich ist, leg deine Antwort bei deinem nächsten Besuch bei Mr. Chest in den Lavendelbusch links vom Eingang. Ich werde ihn finden.

Bis bald

Dein Jake

PS: Schönen Gruß von meinem Dad!

Meine Augen flogen über das Blatt, sogen die Wörter in sich auf, und die Skepsis in meinem Inneren wuchs und wuchs mit jedem weiteren Buchstaben. Ich ließ die Arme in meinen Schoß fallen und atmete erstmal durch. Er hatte mein geliebtes Armband gefunden, er konnte mir einen Teil meines Bruders zurückgeben

Mein breites Grinsen verwandelte sich in eine unsichere Grimasse, dann las ich seine Sätze nochmal.

Damit ich weiß, dass das Armband aber auch sicher bei dir ankommt, werde ich es dir nur persönlich aushändigen.

Wie sollte das nur funktionieren? Wie sollte ich hier jemals unbemerkt rauskommen? Und vor allem, was wollte er für das Armband? Was wollte er *von mir?*

Hin- und hergerissen vergrub ich das Gesicht in den Händen, weil ich nicht wusste, was ich denken soll. Ich konnte mir beim besten Willen nicht vorstellen, dass er gute Absichten hatte, auch wenn ich mir genau so wenig vorstellen konnte, dass sie böse waren. So wie ich Jake kennengelernt hatte, schien er ein hilfsbereiter und durchaus guter Mensch zu sein. Doch genauso wirkte Hugh für seine Wähler auch. Ich wusste nicht, ob ich ihm trauen soll und vor allem verwirrte es mich, - genau so sehr wie es mich freute, - dass er mich wiedersehen wollte.

Er wollte sich treffen und mich kennenlernen. Nach meinem gescheiterten Selbstmordversuch und dem Eindruck, den er dadurch von mir eigentlich hätte bekommen sollen, hätte es mich nicht gewundert, wenn er sofort das Weite gesucht hätte. Und doch wollte er einen Antwortbrief.

Von *mir*. Abbigail. Das unbedeutende Mädchen, das im Leben anderer doch nie willkommen war. Dass ausgerechnet dies das Mädchen war, das ihm nicht mehr aus dem Kopf ging, löste in meiner Brust ein solch warmes Glücksgefühl aus, dass ich die Augen zusammenkneifen und mein Grinsen zwischen den Knien verstecken musste. Gleichzeitig bereitete mir dieses Gefühl eine Höllenangst. Ich durfte mich in seine Worte nicht zu sehr reinsteigern, sie könnten gelogen oder eine böse Absicht haben.

Ich überlegte, ob ich ihm antworten sollte. Die Chancen, dass wir uns wiedersehen konnten, lagen fast bei null Ich hatte kein Papier, keinen Umschlag, musste wenn dann die Rückseite seines eigenen Briefes beschreiben, und war mehr als skeptisch, ob seine Worte der Wahrheit entsprachen.

Alles sprach dagegen und doch saß ich plötzlich mit einem Stift in der Hand am Schreibtisch.

Vielleicht, weil dieser Brief neben Jakes Pullover nun das einzige Persönliche war, das ich noch besaß, vielleicht, weil ich – und wenn es nur mit Worten war – aus diesem Haus ausbrechen wollte.

Vielleicht aber auch wegen dem Gefühl, das Jake in mir ausgelöst hatte. Ein Gefühl, das beides bedeuten konnte: Glück pur oder Höllenqualen.

Doch was sollte noch Schlimmeres passieren?

XIII

Jake

Rosies Bowlingclub lag abseits der Stadt im Industriegebiet. Vorher diente die Location als Lagerhalle, doch seit zwei Jahren hatten sie hieraus eine beliebte Bowlingbahn erschaffen. Der Inhaberin gehörte zudem eine klassische Rollschuhdisco neben dem Bowlingclub, die ich aber seit mindestens zwei Jahren schon nicht mehr betreten hatte. Eigentlich sah meine heutige Samstagabendplanung anders aus, doch Nino hatte mich nach meiner Schicht im Restaurant abgefangen und zum Bowlen mitgeschleppt. Vielleicht würde mir ein Abend mit ihm ja mal wieder guttun.

Vor dem Club lag ein großer Parkplatz, auf dem sich viele Gruppen verteilt hatten und sich unterhielten oder eine Zigarette rauchten. Ann wartete vorm Eingang, Ninos Kollegen trafen wir drinnen. Zum Glück war sie heute alleine dabei. Ich glaube, Sofie hatte endlich verstanden, dass es bei mir nichts mehr zu holen gab.

»Na, Griesgram«, begrüßte mich Ann mit einem Boxer in den Oberarm, nachdem sie sich von Ninos Lippen gelöst hatte. »Hast du dich wieder beruhigt?«

Schmunzelnd verdrehte ich die Augen und antwortete ihr ebenfalls mit einem leichten Hieb in die Seite.

»Nicht ganz«, lachte ich und zwinkerte ihr zu, als wir an der Theke unsere Schuhe abholten und uns dann damit an die Bahn begaben. »Also würde ich mir an deiner Stelle zwei Mal überlegen, ob du mich ärgerst.«

»Oh nein« Ann hielt sich spielerisch den Handrücken an die Stirn. »Wirst du mir sonst wehtun?«

Nino zog sie an sich. »Das glaube ich wohl kaum.«, grinste er und küsste sie im Anschluss innig.

»Buuh, sucht euch ein Zimmer!«, grölten Ninos Kollegen Steven, Bruce und John von weitem, kamen dann auf uns zu und klopften Nino ein paar Mal auf die Schultern.

»Ihr seid ja nur neidisch.«, konterte mein Freund, woraufhin sie laut zu lachen begannen.

»Sorry, aber auf eine anstrengende Beziehung kann ich gut verzichten.«, antwortete Bruce, erntete dadurch einen bösen Blick von Ann.

Ich lief zu den Bowlingkugeln und suchte mir eine mit sechs Kilo aus. »Wollt ihr spielen oder labern?«

»Beides«, grinste John, woraufhin ich schmunzelnd die Augen verdrehte.

Ich mochte die drei wirklich, denn man konnte Spaß mit ihnen haben. Das war es aber auch schon, denn sobald man auch mal nur einen Funken schlecht gelaunt war, konnten ihre dummen Witze einen richtig zur Weißglut bringen und damit alles verschlimmern. Dabei hatte ich mir eigentlich erhofft, heute endlich mal etwas Spaß und Ablenkung zu bekommen.

Wir spielten drei gegen drei. Nino, Ann und ich gegen Bruce, Steven und John. Ich muss sagen, die drei waren wirklich gut. Es war das erste Mal, dass wir mit ihnen Bowling spielen waren und teilweise war ich so konzentriert, dass ich endlich mal wieder durchatmen konnte. Abbigail, ihr Onkel und auch Dad verschwanden für kurze Zeit aus meinem Kopf.

Kurz vor der letzten Runde setzte sich eine Dreiergruppe von Mädchen zu uns und leistete uns Gesellschaft, nachdem sie sich von Ninos Kollegen grottenschlechte Anmachsprüche hatten anhören müssen. Sie schienen die Anmache zu genießen, worüber ich nur den Kopf schütteln konnte. Ann erwischte mich bei dieser Geste und kicherte in ihre Hand, weil sie denselben Gedanke wie ich hatte.

Wir gewannen ganz knapp mit 230 Punkten, was hieß, dass die Verlierer das anschließende Essen im Diner ausgeben mussten. Ich freute mich jetzt schon auf meinen Maxi-Burger mit einer extra großen Portion Pommes und zum Nachtisch einen leckeren Erdbeermilchshake.

»Ihr habt trotzdem toll gespielt.«, schwärmte eines der Mädchen, - ich glaube, sie hieß Mary, - und schmiegte sich an Bruce, als wir unsere Bowlingschuhe zurückgaben.

»Komm schnell weg.«, flüsterte Ann, hakte sich bei mir unter und zog mich Richtung Ausgang. »Bevor ich noch kotzen muss.«

Ich lachte laut, woraufhin auch Nino her geeilt kam und Ann sich auf der anderen Seite bei ihm einhakte. »Was gibt es bei euch zu lachen?«

»Wir beide kotzen gleich im Strahl.«, erklärte ich ihm grinsend und deutete über meine Schulter zu den anderen, die uns mit Abstand über den dunklen Parkplatz folgten. Immer wieder hörte man eines der Mädchen überheblich lachen und laut flirten.

Nino verdrehte die Augen. »Ach, stellt euch nicht so an. Du warst doch genauso, Ann!«

Sofort stieß sie ihn von sich. »War ich überhaupt nicht!«, zischte sie empört. »Ich bin nicht eine von diesen Schnepfen.«

Nino lachte darüber, dass sie sich so aufregte, versuchte, sie dann wieder an sich zu ziehen. Doch Ann hob hochnäsig das Kinn und hielt ihn auf Abstand.

»Jake, sag ihm, dass ich nie so war.«, wandte sie sich hilfesuchend an mich.

Schmunzelnd fuhr ich mir übers Gesicht und ließ dann von ihr ab. »Ich möchte mich nicht in eure Beziehungsprobleme einmischen.«

»Sag es ihm!«

»Sag es ihr nicht!«, lachte Nino und nahm seine Freundin lachend in den Schwitzkasten.

Ich beobachtete sie eine Zeitlang schmunzelnd, dann winkte ich ab. »Nino, sie war nie so!«

»Danke!« Ann löste sich von ihm und faltete die Hände in meine Richtung, als wäre ich ihr König. Nino packte sie daraufhin von hinten und drehte sich ein paar Mal mit ihr. Ann schrie laut lachend über den einsamen Parkplatz. Als er sie wieder zu Boden ließ, drehte sie sich zu ihm und schlang die Arme um seinen Hals.

Sofort wandte ich den Blick ab und lief weiter, um etwas Abstand zu ihnen zu gelangen. Von jetzt auf gleich kehrte das schwere Gefühl in meiner Brust zurück. Ich dachte an Dad und Mum, und auch an Abbigail. Seufzend vergrub ich die Hände in den Hosentaschen und beschleunigte meinen Schritt. Die anderen sollten meinen Stimmungsumschwung nicht mitbekommen.

Steven und die anderen hatten ihren Wagen bereits erreicht und fuhren schon vor, meiner parkte ganz am Ende des Platzes. Mein Blick schweifte umher. Die meisten Gruppen waren schon gegangen, es war unheimlich ruhig, dadurch, dass hier im Industriegebiet nichts anderes los war. Ich fischte meinen Schlüssel hervor, als ich Dads alten Jeep von weitem sah. Da machte ich eine Bewegung auf der anderen

Straßenseite aus. Ein silberner Mercedes Coupé parkte am Straßenrand, auf dessen Motorhaube zwei Gestalten lehnten. Ich kniff die Augen zusammen, weil ich sie in der Dunkelheit erst kaum erkannte. Als ich aber sah, wer genau sich dort so innig umarmte, blieb ich völlig abrupt stehen. War das nicht… dieser Michael, oder?

Und die Frau bei ihm erkannte ich auch sofort. Sie war das asiatische Dienstmädchen, das mir die Tür geöffnet hatte.

»Michael!«, rief ich über den Platz und eilte in seine Richtung. Vielleicht konnte er mir ja noch mehr Auskunft über Abbigail geben, mir sagen, wie es ihr ging und wie sie meinen Brief fand.

Voller Schreck lösten die zwei sich voneinander. Miss Sue - so hieß sie glaub ich - straffte ihren Rock, sagte ihm noch schnell etwas und drehte sich dann zum Gehen um.

Michael raufte sich genervt die Haare. »Scheiße!«

»Sorry, meinetwegen muss sie nicht gehen.«, erklärte ich etwas verwirrt, als ich bei ihm ankam.

»Du Mistkerl!«, zischte er angespannt und ging ein paar Schritte auf und ab. »Das war der einzige Abend, an dem mich mein Vater mal nicht kontrolliert! Der einzige Abend, den ich mit ihr hätte haben können!«

Etwas verwundert blieb ich auf der Straße stehen und verarbeitete seine Worte, die für mich keinen Sinn ergaben. Ein Blick hinter mich verriet mir, dass Ann und Nino an meinem Wagen warteten und neugierig zu mir rüber blickten.

»Sorry«, sagte ich mit leiser Stimme und hob die Hände. »Tut mir leid, ich wusste nicht-«

»Was willst du?«, unterbrach er mich, nachdem er sich ein paar Mal nervös umgeblickt hatte und sich wieder seufzend auf die Motorhaube lehnte.

Irgendwie tat er mir leid.

»Ich«, begann ich, ehe ich einen prüfenden Blick zu Nino warf. Ich wollte nicht, dass er irgendetwas mitbekam, sonst würde er mich nur mit Fragen überhäufen. Dann sprach ich im Flüsterton weiter und trat einen Schritt näher. »Ich wollte dich nach Abbigail fragen. Wie geht es ihr?«

Er ließ einen lautlosen Lacher von sich, hielt den Blick aber fest auf den Boden gerichtet. »Ich bin nicht ihr Vater oder so. Ich weiß auch kaum etwas über sie.«

Ich stockte. »Aber du bist ständig bei ihr zuhause.«

»Ja, aber nur weil mein Vater Mr. Grogans Anwalt ist und ich ihn bei allen Gesprächen und Geschäftsessen begleiten muss.«, seufzte er entnervt.

»Dein Vater ist Anwalt? Er bekommt das alles live mit und sagt nichts? Ihr wisst, wie schlecht Mr. Grogan sie behandelt und tut nichts dagegen?«, fragte ich fassungslos.

Wütend trat Michael einen Schritt näher. »Du hast *keine* Ahnung!«

»Genug Ahnung, um zu wissen, dass das nicht richtig ist.«

»Mein Vater hat keinen Job mehr, wenn er den Auftrag beim Bürgermeister verliert. Diese neue moderne Kanzlei in der Lane Street, die alles für wenig Geld übernimmt, klaut uns anderen Anwälten alle Klienten. Die Zahlen sind schwarz! Zumal uns sowieso niemand glauben würde. Mr. Grogan macht seinen Job schon so lange und so gut! Wie schrecklich Abbigails Situation auch ist, muss Dad auch an seine eigene Familie denken!«

Ich beruhigte mich etwas und trat zurück. Seine Denkweise stimme irgendwo, trotzdem würde ich es persönlich niemals mit mir vereinbaren können, einfach nur zuzusehen, wie sehr sie leidet. Vielleicht lag das aber auch daran, dass ich viel zu viele Gefühle mit reinbrachte.

Ich seufzte. »Gut, tut mir leid.«, sagte ich, auch wenn ich anderer Meinung war. Doch durch das Zusammenleben mit

Dad hatte ich gelernt, im richtigen Moment nachzulassen, um die Situation nicht ausarten zu lassen. »Kannst du mir bitte trotzdem sagen, wie es ihr das letzte Mal ging? Wie war ihr Eindruck auf dich? Lächelte sie öfters?« Ich trat noch einen Schritt näher, um meiner Frage Nachdruck zu verleihen.

Er musterte mich eine Zeitlang, als hätte ich den Verstand verloren, und beruhigte sich auch allmählich wieder. Dann schmunzelte er traurig. »Abbigail lächelt eigentlich nie wirklich ehrlich.«

Enttäuscht wandte ich den Blick zu Boden. Er hatte Recht. Wie dumm es von mir war, zu fragen.

»Das letzte Mal, als ich sie gesehen hatte, wirkte sie aber etwas fröhlicher. Ich glaube, das lag daran, dass sie Post bekommen hat.«

Überrascht hob ich wieder den Kopf, da zwinkerte er mir zu. »Ich glaube, sie hat sich über deinen Brief gefreut.«

Grinsend ballte ich die Hand zu einer Faust und zog sie triumphierend in meine Seite. »Yesss!«

Michael lachte bei meinem Anblick kopfschüttelnd. Dann verstummte er und blickte eine Zeitlang andächtig zu Boden. Schließlich stieß er sich seufzend vom Wagen ab und machte Anstalten zu gehen.

»Ich würde mir an deiner Stelle trotzdem nicht allzu viele Hoffnungen machen. An ihrer Stelle würde ich niemandem trauen.«, hauchte er mitleidig und fischte seine Schlüssel aus der Tasche.

Ich nickte, weil ich wusste, wie schwierig es sein würde. Ich wusste, dass die Chance, sie ungestört wiederzusehen, so gut wie unmöglich war. Doch in mir brodelte ein solcher Ehrgeiz, dass ich überhaupt nicht ans Aufgeben dachte.

»Eine Frage noch«, hielt ich ihn auf, als er zurück ins Auto steigen wollte. »Wofür steht der Buchstabe D? Sie hat ihr

Armband bei mir verloren, dort sind die Buchstaben A und D eingeritzt.«

Michael durchforstete mein Gesicht unschlüssig, zuckte dabei immer wieder mit dem Kiefer. Man merkte ihm an, dass er mir ungern Auskunft darüber gab, schüttelte dann aber schließlich den Kopf und seufzte.

»Der Buchstabe steht für David. Ihr großer Bruder.«, antwortete er.

»Sie hat einen Bruder?«, fragte ich neugierig, weil es mich verwunderte, warum sie bei ihm keinen Schutz suchte, wenn es ihr so schlecht ging.

»Das hatte sie.« Erschrocken zog ich die Luft ein. »Er ist vor zwei Jahren gestorben.«

Geschockt zappte mein Blick immer wieder zwischen seinen Augen hin und her. Abbigail hatte niemanden außer ihren schrecklichen Onkel, konnte sich bei niemandem Halt suchen und lebte ohne ihren Bruder. Wie schrecklich sie sich fühlen musste, wie mühsam ihr Leben sein musste.

»Wie schlimm.«, flüsterte ich und richtete dabei das Wort mehr an mich selbst als an Michael.

»Jake?« Ninos Stimme drang von weitem zu mir hervor und holte mich zurück in das Jetzt. »Ich habe voll den Kohldampf. Kommst du jetzt mal?«

»Ich muss jetzt auch gehen.«, sagte Michael und stieg in den Wagen. Dann öffnete er nochmal das Fenster. »Sei vorsichtig, Jake. Bring sie nicht in unschöne Situationen.«

Ich nickte, denn ich wusste ganz genau, was für Situationen er meinte. »Versprochen.«

Die Sonne war heute besonders heiß. Mein Shirt wurde schon nach zehn Minuten Warten von großen Schweißflecken verziert. Wahrscheinlich trug meine Nervosität aber mit Schuld.

Ich lauerte pünktlich um fünf vor sechs in meinem Wagen am Rande der Watts Street und wartete darauf, dass ein schwarzer Bentley um die Kurve kam und vor Mr. Chests Haus Halt machte. Dabei gingen mir tausende von Fragen durch den Kopf.

Wird sie heute überhaupt kommen? Fällt ihr Unterricht wieder aus? Hat ihr der Brief überhaupt gefallen und wenn ja, konnte sie antworten? Wird die Antwort positiv ausfallen? Wird sie einen Weg finden, den Brief zu positionieren?

Seit dem Gespräch mit Michael hatte ich nicht mehr aufhören können, an ihren Bruder zu denken. Das Armband bedeutete ihr sicherlich unermesslich viel und ich hatte es ihr vorenthalten, um sie wiedersehen zu können. Hoffentlich nahm sie dies nicht falsch auf. Wenn es ihr Wunsch war und sie mich nicht sehen wollte, würde ich es ihr auch in einen Umschlag stecken, damit sie es wiederbekäme, doch ich fühlte mich einfach sicherer, es ihr persönlich in die Hand zu legen.

Nino hatte ich auf seine Frage, wer Michael sei, erzählt, dass er seit neuestem ebenfalls bei *Mace & Grace* arbeitete. Mein Freund hatte mir zum Glück die Lüge sofort abgekauft und sich dann einem anderen Thema gewidmet.

Im Rückspiegel entdeckte ich endlich Mr. Grogans Wagen, rutschte dann noch tiefer in meinen Sitz und zog meine Sonnenbrille auf, damit mich niemand entdeckte. Ein aufgeregtes Grinsen machte sich in meinem Gesicht breit, das aber bei der Befürchtung, sie könne keine Antwort geschrieben oder nicht die Chance dazu haben, den Brief unbemerkt zu platzieren, sofort wieder erlisch. Nervös begann mein Bein wieder an zu zappeln, als der Wagen mehrere Häuser von mir entfernt zum Stehen kam. Die Hintertür öffnete sich und Abbigail stieg aus. Sie trug wie sonst auch einen knielangen braunen Rock und eine weiße Strickbluse, - Kleidung, die so gar nicht hier her passte. Andere Mädchen trugen lockere Zigarettenjeans, bunte Leggings und übergroße Jacken. Sie war so anders und dieses anders fand ich irgendwie so schön.

Ich kniff die Augen zusammen und suchte ihren Körper ab. Sie hatte weder eine Tasche dabei noch irgendwie anders die Möglichkeit, einen Brief zu verstauen. Vielleicht steckte er wieder unter ihrer Bluse?

Ein ungutes Gefühl machte sich in mir breit, als Mr. Chest die Tür öffnete und sie den Stufen zum Eingang immer näherkam. Sie hatte keine Antwort geschrieben, da war ich mir nun fast sicher. Mr. Chest begrüßte sie, sie erwiderte die Begrüßung mit einem Lächeln, dann zappte ihr Blick für eine Sekunde umher und landete in meiner Richtung. Es war nur ein einziger Augenblick, ein Augenaufschlag, der Bruchteil einer Kopfbewegung, - doch ich wusste, was er bedeutete. Sie ging einen Schritt, stolperte und landete neben der Treppe vor dem Lavendelstrauß auf dem Boden. Von meiner Perspektive konnte ich sofort erkennen, was sie innerhalb weniger Sekunden dort platzierte. Mr. Chest und ihr Fahrer dagegen sahen nur, dass sie am Boden kniete und sich aufrappelte, und kamen sofort hergeeilt, um ihr aufzuhelfen.

Ich grinste. Sie hatte es wirklich getan, sie hatte es wirklich geschafft und niemand hatte etwas gemerkt. Ihre Nervosität erkannte man schon von weitem. Unsicher rappelte sie sich auf und klopfte ihren Rock glatt, dann zwang sie sich zu einem Lächeln und winkte ab, woraufhin sich ihr Chauffeur zurück in den Wagen begab. Als sie mit Mr. Chest die Stufen hoch trat, warf sie einen letzten Blick zurück zum Lavendelbusch und streifte dann den meinen. Ihr Blick durchbohrte mich bis in die Knochen. Sie sah mich an und ich vergaß, zu atmen, vergaß, mich zu bewegen, vergaß das vollkommene Zeitgefühl. Der Moment verging so schnell wie ein Wimpernschlag und als die Tür hinter ihr ins Schloss fiel, fragte ich mich, wie es sich anfühlen würde, ihr einen ganzen Abend in die Augen sehen zu dürfen. Ich musste es unbedingt herausfinden.

Weil ihr Fahrer auch diesmal die Stunde über vor der Haustür parkte, musste ich in meinem Wagen warten, bis er mit Abbigail wieder fort war. Das letzte Mal war riskant genug gewesen. Diesmal wollte ich kein Risiko eingehen, denn ich musste diesen Brief unbedingt haben. Als sie in meinem Rückspiegel verschwanden, stieg ich aus dem Wagen und schlich mich zum Eingang. Von weitem fixierte ich den Lavendelbusch und sah den Umschlag ein wenig herausragen. Noch bevor ich ihn erreichte, wurde plötzlich die Haustür geöffnet.

Mr. Chest trat heraus, um den Briefkasten zu öffnen. Als er mich erblickte, erstarrten wir beide, dann zogen sich seine Brauen dunkel zusammen.

»Was machst du auf meinem Grundstück?!«, brüllte er und machte Anstalten, die Treppen runterzusteigen.

Ich dachte nicht groß darüber nach, griff nach dem Brief und rannte von seinem Grundstück die Straße hinunter. Zum Glück war er durch sein Alter nur halb so langsam, rief mir noch hinterher, dass er die Polizei rufen würde. Doch so schnell, wie ich im Wagen und losgefahren war, konnte er den Satz gar nicht aussprechen.

Ich atmete erleichtert durch, als ich um die Ecke fuhr und warf dann einen Blick auf den Beifahrersitz.

Gott sei Dank, ich hatte ihren Brief.

Eine halbe Stunde später saß ich am Strand und starrte verdutzt den Umschlag an. Statt den ihren hielt ich meinen in der Hand. Unsicher fischte ich das Papier hervor, das eindeutig meine Schrift zeigte. Hatte sie mir meinen Brief einfach so zurückgegeben? Hieß das, dass sie mir nicht antworten wollte und ich sie nie wieder kontaktieren sollte?

Schwere Enttäuschung machte sich in mir breit, als ich den Brief entfaltete und auf meine Worte starrte. Ich ließ das Papier in den Sand fallen und vergrub mein Gesicht in den Händen. Wie konnte ich nur denken, dass sie mir antworten würde? Wahrscheinlich war sie wütend, dass ich sie einem solchen Risiko ausgesetzt hatte, und wollte nie wieder etwas von mir hören.

Seufzend lehnte ich mich auf meine Knie, da hob der Wind das Papier vom Boden und drehte es einmal um. Ich brauchte ein paar Sekunden, um zu realisieren, was genau ich da sah. Konnte es wirklich möglich sein?

Von jetzt auf gleich wich die Enttäuschung und machte für Aufregung Platz. Das, was da auf der Rückseite stand, war nicht meine Schrift. Nein, sie war ordentlicher, viel schöner und geschwungener.

Bevor der Wind mir ihre Worte endgültig nehmen konnte, packte ich das Papier und begann mit einem nervösen Lächeln zu lesen:

Lieber Jake,

deine Worte erreichten mich mit Überraschung aber auch Freude. Bitte verzeih, dass ich deinen Brief als Papier nutzen musste. Leider habe ich selbst keines und konnte meinen Onkel nicht darum bitten, ohne dass er mitbekäme, wofür ich es brauche.
Es freut mich unglaublich, dass du mein Armband gefunden hast. Mein Bruder hat es mir geschenkt und ich habe es schon schrecklich vermisst. Ich hoffe sehr, dass du bald die Möglichkeit hast, es mir zurückzugeben. Möchtest du etwas dafür haben?
Deine Worte schmeicheln mir, trotzdem bitte ich dich, dir um mich keine Gedanken zu machen. Ich möchte nicht, dass du diese Last trägst. Glaube mir, ich komme klar.

Aber sag mir, wie geht es dir und deinem Vater? Auch ich denke seitdem öfters an euch und vor allem an die Meeresgötter, von denen du mir auf dem Boot erzählt hast, und an deine lustigen Kindheitserinnerungen. Bitte verzeih, dass ich schmunzeln musste, aber sie haben mir wirklich gefallen.

Pass auf dich auf. Ich möchte nicht, dass du erwischt wirst.

Deine Abbigail

Noch während des Lesens stand ich mit einem breiten Grinsen auf und lief zu meinem Wagen. Ich musste ihr so schnell wie möglich antworten, um ihr diese vielen bösen Gedanken auszutreiben. Sie sollte nicht denken, dass ich etwas im Gegenzug für das Armband wollte, sie sollte nicht denken, dass ihr Zustand eine Last für mich war. Ich hörte die Worte schon in meinem Inneren, wusste ganz genau, was ich schreiben würde, - da stockte ich, noch bevor ich meine Schlüssel hervorfischen konnte.

Wie sollte ich ihr den Brief in Zukunft geben können, wenn Mr. Chest mich nun kannte? Mein Lächeln schwand mit der Angst, dass es vielleicht keine Möglichkeit mehr gab. Ich musste mir dringend etwas überlegen.

XIV

Abby

Mr. Chest lief im Wintergarten nachdenklich auf und ab, während ich ihm den vierten Satz Allegro der Violinsonate Nr. 1 von Bach in H-Moll vorspielte. Mitten im Stück hob er die Hand.

»Mehr Vibrato, Miss Wincester. Mehr Vibrato.«, seufzte er angespannt, ohne mich anzusehen. »Nochmal von vorne.«

An diesem Dienstag hatte er besonders schlechte Laune, doch auch meine hielt sich in Grenzen. Die Stunde war fast zu Ende und von Jake hatte es bisher keine Spur gegeben. Vielleicht hatte er noch keine Zeit gehabt, um zu antworten oder vielleicht lag sein Brief irgendwo in Mr. Chests Garten? Vielleicht aber auch wollte er mir dieses Mal gar nicht mehr antworten.

Die schlimmsten Szenarien gingen mir durch den Kopf. Doch am meisten fürchtete ich mich davor, dass ich mit meinen Gedanken Recht gehabt haben könnte. Dass auch er keine guten Absichten besaß – egal, wie sehr ich es mir auch wünschte.

»Miss Wincester! Das ist ja schrecklich schief!«, schimpfte mein Musiklehrer und holte mich damit aus meinen Gedanken. Sofort ließ ich meine Geige verstummen und begradigte meinen Stand.

Mit verzerrtem Blick kam er ein paar Schritte näher. »Sie scheinen heute wohl nicht ganz bei der Sache zu sein.«, überlegte er. »Gut, die heutige Stunde ist beendet.«

Das kam mir Recht. Ich war wirklich nicht bei der Sache und brauchte dringend Ruhe, um nachzudenken.

Hastig packte ich die Geige zurück in den Koffer, entspannte den Bogen und stellte ihn in Mr. Chests Regal. Dann brachte er mich noch zur Tür.

»Ich hoffe, das nächste Mal können wir wieder ordentlich proben.«, betonte er, als ich auf die Stufen trat.

Neugierig erhaschte ich kurz einen Blick über das Geländer in den Lavendelbusch. Vielleicht hatte Jake seinen Brief ja ebenfalls dort positioniert. Doch ich konnte beim besten Willen nichts erkennen.

»Miss Wincester«?« Mr. Chest beugte sich ebenfalls über das Geländer, woraufhin ich erschrocken zurückwich. »Haben Sie das letzte Mal dort etwas verloren?«

Ich schüttelte hastig den Kopf und machte Anstalten zu Gehen.

»Sind Sie sicher?«, fragte er nochmal nach. »Gestern war nach ihrem Unterricht nämlich ein Junge hier und hat sich etwas aus dem Busch mitgenommen. Leider war er zu schnell, sonst hätte ich die Polizei gerufen.«

Jegliche Farbe wich meinem Gesicht. Mr. Chest hatte Jake erwischt. Dann war es ja klar, dass er hier nicht mehr auftauchte.

Ich bemühte mich einer ruhigen Atmung und eines entspannten Lächelns, als ich mich nochmal zu ihm umdrehte.

»Nein, es ist alles in Ordnung. Ich habe nur die Blumen bewundert.«

Hugh schickte mich nach dem Unterricht in den Salon zum Lernen. Auch meine anderen Lehrer waren heute nicht sehr zufrieden mit mir, da ich vor Aufregung kaum bei der Sache gewesen war. Natürlich musste Hugh mir daher als Strafe noch mehr Lernstoff aufbürden. Ich durfte erst etwas essen, wenn ich mit meinen Aufgaben fertig war.

Während er also noch mit Michael und Dr. Woods im Büro arbeitete, saß ich vor der sechsten Stochastikaufgabe und versuchte mich daran, die Größe des Mittelpunktswinkels eines Sektors zu berechnen. Mein Kopf wurde immer schwerer und fühlte sich durch die vielen Informationen einfach nur noch taub an.

Seufzend warf ich den Blick raus ans Seeufer und musterte nachdenklich das viele Schilf darum. Von hier sah man nur Bruchteile des Baumhauses, da es zwischen ein paar Stämmen versteckt war. Dahinter lag nichts als Wald. Wie sehr ich es vermisste, dort zur Ruhe zu kommen. Vor meinem gescheiterten Fluchtversuch hatte mir Hugh noch genug Zeit und Raum gelassen, dass ich mich wenigstens auf dem Grundstück frei bewegen und mich im Baumhaus aufhalten konnte. Doch das war nun vorbei. Vielleicht vertraute er mir ja bald wieder etwas mehr, wenn er merkte, dass ich mir bei meinen Aufgaben Mühe gab?

Hastig rieb ich mir die Augen und zwang meinen Kopf dann dazu, sich auf den Mittelpunktswinkel auf meinem Blatt Papier zu konzentrieren. Ich musste diese Aufgaben schaffen, ich durfte mich nicht ablenken.

Laute Stimmen ertönten im Flur. Hugh verabschiedete sich sicherlich gerade von den anderen, - und ich war erst bei der Hälfte der Aufgaben. Ich stieß mir ein paar Mal mit der Faust gegen den Kopf, weil ich merkte, dass mir von dem ganzen Druck wieder Tränen hinaufstiegen. Ich durfte nicht weinen, ich wollte nicht weinen. Ich musste einfach nur diese doofen Aufgaben erledigen, dann würde ich auch keinen Ärger bekommen.

Ein leises Klopfen ließ mich zusammenzucken. Doch ich entspannte sofort wieder, als ich realisierte, dass es nicht von Hugh kam. Hugh klopfte nie an.

»Darf ich kurz stören?« Michael steckte seinen Kopf in die Tür. Ich trocknete hastig meine Augen und nickte dann.

»Ist alles in Ordnung?«, fragte er und setzte sich zu mir an den Tisch.

Mit seiner Frage verschlimmerte sich der Druck hinter meinen Augäpfeln und ich musste angestrengt die Lippen aufeinanderpressen, um nicht verzweifelt loszuheulen. Als ich den Blick nicht von meinem Aufgabenblatt hob, verstand er sofort und nahm es in die Hand. Seine Augen flogen über die Seite, dann schnappte er sich meinen Bleistift und schrieb die Lösungen mit schwacher Schrift unter die Aufgaben, damit ich sie abschreiben konnte.

Ich beobachtete ihn mit großen Augen. »Woher weißt du das alles?«

Er schmunzelte. »Mathe war schon immer mein Lieblingsfach gewesen.«

Allmählich beruhigte ich mich etwas und brachte ein schwaches Lächeln hervor. »Danke«, hauchte ich und begann, die Lösungen abzuschreiben.

Michael bedachte mich eine Zeitlang, dann räusperte er sich. »Sind die Aufgaben und der Lerndruck das einzige, das dich momentan noch zusätzlich beschäftigt?«

Ich hob meinen Kopf ein Stück, hielt den Blick aber weiterhin auf das Papier gerichtet.

Er schmunzelte ausatmend und lehnte sich genüsslich zurück. »Oder gibt es da noch etwas anderes – *noch jemand anderes* -, der dir nicht aus dem Kopf geht?«

Vorsichtig drehte ich den Blick in seine Richtung. Ich wusste, worauf er hinaus war.

»Es ist nicht so, wie du denkst.«, flüsterte ich unsicher. Ja, Jake ging mir nicht aus dem Kopf, aber das sollte er eigentlich. Ich durfte nicht zu viel Hoffnung, zu viel Vertrauen in ihn stecken. Schließlich gab es für mich immer noch keine plausible Begründung dafür, warum er ständig an mich denken musste.

»Wie ist es dann?«, fragte Michael und lehnte sich vor.

Eine Zeitlang drehte ich den Stift in meinen Fingern, dann wandte ich mich in seine Richtung und atmete seufzend aus. »Ich weiß nicht«, hauchte ich geknickt. »Ich weiß einfach nicht, was er will. Geld? Ich kann mir beim besten Willen nicht vorstellen, dass er-«

»Dass er dich mögen könnte?«, half er mir aus. Ich nickte. »Wieso denn nicht?«

Er kannte die Antwort, weswegen ich nur mit den Achseln zuckte.

»Nicht jeder auf dieser Welt ist böse, Abbigail. Ich weiß, es ist schwer für dich, das zu verstehen, aber du musst lernen, zu vertrauen.«, erklärte er mir, woraufhin ich nickte.

Vertrauen. Ein Gefühl, das es seit Davids Tod für mich nicht mehr gab. Doch ich vermisste es. Ich wollte vertrauen, ich wollte loslassen. Es war nur so schwierig.

»Außerdem« Er lehnte sich mit einem Lächeln zurück. »wollte er das Geld von deinem Onkel auch nicht.«

»Ja, das stimmt.« Ich erinnerte mich daran, wie stark er vor meinen Onkel getreten war und welche Sicherheit er versprüht hatte. Man konnte seine Wut auf Hugh mit jeder Muskelfaser spüren. Ein Grund mehr, der mir zeigte, dass er einer von den Guten war.

»Er hat mir noch nicht geantwortet.«, seufzte ich.

Michael zuckte mit den Achseln. »Es ist doch auch erst ein Tag um, seitdem du geantwortet hast.«

»Ich weiß… Ich habe einfach nur Angst, dass sich meine Befürchtungen über ihn bestätigen.«, antwortete ich flüsternd. »Mr. Chest hat ihn wohl gestern erwischt. Vielleicht traut sich Jake nun nicht mehr, mir zu antworten.«

Michael warf den Kopf in den Nacken und lachte laut. Vollkommen überrascht von der plötzlichen Lautstärke zuckte ich erschrocken zusammen.

»Warum lachst du?«, fragte ich empört, doch Michael lachte nur weiter. Dann stockte ich plötzlich. »Und… woher weißt du eigentlich, dass ich ihm gestern geantwortet habe? Ich habe dir nichts erzählt!«

Michaels Lachen verwandelte sich in ein Grinsen. »Weil er es mir erzählt hat.«

»Was-« Ich brauchte ein paar Sekunden, um seine Antwort zu verarbeiten. Verdutzt starrte ich auf sein amüsiertes Grinsen, beobachtete, wie seine Mundwinkel bei meinem verwunderten Gesichtsausdruck immer höher stiegen. »Du hast Kontakt mit ihm?«

»Kontakt kann man das nicht nennen.«, antwortete er nur. »Ich weiß aber mittlerweile genug über ihn, um deinen Gedanken, er könne sich nicht mehr trauen, dir zu schreiben, unheimlich lustig zu finden. Jake scheint niemand zu sein, der so einfach aufgibt.«

Meine Lippen verschlossen sich wieder, dann zuckten sie zu einem beschämten Lächeln. Sofort fingen meine Wangen Feuer. Zum einen, weil ich mich über das freute, was Michael über Jake sagte, zum anderen, weil ich mich schämte, dass Michael mitbekam, welches Gefühlschaos mich momentan heimsuchte. Trotz allem war ich froh, dass ich in ihm jemanden gefunden hatte, mit dem ich darüber reden konnte.

»So, ich will Dad dann auch nicht weiter warten lassen«, meinte er und erhob sich von seinem Stuhl. »Auch wenn die beiden uns wahrscheinlich noch liebend gern weitere zehn Stunden alleine in einem Raum lassen würden. Aber du musst deine Aufgaben fertigbekommen.«

Er zwinkerte mir ein letztes Mal zu und drehte sich dann zum Gehen. Kurz vor der Tür stoppte er und fasste sich an die Stirn.

»Jetzt hätte ich fast vergessen, warum ich dich eigentlich nochmal sehen wollte.« Grinsend fasste er in die Innenseite seines Jacketts und fischte einen Umschlag hervor.

»Ist das…?« Meine Augen weiteten sich, mein Puls schoss in die Höhe, als ich das Papier entgegennahm.

Abbigail stand auf der Vorderseite, geschrieben mit einer Schrift, die sich nicht nur in meinen Kopf, sondern auch in mein Herz gebrannt hatte.

»Ja«, nickte Michael. »Das ist von ihm.«

Liebe Abbigail,

ich habe dir ein paar Blätter von meinem Briefpapier beigelegt, damit du nun dein eigenes besitzt.

Nein, natürlich möchte ich nichts für dein Armband haben. Ich bin schon froh, wenn ich dich damit zum Lächeln bringen kann.

Deine Bitte, mir keine Gedanken zu machen, fällt mir schwer, ich werde sie aber dir zuliebe trotzdem respektieren. Bitte versteh aber, dass du niemals eine Last für mich oder Dad warst. Wir beide, aber besonders ich, haben deine Anwesenheit genossen, auch wenn der Grund dafür kein besonders schöner war. Ich hoffe

sehr, dass ich deiner Welt etwas Farbe verleihen kann – und sei es nur mit einem Schmunzeln.
Wunder dich nicht über den Spruch. Ich bin leidenschaftlicher Zeichner und beschreibe Dinge oder Situationen oftmals durch Farben.
Gibt es etwas neben der Musik, das du gerne für dich tust?
Meinem Vater und mir geht es gut. Dad selbst sehe ich leider nicht oft, da er viel im Leuchtturm arbeitet. Wenn dir die Geschichten meiner Kindheit und die der Meeresmythologien gefallen haben, hoffe ich, dir das nächste Mal noch mehr davon erzählen zu können.

Bis dahin freue ich mich auf deinen nächsten Brief.

Dein Jake

Ich antwortete Jake noch am selben Abend heimlich in meinem Zimmer. Den Rest des Papieres und seinen Brief verstaute ich in der Diele unter meinem Teppich. Ich erzählte ihm von meinen Geschichten und davon, dass es mein Traum war, irgendwann Autorin zu werden. Außerdem sprachen wir über seine Zeichnungen und unser beider Vorlieben der Ruhe des Meeres.

Zudem nutzte ich eines seiner Papiere, um eine neue Bucketlist zu erstellen, die ich ebenfalls in der Diele versteckte. David und ich hatten als Kinder angefangen, aufzuschreiben, was wir in unserem Leben alles noch tun wollten. Leider hatte ich mit seinem Tod aufgehört, sie weiterzuführen, weil es ohne David bisher nichts gegeben hatte, dass ich tun wollte. Doch mit Jakes Worten wuchs dieser Wille plötzlich wieder. Und wenn es nur aufgeschriebene Träume waren – das reichte vorerst.

Von nun an spielte Michael den Postboten. Allein diese Woche schrieben wir uns sechs Briefe, ohne dass Hugh irgendetwas davon mitbekam. Die Woche darauf waren es sechs und darauf nochmal fünf. Die Anzahl der Briefe wuchs mit jeder Woche, die Anzahl der Schläge verringerte sich. In der ersten Woche ließ Hugh noch ein paar Mal seine Wut gegenüber meiner Flucht an mir aus, die Woche darauf bekam ich nur ab und zu eine Backpfeife, weil ich nicht entsprechende Leistungen brachte. Mit Michaels Hilfe verbesserten sie sich aber und auch Hughs Stimmung wuchs mit jedem Mal, in dem Michael und ich alleine in einem Raum waren. Zu Beginn dachte ich, dass er für seine Dienste als Postbote etwas im Gegenzug haben wollte, doch auch ihn schien Jakes und mein Austausch zu erfreuen. Michaels und meine Gespräche wurden ungezwungener, persönlicher und länger. Seit neuestem betrachtete ich ihn *komischerweise* als Freund. *Komischerweise* deshalb, weil ich es niemals in Erwägung gezogen hätte, in der Lage zu sein, Freundschaften schließen zu können. Er erzählte mir von seinen Zukunftswünschen, ich erzählte ihm von David. Am liebsten waren mir aber jene Gespräche, in denen er mir einen neuen Brief von Jake überreichte und mir dabei erzählte, wie sehr sich Jake jedes Mal freuen würde, wenn Michael ihm meinen brachte. Er, Michael, schien ihm zu vertrauen. Auch wenn ich noch sehr skeptisch und unsicher war und es immer noch nicht in Erwägung zog, dass wir jemals die Chance auf ein Treffen haben könnten, half mir Michaels Vertrauen zu ihm, etwas mehr zu entspannen.

In einem Brief schickte mir Jake eine Zeichnung des Leuchtturms mit, woraufhin ich auf meiner Liste den Wunsch notierte, einmal in meinem Leben einen Turm zu besteigen. Wir schrieben viel über den Ozean und meinen Traum, ihn öfters zu Gesicht zu bekommen. Mit dem Bild brachte er mir das Meer ein Stückweit näher.

Ich erfuhr, dass auch er sich am wohlsten umhüllt von Wasser fühlte und praktisch im Meer aufgewachsen war. Kein Wunder also, dass er und sein Dad sich dann so viel mit Meeresmythologien beschäftigten. Von diesem sprach er leider nicht sehr viel, nur dass sein Dad die meiste Zeit am Arbeiten war und Jake selbst auch oft in einem Diner in der Stadt aushalf. Sie bekamen sich also leider nicht oft zu Gesicht. Ich fragte mich, was mit seiner Mutter war, ob er noch andere Familie besaß. Tanten, Onkel, Cousins?

Doch er erwähnte nie etwas. Umso mehr sprach er von seinen zwei Freunden Alex und Nino, die scheinbar nicht unterschiedlicher sein konnten. Wenn er mir erzählte, dass er mit Nino Bowling spielen ging oder mit Alex am Strand saß, machte mich das sehnsüchtig traurig und glücklich zu gleich, denn irgendwie fühlte es sich jedes Mal so an, als wäre ich mittendrin gewesen.

Ich fand in Jake allmählich einen Brieffreund, der mir die Welt außerhalb dieser Mauern etwas näherbringen konnte. Wie die Welt innerhalb dieser Mauern aussah, beschrieb ich ihm allerdings nicht. Zum einen, weil ich ihn nicht erschrecken wollte, zum anderen, weil ich immer noch nicht wusste, was seine Absichten waren. Wenn ich ihm von meinem Onkel erzählte, konnte man das gegen Hugh verwenden und das würde Ärger geben.

Ich wollte keinen Ärger. Ich wollte mich nicht beklagen. Das einzige, was ich wollte, war, ein paar Geschichten aus einem glücklicheren Leben zu erfahren. Mich aus diesem Haus raus zu träumen und etwas Ablenkung in meinen langweiligen und durchgeplanten Alltag zu bekommen. Dass Jake und ich uns nochmal persönlich sahen, hatte ich mir sowieso von Beginn an aus dem Kopf geschlagen.

Freitagabend fand seit längerem mal wieder ein gemeinsames Dinner mit Dr. Woods und Michael statt. Die letzten Tage hatten die drei viel arbeiten müssen und saßen noch im Büro, als Jae mich schon ins Bett brachte. Gut für mich, denn so war Hugh beschäftigt und bekam nichts von Jakes und meinem Briefaustausch mit. Obwohl mein Kopf von den vielen Lehreinheiten mehr als dampfte, konnten Jakes Worte meine momentane Erschöpfung doch gut verdrängen. Sobald ich seinen Brief in der Hand hielt oder meinen Stift zum Antworten aufs Papier setzte, vergaß ich alles um mich herum. Endlich konnte ich wieder schreiben, endlich besaß ich wieder Personalität. Etwas, das mich ausmachte, das mir ein Stückweit zeigte, wer ich wirklich war.

»Cheers!« Hugh ließ sein Glas mit dem seines Beraters zusammenklirren und grinste überheblich vor sich hin. »Darauf, dass sich die harte Arbeit auszahlen wird.«

Auch ich griff nach meinem Glas, das mit Wasser gefüllt war, und hob es, als Hugh den Blick zu mir warf. Michael machte es mir gleich.

»Apropos Arbeit«, begann Hugh nochmal nach zwei großen Schlucken Whiskey und richtete sich dann an mich. »Abbigail, wir haben auch eine Aufgabe für dich.«

Mühsam würgte ich das zarte Wildfleisch hinunter, das unser Koch vom Jäger nebenan bekommen hatte. Dann lauschte ich überrascht.

»In vier Wochen findet meine Wahlparty mit dem Stadtrat statt und ich dachte mir, ich veranstalte sie diesmal hier.«, erklärte er und hob die Arme.

Ich räusperte mich. »Hier?«

Hugh legte den Kopf schief und musterte mich mit einem fragenden Lächeln, das so viel aussagen sollte wie *»Hast du etwa etwas dagegen?«*

»Ich meine«, winkte ich hastig ab. »Das hört sich toll an.«

Glück gehabt! Sein verärgertes Lächeln verschwand sofort, dann lachte er spottend. »Natürlich hört sich das gut an, ist ja auch meine Idee.«

Dr. Woods stimmte dem Lachen mit ein, um sich vor Hugh gut darzustellen. Michael verdrehte unbemerkt die Augen.

»Wie auch immer«, fuhr Hugh fort, als sein Lachen verstummte. »Du hast dich die letzten Wochen gut gemacht.«, gab er krampfhaft zu. Sofort spitzte ich die Ohren. Auch Michael war nun ganz aufmerksam. »Ich habe mit deinen Lehrern gesprochen. Sie meinten, du hast dich in den Aufgaben immens gebessert und seist aufmerksamer. Scheinbar hat es geholfen, Davids Dinge zu entsorgen und dir Extraaufgaben zu geben. Zudem hast du seitdem auch gut gehört, keinen Ärger gemacht oder mich in irgendeiner Weise gestört.«

Ein Lächeln huschte über meine Lippen, verblasste aber sofort wieder. Ich durfte mich nicht zu früh freuen, gleich würde sicherlich noch ein großes *Aber* kommen.

»Ich habe mir überlegt, dass du dieses Jahr beim Dekorieren der Wahlparty helfen darfst. Da sie ja sowieso hier stattfindet und deine Noten sich bessern, kannst du dich etwas nützlich machen.«, meinte er zu meinem Erstaunen, als der Kellner seinen Teller mitnahm und Hugh sich eine Zigarre anzündete. Dann lehnte er sich in seinen Stuhl zurück, nahm einen großen Zug und pustete den Rauch in meine Richtung. Dabei ließ er mich kein einziges Mal aus dem Auge, mit einem stählernen Blick, der mir durch Knochen und Mark ging. Ich wusste, was er bedeutete. Dies war meine einzige Chance – ein Fehler und Hugh würde mich für den Rest meiner Tage in meinem Zimmer einsperren.

»Du kannst dich um die Tischdeko kümmern, Blumensträuße zusammenfügen, Karten verteilen, aber auch

Girlanden aufhängen und den Garten ein wenig aufhübschen.«, ergriff Dr. Woods nun vorfreudig das Wort, doch Hugh brachte ihn mit einem Handheben wieder zum Verstummen.

Sein Blick war streng, er folterte mich eine Zeitlang damit, ehe er den Finger hob und zum Reden ansetzte. »Miss Sue wird dich die ganze Zeit begleiten, sie wird dich kein einziges Mal aus dem Auge lassen. Dein Unterricht hat natürlich immer noch Priorität, sollten deine Leistungen da nachlassen, du Ärger machen oder in irgendeiner Art und Weise versuchen, etwas anzustellen, wirst du sofort aus dem Dekorationsteam wieder entlassen. Ich habe mit meiner Sekretärin im Bürgerbüro eine genaue Liste zusammengestellt mit Dingen, die zu erledigen sind. Du hältst dich an die Liste! Du hältst dich an meine Sekretärin! Ich kontrolliere alles ganz genau!«

Ich nickte und nickte. Und mit jedem weiteren Nicken wuchs mein Lächeln um einen Zentimeter weiter. Auch Michael und sein Vater trugen ein zufriedenes Lächeln. Niemals hätte ich es für möglich gehalten, dass Hugh sich dafür bereit erklärt, mir diese Aufgabe zu übertragen. Endlich konnte ich wieder etwas abschalten, endlich fühlte ich mich gebraucht, endlich durfte ich mich ausleben. Auch wenn ich unter ständiger Beobachtung stand und mich davor fürchtete, seinen Vorstellungen nicht gerecht zu werden, war ich so unheimlich dankbar, dass ich allmählich aus meinem langweiligen und mit Unterrichtseinheiten vollgestopften Alltag herauskam.

»Natürlich!«, versicherte ich ihm. »Vielen Dank! Es ist mir eine Ehre!«

Hugh musterte mich, dann nickte er mir einmal kurz zu, was bei ihm *Gern geschehen* bedeutete.

»Michael wird dir dabei helfen.«, fügte er hinzu und deutete in seine Richtung.

Dieser verlor binnen Sekunden sein Lächeln und blickte panisch zwischen seinem Vater und Hugh hin- und her. »Was? Aber-«

Auch Dr. Woods wirkte etwas überrascht. »Oh, ist das denn so nötig?«

»Es ist entschieden!«, brachte Hugh ihn sofort zum Verstummen.

»Dad!« Michael wirkte so verloren, als sein Vater schließlich die Lippen aufeinanderpresste und ihm mitleidig zeigte, dass er sich nicht gegen meinen Onkel stellen konnte. »Ich bin doch viel nützlicher im Büro!«

»Das bist du in der Tat, Michael.«, beruhigte Hugh ihn. »Da wirst du auch weiterhin noch gebraucht. Es sind ja nur ein paar Stunden, in denen du Abbigail unter die Arme greifen kannst. Das machst du doch gerne, oder?«

Michaels Blick wechselte im Sekundentakt zwischen seinem Vater, Hugh und mir. Man konnte die Verzweiflung regelrecht in seinen Augen herauslesen und ich wäre so gerne für ihn eingestanden. Doch das war unmöglich.

Als Hugh ihm einen strengen Blick zuwarf, seufzte er und ließ die Anspannung fallen. Ich wusste mit am besten, dass man gegen diesen Blick nicht ankam.

»Ist gut.«, hauchte er geknickt. Auch Dr. Woods schien etwas enttäuscht, konnte aber ebenfalls nichts für ihn tun, ohne dabei seine Stellung bei meinem Onkel zu riskieren.

Hughs überhebliches Lächeln kehrte zurück. »Sehr gut! Wir fangen noch dieses Wochenende an! Am besten schon morgen Abend nach der Arbeit im Bürgerbüro!«

»Morgen Abend geht leider nicht.«, sagte Michael zu unser aller Verwunderung.

Sein Vater warf ihm einen warnenden Blick zu. Auch Hugh zog die Brauen in die Höhe und legte ungläubig den Kopf schief, denn man widersprach Hugh nicht.

»Und wieso, *Michael*?«, zischte er angespannt. »Wieso geht es morgen Abend nicht? Soweit ich weiß, hast du weder eine Vorlesung noch einen Kurs.«

Michael seufzte und schloss für ein paar Sekunden die Augen, um sich zu fassen. Dann bemühte er sich eines Lächelns und musterte mich andächtig, als hätte er etwas für mich übrig. Schließlich fasste er meine Hand und drückte sie. Etwas überrascht versuchte ich, sein Spiel mitzuspielen, - was auch immer er vorhatte. Also setzte auch ich ein verliebtes Lächeln auf, sah ihm tief in die Augen, hinter deren Iris ich die Verzweiflung und Enttäuschung immer noch liegen sah. Doch Michael gab sich solche Mühe, dass selbst ich sein Schauspiel beinahe mit der Realität verwechselte.

»Weil ich«, begann er, wandte sich dann mit gesenktem Kopf an meinen Onkel. »wenn es für Sie in Ordnung ist, Sir.«

Hugh und Dr. Woods betrachteten unsere verschränkten Hände verwundert. Ihre Gesichter verloren an Strenge, als Michael sich wieder lächelnd an mich wandte. »Ihre Nichte gerne ausführen würde.«

Wie bitte?!

XV

Jake

Lieber Jake,

seit fast einem Monat sitze ich beinah jede Nacht an meiner Fensterbank und schreibe dir. Ich danke dir dafür. Für diese Beschäftigung, die du mir geschenkt hast. Denn ich muss zugeben, es macht mir Spaß, mit dir zu schreiben. Es wird mir sicherlich nicht möglich sein, dich nochmal wiederzusehen, und auch wenn ich das zwar gerne würde, bin ich schon dankbar und zufrieden, dass ich überhaupt die Möglichkeit dazu habe, mit dir zu reden.
Heute war wieder ein sehr lehrreicher Tag. Ich durfte meinem Onkel bei seiner Arbeit ein wenig über die Schulter sehen. Er, Michael und Michaels Vater arbeiten sehr hart und sind die meiste Zeit beschäftigt. Auch ich bin momentan sehr beschäftigt, denn ich habe jeden Tag die Chance, etwas Neues im Mathematik-, Englisch-, Französisch, Geschichts- und Politikunterricht zu lernen. Ich muss zugeben, manchmal schweifen meine Gedanken ab, weil ich es nicht erwarten kann, dir am Abend von meinem Tag zu erzählen, oder weil mich das Geschehen bei uns im Garten ablenkt.
Habe ich dir schon erzählt, dass wir einen wunderschönen See haben? Hinter dem See liegt ein Baumhaus, in dem ich mit meinem Bruder so gerne gespielt und den Enten am Ufer zugesehen habe. Im Moment komme ich leider nicht dazu, rüber zu rudern und es zu besuchen, da mir bei dem vielen Unterricht leider keine Zeit bleibt. Doch ich bin sehr dankbar für den Unterricht, den mein Onkel mir ermöglicht.

Auf welche Schule bist du gegangen? Und welches war dein Lieblingsfach?

Ich freue mich, auf deine Antwort.

Deine Abbigail

Die Sonne brannte auf meine Lider, als ich Mittwochnachmittag mit Abbigails Brief am Strand lag und ihn in mir aufsog. Sobald ich ihn beendet hatte, ließ ich die Hand neben mich fallen und seufzte lautstark.

Das Schreiben mit Abbigail erfüllte mich jedes Mal aufs Neue mit so viel Glück, doch ich sehnte mich nach mehr. Mehr Ehrlichkeit, mehr Vertrauen, mehr von ihrem wahren Gesicht.

Abbigail war nicht ehrlich, das merkte ich mit jedem Brief immer stärker. Auch wenn ich es mir so sehr wünschte, wusste und verstand ich, dass sie mir nicht trauen konnte. Es schien mir, als wolle sie mit jedem guten Wort, das sie über ihren Onkel oder ihre Situation sprach, sich selbst einreden, dass sie sich nicht beklagen durfte und ihre Gefühle keine Rolle spielten. Wie gerne ich ihr sagen würde, dass sie eine Rolle spielten!

Doch wer konnte es ihr verübeln? Ich kannte sie kaum, wusste nur ein paar oberflächliche Dinge über sie. Ich wusste, dass sie gerne Geschichten schrieb, ich wusste, dass ihr Bruder ihr Held war, ich wusste, dass sie das Meer liebte und gerne klassische Musik hörte. Das war es leider aber auch schon.

Ich weiß nicht, was es war, - ob ich einfach zu gierig oder zu ungeduldig war, - doch der Drang, sie wiederzusehen, ihr Vertrauen zu gewinnen und das Mädchen, das hinter all der Unsicherheit, der Angst und den Verletzungen lebte, kennenzulernen, wuchs mit jedem einzelnen Wort, das sie mir schrieb.

Langsam machte ich mich damit selbst kaputt.

»Warum lässt du denn den Kopf so hängen?«, fragte Alex, als ich mich aufrappelte und die Knie zur Brust zog.

Etwas überrascht blickte ich zu ihm hoch, doch er verschwand im Schein der Sonne. Hastig kniff ich die Augen zusammen und hielt mir die flache Hand schützend an die Stirn, da ließ er sich ebenfalls neben mir nieder.

»Ärgert sie dich?«, neckte er mich und deutete auf Abbigails Brief.

Ich schüttelte schmunzelnd den Kopf. Diese Woche hatte ich ihn bisher nur einmal gesehen, doch er war, was unseren Briefaustausch anging, immer auf dem neuesten Stand gewesen. Nino wusste davon noch nichts und, um ehrlich zu sein, hatte ich ihn die letzte Zeit leider etwas vernachlässigt. Das würde ich aber dieses Wochenende wieder gut machen – schließlich hatte ich ihm versprochen, mit ins Autokino zu kommen.

»Nein, sie ärgert mich nicht.«, lachte ich. »Ich weiß einfach nicht, was ich machen soll.«

Er musterte mich stumm und wartete darauf, dass ich meinen Gedanken weiter ausführte.

»Ich glaube, ich habe mir das mit ihr viel zu einfach vorgestellt.«

Alex ließ einen leisen Lacher von sich. »Einfach ist doch langweilig.«

Auch ich musste schmunzeln. »Wie blöd ich war, dass ich dachte, ich könnte sie so einfach wiedersehen. Dass ich dachte, ich könnte sie über die Briefe besser kennenlernen und voreilig ihr Vertrauen gewinnen.« Ehe ich weitersprach, hielt ich kurze Zeit inne und dachte an Dads Worte. Er hatte Recht, es fraß mich auf. Der Gedanke an Abbigail zerstörte mich – doch gleichzeitig tat er auch so gut.

»Sie *richtig* kennenlernen.«, fuhr ich fort. »Ich weiß nicht, woher dieses Gefühl plötzlich kommt, aber ich würde so gerne, die echte, die rohe Abbigail Wincester kennenlernen.«

Alex überlegte eine Zeitlang, griff dabei immer wieder in den warmen Sand und ließ ihn durch die Finger gleiten.

»Ich fühle mich wie der letzte Trottel, wenn ich sage, dass ich wissen will, was ihr größter Traum, ihre größte Angst und ihre größte Freude ist, an was sie als letztes denkt, wenn sie einschläft und was ihr als erstes durch den Kopf geht, wenn sie aufsteht. Ich will wissen, wer sie ist, wenn ihr niemand vorschreibt, wie sie zu sein hat.« Meine Wangen fingen Feuer, weil ich mich selbst so nicht kannte. Wenn es um Frauen ging, war ich meistens immer das kalte, herzlose Arschloch gewesen. Diese Gefühle waren mir vollkommen fremd. »Hast du dich auch schon mal so hilflos gefühlt?«, fragte ich Alex in der Hoffnung, ich wäre nicht alleine damit.

Er blickte mich durchdringlich an, dann presste er die Lippen aufeinander und wandte den Blick ab. »Nein«, hauchte er melancholisch. »Aber ich denke, diesen Zustand, in dem du dich so *hilflos* fühlst, nennt man auch verknallt sein.«

Ich ließ einen lautlosen Lacher von mir. »Ich kenne sie doch kaum.«

»Das ist doch dem Herz egal.« Alex festigte seinen Blick am Horizont, als würde er dahinten nach etwas suchen. Manchmal hatte er denselben sehnsüchtigen aber auch irgendwie traurigen Ausdruck wie Dad.

Wir schwiegen ein paar Minuten, saßen einfach nur da und genossen die Stille. Das einzige, was man hörte, waren die Schreie der vielen Möwen über uns, das sachte Rauschen der Wellen und die weitentfernten Stimmen der Touristen, die sich auf dem Steg tummelten.

»Ich denke«, begann er irgendwann nochmal, nachdem er sich aufrappelte und wieder einen entspannteren

Gesichtsausdruck einnahm. »diese Dinge von ihr kannst du nur persönlich kennenlernen.«

»Ich habe keine Chance, sie wiederzusehen. Das sagt sie selbst.«, hauchte ich enttäuscht und schüttelte den Kopf.

»Keine Chance gibt's nicht.«, schmunzelte er und boxte mir in die Seite. »Wo ist denn der motivierte Jake geblieben, der immer einen coolen Spruch auf den Lippen und für alles eine Idee hat?«

Fassungslos schüttelte ich den Kopf. »Er sitzt vor dir und bittet dich um Hilfe.«

Alex lachte. »Ich bin da, glaube ich, nicht der richtige Ansprechpartner.«

Als ich seufzte und nicht weiter reagierte, bedachte er mich eine Zeitlang, dann zuckte er mit den Achseln. »Warum fragst du nicht Michael?«

Ich hatte Alex bisher nur wenig von Michael erzählt, doch sie kannten sich scheinbar bereits vom Sport, wie er mir letztens berichtet hatte. Alex schien gut rumzukommen, - und das obwohl er doch eigentlich solch ein Einzelgänger war.

»Wie soll Michael mir da weiterhelfen, er hat schon genug um die Ohren.«, meinte ich und schüttelte den Kopf.

Ich wusste nicht viel über den Sohn von Bürgermeister Grogans Berater, doch was ich wusste, war, dass er jedes Mal, wenn ich ihn traf, unter Spannung und Zeitdruck stand. Es blieb nie viel Zeit für Plaudereien. Wenn wir uns verabredeten, um Briefe auszutauschen, war er meistens auf dem Weg zum Supermarkt, der Apotheke oder zur Uni. Das war offiziell der einzige Grund, warum er in die Stadt kam. Unsere Treffen waren natürlich immer nur zufällig…

»Soweit ich weiß, schwärmt Mr. Grogan regelrecht für ihn. Vielleicht kann er ein gutes Wort für dich einlegen.« , erklärte Alex optimistisch.

Ich blickte ihn ein paar Sekunden durchdringlich an, fragte mich, woher er all diese Dinge immer wusste. Schließlich legte ich mich seufzend zurück in die Sanddünen.

»Ja, vielleicht.«

Mein Bleistift fuhr über das cremeweiße Papier in meinem Schoß, als ich am frühen Abend mit einem Klappstuhl auf dem Steg saß und mich meinen Zeichnungen widmete. Vor mir lehnte meine Angelrute, die ich seit längerem mal wieder ausgepackt hatte, und wartete darauf, dass etwas anbiss. Normalerweise fuhr ich zum Angeln lieber mit dem Boot hinaus, doch Dad war kurz davor vom Leuchtturm zurück zu kommen und seine Schicht der Seewache zu beginnen. Seine Verletzung hatte sich die letzten Wochen nicht gerade verbessern können. Wie auch? Er sprang den ganzen Tag im Turm herum, stieg die Treppen mehrmals auf und ab und verbrachte die Nächte dazu auf dem wackeligen Boot. Sein Fuß würde somit niemals die Chance dazu haben, zu verheilen.

Die letzte Zeit hatte ich ihn leider nicht oft zu Gesicht bekommen – noch weniger als sonst. Er ging mir aus dem Weg, weil er der Situation von Abbigail aus dem Weg gehen wollte. Doch ich vermisste ihn und aus genau diesem Grund hatte ich mich heute mit meiner Angel am Steg positioniert – hier konnte er mir nicht entwischen, hier musste er lang.

Ich nahm meinen Block und hielt ihn mit Abstand vor mein Gesicht, dann musterte ich meinen zehnten Versuch, Abbigail nur aus meiner Erinnerung heraus zu portraitieren, – und zerknüllte ihn sofort wieder.

Portraits waren nicht meine Stärke und erst recht nicht von jemandem, dessen Gesicht immer weiter verblasste. In meiner Erinnerung sah ich sie deutlich vor mir, wusste noch genau, welche Farbe ihre Augen hatten oder dass ihre Haare dunkelblonde Strähnen besaßen. Doch sobald ich den Bleistift auf das Papier setzte, verschwand alles wieder.

Seufzend griff ich nach meiner Mappe, in der all meine Zeichnungen verstaut waren, und wühlte darin. Meeresungeheuer, -mythologien und Landschaftsbilder überwiegten hauptsächlich. Bloß drei Mal hatte ich mich an Portraits versucht. Das erste zeichnete ich, als ich in Dads Sachen ein Bild von Mum fand. Ich traute mich nicht, ihn danach zu fragen, weil ich keine alten Wunden aufreißen wollte, wusste aber auch, dass ich es nicht unbemerkt für mich behalten durfte. Damit ich aber trotzdem weiterhin ein Bild von ihr besitzen und wissen konnte, wie sie aussah, hatte ich mich an einem Portrait von ihr versucht, das - wie ich fand - gar nicht mal so schlecht getroffen war. Das zweite Portrait hatte ich von Alex angefertigt, als wir mal gemeinsam schweigend am Strang lagen und ich eigentlich die Promenade zeichnen wollte. Alex war zufällig mit im Bild, weswegen er auch dran glauben musste.

Ja, und das dritte war das schwierigste. Abbigail.

Ich wusste nicht, ob ich ihr ein Lächeln oder den kalten Ausdruck, den sie trug, als ich sie gerettet hatte, malen sollte. Wusste nicht, ob ich sie so glücklich abbilden sollte, wie sie sich selbst in den Briefen immer beschrieb, oder ob ich sie gebrochen, - aber gleichzeitig auch roh, ehrlich und wunderschön, - zeichnen sollte, wie ich sie nun mal kennengelernt hatte.

Ihr Bild von ihr war vollkommen verzerrt, denn ich wusste nicht, wer sie war. Und das traurige war, ich glaube, das wusste sie nicht mal selbst.

Das Holz knarzte unter mir, woraufhin ich hektisch herumwirbelte. Dad war auf den Steg getreten und humpelte etwas verhalten auf mich zu. Als sich unsere Blicke trafen, wandte er seinen kurz ab. Dann bemühte er sich eines lockeren, coolen Dad-Lächelns.

»Und?«, fragte er und deutete auf meine Angel. »Schon was am Haken gehabt?«

Ich schüttelte schmunzelnd den Kopf. »Leider noch nicht.«

Mühsam versuchte er, seine vollgepackte Tasche auf das Boot zu hieven.

»Warte, Dad. Ich helfe dir!«, sagte ich und sprang auf.

Dad ignorierte mein Hilfsangebot und verfrachtete die Tasche mit schmerzerfülltem Gesichtsausdruck aufs Deck. Dann wandte er sich wieder an mich.

»Ich schaff das schon selbst, mein Junge.«, meinte er vollkommen außer Atem.

Ich seufzte. »Du solltest dich mehr schonen.«

Er ging nicht weiter drauf ein, deutete stattdessen auf meine vielen Zeichnungen. »Darf ich?«

Erschrocken zog ich die Luft ein und beließ sie angespannt in meinen Lungen. Dad hatte sich einen meiner vielen Versuche, Abbigail zu malen, gekrallt. Von jetzt auf gleich verschwand sein Lächeln. Er musterte sie andächtig, dann presste er die Lippen zusammen und legte die Zeichnung zurück auf den Steg.

»Wie geht es ihr?«, fragte er zu meiner Überraschung.

»Ehm ich … ich glaube, ganz gut.«, stammelte ich, weil ich auf eine solche Frage nicht vorbereitet war.

Dad bemerkte die Lüge, die ich ihm auftischte. Die Lüge, die Abbigail mir schon seit zwei Wochen auftischte.

»Wir schreiben viel.«, erzählte ich ihm weiter. »Ich weiß, du hörst das nicht gerne, aber ich würde sie wirklich unglaublich gerne wiedersehen.«

Dad durchforstete meinen hoffnungsvollen Blick besorgt, als würde ich von einem Traum sprechen, der niemals in

Erfüllung gehen könnte. Dann seufzte er. »Ich möchte nur, dass es dir gut geht.«

»Ich weiß.« Um meinem Verständnis ihm gegenüber Nachdruck zu verleihen, trat ich einen Schritt näher. »Ich weiß, Dad. Ich passe auf mich auf, versprochen.«

Er bedachte mich noch eine Zeitlang. Irgendwann flog ein trauriges Schmunzeln über seine Lippen, das irgendwie so wirkte, als wüsste er, dass ich nicht auf mich aufpassen konnte. Dass ich niemals auf mein Herz aufpassen könnte.

Schließlich nickte er und drehte sich dann zum Boot um. Mühsam stieg er an Deck und löste die Leinen.

»Hey, Dad.«, rief ich nochmal durch das Brüllen des Motors, dann deutete ich auf die Angel. »Wenn ich was an den Haken bekomme, können wir dann morgen Abend mal wieder zusammen essen?«

Lange war es her, dass wir gemeinsam gegessen hatten. Das letzte Mal war an dem Abend gewesen, bevor ich Abbigail aus dem Wasser gezogen hatte. Seitdem hatte sich Dads Verhalten nochmal verschlimmert und auch ich war mehr mit Briefeschreiben beschäftigt gewesen. Eine ordentliche Unterhaltung hatte es zwar noch nie wirklich groß bei uns gegeben, doch ich vermisste es, einfach mal ein paar Stunden nur mit ihm zu verbringen.

Er verzog das Gesicht. Noch bevor er den Mund öffnete, wusste ich, was er sagen wollte. »Tut mir leid, Jake, ich denke ich schaffe es nicht. Ich muss arbeiten und esse dann im Turm. Vielleicht nächste Woche?«

Das musste er doch immer …

Meine Uhr zeigte 09:55 Uhr in der Früh, als ich am nächsten Tag die Tische im *Mace & Grace* wischte und für den Tag vorbereitete. Immer wieder warf ich einen Blick nach draußen, beobachtete das Geschehen auf der Straße, die schon recht voll war. Ich hatte mich für kurz nach zehn mit Michael hinter dem Restaurant verabredet, bevor er in seine Vorlesung fuhr. Meine Antwort an Abbigail steckte in meiner Gesäßtasche. Immer wieder fuhr ich mit der Hand drüber, um sicher zu sein, dass ich sie auch nicht verloren habe.

Um fünf nach zehn betraten die ersten Gäste für einen Kaffee das Diner. Genau in dem Moment sah ich Michaels Wagen um die Ecke biegen und hinter das Haus fahren.

»Hey Robert, kannst du bitte Mal übernehmen?«, rief ich meinem Kollegen zu und versuchte unauffällig in die Küche zu stürmen.

Im Hinterhof war zum Glück niemand zu sehen. Michael hatte seinen Wagen am Straßenrand geparkt und kam zu Fuß um das Haus gelaufen. Er trug einen braunen Anzug und hatte seine Haare in einen Seitenscheitel gelegt. Wahrscheinlich auf Anweisung seines Vaters.

»Hey«, begrüßte er mich, noch bevor er bei mir ankam. »Ich habe nicht viel Zeit.«

Nervös blickte er sich im Hof um. Sein Blick war stählern wie so oft. Ich griff nach dem Umschlag in meiner Hose und reichte ihn ihm. Er betrachtete ihn kurz schmunzelnd, dann steckte er ihn in die Innenseite seines Jacketts. Gerade als er gehen wollte, dachte ich an Alex Worte.

»Hey, Michael« Er stoppte, drehte sich dann auf halbem Weg wieder um. Unsicher fuhr ich mir durchs Haar und verzog ein unschlüssiges Grinsen. »Denkst du, du kannst mir helfen, sie wiederzusehen?«

Er stockte, blickte mich verwirrt an. »Wie soll ich dir da helfen?«

»Ich habe gehört, dass Mr. Grogan dich gern hat und-«

»Shit!«, zischte er und raufte sich wütend die Haare. »In diesem Kaff spricht sich echt alles herum! Erwarten jetzt etwa alle, dass Abby und ich heiraten?! Das können sie vergessen!«

»Nein, ich-«, stammelte ich, dann verstummte ich wieder und ging seine Worte nochmal durch. »Warte«, sagte ich und trat einen Schritt näher, während er sich weiterhin kopfschüttelnd aufregte. »Deswegen mag ihr Onkel dich so. Er erwartet, dass du mit ihr zusammenkommst?«

Michaels Blick zappte wütend in meine Richtung. »Bürgermeister Grogan mag mich nicht. Bürgermeister Grogan mag niemanden. Nur sich selbst und seinen Ruf und wenn es seinem Ruf weiterhilft, ja, dann möchte er und auch mein Vater, dass Abbigail bei einem *Akademiker mit Niveau* untergebracht ist.«

»Wow«, hauchte ich geschockt, doch warum eigentlich. Mich wunderte nichts mehr bei diesem Mistkerl. »Das habe ich nicht gewusst.«

»Das hast du nicht gewusst? Woher wusstest du dann, dass er mich mag?«, fragte Michael skeptisch nach.

»Von einem Freund, ist ja auch egal.«, winkte ich ab, woraufhin auch er sich seufzend übers Gesicht fuhr. »Denkst du nicht, du könntest diese Sympathie nutzen, um ein Treffen mit mir und Abbigail zu organisieren?«

»Wie stellst du dir das vor?«, fragte er belustigt. »Hey, Mr. Grogan! Ich weiß, sie wollen mich für Ihre Nichte, aber Jake will sie haben. Ich lass ihm gerne den Vortritt.«

»Ich will sie nicht *haben.*«, meinte ich, weil dieser Ausdruck so abwertend klang. »Ich möchte sie sehen, ich möchte sie kennenlernen.«

»Wenn ich dich erwähne, dann wird das Abbigails Untergang sein.«, antwortete er und presste die Lippen aufeinander. »Dann weiß er Bescheid, dass ihr irgendwie Kontakt habt. Dann wird er Abbigail für immer in ihrem Zimmer einsperren.«

»Du sollst mich doch auch nicht erwähnen!«, schnitt ich ihm das Wort ab und trat einen Schritt näher. Jetzt war er aufmerksamer. »*Du* sollst mit Abbigail ausgehen!«

Er lachte spottend. »Was bringt es dir, wenn ich mit ihr-« Sein Gesicht klärte sich, als er merkte, was ich vorhatte. Schützend hob er die Hände vor die Brust und trat kopfschüttelnd ein paar Schritte rückwärts. »Auf keinen Fall!«

»Bitte, Michael!«, flehte ich.

»Nein, Jake. Ich stecke da schon viel zu tief mit drin. Lasst mich da raus!« Michael drehte sich zum Gehen um und entfernte sich von mir. Doch ich war noch nicht fertig.

»Ach komm schon!«, rief ich und lief ihm hinterher. »Erzähl mir nicht, dass du nicht auch mal dankbar für ein paar Stunden wärst, in denen du das machen kannst, was du willst, und den sehen kannst, wen du willst!«

Er stockte, ich machte es ihm gleich. Andächtig legte er den Kopf zur Seite, sodass ich sein Profil zu Gesicht bekam. Sein Kiefer zuckte wie wild, so nervös und unschlüssig war er. Für kurze Zeit bekam ich die Hoffnung, dass er es sich überlegen könnte, doch dann schüttelte er entschlossen den Kopf.

»Ich bringe dir Abbigails Antwort erst am Sonntag. Sagen wir so gegen 18 Uhr hinterm Supermarkt.«, sagte er sachlich und wartete auf meine Antwort.

Seufzend ließ ich die Schultern hängen und wandte mich zum Gehen. »Bis dann.«

Das Autokino lag im Nachbarort Kings Bay, 15 Minuten vom Stadtinneren und 25 Minuten von Zuhause entfernt. Vor der Einfahrt zur Kasse bildete sich eine große Schlange. Zum Glück hatte Nino schon Wochen vorher Karten besorgt und ich durfte sofort passieren. Ich parkte etwas abseits des Geschehens und hielt nach Ninos Wagen Ausschau. Er besaß einen uralten SUV mit großer Lagefläche, auf der wir uns gerne zur Filmvorstellung mit den Mädels niederließen. Unter den vielen Wagen und in der Dämmerung konnte ich kaum etwas erkennen, bemühte mich aber auch nicht sonderlich, weil ich ehrlich gesagt gar keine Lust auf diesen Abend hatte. Doch ich hatte es Nino nun mal versprochen. Er freute sich seit Anfang des Jahres auf den neuen Film *Terminator* und eigentlich hatte dieser Actionthriller auch mein Interesse geweckt, doch seit dem Gespräch mit Michael gestern war meine Stimmung endgültig im Keller. Wenn er mir nicht helfen wollte, dann würde ich Abbigail nie wiedersehen können, was hieß, dass ich sie mir wohl oder übel aus dem Kopf schlagen musste.

Seufzend schwang ich mich aus dem Wagen und machte mich auf die Suche nach meinem Freund. Aus den Lautsprechern ertönte leise *When Doves Cry* von Prince, - ein Sänger, mit dem ich Nerv-tötendes Frauengekreische verband und ihn daher irgendwie gar nicht leiden konnte. Zum Glück ging seine Stimme aber bei der Lautstärke der Menschenmasse unter. Ich bahnte mich zwischen verschiedenen Grüppchen und den engstehenden Autos hindurch. Die meisten waren in meinem Alter, nur ein paar der älteren Generationen tummelten sich am Rande des Geschehens.

Als ich an einer Gruppe saufender Teenager vorbeikam, entdeckte ich Ninos Motorhaube und beschleunigte meinen Schritt. Die Ladefläche zeigte in die andere Richtung, ich konnte ihn also nicht sehen, doch er wartete dort sicherlich bereits mit Ann auf mich.

»Mann Nino, du hättest echt mal am Eingang warten können, ich hab euch-«, rief ich genervt durch die Lautstärke des Geschehens, stockte aber, als ich um den Wagen trat und dort weder Nino noch Ann entdeckte.

Nein, Sofie hatte es sich dort gemütlich gemacht und rappelte sich aufgeregt auf, als sie mich entdeckte.

»Sorry«, stammelte ich verwirrt und blickte mich um. »Wo ist Nino?«

Sie deutete in Richtung Kiosk. »Er und Ann holen sich noch etwas zu trinken.« Schließlich schenkte sie mir ein verhaltenes Lächeln und klopfte auf die Seite neben sich. »Das letzte Mal ist nicht gut verlaufen. Setz dich doch zu mir, dann fangen wir neu an.«

Meine Stimmung fiel tiefer und tiefer, je mehr ich realisierte, wie der heutige Abend schon wieder aussehen würde. Ich hatte Nino gebeten, mit Ann zu reden. Ich hatte ihn gebeten, Sofie nicht einzuladen. Dafür hatte ich jetzt echt keinen Kopf mehr.

Seufzend fuhr ich mir übers Gesicht und entschloss mich dazu, zu gehen. Wenn er seine Versprechen nicht halten konnte, hielt ich meines eben auch nicht.

»Okay, sag Nino, dass-«

»Sag es mir doch einfach selbst.« Nino klopfte mir lachend auf die Schulter und verfrachtete drei Milkshakes und ein Sixpack Bier auf der Ladefläche. Dann wandte er sich wieder an mich. »Was gibt's?«

Fassungslos schüttelte ich den Kopf, packte dann seinen Arm und zog ihn vom Wagen weg. »Was macht Sofie hier?«

Er löste sich von mir und hielt sich schützend die Hände vors Gesicht. »Bleib mal ruhig, Jake.«, antwortete er. So locker Nino auch mit meinen Stimmungsschwankungen umging, ging auch er langsam immer mehr in Abwehrhaltung. »Was ist denn in letzter Zeit mit dir los, Mann?«

Ich verdrehte genervt die Augen. »Nichts ist los!«

»Mann Jake, ich bin dein bester Freund. Warum erzählst du mir nichts?«

Ich seufzte lautstark und blickte mich einmal auf dem Parkplatz um. »Du würdest es sowieso nicht verstehen!«

»Was nicht verstehen? Ich bin nicht blöd, Jake.«, zischte er und schubste mich wütend an der Schulter.

Langsam wurde ich richtig wütend und verlor meine Geduld. Dies hier war wirklich der falsche Zeitpunkt, um ihm von Abbigail zu erzählen. Wenn es da überhaupt noch etwas zu erzählen gab.

»Nino, ich habe nur gefragt, warum Sofie hier ist. Du hattest versprochen, dass sie zuhause bleibt!«

»Werde verdammt nochmal erwachsen, Jake!«, lachte er spottend, woraufhin mein Blutdruck in die Höhe stieg. »Sofie ist Anns beste Freundin. Ich habe es versucht, aber jetzt ist es nun mal so. Warum kannst du damit nicht sachlich umgehen?!«

Ich lachte. »Ach, so wie du immer mit allem sachlich umgehst?!«, zischte ich und trat einen Schritt näher. »Erzähl mir nichts vom Erwachsenwerden, wenn es sich bei dir immer nur um Partys und Weiber dreht! Ich meine, denk *du* doch mal ans Erwachsenwerden und daran, etwas aus deiner Zukunft zu machen, anstatt bei deinem Vater in der Fabrik zu versauern.«

Ninos Wut wich einem enttäuschtem Gesichtsausdruck, bei dem mir sofort eine Gänsehaut den Rücken runterlief. So hatte ich das nicht gemeint.

»Weißt du, Jake.«, begann er ruhig aber gleichzeitig auch so angespannt., dass ich das Gefühl bekam, gleich eine von ihm verpasst zu bekommen. Ehe er weitersprach, presste er die Lippen aufeinander, hob den Finger und bohrte ihn in meine Brust. »Manche können es sich leider nicht anders aussuchen. Ja, ich werde niemals viel mit meinem Job verdienen können, aber im Gegensatz zu dir weiß ich wenigstens genau, was ich will und wie ich das auch bekomme. Lern du erstmal, wie du mit deinen Gefühlen umzugehen hast. Mir scheint es, als hättest du keinen blassen Schimmer, wie das geht.«

Mit diesen Worten drehte er sich zurück zum Wagen, von dem aus Ann und Sofie uns überrascht beäugten. Sie hatten das Spektakel mitbekommen. Super, schlimmer würde mein Wochenende nicht werden können.

Wütend stapfte ich zurück zu meinem Wagen, fischte meine Schlüssel aus der Tasche, ließ sie dann aber fallen, was mir den letzten Rest gab.

»Scheiße!«, brüllte ich und bückte mich nach ihnen, da machte ich zwischen den Büschen eine Bewegung aus.

»Jake?« *Das konnte nicht wahr sein.*

XVI

Abby

Die tiefstehende Abendsonne warf ihre Strahlen in mein Zimmer und stieß gegen die Oberfläche meines Spiegels, in dem ich mich mit zusammengekniffenen Augen betrachtete. Jae schnürte die Schleife meines Kleides am Rücken und straffte dann den Rock. Dabei summte sie fröhlich ein Lied, das ich nicht kannte, sicherlich aber tagein und tagaus im Radio lief. Im Gegensatz zu mir schien ihre Stimmung heute gut zu sein, sie durfte ja auch früher Feierabend machen und aus dieser Hölle verschwinden, sobald Michael und ich weg waren.

Vorsichtig berührte ich die mit Rouge bedeckten Wangen und fuhr mir über das zurecht gemachte Haar. So schön hatte ich mich lange nicht mehr gefühlt und trotzdem erfüllte mich der Grund, weshalb ich so aufgetakelt war, mit allen anderen Gefühlen als mit Glück. Seit Michael meinen Onkel um ein Date mit mir gebeten hatte, verstand ich die Welt nicht mehr. Klar, Hughs Freude stand seither in den Wolken und natürlich freute auch ich mich, endlich mal aus diesem Haus raus zu dürfen, doch verstehen tat ich es trotzdem nicht.

Hatte Michael unsere letzte Zeit falsch gedeutet? Hatte er Gefühle entwickelt, weil wir uns nun so gut verstanden? Das konnte ich mir irgendwie nicht vorstellen. Sein Lächeln war so gezwungen, als er mich gestern Abend um ein Date gebeten hatte. Ich erkannte mittlerweile gut, wenn er sich ehrlich freute oder seinem Vater und Hugh nur etwas vorspielen wollte. Doch was war es dann?

»Schau mich mal an.«, bat Jae, woraufhin ich mich zu ihr umdrehte. Andächtig zog sie mir eine Strähne aus dem Gesicht und lächelte dabei. Dann schnappte sie sich das altmodische Tuch, das Hugh mir hingelegt hatte, und band es mir über den Kopf. Als ich mich zurück zum Spiegel drehte, sah ich aus, als wäre ich direkt aus den 60ern entsprungen. Mein apricotfarbenes Kleid war hochgeschlossen und besaß einen ausgestellten Rock, der meine Knie bedeckte. Dazu trug ich beige Lackballerinas. Hugh hatte mir dieses Outfit für eine Cocktailparty mit Kollegen aus dem Stadtrat gekauft, zum Tragen kam ich aber nie, da ich mich damals *unerhört* benommen hatte und letztendlich auf meinem Zimmer bleiben musste.

Es war hübsch... aber irgendwie nicht *ich*. Oder?

Jae führte mich in den Eingangsbereich, wo Michael, Ralf und Hugh sich bereits unterhielten. Sie hatten den ganzen Tag mit dem Stadtrat im Bürgerbüro gearbeitet, während ich mit meinen Lehrern beschäftigt gewesen war. Nun waren Ralf und Hugh zurückgekehrt, um ihre Arbeit und das Dinner hier fortzusetzen, und auch Michael war bereit zum Aufbrechen.

Hugh trat vor mich und legte die Hände auf meine Schultern. Dann richtete er das Tuch um meine Haare.

»Das hat deiner Mutter gehört.«, hauchte er und für eine Sekunde bekam ich das Gefühl, dass er sie vermisste. Dass Hugh wirklich im Stande war, so etwas wie Liebe und Trauer zu fühlen.

Doch im nächsten Moment huschte schon wieder die alltägliche Strenge über sein Gesicht. »Also verlier es nicht!«

Er wandte sich von mir ab, um sich an Michael zu richten. In seiner Hand trug er eine Taschenuhr. »Du bringst Abbigail um 22 Uhr zurück. Mr. Bucket begleitet euch, er wird vor dem Restaurant auf euch warten.«

Michael nickte. »Selbstverständlich.« Dann reichte er mir seine Hand, die ich zögernd entgegennahm, und führte mich nach draußen.

Ein letzter Blick die Eingangsstufen hoch, verriet mir, dass Hugh uns erfreut aber auch skeptisch bedachte. Irgendwie fühlte es sich seltsam an, diese Freiheit wieder zu besitzen. Mit jedem Schritt, den ich mich vom Haus entfernte, bekam ich das Gefühl, etwas Verbotenes zu tun, auch wenn Hugh es mir erlaubte.

»Findest du es nicht auch komisch?«, flüsterte ich, als wir uns in seinem Wagen niederließen. Seit dem Tag von Davids Tod war dies das erste Mal, dass ich auf der Vorderbank sitzen durfte.

»Was meinst du?«, fragte er und startete den Motor.

»Naja, ich hätte gedacht, dass Hugh mich nicht so einfach gehen lässt. Dass er es dir irgendwie schwerer macht.«

Michael lachte, dann fuhr er aus der Einfahrt. Sofort bekam ich eine Gänsehaut, weil wir uns vom Anwesen entfernten.

»Naja, so einfach hat er es mir nicht gemacht.«, meinte er. »Er hat mir den ganzen Tag Vorschriften gemacht, das Restaurant ausgesucht, Mr. Bucket uns zum Babysitten hinterhergeschickt. Ich muss dich die ganze Zeit im Auge behalten. Sollte dir etwas zustoßen oder solltest du *verloren gehen*-« Michael hob die Hände vom Lenkrad und formte zwei Gänsefüßchen in die Luft. Mit *verloren gehen* meinte Hugh *abhauen*. »dann macht er mich dafür verantwortlich und ich werde die Konsequenzen tragen müssen.«

Ich seufzte und blickte in den Rückspiegel. Mr. Bucket war dicht hinter uns. »Er wird mir nie mehr vertrauen.«

»Er vertraut niemandem. Er vertraut nur darauf, dass ich alles dafür tun werde, dass du nicht verloren gehst, weil mein Vater sonst seinen Job verliert.«

Ich warf den Blick zwischen die dichten Bäume am Wegesrand, durch die ich vor einem Monat meinen gescheiterten Fluchtversuch angetreten hatte. Mir kam es vor, als wäre seitdem schon ein ganzes Jahr vergangen, als würde ich mit Jake schon ein ganzes Jahr lang Briefe austauschen und ihn schon richtig gut kennen. Und doch war ich immer noch skeptisch und hatte Angst davor, er würde es nicht gut meinen.

»Michael?«, durchbrach ich die Stille, als wir langsam die Stadt erreichten. Er drehte den Kopf in meine Richtung, hielt den Blick aber weiterhin auf die Straße gerichtet. »Warum tust du das?«

Seine Lippen formten sich zu einem allwissenden Grinsen. Trotzdem machte er auf nichtsahnend. »Was meinst du?«

»Na das« Ich deutete auf uns beide und warf den Blick auf die Straße, die sich langsam füllte. Hier unten in der Stadt war deutlich mehr los als bei uns oben. »Warum plötzlich das Date? Und warum grinst du so breit?«

Michael kam an einer roten Ampel zum Stehen. Ich blickte in die Autos neben uns, fragte mich, was die Menschen darin für ein Leben führten. Ob es besser war als meines? Bestimmt.

»Okay Abbigail, du hörst mir jetzt genau zu.« Michael nutzte die Zeit an der Ampel und lehnte sich zu mir rüber. »Ich habe mit Jae ausgemacht, dass wir sie im Restaurant treffen. Wir werden sofort wieder aus der Hintertür verschwinden und ich bringe dich dann mit ihrem Auto zu Jake.«

Ich folgte seinen Worten, verstand aber keines davon. »W-Was?«, stammelte ich, während ich die vielen verwirrenden Infos verarbeitete. »Jae? Jake?«

Die Ampel sprang auf Grün und Michael widmete sich wieder der Straße. »Ich weiß, wie verwirrend es für dich ist«, sprach er weiter mit dem Blick auf die Straße gerichtet. »Jae und ich mögen uns.«

Seine Wangen fingen Feuer und auch meine Lippen formten sich zu einem erfreuten Lächeln. Dann zuckte er mit den Schultern. »Bisher konnten wir uns nie länger als ein paar Minuten sehen. Ich habe einfach meine Chance ergriffen.«

Langsam begann ich zu verstehen. Michael wollte sich mit Jae treffen und dachte, dass auch ich mich mit Jake treffen wollte. Doch wollte ich das überhaupt? Ich hatte es nie in Betracht gezogen, dass dies möglich wäre. Panik machte sich in mir breit. Ich bekam Angst, etwas falsch zu machen, Angst, er könne es nicht gut mit mir meinen, Angst, nicht gut genug zu sein.

»Aber«, stammelte ich unsicher. »Ich kenne Jake doch gar nicht, ich weiß nicht, ob ich das kann.«

Michael parkte vor einem noblen Restaurant. Ein Blick in den Rückspiegel verriet mir, dass auch Mr. Bucket zum Stehen gekommen war.

Panisch schüttelte ich den Kopf. »Nein, Michael. Nein, ich kann das nicht.«

Seine Hand legte sich auf meine und ich zuckte zusammen. »Abbigail«, versuchte er mich zu beruhigen, doch ich schüttelte meinen Kopf weiter und weiter. »Abbigail beruhige dich.«

»Was ist, wenn er mich gar nicht so sehen will? Wenn er mich anders in seinen Vorstellungen sieht? Was ist, wenn er mich persönlich gar nicht so mag wie über die Briefe?«

Michael packte mein Gesicht und brachte meinen Kopf zum Stehen. »Das wirst du nie herausfinden, wenn du es nicht versuchst.«

»Vielleicht ist es besser, wenn ich es nicht herausfinde.«

Er schmunzelte. »Möchtest du ihn gar nicht sehen? Willst du denn gar nicht wissen, wie es ist, *selbst* etwas zu erleben, anstatt immer nur davon erzählt zu bekommen? Ich weiß, dass du ihn magst.«

Mein Herz machte einen Sprung, purzelte aber dann wieder zu Boden. Ja, ich wollte Jake sehen, doch die Angst in meinem Inneren war größer als dieser Wille.

Michael spürte das und presste die Lippen aufeinander. »Ich kenne Jake mittlerweile gut genug, um zu wissen, dass er dich niemals verletzen würde.«

Ich glaubte ihm, und tief im Inneren wusste ich es auch irgendwie selbst. Ich wusste, dass Jake durch und durch gut war, ich wusste, dass er mich mochte und dass auch ich ihn mochte. Doch ich war nun mal nicht darauf trainiert, zu vertrauen. Ich wusste nicht, wie das ging, egal, wie sehr ich es auch wollte.

»Ich habe einfach Angst, Michael.«, hauchte ich erschöpft und schloss die Augen.

Michael ließ von mir ab und lehnte sich seufzend in seinen Sitz. Eine Zeitlang starrte er vor sich ins Leere und überlegte. Irgendwann öffnete er den Mund und holte gedankenversunken zum Reden aus. »Ich hatte leider nie viel mit deinem Bruder zu tun.«

Mein Blick zappte in seine Richtung, doch Michaels Körper blieb in derselben Position.

»Nur einmal hat er mitbekommen, wie dämlich ich mich vor Jae verhalten habe.« Ein beschämtes Lachen huschte über sein Gesicht. »Ich wollte ein Gespräch mit ihr beginnen und hatte sie gefragt, was sie bei dem schönen Wetter noch macht. Dabei hatte ich aber vollkommen vergessen, dass sie bis zum Abend arbeiten musste und von der Sonne leider nicht viel mitbekam. Sie hatte nur den Kopf geschüttelt und war aus dem Raum geflüchtet.«, erzählte er andächtig. Ehe er weitersprach, wandte er mir den Blick zu. »David hatte alles mitbekommen und gemeint, beim nächsten Mal wird es besser. Für mich war die Sache dann eigentlich schon erledigt, ich wollte aufgeben, ich hatte Angst, nochmal etwas Falsches zu sagen. Weißt du, was David gemacht hat?«

Ich schüttelte den Kopf.

Michael schmunzelte. »Er hat einfach gelacht. Aber nicht, weil er mich verspottete, sondern weil der Gedanke, so schnell aufzugeben und in seiner eigenen Angst unterzugehen, für ihn komplett absurd war. Für ihn gab es kein Aufgeben, er glaubte fest daran, dass wenn man etwas wirklich will und daran festhält, man alles erreichen kann.«

Tränen fluteten meine Sicht. Ich erinnerte mich an den Optimismus meines Bruders. Er hatte mir jahrelang Kraft gegeben, ich hatte ihn immer dafür bewundert.

Michael schüttelte den Kopf. »Ich dachte mir, wenn sogar David nicht aufgeben will – trotz seiner Krankheit, trotz seiner Lebenssituation – wer bin ich dann, dass ich wegen so etwas in Angst versinke?«

Er fuhr sich übers Gesicht, als müsse auch er sich zusammenreißen, nicht in Trauer zu versinken. Nach ein paar tiefen Atemzügen wandte er sich wieder an mich. Dann lächelte er.

»David würde nicht wollen, dass du dich versteckst. Er würde wollen, dass du jede Chance ergreifst, die man dir gibt, und damit jeden Tag zu etwas Besserem machst. Verstehst du?«

Ich nickte und nickte, weil ich wusste, dass Michael Recht hatte. Wäre David bei mir, hätte er mir schon tausend Mal erzählt, wie schön das Leben sein kann, wenn wir es nur wollen, wenn wir etwas daraus machen und wenn wir aus jedem Moment das Gute schöpfen. Mein Herz pochte wie wild, die Augen brannten so stark, dass ich sie zusammenkneifen musste.

»Er fehlt mir so.«, schluchzte ich. Dabei fiel mir auf, dass ich meine Trauer seit seinem Tod zum ersten Mal jemandem anvertraute – und es tat so gut. Ich vertraute Michael, vielleicht konnte ich es dann auch schaffen, Jake zu vertrauen.

Michael nahm mich in den Arm und strich mir über den Hinterkopf. »Ich weiß«, flüsterte er. »Aber du musst immer daran denken, dass er nicht weg ist. Er ist immer noch bei dir, du bist nicht alleine. Er begleitet dich.«

Mit seinen Worten löste ich mich aus seinen Armen und versuchte mich zu fassen. David war bei mir und David würde nicht wollen, dass ich in Trauer versank. Hastig klappte ich den Spiegel des Beifahrersitzes herunter und trocknete meine Wangen, ehe ich mehrere Male tief durchatmete. Dann fasste ich all meine Kraft, all meinen Willen und all meinen Mut und nickte.

»Okay«, hauchte ich. »Kann los gehen.«

Die Vorderseite des Restaurants zierte eine große Fensterfront. Mr. Bucket konnte also die ganze Zeit reinschauen, was die Sache etwas erschwerte. Wie es aussah, war er aber selbst gut mit seiner Zeitung beschäftigt und schien nicht die Intention zu haben, öfters nach uns zu schauen. Jae saß in einer kleinen Nische in der hintersten Ecke des Restaurants mit dem Rücken zum Eingang. Die Lehne der Bank war hoch genug, sodass man nur einen kleinen Teil ihres Hinterkopfes sah. Ich ließ mich neben ihr nieder, woraufhin sie tiefer in den Sitz rutschte und hinter der Lehne verschwand. Auf Anweisung von Michael gab ich ihr mein Kopftuch, das sie sich überzog, damit Mr. Bucket ihren Hinterkopf mit dem meinen verwechselte. Michael sprach mit dem Kellner und gab ihm Geld, damit er uns zur Hintertür führte. Auf Michaels

Zeichen hin huschte ich in den dunklen Gang, in dem es zu den Toiletten und scheinbar auch zum Hinterausgang ging. Dann wartete ich darauf, dass auch Michael hinterherkam. Von hier aus beobachtete ich ihn und Jae ein wenig. Etwas unsicher fasste er über den Tisch hinweg nach ihrer Hand. Jaes Wangen fingen Feuer, sie wandte den Blick ab und versuchte ihr breites Grinsen zu verstecken. So glücklich hatte ich sie noch nie erlebt und mit ihrem Anblick wurde auch mir ganz warm. Wie wichtig sie für mich waren, merkte ich erst mit der Freude, die ich für die beiden verspürte. Sie verdienten nur das Beste.

Michael gab Jaes Hand einen letzten Kuss, dann warf er einen Blick nach draußen zu Mr. Bucket und erkannte, dass Hughs Chauffeur uns wenig Beachtung schenkte. Wo sollten wir in diesem Restaurant auch hin verschwinden? Hughs Angestellte waren längst nicht so misstrauisch wie er selbst.

Michael stand auf und kam zu mir, dann packte er mich am Arm und folgte mit mir dem Kellner durch einen Aufenthaltsraum der Mitarbeiter. Eine dicke Glastür führte uns in den Hinterhof, in dem die Lieferanten des Restaurants parkten. Ein kleiner roter Corsa stand am Rande der Einfahrt zum Hof, auf den Michael schnurstracks zusteuerte. Während er am Sitz hantierte und Jaes Einstellungen zunichtemachte, versuchte ich mich zu beruhigen. Ich spürte eine Mischung aus Vorfreude, Aufregung und Angst und dieses Gemisch konnte sich ganz schnell in Panik umwandeln. Ich durfte nicht durchdrehen.

Michael warf einen Blick auf seine Armbanduhr. »Halb sieben«, las er ab und startete den Motor. »Jetzt müssen wir nur noch rausfinden, wo Jake heute ist.«

Ich wirbelte herum. »Jake weiß gar nichts davon?!«

Michael winkte ab. »Doch, es war seine Idee, ich hatte nur erst verneint. Er rechnet also nicht mehr damit.«

Oh Gott! Er erwartete mich gar nicht. Wahrscheinlich hatte er mittlerweile bessere Pläne, wahrscheinlich würde ich ihn dabei nur stören.

»Beruhige dich, Abbigail.«, bat mich Michael, weil er meine panische Schnappatmung bemerkte. »Wir haben nicht viel Zeit, ich kann nicht zu lange wegbleiben, sonst schöpft Mr. Bucket noch Verdacht.« Langsam fuhr er auf die Straße und entfernte sich vom Restaurant. Adrenalin strömte durch meine Adern, weil ich ganz genau wusste, was passieren würde, wenn Hugh davon erfuhr. Wenn Hugh wüsste, wo ich mich rumtrieb und was ich vorhatte. *Oh Himmel!*

»Du musst mir jetzt helfen.«, bat mich Michael. »Hast du eine Idee, wo er sein könnte? Hat er mal etwas geschrieben? Was macht er an einem Samstagabend sonst so?«

Ich schloss die Augen und versuchte mich zu erinnern. Was machte er Samstagsabends? Bisher waren seine Pläne immer unterschiedlich gewesen. Manchmal arbeitete er, manchmal war er zuhause, manchmal ging er mit seinem Freund Nino aus.

»Ich weiß es nicht.«, hauchte ich außer Atem und öffnete die Augen.

»Denk nach!« Michael fuchtelte mit den Händen. Auch ihm konnte man die Angst deutlich anmerken, ihm ging es ähnlich wie mir.

Er kam an einer Ampel zum Stehen. Große Reklamebilder zierten die Kreuzung. Eine Sängerin namens Pat Benatar gab ein Konzert in Jacksonville, ein Arcade Spiel mit dem Namen *Kung-Fu Master* wurde beworben und der Film *Terminator* kam heute in die Kinos. Ich starrte eine Zeitlang auf den Namen, versuchte mich zu erinnern, wo ich ihn schon mal gelesen hatte. *Terminator,* wiederholte ich in meinem Inneren, als Michael wieder losfuhr. *Neuer Film, Nino, Autokino!*

»Er ist im Autokino!«, brüllte ich plötzlich ganz euphorisch durchs Auto und erinnerte mich an einen Brief vor einer Woche. »Er schaut sich *Terminator* an!«

Michael warf erneut einen Blick auf seine Uhr. »Okay, die Filme beginnen immer erst um sieben. Wir sind also nicht zu spät.«

In einem Moment blickte er in den Rückspiegel, dann drehte er das Lenkrad einmal herum und bog so hektisch ab, dass ich zur Seite rutschte. Die Autos hinter uns hupten und beschwerten sich, doch Michael hielt sein Tempo. Ängstlich klammerte ich mich an die Autotür und rutschte noch tiefer in den Sitz. Einen Blick zu Michael verriet mir, dass er im vollkommenen Tunnelblick war. Er wollte die Sache ganz schnell hinter sich bringen. Bei seiner turbulenten Fahrweise vergaß ich vollkommen, weshalb ich wirklich aufgeregt war. Ich vergaß, dass ich in wenigen Minuten Jake gegenüberstehen würde, dass Michael mich mit ihm alleine ließ und ich dafür jahrelang bestraft werden würde, würde Hugh etwas davon erfahren. Nein, im Moment konzentrierte ich mich nur darauf, nicht durch das Auto zu purzeln.

Nach ein paar weiteren genickbrechenden Kurven waren wir schließlich auf einer ebenen, langen Landstraße und ich konnte langsam durchatmen. Neben mir breitete sich das Meer aus, woraufhin ich staunend die Nase gegen das Fenster drückte. Ich beobachtete jede Welle, durchsuchte jede Ecke des Strandes, als könnte ich darin meinen Bruder finden. Doch das Meer war heute besonders ruhig und die Dämmerung erschwerte mir die Sicht. Mit der schwindenden Hektik beruhigte sich auch mein Herzschlag und alles wurde etwas ruhiger.

Michael verließ die Straße am Meer und bog in ein verlasseneres Stück Wald ein, in dem mehrere Autos parkten und Fußgänger sich ihren Weg zum Autokino vorbahnten.

Michael parkte das Auto am Rande des Weges, dann lief ich mit ihm der Menschenmasse nach. Die Kasse war rappelvoll. Eine lange Schlange sowohl von Autos als auch von Fußgängern bahnte sich Meterlang bis zum Endes des Weges entlang. Wir blickten uns um. Wie sollte ich unter den ganzen Leuten Jake finden?

»Komm mit!« Michael packte mich am Arm und zog mich zwischen die Bäume und weg von der Menge. Dann suchten wir den Zaun nach seinem Auto ab.

Je weiter wir vom Weg abkamen, desto näher kamen wir der Leinwand und somit auch dem Publikum. So viele Autos standen schon bereit und waren umzingelt von bunt gekleideten Gruppen, die sich ein Softeis oder Milkshake vom Kiosk holten. Wie schrecklich unwohl ich mich mit meinem Kleid zwischen ihren coolen Klamotten fühlte.

»Da ist sein Auto!«, sagte Michael plötzlich und zeigte auf einen schwarzen Jeep. Als auch ich den Wagen erkannte, der mich in jener schrecklichen Nacht zurück zu Hugh gebracht hatte, rutschte mir augenblicklich das Herz in die Hose. Jake war wirklich hier und ich würde ihn wirklich gleich wiedersehen.

Gemischte Gefühle machten sich in mir breit, als Michael mir heimlich über den Zaun half, den scheinbar auch schon andere Teenager passiert hatten. Ich freute mich, das sah man an meinem Lächeln, hatte aber auch immer noch höllische Angst. Von weitem erkannten wir, dass sein Wagen leer war, was mich etwas erleichterte aber gleichzeitig noch hibbeliger machte. Während Michael sich ungeduldig auf dem Platz umsah und immer wieder einen Blick auf seine Uhr warf, zog ich nur die Schultern zu meinen Ohren und wollte mich am liebsten wieder verstecken. Doch Michael hatte nun mal Recht, ich konnte mich nicht mein Leben lang verstecken, David würde das nicht wollen.

»Scheiße!« Eine aufgebrachte Stimme näherte sich dem Wagen und brachte mich sofort zum Erfrieren. Eine Stimme, die ich einen Monat lang nicht mehr hören durfte. Eine Stimme, die trotzdem so tief in meinem Gedächtnis verankert war. Eine Stimme, die mich erschaudern ließ und gleichzeitig erwärmte. Jakes Stimme.

»Jake!«, rief Michael erfreut und packte mich am Arm, um zu ihm rüber zu gehen.

Ich war wie in Trance, ließ mich einfach nur mitziehen, weil ich mich plötzlich nicht mehr von selbst bewegen konnte. Mein Blick ließ nicht von ihm ab, als auch er mich entdeckte und erstarrte. Als wir endlich zum Stehen kamen und er schließlich nur noch einen halben Meter entfernt war, huschte ein zärtliches Lächeln über seine Lippen, woraufhin ich endlich meinen Blick abwenden konnte. Hastig richtete ich ihn auf meine Füße und versteckte das aufregende Grinsen, das in Unsicherheit getränkt war.

»So«, begann Michael. »Ich muss schleunigst wieder zurück zu Jae.«

»Du«, stammelte Jake. »Du hast es wirklich gemacht.« Seine Stimme klang so ehrlich und glücklich. Ich glaube, er freute sich wirklich.

Ein Blick zu meiner Rechten verriet mir, dass Michael allwissend grinste, dann klopfte er ihm auf die Schulter. »Abbigail muss um viertel vor zehn wieder im Hinterhof des *Gioas* sein! Keine Minute später, ist das klar?«

Jake nickte, widmete dabei seinen Blick aber nur mir. »Natürlich.«

»Gut!« Michael klimperte mit seinen Schlüsseln und wandte sich zum Gehen. Dann nahm er mich nochmal zur Seite und legte mir die Hände auf die Schultern.

»Hab ein wenig Spaß. Du wirst es nicht bereuen.«, flüsterte er und zwinkerte mir zu. Während ich ein paar Mal tief ein-

und ausamtete, nickte ich befangen. Dann strich er mir nochmal über die Wange. »Er mag dich wirklich.«

Ich mochte Jake auch, ich wusste nur nicht, ob ich das *durfte.*

»Bis später!«, rief Michael uns zu, während er sich zurück zwischen die Bäume in Richtung Zaun machte. Ich blickte ihm noch etwas nach, weil ich Angst hatte, mich zu Jake umzudrehen und nicht zu wissen, was ich sagen sollte.

Er räusperte sich. »Willst du…« Langsam drehte ich mich zu ihm um. Er lächelte unsicher, dann deutete er zur Leinwand, die bereits beschienen wurde. Der Film begann. »Willst du dir den Film anschauen?«

Ich kannte den Film nicht, hatte noch nie etwas davon gehört, nickte aber trotzdem, denn es war das erste Mal, dass ich die Möglichkeit hatte, überhaupt einen Film zu sehen.

Jake öffnete die Beifahrertür, hinter der ich mich niederließ. Dann setzte auch er sich hinters Steuer und widmete seinen Blick der Leinwand. Nervös setzte ich mich auf meine Hände, weil sie eiskalt vor Aufregung waren. Jake merkte das.

»Ist dir kalt?«

Ich schüttelte den Kopf.

»Sicher? Ich habe hinten eine Decke.«

Wieder schüttelte ich den Kopf. Er sollte sich nicht so viele Umstände wegen mir machen.

Die Musik des Filmes war ohrenbetäubend laut. Schon nach wenigen Szenen begann der Schauspieler zu kämpfen und Menschen umzubringen. Schockiert wandte ich den Blick zu meiner Rechten, als der Protagonist einem Jugendlichen die Faust in den Magen rammte und Mengen von Blut tropfte. Bei jedem weiteren Schlag und weiterem Schuss der Pistolen zuckten meine Muskeln mehr und mehr. Je weiter ich zusah und hörte, was geschah, desto mehr spürte ich die Schläge auf meiner eigenen Haut. Ich wollte es aufhalten, wollte mich daran erinnern, dass dies nur ein Film war. Doch es nützte nichts, die Erinnerungen, die Schmerzen, die Panik nahmen Überhand. Ich kniff die Augen zusammen, doch das machte es nur noch schlimmer. Denn nun hörte ich die Schläge, hörte das Blut tropfen und bekam das Gefühl, es wäre mein eigenes. Hughs Stimme mischte sich unter das Geschehen. Ich konnte deutlich seine Vorwürfe hören, die Wut und den Ärger. Er würde alles an mir auslassen, würde er davon erfahren. Er würde mit mir dasselbe tun, mir die Hand in den Magen rammen.

»Abbigail?«, hörte ich eine Stimme dumpf und etwas weiter weg. Sie hörte sich an wie Jakes, klang aber irgendwie auch wie die von Hugh.

Reiß dich gefälligst zusammen! Hör auf zu weinen! Es ist deine Schuld! Du wolltest es nun mal so!

»Ich bring dich hier weg.«, hörte ich irgendwo weit entfernt. Dann setzte sich etwas unter mir in Bewegung.

Meine Atmung beschleunigte sich, ohne dass ich es bemerkte. Erst als sich mein Brustkorb immer stärker gegen meine Knie stemmte, die ich in der Not herangezogen hatte, realisierte ich, wie sehr mir der Sauerstoff ausblieb. Hektisch schnappte ich nach Luft, doch es nützte nichts. Mein Körper bebte, die Glieder zitterten, meine Muskeln zuckten. Plötzlich fühlte ich mich, als wäre ich in einem Strudel gefangen, wusste nicht mehr, wo oben und unten war. Eine Stimme drang zu mir hervor, doch sie war weit weg. War es Hughs? Sie rief nach mir, versuchte, mich zurück zu holen.

Die Stimme verblasste, das Drehen beschleunigte sich wieder. Ich hatte diese Panikattacken mein ganzes Leben lang. Sie gehörten zu mir wie mein blondes langes Haar und doch wusste ich nach all den Jahren immer noch nicht, wie ich mit ihnen umgehen sollte, was mir in solchen Momenten half.

»Abbigail!« Nun war die Stimme ganz weit weg. Als wäre ich in einem Sarg gefangen, dessen Wände so dick waren, dass kaum ein Ton durchkam. Das Wackeln unter mir beruhigte sich. War ich nun zuhause? Bekam ich nun meine Strafe?

»Ganz ruhig!« Etwas berührte mich am Knie. Die Decke des Sarges, in dem ich gefangen war? Der harte Boden, auf den ich fiel? Nein, es war viel zu weich und ergiebig, viel zu warm. Ich schreckte hoch, als die Berührung sich verstärkte. Nach Luft schnappend, riss ich die Augen auf und krallte mich an dem Etwas fest, das mich berührte.

Seine Augen waren angstverzerrt, als ich mir seine Arme schnappte, die mich zuvor am Knie berührt hatten. Erst jetzt realisierte ich, dass es Jakes Stimme gewesen war, die mich gerufen hatte. Je mehr ich mich an ihm festkrallte und den kleinen Anker um seinen Hals anstarrte, desto langsamer wurde das Drehen. Ich orientierte mich an seinem aufrechten Oberkörper, versuchte die schwankende Umgebung auszublenden und wieder zur Ruhe zu kommen, indem ich ihn ansah. Dann schweiften meine Gedanken vom Geschehen ab und erinnerten sich an die Nacht, in der ich mit ihm auf dem Boot gesessen hatte. *Festankern,* hatte er mir erklärt. Jetzt wo ich an ihm Halt fand, verstand ich den Ausdruck allmählich.

»Ist okay«, hörte ich ihn. Sein Mund bewegte sich wie in Zeitlupe. Keuchend starrte ich auf seine Lippen, beobachtete seine Atmung und versuchte, meine an seine anzupassen. *Ein. Aus. Ein. Aus.*

Mein Blick zappte wieder hoch zu seinen Augen. Im Augenwinkel verschwamm alles, die Umgebung verblasste in der Drehung, doch ich versuchte zwanghaft, nicht darauf zu achten. Nur auf ihn, denn er drehte sich nicht. Er war aufrecht. Er war ruhig. Und wenn ich mich an ihm orientierte und das tat, was er tat, konnte ich mich beruhigen.

Die Angst und Überraschung in seinem Blick verblassten, als er bemerkte, dass sich meine Atmung beruhigte. Nun legte sich Ruhe und Wärme darin nieder. Er sah mich an, als wäre es wichtig, dass es mir bald besser ginge, als würde ich etwas bedeuten. Ein Blick., der mir so fremd war.

»Es tut mir leid!«

XVII

Jake

Wie dumm hatte ich nur sein können, zu denken, dass diese brutalen Szenen unbemerkt an ihr vorbeigingen? Ich schämte mich so, fühlte mich so bescheuert, dass sie das wegen mir durchmachen musste.

Ihr Griff an meinem Arm, dessen Hand auf ihrem Knie lag, brachte selbst meine Glieder zum Zittern. Der Blick in ihrem Gesicht hatte sich etwas beruhigt, doch ich wusste, dass mich diese schreckliche Angst, die ich in ihren Augen gesehen hatte, den Rest meines Lebens verfolgen würde. Allmählich beruhigte sich ihre Atmung wieder, das spürte ich deutlich.

»Tut mir leid. Tut mir leid.«, murmelte sie in Dauerschleife

»Es ist alles gut.«, hauchte ich, bemerkte im nächsten Moment aber, dass ich mal wieder totalen Schwachsinn redete. Wie konnte ich ihr sagen, dass alles gut war, wenn ihr Leben es eben nicht war?

»Es tut mir so leid.«, wiederholte sie beschämt und ließ von mir ab. Die Stelle, an der sie sich festgeklammert hatte, erschauderte, als sie ihre Hand fortzog. Ich wusste, ich würde ihre Berührung noch Tage später spüren.

»Nein, ich habe mich zu entschuldigen.«, winkte ich ab und vergrub das Gesicht in meiner Hand. »Tut mir leid, ich hätte dir diesen Film nicht zeigen dürfen. Er ist sowieso totaler Schwachsinn.«

Ihr Blick verharrte auf ihren Knien. Weil sie den Kopf senkte, fielen ein paar Strähnen vor ihre Augen und versperrten mir die Sicht.

»Das fängt ja gut an.«, versuchte ich mit einem Lacher die Stimmung zu lockern, doch sie rührte sich nicht.

Als sie auch nach mehreren Momenten immer noch nichts sagte, widmete ich mich schließlich wieder dem Lenkrad und wollte den Motor starten. »Soll ich dich zurück zu Michael bringen?«

»Nein!« Sie umfasste meine Hand, die sich dem Zündschloss näherte und hielt sie zitternd davon ab. »Ich möchte nicht.«

Endlich war ihre Stimme klar, endlich durfte ich sie mir anhören. Sie war rau, von Schmerz und Kummer getränkt, der sie die letzten Jahre geprägt hatte, doch trotzdem weich und lieblich. Ich hatte sie mir ganz anders vorgestellt und doch war sie genau das, was ich mir erträumt hatte.

Ein hoffnungsvolles Lächeln huschte über meine Lippen. »Du möchtest nicht?«

Schüchtern zog sie die Hand zurück und schüttelte den Kopf, ohne mich anzusehen.

»Heißt das«, begann ich vorsichtig. »du möchtest den Abend weiterhin mit mir verbringen?«

Sie nickte. »Können wir-«, stammelte sie immer noch benommen, ehe sie den Blick hob und die Lippen zu einem Strich presste. »Meinst du, wir können die Situation eben einfach vergessen?«

Jetzt verbreitete sich das Lächeln auf meinen Lippen. »Welche Situation?«

Abbigail verstand, weshalb auch ihre Lippen zu einem Lächeln zuckten. Schüchtern zog sie sich die Haare hinter die Ohren und wandte den Blick ab, weil ich den meinen zu lange auf ihr ruhen ließ. Ich war zu fasziniert von ihren Augen, zu erstaunt über die Länge ihrer Wimpern und wollte gar nicht aufhören, ihre porzellanweiche Haut zu betrachten. Dass ich sie damit verunsicherte, merkte ich erst als sie sich räusperte. Hastig wandte ich den Blick ab und warf ihn auf die Uhr meines Wagens. Halb acht.

»Okay«, begann ich und überlegte. »Wir haben noch gute zwei Stunden Zeit. Was möchtest du tun?«

Während sie überlegte, biss sie sich nachdenklich auf die Lippe, dabei strahlten ihre Augen ängstliche Vorfreude aus.

»Ich weiß es nicht.«, sagte sie noch etwas geistesabwesend und zuckte mit den Schultern.

»Hast du Hunger?«, fragte ich sie, woraufhin sich ihr Gesicht etwas erhellte.

»Ja, ein wenig.«, nickte sie, also startete ich den Motor und wendete, um den Waldabschnitt zu verlassen.

»Wie wäre es mit Burgern?«, schlug ich vor, während ich auf die Landstraße Richtung Saint Marys abbog.

Sie zuckte mit den Schultern und brauchte ein paar Sekunden zum Antworten. »Ehrlich gesagt«, stammelte sie schüchtern. »habe ich noch nie einen Burger gegessen.«

Mein Blick schnellte erschrocken in ihre Richtung. »Noch nie nie?«

Sie zog eine verunsicherte Grimasse. »Noch nie nie.«

»Na, dann ist es mir eine Ehre, bei Ihrem ersten Burger dabei zu sein, liebes Fräulein.«

Ihr Mund öffnete sich belustigt, dann ließ sie einen leisen Lacher von sich, der mir durch Knochen und Mark ging. Es war nicht viel, mehr ein unsicherer Kampf zwischen der abklingenden Panik und dem Wunsch, sich endlich zu entspannen. Und doch reichte es mir, als ich merkte, wie glücklich es mich machte, einen so gebrochenen Menschen zum Lachen zu bringen.

»Ist das Diner in der Stadt?«, fragte sie etwas unsicher.

Ich nickte. »Es ist direkt am Strand, aber weit weg vom *Gioas*. Also keine Sorge!«

Erleichterung machte sich in ihrem Körper breit. Ausatmend entspannte sie ihre Schultern ein wenig und beobachtete dann das Meer neben uns. Die Stille, die nun im Auto herrschte, wurde mir schnell unangenehm, weswegen ich hastig das Radio anschaltete. Leise ertönte die Stimme von Marian Gold, der das Lied *Big in Japan* spielte. Seit der Veröffentlichung im Januar lief es in den Radios auf und ab und kam mir langsam wieder zu den Ohren raus. Gerade als ich umschalten wollte, blickte Abbigail interessiert auf das Radio und lauschte. Ihre Finger begannen auf ihrem Oberschenkel zu tippen, ihr schien es zu gefallen, weswegen ich, anstatt den Sender zu wechseln, das Radio etwas lauter stellte.

»Magst du Alphaville?«, fragte ich irgendwann interessiert.

Ihr Gesicht verzog sich beschämt. »Ist das die Band, die das spielt?«

Überrascht zuckte mein Blick in ihre Richtung. Sie kannte Alphaville nicht? »Ja.«, nickte ich. »Das Lied läuft seit einem halben Jahr im Radio auf und ab und wird in jeder Disco gespielt.«

»Leider erlaubt es mir mein Onkel nicht, Radio zu hören.«, meinte sie traurig. Was hatte ich auch anderes erwartet? »Aber das Lied gefällt mir sehr gut.«

Ihr reges Wissen über Musik schien ihr peinlich zu sein, deshalb ging ich nicht weiter darauf ein und versuchte, ihr meine Überraschung darüber nicht zu zeigen. Stattdessen deutete ich auf das Handschuhfach.

»Schau mal da rein.«, sagte ich, um ihr meine Kassettensammlung zu zeigen. Wenn sie bei ihrem Onkel kein Radio hören durfte, dann lernte sie gute Musik eben bei mir kennen.

Abbigail betrachtete den Koffer mit meinen Kassetten mit Staunen. Ihre Augen begannen zu Strahlen. Ein schöner Anblick.

»Die hier.« Mit einer Hand am Lenkrad lehnte ich mich zu ihr rüber und zog das Album von Alphaville aus dem Koffer auf ihrem Schoß. Dabei flog mir der blumige Duft ihres Shampoos in die Nase und ich sog ihn in mir auf. Schließlich widmete ich mich wieder der Straße und reichte ihr die Kassette.

»Das ist das Album von ihnen.«

Abbigail betrachtete sie eine Zeitlang. »Alphaville – Forever Young.«, las sie leise vor, dann blickte sie erwartungsvoll zu mir rüber. »Darf ich?«

»Natürlich.«, lachte ich, betätigte den Knopf am Radio, damit die andere Kassette – eine von Genesis – heraussprang.

Behutsam fischte sie das Album aus der Hülle und schob es in das Radio. Sofort erklang die Mitte des Liedes *Sounds Like A Melody*.

»Ah, ich habe sie noch nicht an den Anfang gespult.«, ärgerte ich mich und betätigte den Reverseknopf.

»Welches Lied war das?«, fragte sie interessiert. »Das klang auch gut.«

Ich lächelte, weil dies auch mein liebstes der Band war. Dann spulte ich bis zum Anfang des Liedes und betätigte den Playknopf.

»Sounds Like A Melody.«, erklärte ich ihr, während wir der Musik lauschten und die Stadt passierten.

Nach wenigen Minuten, in denen wir einfach nur Marian Gold zugehört und Abbigail immer wieder stumm vor sich hin gelächelt hatte, warf sie nochmal einen Blick auf die Kassettenhülle.

»Ja«, antwortete sie schließlich auf meine Frage. »Ja, ich mag Alphaville.«

Ich lachte erfreut. »Dann wirst du die vielen anderen Bands, die ich gut finde, bestimmt auch mögen.«

Ich bog auf den Parkplatz des *Mace & Grace*, auf dem sich bereits mehrere Menschen tummelten, und parkte den Wagen in einer Nische. Als der Motor und somit auch die Musik verstummten, lächelte sie mir schüchtern entgegen.

»Zeigst du mir die anderen irgendwann auch noch?«, fragte sie vorsichtig, wandte dann den Blick ab.

Ich grinste, denn ihre Frage bedeutete, dass sie mich wiedersehen wollte. »Natürlich. Ich zeige dir alles, was du sehen und hören willst.«

Wir setzten uns in die hinterste Ecke des Diners, weil ich merkte, dass Abbigail sich versteckt sicherer fühlte. Wir sprachen viel über Musik und ich erzählte ihr von meinen Lieblingsbands Genesis, Depeche Mode und The Police. Man merkte Abbigail deutlich an, dass sie vollkommen abgeschottet vom Rest der Welt lebte. Voller Staunen betrachtete sie immer wieder die auffallenden Dauerwellen und Kleider der anderen Gäste und konnte ab und zu nicht den Blick von der Röhre in der Ecke des Diners nehmen, auf dessen Bildschirm verschiedene Musikvideos auf MTV liefen. Dass sie vor kurzem noch eine Panikattacke durchmachen musste, merkte man ihr nun kaum mehr an. Sie war immer noch sehr zurückhaltend und schüchtern, doch ihr Gesicht strahlte von den ganz vielen neuen Eindrücken. Es war, als würde sie eine vollkommen neue Welt kennenlernen, und mit ihrem Staunen begann auch ich, viele Dinge mehr wertzuschätzen. Wie gut ich es zum Beispiel hatte, Musik hören zu dürfen, die ich hören wollte, und meine Abende selbst zu bestimmen.

Als die Bedienung unsere Burger brachte, starrte Abbigail eine Zeitlang unschlüssig auf das Sandwich. Dann beobachtete sie mich unsicher, wie ich meines in die Hand nahm und einen Bissen tat.

»Das isst man mit den Händen?«, fragte sie überrascht und biss sich auf die Lippe. Ihr Gesicht zierte aufregendes Entsetzen, weil sie nicht ganz wusste, was sie davon halten sollte.

Ich grinste. »Ja, es ist viel einfacher mit den Händen. Man isst es wie ein Käsesandwich oder ein Brötchen.«

»Okay«, stammelte sie unsicher und lächelte, dann hob sie den Burger behutsam an und betrachtete ihn vor ihrer Nase. Für ihren kleinen Mund war er doch ziemlich groß. Sie zierte sich, weswegen sie immer wieder beschämt lächelte.

»Denk nicht groß drüber nach«, winkte ich ab und zuckte mit den Schultern. »Einfach reinbeißen. Du wirst es nicht bereuen.«

Sie zog die Brauen zusammen und atmete ein paar Mal tief durch, dann nickte sie schließlich und schob sich den Burger in den Mund. Dabei fielen auf der anderen Seite ein paar Salatblätter heraus und die Soße lief über ihre Hände.

»Oh Gott.« Beschämt setzte sie den Burger wieder auf den Teller und hielt sich die Hand vor den Mund, der ebenfalls vollgeschmiert mit Ketchup war. Dann starrte sie mich mit einem entsetzten Lächeln an, woraufhin ich laut loslachen musste.

Abbigail dachte erst, dass ich sie auslachte, als aber auch ich mich mit Ketchup vollschmierte, stimmte sie in das Lachen ein und entspannte allmählich.

»Das Burgeressen muss ich wohl noch üben.«, schmunzelte sie und wischte sich mit einem Tuch über Finger und Mund. Ich tat es ihr gleich.

»Ich glaube, das lernt man nie wirklich.«, lachte ich und deutete auf die Sauerrei, die ich selbst angerichtet hatte.

Abbigail kicherte und schob sich eine Pommes in den Mund. Dann verdrehte sie die Augen genüsslich. »Aber es schmeckt so lecker!«

Ich freute mich mit ihr und grinste. »Was gibt es bei euch immer zu essen? Hast du ein Leibgericht?«

Ihr Lächeln verwackelte etwas, weil sie der Gedanke an ihr Zuhause quälte, sie ließ es sich aber nicht allzu lange anmerken.

»Meistens gibt es erst abends richtig Essen.«, erklärte sie und tunkte ihre Pommes in den roten Ketchup. »Michael und sein Vater sind fast immer dabei, weil sie lange arbeiten. Oftmals gibt es Wild mit Kartoffeln oder auch eine Suppe.«

Während sie erzählte, lehnte ich mich mit meiner Coke in die Bank zurück und beobachtete, wie sie nachdenklich den Blick aus dem Fenster warf und die Autos auf der Straße betrachtete. Dabei biss sie sich immer wieder auf die Unterlippe.

»Ich erinnere mich kaum, aber unser früheres Kindermädchen hat meinem Bruder und mir manchmal Pancakes gemacht. Die habe ich geliebt.«, hauchte sie gedankenversunken, ehe sie den Blick zurück zu mir wandte. Sie war noch nicht fertig. Das merkte ich daran, dass ihr Mund offenstehend verharrte und ein andächtiges Lächeln ihre Mundwinkel umspielte. »David, mein Bruder,«, begann sie dann nochmal und schmunzelte traurig. »er hat immer viel zu viel Puderzucker genommen und war dann meistens von oben bis unten weiß.« Ihre Stimme brach und ihre Augen wurden glasig, als sie sich erinnerte. Hilflos sah ich ihr dabei zu, wie sie mit den Tränen kämpfte.

Hastig nahm sie sich eine Serviette und tupfte ihre Augen trocken. »Tut mir leid.«, hauchte sie und versuchte, ihre Trauer unter einem Lächeln zu verstecken.

»Abbigail, du musst dich nicht immer entschuldigen.«, versuchte ich ihr klar zu machen. »Ich meine-«, stammelte ich und legte mir meine Worte zurecht. »Es ist okay, wenn du dich nicht gut fühlst, es ist okay, wenn du traurig bist. *Vor mir* ist das okay.« Ihre Augen weiteten sich. Damit hatte sie nicht gerechnet. »Ich möchte dich kennenlernen. Jede Seite von dir. Du sollst dich nicht verstellen oder verstecken. Und auch wenn du mir vielleicht noch nicht vertraust oder es dir schwerfällt, möchte ich alles dafür tun, dass du dich wohl fühlst.«

Ihr Blick verzerrte sich, dann ließ sie endlich eine Träne los und nickte. In ihrem Blick lag Angst und Freude zugleich, Trauer und Zuneigung. Sie bedachte mich eine Zeitlang unschlüssig und etwas außer Atem, ehe sie schließlich die Lippen aufeinanderpresste und schmunzelte.

»Ich glaube«, hauchte sie und wandte den Blick auf die Tischplatte. Ich spürte, wie sie all ihren Mut zusammennahm und sich einer ruhigen Atmung bemühte. Als sie wieder hochblickte, hatte ich das erste Mal das Gefühl, dass sie sich ein Stückweit öffnen wollte. »Ich glaube, das tue ich bereits.«

Nach dem Essen hatten wir noch eine gute Stunde Zeit. Diese wollten wir am Strand nutzten, weil Abbigail das Meer so sehr liebte. Als wir über die Straße liefen, sah ich, dass Nino, Ann und Sofie ihr Auto vorm Diner parkten. Der Film war also vorbei.

Seufzend nahm ich Abbigail am Arm und beschleunigte mein Tempo. »Komm schnell weg.«

Abbigail bemerkte den Blick, den ich Ninos Wagen zugeworfen hatte, und musterte mich verwundert. »Alles in

Ordnung?«, fragte sie mich besorgt, als wir den Strand erreichten.

Voller Vorfreude zog sie ihre Ballerinas aus und steckte die Füße in den noch warmen Sand. Ein breites Lächeln huschte über ihr Gesicht.

Ich fuhr mir über die Augen. »Ja«, seufzte ich. »Ich habe mich vorhin nur mit Nino gezofft. Ich glaube, ich war ihm ungerecht gegenüber.«

Abbigail blickte zurück zum Restaurant, dann musterte sie mein Profil. »Möchtest du mir davon erzählen?«`

Ich schmunzelte. Natürlich wollte ich. Am liebsten hätte ich ihr alles erzählt, was es in meinem Leben zu erzählen gab. Ich hätte mich ewig mit ihr unterhalten können.

Wir schlenderten zur Düne, in der ich oft tagsüber mit Alex saß. Als ich mich niederließ, blieb sie noch einen Moment stehen und ließ das Gefühl auf sich wirken.

»Nino ist mein bester Freund, aber in vielen Dingen gehen unsere Meinungen vollkommen auseinander. Zum Beispiel, was unsere Zukunft angeht. Er ist meiner Meinung nach viel zu unvernünftig und denkt nicht nach, bei dem was er tut.«

Mit meinen Worten drehte sie sich um und setzte sich neben mich. »Ja«, hauchte sie. »Das hattest du mal geschrieben.«

»Ich habe mich die letzte Zeit nicht sonderlich viel bei ihm gemeldet, weil ich… naja, weil ich mit etwas anderem beschäftigt war.«, erklärte ich und lächelte ihr vielsagend zu.

Ihre Wangen fingen Feuer, als sie verstand, was ich meinte, und sie wandte beschämt den Blick ab. Dann erzählte ich weiter.

»Vorhin war ich dazu nicht sonderlich gut drauf und als er dann noch meine Exfreundin angeschleppt hat« Prüfend warf ich einen Blick zu ihr rüber. Ich wusste, das Thema Exfreundin war nicht wirklich das Beste beim ersten Treffen. Sie schien aber sachlich damit umzugehen und blieb weiterhin aufmerksam. »bin ich komplett ausgerastet. Er wollte wissen, wieso ich in letzter Zeit so abweisend war. Ich habe ihm an den Kopf geworfen, dass er es nicht verstehen würde und dann hat eines zum anderen geführt und wir haben uns total angeschrien.« Ich seufzte. Erst jetzt merkte ich richtig, wie schrecklich ich mich ihm gegenüber benommen hatte. »Ich habe zu ihm gesagt, dass er in der Holzfabrik seines Vaters versauert und sich einen richtigen Job oder ein Studium suchen soll. Das habe ich nicht so gemeint.«

Abbigail studierte mein Profil aufmerksam. Meine Probleme waren im Gegensatz zu ihren ein Witz. Wie taktlos es von mir doch war, ihr davon zu erzählen. Und doch zeigte sie sich mir so hilfsbereit.

»Aber das ist doch sicherlich leicht wieder geklärt.«, sagte sie und vergrub ihre Finger zwischen dem Sand. »Du kannst dich doch einfach entschuldigen. Er wird das sicherlich verstehen, oder?«

Ich schmunzelte. »Entschuldigen ist nicht so meins. Bei Nino fällt es mir sehr schwer, weil wir beide so stur sind.«

Sie zuckte mit den Schultern. »Was willst du sonst tun?«

»Ich weiß nicht«, flüsterte ich gedankenversunken und blickte zum Mond. Dann schmunzelte ich. »Ich fürchte, ich muss das einfach lernen.«

Abbigail zog die Knie zur Brust und legte ihren Kopf seitlich darauf ab, sodass sie mich betrachten konnte. Dann zuckten ihre Mundwinkel in die Höhe. »Du lernst, dich bei Nino zu entschuldigen, und ich lerne, wie man einen Burger isst.«

Ich lachte laut. »Ja, wäre gut, wenn du mir das beibringst. Mein Vater ist nämlich selbst zu stur, von ihm habe ich solche Dinge nie lernen können.«

Abbigails Lächeln verwackelte, ehe sie fragend den Kopf hob. »Lebst du schon immer mit ihm alleine?«

Nickend rupfte ich ein paar Sandhalme aus ihren Wurzeln. »Ja, meine Mutter ist kurz nach meiner Geburt gestorben. Ich weiß nicht genau, was passiert ist. Dad redet nie über sie.« Die Art, wie sie gestorben ist, ließ ich extra weg.

»Das tut mir leid.«, hauchte sie traurig.

Ich winkte schmunzelnd ab. »Ich habe keine Erinnerungen an sie und weiß auch nicht sonderlich viel von ihr, also ist es halb so schlimm. Nur Dad leidet sehr unter ihrem Verlust. Er schuftet Tag und Nacht und versucht sich somit Ablenkung zu verschaffen.«

»Hast du mal versucht, mit ihm zu reden?«

Ich schüttelte den Kopf. »Nicht wirklich. Unsere Art zu kommunizieren ist nicht gerade sehenswert. Noch etwas, das ich lernen muss.«

Abbigail wandte den Blick zum Horizont und versank in Gedanken. Von jetzt auf gleich schien sie woanders zu sein, an einem Ort, der sie traurig machte.

»Mein Bruder hat immer gesagt«, begann sie nach wenigen Momenten voller Schweigen. Ihr Blick verharrte in der Leere vor sich. »*Die Kunst der Kommunikation ist die Sprache der Führung.*«

Ich ließ ihr den Moment, um sich an ihren Bruder zu erinnern, wollte sie noch nicht aus ihren Gedanken zurückholen. Dass ich von seinem Tod bereits wusste, wollte ich ihr ebenfalls nicht zeigen und ich hatte auch nicht das Gefühl, dass die Zeit schon reif war, um darüber zu sprechen. Also hakte ich nicht weiter nach, nickte ihr einmal dankbar für diesen Rat zu und widmete mich dann einem anderen Thema.

»Wie ist es bei dir?«, fragte ich, woraufhin sie sich wieder in meine Richtung drehte. Ihre stahlblauen Augen bohrten sich in meine und für kurze Zeit vergaß ich, was ich fragen wollte. »Lebst du schon immer bei deinem Onkel?«

XVIII

Abby

Das Meer rauschte vor meinen Füßen. Ich konnte es immer noch nicht fassen. Konnte diesen Abend nicht fassen. Dass ich hier saß, die Füße im Sand vergrub, einen Burger im Magen hatte und Jake nur zwei Handbreite entfernt war. Und ich fühlte mich irgendwie gut.

Obwohl mein Herz trotzdem noch wie wild klopfte, wenn er mich ansah, mich etwas fragte oder sich abrupt bewegte, hatte ich mich die letzte Stunde ein wenig entspannen können. Jake hatte etwas an sich, das mich alles Negative vergessen ließ. Noch nie zuvor war ich aus einer Panikattacke so schnell wieder herausgekommen, hätte bei meinem peinlichen Geklecker beim Burgeressen unter normalen Umständen sofort die Flucht ergriffen und selbst über David zu sprechen, fiel mir unheimlich leicht. Vielleicht lag es an der Art, wie er die Dinge sah, wie locker er mit allem umging und sich zur Not selbst lächerlich mit Soße beschmierte, um mir zu zeigen, dass es halb so schlimm war. Er wollte, dass ich mich wohl fühlte, und komischerweise nahm ich ihm jedes Wort ab. Trotzdem war da immer noch eine laute Stimme in meinem Inneren, die mir zurief, wegzurennen, sich an die Regeln zu halten und Jake einfach zu vergessen.

Ich wandte den Blick vom zunehmenden Mond, blickte dann zu Jake rüber, als er mich nach meiner Lebenssituation und danach fragte, ob ich schon immer bei Hugh lebte. Sein Mund erstarrte offenstehend, weil er in meinen Augen versank. Der jahrelang erlernte Automatismus in meinem Kopf wollte mich dazu bringen, den Blick wieder abzuwenden, Augenkontakt zu vermeiden und mich hinter meinen Haaren zu verstecken. Doch irgendetwas hielt mich davon ab.

Jake war seit Davids Tod der erste, bei dem ein längerer Blickkontakt nicht schmerzte, bei dem ich mich nicht verspottet oder bemitleidet fühlte. Ich fühlte mich gesehen und geschätzt. Fühlte mich, als gäbe es an mir mehr zu betrachten als all die Narben auf meiner Haut.

Eine Möwe ließ einen lauten Schrei von sich, woraufhin ich endlich den Blick abwenden konnte. Mit rasendem Herz krallte ich mich in den Sand, um den Moment, der mit Angst und Freude zugleich getränkt war, ausklingen zu lassen. Dann nickte ich.

»Ja«, verriet ich ihm. »Meine Mutter, Hughs Schwester, starb bei meiner Geburt. Ich kam wohl einen ganzen Monat zu früh, es gab Komplikationen, die sie nicht überlebt hat. Warum mein Vater weg gegangen ist, weiß ich nicht wirklich. Wahrscheinlich war er mit der Situation überfordert. David und ich sind dann bei Hugh gelandet. Ich weiß leider genau so wenig über meine Eltern wie du über deine Mutter.«

»Hat dir denn nie jemand etwas von ihnen erzählt?«

Ich ignorierte, dass Jake Hugh in *Jemand* umwandelte, dass er so tat, als würde ich noch mehr Familie besitzen. Er wusste es nicht besser und wollte nur höflich sein.

»Nein«, schüttelte ich den Kopf. »Bei uns zuhause gibt es ein paar Bilder und Erinnerungsstücke von ihr und Hugh, aber er hat noch nie großartig über sie gesprochen und über Dad sowieso nicht. Hugh verachtet ihn dafür, dass er gegangen ist, das weiß ich.«

Während Jake Gesagtes verarbeitete, erinnerte ich mich an einen Sommer vor vier Jahren. An einem Tag war Hugh bei einer Stadtratssitzung gewesen und David und ich hatten uns zum Baumhaus geschlichen.

»Das Baumhaus, das ich so liebe«, begann ich und festigte meinen Blick auf den langsam kälter werdenden Sand. »es gehörte Hugh und Mum, als sie selbst Kinder waren. Vor ein paar Jahren haben David und ich ihre Namen im Holz eingeritzt gefunden. Es ist komisch, sich vorzustellen, dass Hugh mal-«

Ich stockte, als mir bewusst wurde, was ich da von mir geben wollte, und blickte erschrocken auf. Ich durfte nicht schlecht über Hugh reden, egal, wie sehr ich auch den Drang dazu hatte. Doch er hatte mich bei sich aufgenommen, gab mir Essen und ein Dach über den Kopf. Dafür sollte ich dankbar sein.

»-ein Kind gewesen ist und damals vielleicht gar nicht so ein schlechter Mensch war?«, beendete Jake meinen Satz, woraufhin ich meine Knie enger zur Brust zog und beschämt den Blick abwandte.

»Du musst ihn nicht immer in Schutz nehmen, Abbigail.«, hauchte er vorsichtig. »Das, was er dir antut, ist falsch. Du hast jeden Grund, ihn zu verachten und wütend zu sein.«

Ich schüttelte den Kopf, die Augen in Tränen getränkt, weil ich ahnte, dass er Recht hatte. Trotzdem fühlte ich mich meist so schuldig.

»Ich habe gelernt, dass man sich an Regeln halten muss und wenn man diese Regeln nicht einhält, dann-«

»Abbigail!«, unterbrach Jake mich aufgebracht und raufte sich die Haare. Erschrocken blickte ich zu ihm rüber und sah in tiefverletzte Augen. Fassungslos schüttelte er den Kopf, verzog den Mund bei meinen Worten. In seinem Blick lag so viel Schmerz, dass mir beim Anblick das Herz brach.

»Bitte sag so etwas nicht.«, hauchte er mit gebrochener Stimme. »Du hast so etwas nicht verdient. Hör auf, dir das einzureden.«

Litt er wegen mir? Meine Worte verletzten ihn. Das hatte ich nicht gewollt. Auch wenn es mir schmeichelte, dass er diesen Wert in mir sah, - und auch ich die letzten Jahre immer wieder von Wut verzehrt daran glauben wollte, dass Hugh mir Unrecht tat, - hatten sich die Worte meines Onkels *»Du hast es verdient«* doch fest in meinem Kopf verankert. Ich hatte es so gelernt, von klein auf. Hatte gelernt, dass ich in Hughs und vielleicht auch in anderen Leben nicht willkommen war. Deshalb wollte ich ja auch verschwinden, deshalb wollte ich zu meinem Bruder, bei dem ich immer willkommen war. Ich wollte Hugh und alle anderen entlasten. Es war schwierig, diesen Gedanken von jetzt auf gleich fort zu bekommen.

Jakes Blick ruhte immer noch auf mir, als ich mir hastig über die Augen fuhr. Ich glaube, er mochte mich wirklich. Doch wahrscheinlich sah er mehr in mir, als es zu sehen gab. Ich würde ihn am Ende sicherlich nur enttäuschen.

»Bitte entschuldige«, hauchte ich beschämt. »Ich wollte nicht, dass du dich aufregst. Dieses Thema sollte dich nicht belasten.«

Mein Herz wurde schwerer, je mehr mir bewusst wurde, dass ich Jake mit meiner Situation verschreckte. Er hatte schon genug von Hugh abbekommen, er hatte schon genug wegen mir einstecken müssen. Am besten sprach ich nicht mehr darüber.

»Es belastet mich nicht. Du kannst mit mir über alles reden.«, sagte er bedacht. »Es belastet mich nur, dass ein so wundervoller Mensch wie du seinen Wert nicht sieht. Du hast Besseres verdient.«

Mein Herz wurde schwer bei seinen Worten. Ich wollte lächeln, abhauen und weinen zur selben Zeit. Lächeln, weil es mich freute, dass er mich wundervoll fand. Abhauen, weil ich Angst hatte, dass er log. Und weinen, weil mich meine Gefühle zerrissen und ich nicht wusste, was falsch und richtig war.

Statt dass ich irgendetwas davon tat, starrte ich ihn nur unschlüssig an. Ungläubig über seine Worte und vollkommen verloren in seinem in Zuneigung getränkten Blick zugleich. Ich studierte sein Gesicht, verfing mich in den kleinen Sommersprossen auf seiner Nase, die Erinnerungen an Tage am Strand und in der Sonne bewahrten. Und während ich das tat, vergaß ich für einen kleinen Moment, worüber wir soeben gesprochen hatten.

Der Schmerz in Jakes Augen verblasste, je länger wir unsere Blicke vereint hielten. Ich hätte schwören können, dass er plötzlich nicht mehr atmete. Oder dass ich nicht mehr atmete. Oder die Zeit plötzlich stehen blieb und uns beiden die Luft wegblieb.

Je mehr es in meinen Fingern, auf meinen Lippen und in meiner Brust kribbelte, desto größer wurde der Kloß in meinem Magen. Langsam kroch er die Speiseröhre hoch, festigte sich dann in meinem Hals und wuchs dort weiter. Ich wurde unruhiger, wollte den Blick abwenden, weil der Kloß Panik und Angst beinhaltete. Und sie waren kurz davor auszubrechen.

Das laute Lachen einer Gruppe ertönte von weither, woraufhin ich zusammenzuckte und mich von Jake entfernte. Außer Atem versuchte ich mich erstmal zu beruhigen. Auch Jake selbst rieb sich nervös die Hände und brachte seine Atmung unter Kontrolle. Dann kamen all die Erinnerungen an unser Gespräch zurück.

»Naja«, hauchte ich. Meine Stimme war rau und ich musste ein paar Mal schlucken, um sie in den Griff zu bekommen. »Jedenfalls denke ich, dass ich bald wieder ins Baumhaus kann. Ich habe dort oben so gerne geschrieben oder gelesen.«

Ich wechselte das Thema, weil es mir nicht geheuer war, wenn Jake mir versuchte zu erklären, dass ich ihm wichtig war. Ihn belastete es und mich verwirrte es. Von daher war es besser, das Gespräch abzubrechen.

»Die letzten Wochen kam ich nicht dazu, weil ich so viel lernen musste.«, log ich. »Aber mittlerweile ist es weniger geworden.«

Jake presste die Lippen aufeinander und studierte mich. Ich glaube, er ahnte die Lüge. Ich glaube, er wusste, dass der Mangel meiner Baumhausbesuche in erster Linie nicht am Lernen lag, sondern an dem Verbot, das Hugh mir erteilt hatte. Doch ich war zuversichtlich, dass mein Onkel mittlerweile besser auf mich zu sprechen war.

Zu meinem Glück hakte Jake nicht weiter nach und akzeptierte die Lüge. Dann nickte er schmunzelnd. »Vielleicht habe ich irgendwann mal die Möglichkeit, dich im Baumhaus zu besuchen?«

Ich schmunzelte belustigt, weil die Vorstellung, dass Jake unbemerkt aufs Grundstück kam, absolut absurd war. »Es wäre schön, aber ich glaube es ist unmöglich.«

Er zuckte mit den Schultern. »Das dachten wir zu Beginn auch bei dem Gedanken eines Treffens.«

Damit hatte er Recht. »Naja«, überlegte ich. »Um das möglich zu machen, müsstest du durch den Wald und auf der anderen Seite des Grundstücks über den hohen Zaun klettern. Das funktioniert nicht.«

Jakes Blick erhellte sich, dann machte sich ein sicheres Grinsen auf seinem Gesicht breit. Ich ahnte, was er vorhatte, und bekam sofort Gänsehaut.

Hastig schüttelte ich den Kopf. »Nein, Jake«

»Es würde mir nichts aus machen.«, erklärte er mir.

»Ich weiß nicht.«, hauchte ich unsicher. »Das ist mir zu riskant. Ich… Was, wenn du erwischt wirst?«

»Dann sorge ich dafür, dass nur ich den Ärger abbekomme. Ich halte dich da raus.«

»Das kann ich nicht verlangen.« Ich wandte den Blick ab und schüttelte immer und immer wieder den Kopf. Dann stellte ich mir vor, wie es wäre, Jake mein Baumhaus zu zeigen. Wie schön es wäre, mit ihm dort zu sitzen und sich irgendwie *sicher* zu fühlen. Aber nein, das war eine Nummer zu riskant.

»Hör zu«, begann er dann mit Verständnis in seiner Stimme. »Du verlangst gar nichts von mir. Ich möchte das von mir aus. Ich möchte dich wiedersehen, ich möchte mit dir im Baumhaus sitzen. Wenn du das aber nicht möchtest, dann verstehe ich das.«

Mein Blick verfing sich in seinen verständnisvollen Augen. Jetzt hatte ich die Chance, ihm zu sagen, dass ich das nicht wollte. Dass ich ihn auf unserem Grundstück nicht haben wollte und es mir zu riskant war. Dies war meine Möglichkeit, einfach nein zu sagen. Und doch, blieb mein Mund geschlossen.

Jake bemerkte meine Unentschlossenheit. »Überlege es dir. Ich werde Morgengaben ab acht Uhr im Wald am Zaun auf dich warten, um dir dein Armband zurückzugeben. Und wenn wir uns nur eine Minute sehen, reicht mir das schon.«, erklärte er mir und versprühte dabei eine Ruhe, die mein aufgebrachtes Herz sofort verlangsamte. »Aber wenn du es nicht schaffst, nicht willst oder nicht darfst, nehme ich dir das nicht übel. Ich werde dir eine Nachricht dort lassen.«

Ich atmete ein paar Mal tief durch und verarbeitete seine Worte. Dass er mir die Freiheit ließ, selbst zu entscheiden, und mich nicht unter Druck setzte, beruhigte mich enorm. Ich wollte ihn unbedingt wiedersehen, ich wollte Morgenabend zur besagten Zeit am Zaun sein und wenn es möglich war, ihm auch mein Baumhaus zeigen. Doch wie sonst auch übernahm meine Angst die vollkommene Kontrolle.

»Okay.«, hauchte ich nur, als er mir ein warmes Lächeln schenkte.

Ich erschauderte kalt und warm zu gleich. Kalt, wegen der Aufregung, die mich von innen heraus zum Zittern brachte. Und warm, weil Jakes Gegenwart mir so gut tat. Wenn er mich ansah, bekam ich den Drang abzuhauen und zugleich mich an ihn zu schmiegen, den Duft seiner Kleidung wieder in meiner Nase zu haben und den weichen Stoff auf meiner Haut zu spüren.

Jake wandte den Blick auf seine Uhr, woraufhin ich panisch aufsprang. »Oh Gott«, krächzte ich. »Wie viel Uhr haben wir?«

Er hob die Hände. »Ganz ruhig.«, lachte er und erhob sich ebenfalls. »Es ist erst halb zehn. Wir können langsam aufbrechen.«

Beschämt unterdrückte ich ein erleichtertes Lächeln und senkte den Blick, als er darüber schmunzelte, wie schnell ich aufgestanden war. Er klopfte sich den Sand von der Hose, kam dann langsam auf mich zu. Behutsam hob er die Hand an mein Gesicht und zog ein paar Strähnen hinter meine Ohren. Mein Herz blieb bei der Berührung für einen Moment stehen und ich erstarrte, weil ich eine Sekunde lang Hugh vor mir sah, seine Berührung spürte. Langsam hob ich den Blick, hielt den Atem an und fragte mich, was er vorhatte. Situationen, in denen Hugh mir ins Gesicht gefasst, mich geschlagen oder mir an den Haaren gezogen hatte, zuckten vor meinem inneren Auge. Wenn ich mich nicht bewegte, würde es vielleicht nicht so schlimm werden.

Doch mich erreichte kein Schmerz, mich erreichte keine von Hughs Bestrafungen. Nur ein zärtlicher Blick, ein schwaches Schmunzeln, das in Trauer und Hilflosigkeit getränkt war, und die warme Berührung von Jakes Fingerspitzen, die auf meiner Wange nachklangen.

»Versteck dein Lächeln nicht immer.«, flüsterte er fast flehend. »Ich möchte es sehen.«

Wie automatisch nickte ich benommen. Mein Mund öffnete sich, machte aber keinen Laut. Langsam leerte ich meine Lungen, langsam wurde mir bewusster, dass Jake wirklich durch und durch gut war. Doch es reichte noch nicht.

»Oh nein.« Jake blickte hinter mich zum Restaurant und stöhnte. Als ich mich umdrehte, entdeckte auch ich seinen Freund Nino mit den zwei Mädchen, wie sie gerade das Restaurant verließen und in unsere Richtung schlenderten.

»Komm!«, beschloss ich und stapfte ihnen entgegen.

»Nein, was machst du?«, versuchte Jake mich aufzuhalten. Doch Nino hatte uns schon entdeckt.

»Du kannst sofort anfangen, das Entschuldigen zu üben.«, erklärte ich ihm. »Früher oder später musst du das tun.«

Jake seufzte, vergrub dann angespannt seine Hände in den Hosentaschen. »Muss das heute sein? Wenn du dabei bist?«

»Keine Sorge. Ich halte Abstand, wenn du das möchtest.«, sagte ich, als Nino und die Mädchen nur noch wenige Meter entfernt waren.

Auch Nino hatte seine Hände in den Taschen vergraben, schien aber längst nicht so unsicher wie Jake. Statt dass er wie Jake, den Blick auf seinen Füßen hielt und jeglichen Blickkontakt mied, sah er ihm direkt ins Gesicht, voller Wut, voller Anspannung.

Nino kam auf uns zu, lief dann aber kopfschüttelnd an uns vorbei, woraufhin Jake stehen blieb.

»Lass ihn nicht gehen, Jake.«, bat ich ihn. Er raufte sich unschlüssig die Haare. »Du wirst es bereuen. Glaub mir.«

Endlich drehte er sich zu seinem Freund um. »Nino, warte!«

Sein Freund stockte, dann verschränkte er die Arme und wandte sich in unsere Richtung. Während Jake auf ihn zukam, hielt ich mich im Hintergrund auf.

»Was ist?«, murrte Nino. »Willst du mich wieder anbrüllen und beleidigen?«

»Nein«, seufzte Jake. Die beiden Mädchen stellten sich hinter Nino. Während die eine ein warmes Lächeln aûfsetzte, schenkte die andere mir einen Blick, bei dem mir sofort kalt wurde. Es war nicht zu übersehen, dass sie mich nicht leiden konnte.

»Ich möchte mich entschuldigen.«, murmelte Jake unverständlich.

Nino hob die Brauen, lehnte sich dann vor. »Wie war das? Ich habe dich nicht verstanden.«

Jake seufzte und warf einen hilfesuchenden Blick in meine Richtung. Ich dachte an seine Worte: *Versteck dein Lächeln nicht immer. Ich möchte es sehen.*

Ich erfüllte ihm diesen Wunsch und lächelte nickend. Vielleicht würde es ihm ja helfen.

Schließlich drehte er sich wieder zu Nino, begradigte seinen Stand und hob die Arme. »Es tut mir leid, Nino. Ich war in letzter Zeit nicht ganz bei mir und habe mich unfair dir gegenüber verhalten. Kannst du mir bitte verzeihen und mich nicht wie den letzten Affen hier stehen lassen?«

Ich unterdrückte ein Kichern und presste die Lippen aufeinander. Nino beäugte Jake noch eine Zeitlang mit zusammengezogenen Brauen, dann warf er den Blick zu mir.

»Bist du dafür verantwortlich?«, fragte er und nickte mir zu.

Bei dem wütenden Blick, den er nun mir schenkte, erstarrte ich und bekam umgehend den Drang, mich zu entschuldigen. Auch wenn ich nicht wusste, für was. Ich wollte den Mund öffnen, mich erklären, ihm sagen, dass es mir leidtat, da verwandelte sich seine wütende Miene in ein freches Grinsen.

»Bist du dafür verantwortlich, dass er sich entschuldigt? Das macht er nämlich nie.«, lachte er und ich atmete erleichtert auf. Glück gehabt.

»Das stimmt.«, stimmte das nette braunhaarige Mädchen ein und schubste den erröteten Jake an der Schulter. »Stur wie ein Esel. Aber alle beide.«

»Heißt das, es ist alles wieder gut?«, hakte Jake nochmal nach.

»Nur, wenn ich dich in Zukunft wieder öfters zu Gesicht bekomme.«, stellte Nino die Bedingung, woraufhin Jake nickte.

Als sie sich brüderlich umarmten und gegenseitig auf den Rücken klopften, musste ich grinsen, weil ich mich freute, dass diese Sache Jake nun nicht mehr belastete.

»Hey, ich bin Ann.«, stellte sich das braunhaarige Mädchen vor. »Das ist Sofie.« Das andere mit der blonden Dauerwelle hielt sich geschickt im Hintergrund auf und betrachtete ihre Fingernägel. Als sie ihren Namen hörte, blickte sie kurz hoch und schenkte mir ein kaltes Nicken. Wie hübsch sie doch waren – alle beide.

»Abbigail«, hauchte ich erfreut und bewunderte dabei ihre kurzen Haare, mit denen sie frech und modern aussah. Ihre Kleider hatten einen solch tollen Stil, von dem ich nur träumen konnte, und ihre aufgeweckte Art steckte mich sofort an.

»Bist du etwa der Grund, weshalb ich Jake in letzter Zeit nicht oft zu Gesicht bekommen habe?« Nino trat vor mich und verunsicherte mich zum zweiten Mal. Als er das merkte, winkte er lachend ab. »War nur ein Spaß. Schön dich kennenzulernen. Jake, nimm sie das nächste Mal mit!«

»Ja, ja.« nickte Jake etwas überfordert und winkte dann ab. »Wir müssen jetzt weiter.«

»Schade.«, hauchte Ann und machte einen Schmollmund. »Es hat mich sehr gefreut, Abbigail. Hoffentlich sehen wir uns bald wieder.«

Ich nickte. »Ja, das wäre schön.«

Nino legte den Arm um Ann und setzte sich mit ihr in Bewegung. Sofie ging voraus. »Ja, Abbigail. Du musst das nächste Mal mit Bowlen kommen, oder in die Disco, oder schwimmen! Keine Wiederrede!«

»Tschüss, Nino!«, versuchte Jake ihn zum Schweigen zu bringen, weil er merkte, dass ich redlich überfordert mit den ganzen Bitten war, und wandte sich dann ebenfalls zum Gehen um.

»Tut mir leid.«, entschuldigte er sich, als wir an seinem Wagen ankamen. »Nino und Ann sind etwas…«

»Stürmisch?«, fragte ich grinsend.

Er lachte. »Das ist eine sehr passende Beschreibung.«

»Man kann sicherlich viel Spaß mit ihnen haben.«, stellte ich die Vermutung.

Jake ließ einen spottenden Lacher von sich, hielt mir die Beifahrertür auf und half mir in seinen hohen Jeep. »Ja, wenn es um Spaß geht, sind sie die besten Freunde. Doch wie gesagt, vermisse ich manchmal den Ernst an Nino. Über manche Dinge kann ich mit Alex einfach besser sprechen.«

Ich zuckte mit den Schultern, als Jake um den Wagen lief und sich hinterm Steuer niederließ. »Ich mag sie trotzdem irgendwie.«

Jakes Augen wurden groß. »Wirklich? Die meisten Menschen sind immer erstmal genervt von ihnen.«

»Nein, wirklich.«, winkte ich ab und dachte dann an David und seine nervige Art, mit der er mich immer auf andere Gedanken bringen konnte. Klar, David konnte, - anders als Jake seinen Freund bezeichnete, - auch mit ernsten Themen umgehen, doch Ninos und Anns Aufgewecktheit und Sinn für

Humor erinnerten mich immens an den Optimismus meines Bruders, den er bei allem gehabt hatte. Und vielleicht waren sie mir daher auch sofort sympathisch.

»Vielleicht kannst du mich wirklich mal zu ihnen mitnehmen.«, schlug ich dann vor, wobei mich Furcht und kribbelige Vorfreude zugleich erfüllten. Doch irgendwie wusste ich, dass es richtig war. Dass die Vorfreude siegte.

Wir erreichten den Hinterhof des *Gioas* pünktlich um zwanzig vor zehn. Als wir vor der Einfahrt parkten, klopfte mir das Herz wieder bis in die Schläfen, weil ich mich davor fürchtete, dass irgendetwas schief gegangen sein, Mr. Bucket Verdacht geschöpft haben oder Jae erkannt haben könnte. Doch die beiden sahen zufrieden aus, als wir den Torbogen passierten und ich sie an Jaes Auto lehnen sah.

Bevor sie uns entdeckten, umarmten sie sich innig. Jae vergrub ihr Gesicht in Michaels Jackett und er hauchte ihr einen Kuss auf die Stirn. Wie hatte ich all die Jahre übersehen können, wie viel sie füreinander empfanden?

Jae war die erste, die uns entdeckte. »Abbigail!«, rief sie erfreut und löste sich von Michael. Dann kam sie auf mich zu und nahm mich in den Arm.

»Geht es dir gut?«, fragte sie voller Sorge und Freude zugleich, während Jake und Michael sich ebenfalls begrüßten und kurz austauschten.

Ich nickte mit einem aufregenden Grinsen, weil es mir wirklich gut ging. Richtig gut. »Ja, ich glaube schon.«

Behutsam nahm sie mein Gesicht in ihre Hände und lächelte mich andächtig an. In all den Jahren war ich für sie wie eine kleine Schwester geworden, auf die sie Acht nahm. Für mich besaß sie dieselbe Bedeutung.

»Hallo Jake.«, begrüßte sie nun auch ihn und reichte ihm die Hand. »Tut mir leid, dass unsere letzte Begegnung etwas forsch war, aber…« Sie warf einen prüfenden Blick zu mir, verzog bekümmert das Gesicht. »…naja, du weißt ja. Bürgermeister Grogans Regeln.«

Jake winkte ab. »Kein Grund zur Sorge. Ich verstehe das.«

Jae musterte ihn, wechselte dann den Blick immer wieder von ihm zu mir, als wolle sie die Chemie zwischen uns analysieren. Man konnte uns beiden ansehen, dass wir uns redlich unwohl dabei fühlten. Zum Glück kam Michael dazwischen.

»Abbigail, bist du so weit?« Räuspernd wandte ich mich Michael zu, der Mums Tuch in der Hand hielt. Dann lachte er spottend. »Mr. Bucket ist nach einer Stunde eingeschlafen und hat gar nichts mitbekommen.«

Ich nickte erleichtert, woraufhin er mir das Tuch reichte und ich es mir wieder überzog. Als ich fertig war, bemerkte ich, dass sich Michael und Jae zum Abschied nochmal küssten. Meine Wangen fingen Feuer in dem Moment, als ich mich zu Jake umdrehte und plötzlich nicht mehr, wusste was ich tun soll. Jake schien es ähnlich zu gehen. Auch er blickte nervös zwischen den beiden und mir hin und her.

»Also gut.«, stammelte ich und versuchte, meinen Stand zu lockern.

Jake nickte, ehe er seine Augen mit meinen vereinte. »Ich fand den Abend schön.«

»Ja, ich auch.«, antwortete ich und wich seinem Blick aus.

»Ich hoffe, dass wir uns bald wiedersehen.« Er hielt mit offenstehendem Mund inne, atmete dann nochmal unsicher durch, ehe er weitersprach. »Vielleicht schon morgen.«

Mein Herz hämmerte gegen meine Brust, als ich versuchte, mich den positiven Seiten des Gedankens, ihn morgen am Zaun hinten zwischen den Bäumen am Baumhaus zu treffen, zu zuwenden. Der Freude, die ich verspürte, der Wunsch, ihn wiederzusehen. Ich erlitt fast einen Herzinfarkt, je mehr ich die

Angst, von Hugh erwischt oder von Jake reingelegt zu werden, bei Seite schieben wollte - je mehr ich versuchte, zu *vertrauen.*

»Ich werde es versuchen.«, antwortete ich mit zittriger Stimme. »Ich möchte es versuchen.«

Kapitel 19

März 2002

Alpha sitzt auf dem Rücksitzt und winselt, weil er etwas erleben möchte. Ich nicht. Ich brauche keine Erlebnisse mehr. Der Tag heute hat mir bereits genug Nerven geraubt.

Kurz bevor der Sarg herabgesetzt wurde, habe ich mich zurück ins Auto verzogen. Mein Herz hielt es nicht aus, sein Foto vor der Nase zu haben. Das Foto, das ihm so ähnlichsieht. Die letzten Jahre habe ich sein Bild strikt aus meinem Kopf verbannen können, denn mit jedem Tag, der ohne ihn verging, hatte ich mehr und mehr geblutet. Alles, was mir dabei bisher geholfen hat, ist ihn zu vergessen. Sein Gesicht zu verdrängen.

Zumindest versuche ich es.

Doch mit dem heutigen Tag ist dieser Versuch endgültig gescheitert.

Schmerzerfüllt kralle ich mich an das Lenkrad und lege die Stirn dagegen. Kämpfe mit dem Drang, loszuschreien. Es fühlt sich an, als wäre es gestern gewesen. Alles ist wieder so real. Ich spüre es ganz deutlich. Die Schläge, die Panik, die Tränen, die Worte, die Küsse – *die Liebe.*

Die Beerdigung ist beendet. Das erkenne ich, als im Augenwinkel die ersten Menschen auftauchen. Sie schlendern den Weg entlang, peilen den Parkplatz an. In ihren Gesichtern steht Schmerz und Trauer. Sie sind bleich und vom Leben gezeichnet. Ich frage mich, wie man mein Gesicht beschreiben würde, würde man mich nicht kennen.

Plötzlich tauchen zwei Personen auf, die mir nur zu bekannt sind. Mein Mund klappt auf, ich blinzele den schwachen Wasserfilm von meinen Augen, um deutlich sehen zu können. Dann verziehe ich das Gesicht schmerzerfüllt. Es ist so lange her. So lange. Und er hat sich kaum verändert. Sie beide.

Sein Haar ist immer noch in tiefes Dunkelbraun getunkt. An den Seiten verstecken sich ein paar graue Strähnen. Auch die Haut auf seinem Gesicht ist fahl und mit ein paar Fältchen dekoriert. Lachfältchen.

Sie hingegen wirkt so jung, so erfahren und stolz. Ihre Haut scheint sich kaum verändert zu haben und das obwohl sie von den beiden die Ältere ist. Nur um die Augen erkennt man, dass das Leben auch sie gezeichnet hat. Doch das steht ihr wie immer ausgezeichnet.

Wie gerne ich mit ihnen reden würde. Wie gerne ich fragen würde, wie es ihnen seither vergangen ist. Ob sie glücklich sind. So viele Fragen - und gleichzeitig will ich die Antworten gar nicht wissen. Denn diese würden verheilte Wunden wieder aufreißen. Es ist besser, ich verschwinde wieder. So wie damals.

Bevor sie den Parkplatz erreichen, stecke ich den Schlüssel ins Zündloch. Alpha bellt einmal laut, weil es endlich weiter geht. Ich will mit ihm aus der Stadt fahren und im nächsten Ort übernachten. Hauptsache ich komme hier weg.

Der Motor springt an, dann ein Ruckeln, dann ist er wieder weg. *Mist.* Das passiert so oft, aber keine Panik, beim zweiten oder dritten Versuch klappt es immer. Ich muss beim Starten nur ein paar Mal das Gas betätigen.

Mit zittrigen Händen drehe ich den Schlüssel nochmal um. Dabei beobachte ich im Rückspiegel die Gäste. Sie kommen näher und schauen nach mir. *Toll.* Ich habe ihre Aufmerksamkeit geweckt. Und das tue ich weiterhin, denn auch diesmal streikt mein Wagen.

»Scheiße!«, fluche ich und spüre ein Brennen in meinem Magen. Panik.

Wenn ich nicht gleich sofort hier wegkomme, bekomme ich einen Nervenzusammenbruch.

Ich presse die Lider zusammen, lasse den Kopf ein weiteres Mal auf das Lenkrad sinken und bete dabei. Bete, dass mein Wagen nun anspringt, dass ich nicht hierbleiben muss. Dass sie mich nicht sehen.

Doch Gott meinte es noch nie gut mit mir. Tränen brennen in meinen Augen, als mein Wagen mich mit gurgelndem Geräusch auslacht.

Das war's.

Am besten warte ich hier im Auto, bis alle anderen weg sind, und überlege mir dann etwas.

»Miss?« Etwas klopft gegen die Scheibe links neben mir und bei seiner Stimme weiß ich auch sofort, *wer* es ist. Ich würde sie niemals vergessen. »Brauchen Sie Hilfe?«

Meine Finger krallen sich tiefer in das Leder des Lenkrads. Ich bewege mich nicht, halte die Stirn dort, wo sie ist. Wenn ich nicht antworte, geht er vielleicht wieder weg.

»Miss? Ist alles in Ordnung?« Nun meldet sich auch Alpha dazwischen, bellt und drückt sich vor auf den Beifahrersitz, um seine Schnauze zwischen meine Nase und dem Lenkrad zu quetschen. Es ist zwecklos. Wenn ich nicht langsam antworte, würde er einen noch größeren Wirbel um mich machen. Er könnte denken, dass mir etwas zugestoßen ist und den

Krankenwagen rufen. Bei dem Gedanken, dass die ganze Stadt von mir mitbekommt, wird mir übel.

Also hebe ich schließlich seufzend den Kopf, atme ein paar Mal tief durch und blicke zu ihm hoch und aus dem Fenster.

Auf seinem Mund liegt ein höfliches Lächeln, sein Blick ist fremd. »Brauchen Sie-«

Jetzt verschwindet das Lächeln. Jetzt verschwindet der fremde Blick. Von jetzt auf gleich taumelt er zwei Schritte zurück und findet an dem Wagen neben meinem Halt. Innerhalb weniger Sekunden spielen sich vor seinem Auge alle Erinnerungen wieder ab. Die gemeinsamen Abendessen mit seinem Vater und Hugh, die Autofahrten zu unseren Dates, *der Streit.*

Ich ergebe mich und öffne die Tür. Bevor er einen Nervenzusammenbruch bekommt oder meinen Namen laut posaunt, sodass es alle mitbekommen, steige ich lieber aus und versuche ihn zu beruhigen. Die Überraschung mischt sich mit schmerzerfüllter Freude, je länger er mich betrachtet.

»Hallo Michael.«, krächze ich leise und presse die Lippen aufeinander.

»Abbigail?« Jae tritt neben ihn, voller Staunen kommt sie auf mich zu und fühlt über meine Wange. In ihren Augen steht das Wasser. Dann schlingt sie die Arme um mich und drückt sich an mich. Ein lauter Schluchzer ertönt an meiner Schulter und auch in meiner Brust wird es eng. Wie gut es tut, die beiden wiederzusehen, merke ich erst, als auch Michael mit geröteten Augen seine Arme um uns schlingt und mir über die kurzen Haare streicht.

»Lass mich dich ansehen.«, schluchzt Jae, löst sich von uns und betrachtet mich. »Was hast du mit deinen Haaren gemacht? Du siehst toll aus.«

Sie fährt mir über das kurze braune Haar. Eine Frisur, die ich an anderen immer toll fand, aber selbst nie haben durfte.

Michael betrachtet mich aus dem Hintergrund. Er sieht redlich fertig aus, ihm fehlen immer noch die Worte.

»Ich-«, stammele ich und deute auf meinen Wagen. »Ich wollte gerade wieder fahren. Mein Auto streikt allerdings.«

In Jaes Blick macht sich kurz Enttäuschung breit. Michaels verändert sich nicht. »Oh«, haucht sie, dann winkt sie ab. »Naja, komm erstmal mit uns mit. Dein Auto kann hierbleiben, wir bringen es morgen in die Werkstatt.«

»Morgen?« Mein Körper fängt an zu zittern. Ich erschaudere kalt. »Nein, morgen geht nicht. Ich… ich muss heute los. Ich habe noch einen Termin.«

»Wir haben Sonntag.« Der erste richtige Satz, den Michael von sich gibt.

Jae streicht ihm über die Schulter. »Ja, heute ist leider keine Werkstatt mehr auf. Kannst du deinen Termin verschieben?«

Seufzend fahre ich mir übers Gesicht, lehne mich dann zurück an den Wagen. Ich hätte niemals herkommen dürfen. Als Alpha von Innen gegen die Tür kratzt, schiebt mich Jae sachte zur Seite und öffnet sie.

»Wer bist du denn?«, fragt sie, woraufhin er ihr über das Gesicht leckt.

»Alpha.«, antworte ich für ihn. »Ich habe ihn an einer Raststätte gefunden.«

Michael durchforstet mein Gesicht. »Alpha wie Alphaville?«, fragt er fast flüsternd und erinnert sich.

Bevor auch ich mich zu sehr erinnere, unterdrücke ich den Schmerz und nicke.

»Gut.«, sage ich etwas zu euphorisch, um die Gefühle zu unterdrücken, klatsche einmal in die Hände und wende mich an Alpha. »Dann gehen wir mal auf die Suche nach einem Hotel.«

Michael starrt mich noch eine Zeitlang an, weil er merkt, wie unwohl ich mich an diesem Ort fühle. Weil er merkt, wie gerne ich *wieder* abhauen würde, um mich zu verstecken. Das, was David eigentlich nie von mir gewollt hatte.

»Ach Quatsch«, hält Jae mich auf. »Wie ich gesagt habe, ihr kommt mit zu uns! Ich bestehe darauf.«

»Jae«, hauche ich und werfe ihr einen flehenden Blick zu. »Bitte.«

Sie schüttelt den Kopf, stur wie sonst was. Ich schätze, das sind wir aber alle beide. Alle drei.

»Die Kinder werden sich freuen.«, sagt sie zu Alpha, wendet sich dann nochmal an mich. »Bitte Abbigail. Es ist so lange her. Nur eine Nacht.«

Erst jetzt sehe ich den Kummer in ihrem Blick richtig aufleuchten. Den Schmerz der letzten Jahre, den ich ihr zugefügt habe, die Sorge, die sie immer für mich übrighatte. Dies hier ist Jae. Jae Sue. Vor einigen Jahren war sie wie eine Schwester für mich. Ich kann einfach nicht nein sagen.

Also seufze ich schließlich und lasse jegliche Anspannung aus meinen Lungen. »Eine Nacht.«

XX

Jake

Das Meer war unruhig und aufgewirbelt, als ich nachhause kam. Der Wind hatte stark zugenommen und scheuchte das Wasser auf. Die Wellen verschoben die Sandbänke, die Dad mit bestimmten Lichtern am Leuchtturm kennzeichnete. Wenn ein Schiff in den Winkel einer Sandbank kam, sah es am Leuchtturm ein rotes Licht. Dadurch wussten die Fischer oder Seeleute immer, wo sie sich aufhalten mussten.

Heute war eine dieser Nächte, in denen die Sandbänke enorm herumwandern würden, und in denen man normalerweise die See auch meiden sollte. Nicht nur wegen den wackligen Wellen, auch weil das Boot auf den Bänken auflaufen konnte.

Zum Glück war Dad vernünftig genug, dass er in solchen Nächten nicht auf See fuhr. Er hatte es mir hoch und heilig versprochen, was hieß, dass ich ihn heute die ganze Nacht im Leuchtturm auffinden würde. Erst morgen, wenn und falls sich das Meer beruhigt hatte, würde Dad das Tageslicht nutzen und die neuen Sandbänke mithilfe von Bojen identifizieren und markieren.

Ich parkte meinen Wagen an einem Klippenvorsprung, nahm dann eine kleine Treppe, die hinunter zum Strand und zu unserem Haus führte. Dabei ging ich den heutigen Abend nochmal und nochmal durch, versuchte mir jeden Moment einzuprägen, jeden Satz und jeden Blick von Abbigail. Ich konnte es noch immer nicht fassen. Konnte es nicht fassen, dass ich sie heute sehen und auch bald wiedersehen durfte. Wie gerädert setzte ich einen Fuß vor den anderen, schüttelte immer wieder fassungslos den Kopf, weil ich nicht glauben konnte, dass der Abend wirklich real gewesen war. Die Zeit war gerast. Neben Abbigail hatte ich kaum mitbekommen, wie sie vergangen war.

Als ich die Haustür erreichte, streifte mein Blick das kleine Fenster am Leuchtturm und ich verharrte kurz. Dad stand vor der Fensterbank und blickte aufs Meer. Ich musste an Abbigails Worte denken, an die ihres Bruders. In diesem Moment war ich mit so viel Freude erfüllt, dass mich der Drang überkam, Dad davon zu erzählen. Vielleicht würde er ja auch reden wollen? Vielleicht traute er sich genau so wenig? Ich wusste es nicht. Doch das, was ich wusste, war, dass ich ihn sehen, mit ihm reden und ihm von meinem wunderschönen Abend erzählen wollte.

Hastig warf ich meine Jacke auf den Stuhl im Esszimmer und rannte dann zum Leuchtturm. Lange war es her, dass ich diese Stufen das letzte Mal genommen hatte. Früher war ich gerne mit Dad im Leuchtturm gewesen, doch je älter ich wurde, desto mehr hatte ich gemerkt, wie gerne er alleine war. Ich wollte ihm nie zu nahe treten, ihn einengen, und hatte mich letztendlich auch distanziert.

Aus der kleinen Kabine, in der Dad aus dem Fenster gesehen hatte, ertönte leise Schallplattenmusik der Band *Queen*. Im Cottage besaßen wir lediglich ein altes Radio, Kassetten konnte ich nur im Auto abspielen und den Schallplattenspieler hatte Dad sich vor Jahren hierauf geschleppt. Ich glaube, er hörte sich manchmal alte Hits von Chuck Berry oder Johnny Cash an, die die Zeiten, in denen er mit Mum glücklich gewesen war, geprägt hatten.

Die Tür stand auf, als ich die letzte Stufe erreicht hatte. Dad stand immer noch am Fenster, die Hände auf dem Rücken verschränkt. Als ich anklopfte, drehte er den Kopf zur Seite und zuckte erschrocken zusammen.

»Jake?«, fragte er, dann wurde sein Gesicht bleich. »Ist etwas passiert?«

Hastig winkte ich ab und lächelte ihm beruhigend zu. »Nein, nein.«, meinte ich. Dad legte den Kopf schief. »Ich wollte… Ich dachte, ich kann dir Gesellschaft leisten?«

Er blinzelte ein paar Mal unverständlich. Dann blickte er sich im Raum um und deutete auf den Stuhl in der Mitte. Ich setzte mich, er blieb am Fenster gelehnt stehen und wusste plötzlich gar nicht mehr, was er mit seinen Händen anfangen sollte.

»Du hast es dir hier ja richtig gemütlich gemacht.«, stellte ich fest und fuhr einmal durch den Raum. Gegenüber von mir gab es eine kleine Küchenzeile, hinter mir stand eine Couch, auf der Bettlaken und Kissen lagen. Dass er manchmal hier übernachtete, hatte ich noch nie mitbekommen, aber immer geahnt.

Er nickte nur angespannt, presste seine Lippen aufeinander. Mit meinem Besuch hatte er nicht gerechnet.

»Warum bist du schon zurück?«, fragte er stattdessen. »Warst du nicht mit Nino aus?«

Ich schüttelte den Kopf. Als ich an Abbigail dachte, wurde mein Inneres warm und meine Hände kalt. Nervös rieb ich die Innenflächen gegeneinander. »Nein - ich meine, ja, war ich.«

»Wie war der Film?« Smalltalk. Ich hasste es. Vor allem hasste ich es bei Dad, denn es kam mir allmählich zu den

Ohren raus. Ich konnte es nicht mehr hören, konnte nicht mehr ertragen, dass das Wetter, ein Kinofilm oder die neuesten Nachrichten die einzigen Dinge waren, worüber wir redeten.

»Ich war nicht im Autokino.«, kam es aus meinem Mund. »Ich war mit Abbigail unterwegs.«

Dads Blick veränderte sich erstmal kaum. Er starrte mich weiterhin an, als würde er mich nicht verstehen. Irgendwann schluckte er, wandte den Blick ab und drehte sich zurück zum Fenster.

»Wir hatten einen schönen Abend, Dad.« Ich stand auf und kam ein paar Schritte näher. Als er das merkte, stieß er sich ab und lief zur Küchenzeile.

»Möchtest du etwas trinken?« Er ging dem Gespräch aus dem Weg. »Ich habe Wasser, Cola oder Saft.«

»Dad«, hauchte ich enttäuscht, als ich ihm zusah, wie sehr er jeglichen Blickkontakt mit mir mied und mit jeder weiteren Sekunde, in der ich in diesem Raum war, nervöser wurde. Ich wusste, wie sehr er sich wünschte, alleine zu sein, wie schwierig die Anwesenheit eines anderen und wie hart dieses Thema für ihn war. Doch wie gerne ich ihm auch jeden Wunsch erfüllt hätte, hielt ich diese Stille zwischen uns langsam nicht mehr aus.

»Kannst du bitte etwas dazu sagen?«

Er verharrte kurz, dann schenkte er sich mit zittrigen Fingern ein Glas Wasser ein. »Ähm…«, stammelte er und suchte sich irgendeine Frage im Inneren zusammen. »Hast du ihr meine Grüße ausgerichtet?«

Meine Mundwinkel zuckten. »Ja, das habe ich. Sie hat sich gefreut.«

Er nickte und murmelte etwas in sich hinein, was ich nicht hinterfragte. Das tat er oft. Als ich klein war, verstand ich nie, warum er Selbstgespräche führte, mit der Zeit hatte ich aber immer mehr gemerkt, dass er dabei das Wort an Mum richtete.

Er sprach mit ihr. Und wenn ihm das half, dann war das Okay für mich.

Schließlich hakte er das Thema wieder ab und widmete sich einem anderen. »Die Sandbänke werden morgen sicherlich sehr hoch sein.«

Schon wieder Smalltalk. Schon wieder wich er jeglichen persönlicheren Gesprächsthemen aus.

Seufzend ließ ich mich wieder auf dem Stuhl nieder und vergrub das Gesicht in meiner Hand. In meinen Augen brannte Tränenflüssigkeit, in meiner Kehle ein großer Kloß.

»Dad« Erschöpft schüttelte ich den Kopf. »Du musst das nicht tun. Du musst nicht mit mir sprechen, wenn du das nicht willst. Ich kann auch wieder gehen. Ich dachte nur, es wäre schön, wenn wir mal wieder Zeit verbringen.«

Als hätte ich ihn bei etwas ertappt, das ich nicht sehen durfte, schreckte sein Kopf hoch. Nun durchlöcherte er mich mit seinen starren Augen. »Was«, stammelte er. »Wie … wie kommst du… Jake, das stimmt doch gar nicht! Ich möchte mit dir sprechen! Ich möchte mit dir Zeit verbringen!«

»Dann tu das richtig. Rede mit mir über Dinge, die dich interessieren und die du auch wirklich aussprechen möchtest. Nicht nur so oberflächlichen Smalltalk.«

Dads Gesicht verzog sich panisch. Sein Blick zappte nervös zwischen meinem linken und rechten Auge hin und her, weil er nicht wusste, was er sagen sollte. Das war vielleicht etwas hart von mir gewesen.

Seufzend rieb ich mir übers Gesicht. »Tut mir leid, das war nicht in Ordnung.«

»Nein, nein«, winkte er ab. »Du hast ja Recht.«

Ich öffnete meine Finger und lugte zwischen ihnen hindurch. Dad rieb sich ebenfalls die Augen und überlegte angestrengt. Ohne mich anzublicken, öffnete er schließlich den Mund. »Hat sich Abbigail gefreut?«

Ich schmunzelte. Auch wenn Dad ungern über Abbigail sprach, da es ein Thema war, das ihn persönlich ziemlich traf, wusste ich doch tief im Inneren, dass sie auch sein Herz gestohlen hatte. Das hatte man allein daran gemerkt, wie liebevoll er über jegliche Schatten seines normalerweise kalten Verhaltens gesprungen war, nur damit sie sich besser fühlte.

»Ja«, nickte ich vorsichtig, weil ich unsicher war, ob es die richtige Antwort war. »Ich glaube schon.«

Er presste die Lippen zu einem gezwungenen Lächeln, schwieg dann, weil er einer Diskussion aus dem Weg gehen wollte.

»Hör zu, Dad.«, begann ich. »Ich weiß, du findest es nicht gut, dass ich Kontakt zu ihr habe, aber du brauchst dir keine Sorgen zu machen.«

»Du bist mein Sohn, natürlich sorge ich mich. Ich möchte nicht, dass du verletzt wird.«, antwortete er, woraufhin ich kurz stumm verharrte. Dann dachte ich an den Abend und wie unmöglich es eigentlich gewesen war, dass er überhaupt stattfand.

»Wahrscheinlich wird das zwischen uns sowieso ins Leere laufen. Von daher ist das Thema Abbigail eigentlich erledigt und du kannst deine Sorgen zur Seite legen.«, seufzte ich und warf den Blick aus dem Fenster zu den Klippen, auf denen ich sie vor knapp einem Monat entdeckt hatte. Wie das zwischen ihr und mir auf Dauer funktionieren sollte, hatte ich mir noch nicht überlegt. Wahrscheinlich gar nicht. Doch ich war schon dankbar, dass ich sie überhaupt nochmal sehen durfte.

»Da fängt es ja schon an.«, antwortete er und deutete in meine Richtung. »Da fängt der Schmerz doch schon an.«

Ich dachte über seine Worte nach. Irgendwo hatte er Recht, auch wenn ich das ungern zugab. Die Gefühle, die ich bei dem Gedanken, Abbigail nicht mehr wiederzusehen, von ihr keine Antwort mehr zu bekommen oder irgendwann erwischt zu werden und den Kontakt zu ihr abzubrechen, hegte, waren alles andere als schön. Dass sie schmerzten, hatte ich bisher kaum wahrgenommen. Doch das taten sie. Jede Sekunde, in der ich ungewiss über unser nächstes Treffen war, in der ich Angst hatte, sie nie mehr wiedersehen zu können, schmerzte. Ich war jetzt schon süchtig nach ihr.

»Ich kenne dieses Mädchen wahrscheinlich nicht so gut wie du.« Dad ließ sich ebenfalls auf einem Stuhl nieder, dann lehnte er sich vor auf seine Knie und fummelte beim Sprechen gedankenversunken an seinen Ärmeln. Ich lachte innerlich, weil ich nicht bezeichnen würde, dass ich Abbigail *gut kannte*. »Das ändert aber nichts daran, dass ich weiß, wie sehr sie gebrochen ist. Das sieht jeder Blinde. Ich verurteile sie nicht, ich sage nicht, dass sie dadurch ein schlechter Mensch ist. Ganz im Gegenteil: Es gibt so viele schöne Sachen, die man mit gebrochenen Menschen erleben kann.«

Ich lauschte Dads Worten neugierig, als er sich aufrappelte und etwas öffnete. Seine Worte klangen wie wohltuende Musik in meinen Ohren. Wie lange hatte ich mir ein solches Gespräch gewünscht, ein Gespräch, in dem er mir seine Gedanken mitteilte.

Schließlich stand er wieder auf und humpelte zum Fenster. Sein Blick hing in der Ferne fest, als würde er dort etwas sehen, als würde er dort etwas Verlorengegangenes fixieren.

»Die meiste Zeit sind sie traurig und ängstlich, lassen niemanden an sich heran. Aber dann gibt es ab und zu Momente, in denen sich kleine Teile der Sonne zeigen und auch wenn es nur ein schwacher Strahl in der Dämmerung ist, beginnt man plötzlich jede noch so kleine Möglichkeit an Wärme wertzuschätzen. Man sieht die kleinen Dinge im Leben, kleine Erfolge, ein einfaches Lächeln, das zwar schwach ist, aber einem trotzdem so viel bedeutet, weil man weiß, dass es sich sonst nie zeigt. Wenn man an diesen

Erfolgen teilhaben kann, machen sie einen glücklicher als alles andere.«

Dads Augen begannen zu leuchten. Ich bekam eine Gänsehaut, weil ich ihn noch nie so gefühlsvoll sprechen gehört hatte, und auch weil ich mit Abbigail selber erfahren durfte, wie viel Wert ein solch schwaches Lächeln besaß. Am liebsten wäre ich aufgestanden, um ihn einfach nur zu umarmen. Doch ich ließ ihm diesen Moment, in dem er abwesend war und irgendwo an einem besseren Ort in Erinnerungen schwebte.

»Aber das, was am Ende übrigbleibt, zählt nun mal leider am meisten.«, seufzte er traurig und wandte den Blick vom Horizont. Sein Moment war vorbei, sein Geist war zurück in der Gegenwart. »Erst am Ende merkt man, dass die Dunkelheit real ist, und der schwache Schein nur ein hoffnungsloses Unterdrücken dieser Realität ist. Und ehe man sich versieht, wird man selbst von diesem schwarzen dunklen Loch verschluckt.«

Ich hielt den Atem an. Dad sprach von Mum. Mit jeder Silbe hatte er von ihrem Leben geredet, ihren Depressionen, ihrem Ende. Als er mir den Blick zuwandte, hatten sich unter seinen Augen rote Ringe gebildet. Er kämpfte mit den Tränen.

»Jake, ich möchte nicht, dass du von dieser Dunkelheit verschluckt wirst, dass du leidest. Ich möchte nicht, dass es dir wie mir-« Er stockte, räusperte sich und merkte, was er soeben fast von sich gegeben hätte. Er gestand, dass er selbst gebrochen war, - dass Mum ihn gebrochen hatte.

»Dass es mir wie dir ergeht?«, brachte ich seinen Satz zu Ende, woraufhin er benommen zurück auf seinen Sitz taumelte. Nach einer gefühlten Ewigkeit Stille nickte er schließlich.

Ich stand auf und zog den Stuhl mit mir, dann ließ ich mich ihm gegenüber wieder nieder. Dad starrte gedankenversunken auf den Boden. Als ich ihm die Hand auf die Schulter legte und liebevoll zudrückte, blickte er unsicher hoch.

»Tut mir leid, dass du das durchmachen musstest und durchmachen musst.«, traute ich mich irgendwann mit zittriger Stimme zu sagen.

Dads Mund war verzerrt, seine Atmung schwer. Immer wieder blinzelte er die glasige Hülle vor seiner Iris davon, um die Tränen daran zu hindern, vor mir auszubrechen.

»Aber darf ich dich etwas fragen?« Ich wartete nicht auf eine Antwort. »In all den Jahren mit Mum und nach all den Jahren nach ihrem Tod, nach all den schwierigen Zeiten mit ihr, hast du da jemals eine Sekunde mit ihr bereut?«

Angestrengt presste er die Augen zu, um sich zusammenzureißen. Lange konnte er seine Tränen nicht mehr aufhalten, er war kurz davor, zusammenzubrechen. Doch das war in Ordnung.

»Nein, keine einzige.«

»Ich fasse es nicht!« Alex Stimme drang von weitem zu mir hervor, als ich Sonntagmittag am Strand saß und mich meinen Zeichnungen widmete. Etwas weiter entfernt spielten ein paar Kinder im Sand und ließen einen Drachen steigen. Der Wind letzter Nacht hatte etwas nachgelassen, reichte aber immer noch, um das bunte Papier in der Luft zu halten.

»Du strahlst ja!«, stellte Alex lachend fest, feuerte sein Fahrrad dann an den Rand und kam zu unserem Platz.

Bei seinem Kommentar konnte ich mir ein Grinsen nicht verkneifen, schüttelte dann aber nur den Kopf.

»Was ist passiert?«, fragte er, als er sich neben mir niederließ. »Vor zwei Tagen hast du noch total den Kopf hängen gelassen.«

Sein Blick schweifte auf meine Zeichnung, bevor ich sie verstecken konnte. Dann verharrte er mit offenstehendem

Mund, verlor für ein paar Sekunden sein Lächeln, nur um es daraufhin wieder zu verbreiten.

»Du hast sie wiedergetroffen, oder?« Erfreut rammte er mir den Ellenbogen in die Seite, als ich meine Zeichnungen zurück in die Mappe packte. »Du hast auf mich gehört und Michael gefragt.«

»Wie kommst du darauf?«, fragte ich nichtsahnend.

Er lachte. »Ach ich weiß nicht, vielleicht erkenne ich das an dem breiten Grinsen, das du trägst.« Dann deutete er auf meine Mappe. »Außerdem hast du sie ziemlich gut getroffen.«

»Findest du?«

Er presste die Lippen aufeinander, andächtig, als wäre er kurz an einem anderen Ort, in einer anderen Zeit. »Ja«, nickte er, bemühte sich dann wieder eines lockeren Lächelns. »So wie du sie gezeichnet hast, habe auch ich sie in Erinnerung.«

»Wie kommt es, dass du sie schon so oft mit dem Bürgermeister gesehen hast und mir sie nie aufgefallen ist?«, fragte ich verwundert und schüttelte den Kopf, als ich die Zeichnung nochmal hervorholte und über das schwache Blei fuhr.

Alex schmunzelte und wackelte mit den Brauen. »Du warst die letzten Jahre vielleicht mit anderen Dingen – anderen Frauen – beschäftigt.«

Ich presste die Lippen aufeinander. Beim Gedanken an das frauenverarschende Arschloch, das ich lange Zeit gewesen war, lief mir ein kalter Schauer über den Rücken. Ich hatte ein Mädchen wie Abbigail ganz und gar nicht verdient.

»War gestern nicht Autokino mit Nino angesagt?«, fragte er schließlich und widmete sich wieder dem gestrigen Abend. »Hast du sie mitgenommen?«

Ich schüttelte den Kopf. »Nein… also ja, eigentlich schon. Aber ich habe mich mit Nino gestritten und den Film dann mit

Abbigail abgebrochen. Bei den vielen Gewaltszenen war es ja eigentlich klar, dass sie eine Panikattacke bekommt.«

Ich vergrub das Gesicht in der Hand, weil ich für kurze Zeit wieder mit Schuldgefühlen erfüllt wurde. Dass ich sie in eine solch schreckliche Situation gebracht hatte… Ich hätte es besser wissen müssen.

»Verstehe. Panik also…«, meinte er etwas enttäuscht und nickte nachdenklich. »Also hat der Abend gar nicht so lange angehalten.«

Nun huschte ein Lächeln über meine Lippen. »Nein, ganz und gar nicht. Als sie sich wieder beruhigt hat, sind wir noch etwas essen gegangen. Ihr erster Burger.»

Alex Blick fand meinen fragend. Er starrte mich eine Zeitlang an, als suche er in meinen Augen nach Antworten. »Sie hat sich wieder beruhigt? Nach der Panikattacke?«, fragte er, als wäre dies so unwahrscheinlich. »Ich meine… so schnell?«

Ich kniff verwirrt die Augen zusammen. »Ja, naja, sie hat schon ein paar Minuten gebraucht und war beim Essen auch noch etwas gerädert, aber letztendlich war sie, denke ich, dann ganz entspannt.«

»Wow«, hauchte Alex, verharrte dann mit offenstehendem Mund und wandte nachdenklich den Blick ab.

Seine verwunderte Art über Abbigails Panikattacke machte mich allmählich etwas nervös. Hatte ich mich falsch verhalten?

»Wieso bist du so verwundert?«, hakte ich nach. »Denkst du… Meinst du, ihr ging es eigentlich total elendig und sie hat versucht, sich mir zuliebe ruhig zu verhalten?«

Nun schmunzelte er wieder. »Nein, das hättest du sicherlich gemerkt.«, winkte er zu meiner Erleichterung ab. Irgendwie besaß alles, was Alex sagte, so viel Gewicht. Er war der beste Ratgeber, den man haben konnte, denn irgendwie war bisher alles wahr gewesen, was er von sich gab. »Ich war nur so verwundert, weil ich selbst Erfahrungen mit Panikattacken gemacht habe. In Abbigails Situation hätte ich niemals erwartet, dass sie so schnell zur Ruhe kommen kann.«

Voller Melancholie versetzte er sich in ihre Lage, das merkte ich. Und komischerweise hatte ich das Gefühl, als würde er ganz genau wissen, wie sie sich anfühlte. Was Abbigail durchlebte.

Schließlich gab er einen kleinen Lacher von sich und verpasste mir einen Seitenhieb. »Du scheinst sie gut beruhigen zu können.«

Ich musste grinsen, weil mich der Gedanke, dass Alex Recht hatte, mit Freude erfüllte. Ihr Ruhe bringen, - das war alles, was ich gewollt hatte. Und sollten seine Worte stimmen, dann war es umso schöner, zu wissen, dass Abbigail nach einer solchen Panikattacke trotzdem noch einen schönen Abend mit mir hatte verbringen können.

Es war gar nicht so einfach, zum Grundstück von Mr. Grogan zu kommen. Bei meinem Weg durch den Wald hatten mir immer wieder dichte Sträucher oder umgefallene Bäume den Weg versperrt. Zwischendurch hatte ich auch hin und wieder mal die Orientierung verloren, fand sie dann aber wieder, als ich an einem Garten der vielen Anwesen vorbeikam. Manchmal musste ich einfach nur kopfschüttelnd schmunzeln. Vor allem, als ich an meinen Beinen die vielen unangenehmen Kratzer von Dornen oder Verbrennungen von Brennnesseln sah. Dass ich einen solchen Weg für ein Mädchen aufnahm, hätte ich vor ein paar Wochen noch für vollkommen unmöglich gehalten. Und doch setzte ich immer und immer wieder einen weiteren Schritt vor den anderen, um zu ihr zu gelangen.

Meine Armbanduhr verriet mir, dass wir fünf vor acht hatten, als ich das letzte Grundstück - Bürgermeister Grogans

Grundstück - von weitem durch die Bäume ragen sah. Der Zaun war wirklich hoch, doch ich wusste, dass ich geschickt genug war, um zur Not drüber klettern zu können. Das einzige Problem waren die vielen Brombeer- und Heidelbeersträuche, die sich auf der Seite des Grundstücks am Zaun entlang schlängelten. Ich würde sofort in den Dornen landen. Also blieb ich erstmal auf der anderen Seite stehen und lugte durch die Stangen. Viel konnte man nicht sehen, da der Wald auf dem Grundstück noch ein wenig weiter ging. Zwischen ein paar Bäumen ragte aber das Anwesen etwas weiter weg hervor und ich konnte das Glitzern des Sees wahrnehmen. Ich blickte mich etwas um, lief den Zaun weiter ab, der sich ins Unendliche zu strecken erschien. Irgendwann schoben sich Teile von Abbigails Baumhaus in mein Sichtfeld hervor und ich betrachtete es eine Zeitlang neugierig.

Sie hatte Recht. Es war wirklich ein schöner Ort. Wenn ich nicht wüsste, was auf diesem Grundstück für ein Klima herrschte, hätte ich glatt gemeint, dieser Ort wäre der Himmel auf Erden. Doch der Schein trügt leider nicht selten.

Dies hier war die Hölle.

XXI

Abby

Diese Nacht schlief ich endlich mal wieder durch.

Nachdem Michael mich letzten Abend heil und erfolgreich nachhause gebracht hatte, hatte Hugh mich noch ein wenig nach meinem Abend mit ihm ausgefragt. Ich musste gestrahlt haben, denn er wirkte sehr zufrieden mit meinen Antworten. Seine Hoffnung auf eine Zukunft zwischen Michael und mir stieg mit jedem Wort, das ich von mir gab. Mit jedem Wort, das ich insgeheim über das Gefühl mit Jake erzählte.

Dementsprechend war Hugh am Sonntag auch gut gelaunt. Meinen Zusatzunterricht ließ er trotzdem nicht ausfallen. Nach dem wöchentlichen Gottesdienst sollte ich also wie immer mit Beschäftigung in Hülle und Fülle erfreut werden. Es war das zweite Mal seit der langen Pause nach meinem *Unfall,* dass ich wieder in dieser Bank saß. Seitdem hatte ich immer wieder darauf gehofft, dass auch Jake zur Kirche ging, um ihn zu sehen. Leider vergebens.

90 % der Gäste, die die Kirche aufsuchten, waren über Dreißig. Die meisten noch älter. Michael und ich waren meist die einzigen der jüngeren Generationen. Nur manchmal

schleppten manche Erwachsene ihre Kinder mit, die eigentlich nicht hier her gehörten.

Um ehrlich zu sein, gehörte ich auch nicht hier her. Zur Kirche. Zu Gott. Insgeheim hatte ich seit langer Zeit aufgehört, an einen Gott zu glauben. Wenn der Glaube an Gott und das Zusammenleben mit solch einem christlichen Onkel bedeutete, leiden und bestraft zu werden, dann wollte ich ihn nicht anbeten.

Klar, Hugh hatte mir schon früh eingeflößt, dass all meine Strafen gerechtfertigt waren und er mich in Vertretung für Gott rügte. Trotzdem hatte ich in den Jahren immer mehr das Gefühl bekommen, dass es nicht richtig war. Dass ein *richtiger* Gott – nicht solch einer, wie Hugh ihn beschrieb – mich schützen und nicht bestrafen würde. Wenn ich zu Gott betete, fühlte es sich für mich an, als würde ich an einen Verbündeten von Hugh das Wort richten, und das fühlte sich schon lange nicht mehr richtig an.

Die starke Mittagssonne warf ihre Strahlen durch das bunte geschwungene Glasfenster und traf mich farbig auf der Nase. Für einen kurzen Moment reckte ich den Hals und schloss die Augen, um mich von der Wärme streicheln zu lassen, während der Pastor seine Predigt hielt. Ob es bei Jakes Meeresgöttern auch einen Gottesdienst gab? Sicherlich nicht und wenn, dann nur in den Tiefen des Ozeans. Bei dem Gedanken an singende Fische und predigende Meerjungfrauen musste ich schmunzeln. Jake hatte mit diesem Thema definitiv meine Neugierde geweckt. Und auch wenn es nur eine Mythologie war, bekam ich nicht genug von dem Gedanke, dass David wirklich Teil des Meeres geworden war. Wie gerne ich ihn dort besuchen würde, wie gerne ich mich von den Wellen - von ihm - tragen lassen würde. Bis vor zwei Tagen hätte ich einen solchen Wunsch noch mit einem Seufzen zunichte gemacht, da ich eigentlich wusste, dass dies niemals passieren würde.

Doch seit dem gestrigen Abend mit Jake hatte sich in mir eine Hoffnung aufgetan, die lange Zeit erfroren gewesen war. Irgendwie wusste ich, dass ich an seiner Seite all diese Dinge erleben konnte, von denen ich bisher immer nur hatte träumen dürfen.

Rechts neben mir saß Hugh, links Michael und daneben Dr. Woods. Als der Pastor fertigsprach und das Lied zum Ende aus der Orgel ertönte, öffnete ich die Augen und verfing mich mit meinem Blick in Michaels Gesicht. Seit gestern Abend umspielte sein Mund ein zartes Lächeln. Es war nichts Großes, - nichts Besonderes, das anderen aufgefallen wäre, - und doch wusste ich, dass es in seinem Inneren eine ganz besondere Bedeutung hatte. Mich persönlich machte es unheimlich stolz, dass ich mit meinem Mut, Jake zu sehen, auch ihm eine Freude machen konnte. Wahrscheinlich würde er heute nur deprimiert dreinschauen, wie er es immer tat, hätte ich gestern einen Rückzieher gemacht. Und auch ich war mir sicher, dass ich es redlich bereut hätte. Das spürte ich.

Wir standen noch wenige Minuten vor der Kirche, als der Gottesdienst fertig war. Hugh unterhielt sich mit ein paar Mitgliedern des Stadtrates, Michaels Vater stand dabei, schaffte es aber selten, auch das Wort zu ergreifen. Ich stand mit Michael etwas Abseits und wartete. Dabei tankte ich im warmen Sonnenlicht ein wenig Optimismus und Energie. Das hatte David mir beigebracht. Er meinte, das beste Heilmittel war die Sonne, und sobald man die Möglichkeit hatte, sollte man so viel von ihrer Wärme genießen, wie man nur konnte. Und er hatte Recht. Sobald ich ihre Strahlen auf meinen Sommersprossen spürte, konnte ich für kurze Zeit alle negativen Dinge vergessen.

»Wie geht es dir heute?« Michael musterte mich, woraufhin ich schwach schmunzelte. »Wie war deine Nacht nach dem Abend gestern?«

Ich warf einen Blick zu Hugh und Dr. Woods, die von unserem Gespräch allerdings nichts mitbekamen.

»Mir geht es gut.«, nickte ich, lächelte ihn dann noch eine Zeitlang an, um meiner Aussage Nachdruck zu verleihen. »Ich habe heute Nacht endlich mal wieder geträumt. *Richtig* geträumt.«

Michael wusste, dass ich selten träumte, was von meinen Schlafproblemen kam. Ich hatte einen sehr schwachen Schlaf und wenn ich mal einen Traum hatte, war es meist kein schöner oder einer, der von David handelte und eigentlich recht schön war, aber mich nur deprimierte, sobald ich wach wurde.

»Wirklich?« Er strahlte.

Ich biss mir lächelnd auf die Lippe und wandte den Blick zu Boden, während ich nickte. »Ich habe von einem Konzert geträumt. Jedenfalls so, wie ich mir ein Konzert vorstelle.«

Michael trat näher. »Von welcher Band?«

Ich überlegte. »Leider habe ich den Namen vergessen. Jake hat mir gestern ein paar Lieder gezeigt, die ich toll fand. Ich glaube, ein Lied hieß irgendetwas mit *Japan*. Ich hatte die ganze Nacht ein Ohrwurm der Melodie.«

Er grinste. »*Big in Japan* von Alphaville?«

»Ja, genau!«, meinte ich und schnipste mit dem Finger. »Alphaville.«, hauchte ich dann und erinnerte mich daran, ihren Namen bei dem Wunsch, ein Konzert zu besuchen, auf meiner Bucketlist zu notieren.

»Ja, die sind wirklich gut.«, nickte er. »Ich glaube, im Moment sind sie auf Tour und geben Konzerte. Vielleicht kannst du ja hin.«

»Wo kann sie hin?« Gerade als ich über die Vorstellung, dass es klappen könnte, ein Konzert zu besuchen, ohne dass es mein Onkel mitbekam, lachen wollte, mischte sich Hughs Stimme zwischen mein Lachen und ließ mich erschaudern.

Auch Michael zuckte kurz zusammen und fing meinen panischen Blick ab.

»Zum Lichterfest am Strand.«, fasste er sich dann. »Nächsten Freitag.«

Hugh runzelte die Stirn. »Ist es wirklich wieder soweit? Bei meinen vielen Terminen komme ich immer durcheinander.«

Michael und ich nickten synchron. Das Lichterfest wurde jedes Jahr zur Erinnerung an die vielen Opfer des amerikanischen Bürgerkrieges und zu Ehren der Überlebenden, die mit kaum verfügbaren Mitteln Saint Marys wieder aufgebaut hatten, gefeiert. Zum Fest versammelte sich die Stadt am Strand und an der Promenade. Um Mitternacht wurden für eine Minute alle Lichter der Stadt außer dem Leuchtturm gelöscht, um daran zu erinnern, wie dunkel es einst hier gewesen war. Während dieser Minute zündete jeder, der wollte, eine Kerze an und hielt sie in seinen Händen, um für diesen Moment nur den Opfern das Licht zu widmen.

Ein sicherlich wunderschönes Spektakel, das ich nur leider nie miterleben durfte. Hugh hatte David und mich zwar immer mitgenommen, allerdings durften wir nie bis Mitternacht bleiben. Die letzten zwei Jahre hatte ich zudem gar nicht teilgenommen, da ich wegen Davids Tod zu niedergeschlagen war.

»Mrs. Grey!« Hugh rief seine Sekretärin zu uns, die sich vor dem Eingang der Kirche gerade mit ein paar Gemeindemitgliedern unterhielt. »Das Lichterfest, ist es schon nächsten Freitag?«

Mrs. Grey nickte eifrig, als sie zu uns geeilt kam, und zückte im Gehen ihren Kalender. Ich mochte sie. Sie wirkte sehr chaotisch, schaffte es aber trotzdem immer, alles für Hugh zu organisieren. Mit ihrer übergroßen Brille, dem vom Stress zerzausten Haar und dem freundlichen Lächeln war sie mir schon immer sympathisch gewesen. Als wir noch klein waren, hatte sie David und mir immer heimlich Süßes zugesteckt. Dass sie wusste, was im Hause Grogan wirklich abging, wagte ich zu bezweifeln.

»Ja, Freitag.«, antwortete sie, ehe ihre Tasche die Schulter hinunter rutschte. Mühevoll versuchte sie, sie aufzufangen, ließ dabei aber ihren Kalender fallen, wobei sich ein paar Blätter raus lösten. Hugh verdrehte die Augen, Mrs. Grey lachte nur über ihre Ungeschicktheit.

»Die Rede für das Fest ist auch fertig?«

»Ja, Sie haben mir letzte Woche den Auftrag gegeben. Ich habe Ihnen die grobe Version zur Prüfung auf den Tisch gelegt.«, antwortete sie, als sie sich wieder gesammelt hatte, und blätterte in ihrem Kalender.

»Das war die Rede fürs Lichterfest?«

»So haben Sie es gesagt.«

Er seufzte, dann drehte er sich mit einem überheblichen Lächeln zu Dr. Woods. »Bei den vielen Reden komme ich nicht mehr mit.«

»Die Willkommensrede findet um 20 Uhr statt, danach wollten Sie noch etwas zur Geschichte Saint Marys erzählen.«, fuhr Mrs. Grey fort und notierte sich etwas. »Im Anschluss sind Sie mit den Herren Swayze und Woods zum Konzert des Schulorchesters im Südflügel des Theaters geladen und um Mitternacht entzünden Sie gemeinsam mit dem Stadtrat den Hauptkranz auf dem Hauptsteg.«

Hugh musterte sie eine Zeitlang genervt, seufzte dann. »Den Terminen habe ich allen zugestimmt?«

Sie zuckte mit den Schultern. »Nun, die Rede und das Zünden des Kranzes sind ja jährlich Tradition. Dem Konzert haben Sie letzten Monat zugestimmt, als Sie mit Direktor Swayze zu Mittag gegessen haben.«

Er verdrehte die Augen, wandte sich dann an mich. »Nun, dann wird das dieses Jahr wohl wieder nichts, Abbigail. Bei dem vielen Stress habe ich keinen Kopf, mich auch noch um dich zu kümmern.«

Ich ließ den Kopf hängen, da meldete sich Michael dazwischen. »Wenn es Ihnen recht ist, begleite ich Ihre Nichte.«

»Michael, wolltest du uns nicht zum Konzert begleiten?«, fragte sein Vater etwas verwundert, woraufhin Michael unauffällig die Nase rümpfte. Was Michael wollte, schien sein Vater genau so wenig zu wissen, wie Hugh es mit meinem Willen tat.

»Bei allem Respekt vor der Kunst des Orchesters, aber ich ziehe es ehrlich gesagt vor, mit Abbigail meine Zeit zu verbringen.«

Hugh und Dr. Woods begannen beide zu strahlen, als Michael diesen Satz von sich gab. Im nächsten Moment wurde Hugh aber wieder skeptisch und runzelte die Stirn, als er darüber nachdachte, mich alleine mit ihm zum Lichterfest zu lassen. Bevor er verneinen konnte, kam Michael ihm nochmal zuvor.

»Wir können mit Ihnen gemeinsam fahren, treten als Einheit mit meinem Vater auf. Nach Ihrer Rede zeige ich Abbigail gerne die historische Ausstellung. Soweit ich weiß, geht sie momentan den Bürgerkrieg auch im Geschichtsunterricht durch?«

Als alle Blicke mich trafen, sprang ich auf Michaels Zug auf. »Ja, das stimmt.«, nickte ich eifrig. »Es wäre umso interessanter für mich.«

»Im Anschluss zünden wir gemeinsam eine Kerze an und nachdem Sie den Kranz gezündet haben und fertig sind, bringe ich Abbigail zurück zu ihnen.«

Hugh überlegte, musterte Michael und mich mit gehobenem Kinn. »Die Ausstellung ist durchaus interessant. Vielleicht hebt sich dadurch deine Leistung in Geschichte nochmal an.«, nickte er. »Vielleicht ist das wirklich keine schlechte Idee. Ich überlege es mir.«

Ich begann zu lächeln und auch Michael schmunzelte erfreut. »Vielen Dank.«, meinte er erfreut. »Ich freue mich, wenn Sie meiner Idee zustimmen.«

Am Nachmittag saß ich auf der Terrasse und bearbeitete die restlichen Aufgaben meines soeben beendeten Unterrichts. Hugh hatte den Tag in seinem Büro verbracht und sich seit dem Mittagessen nicht mehr blicken lassen. Mein Blick schweifte über den See in Richtung Wald. Ich hatte noch keine Möglichkeit gehabt, Hugh um Erlaubnis zu bitten, wieder zum Baumhaus zu können, und bekam bei dem Gedanke daran immer wieder kurze Panikschübe. Immer und immer wieder ging ich Sätze im Kopf durch, die ich zu ihm sagen könnte, warum er mir vertrauen konnte. Warum er keinen Fehler einging, mich zum Baumhaus zu lassen. Mein Unterricht verlief heute ausgesprochen gut, ich war aufmerksam und engagiert und das hatten auch meine Lehrer beobachtet. Zudem schien Hugh einen guten Tag zu haben. Trotzdem durfte ich ihn nicht in seinem Büro stören und musste warten, bis er von selbst hinaus kam. Ich hoffte nur vor 18 Uhr.

Um mir die Zeit zu vertreiben, schrieb ich meine Matheaufgaben alle nochmal fein säuberlich ab und überdachte jene, bei denen ich unsicher war. Meine Matheleistung war nie die beste, doch dank Michael hatte ich mich die letzten Wochen stark verbessern können. Zwischendurch brachte Jae mir Kekse mit Milch, die ich in meiner Aufregung sofort verschlang. Die Zeit verging wie im Flug – von Hugh gab es keine Spur. Wahrscheinlich feilte er an seiner Rede für das Fest.

Um kurz vor sechs klingelte das Telefon, woraufhin Mr. Welsh Hugh aus seinem Büro holte. Ich beobachtete

Hugh durch die Terrassentür, wie er mit dem Hörer in der einen und dem Apparat in der anderen Hand im Salon auf und ab lief. Das Kabel war lang genug und wurde hinter ihm hergezogen. Ungeduldig warf ich dabei immer wieder den Blick zum Wald. Ob Jake schon da war? Und wenn ja, ob er gleich wieder ging, würde ich nicht auftauchen? Dass er mir eine Nachricht da lassen wollte, beruhigte mich ein wenig.

Nach wenigen Minuten stellte Hugh das Telefon zurück auf seinen Platz und kam dann zu mir auf die Terrasse. Mein Blutdruck stieg mit dem Moment, in dem mir bewusst wurde, dass ich nun meine Chance hatte, ihn zu fragen.

»Bist du mit deinen Aufgaben durch?«, fragte er etwas erschöpft und ließ sich neben mir nieder, um sich eine Zigarette anzuzünden.

Ich nickte. »Ja. Meine Lehrer waren heute sehr zufrieden mit mir. Von Professor Mason habe ich ein A für die heutige Stunde bekommen und Professor Hyde gab mir ein B.«

Er hob die Brauen. »Sieh an, ein A in Mathe.«, lobte er mich zurückhaltend. »Wieso nur ein B in Geschichte?«

Ich senkte den Blick auf mein Geschichtsbuch. »Ich fürchte, ich muss mich noch etwas mehr einlesen. Die letzte Stunde habe ich mich meinen Matheaufgaben gewidmet, nun wollte ich noch etwas im Geschichtsbuch lesen.«

Er nickte zufrieden, drückte seine Zigarette dann im Aschenbecher aus und erhob sich, um zurück ins Büro zu gehen. Mit zusammengekniffenen Augen hielt ich ihn auf.

»Hugh?«, hauchte ich, ehe er im Türrahmen ankam und sich zu mir umdrehte.

Ich begradigte meinen Sitz, versuchte meine aufgeregte Atmung unter Kontrolle zu bekommen, damit er keinen Verdacht schöpfte. Als er mich fragend ansah, sprach ich weiter. »Ich wollte dich fragen, ob ich das Lesen im Baumhaus fortführen darf? Ich habe es lange nicht mehr besuchen können und konnte mich dort immer super konzentrieren.«

Hugh kam einen Schritt näher und musterte mich mit zusammengezogenen Brauen. Als er seinen Blick skeptisch zum See warf, bekam ich noch eine Idee.

»Ich könnte dir ein paar Brombeeren von unseren Sträuchern mitbringen. Die liebst du doch so sehr.«

Unschlüssig biss er sich auf die Lippe, musterte meine Matheaufgaben, das Geschichtsbuch und mein vor Aufregung glühendes Gesicht. Meine Schneidezähne klapperten leise aufeinander und die Handinnenflächen waren schweißgebadet. Er könnte jeden Moment ausholen und mich für diese Frage ohrfeigen.

Schließlich verdrehte er seufzend die Augen und winkte erschöpft ab. »Meinetwegen. So lange du mich nicht störst, soll es mir recht sein. Aber in einer halben Stunde bist du pünktlich wieder hier und ich erwarte, dass sich deine Geschichtsleistungen dementsprechend auch verbessern, wenn dieses Baumhaus angeblich so sehr zu deiner Konzentration beiträgt.«

Mein Gesicht verwandelte sich in ein breites Grinsen. Fast so breit wie jenes der Grinsekatze aus Alice im Wunderland – ein Buch, das Hugh verabscheute.

»Vielen Dank, Onkel. Ich bin dir so dankbar!«

Nachdem Hugh sich wieder in sein Büro zurückgezogen hatte, hatte ich mich mit einem Korb aus der Küche und meinem Geschichtsbuch auf den Weg zum Baumhaus gemacht. Diesmal nahm ich den Weg um den See herum, weil ich nicht wollte, dass mein Rock nass war, wenn ich Jake traf. Das Herz schlug mir bis zur Stirn. Es war ein Gemisch aus Angst und Vorfreude, - Gefühle, die ich jedes Mal aufs Neue verspürte, wenn Jake in meiner Nähe war, - doch mit jedem weiteren Mal wuchsen sie. Denn mit der Freude, ihn wiederzusehen, wuchs auch mein Vertrauen zu ihm – und genau das machte mir Angst: Zu vertrauen.

Für den Fall, dass Hugh noch hinter der Scheibe stand und mich beobachtete, kletterte ich zur Sicherheit erstmal ins Baumhaus und wartete dort ein paar Minuten. Außerdem nutzte ich die Zeit, um etwas runterzukommen. Vergebens.

Immer wieder spähte ich zwischen den Holzbrettern hindurch zum Anwesen, konnte aber bei weitem nichts erkennen. Hugh war wahrscheinlich wirklich wieder zurück in sein Büro. Also drehte ich mich zur anderen Wand des Baumhauses und spähte in Richtung Zaun. Ein paar Bäume versperrten mir die Sicht, weswegen ich Jake nicht entdecken konnte. Der Blick auf meine Uhr verriet mir zudem, dass wir bereits viertel nach sechs hatten. Jake war vielleicht gar nicht mehr da.

Ehe ich mich hastig die Strickleiter nach unten schwang, warf ich nochmal einen letzten prüfenden Blick zum Anwesen. Dann versteckte ich mich hinter den Bäumen und lief zum Zaun. Keine Spur von ihm.

»Jake?«, fragte ich in das Nichts hinein und lief weiter die Bäume ab.

Als ich hinter dem letzten hervortrat, machte ich im Augenwinkel eine Bewegung aus und wirbelte erschrocken herum. Die Überraschung in meinem Gesicht machte sofort für ein Lächeln Platz, als ich erkannte, dass es Jake war. Er stand dicht am Zaun der anderen Seite und betrachtete unsere Sträucher. Als auch er mich bemerkte, erhellte sich sein Gesicht.

»Abbigail« Er schien überrascht. »Ich habe, ehrlich gesagt, nicht mehr damit gerechnet, dass du noch kommst.«

Ich wandte den Blick schüchtern zu den Sträuchern, als ich bei ihm ankam. »Tut mir leid, dass es so spät wurde.«

Er schüttelte hastig den Kopf. »Nein, alles gut! Ich freue mich, dass es geklappt hat.«

»Ich habe leider nicht viel Zeit.«, erklärte ich und warf einen prüfenden Blick zurück zum Anwesen, dann begann ich, die ersten Beeren zu pflücken. »Ist es in Ordnung, wenn ich dir das Baumhaus ein anderes Mal zeige?«

Jake lächelte. »Na klar.« Dann wühlte er in seiner Tasche. »Ich wollte dir ja in erster Linie sowieso nur das hier wiedergeben.«

Meine Atmung setzte aus, als er seine Hand durch die Gitter steckte und sie öffnete. Zum Vorschein kam mein heißgeliebtes Muschelarmband. Ein Schleier aus Freudentränen legte sich vor meine Iris, als ich es aufgeregt entgegennahm.

»Vielen Dank!«, hauchte ich und fuhr über Davids und meine Initialen auf der Muschel. Dann hob ich prüfend den Blick. Ob Jake wohl bereits vom Tod meines Bruders wusste? Ob er sich fragte, wo er gerade war? Ich bekam den Drang, es ihm zu erklären. Ihm zu erklären, warum mir jedes Erinnerungsstück an David so wichtig war. Doch ich war noch nicht so weit.

»Wo hast du es eigentlich gefunden?«, fragte ich stattdessen, als ich es in meine Rocktasche sinken ließ.

Jake vergrub die Hände wieder in den Hosentaschen und folgte mir am Zaun entlang. »Es lag unter meiner Heizung. Du musst es wohl beim Umziehen verloren haben.«

Angestrengt versuchte ich mich an jene Nacht zu erinnern, wurde dabei aber immer wieder von dem Schmerz heimgesucht, der in dieser so präsent gewesen war. Mühsam schluckte ich ihn und die mit ihm ansteigende Unsicherheit hinunter und nickte schließlich dankbar. Dann widmete ich mich wieder den Beeren. Vielleicht würde er so meine Unsicherheit nicht bemerken.

»Möchtest du welche?«, bot ich ihm an und hielt ihm eine Handvoll entgegen.

Er nickte dankbar, griff dann durch die Stangen nach den Beeren in meiner Hand. Als seine Finger meine Handinnenfläche berührten, entstand dort ein Kribbeln und verbreitete sich wie ein Buschfeuer durch meinen ganzen Körper. Zum Glück bekam er das aber nicht mit.

»Eigentlich haben wir einen Gärtner, aber der kümmert sich meist nur um die Pflanzen vorne am Anwesen. Hier hinten am Wald wächst alles noch wild.«, erklärte ich ihm, um von meinem Zittern abzulenken. »Mein Onkel liebt die Beeren, deswegen bringe ich ihm welche mit.«

Während er mir zuhörte, wandte Jake den Blick auf seine Füße, die sich weiterhin durch das Laub bewegten. Diesen Moment nutzte ich, um ihn zu mustern. Er trug knielange Jeans und ein weißes Shirt mit Aufdruck irgendeiner Band, dessen Namen ich durch die leichte Bomberjacke nicht erkennen konnte. Die braunen Haare waren etwas zerzaust, weil er sich immer wieder mit der Hand durchfuhr, und an seinem Handgelenk befanden sich ein paar bunte Stoffbänder. Ich mochte seinen Stil, sein Aussehen. Er wirkte damit so frei und wild und sah unverschämt gut aus. Zu gut. Er könnte doch sicherlich jedes Mädchen dieser Stadt abbekommen, ganz ohne Stress, ganz ohne Heimlichtuereien.

»Ja, mein Vater mag die auch gerne.«, antwortete er, als ich an einer Stelle ankam, an der sehr viele Beeren hingen. »Als ich klein war, hat er öfters Brombeerkuchen gebacken.«

»Möchtest du dir welche mitnehmen? Er freut sich bestimmt.«

Er blickte an sich hinunter. »Leider habe ich keine Möglichkeit, sie zu transportieren, aber danke!«

»Hm, stimmt.«, überlegte ich und presste die Lippen aufeinander. Dann lächelte ich. »Das nächste Mal bringe ich dir auch einen Korb mit.«

Er öffnete den Mund, um etwas zu antworten, verharrte damit aber schließlich offenstehend und atmete schmunzelnd aus. Sein Blick verfing sich in meinen Augen. Eine Zeitlang sah er mich andächtig an, ließ seine Augen zwischen den meinen hin und her gleiten, als würde er darin etwas suchen. Schon wieder erwärmten sich meine Wangen, schon wieder machte sich in mir eine Unruhe breit, die ich immer bekam, sobald ich länger als zwei Sekunden Blickkontakt hielt. Doch ich wollte ihn nicht enden lassen. Denn jener mit ihm - getränkt in Zuneigung, Bewunderung und Freude - war einer der wenigen Blicke, die sich nicht wie Säure auf meine Haut legten. Ganz im Gegenteil. Er streichelte mich wie Seide.

»Ist etwas?« Irgendwann wurde ich doch unruhig und strich mir unsicher eine Strähne hinters Ohr.

Nun schloss er den Mund, hielt seinen Blick aber aufrecht. Dann schüttelte er andächtig den Kopf und verbreitete sein Lächeln.

»Das nächste Mal«, wiederholte er mich. »Jedes Mal, wenn wir uns sehen, frage ich mich, ob es das letzte Mal ist. Ob wir uns danach nochmal sehen. Und wenn ich diese Worte aus deinem Mund höre, dann freut mich das.«

Ich nickte lächelnd, dann wurde mir die Realität wieder bewusst. Seufzend warf ich den Blick zu unserem Anwesen. »Wir wissen trotzdem nie, ob es das letzte Mal ist.«

»Deswegen bin ich umso dankbarer für jeden einzelnen Moment mit dir.«

Ich drehte mich zurück zu ihm, studierte seinen Blick, der rein und ehrlich war, und versuchte seine Worte zu verstehen. Am liebsten hätte ich gefragt, was er in mir sah, warum er mich so gut behandelte und seine Zeit mit mir verbringen wollte, wenn er es doch so einfach haben könnte. Doch ich fürchtete mich vor seiner Antwort. Nicht, weil ich ahnte, dass sie negativ ausfallen würde, sondern weil ich wusste, dass sie mich dazu bringen würde, mich noch mehr in ihm zu verlieren. Mit jeder Sekunde, in der er mir zeigte, wie sehr er mich mochte, bröckelte Stück für Stück meine schützenden Mauern in sich zusammen und wenn er so weiter machte, dauerte es nicht mehr lange, bis ich ihm mit meinen vollkommenen Gefühlen ausgeliefert war.

Ich räusperte mich, wandte meinen Blick zu den Sträuchern und lief weiter den Zaun entlang. »Gehst du zum Lichterfest nächsten Freitag?«, fragte ich, um meine Gefühle zu unterdrücken.

Er verarbeitete meinen abrupten Gesprächswechsel etwas verdutzt, sprang dann aber auf. »Ja, denke schon.«, nickte er. »Du auch?«

Ich schmunzelte aufgeregt. »Ja, wahrscheinlich.«, antwortete ich, ehe ich einen Blick auf meine Armbanduhr warf. Die halbe Stunde war fast um, aber eine Sache lag mir noch auf dem Herzen.

»Macht es dir etwas aus, wenn-«, begann ich und zupfte nervös an meinem Rock. Ehe ich weitersprach, biss ich mir unschlüssig auf die Lippen. »Ich meine,… möchtest du mich Abby nennen?«

Bisher hatten nur Michael und David mich bei meinem Spitznamen nennen dürfen und Michael tat dies auch erst seit einigen Wochen. Zum einen fürchtete ich mich vor diesem Namen. Vor diesem Namen aus Jakes Mund, denn ein Spitzname bedeutete immer, dass man sich vertraut war, dass man sich mochte. Dinge, die mir Angst bereiteten.

Gleichzeitig war es aber komischerweise genau das, was ich wollte. Jake hatte es verdient, mich so nennen zu dürfen.

»Liebend gern, Abby.«, grinste er und ich glaube, ich konnte in seinem Blick Stolz herauslesen. Stolz und Dankbarkeit.

Mein Spitzname aus seinem Mund zu hören, brachte meinen Körper dazu, warm zu erschaudern. Hastig unterdrückte ich ein breites Grinsen und deutete schließlich hinter mich.

»Tut mir leid, ich muss jetzt langsam zurück.« Nervös trat ich ein paar Schritte rückwärts, blickte dann hinter den Bäumen in Richtung Anwesen.

Jake trat näher an den Zaun. »Warte«, hielt er mich ab. »Das hier ist noch für dich.«

Er fischte einen Brief aus seiner Hosentasche und reichte ihn mir durch die Stangen. Mit einem aufgeregten Lächeln nahm ich ihn an mich, betrachtete ihn eine Zeitlang und steckte ihn dann zwischen die Seiten meines Geschichtsbuches.

»Werde ich dich dort sehen?«, fragte er dann noch. »Am Freitag?«

Ich fixierte ihn schmunzelnd, biss mir aufgeregt auf die Lippe, während ich rückwärts aus dem Wald hinaus lief. Ehe ich mich umdrehte und das wie immer wohlmöglich letzte Treffen mit Jake beendete, nickte ich. »Ich hoffe es.«

Doch ich wusste, es würde nicht das Letzte sein.

XXII

Jake

Diese Woche schrieb ich mit Abby weiterhin fast jeden Tag. Michael entlasteten wir, so gut es ging, durch den Zaun. Wenn ich genug Zeit hatte, hinterließ ich meinen Brief in den Sträuchern. Abby tat es mir gleich. Dass ich dafür jeden Tag durch Dornen und über Wurzeln stolpern musste, machte mir rein gar nichts. Ich tat es gerne, ich freute mich jedes Mal aufs Neue auf ihre Nachrichten.

Montag berichtete sie mir, dass sie ihren Brief im Baumhaus schreiben und dort nun wieder öfters ihre Zeit verbringen konnte. Außerdem drehte sich von nun an bei ihr viel um die Organisation und Dekoration der Wahlparty ihres Onkels. Mit seiner Erlaubnis durfte sie seiner Sekretärin helfen, Gestecke zu schmücken und die Gästeliste zu pflegen. Ich merkte, dass sie in ihrer Aufgabe aufging und wirklich Freude daran hatte, ihre Zeit mal nicht nur mit Lernen verbringen zu dürfen.

Ich arbeitete jeden Tag. Montag und Dienstag bekam ich die Abendschicht, Mittwoch, Donnerstag und Freitag mittags. Dass das Lichterfest um die Ecke war, bekamen wir im Diner daran zu spüren, dass mehr Touristen vor Ort waren. Dienstag war es so voll, dass ich mit den Bestellungen kaum hinterher kam und Mittwoch fiel ich so erschöpft ins Bett, dass ich es fast vergaß, Abbys Antwort zu schreiben.

Wenn ich genug Zeit hatte, setzte ich mich im Wald an den Zaun und verfasste sofort einen Antwortbrief, den ich dann dort lassen konnte. Doch diese Woche war so stressig, dass dafür nicht immer Zeit blieb und ich erst am Abend antworten konnte.

Die restliche Zeit der Woche half ich Dad beim Fischen. Für das Lichterfest belieferte er das *Larry's* - ein kleines, altes Café, dessen Besitzer er schon lange kannte und das für das Fest einen kleinen Imbiss am Strand öffnete. Unter den vielen großen Fastfoodketten ging es allmählich unter, weswegen Dad es, so gut es ging, unterstützen wollte. Beim Fischen sprachen wir wie immer nicht viel, doch die Stimmung war auf jeden Fall etwas lockerer und ich fühlte mich in seiner Nähe nicht mehr fehl am Platz. Ab und an fragte er immer wieder nach Abby, wie es ihr ging und ob ich sie bald wiedersehen würde, und ich bekam das Gefühl, dass er meinen Kontakt zu ihr immer mehr akzeptierte.

»Du kannst sie ja vielleicht mal mit her bringen.«, hatte er Donnerstagabend zu mir gesagt, als ich mit den Fischen gerade in die Stadt aufbrechen wollte.

Mehr aber auch nicht. Er hatte sich umgedreht, genickt und war dann murmelnd im Haus verschwunden. Doch dieser Satz bedeutete mir so viel, dass Dad gar nicht mehr sagen musste. Für ein breites Lächeln reichte er.

Freitag traf ich mich mit Nino auf einen Burger, bevor wir uns zum Fest aufmachten. Die Promenade war bereits gefüllt und am Strand hatten mehrere Gruppen sich auf Decken ausgebreitet. Am Steg wurde Essen verkauft und ein kleines

Riesenrad stand ebenfalls bereit. Ich fragte mich, ob Alex auch da sein würde, bezweifelte es bei den vielen Menschen aber.

»Der Film war übrigens ein totaler Flop.«, erzählte er mit vollem Mund. »Also fand ich…«

Ich tunkte meine Pommes in das blutrote Ketchup, spähte dann zu der Sitznische, in der ich mit Abby gesessen hatte. »Dann habe ich ja nicht viel verpasst.«

Nino sah von seinem Burger hoch und grinste allwissend. »Ich glaube, selbst wenn der Film gut gewesen wäre, hättest du nichts verpasst.«

»Wie meinst du das?«

Seufzend verdrehte er die Augen, ließ sich dann zurück gegen die Lehne sinken und starrte mich kopfschüttelnd aber grinsend an.

»Tu nicht so.« Laut schmatzend wackelte er mit den Brauen. »Dich hat‘s voll erwischt.« Dann schüttelte er enttäuscht den Kopf und widmete sich wieder dem Essen. »Und mir hast du nichts erzählt.«

»Mich hat gar nichts erwischt.«, log ich und zuckte gleichgültig mit der Schulter.

»Jake, tu nicht immer so auf kalt. Es ist nicht verwerflich, sich zu verlieben. Selbst Arschlöcher wie wir tun das irgendwann. Schau mich an. Ich bin verrückt nach Ann.« Er deutete mit einer Pommes in seine Richtung, quetschte sie dann zu dem Gemisch aus zerkautem Burger und Salat in seinen Mund.

Ich schmunzelte nur, verschränkte dann die Arme. Er hatte Recht. Ich musste mir diese kalte Art vor Nino abgewöhnen, was nur leider nicht so einfach war. Jahrelang waren wir ein und dieselbe Person, hatten denselben Frauengeschmack und uns im *Arschloch-sein* gegenseitig perfekt ergänzt. Doch diese kalte Zeit war längst vorüber. Nino hatte jene Art ablegen können, vielleicht schaffte ich es dann auch?

»Ich verstehe nur nicht, warum du mir nichts von ihr erzählt hast. Wo du sie kennengelernt hast.« Er zuckte mit den Schultern. Dass er enttäuscht war, konnte man ihm deutlich anmerken.

Ich seufzte. »Wenn du wüsstest, *wie* ich sie kennengelernt habe, dann würdest du es verstehen.«

»Ich habe sie noch nie zuvor hier gesehen. Kommt sie aus einer anderen Stadt? Sie ging doch gar nicht auf unsere Schule, oder?«

»Nein. Sie wohnt ihr Leben lang schon in Saint Marys, ist nur leider sehr eingeschränkt, was ihre Freizeit betrifft.« Ich warf ihm einen vielsagenden Blick zu, versuchte ihm durch die Blume zu erklären, dass Abby so gut wie eingesperrt war. Eingesperrt in einem Leben, das sie nicht führen wollte. Das niemand führen sollte.

War ja klar, dass Nino mal wieder nur Bahnhof verstand. »Wieso denn das?«

Seufzend schlug ich mir die Hand vors Gesicht, entschied mich dann für die Wahrheit. »Sie ist die Nichte des Bürgermeisters.«

»Grogan?«

»Haben wir noch einen anderen?«

Er grinste. »Nein. Aber was hat ihre eingeschränkte Freizeit mit dem Bürgermeister zu tun?«

Ich warf einen Blick durch das Diner, dann lehnte ich mich über den Tisch. »Nino, was ich dir jetzt sage, darfst du niemandem verraten. Niemandem. Auch nicht Ann.«

Sein kauender Mund verharrte offenstehend, als er den Ernst in meinem Blick erkannte. Dann schluckte er nickend und lehnte sich ebenfalls auf die Tischplatte.

»Ich habe Abby vor einem Monat aus dem Wasser gefischt. Sie hat sich in einer Nacht von den Klippen gestürzt. Sie wollte sich…« Ich konnte den Satz nicht aussprechen. Hoffentlich würde Nino diesmal verstehen.

Er verstand. »Oh Gott.«, hauchte er, als ich mich andächtig nickend wieder zurücklehnte. »Weißt du warum?«

»So gut wie, ja. Ich bin mir sicher, sie wird zuhause misshandelt.«

»Hast du mit der Polizei gesprochen?«, sprach Nino den Gedanken aus, den auch ich hatte, als ich sie in der Nacht rettete. Doch mittlerweile wusste ich, dass dies schwieriger war als gedacht.

»Der Sheriff ist ein guter Freund und Anhänger des Bürgermeisters. Wie es aussieht, kann man erstmal nichts machen.«

Nino starrte mich ungläubig an. In seinem Blick lag Schmerz und Unverständnis. So unfassbar sprachlos hatte ich ihn noch nie erlebt. Genau so verzweifelt, wie ich mich noch nie erlebt hatte.

»Nino«, begann ich dann nochmal und lehnte mich wieder zu ihm vor. »Sie wird heute wahrscheinlich auch beim Lichterfest sein. Ihr Onkel weiß nichts von unserem Kontakt oder dass wir uns treffen. Wenn er es erfährt, wird er ausrasten.« Ehe ich weitersprach, blickte ich mich nochmal prüfend im Diner um. »Was ich damit sagen möchte: Ich mag sie wirklich. Ich möchte ihr eine schöne Zeit ermöglichen, versuchen, ihr Leben ein Stückweit zu verbessern. Sie ist sehr gebrochen, sehr ängstlich. Bitte versuch sie nicht zu verunsichern. Jeder Moment mit ihr kann der Letzte sein.«

Ninos Gesicht war so schmerzverzerrt. Eine Zeitlang starrte er mich sprachlos an, schüttelte immer wieder fassungslos den Kopf. Ich wusste, wie er sich fühlte. Leer und doch voller Gefühle und Gedanken. In seinem Kopf schwirrten sicherlich dieselben Fragen wie in meinem, seitdem ich kapiert hatte, was im Hause Grogan vor sich ging. Und eine war ganz präsent: Wie ging man mit einer Person um, die nicht mehr leben wollte? Was sagte man zu ihr, was machte man mit ihr?

Schließlich presste er die Lippen aufeinander und nickte. In seinen Augen legten sich Verständnis und Sicherheit nieder und mit diesem Moment verstand ich endlich, dass ich mich zu hundert Prozent auf meinen Freund verlassen konnte.

»Natürlich. Ich werde aufpassen.«

Sie war wirklich hier.

Die letzten Tage und die letzten Stunden hatte ich mich immer wieder gefragt, ob sie wirklich kommen würde, da ihre Antwort am Zaun unklar gewesen war.

»Ich hoffe es.«, hatte sie nur gesagt.

Ich hatte es auch gehofft. So sehr, dass sie nun wirklich vor mir stand.

Vor einer Stunde hatte Bürgermeister Grogan das Fest mit seiner Willkommensrede und ein paar gewidmeten Worten den Opfern des Bürgerkrieges eröffnet. Dort hatte ich sie mit Michael entdeckt. Sie hatte in der ersten Reihe gesessen, lauschte höflich und aufmerksam den Worten ihres Onkels - so wie es ihr beigebracht wurde. Doch ich sah ihren Blick. Ich merkte, dass sie immer wieder unauffällig mit den Augen herumfuhr, die Menschenmenge absuchte. Nach mir?

Nino und Ann hatten sich die Rede nicht antun wollen und waren schon vor zu den vielen Essensständen gegangen. Nach einer guten halben Stunde ließ der Bürgermeister unter großem Applaus endlich vom Mikrophon ab und verließ die Bühne. Kaum zu glauben, dass auch ich einmal lautstark für ihn geklatscht hatte. Die Bürger waren genauso ahnungslos, wie ich es lange Zeit gewesen war.

Sie hatten sich noch eine Zeitlang unterhalten. Der Bürgermeister mit Michaels Vater und anderen scheinbar wichtigen *Anzugsmenschen*. Unser alter Schuldirektor war auch dabei gewesen. Michael und Abby hatten nur daneben gestanden und zugehört, bis eine lange Verabschiedung gefolgt war. Der Bürgermeister und die anderen waren mit Direktor Swayze dann in ihren prolligen Autos aufgebrochen. Abbys Erleichterung, als er fort war, hatte man an ihrem kompletten Körper ablesen können.

Und ja, dann hatte es nicht lange gedauert, bis wir uns *zufällig* über den Weg gelaufen waren.

»Komm mit.«, flüsterte mir Michael unauffällig zu, als wir aus der Menschenmenge traten und hastig zum Parkplatz liefen, um uns zwischen den vielen Wagen zu verstecken. Ich folgte ihnen mit Abstand. Niemand sollte von Abby und mir erfahren oder uns in Verbindung bringen - so waren wir auf der sicheren Seite.

»Mr. Grogan ist jetzt erstmal ein paar Stunden beschäftigt.«, erklärte Michael mit vollkommenem Ernst in seinem Blick, schaute sich dann immer wieder hektisch zwischen den Wagen um. »Ich weiß, ihr wollt das Fest genießen, aber ich würde euch raten, etwas abseits von den Menschen zu bleiben. Niemand soll euch zusammen sehen und Mr. Grogan darauf ansprechen.« Er verharrte kurz und musterte uns. Ich hörte ihm nur nebenbei zu, meine Aufmerksamkeit galt Abby und ihren ozeanblauen Augen, die mir all meine Worte stahlen.

»Und erst recht nicht, wenn ihr euch so anseht.«, fügte Michael hinzu, woraufhin wir hastig unsere Blicke lösten. Abbys Wangen fingen Feuer, ich räusperte mich. Michael hatte Recht, wir mussten aufpassen.

»Wie lange haben wir?«

Michael warf einen Blick auf seine Armbanduhr. »Wir haben kurz vor neun. Das Konzert in der Schule geht zwei ein halb Stunden.«

»Gegen Mitternacht zündet Hugh den Kranz an.«, fügte Abby hinzu. »Er meinte, danach fahren wir.«

Ich nickte und überlegte. Dann erhellte sich mein Gesicht. »Okay, dann haben wir fast drei Stunden.«

»Fährst du jetzt zu Jae?«, wandte sich Abby an Michael.

In seinem Gesicht machte sich Enttäuschung breit, dann schüttelte er den Kopf. »Nein, ich fahre nachhause zu Mum. Ich muss noch ein bisschen lernen und möchte ihr etwas Gesellschaft leisten.«

Warum sie nicht mit auf das Fest konnte, traute weder ich noch Abby zu fragen. Ihrem verwunderten Blick nach zu urteilen, wusste sie scheinbar genau so wenig über Michaels Mutter wie ich und nickte schließlich nur.

»Wir treffen uns um zehn vor zwölf wieder hier, keine Sekunde später! Und lasst euch bitte nicht erwischen.«

Ich fuhr mit Abby ans andere Ende der Promenade, wo sich die Menschenmenge und das Fest etwas ausdünnte. Hier gab es einen weiteren großen Steg, auf dem sich von dem Fest aber nichts abspielte und der somit fast menschenleer war. Die letzten Jahre hatten Nino und ich uns oft mit anderen Freunden an diesem Ort getroffen, uns vom Fest Essen und Trinken besorgt und es uns unter dem Steg gemütlich gemacht. Bis einschließlich letztes Jahr hatten wir uns bis spät in die Nacht volllaufen lassen, irgendwelche Touristinnen abgeschleppt oder irgendeinen Blödsinn angestellt. Doch dieses Jahr war anders. Vollkommen anders.

Mein Blick schweifte rechts zum Beifahrersitz. Abby warf den ihren melancholisch zum Strand, der neben uns entlanghuschte. Die Sonne stand tief und tauchte die paar Wolken, die am Himmel hingen, in pastellige Rosa- und Violetttöne. Abby konnte ihren Blick nicht von ihnen lassen. Es war, als würde sie versuchen, das Bild von diesem

Naturspektakel, so gut es ging, in sich zu speichern, falls es das letzte Mal sein würde, dass sie es sah.

Doch irgendwie spürte ich, dass da noch etwas anderes war, weshalb sie so nachdenklich wirkte. Denn komischerweise schenkte sie der Musik von Alphaville, die sie laut ihren Briefen nicht mehr aus ihrem Kopf bekam, gar keine Beachtung.

»Ist alles in Ordnung?«, fragte ich sie, als wir auf einem kleineren verlassenen Parkplatz zum Stehen kamen.

Benommen wandte sie sich in meine Richtung, dachte kurz nach, entschied sich dann aber für ein aufgesetztes Lächeln. »Ja, keine Sorge.«

Ich legte den Kopf schief, hob warnend die Brauen und warf ihr einen Blick zu, der so viel aussagen sollte wie: »Bitte sei ehrlich zu mir.«

Und er funktionierte. Von jetzt auf gleich verschwand das Lächeln und sie ließ jegliche Anspannung mit einem leisen Seufzer los.

»Tut mir-« Nun schnellte ihr Blick erschrocken hoch. Hastig hielt sie sich die Hand vor den Mund. »Tut mir leid, ich sollte mich ja nicht mehr so viel entschuldigen.«

Mit meinen Lippen, die sich zu einem Schmunzeln formten, wuchs ihr erschrockener Blick noch weiter. Ihre Augen so groß wie die einer alten Puppe. »Ich habe es schon wieder getan. Tut mir-«

Ich lachte, als sie die Hände über dem Kopf zusammenschlug und ihr Gesicht stöhnend in den Armen vergrub. Sie so tollpatschig und unsicher zu sehen, war irgendwie süß. Auch wenn der Grund für diese Unsicherheit kein schöner war.

Als sie nach wenigen Momenten ihr Gesicht immer noch versteckt hielt, fasste ich vorsichtig nach ihren Händen und befreite sie davon. Die Berührung löste in ihr eine kurze

Angespanntheit aus, die sich aber sofort wieder verabschiedete, sobald ihr Gesicht hervorkam und ich ihr Kinn mit meinem Finger anhob. Ihr Blick war in Verzweiflung getränkt, doch ich signalisierte ihr mit einem Lächeln, dass sie sich nicht verstecken musste.

»Was ist denn los?«, fragte ich dann nochmal schmunzelnd nach, ließ dabei weiterhin nicht von ihren Händen ab.

Auch sie schien sich mit unserer Berührung nicht unwohl zu fühlen und beließ ihre Hände in den meinen. Eine Zeitlang betrachtete sie sie, fuhr mit dem Daumen über meinen rauen Handrücken, der über der Kupplung meines Wagens schwebte.

»Es ist wegen Michael«, begann sie. »Ich weiß nicht. Ich mache mir irgendwie Sorgen wegen ihm und seiner Mutter.«

»Was ist denn mit seiner Mutter?«

Sie zuckte mit den Achseln. »Ich weiß es nicht. Er spricht nie über sie und ich habe sie auch noch nie zu Gesicht bekommen. Aber er war schon den ganzen Tag ungewöhnlich ruhig und nachdenklich.«

Ich überlegte. Sie wirkte wirklich total verzweifelt. »Warum fragst du ihn nicht einfach, was los ist?«

Sie ließ einen lautlosen Lacher von sich, der verzweifelt und gleichzeitig spottend wirkte. »Ich kann ihn so etwas nicht fragen, das würde seine Privatsphäre verletzen.«

Nun lachte auch ich leise. »Er ist dein Freund, Abby. Wenn du dich um ihn sorgst, dann zeigt das nur, dass er dir etwas bedeutet. Er wird dich schon nicht verurteilen.«, erklärte ich und drückte ihre Hand einmal, um ihr Sicherheit zu geben.

Sie blickte hoch und durchforstete mein Gesicht eine Zeitlang, unsicher darüber, ob sie meinem Rat nachgehen oder sich der inneren ängstlichen Stimme zuwenden sollte, die ihr zurief, dass sie lieber nichts falsches sagen sollte und es besser war, zu schweigen.

»Weißt du«, fuhr ich schließlich fort, während ich ihren inneren Konflikt beobachtete. »Du kannst nicht wissen, was richtig und was falsch ist, ohne es zu versuchen. Wenn du ihm helfen oder beistehen möchtest, dann würde ich ihn fragen. Michael ist ein guter Freund, er wird dich dafür nicht verurteilen. Entweder er vertraut sich dir an oder er sagt dir sachlich, dass er nicht darüber sprechen möchte.«

Ein schwaches Lächeln machte sich auf ihren Lippen gemütlich, ehe sie andächtig nickte und meinem Druck schließlich mit einem eigenen antwortete. »Ja, vielleicht hast du Recht.«

Ihr Blick zappte zu meinen Lippen, woraufhin meine Wangen Feuer fingen. Auch ich fixierte die ihren. So nah und so genau hatte ich sie noch nie betrachtet. Sie waren nicht besonders voll aber auch nicht schmal, ihre Lippenlinie war weder von einem knalligen Stift umrandet noch ausgefüllt. Sie war natürlich, sie brauchte keine weitere Farbe, um meine Aufmerksamkeit auf sich zu ziehen. Ohne es zu merken, beschleunigte sich meine Atmung nur bei dem Gedanken, welches Gefühl es wohl sein würde, ihre Lippen auf den meinen zu spüren. So hatte ich mich noch nie gefühlt. Küssen hatte für mich nie eine große Bedeutung gehabt und bisher hatte es keine Lippen gegeben, die mir nur bei dem Gedanken daran, sie zu berühren, den Atem geraubt hatten. Erst jetzt entdeckte ich die kleine Narbe über der rechten Seite ihrer Oberlippe. Sie schämte sich sicherlich dafür – für ihre Narben. Doch komischerweise wusste ich, dass ich jede einzelne an ihr schön finden würde, denn sie strahlten Stärke aus.

Räuspernd ließ sie schließlich von mir ab, löste ihre Hände aus meinem Griff und warf den Blick aus dem Fenster zum Steg. Auch ich atmete tief durch und musste mich erstmal fassen. War es wirklich so heiß im Wagen oder war das einfach nur die Aufregung? Ich tippte auf letzteres.

Um der unangenehmen Situation auszuweichen und aus diesem stickigen und heißen Wagen zu kommen, quälte ich mich schließlich zu einem gelassenen Lächeln - auch wenn ich gar nicht mehr wusste, wie das ging: Gelassen sein.

»Wollen wir?«, fragte ich mit zittrigem Unterton in der Stimme.

Sie presste die Lippen aufeinander, rieb ihre Handinnenflächen auf dem dünnen Stoff ihres Rockes. Dann nickte sie strahlend.

Der Wind war nicht stark, brachte aber doch das Wasser dazu, sich zu leichten Wellen zusammenzutun und es gegen die Pfähle des Steges zu werfen. Sachte verfing er sich auch in Abbys Haaren, ließ den Stoff ihres Rockes tanzen. Sie lief vor mir, genoss jeden Schritt, den sie barfuß im warmen Sand tat, und schenkte ihre volle Aufmerksamkeit dem Ozean. Ich hätte sie stundenlang dabei beobachten können, wie sie voller Staunen ihre Umgebung erkundete und jeden Moment wertschätzte.

Der Sand wurde nasser, als sie stehen blieb und die schaumigen Wellen musterte, die nach ihr zu greifen schienen. Ich trat neben sie, woraufhin sie strahlend aufblickte. Wie ein Kind, das zum ersten Mal an einem Eis schleckt, breitete sich auf ihrem Gesicht ein aufregendes Lächeln aus, ehe sie vorsichtig die Zehenspitzen in das kühle Nass tauchte. Nervös sog sie ihre Lungen voller Sauerstoff und behielt ihn eine Zeitlang darin, während sie ein paar Schritte tiefer ins Meer lief. Jedes Mal, wenn der Horizont das Wasser wieder zu sich holte, versanken ihre Füße im nassen Sand.

»Das Wasser ist herrlich!«, rief sie mir zu, weil ich mit meinen Schuhen im Trockenen stehen geblieben war und sie von weitem beobachtete, wie sie ihren Rock anhob und die

Knöchel noch tiefer ins Meer tunkte. *Gott*, wie schön ihre Beine doch waren. Wie schön *sie* war!

»Komm doch auch rein.«

Ich schmunzelte und schüttelte dann den Kopf. »Lieber nicht, sonst wird meine Hose noch nass.«

»Nur mit den Füßen!«, forderte sie weiter spielend auf, begann dann eine nach der anderen Welle zu jagen und spritzte das Wasser mit ein paar Tritten in meine Richtung. »Komm schon, Jake.«

Wie erstarrt, blickte ich sie einfach nur andächtig an. Sie so fröhlich zu sehen, so strahlend und ausgelassen, war wie eine Droge für mich. Ich wollte sie noch glücklicher machen, ich wollte sie jeden Tag so sehen. Ich war süchtig danach.

»Jake, hörst du mich?« Sie kam näher und feuerte eine große Welle in meine Richtung. Mit dem kühlen Nass, das plötzlich auf meiner Kleidung landete, wurde ich richtig wach und blickte erschrocken an mir runter. Bei dem Manöver blieb auch ihr Rock nicht trocken.

Entsetzt schlug sie die Hände vor dem Mund zusammen. Für kurze Zeit machte sich Angst in ihrem Blick breit. Angst, ich könnte ihr böse dafür sein. Doch das war ich nicht, ganz im Gegenteil.

»Na, warte!« Von jetzt auf gleich streifte ich mir die Schuhe von den Füßen und kam auf sie zu. Nun begann sie wieder aufgeregt zu grinsen und rannte durch das flache Wasser am Strand entlang. Ich folgte ihr, versuchte, es ihr heimzuzahlen, indem ich immer wieder eine Handvoll Wasser in ihre Richtung schleuderte.

»Nein, Jake!«, rief sie, als ich sie ein paar Mal traf. »Es war nicht so gemeint!«

Zugegeben sie war schnell, doch ich war schneller. Im letzten Moment dachte ich nicht groß darüber nach, wie sie auf die Berührung reagieren könnte, und packte sie von hinten, um sie hochzuheben und mich ein paar Mal mit ihr zu drehen.

Und dann lachte sie. Ein lautes Lachen, das bis zum Horizont reichte, in den pastelligen Wolken widerhallte und sich in meinem Kopf, in meinen Knochen und in meinem Herzen festankerte. Meine Knie wurden kurz schwach, fast wäre ich zusammengeknickt, weil ich so versunken in dem Klang ihres Lachens war. Dad hatte Recht: Diese kleinen Erfolge, diese kurzen Momente voller Licht und Glück mit Abby machten mich zum glücklichsten Menschen auf Erden. Doch gerade deshalb glaubte ich ihm auch, wie schlimm sie einen zerstören konnten, würden sie eines Tages nicht mehr auftauchen.

»Lass mich runter!«, kreischte sie lachend, woraufhin ich ihrer Bitte nachkam und sie in den weichen Sand absetzte. Dann drehte sie sich zu mir um, spritzte noch ein paar Mal in meine Richtung, war dann aber auch schließlich außer Atem.

Wir lachten noch eine Zeitlang, kamen langsam zur Ruhe. Als eine Möwe über uns laute Schreie von sich ließ, warf sie ihren Blick zum Himmel und beobachtete den Vogel voller Neid und Sehnsucht. Dabei verfing ich mich wieder in ihrem Gesicht und starrte sie fasziniert an. Fasziniert darüber, wie fasziniert sie über die kleinsten Dinge sein konnte.

Sand zwischen ihren Zehen. Kaltes Wasser, das mit ihr spielte. Eine von tausenden Möwen, die ein paar Kreise drehte.

Als würde sie den Blick auf sich spüren, verblasste ihr Lächeln ein wenig. Vorsichtig senkte sie ihren Blick wieder und landete damit nachdenklich in meinem. Sie wurde unsicher, doch ich dachte nicht mal daran, den Blickkontakt zu unterbrechen.

»Was«, hauchte sie, strich sich dann eine wilde Strähne hinters Ohr. »Was? Ist irgendwas?«

Schmunzelnd schüttelte ich den Kopf, kam dann ein paar Schritte näher. Die tiefe Abendsonne tunkte ihre porzellanweiße Haut in ein warmes Braun. Sie schien wie glänzendes Gold.

Ich öffnete den Mund, spürte dabei, dass er etwas zitterte. Gerade als ich Luft zum Antworten holte, machte ich etwas weiter weg eine Bewegung aus.

»Jake! Abbigail!«

XXIII

Abby

Mein erster Instinkt war, los zu laufen und vor den Stimmen, die da plötzlich hinter mir auftauchten und meinen Namen riefen, wegzurennen. Doch als ich Jakes Gesicht sah, das sich gelassen erheiterte, wusste ich komischerweise sofort, wer da nach uns rief und dass ich keinen Grund hatte, Angst zu haben.

Nino und Ann stapften vollgepackt durch den tiefen Sand. Im Schlepptau hatten sie noch eine Gruppe aus drei Jungs und zwei Mädchen - eines davon war Sofie.

»Wir haben euch ein paar Softdrinks mitgebracht.«, meinte Nino grinsend, reichte dann Jake einen weißen Becher mit dem Logo von *Grace & Mace* darauf.

»Hallo Abbigail.«, begrüßte er mich dann etwas enthalten. Sein Blick zappte zu Jake, ehe er mir ein warmes Lächeln schenkte. »Wie geht es dir?«

Ich fragte mich, warum er plötzlich so angespannt war, dachte aber schließlich nicht mehr weiter darüber nach und nickte einmal höflich. »Mir geht es gut.«, schätzte ich. »Danke! Ich hoffe, euch auch!«

Ann öffnete den Deckel ihres Bechers und mischte unter ihre Cola dann etwas Schnaps. Neugierig beobachtete ich sie dabei.

»Gleich wird es mir fantastisch gehen.«, lachte sie und hob ihren Becher. Dabei entdeckte ich die vielen bunten Armbänder an ihrem Handgelenk. Ihren lässigen Style hätte ich auch gerne.

»Wollt ihr auch?«, fragte sie dann und hielt uns die Flasche entgegen.

Ich wollte nicht. Alkohol würde mich bis an mein Lebensende an meinen Onkel erinnern: Der Geruch, wenn er mich schlug, der Geschmack, wenn er mir sein Whiskey ins Gesicht schmiss. Trotzdem warf ich meinen Blick unsicher zu Jake, mit der Hoffnung, dass er für mich verneinte.

Und das tat er. »Danke, wir brauchen nichts.«, winkte er ab und lächelte mir dann beruhigend entgegen.

»Gut, bleibt mehr für uns.«, lachte Nino und schnappte sich die Flasche. Schließlich setzte er sich in Bewegung und ließ sich mit Ann im Sand unter dem Steg nieder.

Ehe wir ihnen folgten, begrüßte Jake die anderen und stellte mich ihnen vor. Steve, Bruce und John - Typen, die Jake scheinbar nicht groß leiden konnte, das bemerkte ich irgendwie sofort an seiner abgeneigten Körperhaltung. Das Mädchen bei Sofie hieß Lisa, hielt sich mir gegenüber aber auch etwas voreingenommen. Warum sie und Sofie sich mir gegenüber so negativ verhielten, verstand ich nicht.

Wir setzten uns in einen Kreis. Nino und Ann verteilten Tüten mit Pommes, Burgern sowie anderen Snacks vom Fest.

»Seid ihr schon Riesenrad gefahren?«, fragte Ann irgendwann, ehe sie sich in Ninos Arme lehnte. Sofie und Lisa unterhielten sich mit den anderen und saßen etwas abseits.

»Nein, noch nicht.«, antwortete ich und rückte instinktiv etwas näher.

»Das müsst ihr unbedingt!«

Jake warf den Blick in meine Richtung, dann traf er Ninos, der stumm auf seiner Lippe kaute. »Heute nicht. Zu viele Menschen.«, winkte Jake zu meiner Enttäuschung ab. Doch er hatte Recht, es war zu riskant. Fest entschlossen nahm ich mir stattdessen vor, eine Riesenradfahrt später auf meiner Bucketlist zu notieren.

Ann legte verwirrt den Kopf schief und ich wurde unruhig. Wie sollten wir ihr erklären, dass ich nicht gesehen werden durfte? Dass wir meinetwegen nicht Riesenrad fuhren und nicht auf dem Fest waren?

Bevor sie weiter nachhaken konnte, meldete sich plötzlich Sofie dazwischen. »Lasst uns Flaschendrehen spielen!«, rief sie etwas lallend in die Runde und kicherte dann. Ich glaube, sie hatte etwas zu viel Alkohol intus.

»Flaschendrehen?«, fragte ich unsicher, weil ich nicht wusste, was das für ein Spiel war.

Sofies Blick erstarrte, als er mein verwirrtes Gesicht traf. Dann fing sie an spottend zu lachen. »Du weißt nicht, was Flaschendrehen ist?«, prustete sie. »Wo lebst du denn? Hinter dem Mond?«

»Sofie, halt die Klappe.«, versuchte Nino sie zu stoppen und auch Jake warf ihr einen wütenden Blick zu. Doch es half nichts. Ihre Art schüchterte mich so sehr ein, dass ich den Mund nicht mehr aufbekam.

»Beim Flaschendrehen setzen sich alle in einen Kreis und die Flasche wird in der Mitte gedreht. Die Person, auf die der Flaschenhals zeigt, darf zwischen Wahrheit und Pflicht wählen und bekommt, je nachdem was sie wählt, dann von der Person, die die Flasche gedreht hat, eine Frage oder eine Aufgabe, die sie erledigen muss.«, erklärte mir Ann freundlicherweise, bei deren warmen Blick ich mich sofort wieder etwas wohler fühlte.

»Okay«, hauchte ich, als Ann eine leere Schnapsflasche in der Mitte platzierte.

Plötzlich spürte ich Jakes warme Hand auf meinem nackten Knie und bekam sofort eine schaurige aber auch warme Gänsehaut. Dann kam er meinem Ohr ganz nah.

»Wir müssen da nicht mit machen.«, flüsterte er. »Wenn du willst, gehen wir.«

Sein Gesicht zog sich ein paar Zentimeter von meinem Ohr weg, schwebte dann ganz nah vor meinem eigenen. In seinem Blick lag ehrliche Sanftheit mit einem Hauch von Sicherheit. So lange er neben mir war, würde ich dieses Spiel sicherlich überleben, auch wenn mir die Fragen und Aufgaben etwas Angst machten. Doch ich wollte Sofie nicht noch mehr Gründe geben, sich über mich lustig zu machen.

»Es ist in Ordnung.«, versicherte ich ihm, woraufhin er meinen Blick eine Zeitlang unschlüssig durchforstete. Es war, als könnte er die Unsicherheit in mir ganz genau herauslesen.

Zum Glück akzeptierte er aber meine Antwort und zog sich dann nickend wieder zurück. Als seine Hand mein Knie verließ, atmete ich erleichtert auf. Gleichzeitig hätte ich sie am liebsten festgehalten und dort für immer gelassen. Nun blieb nur eine schaurige Stelle zurück, die mich ganz genau spüren ließ, wie kalt mir ohne ihn war.

Ann schubste die Flasche an, die mit dem Hals zeigend auf Lisa stehen blieb.

»Wahrheit.«, meinte diese sofort, woraufhin Ann zu überlegen begann.

»Was war das Verbotenste, das du je getan hast?« Anns Augen funkelten böse auf, als sie ihr die Frage stellte.

Lisa zuckte nur mit den Achseln. »Womöglich als ich vor einer Woche bei der Parfümerie das neue No. 5 Parfüm von Chanel mitgehen lassen habe.«, lachte sie, woraufhin ich erschrocken die Luft einsog.

Alle anderen schienen kaum überrascht, lachten nur mit ihr. War das etwa nur ein Scherz?

»Okay, jetzt bin ich.« Bevor ich nachfragen konnte, hatte sich Lisa die Flasche geschnappt. Jake stöhnte laut auf, als sie auf ihn gerichtet stehen blieb.

»Wahrheit.«, seufzte er und fuhr sich durch die Haare.

Lisa rieb sich grinsend die Hände. »Was war der beste Sex-«

»Ich nehme doch Pflicht.«, unterbrach er sie und warf ihr und auch Sofie einen warnenden Blick zu. Hoffentlich bekam ich nicht solch eine Frage gestellt. Mit diesen Themen kannte ich mich rein gar nicht aus.

»Na gut«, nickte Lisa und überlegte. »Küss die Person, die du in dieser Runde am liebsten küssen würdest.«

Mein Herz begann zu rasen. Zum einen, weil ich hoffte, dass ich diese Person war. Zum anderen, weil ich mich vor dem Moment fürchtete und nicht wusste, ob ich wirklich einen Kuss wollte. Klar, ich hatte schon öfters überlegt, wie es wäre, von Jake geküsst zu werden und komischerweise empfand ich dabei auch Freude. Doch hier? Und jetzt? Unter diesen Umständen?

Jake seufzte, dann zappte sein Blick zu Sofie, die ihn funkelnd angrinste. Irgendwann drehte er sich in meine Richtung, woraufhin Sofie ihr Lächeln vollkommen verlor.

»Ich küsse niemanden, der das nicht will.«, raunte er schließlich in die Runde, als er meinen unsicheren Blick sah. Hoffentlich deutete er ihn nicht falsch, hoffentlich dachte er jetzt nicht, dass ich nicht wollte. Das tat ich doch! Aber irgendwie auch nicht.

»Sind wir hier im Kindergarten, oder was?«, zischte Sofie und funkelte mich böse an.

»Das frage ich mich bei dir auch manchmal.«, konterte Nino, woraufhin Ann ihn etwas verwundert ansah.

Irgendetwas an seinem Verhalten war anders als sonst, das merkte auch sie. »Und jetzt komm schon Jake, erfüll deine Pflicht und gib mir einen Schmatzer. Ich weiß, dass du es auch willst.«

Ein Lachen erfüllte die Runde, als Jake ihm breit grinsend einen brüderlichen Kuss auf die Wange drückte. Ann verdrehte nur die Augen und Sofie und Lisa blickten sich genervt an. Erst als Jake mir einen warmen Blick zuwarf, merkte ich, dass auch ich erleichtert lächelte.

Als nächstes traf die Flasche John, der die Pflicht bekam, sein Oberteil mit dem von Lisa - ein relativ kurzes Tanktop - zu tauschen. Von Ann erfuhren wir, dass sie mit 16 ihr erstes Mal gehabt hatte und Sofie bekam die Pflicht, einen älteren Herrn zu umgarnen und Zigaretten aus ihm herauszulocken. Mit Erfolg.

Die Stimmung war lustig und auch ich war nach der kurzen Aufregung von Jakes Pflicht wieder etwas lockerer. Bis die Flasche mich traf und Sofie mich böse angrinste.

»Wahrheit«, hauchte ich, weil ich mich vor der gemeinen Pflicht von ihr fürchtete.

Sofie legte den Kopf schief und musterte mich spottend von oben bis unten. »Wann hattest du deinen ersten Kuss?«

»Buuh, langweilige Frage.«, rief Steve in die Runde und erntete Lacher von den beiden anderen Jungs.

Hätte ich eine Antwort auf diese Frage, hätte ich ihm glatt zugestimmt. Das Thema des ersten Kusses schien in dieser Gruppe kein großes zu sein. Für mich schon und irgendwie ahnte Sofie das.

»Ich«, stammelte ich, weil ich mich schämte, und blickte mich panisch in der Runde um. Langsam verstummten die Lacher der anderen, ihre Aufmerksamkeit galt immer mehr mir, denn sie merkten, dass dieses Thema doch nicht so langweilig war. Nicht, wenn man jemanden fragte, der noch nie in seinem Leben geküsst wurde.

»Was? Hast du deine Sprache verloren?«, stichelte Sofie.

»Lass das, Sofie. Du bist echt das Letzte.«, raunte Jake, was mich noch nervöser machte. Ich wollte nicht, dass eine schlechte Stimmung aufkam, ich wollte nicht der Grund dafür sein, dass sie sich stritten.

Sofie ignorierte ihn. »Oder wurdest du armes Ding noch nie geküsst?«

»Sofie!« Nun meldete sich auch Nino zu Wort. Doch ich nahm plötzlich kaum mehr etwas wahr, sah nur das genüssliche Grinsen von ihr vor mir, das dem Ausdruck glich, den Hugh so oft trug, wenn er herablassend mit mir sprach.

»Was habt ihr denn alle?«, zischte sie. »Ich möchte unsere liebe Abbigail nur etwas kennenlernen. Ich habe sie noch nie vorher hier gesehen, wo lebt sie? Woher kommt sie so plötzlich? Sie soll verdammt nochmal nicht so geheimnisvoll tun.«

Um mich herum wurde alles dumpf. Sofies Druck fühlte sich an wie jener von Hugh, wenn er mich fertig machen wollte. Nur ganz weit weg hörte ich die Stimmen von Ann, Nino und Jake, die ihre Freundin stoppen wollten, und das Gelächter der anderen. Erst als ich panisch nach Luft schnappte, spürte ich, dass mein Herz am Rasen war. Ich wollte keine Panikattacke bekommen, ich wollte nicht zusammenbrechen. Nicht vor den anderen, nicht hier. Sie würden mich sonst für noch bescheuerter halten, als sie es sowieso schon taten.

»Beantworte jetzt die verdammte Frage, Abbigail!« Sofies Stimme wurde immer angespannter. Ich befürchtete, gleich von ihr eine gescheuert zu bekommen, wie es sonst mit Hugh war, sollte ich nicht den Mund auf machen. Doch aus meiner

Kehle kam nicht mehr als ein Keuchen. Ein verzweifelter, lächerlicher Atemzug. Zu mehr war ich nicht im Stande.

»Bist du blöd? Es ist eine einfache Frage!«, machte sie weiter. »Schaut sie euch an, sie sieht aus, als würde sie gleich tot umfallen.«

»Sofie, verdammt! Halt deine blöde Klappe jetzt!« Jakes Stimme.

»Ist das der Ort, wo du herkommst? Von den Toten? Dort, wo man nicht weiß, was Flaschendrehen ist und wie man eine einfache Frage beantwortet«, fragte sie stichelnd mit spottendem Unterton, als wäre ich ein Kind, das nichts verstand. »Geh am besten dorthin zurück, wo du hergekommen bist!«

Das war der Moment, der meiner Kehle einen lauten Schluchzer entlockte. Hastig brachte ich meine tauben Beine dazu, sich hochzudrücken, und taumelte durch den Sand in Richtung Straße.

»Bist du vollkommen bescheuert, Sofie?«, hörte ich noch Ann sagen in einem Gemisch aus verschiedenen Stimmen, die gegen Sofie gingen. Auch Jakes Stimme wollte zu mir vordringen, doch ich konnte mich im Moment nur darauf konzentrieren, von hier weg zu kommen. Mich zu verstecken, abzuhauen und kein Chaos mehr anzurichten. Hugh hatte Recht, ich war nur eine Last. Und vielleicht hatte auch Sofie Recht, vielleicht sollte ich wieder dahin zurück, wo ich herkam.

Ich lief und lief, ohne Orientierung. Ohne zu wissen, wohin. Einfach nur weg, irgendwo hin, wo ich mich für eine Stunde verfrachten und zur Ruhe bringen konnte.

»Abby, bitte!« Jakes Stimme tauchte hinter mir auf. »Bleib bitte stehen.«

Der kühle Wind, der mich beim Rennen traf, versuchte meine Wangen zu trocknen. Vergebens. Sie wurden immer wieder in neue Tränen getränkt. So viele, dass meine Augen anschwollen und ich sie nur halb öffnen konnte.

Ich erreichte den Asphalt, der es mir ermöglichte, mein Tempo zu erhöhen. Doch Jake war schneller. Mitten auf dem Parkplatz, auf dem sein Wagen stand, griff er von hinten schließlich nach meiner Hand, was die Panik nochmal verschlimmerte.

»Nein, nein!«, stammelte ich und zappelte in seinem Griff. Mein Herz erhöhte sein Tempo. Ich war mir sicher, gleich würde es stehen bleiben. Vielleicht war es besser so. »Bitte nicht!«

»Abby!« Jakes Stimme war wohltuend und doch verschlimmerte sich die Panik. Denn ich schämte mich vor ihm, ich wollte nicht, dass er mich so sah. »Schau mich an!«

Er griff noch nach meiner anderen Hand, versuchte dann, meinen zappelnden Körper zum Stehen zu bringen.

»Hörst du?«, versuchte er es erneut. Ich hörte nicht, schüttelte nur hektisch den Kopf und kniff die Augen zusammen. Irgendwann versagten meine Knie und ich spürte den harten Asphalt auf meinem Hintern. Jake hielt mich, folgte mir auf den Boden und setzte sich zu mir.

»Halt dich an mir fest!« Schließlich hob er seine großen Hände und umschloss damit meinen Kopf, presste sie zärtlich an meine Wangen. Meine Augen blieben zugekniffen. »Schau mich an!«, wiederholte er. »Schau mich an und halt dich an mir fest.«

Schau mich an und halt dich an mir fest. Schau mich an und halt dich an mir fest. Schau mich an und halt dich an mir fest.

Ich wiederholte seine Worte im Inneren, griff dann schließlich panisch nach seinen Oberarmen und drückte feste zu, als würde mein Leben davon abhängen.

»Gut so«, lobte er mich mit ruhiger Stimme. Sein warmer Atem streifte meine nassen Wangen. Sofort wurden die

Tränen weniger. »Und jetzt öffne die Augen und schau mich an.«

Ich schüttelte ununterbrochen den Kopf. »Nein, nein. Ich kann nicht.«

»Doch, du kannst. Ich bin bei dir. Wir haben das schon mal geschafft, weißt du noch?«

Ich wusste es noch. Doch diese Situation war anders, diese Panik war heftiger. Ich war mir nicht sicher, ob ich das nochmal so leicht durchstand.

»Bitte«, flüsterte er verzweifelt. »Schau mich an.«

Ich schüttelte weiterhin den Kopf, öffnete aber schließlich die Augen. Durch den Schleier meiner Tränen entdeckte ich den kleinen Ankeranhänger um seinen Hals. Im Augenwinkel drehte sich die Welt weiter. Sie schwankte und riss mein Gleichgewicht vollkommen aus den Angeln. Doch Jakes Körper war so ruhig, so aufrecht. Langsam hob ich den Blick zu seinen Augen. Sie waren nur wenige Zentimeter entfernt. Hinter seiner Iris tanzte Schmerz, Mitgefühl und doch so viel Ruhe und Zärtlichkeit. Langsam beruhigte sich mein Herz, langsam passte ich die meine an seine Atmung an. Ich spürte, dass sein Daumen über meine Wange fuhr und mich streichelte. Ich weiß nicht, warum, aber irgendwann drückte ich mich instinktiv in seine Handinnenfläche und ließ die letzten Tränen los. Das war der Moment, in dem er seine Arme um meinen kleinen Körper schlang und mich an sich zog. Ich vergrub mein Gesicht in seinem Pullover, der so wunderbar nach Jake roch. Salz und Erde. Er brauchte kein Parfüm, sein Duft war vollkommen.

»Warum sagt sie diese Dinge?«, schluchzte ich an seiner Brust, während er beruhigende Kreise über meinen Rücken fuhr.

»Sofie konnte mit Eifersucht und Neid noch nie gut umgehen.«, antwortete er.

Etwas verwirrt hob ich den Kopf von seiner Brust und blickte ihn schniefend an. »Eifersucht?«

Er nickte, ehe er mir über die Wange fuhr. »Sie ist eifersüchtig auf dich.«

Ich keuchte spottend, was halb wie ein Schluchzer und halb wie ein Lacher klang. »Was gibt es an mir schon zu beneiden.«, hauchte ich und dachte daran, wie gerne ich mit ihr tauschen würde. Ihr Leben gegen das meine. Ihre Freiheit gegen meine Gefangenschaft.

»So vieles, Abby.«, flüsterte er kaum hörbar. »Du bist wundervoller, als du es siehst.«

Ich schluckte bei seinen Worten, verlor mich für kurze Zeit in seinem Blick, ehe ich mich dazu zwang, sie zu ignorieren, die aufkeimenden Gefühle für ihn zu vergessen und das wachsende Vertrauen zu unterdrücken.

Er bemerkte meinen inneren Konflikt und füllte die Stille schnell mit anderen Worten. »Außerdem weiß sie, dass ich dich mag, und sie scheint noch nicht über mich hinweg zu sein.«

Ich lehnte mich zurück an seine Brust und dachte über seine Worte nach. Ich wollte Sofie doch nie etwas Böses, wollte ihr doch nichts wegnehmen.

»Nimm das nicht persönlich.«, bat er mich und presste seine Wange gegen meine Stirn. »Menschen, die dich nicht mögen, bevor sie dich überhaupt kennen, haben nicht wirklich ein Problem mit dir. Viel mehr mit sich selbst.«

Ich nickte eine Zeitlang und versuchte, mir diesen Rat einzuprägen, da er irgendwie Sinn ergab. Ich hoffte, dass er Sinn ergab, denn es war anstrengend, immer bei mir selbst das Problem zu suchen.

Jake warf einen Blick auf seine Uhr. Es war schon kurz vor elf, die Sonne war längst hinterm Horizont verschwunden und die Lichter des Festes drängten sich von weitem zu uns vor.

»Soll ich dir etwas zeigen?«, fragte er mich vorsichtig. »Oder soll ich dich zurück zu Michael bringen? Ich habe Verständnis dafür, wenn es dir nicht gut-«

»Nein«, unterbrach ich ihn und löste mich aus seinem Arm, um ihn anzusehen. »Zeig es mir.«

Zehn Minuten später stand ich wenige Meter von Jakes Zuhause entfernt. Hier so abseits der Stadt war es ruhig und dunkel, als würde es Saint Marys gar nicht geben. Nur der Leuchtturm und die vielen Sterne erhellten unser Sichtfeld. Bei unserer Ankunft hatte ich ein paar Mal schlucken müssen. Zum einen, weil ich von meiner Panikattacke immer noch etwas benommen war, zum anderen, weil ich mit diesem Ort bisher gemischte Erfahrungen gemacht hatte. Er erinnerte mich an die schreckliche Nacht an den Klippen, zeigte mir aber gleichzeitig den Ursprung einer wunderbaren Bindung auf.

»Kommst du?« Jake blickte zu mir zurück. Erst jetzt bemerkte ich, dass ich stehen geblieben war und den Leuchtturm betrachtete. »Du brauchst keine Angst haben.«, beruhigte er mich, dann streckte er seine Hand aus und schmunzelte zwinkernd. »Halt dich einfach an mir fest.«

Ein Lächeln huschte über mein Gesicht, als ich seine Hand ergriff. Es gefiel mir, dass Jake so aufmerksam beobachtet hatte, was mir weiterhalf, wenn ich in Angst versank. Dass er wusste, wie viel Kraft mir sein Halt gab.

Wir liefen zum Leuchtturm. Im Inneren führte er mich etliche Stufen hinauf. Kurz bevor wir ganz oben in der Kabine der Lampe ankamen, stoppte er eine Etage tiefer an einer Tür, die nur angelehnt war und aus der Licht zu uns vorströmte.

»Dad?« Jakes Stimme war angespannt, als er die Tür öffnete. Nun war er, der Halt benötigte. Ich wollte ihn ihm geben.

Sein Vater fuhr erschrocken zu uns herum. Als er mich erblickte, klappte sein Mund starr auf, dann bemühte er sich eines Lächelns.

»Jake, Abbigail«, begrüßte er uns erfreut und kam ein paar Schritte näher. »Wie schön, dich wiederzusehen.«

Ich nickte. »Ich freue mich auch.«

Jake wechselte seinen Blick zwischen uns etwas nervös, rieb dann seine freie Hand an seiner Jeans. »Ich wollte dir nur Bescheid sagen, dass wir oben sind. Ich möchte Abby den Leuchtturm zeigen.«

Sein Dad schien erleichtert und enttäuscht zu gleich. Wahrscheinlich hatte er gehofft, dass Jake und ich bei ihm blieben, war aber gleichzeitig froh, dass er mit seiner Einsamkeit alleine bleiben konnte. Ich kannte diesen Konflikt zu gut.

»Ist gut.«, nickte er. »Dann wünsche ich euch einen schönen Abend.« Schließlich richtete er sich nochmal an mich. »Abbigail, ich hoffe, wir sehen uns bald wieder.«

Ein breites Lächeln huschte über mein Gesicht und ließ mich kurz vergessen, warum meine Augen immer noch brannten. »Das hoffe ich auch.«

Oben angekommen, standen wir in einem großen runden Raum, der Fenster als Wände hatte. In der Mitte stand ein hohes Podest, worauf eine grelle Lampe ihre Runden drehte. Ich lief mit Jake an das Geländer am Fenster und warf meinen Blick raus aufs Meer. Welch wundervolles Gefühl man hier oben hatte. Als wären all meine Sorgen über Board und würden nicht bis hier rauf reichen. Diesen Punkt konnte ich auf meiner Bucketlist abhaken.

»Geht es dir besser?«, hörte ich Jake neben mir fragen.

Ohne den Blick von der Ferne zu nehmen, nickte ich kaum merkbar. Dann presste ich angespannt die Lippen aufeinander, um zu verhindern, dass die Erinnerungen an Sofies Worte zurück in mein Gedächtnis kamen.

»Es geht schon. Danke.«, hauchte ich und drehte mich zu ihm. Seine linke Gesichtshälfte lag im Schatten. Jedes Mal, wenn die Lampe des Leuchtturms uns verließ, war der Mond die einzige Lichtquelle, die seine Augen in gräuliche Farbe tunkten. Mit meiner Antwort schenkte er mir ein warmes Lächeln. Ich erwiderte es, so gut ich konnte, wandte mich dann wieder seufzend zum Fenster.

»Sofie hat Recht«, gab ich zu.

»Was?« Jake klang aufgebracht. »Sie hat mit gar nichts Recht. Hör auf, dir das einzureden, Abby! Was sie gesagt hat, ist genauso falsch, wie das, was dein Onkel tut.«

Ich schüttelte den Kopf, zog die Schulter dann zu den Ohren und spähte geniert zu Jake rüber. Bei meinen Worten konnte ich ihm nicht ins Gesicht sehen, ich schämte mich.

»Mit einer Sache hat sie trotzdem Recht.« seufzte ich. »Ich wurde noch nie geküsst.«

Vorsichtig hob ich den Blick zu seinen Augen, hinter deren Iris sich erst Aufregung, dann Verwirrtheit und schließlich erleichterte Freude abspielte. Schmunzelnd trat er einen Schritt näher.

»Das ist doch gar nicht wichtig.«, beruhigte er mich.

Unsicher legte ich den Kopf schief. »Ist es nicht?«

Er schüttelte den seinen. »Natürlich nicht. Du solltest niemanden küssen, nur weil dir irgendjemand sagt, dass du es schon getan haben solltest. Dein erster Kuss sollte immer etwas Besonderes sein.«

Ein Lächeln huschte über mein Gesicht, dann wurde ich neugierig. »War es deiner denn?«

Er verharrte mit offenstehendem Mund, versank dann in Gedanken. Schließlich wandte er sich zum Fenster und schüttelte den Kopf. »Ehrlich gesagt nicht.«, gab er zu und biss sich nervös auf die Lippe. »Ich war die letzten Jahre nicht ausgesprochen ehrlich und freundlich zu Frauen, was ich ziemlich bereue.«

Auch wenn sich für einen Moment Angst in mir breit machte, dass er zu mir auch nicht ehrlich war, sah ich im nächsten Moment doch die Reue in seinem Blick. Irgendetwas gab mir die Gewissheit, dass er sich wirklich verändert hatte.

»Mein erster Kuss war nichts Großes. Ich kannte das Mädchen kaum. Aber genau deshalb weiß ich, wie wichtig es ist, dass man sich seinen ersten Kuss ganz genau auswählt. Ich wünschte, ich hätte es damals besser gewusst.«

Ich musste schmunzeln, als mir eine vollkommen blöde Idee in den Kopf kam. Trotzdem wollte ich sie ihm nennen. »Wenn dein erster nichts Besonderes war, dann mach doch deinen Letzten zu einem.«

Er ließ einen leisen Lacher von sich, legte dabei den Kopf in den Nacken, wobei sein Kehlkopf ein paar Mal hervorsprang. Es war schön, ihn Lachen zu sehen. »Und woher weiß ich, welcher mein Letzter ist?«

Ich zuckte mit den Schultern. »Das weißt du nicht. Behandele einfach jeden zukünftigen Kuss, als wäre es dein Letzter.«

Sein Lachen verwandelte sich in ein andächtiges Schmunzeln. Für eine Zeitlang bedachte er mich, ließ seinen Blick über mein Gesicht gleiten. Dann nickte er. »Okay.«

Zufrieden widmete ich mich wieder dem Horizont und versank im Sternenhimmel. Ohne es zu merken, trat Jake hinter mich. Während ich weiterhin voller Staunen die schaumige dunkle Gischt betrachtete, setzte er plötzlich etwas auf meinen Kopf. Erschrocken fuhr ich zu ihm herum.

»Was ist das?« Hastig fischte ich das verkabelte Teil von meinem Kopf, das einem meiner Haarreife ähnelte. Verbunden war es mit einem kleinen Kassettenrekorder.

»Ein Walkman.«, antwortete er. »Vertrau mir.«

Lächelnd setzte er mir besagten Walkman zurück auf die Ohren. Dann begann er, auf den Knöpfen zu drücken. »Wenn ich die Kopfhörer aufhabe und nur die Musik um mich herum ist, kann ich richtig gut abschalten. Es wirkt Wunder.«

»Welche Kassette ist da drin? Alphaville?«

Er schmunzelte. »Nein, aber diese wird dir auch gefallen.«

In dem Moment setzte eine ruhige Gitarrenmelodie ein, gefolgt von einer dunklen aber schönen Männerstimme.

»Heaven«, hörte ich Jake sagen. »Von Bryan Adams.«

Ich lauschte der Melodie und seinem Gesang. Jake hatte Recht, von jetzt auf gleich, war meine Umgebung nebensächlich. Ich spürte nur die Musik in mir, als wären die Lautsprecher direkt in meinem Hirn.

»Ich möchte, dass du ihn behältst.«, sagte Jake mit Vorfreude in seinem Blick. »Er gehört jetzt dir.«

Hastig entfernte ich den Kopfhörer von meinem linken Ohr und schüttelte den Kopf. »Das kann ich nicht annehmen, Jake. Das ist dein Walkman.«

Doch er stoppte mich, drückte den Kopfhörer zurück auf mein Ohr und behielt dabei seine Hand an meiner Wange. »Keine Wiederrede.«, hörte ich ihn durch die Musik sagen. »Wenn ich nicht bei dir sein kann, dann setz den Walkman auf, schließ die Augen und stell dir vor, ich bin da. Stell dir vor, dass ich dich festhalte, wenn du Panik bekommst.«

Etwas unschlüssig biss ich mir auf Lippe. Sein Gedanke war schön und ich war mir sicher, dass mir die Musik auch weiterhelfen konnte. Trotzdem fühlte ich mich nicht wohl dabei, ihm etwas wegzunehmen. Doch Jake war stur wie ein Esel - genauso wie Ann es von sich gegeben hatte.

Also entschloss ich mich dazu, nun erstmal nur auf die Musik, nur auf diesen Moment zu achten. Instinktiv warf ich den Blick zurück zum Himmel und betrachtete den Mond, dessen Licht sich im Meer spiegelte, und versank dabei immer weiter in den Klängen von besagtem Bryan Adams. Irgendwann schloss ich die Augen und ließ meinen Kopf hin und her treiben. Als ich sie wieder öffnete, zog Jake mich an sich. Es wunderte mich, dass ich ohne zu zögern auch meine Arme um ihn schlang, als wäre es das normalste der Welt. Mit Bryan Adams in meinen Ohren und Jake Ayres in meinem Herzen, vergaß ich jegliches Zeitgefühl und alles andere, was mich in meinem Alltag beschäftigte. Ohne es zu merken, begannen wir zu tanzen, wiegten uns langsam zur Musik, die nur ich hören konnte. Irgendwann hob ich meinen Kopf von seiner Brust und legte meine Hände an seinen Anhänger. Jake ließ nicht los, hörte nicht auf zu schwanken.

Ich nahm den Anker in meine Hand und dachte an seine Worte in jener Nacht, als er mich gerettet hatte.

Unter Seemännern steht das Symbol des Ankers für Sicherheit und Stabilität.

»Festankern«, flüsterte ich und schmunzelte plötzlich erfreut. Dann zappte mein Blick hoch in seine Augen. Die Augen, die mir so viel Sicherheit und Stabilität gaben, wie es bisher nur jene meines Bruders gekonnt hatten. Und plötzlich wurde mir klar, dass es von Anfang an unmöglich gewesen war, mich nicht in ihm zu verlieren, ihm nicht zu vertrauen. Jake gab mir so viel, es war unausweichlich, mich gegen die Gefühle zu wehren. Ich *wollte* mich nicht wehren.

»Hm?«, machte Jake, als die Musik endete und zog mir eine wilde Strähne aus dem Gesicht.

»Festankern«, wiederholte ich andächtig. »Du hast mich festgeankert.«

Er runzelte die Stirn, weil er nicht ganz verstand. Bei seinem verwirrten Anblick musste ich schmunzeln und drückte mich zurück an seine Brust.

»Du bist mein Anker, Jake Ayres.«

XXIV

Jake

»Halt doch mal still.«

Alex stöhnte leise auf, als ich ihn dazu zwang, in derselben Position zu bleiben, in der er die letzte Stunde auch schon gesessen hatte. Portraits waren noch nicht meine Stärke, er musste mir also etwas entgegenkommen.

»Ich weiß immer noch nicht, was ich davon halten soll, dass du mich zeichnest.«, seufzte er. »Warum zeichnest du nicht Nino? Oder seine Freundin?«

»Psst«, machte ich, weil ich mich konzentrieren musste. »Du bist der einzige, der sich mit mir mal in Ruhe hinsetzt und nichts tut. Wann soll ich Nino zeichnen, wenn er immer nur auf dem Sprung ist?«

Alex verdrehte die Augen, widersetzte sich dann aber nicht mehr, während ich seinen Lippen den letzten Schliff verlieh. So schlecht sah es gar nicht aus.

»Möchtest du mal sehen?«

Er winkte hastig ab. »Nein, nein. Ich mag mich selbst nicht gerne auf Fotos oder Gemälden.«

»Dann kannst du mir aber doch gar nicht bestätigen, dass ich dich gut getroffen habe.«, meinte ich etwas beleidigt.

»Das könnte ich sowieso nicht. Ich habe lange nicht mehr in den Spiegel gesehen. Eigentlich weiß ich gar nicht, wie ich aussehe.«

Schmunzelnd verdrehte ich die Augen, ehe ich das Papier und die Stifte zurück in meine Tasche packte. Für heute reichte es. Meine Finger verkrampften schon.

»Endlich!«, stöhnte Alex und schmiss sich zurück in den Sand, breitete seine Arme unter dem Kopf aus und warf den Blick zufrieden in den Himmel, der mit Zuckerwatte-ähnlichen Wolken geschmückt war.

Ich tat es ihm gleich und betrachtete die letzten Sonnenstrahlen des Tages. Gestern um diese Uhrzeit war ich mit Abby am Strand gewesen. Bei dem Gedanken an ihr Lachen musste ich umgehend lächeln.

»Wie läuft es mit ihr?«

Ohne, dass ich es gemerkt hatte, hatte Alex sich aufgerappelt und mein Lächeln sofort richtig gedeutet.

»Ich weiß nicht, was du meinst.«, grinste ich.

»Das ist mir schon Antwort genug.« Lachend sank er zurück auf den Rücken.

Irgendwann drehte er seinen Kopf doch nochmal zu mir und hakte weiter nach. In seinem Ausdruck lag Sorge. »Spaß beiseite«, begann er. »Wie geht es ihr?«

Manchmal vergaß ich, dass die beiden sich noch nie begegnet waren, wenn Alex so besorgt von ihr sprach.

»Ich glaube, ihr geht es besser.«, überlegte ich. »Ich hoffe es zumindest. Der gestrige Abend war ein harter Brocken für sie.«

»Was ist passiert?«

Wütend rümpfte ich die Nase, als ich an Sofie dachte. Sie würde für immer für mich gestorben sein. »Sofie hat sie ziemlich fertig gemacht, ihr gesagt, sie soll dahin zurückgehen, wo sie herkommt. Einfach nur schrecklich. Abby hat natürlich total Panik bekommen, stand vollkommen unter Stress.« Mein wütender Ausdruck machte Platz für ein Lächeln, als ich an die Stunde nach ihrer Panikattacke dachte. »Zum Glück konnte ich sie aber wieder beruhigen.«

»Arme Abby.«, flüsterte er kaum hörbar, als würde er, wie Dad es manchmal tat, das Wort nicht an mich sondern an sich selbst richten.

»Bist du ihr schon Mal begegnet?«, fragte ich neugierig nach.

Alex schüttelte den Kopf. »Nicht wirklich. Ich kenne sie nur vom Sehen bei den ganzen Reden von Bürgermeister Grogan. Wieso fragst du?«

Ich starrte ihn noch einen Moment an, doch er wich meinem Blick aus. Irgendwie überkam mich das Gefühl, dass er log. »Nur so.«

Als ich am Abend nachhause kam, erwartete ich, ein leeres Haus vorzufinden. Doch Dad war weder im Leuchtturm noch auf seinem Boot. Er saß am Küchentisch und stöberte in einer alten Kiste mit Fotos. Als er mich entdeckte, schnellte sein Blick erschrocken hoch. In seinen Augen Tränen.

»Jake«, hauchte er und legte ein Foto zurück auf den Stapel vor sich.

Langsam setzte ich mich in Bewegung und kam ihm näher. Zuerst schien er nervös wie immer, doch ich merkte, dass er schließlich aufgab. Den Kampf gegen die Nervosität, gegen mich.

»Das«, stammelte er. »Das sind Bilder deiner Mum. Es sind nicht viele, aber du kannst sie dir gerne ansehen.«

Als ich mich auf dem Stuhl ihm gegenüber niederließ und die vielen Schwarzweißfotos betrachtete, stand Dad auf und lief hastig zur Tür.

»Dad, du musst nicht gehen!«, versuchte ich ihn aufzuhalten.

Er blieb mit dem Rücken zu mir stehen, murmelte etwas zu Mum und rieb seine nassen Handinnenflächen an seiner Hose. Dann drehte er sich um und deutete zum Leuchtturm.

»Ich… ich muss wieder arbeiten.«

Langsam erhob ich mich von meinem Platz und kam ein paar Schritte auf ihn zu. Doch je näher ich ihm kam, desto nervöser wurde er. »Kannst du nicht bleiben?«

Er sah meinen flehenden Blick und kniff die Augen zusammen. Schmerzerfüllt schüttelte er den Kopf. »Ich kann das nicht, Jake.«, flüsterte er. »Noch nicht. Ich bin noch nicht bereit dafür.«

Ich seufzte, weil ich ihn so gerne bei mir gehabt hätte, wenn ich mir Mums Bilder ansah. Ihn nach ihr ausgefragt, Geschichten über sie gehört und ihn so aufgeweckt erlebt, wie er es für Abby gewesen war. Trotzdem akzeptierte ich seine Entscheidung und nickte. Es war schon schön genug, dass er mir überhaupt Dinge von Mum zeigte.

»Ist gut.«, meinte ich, woraufhin er noch eine Zeitlang zum Tisch starrte. Dann drehte er sich um und streifte sich seine Jacke über.

»Dad?« Ich hielt ihn auf, bevor er nach draußen verschwand.

Etwas benommen drehte er sich wieder zu mir um und blickte mich fragend an. Ohne groß darüber nachzudenken, schlang ich die Arme um ihn und murmelte ein leises »Danke« in sein Ohr. Er zögerte erst, strich mir dann aber doch noch ein paar Mal über den Rücken, ehe er sich nickend löste und hastig nach draußen verschwand.

Ich blieb alleine zurück. Alleine mit diesen Erinnerungen. Es waren nicht viele, damit hatte Dad Recht. Die meisten Bilder zeigten ein junges Mädchen mit zwei älteren Damen in akkuraten Uniformen. Sie lächelte nicht, auf keinem einzigen Foto. Die Zeit im Heim musste schrecklich gewesen sein.

Ich wühlte weiter in der Kiste, in der Dad noch alte Briefmarken und Broschen aufbewahrte. Ganz unten kam ein farbiges Foto zum Vorschein, darauf zu sehen: Dad und Mum. Wahrscheinlich das einzige, das er noch übrig hatte, und ich verstand auch, weshalb. Es war das einzige, auf dem Mum wenigstens ein bisschen lächelte. Auf den ersten Blick wirkten sie wie ein ganz normales glückliches Ehepaar. Mum war mit mir Schwanger, das sah man an dem prallen Bauch. Doch je länger ich sie anstarrte, desto mehr sah ich die Verzweiflung in ihren Augen. Es war dieselbe Verzweiflung, die ich manchmal in Abbys Lächeln sah.

Seufzend lehnte ich mich zurück in den Stuhl und warf den Blick aus dem Fenster in Richtung Klippen. Und in diesem Moment fragte ich mich, wie meine Zukunft aussehen würde. Wie Abbys Zukunft aussehen würde. Dad war ein liebevoller Mensch, ich konnte mir gut vorstellen, dass er damals alles für Mum getan und sich selbst für sie geopfert hätte. Trotzdem hatte er ihr auf Dauer nicht helfen können. Wenn er das nicht konnte, wie sollte ich das dann bei Abby können?

Ich wollte sie nicht verlieren. Ich wollte sie in Zukunft bei mir haben.

Ein breiter Kloß bildete sich bei dem Gedanken daran, sie irgendwann nicht mehr sehen zu können. Auch wenn ich dieses Risiko von Anfang an gekannt hatte, auch wenn Dad mich gewarnt hatte. Doch wie hatte Alex es so schön gesagt: *»Das ist dem Herz doch egal.«*

Trotzdem schmerzte es. So sehr, dass ich Abby am liebsten genommen und an mich gefesselt, *festgeankert,* hätte, damit sie nie wieder verloren ging und ihr nichts passierte.

Plötzlich kam ein schriller Ton aus Dads Schlafzimmer und holte mich aus meinen Gedanken. Erst nach wenigen

Momenten merkte ich, dass es das Telefon war. Hastig lief ich in sein Zimmer und nahm den Hörer ab.

»Ayres?«

»Guten Tag, spreche ich da mit Fred Ayres, dem Fischer und Leuchtturmwärter?«, wurde ich von einer aufgeweckten Frauenstimme gefragt.

»Hier ist sein Sohn, Jake. Aber vielleicht kann ich Ihnen auch weiterhelfen?«

»Das wäre lieb.«, lachte sie. »Mein Name ist Grey, ich bin die Sekretärin von Bürgermeister Grogan.«

Bei ihren Worten wich jegliches Blut aus meinem Gesicht. Taumelnd hielt ich mich am Bett fest und setzte mich mit dem Hörer auf die Kante. Wieso rief Mr. Grogans Sekretärin meinen Vater an? Hatte er etwas mitbekommen? Hoffentlich ging es Abby gut.

»Mr. Grogan veranstaltet in zwei Wochen seine Wahlparty. Letztes Wochenende hat er auf dem Lichterfest Fisch vom Café *Larrys* gegessen und ist total begeistert. Ich sollte für ihn herausfinden, woher der Fisch kam und für die Party 10 Kilo bestellen. Zum Glück habe ich Sie gefunden, das war gar nicht so leicht!« Ihr Lachen schallte durch meine Ohren, woraufhin ich endlich wieder zu mir kam. Mr. Grogan wusste also nicht, dass seine Sekretärin anrief, er wusste also nicht, von wem die Fische wirklich waren.

»Eigentlich beliefert mein Dad nicht wirklich viele Menschen. Er fischt nur als Hobby. Gibt es nicht andere Fischer in der Gegend, die Sie beliefern können?«

»Auf gar keinen Fall. Mr. Grogan besteht auf Ihren Fisch! Er möchte nur das Beste für seine Party.«

Ich überlegte angestrengt. Dad würde den Auftrag niemals annehmen und auch ich hakte etwas daran, zuzusagen.

»Wir würden Ihnen natürlich eine beträchtliche Summe zahlen.«, fügte sie hinzu. »Was würden Sie von 1200 Dollar für 10 Kilo Langusten halten?«

Ich verschluckte mich an meinem eigenen Atem, als ich hörte, was sie sagte. Langusten gab es bei uns reichlich, doch von unseren üblichen Kunden nahmen wir pro Kilo rund 50 Dollar, was ich selbst schon immer viel fand. Gut, ich kannte mich auf dem Fischmarkt auch nicht wirklich aus, war nur Dads Lieferjunge und Helfer. Doch 1200 Dollar für 10 Kilo waren auf jeden Fall einen Gedanken wert.

Doch wie sollte ich das Dad erklären? Vielleicht konnte ich ihm erzählen, dass die Bestellung von Larry kam, er eine große Feier veranstaltete. Den Rest des Geldes konnte ich vielleicht zu meinen Ersparnissen fürs Studium stecken. Und wenn ich die Fische zur Party brachte, konnte ich vielleicht Abby heimlich sehen. Auch wenn das Risiko, dass Mr. Grogan mich erkannte, sehr hoch war.

Doch ich nahm jede Möglichkeit, Abby wiederzusehen, ernst. »In Ordnung.«

Die nächste Woche trafen Abby und ich uns drei Mal, - zwei Mal verabredeten wir uns am Zaun für ein paar Minuten, - die restlichen Tage schrieben wir wie immer Briefe. Unsere Zeilen wurden länger und persönlicher, je mehr wir uns schrieben und unterhielten. Ich merkte, dass ich langsam ihr Vertrauen gewann, was mich unheimlich glücklich machte. Meine gute Laune wirkte sich auch positiv auf mein Verhältnis zu Dad aus. Es war keine große Verbesserung, doch wir sprachen nun öfters miteinander - auch über Abby.

Wenn Abby und ich gerade nicht schrieben, beschäftigte ich mich mit Arbeit im Diner, half Dad oder traf mich mit Alex am Strand. Nino und Ann bekam ich erstmal nicht zu Gesicht. Ich wusste, sie trugen keine Schuld, doch meine Wut auf Sofie war noch zu groß, als dass ich das Risiko einging, sie mit den beiden zu sehen. Wenn Nino und Ann überhaupt noch mit ihr befreundet waren.

Abby hingegen lernte wieder viel für ihre Klausuren, die immer näherkamen. Außerdem half sie Mrs. Grey beim Organisieren und Dekorieren der Wahlparty des Bürgermeisters. Auch wenn ich den Kerl nicht leiden konnte, freute es mich doch, dass Abby Spaß an dieser Beschäftigung fand. Dass ich auf der Party auch mal kurz auftauchen würde, wenn ich die frischen Fische brachte, erzählte ich ihr nicht. Das sollte eine Überraschung werden.

Samstagabend ging Michael wieder mit ihr aus, wodurch wir uns für ein paar Stunden intensiver sehen konnten. Ich brachte sie ans Meer etwas außerhalb des Geschehens, weil sie es so liebte, und weil ich es so liebte, sie so glücklich zu sehen.

Ab und zu lief Abby immer wieder wie ein neugieriges Kleinkind vor zum Wasser und tauchte die Zehen hinein. Dabei zierte ihr Gesicht ein so wunderbares Lächeln. Ich beobachtete sie von unserem Platz im warmen Sand aus. Doch manchmal verschwand ihr Lächeln und sie richtete den Blick genauso melancholisch, wie Dad es manchmal tat, in die Wellen, als würde sie darin etwas suchen. Ihren Bruder, das wusste ich. Denn seitdem ich ihr in jener Nacht von Dads Meeresgöttern und dessen Glaube, dass tote Seelen zu Wellen werden, erzählt hatte, fragte sie immer wieder danach und wollte weitere Geschichten darüber hören.

»Wie geht es deinem Dad?«, fragte sie mich, als sie zurück in den Sand neben mir sank. »Seid ihr euch etwas nähergekommen?«

Ich lehnte die Ellenbogen auf meine Knie und überlegte, dachte an den Abend nach Abbys und meinem ersten Treffen, als ich Dad einen Besuch im Leuchtturm abgestattet hatte, und an den Tag, an dem er mir Fotos von Mum rausgesucht hatte.

Bisher hatte es noch keinen richtigen Moment gegeben, Abby davon zu erzählen.

»Ja, ein wenig.«, nickte ich. »Ich habe ihn letztens auf Mum angesprochen.«

Ihre Augen wurden riesig. »Hast du? Und wie hat er reagiert?«

»Er war wie immer sehr distanziert.«, seufzte ich und hielt dann eine Zeitlang inne.

Irgendwann spürte ich Abbys zarte Hand auf meiner Schulter. Als ich zu ihr rüber blickte, zierte ihr Gesicht dasselbe ruhige Lächeln, das ich ihr normalerweise zuwarf, wenn es ihr schlecht ging. »Möchtest du darüber sprechen?«

Natürlich wollte ich das. Ich hätte mit Abby Tagein und Tagaus sprechen können, über alles. Doch das Thema machte mir etwas Angst, denn es war keines, worüber man mit einem suizidgefährdeten Menschen sprach.

»Naja«, hauchte ich und legte mir die Worte so im Kopf zurecht, sodass sie Abby nicht verletzten oder verängstigten. »Mum hatte wohl eine schwere Kindheit«, begann ich und warf einen prüfenden Blick zu Abby, ehe ich weitersprach. »Sie war… oft sehr traurig.«

»Depressiv?«, verbesserte mich Abby vorsichtig. Als ich nickte, legte sie mir die Hand auf das Knie. »Es ist in Ordnung. Du kannst mit mir darüber sprechen.«

Ich nickte dankend, dann fuhr ich fort. »Sie wuchs wohl im Heim auf und war nie irgendwo willkommen, hat sich nie gebraucht gefühlt.« Ich schluckte bei meinen eigenen Worten, als Abby den Blick senkte und meinem auswich. Sicherlich kannte sie das Gefühl, das meine Mutter auch gehabt hatte. Das Gefühl, unwillkommen und ungewollt zu sein. Doch ich wollte ihr zeigen, dass ihr Gefühl trübte. Ich brauchte sie. Bei mir war sie mehr als willkommen. »Als ich zur Welt kam, lag wahrscheinlich nochmal mehr Druck auf ihren Schultern, der sie zur Verzweiflung gebracht hat.«

Sie verstärkte den Druck auf meinem Knie, strich kleine Kreise darüber.

»Über ihren Tod haben wir nicht gesprochen«, fuhr ich nach einer längeren Pause fort. »aber ich kann mir denken, dass sie sich-«

Unsere beiden Blicke schnellten hoch und vereinten sich geschockt. *Oh Gott!* Das hatte ich nicht gewollt. Ich verharrte mit offenstehendem Mund, während Abbys Augen glasig wurden. »Tut mir leid, Abby. Das war falsch-«

»Nein, du hast ja wahrscheinlich Recht mit deinem Gedanken.«, winkte sie ab und rutschte näher. »Das mit deiner Mum tut mir so leid.«

Dankbar verschränkte ich meine Finger mit den ihren, fuhr mit dem Daumen über ihren Handrücken und betrachtete andächtig eine Narbe an ihrem Handgelenk.

»Weißt du Jake«, begann sie, nachdem sie ein paar Mal hörbar geschluckt hatte, hielt den Blick dabei fest auf unsere Hände gerichtet. »In der Nacht… ich wollte mich nicht umbring-«

»Abby, du musst dich nicht erklären.«, unterbrach ich sie. Ich wollte sie nicht drängen. Nur weil wir über Mums Selbstmord gesprochen hatten, hieß das nicht, dass sie nun verpflichtet war, über den ihren zu sprechen.

Doch auch sie hielt mich in meinem Redefluss auf, nahm meine Wangen in die Hände und brachte mich damit zum Schweigen. Nun wirkte sie so stark.

»Ich möchte aber«, hauchte sie. »Ich möchte es dir erklären. Ich möchte mich dir anvertrauen.«

Schmerzerfüllt und dankbar zugleich, lächelte ich ihr schwach entgegen. Dies war alles, was ich die ganze Zeit gewollt hatte: Dass sie mir vertraute. Und doch fürchtete ich mich, dass sie sich zu viel vornahm und in Trauer versank.

»Ich meine, ich wusste schon, was ich vorhatte und wohin es eigentlich führte. Aber meine Intention war nicht, einfach plump umzukommen… Ich wollte zu meinem Bruder.«

Ein Schleier aus Tränen legte sich vor ihr Sichtfeld, als sie den Blick zurück zum Meer warf. Dass ich vom Tod ihres Bruders schon länger wusste, ließ ich mir nicht anmerken, und gab ihr Zeit und Raum, sich an ihn zu erinnern.

»Er war immer lustig, optimistisch und so stark. Und das trotz seiner Krankheit.« Ihre Stimme zitterte, weswegen ich den Druck an meiner Hand verstärkte. Irgendwie hatte ich das Gefühl, dass sie gerade zum ersten Mal richtig über seinen Tod sprach.

»Was hatte er?«, flüsterte ich vorsichtig, als sie nach wenigen Momenten immer noch nicht weitersprach.

»Mukoviszidose.«, hauchte sie so stimmlos wie in jener Nacht, als ihr Hals angeschwollen war. »Eine angeborene Stoffwechselerkrankung, die vor allem auf die Lunge geht. Als Kind hatte er ständig wiederkehrende Lungenentzündungen, die sich verschlimmerten, je älter er wurde.«

Nun begann auch ich zu zittern. Von dieser Krankheit hatte ich bisher noch nicht viel gehört, doch wenn sie angeboren war, konnte ich mir nur vorstellen, wie schrecklich und langwierig sein Tod gewesen sein musste. Und dann auch noch in einem Zuhause wie diesem.

Mehrere Tränen lösten sich auf einmal aus ihren Augen und tropften in den trockenen Sand. Ich konnte nicht anders, als sie in meinen Arm zu ziehen. Als öffnete ich damit ein Ventil, ließ sie von jetzt auf gleich einen lauten Schluchzer los und klammerte sich an mir fest.

Du bist mein Anker, Jake Ayres. Ich erinnerte mich an ihre Worte und wie glücklich sie mich gemacht hatten. Dass sie in mir Sicherheit fand, war alles, was ich für sie gewollt hatte.

»Zum Ende hin gab es kaum mehr einen Tag, an dem er aus dem Bett konnte und war ans Beatmungsgerät gefesselt. Die Ärzte kamen ausschließlich zu uns nachhause und behandelten ihn in seinem Zimmer.«, fuhr sie fort, nachdem sie sich ein wenig beruhigt hatte. »Er hasste es, drinnen zu sein. Er liebte die Natur, er liebte es, zu lachen, mit mir im Baumhaus zu sitzen. Selbst wenn es ihm schlecht ging, war er doch immer so fröhlich und brachte mir wunderschöne Erinnerungen, an die ich mich an schlechten Tagen festklammern sollte.«

Ihre Stimme überschlug sich und auch meine Augen wurden feucht, als ich mir vorstellte, wie schlecht es David im Hause seines Onkels gegangen sein musste. Dass er trotz seiner Lage Abby so viel Glück gebracht hatte, zeigte, wie stark er doch gewesen war. Diese Stärke hatte Abby von ihm geerbt.

»An einem Tag lag er seit zwei Wochen im Bett. Er wusste, es würde nicht mehr besser werden. Ich wusste das auch, auch wenn ich das damals nicht wahrhaben wollte. Doch bevor er ging, wollte er noch eine Sache erledigen. Er wollte das Meer sehen. Den Ort, der unser Leben lang vor unseren Füßen gelegen hatte, für uns aber trotzdem immer so schwer zu greifen war.«

Ich schüttelte unfassbar den Kopf. Ich lebte am Meer, ich hatte es jeden Tag vor mir und es nie so sehr wertgeschätzt, wie Abby und David es taten. Ihre Faszination und Freude hatten mir erst gezeigt, wie dankbar ich doch sein sollte.

»Als er mir von diesem Wunsch erzählte, hatte ich nicht lange nachgedacht, ihn heimlich zu Hughs Wagen gebracht und bin mit ihm zum Meer gefahren. Ich hatte keine Ahnung, wie das ging: Ein Auto zu bedienen.« Ein leiser Lacher löste sich aus ihrer Kehle. »Selbst da hat David mir noch geholfen, mich angefeuert, selbst da hat er mir durchgehend gesagt, dass ich alles schaffen kann, wenn ich es möchte. Und ich habe es geschafft, ich habe ihn zum Meer gebracht. Er starb eine halbe Stunde später, noch bevor Hugh uns finden konnte.«

Meine Augen waren tränengetränkt, als sie schließlich verstummte. Ich wusste nicht, was ich sagen sollte.

»Es tut mir so leid, Abby.«, hauchte ich nur und zog sie noch etwas enger an mich.

Als sie in meiner Stimme heraushörte, dass auch ich Tränen in den Augen hatte, drehte sie sich in meinem Arm zu mir um. Zärtlich strich sie mir über die Wange, wollte mich beruhigen. *Mich.* Wo doch sie diejenige war, die jeden Tag so sehr leiden musste.

»David war der einzige Mensch in meinem Leben, der mich wirklich geliebt hat. Der mich gesehen hat. Das Ich, das ich langsam selbst nicht mehr sehe.«, erinnerte sie sich.

»Er hat dich unglaublich geliebt. Das spürt man sogar, ohne ihn jemals gekannt zu haben.«, versuchte ich ihr klar zu machen. »Und das liegt daran, dass eine solch starke Liebe auch vom Tod nicht zerstört werden kann. Sie geht über den Tod hinaus.«

Ein schwaches Lächeln huschte über ihre Lippen, als sie meinen Worten lauschte. Ich wollte nicht, dass es endete, also sprach ich weiter.

»Mein Dad zum Beispiel« Ich schluckte, dachte an seine Beziehung zu Mum, die trotz der großen Trauer, die über ihm lag, scheinbar nie geendet hatte und auch nie enden wird. »Ich höre ihn manchmal mit Mum sprechen… und irgendwie habe ich immer mehr das Gefühl, dass sie ihm in irgendeiner Weise auch antwortet. Zu Beginn dachte ich lange, dass Dad langsam durch den Verlust verrückt wird. Doch allmählich glaube ich daran, dass Mum irgendwo um uns herum ist.«

Abbys Tränen hatten gestoppt. Ihr Blick war rein und aufmerksam. Andächtig beobachtete sie meine Lippen und die Worte, die dort rauskamen.

»David ist das sicherlich auch. Er ist hier, irgendwo. Nicht körperlich, aber seelisch. Seine Liebe hat nicht geendet. Wer weiß, vielleicht war er es, der dafür gesorgt hat, dass du bei deinem Sturz die Steine nicht triffst. Vielleicht passt er die ganze Zeit auf, dass dein Onkel uns nicht erwischt.«

Abby löste sich aus meinem Arm, um mich besser betrachten zu können. Ihre Augen zappten hin und her, weil sie überlegte. Dann lächelte sie hoffnungsvoll. »Vielleicht hat David dafür gesorgt, dass du in mein Leben trittst.«

Ich ließ einen leisen Lacher von mir. »Ja, vielleicht.«

Eine Zeitlang dachte sie über ihre eigenen Worte nach, ließ sicherlich im Inneren nochmal alles Revue passieren. Dann nickte sie schließlich entschlossen.

»Ja, es war bestimmt so.«, meinte sie mit Freudentränen in den Augen. »Ich möchte daran glauben, dass es so war. Dass David mir jemanden gebracht hat, der mich genauso sieht wie er. Denn das tust du, Jake.«

Ihr Enthusiasmus und die Art, wie sie über mich dachte, rührten mich zutiefst.

»Ich verstehe zwar nicht, warum. Ich verstehe nicht, was du da in mir siehst, was so toll ist.«, fuhr sie fort, griff dabei erfreut nach meiner Hand und schüttelte sie, als hätte sie die schönste Erkenntnis bekommen. »Doch es holt etwas in mir hervor, das ich bisher nicht kannte. Ein Ich, das mir nicht bewusst war. Ich bin fröhlich, wenn ich bei dir bin, ich fühle mich stark, gebraucht und verstanden. Und ich glaube, das ist es, was ich an mir am meisten mag, Jake.«

Ein so rohes, ehrliches und glückliches Lächeln hatte ich noch nie auf ihrem Gesicht gesehen und, um ehrlich zu sein, auch nie erwartet. Ich war süchtig nach ihrem Lächeln, süchtig nach ihrer Fröhlichkeit und ihrem Vertrauen. Und irgendwie auch stolz. Stolz, dass sie sich so gut machte, dass sie ihr Leben so gut meisterte und mit jedem Tag stärker wurde. Wenn ich an die Zeit dachte, in der ich sie zu Beginn kennengelernt hatte, - das Mädchen, das sich hatte umbringen wollen, - dann wurde mir klar, wie positiv sie sich verändert hatte. Wie hoch sie gewachsen war.

Als ich sie traf glich sie einem gebrochenen Sonnenuntergang. Wie jener, der momentan über dem Meer schwebte. Sie war gefangen in einem Himmel ohne Träume, mit gestrandeten Versprechen, die niemand hatte halten können, und dazu verbannt, das einzige Licht, das sie am Tag noch übrig hatte, untergehen zu lassen.

Wunderschön und doch so traurig.

Doch jetzt stand sie hier so stark. Jetzt hielt sie an ihren Träumen fest und zeigte ihr Licht

»Das Ich, das ich in deiner Nähe bin.«, beendete sie ihren Satz und fuhr mir über die Wange. »Das ist mein liebstes.«

XXV

Abby

Der Freitag eine Woche vor Hughs Wahlparty war besonders stressig und das gesamte Personal war angespannt. Ich folgte Mrs. Grey auf Schritt und Tritt, als sie wie wild umherlief und sich lauthals darüber aufregte, dass die Biertischgarnituren noch nicht geliefert wurden. Hugh und Dr. Woods waren den ganzen Tag in Terminen im Nachbarort und bekamen daher zum Glück von dem Stress nicht viel mit. Gegen Mittag erreichten uns die Tische schließlich. Als sie aber fertig aufgebaut waren, mussten wir sie sofort wieder abbauen, weil sich ein dunkler Sturm auftat und es zu schütten begann. Wir schafften es gerade so, alles zusammen zu räumen. Nur ein paar Bänke und auch die arme Mrs. Grey wurden nass. Zum Glück verlor sie bei dem ganzen Stress aber niemals ihr Lachen. Im Haus ging die Hektik weiter. Während Michael und ich den halben Tag gemeinsam Tischgedecke bastelten, wirbelten Hughs Bedienstete, seine Sekretärin und auch der Koch durchs Haus.

»Zieh nicht so ein Gesicht.«, bat ich Michael, weil er von der Aufgabe, die ihm Hugh mit mir zugeteilt hatte, immer noch nicht begeistert war. »Ist doch gar nicht so schlimm.«

Michael lugte über den Rand seiner Brille, die er nur trug, wenn er arbeitete, und musterte das fein säuberlich zusammengesteckte Blumensträußchen in meiner Hand. Dann warf er seinen Blick auf den traurigen Strauß, den er mühevoll versuchte zusammenzuhalten, und seufzte.

»Wenn man das so gut kann wie du, ist es nicht schlimm.«, meinte er und löste die Blumen wieder voneinander, um neu anzufangen. »Ich verstehe nicht, wieso Hugh die Gestecke nicht einfach beim Blumenladen bestellt.«

Ich zuckte mit den Schultern. »Vielleicht möchte er ein bisschen Geld sparen. Mir macht es jedenfalls nichts aus, ich finde es toll!«

Mein Blick fiel nach draußen in den Garten. Michael lehnte sich erschöpft in den Stuhl zurück und tat es mir gleich. Der Sturm mischte den See schaumig auf. Immer wieder schlugen die Äste umher und drohten abzubrechen. Auch das Baumhaus wackelte ein wenig, doch das hatte schon weitaus schlimmere Stürme überlebt. Dieser hier war gar nichts dagegen.

Meine Gedanken fielen zu Jake und seinen Dad. Ob sie bei diesem Wetter mehr zu tun hatten? Wie gerne ich das Meer nun vor der Nase hätte. Wie gerne ich mir nun angesehen hätte, wie kraftvoll es hin und her schwankt und dazu im Stande ist, alles zu zerstören, was ihm in den Weg kommt.

»So ein Hundswetter!«, hörte ich Mrs. Grey aus dem Nachbarzimmer schimpfen. »Hoffentlich hört es bald auf zu regnen!«

Schmunzelnd warf ich den Blick zum schwarzen Himmel, der seine Wolken leerte. Die meisten Menschen hassten den Regen, doch ich mochte ihn. Denn es war, als würde der

Himmel mich verstehen, als würde er all die Tränen für mich weinen, die ich nie hatte weinen dürfen.

Manchmal beneidete ich ihn. Den Himmel. Dafür, dass er seine Wolken leeren und Platz für die Sonne schaffen konnte, wann immer er wollte. Wie gerne ich heute Platz für die Sonne geschafft hätte, wie gerne ich heute Jake wiedergesehen hätte.

»Jae!« Michael stoppte sie, als sie gerade mit einer Schüssel Wäsche durch den Salon kam. Etwas unsicher blickte sie sich um und prüfte, ob jemand in der Nähe war, der uns erwischen könnte, blieb dann angespannt stehen.

»Schau dir das an!« Er hielt einen seiner Sträuße hoch. »Schön, oder? Der ist für dich.«

Jae verdrehte schmunzelnd die Augen. »Na, da hast du dir aber richtig Mühe gegeben, nicht?«, meinte sie mit sarkastischem Unterton, als sie den Strauß annahm. Dann deutete sie auf meine vielen. »Schau dir Abbys an. Warum bekomme ich nicht solch einen?«

Michael verzog spielerisch beleidigt das Gesicht. »Meine Sträuße sind mit Liebe gemacht und außerdem einzigartig!«

Jae und ich lachten im Chor. »Einzigartig?«, wiederholte sie und betrachtete schmunzelnd die vielen halb auseinanderfallenden Blumen. »Ja, das sind sie wirklich.«

Hochnäsig zuckte Michael mit den Schultern. »Ich weiß, dass du sie liebst.«

»Ach ja?«

»Ja!« Beide verschränkten die Arme, beide grinsten sich stur an. Es war lustig, ihnen dabei zuzusehen, wie vertraut sie sich waren.

Eine Zeitlang alberten sie herum. Dann stand Michael auf und packte Jae an der Hüfte, um sie einmal im Kreis zu drehen. Diese ließ einen lauten Lacher von sich, verstummte aber sofort, als im Eingangsbereich Schritte zu uns vor hallten. Hastig lösten sich die beiden wieder und widmeten sich ihren

Tätigkeiten, als Mrs. Grey mit gestresstem Gesichtsausdruck ins Zimmer kam.

»Gut, dass Sie alle hier sind.«, meinte sie völlig außer Atem, kurz bevor Jae das Zimmer verlassen wollte. Ein ungutes Gefühl überkam mich und auch Michael blickte mich unsicher an.

»Mr. Grogan hat gerade aus Kings Bay angerufen. Die Straße nach Saint Marys ist gesperrt. Mehrere Bäume sind umgefallen. So lange es noch so stark regnet, kann die Feuerwehr nichts machen. Er sitzt dort erstmal fest.«

Innerlich begann ich zu lächeln, hielt meinen besorgten Blick aber aufrecht. Auch Michael und Jae warfen mir und sich gegenseitig vielsagende Blicke zu.

»Heißt das, Mr. Grogan und Dr. Woods müssen die Nacht in Kings Bay verbringen?«, hakte Jae nach.

Mrs. Grey zuckte mit den Schultern. »Er hofft es nicht, aber wenn der Regen so weiter geht, kommt die Feuerwehr vielleicht erst heute Nacht dazu, die Straßen aufzuräumen.«

Gestresst fischte sie ihren Kalender aus der Tasche, die sie immer umgehängt trug, und blätterte in den vielen Notizen.

»Abbigail, du sollst deine Aufgaben fertig erledigen und Geschichte nochmal durchgehen. Um neun soll Miss Sue dich ins Bett bringen.«, las sie vor, ehe sie sich an Jae wandte. »Miss Sue, er wünscht, dass sie diese Nacht hier verbringen, falls er nochmal anruft und es Neuigkeiten gibt. Sie können sich das Gästezimmer zurecht machen. Und Mr. Woods, Ihre Mutter weiß Bescheid. Sie müssen sie nicht weiter informieren.«

Jae nickte einmal höflich, packte sich dann den Wäschekorb und verschwand damit aus dem Raum.

»Gut.«, hauchte ich schließlich und blickte mich auf dem Tisch um. Die Hälfte der Gestecke hatten wir schon fertig. »Wir haben schon halb sieben. Am besten widme ich mich dann jetzt dem Geschichtsbuch und mache den Rest morgen fertig.«

Michael blickte mich durchdringlich an, nickte dann. »Ja, ich helfe dir noch beim Aufräumen.«

»Bekommt ihr das alleine hin? Ich muss noch so viel erledigen. Hoffentlich komme ich noch heil in die Stadt.«, lachte Mrs. Grey erschöpft.

»Natürlich!«, winkte Michael ab. »Vielen Dank für Ihre Hilfe! Wir kommen zurecht. Miss Sue ist ja auch noch da.«

»Gott sei Dank!«, seufzte sie lautstark und suchte ihre Sachen zusammen. »Ich danke euch!«

Sie wirbelte noch ein paar Minuten durchs Haus, machte sich noch zwei Mal darüber bewusst, dass es wirklich in Ordnung war, dass sie ging, und begab sich dann schließlich durch den Regen zu ihrem Wagen. Der Sturm hatte mittlerweile etwas an Kraft verloren, nun schüttete es nur noch aus Strömen.

Ich räumte die Gestecke zu den anderen Dekorationsartikeln, ehe ich mein Geschichtsbuch herauskramte und mich damit ans Fenster setzte, um den prasselnden Tropfen beim Lesen zuzuhören.

Leider kam ich nicht weit damit, denn wenige Minuten später standen Jae und Michael in meinem Zimmer.

»Bist du fertig?«, grinste Michael.

Ich hob mein Buch. »Nein, ich habe erst ein paar Sätze gelesen. Das Kapitel ist noch acht Seiten lang.«

Wie abgestimmt, verdrehten sie beide gleichzeitig die Augen. Dann seufzte Michael grinsend. »Leg das Buch weg, Abby. Hugh ist nicht hier.«

Jae kam ihm zu Hilfe und nahm das Buch an sich. Mir wurde etwas mulmig zumute. Irgendwie ahnte ich, was die beiden vorhatten.

»Aber-«, wollte ich sagen, da öffnete Jae eine Schublade meiner Kommode und wühlte in meinen Klamotten.

»Michael hat Jake eben angerufen«, erklärte sie mir, als sie ein älteres Kleid herauskramte und es Naserümpfend zurück in den Schrank warf. »Du hast ein Date.«

Ich lachte ängstlich. »Das… Ich… Ich weiß nicht, Michael. Hugh könnte jeder Zeit nachhause kommen.«

»Kann er nicht, so lange es noch regnet. Außerdem wollte er sich melden, wenn es Neuigkeiten gibt. Jae und ich sind die ganze Zeit hier, wenn er also anruft und wirklich noch diese Nacht nachhause kommt, was ich zu bezweifeln wage, dann haben wir genug Zeit, dich zurück zu holen. Er ist am anderen Ende von Kings Bay, bis hier her braucht er eine Dreiviertelstunde!«

Seine Rede überzeugte mich ein wenig, trotzdem plagten mich noch schlimme Ängste. Was, wenn er nicht anrufen würde und einfach nachhause kam? Was, wenn er noch einen anderen Weg nachhause finden würde? Was, wenn er merken würde, dass ich nicht in meinem Bett war? Ich wollte es mir nicht ausmalen.

»Abby, Süße« Jae merkte meine Unsicherheit und kniete sich vor mich. Dann nahm sie meine Hände und drückte sie. »Hugh wird diese Nacht zu 99% nicht nachhause kommen, glaub mir. Und Jake hat sich so gefreut, als wir angerufen haben. Ich weiß, dass du dich auch freust. Du wirst es bereuen, wenn du die einzige Nacht, in der Hugh mal nicht hier ist, nicht richtig nutzt.«

Ich presste die Lippen zu einem Lächeln. Sie hatte Recht. »Ich weiß«, hauchte ich, atmete anschließend ein paar Mal angespannt durch, um mich zu beruhigen. »Ich… ich werde trotzdem nicht die Nacht bei Jake verbringen! Das möchte ich noch nicht… das kann ich noch nicht!«

»Das möchte ich auch nicht, Fräulein!« Michael trat einen Schritt näher und zeigte einen drohenden aber liebevollen Blick, als wäre er mein großer Bruder, der mich beschützte. Und das war er auch irgendwie. »Spätestens um eins holen wir dich ab!«

Ich kicherte leise, rieb ein letztes Mal meine Schweißgetränkten Hände aneinander. Dann nickte ich. »Okay, dann suchen wir uns mal ein Outfit aus, das *ich* tragen möchte und nicht Hugh!«

Aus diesem Outfit wurde nicht wirklich etwas. Schließlich besaß ich nur Klamotten, die Hugh ausgesucht hatte. In der Not lieh Jae mir eine Chinon-Hose von sich, die mir unerwartet gut passte. Lange war es her, dass ich mal keinen Rock um meine Beine hatte, und fühlte mich mit den engen Hosenbeinen, die kurz über dem Knöchel endeten, unglaublich wohl und irgendwie auch attraktiv. Oben herum trug ich eine meiner lockeren Blusen.

Als wir aus der Haustür traten, erschauderte ich kalt. Der Regen hatte die Temperaturen um ganze zehn Grad fallen gelassen.

»Moment, ich hole mir noch eine Jacke!«, rief ich Michael zu, der schon zum Auto rannte.

Hastig huschte ich die Treppen in mein Zimmer hoch und öffnete den Schrank mit meinen Herbstklamotten, um mir etwas zum Überziehen herauszusuchen. Noch bevor ich mich für eine Jacke entschied, kam mir eine andere - irgendwie verrückte - Idee, doch mich hinderte nichts daran, sie umzusetzen.

Aufgeregt grinsend wühlte ich in meiner Schublade und kramte von ganz unten Jakes Pullover hervor. Die letzten Wochen hatte ich ihn in schlaflosen Nächten ein paar Mal hervorgekramt und daran gerochen. Er verlor langsam seinen

Duft, roch immer mehr nach dem eintönigen Waschmittel meiner Kleider. Jetzt war meine Chance, diesen Geruch neu einzufangen.

»Was hat denn so lange gedau-«, stöhnte Michael, als ich ins Auto stürmte. Doch er stockte, als er die Kapuze über meinem Kopf entdeckte. »Das ist doch…«

»Ja, Jakes Pullover.«, nickte ich. »Jae hatte ihn für mich aufgehoben.«

Er starrte mich eine Zeitlang nachdenklich an, musterte den Stoff auf meiner Haut, in dem er mich zuletzt in jener Nacht gesehen hatte. Doch irgendwann lächelte er breit und kopfschüttelnd, während er den Motor startete.

»Ist ein solcher Pullover nicht eigentlich dafür gedacht, dass man ihn trägt, wenn die Person, der er gehört, nicht anwesend ist?«, fragte er lachend.

Ich verschränkte die Arme. »Ich kann ihn doch auch jetzt tragen!«, verteidigte ich mich. »Ich kann ihn tragen, wann ich will!« Dann stockte ich. »Naja… wenn Hugh nicht da ist.«

Michael blickte zu mir rüber, behielt ihn aber nicht lange auf mir, da er auf die Straße achten musste. Doch dieser kurze Moment reichte, um die stumme Überraschung in seinen Augen erkennen zu können.

»Was ist?«, fragte ich etwas unsicher, als er auf meine Verteidigung nicht antwortete, sondern nur schmunzelnd mit dem Kopf schüttelte. »Hat es dir die Sprache verschlagen?«

»Ehrlich gesagt, ja«, antwortete er, warf sein Lächeln erneut für eine Sekunde in meine Richtung, ehe er sich wieder vorsichtig dem Asphalt widmete. »Du verteidigst dich. Du sagst deine Meinung. Das tust du sonst nie und ich finde das toll.«

Ich ließ seine Worte eine Weile nachklingen, überdachte sie nochmal. Erst jetzt realisierte ich, was ich soeben von mir gegeben hatte. Ich war nicht in Unsicherheit versunken, ich hatte nicht ängstlich den Pullover abgestreift, weil ich dachte, dass er fehl am Platz war. Ich stand zu dem, was ich wollte. Und zum ersten Mal seit langem lag mir mein eigener Wille so klar vor Augen.

Doch dann erinnerte ich mich wieder. Ich erinnerte mich an Hugh. Ich erinnerte mich, *warum* ich meinen eigenen Willen bisher nicht durchgesetzt hatte. Ich durfte nicht zu weit gehen. Hugh durfte davon nichts mitbekommen.

Ich antwortete nicht mehr, warf ihm nur ein Lächeln entgegen und entschied mich dazu, in Zukunft wieder besser auf das, was ich von mir gab, zu achten, bevor ich jegliche Regeln vergaß.

Michael kannte den Weg zu Jakes Zuhause auswendig. Er hielt an einem Klippenvorsprung, an dem eine kleine Treppe hinunter zu den Dünen führte. Von hier aus musste man zu Fuß gehen.

»Also denk daran, wir holen dich spätestens um eins ab. Wenn es früher wird, rufen wir an!«

Mein Blick hing an den großen aufgewühlten Wellen, die sich immer wieder lautstark am harten Gestein brachen. Hier unten war es stürmischer als bei uns oben, hier unten schien die Natur noch aufgebrachter, noch wütender zu sein.

»Pass auf dich auf.«, bat ich Michael und drückte ihn einmal. »Fahr vorsichtig bei dem Wetter!«

Er versicherte mir, dass er langsam fahren würde, also schlüpfte ich hastig aus dem Wagen und rannte die kleinen Stufen hinunter. Der Wind peitschte mir den Regen ins Gesicht, das ich vergebens versuchte mit meiner Kapuze abzudecken. Zum Glück erwartete Jake mich schon an der Haustür und ließ mich nicht länger im Nassen stehen.

Vollkommen außer Atem passierte ich sein Häuschen und legte dann die Kapuze ab. Als er die Tür hinter sich schloss, musterte er mich lächelnd.

»Das ist ja ein schöner Pullover, wo hast du den denn her?«, schmunzelte er.

Ich zog mir grinsend ein paar nasse Strähnen aus dem Gesicht. »Von so einem Typ. Ich glaube, sein Name war Jake.«, überlegte ich spielerisch.

»Muss ein toller Typ sein, dieser Jake.«, meinte er mit hochgezogenen Brauen und kam näher.

Aufgeregt presste ich die Lippen aufeinander, weil mich die lockere Art, wie wir mittlerweile miteinander umgehen konnten, glücklich machte. »Ach, ich weiß gar nicht.«, winkte ich ab, dann grinste ich. »Vielleicht ein bisschen.«

Er lachte einmal lautlos, legte dabei seinen Kopf in den Nacken. Im Anschluss wandte er sich der Küche zu. »Und wenn ich dir sage, dass dieser Jake jetzt Pancakes macht?«

Mein Lächeln schwand von der einen zur nächsten Sekunde, als ich auf der Anrichte eine Schüssel mit Teig stehen sah. Von jetzt auf gleich sah ich Mrs. Sparks in der Küche vor mir, von jetzt auf gleich erschien Davids mit Puderzucker beschmiertes Gesicht vor meinem inneren Auge.

»Pancakes?«, hauchte ich ungläubig.

Nun wurde Jake auch etwas unsicher. »Ja… ich dachte…« Vorsichtig trat er einen Schritt näher, dann fasste er sich angespannt an die Stirn. »Tut mir leid… ich wollte dir eine Freude machen. Du meintest, du hast Pancakes früher so geliebt…«

Ich brauchte einige Momente, um zu realisieren, was er da von sich gab und wofür er sich entschuldigte. Jake machte Pancakes. Für mich. Dass er sich solch simple Dinge gemerkt hatte, rührte mich so sehr, dass mir Tränen vor die Sicht strömten. Doch er verwechselte diese Tränen mit Trauer.

Gerade als er sich umdrehen und den Teig wegräumen wollte, wurde ich richtig wach. Hastig lief ich auf ihn zu und schlang so stürmisch die Arme um ihn, dass er nach hinten taumelte. »Danke!«, flüsterte ich überglücklich in sein Ohr. »Danke, dass es dich gibt.«

Noch etwas verwirrt, schlang auch er seine Arme um mich. Als ich den Druck um seinen Hals aber verstärkte und mein Gesicht in seinem T-Shirt vergrub, drückte er mich so fest an sich, dass ich für kurze Zeit alles Negative in meinem Leben vergaß. Alles, was mich jemals dazu getrieben hatte, von dieser Erde zu verschwinden, existierte in diesem Moment nicht mehr. Nur das Ich, das bei Jake zum Vorschein kam. Und dieses Ich war so ungeheuerlich glücklich, dass ich für eine Sekunde das Gefühl bekam, es würde nie wieder verschwinden.

Wie naiv ich damals doch war. Wie naiv ich war, zu glauben, die Dunkelheit würde mir von nun an fernbleiben.

Die nächste halbe Stunde bekleckerten wir Jakes Küche und unsere Münder. Lange war es her, dass ich das letzte Mal in den Genuss von purem Teig, Puderzucker oder Pfannkuchen gekommen war, und wertschätzte jeden Moment. Jake brachte mir bei, wie man die Pancakes mit einem Wurf in die Luft wendete. Dabei fielen einigen von ihnen zu Boden oder landeten auf der Anrichte. Hugh und die Angst, dass er jederzeit Nachhause kommen könnte, vergaß ich dabei vollkommen. Irgendwann schaltete Jake das Radio an und stellte es ganz laut ein. Viele Lieder, die ich nicht kannte, und manche, die ich bei unseren Treffen ab und zu schon mal gehört hatte, wurden abgespielt. Ich lernte Genesis - Jakes Lieblingsband - Depeche Mode, Kiss, Toto und andere Künstler kennen und versuchte, sie mir ins Gedächtnis zu brennen. Irgendwann würde ich mir all diese schönen Kassetten kaufen.

Wir begannen mit dem Essen, gerade als Jakes Dad zur Haustür hereinkam. Beide spannten sich sofort redlich an. Als er mich entdeckte, bemühte er sich eines Lächelns.

»Dad« Jake hob überrascht den Kopf. »Du bist ja schon zurück.«

Jakes Dad nickte befangen, dann deutete er nach draußen. »Ich wollte mir nur etwas zu Essen holen. Lasst euch nicht von mir stören. Guten Appetit!«, wünschte er uns höflich, wandte dann den Blick zu Boden, während er seine Jacke über die Garderobe hängte.

Der meine zuckte zu Jake, welcher etwas enttäuscht auf seine Pancakes einstach. Es schmerzte, ihn so zu sehen. Sie beide.

»Möchten Sie auch etwas?«, traute ich mich schließlich zu fragen, als er den Kühlschrank öffnete. »Wir haben genug übrig. Setzen Sie sich.«

Etwas unsicher drehte er sich um, schüttelte dann den Kopf. Noch bevor er verneinen konnte, stoppte ich ihn.

»Bitte, keine Widerrede!«, bat ich und schenkte ihm ein warmes Lächeln.

Jake blickte unsicher zwischen mir und ihm hin und her, er war so schweigsam nun. Mit den beiden in einem Raum kam es mir plötzlich so vor, als wäre ich die Starke. Als müsste ich die beiden aufheitern. Und genau das wollte ich tun.

»Setzen Sie sich!« Lächelnd klopfte ich auf den Stuhl neben mir, als Jakes Dad nicht reagierte. »Wir haben Pancakes gemacht.«

Seine Lippen verzerrten sich. Ich glaube, er versuchte zu Lächeln, endete dabei aber nur in einer unsicheren Grimasse. Ehe er sich doch schließlich zu uns setzte, verlagerte er sein Gewicht abwechselnd zwischen dem linken und dem rechten Bein. Ich erinnerte mich an die Nacht, in der Jake mich gerettet hatte. In der auch sein Dad mich gerettet hatte. Ich lernte ihn als einen fröhlichen, aufgeweckten Mann kennen, der immer für Späße bereit war. Doch schon nach einiger Zeit hatte ich gemerkt, dass dies nur eine Fassade gewesen war, um mich in meiner Situation aufzuheitern. Der *echte* Fred Ayres war unsicher und schweigsam und erinnerte mich damit ziemlich an… mich selbst.

»Mögen Sie Pancakes?«, fragte ich interessiert, als Jake ihm einen Teller reichte, und versuchte ihn dann mit seiner eigenen Taktik zum Entspannen zu bringen: Ganz viel reden und erzählen.

»Ich liebe Pancakes!«, schwärmte ich, ehe er überhaupt antworten konnte. Jake beobachte mich mit einem andächtigen Lächeln. Ich glaube, er wusste, was ich vorhatte.

»Eigentlich«, begann Mr. Ayres, ehe er sich ein kleines Stück mit der Gabel abriss und in den Mund steckte. »mag ich lieber deftige Kost.«

»Ja, wenn es nach dir gehen würde, würdest du den ganzen Tag Fisch und Fleisch essen.«, lachte Jake etwas gelassener aber immer noch zurückhaltend.

»Immer die eigenen Fische?«, fragte ich interessiert nach, stemmte die Ellenbogen auf die Tischplatte und legte das Kinn auf die verschränkten Finger.

»Die meiste Zeit, ja.«

»Was war der größte Fisch, den Sie jemals gefangen haben?«

Nachdenklich lehnte er sich zurück und warf den Blick zur Decke. »Einmal ist mir ein Delfin ins Netz gegangen.«

Meine Augen weiteten sich. »Ein Delfin??«

»Ja, die gibt es hier gar nicht so selten. Wenn die Ebbe naht, kommen sie ins flache Gewässer, weil es ihnen dadurch leichter fällt, Fische zu fangen. Sie treiben ihre Beute zusammen, erzeugen dann eine Welle, die die Fische an Land spült, und noch bevor sie wieder vom Wasser erfasst werden, schnappen sich die Delfine ihr Essen.«

»Wow!«, staunte ich über die Fähigkeiten und Denkweisen dieser Tiere. »Was haben Sie mit dem Delfin gemacht?«

Als er meinen besorgten Blick sah, winkte er hastig ab. »Keine Sorge, ich habe ihn natürlich frei gelassen. Solch tolle Wesen gehören nicht ins Netz.«

Ich atmete erleichtert durch, ehe mein Blick nach draußen schweifte. Der Regen hatte fast vollkommen nachgelassen. Übrig blieben ein paar schwarze Schäfchenwolken, die sich am violettfarbenen Himmel tummelten. Meine Aufmerksamkeit wandte sich dem Radio zu, als ein vertrauter Song abgespielt wurde

»Das ist The Police!«, grinste ich.

Jake nickte. »Langsam kennst du dich ja richtig aus.«

»Hat er dir die Musik gezeigt?«, fragte sein Dad leicht schmunzelnd, woraufhin Jake liebevoll die Augen verdrehte. Als ich nickte, schüttelte Mr. Ayres den Kopf. »Jake, du musst ihr die *gute* Musik zeigen!«

»*Gute* Musik heißt für dich doch nur, alles, was vor 1970 veröffentlicht wurde. Sturer alter Mann!«

Sein Dad lachte einmal und auch Jake grinste frech. Dass sie langsam auftauten und lockerer miteinander wurden, freute mich so sehr, dass ich ihrem Lachen mit einstimmte.

»Welche Gruppe mögen Sie am liebsten?«, fragte ich interessiert. »Ich finde Alphaville toll!«

Er rümpfte die Nase. »Sicherlich findest du die nur toll, weil du Johnny Cash noch nicht kennengelernt hast.«

»Dann möchte ich ihn kennenlernen!«, meinte ich voller Vorfreude und blickte zu Jake, der etwas grimmig zu seinem triumphierenden Dad rüber sah. »Jake, hast du auch Kassetten von Johnny Cash?«

Seine grimmige Miene machte Platz für ein erschöpftes Lächeln. Das Grinsen seines Dads hingegen wurde mit meiner Frage nur breiter. Ein paar Sekunden blickten sie sich an, wie sich Vater und Sohn meiner Meinung nach ansehen sollten: Kampfbereit, neckend und stets cool - und doch mit so viel Offenheit, Verletzlichkeit und Liebe.

Wir sprachen noch weiter über unsere Lieblingsmusik. Ich erzählte von meinem Geigen- und Klavierunterricht und welche Stücke ich dort am liebsten spielte. Irgendwann wechselten wir die Gesprächsthemen. Erst sprachen wir über Jakes Liebe zum Zeichnen und meine zum Schreiben, dann erzählte sein Dad auf meinen Wunsch hin Geschichten der Meeresmythologie, ehe wir zum Schluss nochmal über Jakes Kindheit sprachen.

Von der schweigsamen Unsicherheit der beiden, die zu Beginn des Abendessens noch so präsent gewesen war, war mittlerweile kaum mehr etwas zu spüren. Wir lachten und erzählten so unbeschwert, und ich fühlte mich zum ersten Mal in meinem Leben irgendwie wie *zuhause*.

Fühlte sich so ein glückliches Leben an? Eines, bei dem man in einer geliebten Familie aufwuchs? In einer Familie, wo man nicht bestraft wurde, wenn man zu Tisch etwas sagte, ohne gefragt zu werden, wo man nach seiner Meinung gefragt und diese auch respektiert wurde.

Um kurz nach neun hatte der Himmel sich vollkommen geklärt. Während dem Abwasch galt meine Aufmerksamkeit dem melancholischem Leuchten, welches ich einst mit dem Licht meines Bruders verwechselt hatte. Hier unten so weit abseits der Stadt konnte man unheimlich viele Sterne sehen, wenn der Leuchtturm einem nicht die Sicht versperrte. Meine Angst, dass Hugh früher nachhause kommen könnte, kam langsam wieder zum Vorschein. Wer weiß, vielleicht wurde die

Straße gerade geräumt? Vielleicht packte Hugh gerade seine Tasche zusammen? Vielleicht stand er aber auch schon vor der Tür…

»Was ist los?« Jakes sanfte Stimme drang flüsternd zu mir vor. Als ich seine Finger auf meinen Wangenknochen spürte, erwachte ich aus meiner Angststarre, die das Geschehen außerhalb des Fensters visierte, und schreckte ängstlich zurück. Jake zog sofort seine Hand weg und ließ mir meinen Freiraum.

Um mich zu beruhigen, schloss ich für ein paar Sekunden die Augen und atmete tief durch. »Es ist nur… der Regen hat aufgehört.«, erklärte ich ihm. Er verstand sofort. »Was ist, wenn Hugh-«

Das laute Klingeln des Telefons bestätigte meine Angst und ließ meinen Puls in die Höhe schießen. Für den Bruchteil einer Sekunde hatte ich keine Kontrolle über meinen Körper, konnte nicht atmen, mich nicht bewegen, erstarrte einfach nur.

Auch Jake zuckte zusammen, warf mir dann einen unsicheren Blick zu. Gerade als sein Dad zum Telefon laufen wollte, kam Jake ihm zuvor.

»Ayres?« Seine Stimme war zittrig. Er klammerte sich so fest an den Hörer, dass seine Knöchel weiß hervortraten. Mr. Ayres bemerkte unsere ängstlichen Blicke und schaute mich besorgt an.

»Nino«, hauchte er teils schmunzelnd, teils enttäuscht. Die Angst verschwand aus seinem Gesicht, woraufhin auch ich allmählich wieder entspannte. Meine Knie ließen nach, als ich seinen Namen hörte. Dann lachte ich einmal lautlos über meine eigene Furcht und ließ mich auf dem Stuhl am Küchentisch nieder.

»Ich weiß nicht. Abby ist bei mir.«, sprach Jake weiter und verzog eine abgeneigte Grimasse. »Nino und Ann fragen, ob wir mit ihnen ausgehen wollen. Bowlen oder Tanzen.« Er legte den Hörer beiseite und kam zu mir.

Mein Körper reagierte zweigeteilt. Einerseits wollte ich Jakes Haus keinesfalls verlassen, weil Michael uns hier erreichen konnte. Andererseits faszinierte mich die Vorstellung, Bowlen oder Tanzen zu gehen, - einfach wie ein ganz normales Teenagermädchen zu sein, - so sehr, dass ich eigentlich gar nicht verneinen konnte. Außerdem hatte Michael bestimmt Recht. Hugh fuhr sicherlich morgen erst wieder nachhause. Wahrscheinlich hatte er es sich mit Dr. Woods in der Hotelbar gemütlich gemacht und schlürfte einen nach dem anderen Whiskey.

»Wir könnten Michael Bescheid geben. Ihm sagen, wo wir sind. Er kann sich dort melden, wenn es Neuigkeiten gibt.«, schlug ich vor, woraufhin Jake nickte. Ganz überzeugt war er aber noch nicht, weswegen ich nochmal nachhakte. »Möchtest du überhaupt ausgehen?«

Er ließ sich neben mir nieder und verzog eine Grimasse. »Ehrlich gesagt, habe ich die beiden seit dem Spektakel mit Sofie nicht mehr gesehen. Ich sorge mich nur um dich. Wenn du sie nicht sehen möchtest, dann kann ich das verstehen.«

»Was haben die beiden mit Sofies Verhalten zu tun?«

»Naja... Sofie ist Anns beste Freundin - war sie jedenfalls bisher. Ich möchte nicht, dass Sofie plötzlich wieder auftaucht.«

Ich schmunzelte. »Die beiden können doch gar nichts dafür. Ja, Sofie ist Anns Freundin, aber das heißt noch lange nicht, dass Ann einen schlechten Charakter hat. Ich mag sie und ich mag auch Nino. Und wenn Sofie auftaucht, dann überstehe ich das schon. Habe ich das letzte Mal ja auch.«

Nun wich seine Grimasse einem Lächeln. Nickend durchforstete er eine Zeitlang liebevoll mein Gesicht, ehe er zurück zum Hörer lief.

»Nino? Könnt ihr uns in 10 Minuten abholen?«

Jakes Dad verabschiedete sich wenige Momente später von uns und zog sich zurück in den Leuchtturm. Er betonte noch ein paar Mal, dass es ihn sehr gefreut hatte, mich wieder zu sehen, und sprach die Hoffnung aus, mich bald wieder bei sich am Essenstisch sitzen zu sehen. Jake und er behandelten mich wie ein Familienmitglied und ich hoffte, diese Familie niemals verlassen zu müssen.

»Ich ziehe mich noch kurz um.« Nachdem er Michael angerufen und ihm Bescheid gegeben hatte, dass wir die nächsten Stunden in *Rosies Bowlingclub* beziehungsweise der dort angehörigen Disco verbringen würden, huschte Jake in sein Zimmer. Er und Nino kannten die Besitzerin wohl, weswegen er ihre Nummer sofort Michael durchreichen konnte.

Ich blieb am Küchentisch sitzen und wartete. Adrenalin erfüllte mich. Adrenalin der Vorfreude und der Angst. Immer wieder zogen sich meine Gesichtsmuskeln zu einem Grinsen zusammen, erschlafften in der nächsten Sekunde aber wieder unsicher.

Wir gehen aus, sprach ich mir innerlich zu, weil ich es kaum glauben konnte. *Wir gehen aus.*

Ich wiederholte die Worte noch ein paar Mal, bis mein Blick über meine Kleidung schweifte, die an ein paar Stellen mit Puderzucker bedeckt war. *Oh Gott!* Wir gingen aus und ich sah aus wie der letzte Schmutzfink.

Hastig erhob ich mich und ging zu Jakes Zimmertür, die einen Spalt offen stand.

»Jake, darf ich nochmal kurz an deinen Spieg-« Meine Stimme versagte in dem Moment, als ich seinen nackten Oberkörper erblickte. Er stand mit dem Rücken zu mir, in der Hand ein T-Shirt, das er gerade entfalten und überziehen wollte. Ich musste unwillkürlich mehrere Male schlucken, als er sich umdrehte und sich von vorne zeigte.

Erneut waren meine Gefühle zweigeteilt, erneut wusste ich nicht, was ich sagen, tun oder wohin ich schauen sollte. Einerseits lag es in meiner Natur, einfach aus dem Raum zu flüchten. Vor allem in Situationen, die mir vollkommen fremd waren. Andererseits hätte ich ihn am liebsten einfach stundenlang angestarrt, vielleicht sogar berührt.

Ein Schmunzeln huschte über sein Gesicht, als er die Überwältigung in meinem Blick sah. Er wirkte selbstsicher, als wüsste er genau, was er zu bieten hatte - doch irgendwie gefiel mir diese Art an ihm Er schämte sich nicht für seine Nacktheit. Wieso auch? Es gab nichts an ihm, wofür er sich schämen musste.

Ich versuchte vergebens zu verhindern, dass mein Blick über seine Schultern, Brust und Arme schweifte. Er war nicht vollkommen durchtrainiert, man sah ihm die schwere Arbeit, die er ab und an bei seinem Dad verübte, aber durchaus an. Mich aus dem Wasser zu retten, war für ihn sicherlich wie, als würde er seine Angelrute an Land ziehen.

Er kam einen Schritt näher. In seinen Augen legte sich Verlangen und Zuneigung nieder. Er nährte von meinem faszinierten Blick, der ihm verdeutlichte, wie attraktiv ich ihn fand, wie viel er mir bedeutete. Unter normalen Umständen hätte ich von meinem Körper erwartet, dass er ängstlich zurückschreckte, dem Druck auswich, der mich überkam, als Jake so intim immer nähertrat. Ich hatte keine Erfahrung, ich wusste nicht, was ich in solch einer Situation tun sollte, hatte Angst etwas falsch zu machen, ihm nicht gerecht zu werden - die einfachste Lösung in solch ungewissen Situationen war es immer gewesen, einfach wegzurennen.

Doch diesmal verspürte ich keinen Druck. Da war keine Angst, keine Unsicherheit. Und in dem Moment merkte ich zum ersten Mal, dass ich ihm vertraute. Ich wusste, er würde nichts tun, was ich nicht wollte. Er würde mich nicht für meine Unerfahrenheit verurteilen oder mich verspotten. Ganz ohne Druck.

Je näher er kam, desto höher stieg mein Kinn, um den Blickkontakt mit ihm aufrecht zu halten. Mir fiel von neuem auf, wie groß er doch war. Ich musste meinen Kopf fast vollkommen in den Nacken legen, um ihn anzusehen. Jetzt, wo er mir so nah war, entdeckte ich auf seiner Haut ein paar Narben und fragte mich sofort, woher sie wohl stammten. Ob er sich auch für seine schämte, wie ich es mit meinen tat? Nein, er war so selbstsicher, so stark. Er fürchtete sich sicherlich vor gar nichts.

»Ich…«, versuchte ich meinen eigentlichen Satz fortzuführen, als er die Hand hob und Puderzucker aus meinem Haar entfernte. »Ich wollte nur nochmal kurz zum Spiegel. Ich bin voller Zucker.«

Nun war meine Stimme nur noch ein Flüstern Irgendwann merkte ich, dass meine Hände auf seiner Brust lagen. Ich hatte gar nicht mitbekommen, dass ich sie gehoben hatte.

Ein Schmunzeln huschte über sein Gesicht, dann trat er einen Schritt zurück, um mir den Weg zum Spiegel zu ermöglichen. In Sekundeneile zog er sich das Shirt über, beendete diesen Moment und bestätigte mir damit das Wissen, dass er mich niemals bedrängen würde. Nur wusste ich gerade nicht mehr, ob ich dieses Verhalten von ihm gut oder schlecht finden sollte. Ob es mir gefiel, dass er sich zurückhielt.

»Du siehst auch mit Puderzucker wunderschön aus.«, meinte er lachend, woraufhin ich errötete und die Augen verdrehte.

Ein Blick in den Spiegel verriet mir, dass er log. Meine Haare waren vom Regen zerzaust, das Gesicht weiß vom Kochen. Und doch sah das Mädchen, das mir dort aus Jakes

Spiegel entgegenblickte, ganz anders aus als jenes, das mich in jener schrecklichen Nacht mit ihren tiefen Augenringen, den aufgeplatzten Lippen und dunklen Blutergüssen gequält hatte. Ich hatte mich verändert. Positiv.

Jake trat hinter mich und bedachte gleichfalls mein Spiegelbild. Als er den tränengetränkten Blick in meinem Gesicht sah, zog er meine Haare in den Nacken und betrachtete mich mit schiefgelegtem Kopf.

»Was ist los?«, hauchte er an mein Ohr. Bei seinem warmen Atem auf meiner Haut musste ich kurz die Augen schließen und lehnte mich instinktiv nach hinten gegen seinen Körper. Er hielt mich wie eine schützende Mauer, schlang die Arme um mich.

»Es quält mich nicht mehr«, stellte ich irgendwann fest und lächelte erleichtert. »Mein Spiegelbild quält mich nicht mehr.«

XXVI

Jake

Draußen war es wärmer als erwartet. Schwerer Dunst des Regens hing über dem dunklen Asphalt in der Luft und verlieh der Welt den Duft von Petrichor. Im Schein des Lichtfeuers konnte man ihn deutlich erkennen. Die Umgebung trocknete, Wärme kehrte zurück.

»Sorry, auf die Vorderbank passen höchstens drei!«, rief Nino aus seinem brüllenden Wagen, als er neben uns zum Stehen kam. »Einer muss auf die Ladefläche!«

Ohne groß darüber nachzudenken, schwang ich mich hinter die Fahrerkabine und ließ Abby den Vortritt auf dem sicheren Sitz vorne bei den anderen. Doch sie blieb nur neben dem Wagen stehen und überlegte angestrengt.

»Kommst du?« Ann öffnete mit einem ruhigen Lächeln die Tür. Sie beide waren nach dem Vorfall mit Sofie mittlerweile richtig vorsichtig in ihrer Nähe, was auch gut war. Wenn sowas nochmal vorkam, nur weil Ann nicht bemerkte, was für eine miese Schlange ihre Freundin war, dann bekamen sie es mit mir zu tun.

»Ich…«, stammelte Abby etwas aufgeregt und deutete mit einem fragenden Lächeln zu mir. »Kann ich vielleicht auch auf die Ladefläche? Sowas habe ich noch nie gemacht.«

Ann zog die Tür wieder zu. »Na klar, mach's dir gemütlich. Hier ist noch eine Decke, falls es kalt im Fahrtwind wird.«

Abby kam zu mir hochgekrabbelt und setzte sich neben mich. Als sich der Wagen in Gang setzte, purzelte sie in meine Richtung.

»Vorsicht!«, lachte ich und hielt sie fest. Schüchtern rappelte sie sich wieder auf, blieb aber so nah an mir, dass unsere Körper sich berührten.

Wie unglaublich gut ihre Beine in dieser Hose zum Vorschein kamen. Meinen Sweater hatte sie sich um die Schultern gebunden. Im Augenwinkel fuhr mein Blick die Haut an ihren Armen bis hoch zu ihrem Schlüsselbein ab. Keine Blutergüsse. Ihre Aufmerksamkeit galt der Umgebung. Fasziniert rekte sie ihren Kopf in den Himmel, schloss die Augen und fühlte den Wind in ihren langen Haaren, die dadurch zu wilden Locken geformt wurden. Als sie die Augen wieder öffnete, wandte sie ihren Blick zu mir. Er streifte meine Lippen und verirrte sich für eine Sekunde wieder in Verlangen, ehe sie schüchtern auf ihre Hände blickte.

Ich schluckte. Noch immer fühlte ich die Wärme ihrer kleinen zierlichen Hände auf meiner nackten Brust. Die Art, wie sie mich angesehen hatte, würde mir für immer im Gedächtnis bleiben. Wie gerne ich sie doch geküsst hätte. Doch ich hatte Angst, ich wollte sie nicht bedrängen.

»Wenn du die Augen schließt, fühlt es sich an, als wärst du auf einem Boot.«, meinte sie und hob Daumen und Zeigefinger. »Naja, jedenfalls ein kleines bisschen.«

Ich lachte, weil ich wusste, dass sich eine Bootsfahrt ganz anders anfühlte. Trotzdem nickte ich. »Auf einem richtigen Boot ist es aber auf jeden Fall schöner.«

Ihr Blick fiel zum Meer, an dem wir entlangfuhren. »Denkst du«, begann sie, ehe sie sich zurück an mich wandte. »du kannst mich irgendwann nochmal mitnehmen aufs Boot? Unter besseren Umständen als das letzte Mal.«

Ich nickte. »Alles, was du willst.«

Ein breites Grinsen entstand in ihrem Gesicht, dabei biss sie sich aufgeregt auf die Unterlippe. Das tat sie immer, wenn sie sich über irgendetwas freute. Mit diesem Lächeln drehte sie ihren Kopf ins Profil, das sofort ins silberne Licht des hellen Mondes getunkt wurde. Der Fahrtwind positionierte einige Strähnen in ihrem Gesicht, die sie sich mit einer kurzen Handbewegung hinters Ohr zog. Der Rest ihrer Mähne tanzte in der Luft.

Es war perfekt. So perfekt, dass ich sofort meinen Rucksack nahm, den ich immer dabei hatte, und meine Mappe mit den Zeichnungen hervorholte. Dieser Moment musste festgehalten werden.

»Bleib so!«, bat ich Abby, bevor sie nachfragte, was ich vorhatte. Ihr Gesicht tunkte sich für kurze Zeit in Überraschung, als sie jedoch das Papier und den Stift in meiner Hand bemerkte, wurde sie wieder unsicher.

»Das Lächeln eben«, begann ich, während ich wild und grob die Umrisse ihres Profils aufs Papier brachte. Die feinen Details konnte ich später in Ruhe nachtragen. »Bitte zeig es nochmal. Denk an die Bootsfahrt, ans Bowling, ans Tanzen. Alphaville, der Wind in deinen Haaren.«

Mit jedem weiteren Wort, kehrte es zurück. Noch breiter, noch schöner als zuvor. Meine Hand verkrampfte auf dem Papier, so hastig versuchte ich, diesen Moment einzufangen. Als ich nach ein paar Minuten das Gröbste vor mir hatte, atmete ich erleichtert auf und hielt die Zeichnung vor mich, um sie betrachten zu können.

»Möchtest du es sehen?«, fragte ich.

Sie winkte hastig ab, wurde dann wieder ganz klein. »Lieber nicht. Ich mag mich selbst nicht auf Fotos und Gemälden.«

Komisch, wo hatte ich diese Antwort schon mal gehört?

Der Bowlingclub war rappelvoll. Als allererstes weihten wir Rosie - die Besitzerin - ein und baten sie, auf das Telefon zu achten. Auch Nino und Ann wussten Bescheid.

»Abbigail, möchtest du etwas trinken oder essen?«, fragte Ann, als wir uns an unserer Bowlingbahn niederließen. Abby reagierte erst nicht, weil sie mit offenstehendem Mund in dem Geschehen auf der Nachbarbahn vertieft war. Ich musste grinsen, es war immer wieder ein ulkiger aber auch schöner Anblick, - der leider einen traurigen Ursprung hatte, - wenn Abby etwas Neues in dieser Welt kennenlernte, was für uns eigentlich vollkommen normal war.

»Abbigail?«

»Hm?«

»Ob du etwas trinken oder essen möchtest? Nino und ich laden dich ein als Entschuldigung für den Vorfall letztens. Du weißt nicht, wie sehr wir uns für Sofie schämen. Es tut uns wirklich leid!«

Abby warf ihren Blick zu mir, dann winkte sie ab. »Das ist wirklich nicht nötig. Ihr könnt ja nichts dafür.«

»Keine Widerrede!«, unterbrach Ann sie und nahm ihre Hand. »Also was möchtest du? Eine Coke? Limo? Einen Milchshake?«

Bei letzterem wuchsen Abbys Augen auf das Doppelte. »Milchshake? Oh ja, vielleicht einen mit Erdbeere? Oder doch lieber Vanille? Schokolade? Am besten alles!«

Ann und Nino blickten sich unschlüssig an. Als sie aber mein Grinsen sahen, mussten auch sie lachen. Abby stimmte mit ein. Es fühlte sich an, als wäre sie schon immer Teil dieser Gruppe gewesen - und das war sie ab sofort auch!

Wir spielten Männer gegen Frauen. Ann zeigte Abby ein paar Spezialwürfe und diese lernte sie erstaunlich schnell. Zu Beginn warf sie die Kugeln noch vollkommen Quer auf die Bahn und Nino und ich kamen in Führung. Doch je mehr Übung sie bekam, desto besser wurde sie. So gut, dass es in der vorletzten Runde sogar fast Gleichstand stand, nachdem Ann einen Strike und Abby 9 Punkte erzielt hatten. Für einen Sieg reichte es trotzdem nicht für sie. Mit nur 4 Punkten mehr gewannen wir schließlich.

»Tut mir leid, Ann.«, meinte Abby, als wir gerade dabei waren, die Bowlingschuhe zurückzugeben. »Das nächste Mal bin ich besser.«

»Ach Quatsch.«, winkte Ann ab, als wir den Club verließen, um rüber zur Rollschuhdisco zu laufen. »Du warst sau gut, dafür dass du noch nie vorher gespielt hast!«

Ich lief mit Nino hinter den beiden und beobachtete, wie Abby neben Ann etwas auftaute. In ihr fand sie eine gute Freundin, das wusste ich. Während die zwei mit Themen über Anns coole Frisur oder ihren Style beschäftigt waren, nutzte Nino den Moment und zog mich etwas näher, um Abstand zu den Mädels zu gewinnen.

»Wie ist es ihr das letzte Mal ergangen… ich meine nach dem Vorfall mit Sofie?« Sein Blick war in Sorge und auch Schuld getränkt. Ich hatte ihm und Ann Unrecht getan, mich nicht mehr bei ihnen zu melden, aber ich weiß nicht… irgendwie verband ich mit den beiden immer auch die Anwesenheit von Sofie und war einfach nur sauer gewesen.

»Ich hatte sie zum Glück schnell wieder beruhigen können… Sie ist unheimlich stark, ich glaube, das weiß sie gar nicht.«

Er nickte melancholisch und blickte den beiden hinterher, während wir über den Parkplatz liefen. »Ann hat Sofie die Freundschaft gekündigt.«

Erschrocken wirbelte ich zu ihm herum. Das hätte ich nun nicht gedacht, wo ich doch weiß, wie eng sie immer waren.

»Naja, vorerst.«, sprach er weiter, ohne mich anzusehen. »Sie war nach dem Vorfall einfach nur schockiert, wusste gar nicht, was sie sagen sollte. Tagelang hat sie sich nicht bei Sofie gemeldet und war irgendwie wie gerädert, weil sie ihre Freundin so gar nicht kannte.«

Während Nino erzählte, beobachtete ich Ann, wie sie Abby freundschaftlich ihren Arm umlegte und laut mit ihr lachte. Noch bevor ich ihm antworten konnte, drehten die beiden sich zu uns um.

»Wie lange ist es her, dass wir das letzte Mal hier waren?«, fragte Ann, als wir den Eingang der Rollschuhdisco betraten.

Nino und ich blickten uns unschlüssig an. »Vielleicht zwei Jahre?«

Ann richtete sich zufrieden an Abby. »Siehst du? Das bekommst du schon hin. Wir können wahrscheinlich selbst gar nicht mehr fahren. Jake fährt sowieso nicht Rollschuh.«

Abby wandte sich überrascht an mich, als Nino an der Kasse unseren Eintritt zahlte. »Wirklich? Muss man in einer Rollschuhdisco nicht Rollschuh fahren?«

Ich schüttelte den Kopf. »Jein, es gibt eine Hauptfläche, auf der mit Rollschuhen getanzt wird, aber auch eine normale Tanzfläche.«

»Und warum fährst du nicht? Das macht doch sicherlich total Spaß!« Ihre Augen leuchteten und ich musste schmunzeln.

Nino kam mir mit der Antwort zuvor. »Ja, wenn man fahren *kann,* macht es durchaus Spaß.« *Danke Nino.*

»Wolltest du es nie lernen?«

Ann bestellte drei paar Schuhe für Abby, Nino und sich. Sie wusste, dass es unmöglich war, mich in solche Dinger zu bekommen.

»Nein, ich glaube, ich bin einfach zu hektisch für solche Dinge. Ich besitze keine Feinmotorik.«, lachte ich. Nun war ich derjenige, der sich unsicher am Nacken kratzte, weil er sich vor Abby für etwas schämte, das er nicht konnte. So schnell wie sie das Bowlen gelernt hatte, war sie am Ende des Tages wahrscheinlich auch im Rollschuhfahren Profi.

Apropos Ende des Tages, wie viel Uhr hatten wir eigentlich? Halb elf. Es war also noch genug Zeit vom Abend übrig.

Nachdem die drei sich ihre Schuhe angezogen hatten, erhob sich Abby vorsichtig von ihrem Sitz. Sie schwankte, weswegen ich ihr meine Hand reichte.

»Zur Tanzfläche geht es hier runter.« Ann deutete auf die schmale Tunnelrutsche, aus der man schon laute Musik hervordringen hörte.

»Wie cool ist das denn!« Voller Staunen blickte sie Ann und Nino hinterher, wollte dann vor Freude einmal hochspringen, bedachte dabei aber nicht, dass sie Rollen unter den Füßen hatte. Zum Glück stand ich so dicht, dass ich nur kurz meinen Arm heben und ihn unter ihre Achseln schieben musste.

Als sie sich wieder aufgerappelt hatte, lachte sie etwas nervös. Fest an meinen Arm geklammert, hob sie den Blick. »Möchtest du wirklich keine Rollschuhe anziehen? Dann können wir gemeinsam ulkig herumschwanken.«

Grinsend schüttelte ich den Kopf. »Ich habe lieber festen Boden unter den Füßen. Dann kann ich dich auch auffangen.«

»Irgendwann wirst du diese Schuhe auch noch anziehen.«, meinte sie vollkommen überzeugt. »Ich möchte dich dazu bringen. Das schreibe ich auf meine Bucketlist.«

»Deine Bucketlist?«

Sie nickte stolz. »Ja, eine Liste mit Dingen, die ich noch erleben möchte, wie zum Beispiel Riesenrad fahren, ein Konzert besuchen, mit dir zu tanzen.«

»Wir können auch ohne Rollschuhe tanzen.«, schlug ich vor, woraufhin sie schmunzelnd die Augen verdrehte.

Schließlich wandte sie sich zur Rutsche, drehte sich dann nochmal mit erhobenem Finger zu mir um. »Irgendwann bekomme ich dich in diese Schuhe.«

Die Rollschuhbahn wurde mit einem Geländer abgetrennt. Außerhalb des Geländers standen viele Tische, die die beiden Tanzflächen abtrennten. Der Raum war dunkel und stickig, bunte Lichter fuhren umher und reflektierten sich in den silberschillernden Kleidern mancher Frauen. Viele der Gäste hatten richtiges Talent im Rollschuhfahren und das zeigten sie auch mit ihren Outfits. Enge Leggings in Rosa-, Grün- oder Violetttönen, die bis über den Bauchnabel gingen, darüber zogen sie sich ebenso bunte Bodys oder bauchfreie Tanktops. Bis vor einem Jahr hätte mich der Anblick dieser hautengen Kleider noch redlich gereizt, doch im Moment galt meine volle Aufmerksamkeit nur der tollpatschigen Abby, die von Ann immer wieder auf die Beine gezogen und gehalten wurde. Nino kam irgendwann zu mir, blieb aber auf seiner Seite des Geländers stehen und lehnte sich mit dem Rücken daran, um den Mädels zuzusehen.

»Sie ist toll.«, stellte er irgendwann fest, nachdem wir eine Zeitlang einfach nur geschwiegen und die laute Musik auf uns wirken gelassen haben. *Maniac* von Michael Sembello - der Klassiker, auf den jeder in diesem Raum abging.

Ich nickte, ohne den Blick von ihr zu nehmen. Langsam hatte sie den Dreh raus, konnte mit Ann an der Hand richtig große Runden drehen und bewegte sich im Takt der Musik. Ihr Gesicht zierte durchgehend ein aufgeregtes Lächeln, als würde es ihren Onkel gar nicht geben, als wäre alles Leid in ihrem Leben ausgelöscht. Ich wünschte, es wäre so.

»Ich meine es ernst«, fuhr Nino fort. »Ich habe noch nie jemanden wie sie getroffen. Ich meine, sie ist von den simpelsten Dingen so begeistert! Das steckt richtig an.«

Ich lachte nickend. Nino stimmte mit ein, dann verblasste die Freude langsam wieder. »Kaum zu glauben, dass sie so viel durchmachen muss.«

Mein Nicken hallte ein paar Momente melancholisch nach. »Zurzeit geht es ihr glaube ich wirklich gut. Aber das kann sich jede Sekunde ändern und davor habe ich echt Angst.«

Nino drehte sich zu mir um. Sein Blick durchforstete mein Gesicht mitfühlend. Schließlich klopfte er mir auf die Schulter. »Gib sie niemals auf, okay?«

»Natürlich nicht. Niemals.«

Der schnelle Takt des Songs setzte aus, das Lied war vorüber. Stattdessen setzte nun eine langsamere Melodie ein. Abby erkannte die Band sofort und blickte erfreut zur Decke, wo die Lautsprecherboxen hingen. Nino drückte sich vom Geländer ab und fuhr zu seiner Freundin, die er sofort eng an sich zog. Abby wich einen Schritt zurück, als die beiden sich im Takt von Alphavilles *Forever Young* hin- und herwogen. Nun stand sie alleine dort und es dauerte nicht lange, bis sie sich zu mir umdrehte.

Unser Blickkontakt nahm mir jegliche Kontrolle über meinen Körper. Ich wurde praktisch magisch von ihr angezogen, ließ mich einfach unter dem Geländer durchgleiten und trat auf die Tanzfläche, die eigentlich nur für Rollschuhe gemacht war. Abby setzte sich ebenfalls in Bewegung und kam mir entgegen. Wir blieben mit einem Abstand voreinander stehen, sahen uns stumm lächelnd an, ehe ich sie schließlich an mich zog und ihren Kopf auf meinem Brustkorb ablegte. Meine linke Hand lag an ihrer Taille, die rechte hielt die ihre.

Irgendwann schloss ich einfach die Augen und drückte meine Lippen gegen ihre Stirn, verteilte Küsse auf ihrem Kopf, woraufhin sie sich noch enger an mich schmiegte.

Wann hatte ich das letzte Mal mit einem Mädchen zu einer Ballade getanzt? Es war wie mit dem Schreiben von Briefen: Noch nie zuvor. Mit Abby erlebte ich Dinge, die mir bisher nie in den Kopf gekommen waren. Sie lehrte mich, so wie ich sie lehrte.

Sie lehrte mich all die Dinge, die ich von meiner Mutter nie lernen durfte: Gefühlsvoll zu sein, Ehrlichkeit, Romantik oder auch das Ablegen der kühlen, unnahbaren Mauer, die ich vor meinem Dad oder Nino emporgezogen hatte.

Irgendwann hob sie den Kopf von meiner Brust und blickte zu mir hoch. Wir schwankten weiter, während sie mir durchs Haar fuhr, meinen Wangenknochen streichelte und mit dem Daumen über meine Lippe fuhr. Sie lächelte nicht, jedenfalls nicht so breit, wie sie es mit Ann getan hatte. Trotzdem sah ich das Glück hinter ihrer Iris tanzen und ich wusste, der liebevolle, andächtige Ausdruck auf ihrem Gesicht besaß weitaus mehr Wert als das lauteste Lachen, das es auf dieser Welt gab.

»Ich möchte nicht, dass es endet.« Man konnte ihre Stimme durch die laute Musik kaum hören, trotzdem verstand ich jedes einzelne Wort, denn es war genau der Satz, der auch mir in den Sinn kam. »Ich möchte nicht, dass jeder Moment unser Letzter sein kann.«

Sehnsucht und Furcht mischte sich zu dem Glück in ihrem Gesicht, denn sie wusste, egal wie schön der Tag auch immer war, musste sie doch wieder zurück in die Hölle. Ich zog sie noch etwas enger an mich, um jede Sekunde auszukosten. Auch sie drückte sich an mich, als würde sie nie wieder loslassen wollen. Doch egal wie schön dieser Tanz auch mit ihr war, ich wollte sie für mich. Wollte die Zeit mit ihr ganz alleine auskosten.

»Lass uns abhauen!«, meinte ich und wartete nicht auf ihre Antwort. Stattdessen nahm ich sie bei der Hand und zog sie zu Nino. »Nino, wir sind unten am Meer. Bitte sag uns Bescheid, falls jemand anruft oder falls Michael auftaucht.« Er verstand sofort und nickte verlässlich.

Ich verschwendete nicht viel Zeit, brachte Abby zur Schuhausgabe und als sie wieder feste Sohlen unter ihren Füßen hatte, nahm ich sie bei der Hand und rannte lachend mit ihr nach draußen. Wir überquerten den Parkplatz, die Straße, bis wir ans Meer kamen. Hier gab es keinen Badestrand, nur Klippen und große Steine, die aus dem Wasser ragten. Sie waren aber groß genug, um sich auf sie zu setzen. Also balancierten wir über die Klippen, stiegen die Steine hinab, bis wir über Wasser waren und ein großer Fels uns zum Niederlassen einlud. Abby setzte sich an den Rand, zog ihre Schuhe aus und ließ die Füße in das kalte Wasser. Dabei zuckte sie fröstelnd zusammen, das Lächeln verließ sie aber trotzdem nicht. Ich setzte mich neben sie, behielt die Füße im Gegensatz zu ihr aber an Land und zog die Knie zur Brust.

»Bist du hier öfters?«, fragte sie irgendwann, nachdem sie die Umgebung erfolgreich erkundet hatte.

»Nein, nur ab und zu nach dem Bowlen. Meistens aber alleine, oder aber Alex gesellt sich zu mir.« Mir fiel auf, dass ich ihn seit einiger Zeit gar nicht mehr gesehen hatte, und fragte mich, wie es ihm ging, ob alles in Ordnung war. Ich hatte keine Infos von ihm, wusste nicht, wo er wohnte, was seine Telefonnummer war, ja, nicht mal seinen Nachnamen kannte ich. Hoffentlich ließ er sich bald mal wieder am Strand blicken.

Ihr Lächeln verblasste, je länger sie über die Wasseroberfläche bis hin zum Horizont blickte. Und je mehr es aus ihrem Gesicht schwand, desto mehr erschlafften auch meine Lachmuskeln. Eine kleine Welle schwappte an dem Felsen empor zu ihren Füßen. Sie betrachtete das schaumige Wasser unter sich eine Zeitlang suchend. Ich wusste, was sie suchte.

»Denkst du echt, er ist dort irgendwo?«, hauchte sie. Ich konnte den Kloß in ihrem Hals deutlich heraushören. »Manchmal verliere ich die Hoffnung. Manchmal habe ich Angst, er ist an irgendeinem Ort, an den er nie sein wollte. Oder er schwebt irgendwo im Nichts.«

Ich zog sie an mich, schlang meine Arme um ihren Körper und sie sank mit dem Rücken gegen meine Brust. »Vielleicht ist er nicht im Meer«, überlegte ich, woraufhin sie geschockt ihren Kopf zu mir drehte. Ich hob die Schultern. »Nicht nur. Vielleicht ist er manchmal auch in den Wolken oder bei der Sonne, wenn sie den Himmel in tiefdunkles Rot tunkt. Mein Vater meinte früher bei jedem Sonnenuntergang, der so feuerrot wie ein Ofen war, die Engel würden Plätzchen backen. Vielleicht backt er manchmal mit ihnen, bevor er schwimmen geht, einfach nur am Strand liegt oder sich durch den Wind tragen lässt.«

Ihre Augen waren gefüllt mit Wasser - salzigem Wasser. Hastig wandte sie mir wieder den Rücken zu. Sie schämte sich für ihre Tränen, für ihre Verletzlichkeit, für ihre Angst. Doch was sie nicht wusste, war, dass es für mich weder Tränen noch Schwäche in ihren Augen gab. Was *ich* darin sah, war ein Ozean.

Ein Ozean mit verlorenen Träumen und verblassten Hoffnungen. Ein Ozean, dessen Oberfläche den Himmel reflektierte, und in dem sich sowohl die Sonne als auch der Mond zur Ruhe legten. Ein Ozean, in dem man sich verlieren konnte, wenn man hineinsah.

Ein Ozean, der mein Zuhause war.

Ich zog sie enger an mich. »Ich glaube fest daran, dass er an einem schönen Ort ist. Und ist es nicht das, was zählt? Unser Glaube? Unsere Hoffnung?«

Ein leiser Schluchzer kroch an die Oberfläche. Sie zuckte in meinem Arm und nickte. Es dauerte eine Weile, bis sie sich beruhigt hatte. Schließlich rappelte sie sich auf und drehte sich zu mir um.

»Ich wünschte, ihr zwei hättet euch kennengelernt. Ihr hättet euch gemocht.«

Ich grinste. »Er hätte es mir bestimmt nicht leicht gemacht, oder? Der große Bruder, der seine Schwester schützt.«

In ihre trauernde Stimme mischte sich ein Lachen. »Ja, vielleicht. Aber letzten Endes hätte er genauso wie ich gewusst, dass du mich nicht verletzen würdest. Wahrscheinlich hätte er es noch eher als ich gewusst.«

Ihre Worte rührten mich. Das war es, was ich immer gewollt hatte: Ihr Vertrauen. Ihr Vertrauen darin, dass ich alles dafür tun würde, dass es ihr gut ging.

Ich hob meine Hand und legte sie an ihre feuchte Wange. Kurzerhand schloss sie die Augen und drückte sich in meine Handinnenfläche. Ein trauriges Schmunzeln auf ihren Lippen. »Manchmal denke ich, das ist alles nur ein Traum. Du bist nur ein Traum.«

»Ist es aber nicht.«

Sie öffnete ihre Augen, tastete dann selbst mein Gesicht ab, als müsse sie sich darüber bewusst werden, dass ich wirklich real war. Wie ein Gemälde betrachtete sie mich, legte ihren Kopf schief und streichelte meine Haut mit Fingern und Blicken. Ihre Augen fixierten die kleine Narbe oberhalb meiner rechten Braue. Als sie die empfindliche Haut darauf berührte, erwischte ich mich dabei, wie ich die Luft anhielt. In ihrem Blick veränderte sich etwas, als sie hastig zurückwich und die Ärmel ihrer Bluse überprüfte. Die Narben, die sie dort trug, kannte ich schon, doch sie schämte sich.

»Was ist dort passiert?«, fragte sie und zog sich meinen Pullover über den Kopf.

Ich seufzte, weil die Story sie vielleicht verschrecken könnte. Doch ich wollte ehrlich zu ihr sein. »Eine Schlägerei. Das war vor drei Jahren. Nino und ich waren mit ein paar Mädels etwas trinken. Als der Alkoholpegel schon ziemlich hoch war, tauchte auf einmal der Exfreund des Mädchens auf, das mit Nino dort war. Wenn Nino trinkt, kann er sich in keiner Sache zurückhalten. Dann stichelt er, macht sich über andere lustig oder hängt sich in Sachen rein, die ihn nichts angehen - und das meint er nicht mal böse. Der Exfreund des Mädchens war sowieso schon gereizt und griff Nino irgendwann an. Ich habe mich natürlich auf ihn gestürzt, um Nino zu verteidigen. Im nächsten Moment schlug mir jemand eine Flasche an die Stirn und ich wachte mit einer Platzwunde im Krankenhaus auf.«

Während ich erzählte, schlug Abby die Hände vor dem Mund zusammen und bekam ganz große Augen. Sie überlegte kurz, ich hielt den Atem an. Hoffentlich stand sie nun nicht auf und verschwand für immer.

»Das hört sich schmerzhaft an.« Als sie die Hände vom Gesicht nahm und ihre Finger zurück auf die Narbe legte, tauchte in ihrem Blick liebevolle Sorge auf.

Ich winkte lachend ab. »Ich habe kaum etwas gespürt. Hat nur drei Stiche gebraucht. Da gibt es bessere Narben an mir.« Hastig suchte ich nach einer an meinem Ellenbogen. »Auf die hier bin ich zum Beispiel sehr stolz: Mit Zehn habe ich an den Klippen bei uns einen kleinen Hund entdeckt. Er war aus der Stadt entlaufen und sehr ängstlich. Je näher ich ihm kam, desto weiter lief er Richtung Abgrund. Nur langsam konnte ich mich vortasten und sein Vertrauen gewinnen. Im letzten Moment habe ich mich schließlich auf ihn geschmissen und ihn gepackt, dabei habe ich mir Ellenbogen und Knie an dem harten Gestein aufgeschlagen. Doch es war eine gute Tat, der Hund konnte heil und wohlauf zu seinem Frauchen zurückgebracht werden.«

Abby blickte mich mit Verwirrung aber auch Faszination an. Irgendwann schüttelte sie den Kopf. »Wenn du über deine Narben sprichst, wirkt es so, als wäre es ein schönes Körpermerkmal. Du bist richtig stolz darauf… wie machst du das nur?«

»Naja, ich sehe Narben nun mal nicht als etwas Schlechtes an. Ich finde sie schön.«

»Du findest sie schön?«, fragte sie fassungslos und fuhr sich über den Oberarm.

»Naja, nicht so schön wie andere besondere Körpermerkmale. Narben erzählen Geschichten, sie sind der Beweis dafür, dass man überlebt hat, sie machen einen stark. Das ist doch schön.«

Für einen Moment durchforstete sie mein Gesicht und überlegte. Dann senkte sie den Blick und hob ihren Ärmel ein Stück, bis eine schmale Narbe an ihrem Handgelenk auftauchte.

»Die hier« Ihre Stimme war zittrig. So nervös hatte ich sie länger nicht mehr erlebt. »Vor vier Jahren haben David und ich am See gespielt, dabei haben wir versehentlich ein paar Blumen zertrampelt. David hat all die Schuld auf sich genommen. Hugh war so wütend, dass er-« Aufgeregt atmete sie ein paar Mal tief durch, versuchte ihre Stimme unter Kontrolle zu bekommen. »er hat seinen Gürtel genommen und damit nach David geschlagen. Ich habe in dem Moment nicht nachgedacht, ich wollte einfach nicht, dass er meinem Bruder wehtut, und habe mich ihm in den Weg gestellt. Das war so dumm von mir. Meinetwegen wurde er nur noch wütender und hat alles an David ausgelassen.«

Fassungslos schüttelte ich den Kopf. Ich wusste ganz genau, was in diesem Haus abging, und doch war es jedes Mal aufs Neue ein Schock. Ich griff nach Abbys zittrigem Handgelenk, fuhr vorsichtig über die Narbe. Dies war das erste Mal, dass sie offen und ehrlich über die Taten ihres Onkels sprach, ohne sich selbst dafür die Schuld zu geben und ohne ihn in Schutz zu nehmen.

»Das war nicht dumm von dir.«, beruhigte ich sie. »Du dachtest immer, David sei der Starke, der auf dich aufgepasst hat. Dabei war es andersrum genauso und das siehst du nicht. Du siehst nicht, wie stark du bist. Du wolltest ihn schützen und hast dein eigenes Empfinden hinten angestellt, das ist das Selbstloseste und Stärkste, was ein Mensch tun kann.«

Mit Tränen in den Augen beobachtete sie mich, wie ich auf ihre Narbe einen Kuss hauchte. Dann huschte ein trauriges aber dankbares Schmunzeln über ihre Lippen.

»Denkst du echt? Ich fühle mich gar nicht stark.«

Kopfschüttelnd schmunzelte ich. »Weil du erschöpft bist. Du siehst nur den Schmerz auf deiner Haut. Und doch lachst du und erfreust dich am Leben. Ich kenne keinen Mensch, der stärker ist als du.«

Ihr Mund öffnete sich, verharrte aber stumm, weil sie nicht wusste, was sie darauf erwidern sollte. Ich spürte die Überwältigung, sah die fassungslose Dankbarkeit in ihren Augen.

»Du hast mich vom ersten Tag an so sehr erstaunt, überrascht und fasziniert.«, sprach ich weiter, um meinen Worten Nachdruck zu verleihen. Abby sollte endlich mal merken, wie gut sie war. Wie gut sie für mich war. »Du hinterlässt Spuren bei Menschen, gute Spuren. Nino, Ann, mein Dad - sie alle lieben dich, sie alle sehen, was für ein

Mensch du wirklich bist. Voller Liebe und Leben trotz dem Leid, das in dir herrscht.«

»Diese Freude, dieses Leben ist aber nur wegen dir in mir, Jake. Ohne dich wäre ich nicht an diesem Punkt.«

Ich zuckte mit den Schultern und musste an Alex Worte denken. »Nein, ich habe dir nur eine zweite Lebenschance gegeben und du hast etwas daraus gemacht. Du hast dich dazu entschieden, weiter zu kämpfen und du weißt nicht, wie viel mir das bedeutet. Jede einzelne Sekunde mit dir ist ein Geschenk und ich weiß, ich werde die Zeit mit dir niemals vergessen. Niemals. So lange ich lebe und über den Tod hinaus.«

Eine Träne löste sich aus ihrem Auge und fiel auf ihren Wangenknochen. Ich hob den Daumen und wischte sie von ihrer Haut, spürte, wie ich mich plötzlich langsam vorlehnte. Ich atmete und stoppte wieder, fühlte meinen penetranten Herzschlag in Schläfen, Handgelenken und Lippen, ehe er ganz auszusetzen schien. Die Umgebung schwand wie damals, als ich sie an den Klippen stehen gesehen hatte, - nur auf eine schönere Art und Weise.

Ich sah nur sie, hörte nur sie, fühlte nur sie.

XXVII

Abby

Atmen war momentan nebensächlich. Ich fühlte mich wie nach einer Panikattacke, in der ich mich an Jake festklammerte und zur Ruhe kam. Benommen, erleichtert und schwindelig. Und doch waren diese Gefühle in keinster Weise schrecklich. Ich genoss sie.

Mein Herz raste - aber vor Vorfreude. Da war keine Angst, da war kein Misstrauen oder ein *Was-Wäre-Wenn*-Gedanke. Die Umgebung verstummte, weil selbst sie den Atem anzuhalten schien. Unseretwegen. Unseretwegen schien die Welt für einen kurzen Augenblick zu stoppen. Die Wellen erfroren, der Wind stoppte sein Heulen und die Möwen verstummten. Ja, sogar der große Vollmond, dem diese Nacht eigentlich die vollste Aufmerksamkeit gehören sollte, schenkte sein Licht uns.

Jakes rechte Hand verharrte an meiner Wange, dann hob er die linke und legte sie an meinen Hals, streichelte mit seinem Daumen meinen Kiefer. Er war mir so nah, dass unsere Atem sich kreuzten.

Ist es nun so weit?, hörte ich meine innere Stimme immer und immer wieder irgendwo im Hintergrund meines Hirns fragen. *Ist dies der besondere Moment des ersten Kusses?*

Ich kannte die Antwort schon, bevor mein Hirn die Frage gestellt hatte. Denn noch nie in meinem Leben hatte ich mich in einer Sache so sicher und tatkräftig gefühlt wie in dieser.

Jake lehnte seine Stirn gegen meine und ich schloss die Augen für eine Sekunde, weil die Wärme seiner Haut meinen Körper elektrisierte. Dabei hob ich die Hände und krallte sie in seine Oberarme. Als ich die Augen wieder öffnete, lag in Jakes Blick eine Frage.

Darf ich? Bist du sicher? Ich will dich nicht bedrängen!

Ich beantwortete sie ihm, indem ich den letzten Abstand zu seinen Lippen überbrückte und die meinen auf seine legte. Sie berühren sich kaum, tasteten sich erstmal vorsichtig vor, doch mit jedem Moment, in dem sie sich wieder entfernten und von neuem ansetzten, stieg die Sehnsucht in mir. Er sollte es sein. Er sollte mein erster Kuss sein.

Unsere Lippen entfernten sich wieder und wir nutzen den Moment, um uns anzusehen. Obwohl ich keinerlei Erfahrungen mit Alkohol hatte, fühlte ich mich betrunken. Und vielleicht war ich das auch. Nicht von den Drinks in der Rollschuhdisco, nicht von Anns eigenem Gemisch, nein, von etwas viel Stärkerem.

Jake schmunzelte, woraufhin ich zu grinsen begann. Ein paar Momente lachten wir uns liebevoll und adrenalingetränkt entgegen, ehe wir wieder verstummten und unsere Lippen ein weiteres Mal vereinten. Diesmal kraftvoller und selbstsicherer. Er schlang seine Arme um meinen Rücken, ich die meinen um seinen Hals, und drückte mich so fest an ihn, dass mich niemals jemand wieder von ihm hätte trennen können. Ich wünschte, es wäre so gewesen.

Unser Kuss übertraf jegliche Vorstellung, die ich bisher daran gehabt hatte. In Büchern, in Träumen - überall hatte ich meinen ersten Kuss schon erlebt, und doch waren diese Vorstellungen nichts im Vergleich zur Realität. Keine Kussszene in einer Geschichte konnte mich auf das Gefühl von tausenden kleinen Ameisen unter meiner Haut vorbereiten. Kein Traum konnte mir sagen, dass ein Kuss allen Schmerz auslöschte. Und keine meiner schönsten Vorstellungen zeigte mir, dass das Ende eines Kusses so schmerzhaft sein konnte.

Jake löste seine Lippen von mir, um mich betrachten zu können. Vorsichtig fuhr er mit dem Daumen über die empfindliche Haut meiner Unterlippe. Dann lächelte er. »Das war ein wirklich besonderer erster *Letzter Kuss*.«

Etwas verwirrt legte ich den Kopf zur Seite. »Was?«

»Erinnerst du dich? Du meintest, ich soll meinen letzten Kuss zu etwas Besonderem machen. Das war der Erste meiner Letzten.«

Mein Blick erhellte sich strahlend. »Du fandst ihn besonders?«

»Du nicht?«

Im Schnelldurchlauf erlebte ich das Geschehen nochmal. All die Gefühle kehrten zurück, die Aufregung, die Benommenheit, das Herzklopfen. Durch die vielen Einflüsse erschauderte ich, weshalb ich mich hastig in seinen Arm drückte und die Augen schloss. »Doch. Es war schöner, als ich es mir jemals erträumt habe.«

»Schöner als auf Rollschuhen zu Alphaville zu tanzen?«

Ich lachte laut. »Hmm, vielleicht nicht ganz so schön.«

Sein Griff fuhr über meine Seite und kitzelte mich dort. Sofort windete ich mich lachend in seinem Arm. »Okay, okay!«, rief ich und hob die Arme ergebend. »Der Kuss war schöner.«

Als er stoppte, drehte ich mich mit dem Rücken zu ihm, woraufhin er die Arme um meinen Bauch schlang und das Kinn auf meine Schulter legte. Gemeinsam warfen wir den Blick übers Meer und genossen schweigsam diesen Moment. Minuten vergingen, in denen wir einfach nur da saßen und unsere Atmung aneinander anpassten. Ich hätte noch Stunden lang so sitzen können.

Irgendwann fiel mir ein Spiel ein, das ich mit David so gerne gespielt hatte und schmunzelte traurig. »Jetzt in einem Jahr«, begann ich. »was wirst du tun?«

Ich spürte, dass Jake hinter mir überlegte. Es dauerte, bis er zum Antworten ansetzte. »Wahrscheinlich werde ich immer noch durch das *Mace & Grace* hetzen, weil ich noch nicht genug Geld fürs Studium gesammelt habe. Und sowieso bin ich mir unsicher, ob ich Dad wirklich verlassen will.«

»Nein, so meinte ich das nicht.« Ich löste mich aus seinem Arm und drehte mich zu ihm um. In seinem Blick lag Verwirrung. Ich begegnete ihm mit Zuneigung und Ruhe. »David und ich haben immer Dinge aufgezählt, die wir in dieser Sekunde nur in der Zukunft machen werden. Dabei haben wir aber nur die Dinge genannt, die uns am liebsten und nicht am wahrscheinlichsten waren. Unsere Träume sozusagen. Wir haben sie so umformuliert, als ob sie auch wirklich in Erfüllung gehen. David meinte immer, das hilft uns, an ihnen festzuhalten.«

Die Verwirrung wich seinem Blick. Dann begann er zu lächeln und überlegte. »Dann wünsche ich mir, dass-«

»Ich werde!«, korrigierte ich ihn. »Formuliere es, als würde es ganz sicher passieren.«

»Okay, heute in einem Jahr werde ich in meinem eigenen Zimmer im Wohnheim der Uni Jacksonville sitzen und mich wahrscheinlich für eine Vorlesung vorbereiten.«

Ich nickte lächelnd. »Okay«, meinte ich und dachte dann an meine Träume. »Heute in einem Jahr werde ich woanders sein. Irgendwo in meinem eigenen kleinen Ort Geschichten schreiben und vielleicht auch veröffentlichen.«

»Ich werde Dad ein neues Boot gekauft haben.«, fuhr Jake strahlend fort.

»Und ich werde Profi im Burgeressen sein - und im Bowlen und im Rollschuhfahren!«

Er lachte laut, dann kam ihm eine weitere Idee. »Meine Portraits werden immer perfekter sein und die Aufmerksamkeit anderer wecken.«

»Ich werde so viele Hosen tragen, wie ich will! Mir die Haare so kurz schneiden, wie Ann sie hat!«

»Und ich werde mit Nino und Alex immer noch so dicke sein wie heute!«

Die Ideen in meinem Kopf schwappten über, so viele bekam ich nun auf einmal. Und ich kam kaum hinterher, sie alle aufzuzählen. »Ich werde jeden Abend einen Milchshake trinken!«

»Jeden Abend?«, lachte Jake.

Ich nickte. »Ja, jeden Abend!« Dann warf ich den Blick übers Meer. »Jeden Abend werde ich am Strand sitzen, meinen Milchshake trinken und keinen Gedanke daran verschwenden, was ich darf und was ich nicht darf. Ich werde frei sein und keine Angst mehr haben.«

Als ich zurück zu Jake blickte, war sein Lächeln verschwunden. Andächtig legte er den Kopf zur Seite und betrachtete mich, als wäre ich ein Gemälde, drang mit seinem Blick regelrecht in mein Innerstes hervor. Für eine Sekunde legte sich seine Stirn in Falten und Sorge huschte über seinen Ausdruck.

»Denkst du, wir werden beieinander sein?«, fragte er fast flüsternd. »In der Zukunft?«

Nun schwand auch mein Lächeln. Nachdenklich blickte ich die Felsen hinab und überlegte. Würden wir das Spiel noch spielen, hätte ich sofort bejaht. Doch jetzt, wo wieder Ernst zwischen uns herrschte, musste ich an all die Träume von David und mir denken, die wir aufgezählt hatten, als würden sie auch wirklich in Erfüllung gehen. Die Wahrheit war, dass dies nie passiert war.

Und trotzdem, irgendwie spürte ich, dass Jake bei mir sein würde.

»In der Zukunft, ja.«, antwortete ich, ehe ich zurück in seine Augen blickte und meine Hand mit seiner verschränkte. »Ich weiß nur nicht, wann. Vielleicht wird Hugh mich von dir trennen, mich wegschaffen oder dafür sorgen, dass wir uns nicht mehr sehen können. Doch irgendwie bin ich mir sicher, dass ich trotz allem früher oder später meinen Weg wieder zu dir finden würde, egal, was passiert.«

Jake zog mich an sich, presste seine Lippen an meine Stirn und schlang die Arme so fest um meinen Körper, dass ich das Gefühl bekam, er verabschiedete sich. Und vielleicht war es auch so. Wir konnten nie wissen, wann unser letzter Moment war.

Ich hob den Kopf von seiner Brust. Wenn dies wirklich der letzte Abend war, dann wollte ich noch einen Kuss haben. Nein, nicht nur einen. Zwei. Oder Hundert. Oder am besten einen Kuss, der gar nicht mehr endete.

Jakes Lippen fühlten sich an, als würde ich endlich zuhause ankommen. Genauso hatte ich mir das Gefühl vorgestellt, wieder bei David zu sein, wenn ich von den Klippen fiel. Wieder geborgen zu sein, mich sicher zu fühlen und verstanden und respektiert zu werden. Bei dieser Erkenntnis bekam ich urplötzlich ein schreckliches schlechtes Gewissen meinem Bruder gegenüber. Ließ ich ihn im Stich, weil ich im

Moment glücklich war und nicht mehr ständig um ihn trauerte? Vergaß ich ihn? Schloss ich langsam mit ihm ab?

Nein, das konnte nicht sein. Das durfte nicht sein.

»Jake! Abby!« Eine vertraute Stimme hallte durch die Klippen und drang vom Festland zu uns hervor. Sofort lösten wir unsere Lippen voneinander. Mein Herz begann zu rasen, als ich in der Ferne Michael winken sah.

»Hugh!«, hauchte ich und sprang panisch auf. »Wie viel Uhr haben wir?«

Jake war ebenso aufgewühlt, versuchte mir zuliebe aber ruhig zu bleiben. »Kurz nach zwölf.«

Ich spürte, dass jegliche Farbe mein Gesicht verließ. Michael war nicht hier, um mich wie verabredet um eins abzuholen. Er war hier, weil Hugh auf dem Weg war.

Bei dieser Erkenntnis setzte ich mich so schnell, wie ich nur konnte, in Bewegung, sprang über die großen Felsvorsprünge, die gefährlich tiefe Zwischenräume hatten. Irgendwo hinter mir folgte mir Jake, rief mir immer wieder zu, vorsichtig zu sein. Doch so ängstlich wie ich vor Hughs Zorn auch war, hörte ich nicht auf seine Worte - was ein immenser Fehler war.

Gerade als ich auf einen der letzten Felsen, die noch von Wasser umgeben waren, treten wollte, rutschte ich auf dem nassen Gestein aus und fiel vorneüber auf den darauffolgenden Stein. Meine Beine hingegen fanden kein Halt und rutschten in den Zwischenspalt.

»Abby!« Jake und Michael riefen alle beide panisch meinen Namen, weil sie mich schon bewusstlos in den Tiefen des Meeres zwischen spitzen und gefährlichen Felsen schwimmen sahen. Doch mein Wille, pünktlich nachhause zu kommen, war stärker. Mit Jakes Hilfe und der meines Adrenalins hievte ich mich wieder auf den Stein, hörte die letzten Meter dann aber doch auf Jake und ließ mich von ihm leiten. Er kannte diese Gebiete nun mal besser.

»Ist alles in Ordnung? Dein Schienbein ist blutig!« Michael empfing mich mit Todesangst in seinen Augen. Die Ungewissheit, ob diese Angst schon vorher in seinem Blick gelegen hatte, weil Hugh mich nun umbringen wollte, oder ob sie nur wegen meinem Sturz da war, machte mich noch nervöser.

»Ist er auf dem Weg? Ist er schon da?«, fragte ich völlig außer Atem und sah mich um. Dass ich mich beim Sturz verletzt hatte, ließ ich dabei völlig außer Acht. Auf der anderen Seite der Straße warteten Ann und Nino auf dem großen Parkplatz des Bowlingclubs.

»Ja, er ist vor einer viertel Stunde losgefahren. Er meinte, er kann auf den Matratzen in dem Hotel nicht ordentlich schlafen und muss in sein Bett. Die Straße ist wohl schon länger wieder geräumt. Jae hält zuhause die Stellung.«

»Oh Gott!« Vor einer viertel Stunde? Das hieß, wir hatten, wenn wir Glück hatten und er sich Zeit ließ, nur noch eine halbe Stunde, bis er in die Einfahrt einfuhr. Ich musste mich noch umziehen, mein Knie verarzten. Wir fuhren alleine eine viertel Stunde, wie sollte ich das alles rechtzeitig schaffen?

Meine Hände wurden nass, die Umgebung drehte sich. Panik. Ich bekam Panik.

»Wir schaffen das, wenn wir jetzt losfahren!«, versuchte Michael mich zu beruhigen und lief über die Straße. Gerade als ich ihm blind folgen wollte, griff mich etwas am Handgelenk und wirbelte mich herum.

Mein Sichtfeld brauchte einen Moment, um sich wieder von der Drehung zu beruhigen. Doch als ich Jakes Gesicht vor mir hatte, wurde urplötzlich wieder alles ruhig.

Vorsichtig strich er mir eine Strähne aus dem Gesicht. »Willst du mich einfach so hier stehen lassen?«

Ein Lächeln huschte über mein Gesicht. Noch vor wenigen Sekunden hatte ich an nichts anderes als an Hugh und die Zeit denken können, doch von jetzt auf gleich war alles in mir und um mich herum wieder so friedlich. Jake schaffte es, die Zeit zum Stillstehen zu bringen. Wie sollte ich jemals in Ruhe leben können, wenn es nicht mit ihm war?

»Entschuldige!« Natürlich wollte ich ihn nicht so stehen lassen. Natürlich wollte ich mich angemessen verabschieden. Oder am besten ganz bei ihm bleiben.

Ich schlang meine Arme um seinen Hals, er seine um meinen unteren Rücken. Ein letztes Mal sog ich den vertrauten Jake-Duft, der nach Salz und Erde - und heute auch nach Pancakes und Regen - roch, in mir auf. Ein letztes Mal drückte ich mein Gesicht in den Stoff seines Shirts, schloss die Augen und ließ die Sicherheit, die er ausstrahlte, in meinen Körper einfließen. Und ein letztes Mal küssten wir uns mit einem breiten Grinsen auf unseren Lippen und ich hoffte dabei inständig, dass dies nicht unser letzter *Letzter Kuss* sein würde.

Die Straßen waren wie leergefegt, was uns etwas extra Zeit verschaffte. Jaes Wagen, den Michael fuhr, damit sein eigener bei Hugh keine Skepsis wecken konnte, gab sein Bestes, um uns schnellstmöglich nachhause zu bringen. Mein Blick war felsenfest auf die Straße gerichtet. Für Träumereien über die Weite des Meeres war ich momentan einfach zu aufgeregt. Jakes Kuss hatte mich etwas beruhigen können, doch jetzt wo er nicht mehr bei mir war, spürte ich, wie präsent meine Angst doch immer noch war.

»Und?« Michaels Blick huschte neugierig zu mir rüber, ehe er zurück zur Straße zappte. »Wie geht es dir heute Abend?«

Der Tonfall, mit dem er diese Frage stellte, verriet mir, dass er Jakes und meinen Abschiedskuss mitbekommen hatte. Außerdem lag Rhetorik in seiner Stimme, ich brauchte ihm also keine Antwort geben. Ein breites Grinsen konnte ich aber trotzdem nicht unterdrücken.

Er lachte laut, als er bemerkte, dass ich versuchte mich in der Tiefe von Jakes Pullover zu verstecken. Ein leichtes Stechen durchfuhr mein Bein, weswegen ich es anhob und meine Wunde inspizierte. Jaes Hose hatte einen großen Blutfleck geerbt - wunderbar Abby.

»Nein, jetzt wirklich.« Michael wurde etwas ernster. »Wie geht es dir?«

Mein erster Instinkt war es, ihm breit grinsend zu berichten, wie überglücklich ich war. Doch als ich in meine Gefühlswelt tiefer eintauchte und die rosarote Wand durchbrach, merkte ich, dass da noch ganz viele andere Emotionen, die dieses Glück mit sich brachte, wild durcheinander liefen.

Ich seufzte. »Gut fürchte ich.«

»Du fürchtest es?«

Ich schüttelte den Kopf. »Nein, ich weiß es. Mir geht es gut. Nur…« Ich hielt kurz inne, weil ich nicht wusste, wie ich das Chaos in meinem Herzen beschreiben sollte. »Ich habe Angst.«

Er nickte, als wüsste er ganz genau, was ich meinte. »Habe ich auch.«

»Du auch?«

»Und wie. Die Liebe ist angsteinflößend. Wenn du liebst, machst du dich unglaublich verletzend. Innerhalb einer Sekunde kann deine ganze Welt einstürzen.«

Ich nickte andächtig. Michael hatte meine Gedanken relativ gut zusammenfassen können. Vor der Zuneigung und dem Vertrauen, die ich Jake entgegenbrachte, hatte ich mich schon gefürchtet, bevor ich sie überhaupt in mir hatte. Ich wusste, dass er mir niemals etwas anhaben könnte, und doch war da immer noch das Wissen, dass unsere Zeit jede Sekunde zerstört werden könnte.

»Ich denke nicht mehr so oft an David.«, warf ich nach wenigen Momenten Schweigen irgendwann ein. Meine Stimme brach dabei, so zittrig war ich bei dieser Erkenntnis.

Als Michael mich prüfend musterte, fuhr ich fort. »Er… er ist einfach nicht mehr so oft in meinem Kopf. Ich habe das Gefühl, er verschwindet. Oder ich verrate ihn. In Momenten, in denen ich überglücklich bin, denke ich manchmal, dass ich das doch eigentlich nicht sein sollte. Nicht ohne ihn.«

Michael dachte eine Zeitlang nach. »Du heilst.«, meinte er irgendwann einfach. »Das ist kein Verrat, Abby.«

»Warum fühlt es sich dann so an?« Meine Augen füllten sich mit Tränen, als ich den Kopf an die kühle Scheibe lehnte. Es war einfach nicht richtig, zu lachen und glücklich zu sein, wenn David irgendwo da draußen im Nichts schwebte. Was war, wenn er mich sah? Er dachte sicherlich, ich würde ihn vergessen! »Vor einem Monat noch konnte ich an nichts anderes als an ihn denken. Ohne ihn war es so unerträglich, dass ich sogar…«

Michaels gekrängter Blick ließ mich stocken. Ihm zuliebe beendete ich den Satz nicht. Wer hätte gedacht, dass ich ihm jemals so wichtig werden könnte?

»Aber ich meine«, fuhr ich schließlich fort. »Jetzt ist das irgendwie anders. Ich glaube, ich möchte hier bleiben, in diesem Leben. Ich möchte *leben*, ich möchte nicht mehr aufgeben.«

Mein Leben lang hatte ich immer gedacht, es gäbe zwei Arten von Liebe. Die Liebe, für die man sterben würde, und die Liebe, für die man bereit war, zu morden. Erst jetzt merkte ich, dass es noch eine andere gab, und vielleicht gab es sie auch nur in meiner Geschichte. Doch für die Liebe, die ich für Jake verspürte, war ich bereit, zu leben. Auch wenn dieses Leben bisher nicht lebenswert gewesen war.

»Du denkst, du versetzt David dadurch? Du denkst, er wäre dir böse dafür, dass du endlich etwas Glück erleben darfst?«, fragte Michael mit einem skeptischen Schmunzeln auf den Lippen. In seinen Worten klangen meine Bedenken so unbegründet. Ich wusste, David wünschte sich nichts anderes für mich als genau das, was ich momentan fühlte. Und doch sagte mein Gewissen etwas ganz anderes.

»Ich möchte ihn einfach nicht vergessen.«, schluchzte ich, nachdem ich eine Zeitlang nachgedacht hatte. »Er soll bei mir bleiben. Wenn er es schon nicht körperlich kann, dann wenigstens in meinen Erinnerungen. Doch er verblasst mit jedem Moment, in dem ich nicht an ihn denke.«

Michaels Hand griff nach meiner und drückte einmal zu. Er ließ mir ein paar Momente, in denen ich weinte und versuchte zur Ruhe zu kommen. Als meine Sicht sich wieder klärte und ich zu ihm rüber sah, merkte ich, dass auch er Tränen in den Augen hatte. Aber wirklich wegen David? Irgendwie ahnte ich, dass er meine Hand nicht nur hielt, um mir Kraft zu geben, sondern auch, weil er Kraft brauchte.

»Weißt du Abby«, begann er. Als er bemerkte, dass ich ihn prüfend musterte, zwang er sich mir zuliebe zu einem starken Lächeln, auch wenn ich ahnte, dass ihm momentan eigentlich jegliche Stärke fehlte. »Wir Menschen können nur das vergessen, was in unseren Köpfen ist. David ist aber in deinem Herzen. Ihn zu vergessen, ist wie, als würde man sich an jemanden erinnern, den man nie getroffen hat. Es ist unmöglich.« Er hielt kurz inne, den Mund offenstehend, weil er noch nicht fertig mit Reden war. Ich beobachtete, wie er kraftsuchend seine linke Hand ans Lenkrad krallte und seine rechte in meiner zitterte. »Ich weiß nicht, ob es wirklich so ist.«, fuhr er fort und zuckte mit den Schultern. »Aber ich möchte daran glauben.«

Ich wollte auch daran glauben, weswegen ich nickte.

»Und wenn du doch einen Moment hast, in dem du denkst, du würdest ihn vergessen, dann wirke dagegen. Rede mit David, erzähle ihm von deinem Glück, schreibe es auf, oder tu Dinge, die er gerne getan hätte. Versuche so zu leben, als wäre er immer noch an deiner Seite.«, fügte Michael noch hinzu, als wir die Waldstraße erreichten und mich nur noch wenige hundert Meter von meinem Bett trennten. »Und erinnere dich dabei immer an das, was David zu deinen Gedanken sagen würde. Er wäre so stolz auf dich, das weißt du hoffentlich.«

»Ja«, hauchte ich andächtig. Als eine letzte Träne über meine Wange kullerte, zwang ich mich zu einem Lächeln und dankte Michael, indem ich ein letztes Mal seine Hand drückte. Dankte ihm für diese Worte und dankte ihm für seine Stütze.

»Scheiße!« Der scharfe Ton in seiner Stimme brachte meinen Körper zum Erfrieren. »Hughs Auto steht bereits in der Einfahrt. Wir müssen draußen parken, sonst weiß er, dass Jaes Wagen erst nach ihm hier war.«

Bittere Magensäure stieg meinen Hals hinauf und mein Atem ging stoßweise. Wir waren zu spät. Jetzt war es so weit. Hugh erwischte uns, wir flogen auf und ich würde nie wieder die Möglichkeit bekommen, Jake wiederzusehen.

»Keine Panik!«, versuchte Michael mich zu beruhigen, nachdem er den Wagen abgestellt hatte. »Vielleicht hat er noch gar nicht gemerkt, dass du nicht da bist.«

Wie in Trance stieg ich aus dem Wagen und folgte ihm blind. Um mich herum war alles dumpf und still, mein Körper bereitete sich schon auf die Strafe vor. Michael steckte seinen Kopf in die Eingangstür, wo niemand außer Jae zu sehen war.

»Er ist im Salon!«, flüsterte sie ebenso panisch, wie ich mich fühlte. »Abby, du gehst sofort hoch! Ich komme gleich nach!«

Noch während sie sprach, setzte ich mich in Bewegung und huschte in den ersten Stock. Vom Geländer aus sah ich, dass Michael sich zurück nach draußen begab, um an Jaes Wagen auf sie zu warten.

»Miss Sue!« Hughs Stimme. »War meine Nichte pünktlich um neun im Bett?«

Sie kam dem Eingangsbereich näher, weswegen ich hastig in mein Zimmer schlüpfte, all meine Klamotten in die hinterste Ecke meiner Schublade steckte und mir meinen Pyjama überzog. Jetzt waren seine Schritte auf der Treppe, Jaes Stimme folgte ihnen und versuchte, ihn von meinem Zimmer fernzuhalten. Vergebens.

Im letzten Moment schlüpfte ich unter die Decke, schloss die Augen und stelle mich schlafend. Hughs Schritte knarzten laut unter den alten Dielen meines Zimmers. Zwischen jedem Schritt lagen mindestens fünf Herzklopfer, die laut in meinem Kopf hallten. Hoffentlich hörte er sie nicht.

Die Schritte stoppten, doch ich spürte seinen Atem, hörte seine Präsenz direkt neben meinem Bett. In der Schwärze meiner geschlossenen Lider konnte ich ihn deutlich vor mir sehen. Wie er mich prüfend musterte, nach jedem kleinen Detail Ausschau hielt, das ihm einen Grund geben könnte, seine Anspannung an mir auszulassen. Obwohl mein Atem stoßweise ging, zwang ich mich dazu, ruhig zu atmen - so als würde ich seit zwei Stunden tief und fest schlummern.

Sein Jackett raschelte, dann setzten sich die Schritte wieder in Bewegung und entfernten sich. »Sie können gehen. Gute Nacht.«

Mit diesen Worten klackte die Tür ins Schloss und ich ließ jegliche Anspannung aus meinen Lungen sacken. Vollkommen überwältigt und erschöpft von den Geschehnissen dieses unglaublichen Abends starrte ich an die Decke über mir, die in der Dunkelheit langsam klarer wurde, je mehr meine Augen sich daran gewöhnten. Doch es dauerte nicht lange, bis meine Lider sich wieder von selbst schlossen. Und in dem Traum, der mich diese Nacht heimsuchte, besuchte ich David, um ihm von allem zu erzählen.

Von wunderschönen Blumengestecken und aufgebrachten Windstürmen. Von Pancakes und Zuckerwatte-bedeckten Wangen. Von Bowlingkugeln und Rollschuhen.

Und von ersten Ersten und ersten Letzten Küssen.

Das laute Rattern der Jalousien und das darauffolgende blendende Licht drangen in meinen Traum hinein und weckten mich. Als ich vorsichtig die Augen öffnete, sah ich, dass Jae an den Fensterläden zu schaffen war. Ich rappelte mich vorsichtig auf, zuckte dabei aber sofort zusammen. Die Wunde an meinem Schienbein hatte sich verkrustet. Jae bemerkte meine Schmerzen, eilte dann zur Tür, um sie zu schließen und kam zu mir.

»Was hast du gemacht?!«

Erst jetzt fiel mir der große Blutfleck auf ihrer Hose ein. »Es tut mir leid, Jae!«, meinte ich und schlug die Hand über meine Augen. »Ich bin gestürzt. Auf deiner Hose ist jetzt ein Blutfleck.«

Jae interessierte sich nicht für ihre Hose. Stattdessen schickte sie mich ins Bad und verarztete dort die Wunde. Im Anschluss reichte sie mir aus dem Kleiderschrank ein Kleid, das lang genug war, um mein Schienbein zu verdecken. Die Klamotten, die ich am gestrigen Abend getragen hatte, fischte sie aus der Kommode hervor und schob sie heimlich in ihren Wäschekorb. Gerade als ich nochmal ins Bad eilen wollte, um mich etwas frisch zu machen, stand Hugh im Flur.

»Guten Morgen.«, begrüßte ich ihn, nachdem ich für eine Sekunde lang nicht wusste, wie ich auf ihn reagieren sollte.

Er musterte mich prüfend, woraufhin ich den Blick zum Boden wandte und darauf wartete, dass er zur Seite trat. Doch das tat er nicht. Stattdessen kam er näher, ganz nah. So nah, dass meine Haare sein Gesicht streiften. Ich hielt die Luft an, konzentrierte mich auf den dunklen Fleck auf unserem Parkett, um vor Schwindel nicht durchzudrehen.

Erst als er sich wieder entfernte, traute ich mich, den Blick zu heben. In seinem Blick lag Ekel. Er kräuselte die Lippen, - das tat er immer, wenn ihm etwas nicht gefiel. Nur was?

»Wo warst du gestern Abend?«

Was?! Ich öffnete den Mund, um genau diese Frage zu stellen. Doch alles, was ich herausbekam, war ein erbärmliches Kratzen.

Hugh legte den Kopf schief und hob erwartungsvoll die Brauen. »Was? Geht das wieder von vorne los, dass du nicht reden kannst? Du riechst nach Salz, Rauch und nassem Hund! Also, wo warst du?«

Ich war überrascht, wie schnell ich mich fassen konnte. Wahrscheinlich lag es an der Gewissheit, dass es für mich nicht gut ausgehen würde, würde ich ihm nicht antworten.

»Ich war hier.«, log ich mit einer überraschend klaren Stimme.

»Lüg mich nicht an!«, brüllte er, wodurch ein paar Speicheltropfen in meinem Gesicht landeten. Um ihn nicht zu verärgern, versuchte ich sie zu ignorieren.

»Wir mussten die Biertischgarnituren gestern ganz schnell wieder abbauen, als es zu regnen begonnen hat. Dabei wurde ich nass.«

Ungläubig trat er einen Schritt näher. Mittlerweile stand auch Jae hinter mir, der er einen wütenden Blick zuwarf. »Du hast dich gestern Abend *nicht* geduscht?« Sein Tonfall war so angespannt, dass ich seine Backpfeife schon regelrecht spüren konnte. Und doch überraschte es mich, dass ich noch immer nicht meine Stimme verloren hatte. Irgendwie fühlte ich mich mutig.

»Nein, Onkel.«, gab ich zu und senkte den Blick. »Ich habe im Salon noch weitere Blumengestecke vorbereitet und war so vertieft in meiner Arbeit, dass ich die Zeit vergaß.«

Hugh drückte sich an mir vorbei und wandte sich an Jae. »Da lasse ich Sie einmal alleine und dann das?! Es war Ihre Aufgabe, Abbigail Bettfertig zu machen! Sehen Sie nur, wie sie nun aussieht! Es ist eine Schande, sie so ihrem Professor vorzuführen.«

Ich schluckte. Am liebsten wäre ich dazwischen gegangen und hätte Jae verteidigt. Sie konnte für all das am wenigsten etwas und doch stand sie für mich ein, tat so, als wäre es ihre Schuld. Und ich wusste, ich würde ihr auf ewig dankbar sein.

Kapitel 28

März 2002

Wir haben kurz nach eins und ich liege wach in meinem Bett. Oder eher gesagt: im Gästebett von Michael und Jae. Mein mehr oder weniger geliebtes Auto, das mich von hier wieder fortbringen sollte, steht am Friedhof. Es hat mich im Stich gelassen und ich weiß, es liegt an dieser Stadt. Wer lässt mich hier schon *nicht* im Stich?

»Du hoffentlich nicht.«, sage ich und blicke zu Alpha, der friedlich schläft. Er hört mich nicht, oder aber er ignoriert mich einfach. Ist vielleicht auch besser so.

Mein Blick schweift durch den kleinen Raum. Am Bettende steht ein vollgeräumtes Regal mit Büchern, daneben prangt ein kleinerer Holztisch mit einem grauen Computer darauf und gegenüber des Fensters ziert ein Aquarium mit bunten Fischen eine Kommode. Die Einrichtung ist persönlich und unordentlich. Man sieht, dass die Woods diesen Raum selten als Gästezimmer und mehr als Arbeitszimmer benutzen. Doch das stört mich ganz und gar nicht.

Jae und Michael haben zwei kleine Mädchen. Zweieiige Zwillinge mit den Namen Mia und René. Alpha liebt sie und sie lieben Alpha - und auch ich finde sie liebenswürdig. Sie sind gut erzogen und freundlich, nicht zu aufgedreht aber doch neugierig. Ist auch selbstverständlich bei diesen Eltern.

Ich frage mich, wie ich nun leben würde, wenn alles anders verlaufen wäre. Würde ich stets in Saint Marys leben? Wäre ich glücklich? Hier? Hätte ich auch Kinder bekommen? Eigentlich hatte ich immer welche gewollt… nur mit dem richtigen Mann.

Es ist aber nicht anders verlaufen!, erinnert mich die Stimme in meinem Kopf, die mich die letzten Jahre fast erfolgreich dazu gebracht hat, meine Gedanken von dem Geschehen in dieser Stadt abzuwenden. Es nützt nichts, an das zu denken, was hätte sein können. Die Realität ist nun mal anders.

Am nächsten Morgen stehe ich bereits um sechs Uhr in der Küche und mache mich auf die Suche nach Kaffee. Die ganze Nacht war eine Qual - wie eigentlich jede. Koffein ist, seit ich denken kann, das einzige Mittel, das mich noch am Leben hält. Michael und Jae sind im ersten Stock am Schaffen. So wie es sich anhört, bereiten sie die Kinder für den Kindergarten vor. Hört sich anstrengend an.

»Guten Morgen.« Michael nickt mir einmal zu, als er die Treppe hinunterkommt, und macht sich dann selbst an der Kaffeemaschine zu schaffen.

»Morgen«, antworte ich und zwinge mich zu einem Lächeln. Er erwidert es nicht, woraufhin ich meine Gesichtsmuskeln sofort wieder erschlaffen lasse. Die Kälte zwischen uns macht mir zu schaffen, weswegen der Drang, hier weg zu kommen, sich nochmal verstärkt.

»Ich habe mir einen Kaffee gemacht.«, erkläre ich und halte meine Tasse hoch. »Ich hoffe, das ist in Ordnung.«

Er späht in meine Richtung, weicht meinen Augen aber aus. Dann zuckt er mit den Schultern. »Alles gut. Wir haben es dir gestern Abend ja angeboten.«

Das stimmt. Warum ich mich trotzdem nochmal erkläre, weiß ich nicht. Wahrscheinlich werde ich diesen Teil von mir niemals los. Den unsicheren Teil, der immer zu einer Entschuldigung bereit ist.

»Wir können, bevor ich zur Arbeit fahre, dein Auto holen und es in die Werkstatt bringen.«, dringt Michaels Stimme durch das Keuchen der Kaffeemaschine. In dem Moment kommt auch Jae mit den Kindern runter und positioniert sie am Küchentisch. »Wie du zurückkommst, müssen wir dann schauen. Je nachdem, wie lange sie brauchen, kannst du vielleicht einen Tag in der Stadt verbringen, oder du meldest dich bei Jae.«

»Guten Morgen!« Jaes Begrüßung ist direkt herzlicher. Als müsse sie sich klar machen, dass sie es nicht nur geträumt hat, mich wiederzusehen, betrachtet sie mich eine Zeitlang, dann zieht sie mich an sich, ehe sie den Kindern ihr Frühstück vor die Nase stellt. »Ja, ich gebe dir einfach meine Handynummer. Melde dich, wenn ich dich abholen soll!«

Nur ungern zücke ich mein silbernes Nokia, um mir Jaes Nummer einzuspeichern. Ungern deswegen, weil dort mehrere vergangene Anrufe meiner Agentin auf mich warten, der ich aus dem Weg gehe, weil ich leider immer noch nichts zu liefern habe.

Michael und Jae wohnen außerhalb der Stadt im alten Haus seiner Eltern. Ungewollt frage ich mich, was mit ihnen wohl geschehen ist, auch wenn ich die Antwort darauf schon ahne. Im Auto ist es unheimlich ruhig. Wir schweigen beide, was mir unangenehm ist. Auch wenn ich ihm wirklich gerne aus dem Weg gehen würde, weiß ich, dass dies momentan nicht möglich ist. Und um die Zeit mit ihm etwas zu erleichtern, müssen wir uns beide zusammenraufen. Es sind schließlich 18 Jahre vergangen. 18 schmerzhafte Jahre.

»Arbeitest du noch als Anwalt?«, frage ich irgendwann, um die Stimmung etwas aufzulockern.

Er hält den Blick fest auf die Straße gerichtet und für einen Moment bekomme ich ein Déjà-vu. Für eine kurze Sekunde bekomme ich das Gefühl, dass er gleich zu mir rüber schaut, auf seinen Lippen ein geschwisterliches Lächeln und in seinen Augen Stolz darüber, dass ich mich so gut mache. Dass ich glücklich bin. Dass ich Liebe erfahren darf.

Doch wir haben nicht mehr das Jahr 1984. Dies ist keine der Fahrten, in denen Michael mich von einem Date mit Jake abholt. Und die geschwisterliche Beziehung, die sich in jenem Sommer zwischen uns gebildet hat, ist fort.

Er schüttelt den Kopf, dann zucken seine Mundwinkel und ich bekomme für kurze Zeit die Hoffnung, dass er lächelt. Scheinbar habe ich mir das nur eingebildet. »Nein, ich bin Bürgermeister.«

Mein Kopf wirbelt in seine Richtung. Beim Wort *Bürgermeister* kriecht mir sofort bittere Säure den Rachen empor. Während ich ihn mit aufgerissenen Augen anstarre, blickt er weiterhin vor sich. Erst nach einer gefühlten Ewigkeit erwidert er meinen Blick.

»Ich habe dir doch gesagt, dass ich diesen Ort zu einem besseren machen möchte.«, fügt er hinzu, als ich nach wenigen Momenten immer noch nicht reagiert habe.

Jetzt setzt mein Kopf zum Nicken ein. Melancholisch und nachdenklich drehe ich mich zurück zum Fenster und beobachte das Geschehen auf der Straße, ohne es wirklich wahrzunehmen. Meine Gedanken sind ganz woanders.

»Wie lange schon?«, höre ich mich sagen und frage mich, was der Anlass dafür war. Wurde Hugh nicht mehr gewählt? Ist er zurückgetreten? Oder vielleicht…

»Dieses Jahr ist es das fünfte. Meine erste Amtszeit.«

Langsam kommen wir im Stadtinneren an, wo sich immer mehr Menschen auf dem Bürgersteig tummeln. Jetzt fange ich an, das Geschehen wahrzunehmen, suche die Gesichter ab, auch wenn ich das gar nicht will. Ich möchte kein Bekanntes entdecken. Ich möchte nicht mit Erinnerungen überhäuft werden. Nicht mit noch mehr. Trotzdem komme ich um einen Gedanken nicht herum…

»Hugh«, flüstere ich, weil ich irgendwie hoffe, dass Michael es nicht mitbekommt. Vielleicht, weil ich die Antwort gar nicht wissen will. »Ist er…?«

»Er lebt.« Diese zwei Worte treffen mich härter als erwartet. Zitternd ziehe ich Luft in meine Lungen, um den Schmerz in meinem Magen abzudämpfen. Michaels stählerner Blick wird etwas weicher, als er in meine Richtung späht. »Ich habe lange nichts mehr von ihm gesehen oder gehört. Ich glaube, er versauert dort oben. Er ist ziemlich alt geworden.«

Diese Antwort gefällt mir schon besser. Mir vorzustellen, dass er alt und zerbrechlich in diesem Höllenhaus versauert, beruhigt mich. Doch auch wenn mich der Gedanke mit fiesen Gewissensbissen bestraft, wäre es mir doch lieber, wenn er diese Welt längst nicht mehr bewohnen würde.

Den Rest der Fahrt schweigen wir. Am Friedhof befestigen wir meinen Wagen mit einem Abschleppseil. Ich bin froh, den restlichen Weg zur Werkstatt in meinem eigenen Auto verbringen zu dürfen, auch wenn die Fahrt nur fünf Minuten andauert.

»Gut, melde dich bei Jae, wenn das hier länger dauert.«, meint Michael, als er das Abschleppseil zurück in seinen Kofferraum räumt.

Marys Garage steht in großen Buchstaben über der alten Lagerhalle. Davor stehen einige Rostlauben, die meinen Wagen um einiges moderner wirken lassen.

»Ansonsten brauchst du mich ja dann nicht mehr. Ich denke mal, das wird nicht länger als den Tag dauern und ich bin den ganzen Tag im Büro. Wir sehen uns also nicht mehr, wenn du Alpha später bei Jae abholst.« Etwas unsicher bleibt er am Kofferraum stehen und reibt sich die Hände. Ich nicke, weiß aber selbst nicht, wie ich mich verabschieden soll. Eine Zeitlang stehen wir uns unschlüssig gegenüber, weichen immer wieder unseren Blicken aus.

»Danke.«, gebe ich irgendwann von mir, um den ersten Schritt der Verabschiedung zu gehen. Jetzt ist er dran.

Er presst die Lippen zusammen, dann schaut er mir tief in die Augen. Hinter seiner Iris liegen tiefe Enttäuschung und Schmerz. So tief, dass ich seinen Blick nicht lange auf mir aushalte.

Als ich meinen abwende, schüttelt er schließlich nur den Kopf, kratzt sich an der Stirn und dreht sich zu seinem Wagen um. »Machs gut, Abbigail.«

Abbigail. Früher hat er mich immer Abby genannt, so wie es vertraute Menschen nun mal tun. Eigentlich wäre es besser, wenn ich es ihm gleichtue, mich umdrehe und keinen Gedanken mehr an ihn oder diese Stadt verschwende. Doch die Enttäuschung in seinem Blick lässt mich nicht los.

»Wars das?«, rufe ich ihm hinterher. Er bleibt an der offenen Autotür stehen, als ich mich zu einem Lächeln zwinge. »Möchtest du dich nicht richtig verabschieden?«

Er schnauft einmal belustigt, dann blickt er in meine Richtung. »Richtig verabschieden?«, wiederholt er fassungslos. »So wie du damals?«

Seine Worte feuern einen großen Kloß in meine Kehle. Ein Kloß, den ich lange nicht mehr gespürt habe. Tausende von Erinnerungen überfluteten mich und rufen Geschehnisse, Sätze und Gefühle in mir hervor, die ich lange Zeit weggesperrt habe. Ich öffne den Mund, bekomme aber keine Antwort heraus.

»Pass auf dich auf.« Mit diesem Satz schwingt er sich hinters Steuer und verschwindet mit seinem Wagen um die Ecke. So muss er sich damals gefühlt haben. So und wahrscheinlich noch viel schlimmer.

»Der Anlasser ist im Arsch.« Ein Mann Mitte 50 in blauer Latzhose beugt sich so tief über den Motor, dass ich das Gefühl habe, er verschwindet gleich zwischen den vielen Einzelteilen.

Ich stehe daneben und verstehe kein Wort. Nach Michaels kühler Verabschiedung habe ich meine Tränendrüsen gut unter Kontrolle bringen können. Trotzdem lassen mich die unausgesprochenen Worte zwischen uns nicht mehr los.

»Okay«, antworte ich mit fragendem Unterton. »Was heißt das?«

Der Mechaniker - Bill steht auf seinem Namensschild - kriecht aus dem Motor hervor, dann putzt er seine Hände an einem ölbeschmutzten Tuch ab. Ohne mich anzusehen, deutete er auf das viele Wirrwarr unter der Motorhaube.

»Der muss ausgewechselt werden.«, meint er. »Wir bestellen einen neuen. Ist wahrscheinlich Dienstagabend da, dann können Sie den Wagen Mittwoch früh abholen.«

»Mittwoch?!« Meine Stimme hallt in der Halle nach, so laut bin ich. »Geht das nicht schneller?«

Einen Moment lang blickt er mich skeptisch an, dann zuckt er mit den Schultern. »Nein. Das hängt nicht von uns, sondern vom Lieferanten ab. Wenn es schneller geht, melden wir uns. Hier.« Er reicht mir einen Zettel. »Notieren Sie ihre Kontaktdaten, dann rufen wir Sie an.«

Seufzend gebe ich schließlich nach und notiere meine Nummer. Bei der Adresse stocke ich. Ich bin mit der Miete seit zwei Wochen im Rückstand und muss mir bald etwas anderes überlegen. Ob ich dort noch lange wohne, wage ich zu bezweifeln. Und dann taucht auch schon das nächste Problem auf.

»Wie viel wird das alles ungefähr kosten?«

»Zwischen 200 und 300 Dollar.«, schätzt er, was mir die Luft zum Atmen abschnürt.

Doch ich lasse es mir nicht anmerken, drehe mich wieder zum Zettel um und schließe beruhigend die Augen. Wenn ich wirklich bald keine Wohnung mehr haben würde, dann ist mein Wagen der einzige Zufluchtsort, also stecke ich mein Geld lieber dort hinein. Vielleicht melde ich mich später bei meiner Agentin Dana und setze mich an ein paar neue Kurzgeschichten. Es ist nicht viel, was ich dort verdiene, doch ich schulde ihr sowieso einen Rückruf und ein paar Vorlagen. Das fehlende Geld sollte mich gut motivieren, mir etwas aus dem Ärmel zu angeln, was mir einen Vorschuss geben würde.

»Bill, haben wir hier irgendwo noch ein paar Zündkerzen herumliegen?« Eine Stimme, die mir irgendwie vertraut vorkommt, taucht in der Halle auf. Sie ist etwas dunkler und rauer, und doch sehe ich sein Gesicht sofort vor mir.

Vorsichtig drehe ich mich um. So langsam, als befürchte ich, hinter mir eine Riesenvogelspinne lauern zu sehen. Ich wusste schon, als ich ihn gehört habe, dass er es sein würde. Doch jetzt, wo ich ihn sehe, ist es doch wieder eine Überraschung.

»Guten Tag.«, er nickt mir einmal höflich zu, als wäre ich eine Fremde. Kurz nachdem er den Blick abgewendet hat, wirft er ihn wieder in meine Augen. Diesmal überraschter, vertrauter.

Ich presse die Lippen zu einem Lächeln. Es ist jedes Mal aufs Neue ein komisches Gefühl, an diesem Ort bekannte

Gesichter zu sehen, auch wenn es wirklich keine Überraschung ist.

»Abbigail« Er überlegt, kneift die Augen zusammen, weil er in der ersten Sekunde unsicher ist. Doch dann breitet sich ein großes Lächeln auf seinem Gesicht aus und er kommt zu mir, um mich zu umarmen.

»Hallo Nino«, begrüße auch ich ihn und erwidere die Umarmung. Auch wenn ich wirklich unsichtbar bleiben wollte, freue ich mich doch, ihn wieder zu sehen.

»Wow« Er tritt einen Schritt zurück und mustert mich. »Du siehst großartig aus.«

Charmant wie immer. Ich danke ihm für diese Lüge mit einem Lächeln. »Du siehst aber auch nicht schlecht aus.«

»Naja, ich habe etwas zugelegt und die schwere Arbeit hat mich auch gezeichnet. Aber ich kann mich nicht beschweren.«

Das stimmt. Nino hat sich verändert. Zwischen seinen schwarzen Haaren ragen einige graue Stellen hervor, in seinem Gesicht zeichnen sich tiefe Falten ab, die er sicherlich dem vielen Rauchen und der Arbeit in der Sonne zu verdanken hat, und auch sein Bauch ist längst nicht mehr so flach und durchtrainiert, wie er vor 18 Jahren war. Und doch erkennt man auf Anhieb, dass dies hier Nino ist.

»Deine Haare sehen toll aus!«, fügt er hinzu. »Ich habe dich erst fast gar nicht erkannt. Du siehst Ann damit so ähnlich!«

Ich schmunzele. Dass Ann damals die Inspiration für diese Frisur war, lasse ich aus. »Danke. Wie geht es Ann?«

Etwas verändert sich in seinem Gesicht. Er stockt, wird ruhiger. »Wir haben uns ein Jahr nach dem Unfall getrennt. Sie ist nach New York gezogen und hat dort ein Studium angefangen. Ich hatte seitdem kein Kontakt mehr mit ihr.«

Ich hebe die Hand an meinen Mund. »Oh, das tut mir leid.«

»Alles gut, sind schließlich schon 17 Jahre vergangen seitdem.«, winkt er ab und zwingt sich zu einem Lächeln. Auch wenn ich spüre, dass eben nicht alles gut ist. Nino trauert ihr immer noch nach. Der wahren Liebe. Ich kenne das Gefühl und ich glaube, egal wie sehr man es versucht, es vergeht niemals.

»Und du?«, wechselt er schnell das Thema. »Wie geht's dir? Was machst du hier?«

Ich deute hinter mich, als wäre der Friedhof in Sichtnähe. »Ich habe von Fred Ayres Tod gelesen und ich weiß nicht… ich musste einfach zur Beerdigung kommen.«

Er nickte trauernd. »Ja, ich habe es leider nicht geschafft.«, antwortet er und presst die Lippen aufeinander. Von jetzt auf gleich wirkt er nervöser, blickt auf seine Finger und zupft an dem dreckigen Tuch in seiner Hand. »Warst du… warst du schon bei ihm? Bei Jake?«

Ich schlucke. Sein Name schwirrt mir seit 18 Jahren im Kopf, nur habe ich ihn seitdem niemals wieder laut ausgesprochen oder aus dem Mund eines anderen gehört. Das Gefühl, das mich dabei überkommt, fühlt sich an wie ein Schlag in die Magengrube.

»Nein. Ich habe nicht viel Zeit auf dem Friedhof verbringen können.«, lüge ich. Eigentlich hätte ich Zeit gehabt, nur fehlt mir einfach der Mut dazu.

Er runzelt kurz die Stirn, überlegt dann etwas perplex. Bevor er weiter über dieses Thema redet, wechsele ich es. »Du arbeitest jetzt hier? Was ist aus der Holzfabrik deines Vaters geworden?«

Sein Gesicht klärt sich wieder etwas. »Mein Vater ist vor einigen Jahren in Rente gegangen und ich war nicht bereit, die Firma zu übernehmen. Ich weiß, Jake meinte immer, ich würde in Zukunft nicht zufrieden sein, doch die Arbeit hier in der Werkstatt befriedigt mich ziemlich gut. Ich bin zufrieden.«

Ich nicke lächelnd. »Das freut mich.«

»Und du? Schreibst du immer noch Romane?«

Ein leiser Lacher löst sich aus meiner Kehle. »Naja, ich versuche es zumindest. Meistens werden es aber nur Kurzgeschichten.«, antworte ich. Bevor er weiter nachhaken kann und wir über mein verlorengegangenes Talent und die fehlende Inspiration dazu reden, deute ich auf meinen Wagen. »Mein Anlasser ist kaputt. Dein Kollege meinte, ich kann den Wagen erst Mittwochabend wieder abholen. Denkst du nicht, dass es schneller gehen könnte?«

Er verzieht eine mitleidige Grimasse. »Tut mir leid, da muss ich Bill Recht geben. Wir haben auf die Lieferzeiten leider gar keinen Einfluss, das Auswechseln geht dafür schnell. Aber wir melden uns.«

»Ja, das meinte er auch. Okay, danke. Dann sehen wir uns vielleicht Mittwoch.« Ich zwinge ihm meine Verabschiedung auf und umarme ihn. Immer mehr merke ich, dass ich diese Gespräche nicht aushalte. Noch ein weiteres Wort mit einem Bekannten - einem Bekannten, der mich nur zu sehr an Jake erinnert - halte ich einfach nicht aus. Diese Stadt ist wie Säure.

»Oh, ja. Hat mich gefreut!«, sagt er und lächelt. »Soll ich dich irgendwo hinfahren?«

»Nein, alles gut. Ich laufe noch etwas durch die Stadt, gehe ans Meer oder so.«

Mit diesen Worten drehe ich mich um und entferne mich. Dass ich die Stadt und das Meer niemals freiwillig besuchen würde, lasse ich mir nicht anmerken. Ich muss an irgendeinen Ort, der neutral ist. Der mich nicht an Jake, an David oder an Hugh erinnert. Irgendein Ort, an dem ich runterkommen und mich von den vielen Einflüssen und Erinnerungen erholen kann. Wahrscheinlich werde ich das niemals.

XXIX

Jake

Die nächste Woche sahen wir uns jeden Tag. Und sei es nur für ein paar Minuten am Zaun. Doch wir mussten uns sehen, wir mussten uns schreiben, wir waren süchtig nacheinander. Den Samstagabend verbrachten wir mit Ann und Nino. Sogar Michael und Jae stießen später dazu. Wir gingen Bowlen und saßen am Strand, alberten herum und lernten uns alle näher kennen. Mit Michaels Anwesenheit war es sogar so, als würden wir Mr. Grogan gar nicht hintergehen. Wir fühlten uns sofort viel wohler.

Während wir uns den Rest des Wochenendes nur Briefe schrieben, verabredeten wir uns für Montag am Zaun. Abby war für diesen Tag gerade mit den Vorbereitungen für die Wahlparty ihres Onkels fertig, weswegen sie noch ein paar Minuten im Garten hatte. Dienstag hatte ihr Onkel einige Termine auswärts, weswegen ich nach der Arbeit das erste Mal mit ihr ins Baumhaus durfte. Sie zeigte mir Schnitzereien ihres Bruders und Bücher, die sie dort oben versteckte. Ein paar ihrer Geschichten hatte sie auf meinem Briefpapier notiert und nach langem Betteln erklärte sie sich bereit, mir eine vorzulesen.

Mittwoch bekam Abby von ihrem Geschichtslehrer ein A, woraufhin ihr Onkel sie als Belohnung mit Michael ausgehen ließ. Das durfte sie normalerweise nie unter der Woche. Ich freute mich umso mehr darüber. Zwar hatten wir nicht ganz so viel Zeit wie am Wochenende und trafen uns am Nachmittag statt am Abend, dafür stand Dads Boot zur Verfügung, da er seine Schicht erst später antreten würde.

Ich erfüllte Abby also einen Punkt auf ihrer Bucketlist: Eine Bootsfahrt unter schöneren Umständen als das letzte Mal.

Zu Beginn war sie unheimlich aufgeregt, freute sich total und konnte es kaum abwarten. Als es aber so weit war und ich ihr aufs Boot helfen wollte, sah ich die Nervosität in ihrem Gesicht.

»Abby« Ich trat mit einem Bein wieder vom Boot auf den Steg und hielt ihr meine Hand entgegen. Sie starrte geistesabwesend auf das Boot, dann wandte sie den Blick zu den Klippen und schluckte.

»Es ist alles gut.«, ermutigte ich sie.

Sie lächelte einmal nervös. »Ich weiß… ich-« Ihre Hände waren schweißgetränkt, weswegen sie sie am Stoff ihres Rockes rieb. »Es ist nur, ich musste gerade an das letzte Mal denken, als ich auf diesem Boot gesessen habe.«

Ortsgebundenes Trauma. Ich hatte schon vieles darüber gelesen. Abby verband nichts Positives mit diesem Boot.

»Diese Nacht ist vorbei«, rief ich ihr ins Gedächtnis. »Heute ist ein schöner Tag. Lass uns diese schreckliche Erinnerung, die du mit diesem Boot verbindest, gegen eine neue schöne austauschen.«

Sie zögerte noch etwas, nickte aber trotzdem. »Du hast Recht.«

Vorsichtig streckte sie ihre Hand zu mir aus und legte sie dann in meine. Einen Moment lang verharrten wir in dieser Position. Abby atmete noch ein paar Mal tief durch, schloss die Augen, um sich zu beruhigen. Dann blickte sie mich an, festigte sich in meinen Augen. und traute sich endlich zu mir aufs Boot.

Die Nachmittagssonne stand schon etwas tiefer. Wir hatten halb fünf, als ich den Motor startete und wir schließlich losfuhren. Um halb neun musste sie zuhause sein, was hieß, dass wir den Sonnenuntergang noch mitnehmen konnten. Ich richtete meinen Blick in die Ferne. Die Sonne blendete so stark, dass ich Abby am Bug kaum sehen konnte und irgendwie ging ich auch davon aus, dass sie ihre Angst überstanden hatte, dass es ihr gut ging.

Ich täuschte mich. Als wir schon ziemlich weit draußen waren, erkannte ich, dass sie zusammengekauert hin und her wippte. Die Beine hatte sie zur Brust gezogen, die Hände darum geschlungen und das Gesicht in den Knien versteckt. Ich reagierte sofort, schaltete den lauten Motor aus und ließ das Boot weitertreiben. Zum Ankerauswerfen war gerade keine Zeit. Als der Motor verstummte, war es mit einem Mal so ruhig, dass man Abbys schnelle Atmung laut hören konnte.

»Hey, Abby« Ich setzte mich zu ihr, woraufhin sie den Kopf hob und mich mit tränengefüllten Augen anblickte. Sie zitterte.

»Alles gut! Schau mich an.« Ich zog ihren bebenden Körper an mich und versuchte sie zu beruhigen. »Wir können jederzeit umdrehen, wenn du möchtest.«

Ihre Panikattacken kannte ich mittlerweile und vielleicht bildete ich es mir auch nur ein, aber ich hatte das Gefühl, dass sie längst nicht mehr so schlimm waren wie früher. Wir hatten unsere Methode, wir wussten beide, wie wir sie zur Ruhe bringen konnten. Wenn sich um sie herum alles zu Drehen begann, krallte sie sich an mir fest, so wie sie es nun tat, und sah mich oder meinen Ankeranhänger an. Und irgendwann, wenn sie etwas ruhiger wurde, drückte sie ihr Gesicht in meine Halsbeuge und rastete dort einen Moment. Meist war sie nach einer Panikattacke noch sehr benommen, fror von innen heraus, selbst an solch einem warmen Tag.

»Ich will nicht umdrehen.«, murmelte sie mit trockener Kehle in mein T-Shirt, als ich mit der rechten Hand nach der Decke griff. »Bitte lass mich niemals los. Lass mich niemals gehen.«

Ich drückte ihr einen Kuss auf die Schläfe, musste dann aber schlucken. »Versprochen.«, meinte ich. »Versprochen, dass ich alles dafür tun werde.«

Ich wusste, dass ich ihr nicht versprechen konnte, immer bei ihr sein zu können, doch ich wusste, dass ich alles in meiner Macht Stehende versuchen würde. Schließlich konnte auch ich nicht mehr ohne sie.

Jetzt löste sie sich langsam aus meiner Umarmung, woraufhin ich die Decke um sie legen konnte. Ihre Augen waren noch etwas blutunterlaufen, doch ich spürte, dass die Panikattacke vorbei war.

»Denkst du, ich kann dich wieder alleine lassen?«, fragte ich und deutete in eine Bucht, nicht weit entfernt. »Wir sind gleich da, es dauert nicht mehr lange.«

Sie atmete tief durch, nickte dann, wirkte aber nicht wirklich überzeugt. Die Nervosität stand tief in ihren Augen.

»Hier« Kurzerhand streifte ich meine Ankerkette vom Hals und legte sie um den ihren. »Halt dich daran fest. Sie gibt dir Sicherheit.«

Jetzt huschte ein Lächeln über ihre Lippen. Als würde ihr Leben davon abhängen, krallte sie sich an den Anker. »Okay«

Ich presste ihr noch einen Kuss auf die Lippen, schwang mich dann wieder hinters Steuer. Den Rest der Fahrt überstand sie ohne Probleme. Langsam taute sie sogar wieder etwas auf, streifte irgendwann die Decke von ihrem Körper, weil ihr wieder warm wurde. Und beim Anblick der Freude, die sie langsam wieder ausfüllte, musste ich breit grinsen. Irgendwie ahnte ich, dass wir alles erreichen konnten, was wir wollten, waren wir nur beieinander.

Die Bucht war versteckt und verlassen. Hier hatten wir unsere Ruhe, hier fühlten wir uns sicher. Als wir ankamen und ich den Anker auswarf, war es, als hätte es Abbys Panikattacke niemals gegeben. Jetzt trug sie wieder dieses faszinierte Lächeln, jetzt war sie wieder von all diesen schönen Einflüssen eingenommen. Ein großer Felsen bot zur Hälfte Schatten und schützte uns vor Sonnenbränden. Irgendwann streifte ich T-Shirt und Hose ab und sprang ins Wasser. Nach mehreren Überredungsversuchen traute auch Abby sich rein. Damit ihre Haare nicht nass wurden und Mr. Grogan etwas bemerkte, steckte sie ihre Haare hoch. Als sie ihr Kleid abstreifte und plötzlich nur noch in Unterwäsche auf dem Boot stand, wurde meine Kehle ganz trocken. Sie schämte sich, hielt sich den Stoff ihres Kleides vor die nackte Haut und kam dann ganz schnell ins Wasser, um sich darin zu verstecken. Ich ahnte, dass sie sich weniger für ihre Nacktheit schämte. Viel mehr waren die Narben das, was ihr zu schaffen machte. Doch sie war perfekt.

Andächtig zog ich sie im Wasser in meinen Arm, legte dann meine Lippen auf die ihre. Ihr Bauch berührte den meinen, ihre Beine schlangen sich wie von selbst um meine Hüfte, als hätten sie niemals etwas anderes getan. Mit jeder Berührung wuchs die Gänsehaut zwischen uns, und mit jedem Kuss verblassten unser Leben und all die Umstände darin. Wenn wir beieinander waren, wenn wir uns küssten und im Arm hielten, gab es nichts auf dieser Welt, das uns jemals etwas antun könnte. Ich ließ die Lippen über ihre Schultern fahren, hielt sie so fest, dass sie niemals hätte untergehen können. Unter meinen Lippen spürte ich das hubbelige Gewebe ihrer Narben. Am Oberarm prangte eine größere, etwas tiefer einige mehrere Schnittwunden. Wahrscheinlich hatte sie einst ihre Qual durch eigene Schmerzen löschen wollen.

Ich küsste sie alle, jede einzelne und wünschte mir dabei, sie damit einfach verschwinden zu lassen. Jeden Schmerz, den sie damit verband. All das Trauma in ihrem Leben. Sie hatte es verdient, immer gehalten zu werden. Sie hatte es verdient, zu lachen. Sie hatte es verdient, geliebt zu werden. Und das tat ich.

»Jake« Ihre Stimme klang fragend und irgendwie wehmütig. Ich ließ von ihren Narben ab und blickte in ihre Augen, woraufhin sie ihre Stirn auf meine sinken ließ. »Heute in zehn Jahren«, fuhr sie fort. Ein Schmunzeln huschte über meine Lippen, als sie mit diesem Spiel wieder begann. Doch in ihrem Blick lag Sorge. »Ich wünsche mir, bei dir zu sein.«

Zärtlich strich ich ihr eine nassgewordene Strähne aus dem Gesicht, die ein paar Tropfen auf ihren blutroten Lippen hinterließ. Mein Daumen fuhr die dünne Haut darauf ab. Ich beobachtete ihn, betrachtete sie, als wäre sie eine meiner Zeichnungen - die Schönste, die ich je gesehen hatte.

»Ich werde«, korrigierte ich sie, wie sie es letztens getan hatte. »Ich werde bei dir sein.«

Jetzt lächelte auch sie und schlang die Arme fester um mich, als wäre dies unsere letzte Umarmung. Und vielleicht war es sie ja. Wir mussten jeden Moment voll und ganz ausnutzen.

Den restlichen Tag verbrachten wir auf dem Boot. Unsere Kleider und Körper trockneten in der warmen Abendsonne und irgendwann sah man Abby gar nicht mehr an, dass sie im Wasser gewesen war. Ihr Onkel würde also nichts bemerken. Als die Sonne nur noch wenige Meter über dem Meer zu schweben schien, begann Abby mir von einer neuen Idee für eine Geschichte zu erzählen. Die Meeresmythologien, von denen ich ihr öfters berichtet hatte, hätten sie zu einer Unterwassergeschichte inspiriert. Während sie erzählte, fertigte ich ein neues Portrait von ihr an. Diesmal in Farbe mit der tiefstehenden Abendsonne, die durch ihre Haare wehte und ihre Haut in warme Bronze tunkte. Ich merkte, dass ich immer besser wurde, die Zeichnungen von ihr immer realer wurden. Ich wusste, ich würde sie für immer in Ehren halten.

Gegen halb acht fuhren wir zurück an Land. Dad hatte noch etwas Zeit, um mit uns zu essen. Zusammen bereiteten wir ein paar übrig gebliebene Langusten vor, die er für Mr. Grogans Wahlparty - nach Dads Wissen für eine private große Feier des *Larrys* - gefischt hatte. Die Stimmung mit ihm war entspannter als das letzte Mal. Er redete mehr, erzählte von seiner Zeit als Admiralarzt und ein paar Erlebnissen, die er auf hoher See schon gesammelt hatte. Abby und er verstanden sich so gut, dass ich das Gefühl bekam, sie wäre schon immer da gewesen und gehörte zu dieser Familie. Und irgendwie tat sie das auch.

Um kurz nach neun tauchte Michael mit seinem Wagen oben an den Klippen auf und auch Dad machte sich zurück in den Leuchtturm, um dort aufzuräumen und sich für die Seewache vorzubereiten. Abbys und meine Verabschiedung dauerte wie immer ewig. Wir konnten uns einfach nicht gehen lassen. Die Angst war zu groß, uns nie wieder sehen zu können. Immer wieder küssten wir uns, umarmten und drückten uns, bis die Hupe von Michaels Wagen schließlich aus der Ferne ertönte und wir bemerkten, dass die Zeit knapp wurde.

Ich blickte Abby nach, bis sie im Wagen saß und in der Ferne verschwunden war, und in dem Moment wurde mir klar, dass es nicht die berühmt-berüchtigten Schmetterlinge im Bauch waren, die mir zeigten, dass ich verliebt war. Es war der

Schmerz, sie zu verlieren, der Schmerz, ihr womöglich das letzte Mal Lebewohl gesagt zu haben.

Mit flauem Gefühl im Magen setzte ich mich schließlich auf den kleinen Steg und bewunderte die letzten Sonnenstrahlen, die hinter dem Horizont, der die Sonne längst verschluckt hatte, trotzdem noch hervorkamen.

»Hab ich sie verpasst?« Alex Stimme tauchte hinter mir auf und ich fuhr erschrocken herum. Warum hatte ich ihn nicht kommen gehört? Die Holzdielen des Steges waren doch normalerweise immer so laut, dass man sie sogar vom Leuchtturm aus hören konnte.

»Gott! Du hast mich erschreckt!«

Er lachte, dann ließ er sich neben mir nieder. »Also Gott bin ich nicht. Nur Alex.«

»Was machst du hier?«, fragte ich, nachdem ich die Augen über seinen Witz verdreht hatte. »Du warst ja noch nie bei mir.«

Er zuckte mit den Schultern. »Wir haben uns lange nicht mehr gesehen. Ich habe dich am Strand vermisst und dachte, ich schaue mal bei dir vorbei.«

»Ja, tut mir leid.« Nervös fuhr ich mir durchs Haar. »Die letzten Wochen hatte ich nicht viel Zeit, um nach der Arbeit zum Strand zu gehen. Ich war-«

»Mit einem bestimmten Mädchen beschäftigt?«, beendete er grinsend meinen Satz, woraufhin meine Wangen erröteten.

»Ja. Vielleicht.«, antwortete ich und grinste.

»Also? Habe ich sie verpasst?«

»Hm?«

»Na eben. Abby! Dein bestimmtes Mädchen!«

Ich warf den Blick in seine Augen und musterte ihn etwas skeptisch. Irgendetwas an der Art, wie vertraut er immer über sie sprach und dass er ihren Spitznamen nannte, machte mich stutzig.

»Achso«, hauchte ich und versuchte, mir meine Skepsis nicht allzu sehr anmerken zu lassen. Wahrscheinlich hat er Abbigails Namen einfach nur vollkommen harmlos abgekürzt. »Ja, sie war eben hier. Wir waren in letzter Zeit auch öfters am Strand. Du musst mal vorbeikommen, dann kann ich sie dir richtig vorstellen.«

Hastig winkte er ab. »Ach, ich will euch zwei nicht stören.«

»Tust du nicht, Alex. Sie freut sich bestimmt.«

Sein Blick verfing sich in der Weite des Meeres und wurde mit einem Mal ganz melancholisch. Das freche Grinsen verblasste, er wirkte nachdenklich. »Ja, ich würde mich auch freuen.«, flüsterte er so leise, dass ich es kaum hören konnte. Als würde er das Wort gar nicht an mich richten, als würde er mit sich selbst sprechen.

Doch dann veränderte sich sein Blick innerhalb weniger Sekunden wieder zurück zur Normalität. »Vielleicht schaffe ich es irgendwann mal. Ich überlege es mir.«

Wir unterhielten uns noch eine ganze Ewigkeit, holten alles nach, was wir in den letzten Wochen verpasst hatten. Ich erzählte ihm von Abbys und meinem ersten Kuss, von ihren Panikattacken und dass sie regelrecht aufblühte. Alex war so interessiert an ihr und ihrem Wohlergehen, dass ich das Gefühl nicht los wurde, er würde sie kennen und sich persönlich um sie sorgen. Wahrscheinlich bildete ich mir das aber auch nur ein und er sorgte sich einfach nur um den Menschen, den ich als sein bester Freund ganz offensichtlich gernhatte.

»Weißt du, was ich echt seltsam finde?« Dad reichte mir eine der vielen kühlenden Transportboxen mit den Langusten darin, damit ich sie ins Auto stellen konnte. »Larry hat noch nie so viel Fisch bestellt. Ich frage mich, was das für eine Feier ist.«

Ich hielt den Blick auf meine arbeitenden Hände gerichtet und bemühte mich, cool zu bleiben. »Keine Ahnung.«, antwortete ich schulterzuckend. »Vielleicht eine Hochzeit im Familienkreis.«

Dad hielt mit einer Box in der Hand kurz inne. Ich spürte, dass sein Blick auf mir lag, traute mich aber nicht, ihn zu erwidern, denn ich befürchtete, das würde mich auffliegen lassen.

»Komisch«, begann er dann nochmal. »Larry hat gar nichts von einer Hochzeit erzählt.«

»Du hast mit ihm gesprochen?« Ich wurde nervöser, was das Aufrechterhalten meines Poker-Face erschwerte.

»Ich habe gestern mit ihm telefoniert, um mich zu versichern, dass du dich bei der Bestellung auch wirklich nicht verhört hast.«

Mein Puls schien eine Sekunde lang still zu stehen.

»Weißt du, was er gesagt hat?« Dads Stimme wurde vorwurfsvoller.

Ich blieb mit dem Rücken zu ihm am Auto stehen und tat so, als würde ich die Boxen geraderichten. »Hm?«

»Er meinte, er wüsste von keiner Bestellung. Ist das nicht witzig?« Witzig war an Dads Stimme mittlerweile gar nichts mehr.

Ich senkte den Blick, traute mich aber noch nicht, mich umzudrehen.

»Und weißt du, was noch witzig ist?« Er ließ einen gespielten Lacher von sich, woraufhin ich mich endlich langsam umdrehte. Den Blick fest auf den Boden gerichtet, erblickte ich erst seine Füße. Dann fuhr er hoch zu seinen verschränkten Armen bis hin in sein wütendes Gesicht.

»Heute Morgen lese ich in der Zeitung, dass Bürgermeister Grogan seine Wahlparty veranstaltet. Welch ein Zufall, findest du nicht?«

Schützend hob ich die Hände. »Dad, es tut mir leid. Ich hätte dich nicht anlügen dürfen-«

»Hast du aber! Ich hätte diesen Auftrag niemals angenommen!«

»Deswegen habe ich dir ja nichts erzählt!«, seufzte ich, woraufhin sein Blick ein Stückweit weicher wurde. »Mr. Grogan zahlt uns so viel dafür. Ich hatte gehofft, wir können das ansparen, für ein neues Boot oder für… naja, vielleicht für mein Studium.«

In seinen Blick mischte sich Schmerz. Ich wusste, dass er mir nur das Beste ermöglichen wollte, doch der Gedanke, dass ich für mein Studium wegziehen könnte, quälte ihn schon länger.

»Du tust es in erster Linie wegen Abbigail.«, verbesserte er mich. Ich senkte schuldig den Kopf. »Nicht wegen des Geldes.«

Dad hob die letzte Transportbox an, schob sich an mir vorbei und hievte sie in den Wagen. »Es ist jetzt eh zu spät, um den Auftrag zurückzunehmen. Wir werden zu einem späteren Zeitpunkt nochmal drüber reden.«

Lautstark knallte er die Beifahrertür zu und drehte sich zum Gehen. Doch dann blieb er nochmal stehen.

»Jake« Seine Stimme war ein erschöpftes Flüstern. Zuerst legte er das Gesicht ins Profil, blickte über die Schulter hinweg in meine Richtung, ehe er sich ganz umdrehte und mich fixierte. »Mach keinen Blödsinn!«, bat er mich. »Sei nicht leichtsinnig. Bring sie nicht in Schwierigkeiten Und bring dich auch nicht!«

»Natürlich!« Ich nickte, auch wenn ich Dads Sorge verstehen konnte. Abby und ich schwebten so hoch auf Wolke Sieben, dass ich mich sicherlich zusammenreißen musste, um sie auf der Party nicht an mich zu ziehen oder zu küssen.

Offiziell hatte ich dort nichts zu suchen und offiziell ging Abby mit Michael und nicht mit mir.

Die Fahrt zum Anwesen zog sich durch meine wirren Gedanken ziemlich in die Länge. Dads enttäuschter Blick geisterte mir im Kopf. Ihn zu verärgern hatte ich nicht gewollt, auch wenn ich seine Wut gut verstehen konnte.

Ein Blick auf die Uhr brachte mich dazu, mich wieder dem Auftrag zu widmen. Wir hatten kurz vor acht, ich war viel zu spät dran. Die Bestellung war für halb acht angelegt, damit sie um halb neun serviert werden konnte. Zum Glück war die Zubereitung von Langusten nicht allzu aufwendig, der Koch würde das schon gebacken bekommen - im wahrsten Sinne des Wortes.

In der Einfahrt tummelten sich einige Menschen in schicken Anzügen und Kleidern, die die Party gerade erreichten. Ich parkte meinen Wagen an der Seite und schnappte mir zwei Boxen auf einmal. Gerade als ich die pompöse Treppe am Eingang nehmen wollte, packte mich etwas an der Schulter und wirbelte mich herum.

»Was zur Hölle tust du hier?!« Michael zerrte mich in eine dunkle Ecke an der Seite des Hauses, ehe er sich prüfend in der Einfahrt umblickte.

Ich hob die Boxen an. »Ich bringe den bestellten Fisch.«

Seine Augen formten sich zu Schlitzen, weil er darauf keine Antwort wusste. »Jake, wenn du Chaos anrichtest, dann bekommst du es mit mir zu tun.«

Meine Lippen formten sich wie von selbst zu einem frechen Lächeln. »Keine Sorge. Ich werde unsichtbar sein. Wenn du mich jetzt entschuldigen würdest, der Koch wartet sicherlich schon.«

Ich wollte mich umdrehen und zum Eingang laufen, doch Michael hielt mich erneut auf. »Willst du dich noch auffälliger präsentieren? Nimm gefälligst den Nebeneingang für das Personal! Der führt direkt zur Küche.«

Michael führte mich auf die andere Seite des Hauses, wo eine dickere und schwere Tür halb offenstand. Grelles Licht strömte durch den Spalt und als ich sie öffnete, breitete sich ein Gang aus, in dem sich mehrere Mitarbeiter tummelten: Küchenhilfen in weißen Kitteln und auch Kellner, die mit ihren Outfits Pinguinen ähnelten.

»Folge einfach den anderen.«, erklärte Michael mir. »Ich muss jetzt zurück. Pass bitte auf, dass Hugh dich nicht erkennt. Und Abby solltest du besser auch nicht erschrecken. Ich gehe mal davon aus, sie weiß nichts davon?«

»Ich passe schon auf, Michael!«, meinte ich etwas genervt, weil meine Arme langsam zu zittern begannen. Die Boxen waren gar nicht mal so leicht.

Michael presste nur die Lippen aufeinander, dann nickte er und verschwand in Richtung Eingang. Ich setzte mich in Bewegung. Im Gang wurde ich ein paar Mal fast angerempelt, so viel Stress herrschte hier. Ich versuchte, zwei Küchengehilfen zu folgen, doch sie waren so schnell um die Ecke verschwunden, dass ich mit meinen großen Boxen kaum hinterherkam. Im nächsten Moment versperrte mir ein Servierwagen den Weg, dann musste ich stoppen, weil eine Horde Kellner durch wollten. Worte wie »Achtung!«, »Pass doch auf!« und »Vorsicht!« hallten durch den Gang und ich kam beim Ausweichen irgendwann nicht mehr mit. Schweißgebadet ließ ich die Boxen schließlich auf einem Wagen nieder und blickte mich erschöpft um.

»Wo bleibt der verdammte Fisch!« Eine wütende Stimme hallte vom Ende des Ganges zu mir hervor, dann tauchte um die Ecke ein schlanker Mann in Schürze auf und blickte sich um. Komisch, irgendwie hatte ich mir den Koch viel dicker vorgestellt.

»Hier!« Ich hob den Arm, schnappte mir dann die Boxen und drückte mich genauso grob durch den Gang, wie es jeder andere tat.

Der Koch - Newton stand auf seinem Schild - hob den Deckel der oberen Box einmal kritisch an und inspizierte die Langusten, die immer noch in meinem Arm lagen.

»Ist das etwa alles?!«, fragte er aufgebracht, drehte sich dabei um und lief um die Ecke. Ich folgte ihm.

»Nein, ich habe noch mehr im Auto.«

Er lief in eine große Küche, in der es so heiß wie in der Sahara war. Dichter Dampf lag in der Luft, zischende laute Geräusche tönten von allen Seiten in meine Ohren und der Hektikpegel, der hier herrschte, übertönte den im Gang um einiges.

»Warum bist du dann noch hier? Los! Hol den Rest! Du bist schon viel zu spät!«

Hastig stellte ich die Boxen irgendwo ab, dann lief ich raus in den Gang. Als ich die Einfahrt erreichte, strömte mir erfrischende Luft entgegen, die ich für eine Sekunde genoss, ehe ich mit zwei weiteren Boxen zurück in die Küche lief. Beim dritten Hin- und Herlaufen rutschte vor meinen Füßen einer der Kellner aus und richtete im Gang ein riesen Tumult an. Ein Servierwagen fiel um und mehrere Angestellte halfen ihm, das Ausmaß aufzuräumen. Ich wartete einige Momente, weil ich dachte, dass der Flur sicherlich gleich wieder frei wurde. Doch auch nach zwei Minuten, die sich wie eine verdammte Ewigkeit anfühlten, gab es keinen Ausgang. Hilflos blickte ich mich um und lief zurück ins Innere des Hauses. Als ich eine Treppe erblickte, die hoch ins Erdgeschoss führte, dachte ich nicht groß drüber nach und folgte einem Kellner nach oben. Die Lautstärke senkte sich sofort enorm, als ich im Eingangsbereich unter der großen Wendeltreppe stand. Sanfte Töne einer Geige tönten aus dem Zimmer, in das auch der

Kellner lief. Ich folgte ihm mit Bedacht, hielt den Blick stets gesenkt, damit mich auch ja niemand erkannte. Ein großer Speisesaal war hergerichtet. In dem Saal führte eine antike Flügeltür in ein weiteres Zimmer. Mehrere Menschen hatten sich hier versammelt und lauschten der Musik, die aus dem Inneren des Raumes kam. Ich traute mich noch ein paar Schritte vor, versteckte mich dann aber hinter einer Gruppe größerer Herren, als ich Mr. Grogan entdeckte. Er stand hinter einem antiken Sessel, in der einen Hand eine große Zigarre. Und dann sah ich sie. Oder viel mehr hörte ich sie.

Abby war diejenige, die der Geige diese wunderschönen Klänge verlieh und der die gesamte Aufmerksamkeit dieses Raumes gehörte. Ich hörte keine klassische Musik, doch irgendwie überkam mich der Drang, ihr Vorspiel mit einem Kassettenrekorder aufzunehmen und es immer und immer wieder abzuspielen. Ich ließ den Blick über die Menschenmasse schweifen. Die meisten Menschen hatten ein Champagnerglas in der Hand und trugen eine Anstecknadel mit Mr. Grogans Wahlspruch an ihrem Sacko oder Kleid. Fast alle lächelten Abby angetan an, lauschten genüsslich ihrem Vorspiel. Nur Mr. Grogan wirkte unzufrieden mit ihr, ließ es sich aber mit einem überheblichen Lächeln nicht anmerken.

Abbys Geige verstummte und der Raum begann zaghaft zu applaudieren. Am liebsten hätte ich gejubelt, weil ich der Meinung war, dieses noble, zurückhaltende Geklatsche würde ihrem Talent nicht gerecht werden. Doch es war besser, ich hielt mich weiterhin im Hintergrund.

»Danke, Abbigail!« Mr. Grogan ergriff das Wort und legte ihren Arm um sie. Auf seinem Gesicht das Lächeln, das seine Wähler - einschließlich lange Zeit mich - verzaubern konnte. »Nun möchte ich Sie alle bitten, im hergerichteten Speisesaal Platz zu nehmen. Der erste Gang wird in wenigen Minuten serviert.«

Wie aufs Stichwort sprang ich zurück in die Eingangshalle und versteckte mich hinter einer Tür, während die Gäste sich an den Tischen niederließen. Als ich mich umblickte, entdeckte ich eine Tür, die vom Eingangsbereich in den Raum führte, in dem Abby soeben ihren Auftritt gehabt hatte. Vorsichtig spähte ich einen Blick durch den Spalt. Die Tür war nur angelehnt. Abby stand an einem Tisch und packte ihre Geige zurück in den dafür vorgesehenen Koffer. Langsam leerte sich der Raum, doch ich wartete vorsichtshalber noch ein paar Momente ab, ehe ich mich bemerkbar machte.

Als auch der letzte Gast am Tisch nebenan saß und Mr. Grogan eine kurze Rede anstimmte, öffnete ich die Tür ein Stück weiter.

»Psst!«, machte ich, woraufhin Abby den Blick vom Koffer hob. Ihr Blick war müde vom vielen künstlichen Lächeln, doch als sie mich erkannte, tauchten Überraschung, Angst und Freude zugleich in ihren Augen auf. Ein breites Lächeln machte sich auf meinem Gesicht breit, was ich dem Adrenalin und ihrer Schönheit zu verdanken hatte.

»Was zur-«, formte sie lautlos mit ihrem Mund und spähte einen Blick in den Raum nebenan. Ich legte den Zeigefinger auf meine Lippen, dann winkte ich sie zu mir.

Unsicher blickte sie hin und her, schloss den Koffer dann und kam damit auf mich zu. Als sie an mir vorbeilief, blickte sie starr nach vorne.

»Folge mir.«, hörte ich nur, woraufhin ich mich noch einmal verstohlen umblickte und ihr dann unauffällig und mit Abstand hinterherlief.

Sie nahm die Treppe in den ersten Stock, blickte kein einziges Mal hinter sich. Oben angekommen lief sie in einen längeren Flur, in dem sie die hinterste Tür öffnete und eintrat. Als auch ich ihr Zimmer betrat, schloss ich die Tür hinter mir und beobachtete, wie sie ihre Geige in einem Regal verstaute.

»Was machst du hier?« Sie klang aufgebracht, als sie sich zu mir umdrehte.

Langsam ging ich ein paar Schritte auf sie zu, schlang dann den Arm um ihren unteren Rücken und zog sie an mich. Sofort schwand etwas Anspannung aus ihrem Gesicht und ihr Blick wurde weicher. Erst legte sie die Hände schützend an meine Brust und lauschte nach draußen, ehe sie schließlich stürmisch die Arme um meinen Hals schlang und mir einen innigen Kuss auf die Lippen drückte.

»Ich habe die Langusten gebracht.«, erklärte ich ihr, als unsere Münder sich wieder trennten.

»Die kommen von euch?«, fragte sie überrascht und lehnte sich etwas von mir weg. Ich verstärkte meine Umarmung, damit sie bei mir blieb. »Warum hast du mir nichts erzählt?«

»Ich wollte dich überraschen.«

Sie verdrehte die Augen mit einem liebevollen Lächeln. »Das hast du geschafft! Ich habe fast einen Herzinfarkt bekommen! Wenn uns jemand sieht, dann-«

Ich brachte sie zum Schweigen, indem ich sie von neuem küsste. Diesmal noch inniger, diesmal noch sehnsüchtiger, um all die Male aufzuholen, in denen ich das nicht tun konnte. Ein leises Seufzen drang aus ihrem Mund und hinterließ auf meinen Wangen eine warme Gänsehaut. Ich spürte ihre zierlichen Hände in meinen Haaren und wie sie ihre Fingernägel über meinen Kopf fahren ließ. Am liebsten hätte ich sie an der Hand genommen und wäre einfach abgehauen. Wir würden alles hinter uns lassen und irgendwo neu anfangen. Vergessen, was in dieser Stadt geschehen war, vergessen, welche Angst uns beide heimsuchte. Vergessen, welche Schmerzen sie durchmachen muss-

»Was ist denn hier los?!« Die Tür wurde so schlagartig aufgerissen, dass die Türklinke eine tiefe Delle in Abbys Schrank hinterließ.

Aufgebracht taumelte sie rückwärts, stolperte und fiel mit dem Rücken gegen ihr Bett. Ich trat einen Schritt auf sie zu, wollte ihr besorgt meine Hand reichen, doch ihr Onkel schleuderte mich in die gegenüberliegende Ecke.

»Ich fasse es einfach nicht!« Er bemühte sich, seine Stimme ruhig zu halten. Schließlich hatte er Gäste, die ihn hören konnten. »Du undankbares Kind! Schämen solltest du dich! Ich wusste, ich kann dir nicht trauen! Ich habe gespürt, dass da was im Busch ist!«

Abby hatte schon zu weinen begonnen, noch bevor ich wirklich realisiert hatte, was hier abging. Mit einem starken Griff hob er Abby am Kragen an und feuerte sie gegen die Wand. »Kannst du mir erklären, was das hier soll?!« Seine Stimme war so scharf. In der einen Sekunde hob er seine Hand, in der nächsten landete sie auf Abbys Wange.

Das schmerzerfüllte Schluchzen, das aus ihrer Kehle kam, setzte mich in einen Trancezustand. Jetzt war mir alles egal, die Wut auf diesen Mann füllte mich voll und ganz aus. Ich dachte nicht groß darüber nach, stürzte mich auf ihn und schlug ihm meine Faust gegen die Schläfe. Er taumelte nach hinten, was mir die Chance verlieh, nochmal zuzuschlagen. Doch gerade als ich ausholen wollte, wurde ich von hinten gepackt und zurückgezogen.

»Reiß dich zusammen, verdammt nochmal!« Das war Michaels Stimme. Ich hätte nie gedacht, dass er so viel Kraft besaß. Mit nur einem Wimpernschlag landete ich wieder in der anderen Ecke des Zimmers und wurde von Michael mit dem Rücken gegen die Wand gedrückt. Seine enttäuschten und viel zu wütenden Augen verhöhnten mich, doch das nahm ich in meinem Trancezustand gerade nicht wahr. Ich hatte nur Augen für diesen Mistkerl und Abby, die zusammengekauert auf dem Boden lag und weinte.

»Tut mir leid, Michael, dass du das mit ansehen musst. Du weißt nicht, wie sehr ich mich für meine Nichte schäme. Sie hat dich nicht verdient.«, schnaufte Mr. Grogan aufgebracht, nachdem er sich wieder gesammelt hatte, und blickte herablassend auf Abby hinab. So herablassend, dass ich das Gefühl bekam, er würde sie gleich bespucken.

Michael ließ von mir ab. »Um ehrlich zu sein, Mr. Grog-«, begann er, um zu gestehen, dass er eingeweiht war. Doch Abby schnitt ihm das Wort ab.

»Michael wusste davon nichts! Es tut mir leid, Michael!« Ihre Stimme war tränengetränkt, sie bekam kaum ein klares Wort heraus, und doch sprach sie weiter. »Es ist meine Schuld. Ich habe dich hintergangen, Hugh. Ich habe mich heimlich mit Jake getroffen, wenn du in Terminen warst. Es ist ganz allein meine Schuld.«

»Abby« Michaels Stimme war flehend und besorgt, und so langsam ließ der Schleier aus Wut, der sich vor meinen Verstand gelegt hatte, auch bei mir nach. Allmählich merkte ich, was ich angerichtet hatte. Abby würde aus der Sache nicht heil wieder rauskommen und das war alles meine Schuld.

»Du widerst mich an!« Hughs Hand formte sich zu einer Faust, weil er am liebsten auf sie eingeschlagen hätte. Doch Michaels Anwesenheit hielt ihn davon ab. »Ich lasse mir von dir nicht meine Wahlparty kaputt machen! Das *klären* wir später.«

Das klären wir später. Ich wusste, was das hieß. Wir alle wussten, was das hieß.

»Und du verschwindest jetzt sofort, bevor ich die Polizei auf dich hetze!«, spuckte er mir entgegen. »Ich will dich hier nie wieder sehen!«

Mr. Grogan warf Michael einen vielsagenden Blick zu, dann stapfte er wütend aus dem Zimmer. Für ihn wirkte es, als würde Michael um Abby kämpfen, als wäre er nur deshalb so grob zu mir, weil Abby sein Mädchen war.

Doch ich konnte nicht einfach so gehen. Nicht *so*. Mit einem geschickten Griff löste ich mich von Michael und schubste ihn in einem unerwarteten Moment zur Seite. Dann kniete ich mich vor Abby, die ihr Gesicht zwischen den Knien vergraben hatte.

»Schau mich an!«, bat ich sie, wie ich es sonst auch in ihren Panikattacken tat. »Abby, bitte schau mich an!«

Als ich meine Hand an ihre Wange legte, um ihren Kopf zu heben, wich sie erschrocken zurück und kroch kopfschüttelnd in die letzte Ecke. Mittlerweile hatte Michael sich wieder aufgerappelt und zerrte an meinem Oberarm. Doch so einfach ließ ich nicht locker.

»Abby, ich bin es!« Panisch schüttelte sie den Kopf, warf mir einen angsterfüllten Blick zu, der mir durch Knochen und Mark ging. Sie wies mich ab, sie wollte mich nicht mehr. Ich hatte alles zerstört.

»Bitte Abby!« Mittlerweile weinte ich, so verzweifelt war ich. »Ich wollte das nicht! Ich liebe dich doch!«

Sie rührte sich nicht, schüttelte weiterhin panisch den Kopf.

»Komm jetzt, Jake! Mach es nicht noch schlimmer!« Michael packte mich am Oberarm und zerrte mich in Richtung Tür.

»Nein! Abby!«, brüllte ich und zappelte. Wann hatte ich das letzte Mal so aufgelöst geweint? »Es tut mir leid!«

»Hör auf, so ein Zirkus zu veranstalten! Sie ist diejenige, die darunter leiden wird!«, hörte ich Michael sagen, doch meine Aufmerksamkeit galt nur ihr.

Während ich aus ihrem Zimmer gezerrt wurde, fixierte ich sie, weil ich mir erhoffte, noch einen Blick von ihr zu bekommen. Ein letzter Blick. Einer, der mir zeigte, dass sie mich trotzdem noch wollte. Dass sie dasselbe fühlte. Dass sie wusste, ich hatte ihr niemals wehtun wollen.

Doch sie rührte sich nicht, sie blieb starr, hielt den Kopf zwischen den Knien versteckt. *Ich* hatte sie in diese Situation gebracht, *ich* war schuld an ihrem Leid gewesen! Und wenn die Enttäuschung hinter ihren Augen die letzte Emotion sein würde, die ich von ihr zu sehen bekam, würde ich niemals wieder glücklich werden.

XXX

Abby

Ich hatte keine Ahnung, wie lange ich schon hier lag und auch keine Ahnung, wie lange ich auf dem harten Boden noch liegen würde. Meine Augen fühlten sich ausgetrocknet an, weil selbst das Blinzeln zu anstrengend war. Vor einer Weile - ich weiß gar nicht genau, wann - hatten die Tränen gestoppt. Ich glaube, meine Gefühle auch. Ehrlich gesagt hatte ich vergessen, was passiert war. Oder es verdrängt. Oder ich schob es nur vor mir her. In meinem Leben hatte ich mich noch nie so leer gefühlt wie in diesem Moment. Nach Davids Tod waren da so viele Gefühle gewesen. Trauer, Wut, Erschöpfung. Doch jetzt und hier fühlte ich einfach nichts. Vielleicht war es der Schock, vielleicht hatte ich auch einfach nur den Verstand verloren.

Warum fühlte ich nichts, wo da doch eigentlich so viele Gefühle lagen? Gab das einen Sinn? Ich wusste, da lauerte Wut gegenüber Jakes und meiner Unbedachtheit, und ich wusste, da war Sehnsucht, ihm einfach zu folgen und Verzweiflung, dass er fort war.

Doch auf irgendeine Weise war es, als würde ich auf diese ganzen Gefühle nur herabschauen, als wäre ich eine zweite

Person in diesem dunklen Raum, die selbst nichts fühlte, meinem verkrüppeltem Körper aber dabei zusah, wie er von diesen Gefühlen heimgesucht wurde.

Jakes und meine Zeit war vorbei. All die Erinnerungen flogen vor mein inneres Auge. Seine Rettung - die Rettung, die seit unserer ersten Begegnung angehalten hatte. Die vielen Briefe, meine zu Beginn furchteinflößenden Gefühle, die Angst, die Panikattacken, seine Hilfe, seine Küsse, seine Arme. Unsere Liebe. All das war fort. Nur noch eine Erinnerung, die sicherlich bald genauso wie David verblassen würde. Und vielleicht war es genau das, was mich so leer fühlen ließ. Alles, was mich ausgemacht hatte, was mich erfüllt hatte, war fort. David war fort. Jake war fort. Und damit auch jegliche Hoffnung.

Ja, nicht mal mehr Angst verspürte ich. Da war nichts.

Nichts, als nach stundenlangem Liegen auf den harten Dielen Hugh schließlich ins Zimmer gestürmt kam und mich mit seinem widerlichen Blick verhöhnte. Nichts, als er den Mund ganz verzerrt öffnete und irgendetwas plärrte, was ich nicht verstand, denn mein Gehör hatte mich ebenso verlassen wie all die anderen Gefühle. Nichts, als mein Körper plötzlich gewalttätig hochgerissen und der Kopf gegen die Bettkannte geschlagen wurde. Immer und immer wieder. Und nichts, als seine Faust meine Schläfe, dann mein Auge und schließlich meine Lippe traf.

Ich sah Hugh von außen aus zu. Sah zu, wie er immer wieder auf diese leere Hülle einschlug, die sich kaum mehr regte. Irgendwann schmeckte ich Blut in meinem Mund. Das Blut, das einst den Hauptgeschmack meiner Angst ausgemacht hatte. Doch jetzt schmeckte es einfach nur nach… Blut. Es war mir egal, was er da anrichtete. Es war mir egal, dass mein Gesicht immer weiter anschwellte.

Durch das monotone Piepsen in meinen Ohren drangen irgendwann aufgebrachte Sätze wie »Du bekommst nichts mehr von mir!« und »Denk ja nicht, dass ich das einfach durchgehen lasse!«

Ich wusste, von nun an war ich hier eingesperrt. Für immer. Und es gab weder einen Willen noch einen Weg nach draußen.

Nach zwei Tagen lag ich immer noch dort. Jedenfalls glaubte ich, dass es zwei Tage gewesen waren. Vielleicht auch mehr. Zwischendurch waren mir die Augen zugefallen, doch wirklich geschlafen hatte ich nicht. Vorsichtig rappelte ich mich auf und zog meinen Oberkörper in die Senkrechte. Verwirrte, bunte Farben schossen vor meine Iris, dann verbreitete sich eine pechschwarze Wolke vor meinen Augen und versperrte mir für kurze Zeit jegliche Sicht. Auch wenn meine Gefühle immer noch taub waren, spürte ich das penetrante Pochen in meinem Kopf oder die dunklen Flecken auf meinen Rücken und Armen, die vom Festliegen auf dem Holzboden kamen. Außerdem war mein rechtes Auge vollkommen zugeschwollen und die Unterlippe hing ausgetrocknet und aufgeplatzt hinunter. Mein Hals hatte sich durch die Dehydrierung zugeschnürt, außerdem knurrte mein Magen. Ich erinnerte mich, dass Hugh so etwas wie »Ich will dich nicht mehr sehen. Von mir aus, verreckst du hier oben.« gesagt hatte. Vielleicht war es besser so.

Ich krallte die schwachen Finger in das Holz meines Bettes. Als ich mich hochziehen wollte, zitterten meine Arme und Beine so sehr, dass ich wieder zurück auf den Boden fiel. Ein Keuchen löste sich aus meinem Mund, doch es hörte sich an, als käme es von jemand anderem. Schließlich sank mein Rücken zurück auf das Holz und jegliche Sinne verschwanden.

Ich wurde von einem Griff an meinem Rücken wach, hatte aber kaum Kraft, die Augen beziehungsweise das linke Auge -

das Rechte war schließlich so geschwollen, dass es sowieso nicht mehr auf ging - zu öffnen. Trotzdem erkannte ich verschwommen eine, nein zwei Gestalten vor mir. Eine davon - ich war mir irgendwie sicher, dass es Michael war - hob mich auf einen weicheren Untergrund. Ich glaube, es war mein Bett. Vielleicht halluzinierte ich auch nur.

Ich bemühte mich, mein Auge noch etwas weiter zu öffnen und erkannte Michael und Jae vor meinem Bett sitzen. Jae hatte die Hand auf den Mund gelegt und weinte. Warum weinte sie? Ich wollte nicht, dass sie weinte.

Ein genauer Blick in Michaels Augen verriet mir, dass auch seine tränengetränkt waren. Meinen lieben Freunden ging es nicht gut und ich wollte ihnen helfen. Dass sie wegen meinem Anblick weinten, war mir dabei gar nicht klar.

Mit aller Kraft streckte ich die Hand aus und legte sie auf Michaels. Dieser hob den Zeigefinger an seine Lippen und blickte prüfend zur Tür. Ich glaube, wir hatten mitten in der Nacht, weil es dunkel draußen war. Die beiden durften sicherlich gar nicht hier sein, schauten aber trotzdem nach mir.

Jae kam dazu, schlang die Finger um meinen pochenden Hinterkopf und hob ihn an. Dann legte sie mir ein Glas Wasser an die Lippen.

»Trink, Abby.», hörte ich sie flüstern. Ich gehorchte und verschlang das Wasser so schnell, wie es mir nur möglich war. Doch bei jedem Schluck brannte meine Kehle so sehr, dass ich die Hälfte wieder ausspucken musste. Sie reichte mir noch ein Stück Brot, was ich mühevoll herunterschlang.

»Wir kommen bald wieder, versprochen.«, hörte ich sie sagen, ehe ich einen warmen Kuss auf meiner Stirn spürte. Mehr bekam ich nicht mehr mit.

Die nächsten Nächte tauchten sie immer wieder heimlich bei mir auf. Manchmal auch nur Jae mit einem Mann, den ich irgendwo her kannte, aber in der Dunkelheit kaum wahrnehmen konnte. An einem Tag, als die Sonne hell in mein Zimmer schien, kam auch Hugh und stellte mir Wasser und eine Suppe ans Bett. Sein Blick war trotzdem kalt und verbittert. Ich wusste, dass er mir die Verpflegung nicht gab, weil er ein Herz besaß oder weil es ihm leid tat. Er konnte mich nicht sterben lassen. Was würden seine Wähler nur sagen?

Körperlich kam ich langsam wieder zu mir, seelisch war ich immer noch fort. Ich wusste nicht mehr, was passiert war, wusste nicht, warum ich hier lag oder wer ich war. Es war, als hätte ich mein Gedächtnis und jegliche Sinne verloren und vegetierte wie eine Verrückte in meiner Zelle der Psychiatrie. Wartete nur darauf, dass es endete. Was *es* auch immer war. Vielleicht diese Leere? Vielleicht die Verwirrung? Vielleicht auch mein Leben.

»Hey, Abby« Eine flüsternde Stimme weckte mich. Als ich die Augen öffnete - die Schwellung am Rechten war enorm zurückgegangen - erblickte ich Jae auf der Bettkante sitzen. Michael stand neben ihr und blickte auf mich hinab. Ihnen war beiden nicht zu Lächeln zumute, trotzdem bemühten sie sich, als ich sie erblickte.

Vorsichtig rappelte ich mich auf und setzte mich in die Senkrechte, dabei drehte sich für kurze Zeit alles.

»Mach langsam.«, flüsterte Michael und legte stützend seine Hände auf meine Schultern. Ich krallte mich an seine Arme, wobei mir ein paar Erinnerungsfetzen vor die Iris flogen. *Panik. Halt. Ein Anker.*

»Ich glaube, die Gehirnerschütterung ist noch nicht vorüber.«, hörte ich Jae leise zu Michael sagen.

Gehirnerschütterung? »Was?«, hauchte ich. »Was ist denn los?«

Sie blickten sich unauffällig an, pressten dabei beide die Lippen aufeinander. Dann wandte Jae sich wieder lächelnd an mich. »Hier, trink erstmal etwas.«

Ich leerte die Flasche Wasser innerhalb weniger Minuten. Zwischendurch aß ich immer wieder ein paar Löffel der Gemüsesuppe, die sie mir mitgebracht hatten. Als ich fertig war, fühlte ich mich etwas besser.

»Wie geht es dir?« Man konnte deutlich spüren, dass es Michael jegliche Überwindung kostete, mich dies zu fragen. Er fürchtete sich vor der Antwort.

Ich zuckte mit den Schultern. »Ich weiß nicht.«, flüsterte ich mit eingerosteter Stimme. »Wie viel Uhr haben wir?«

»Kurz nach eins. Hugh hat von unseren Besuchen nichts mitbekommen, keine Sorge.«

Ich blickte mich im Zimmer um, als könnte ich hier irgendwo die Antwort auf all meine Fragen finden. Doch ich fand sie nicht, weswegen ich mich wieder an die beiden wandte. »Wie oft wart ihr denn- Ich meine… wie lange liege ich hier schon?«

Die Stille, die nach dieser Frage herrschte, ließ mich zum ersten Mal wieder etwas spüren. Gänsehaut. Michael und Jae blickten sich angespannt an, unterhielten sich stumm darüber, wer die schreckliche Aufgabe bekam, mich aufzuklären. Michael nahm sie auf sich.

»Seit zehn Tagen. Du warst ziemlich weggetreten, dehydriert und hattest eine Gehirnerschütterung.«, erklärte er, dann bemühte er sich eines Lächelns. »Aber du siehst schon wieder viel besser aus.«

Ich kniff die Augen zu Schlitzen, versuchte mich angestrengt an die letzten Tage zu erinnern. Ich wusste, neben den beiden und Hugh war da noch eine andere Person gewesen, die mich besucht hatte. Nur wer? Alles war verschwommen?

»Wer war hier?«

Jaes und Michaels Blicke tunkten sich in Verwirrung. »Was meinst du, Schatz?«, fragte Jae und nahm meine Hand.

»Ich kann mich erinnern, dass ein paar Mal jemand bei euch war. Wer war das?«

Diesmal warteten sie nicht mit der Antwort. »Fred Ayres. Er hat sich bereit erklärt, heimlich nach dir zu sehen, dir Medikamente gegeben, damit es dir besser geht.«

»Jake meinte, ihn zu dir zu schicken, war das Mindeste, was er tun konnte.« Michaels Blick tunkte sich in Wut. Enttäuschte Wut. »Er sagt, sein Dad hätte seit mehr als zehn Jahren nicht mehr das Grundstück verlassen.«

Jake. Erinnerungsfetzen kamen mir ins Gedächtnis. Da war ein Boot und jemand, der mich im Arm hielt. Es war Jake. Er gab mir einen Kuss auf die Schläfe und auf die Lippen und hielt mich im kühlen Wasser fest. Ich lachte, ich war glücklich und unbeschwert gewesen, hatte vertraut und geliebt. *Geliebt.*

Da war noch irgendetwas, was noch nicht zu mir zurückgefunden hatte. Wo war Jake? Wie waren wir verblieben? Ich konnte mich nicht erinnern. *Verdammt!* Warum konnte ich mich nicht erinnern?!

»Abby, ruhig atmen!« In meiner Verzweiflung hatte ich kaum mitbekommen, wie schnell mein Herz plötzlich am Rasen war. Auch meine Atmung beschleunigte sich, weil mich die Ungewissheit plagte. Ich wusste, da war etwas, was ich tun musste. Nur was?

»Was ist passiert?«, fragte ich panisch. Michael und Jae öffneten beide den Mund, sagten aber nichts. »Bitte, ich muss wissen, was passiert ist! Was ist mit Jake?«

Michaels Blick wurde stählern, dann mischte sich Sorge und Trauer dazu. Für kurze Zeit sah ich Wasser in seinen Augen schimmern, doch er drehte sich zum Fenster und nahm mir damit die Möglichkeit, ihm in die Augen zu sehen.

»Jae, bitte!« Ich griff nach ihrer Hand und rüttelte an ihr. »Ich fühle mich so leer, weil ich nicht weiß, was passiert ist!«

»Jake war hier.« Michael ließ den Blick nicht vom Geschehen außerhalb des Fensters ab, sprach einfach vor sich ins Leere. Er schluckte, ehe er fortfuhr. »Er ist an Hughs Wahlparty hier aufgetaucht, weil er die bestellten Langusten gebracht hat. Hugh hat euch erwischt.«

Jetzt fiel es mir wie Schuppen von den Augen. Ich sah ihn deutlich vor mir. Erkannte deutlich, wie er in der Tür zum Salon gestanden, wie ich meine Geige zurück in mein Zimmer gebracht hatte und wie er mir gefolgt war.

Jetzt spürte ich wieder etwas. Die Überraschung, ihn gesehen zu haben. Die pure Freude, ihn bei mir gehabt zu haben und küssen zu können. Und die Angst. Die Angst erwischt zu werden und ihn zu verlieren.

Hugh war reingestürmt und ich war in eine Schockstarre gefallen, hatte Panik bekommen, jeden abgewiesen, der zu mir wollte. Einschließlich Jake.

»Es tut mir leid, Abby!« »Abby, ich bin es!« »Ich wollte das nicht!« »Ich liebe dich doch!«

Er liebte mich. Wie hatte ich das vergessen können? Wie hatte ich ihn abweisen können?

Ich erinnerte mich weiter. Erinnerte mich, dass Hugh nach Stunden, als die Party vorüber war, zu mir hochgekommen war. Er hatte mich beleidigt, mich geschlagen, wie er es noch nie getan hatte, und mir den Tod gewünscht.

»Hat er ihn verletzt?«, fragte ich panisch, woraufhin Michael den Blick zurück zu mir wandte. Angespannt zuckte er mit dem Kiefer.

»Nein«, meinte er. »Aber ich hätte ihm am liebsten eine reingehauen.«

»Michael« Jae schüttelte enttäuscht den Kopf, doch er ignorierte sie.

»Schau doch nur, was er angerichtet hat.« Tränen strömten in seine Augen, als er die Hand hob und sie auf mich richtete.

»Er hätte besser aufpassen müssen. Ich habe ihm gesagt, dass er unsichtbar bleiben soll!«

Vorsichtig rappelte ich mich auf und zog mich an die Bettkannte. Dann ergriff ich Michaels Hand und zog ihn neben mich. Verzweifelt krümmte er sich in meiner Umarmung zusammen, schluchzte aufgebracht und hilflos.

»Ich hatte so Angst. Ich dachte, du-«

»Shh«, machte ich, um ihn zu unterbrechen und strich ihm über den Rücken. Mittlerweile weinte auch Jae, weswegen ich ihr meine Hand reichte und sie einmal fest drückte.

»Mir geht es gut.«, log ich. »Ich bin eine Kämpferin.« Das war keine Lüge.

Allmählich wurde er wieder ruhiger, löste sich dann aus meinem Arm und lehnte sich zurück an die Wand.

»Ich habe Hugh gesagt, dass ich dich weiterhin sehen möchte.«, begann er schließlich dumpf. »Er hatte sich tausend Mal für dich und Jake entschuldigt, meinte, er könne verstehen, wenn ich dich nun verabscheuen würde.« Schließlich schmunzelte er traurig. »Wie soll ich dich verabscheuen können? Du bist doch meine kleine Abby.«

Endlich konnte auch ich wieder lächeln. Zu wissen, dass er bei mir blieb, egal was ich ausheckte, gab mir so viel Sicherheit und Kraft.

»Ich bleibe auch, Abby.«, sagte Jae. »Ich bleibe bei dir, bis das alles rum ist.«

Eine Träne aus Freude und Wehmut zugleich rollte über meine Wange. Ich war ihnen dankbar, gleichzeitig hatte ich mir für sie immer ein besseres Leben gewünscht. Eines ohne Sorgen.

»Jake braucht dich auch.« Ich richtete mich an Michael, doch dieser erstarrte nur verbittert. »Ich weiß, du bist wütend. Aber er wollte das doch alles nicht! Bitte, Michael. Bitte sag ihm, dass ich ihn auch liebe und dass ich ihn sehen möchte.«

»Wie willst du ihn sehen, Abby?«, fragte er aufgebracht und sprang vom Bett auf. »Das ist unmöglich! Hugh wird ausrasten! Ich will dich nicht nochmal so sehen!«

»Ich finde schon eine Lösung!«, sagte ich felsenfest. »Ich *muss* ihn wiedersehen! Und ich werde nicht aufhören, dafür zu kämpfen! Es ist mir egal, was Hugh tut!« Das war es mir komischerweise wirklich. Plötzlich war es, als würde Hugh mir mit jedem Schlag nur noch mehr Kraft verleihen. Bevor ich Jake gekannt hatte, war es anders rum. Ich verlor meine Stärke, verlor meinen Lebenswillen, verlor meine Motivation. Doch jetzt und hier merkte ich, dass ich nicht aufgeben wollte. Ich *konnte* nicht!

»Mir aber nicht!« Aufgebracht raufte er sich die Haare. »Mir ist es nicht egal, wenn er dich fast zu Tode schlägt! Du bist mir nicht egal, Abby!«

»Michael, bitte.« Hilfesuchend blickte ich zu Jae, doch diese starrte nur besorgt auf den Boden. Ich spürte, dass sie hin- und hergerissen war, meiner Bitte nachkommen wollte, aber auch Michael verstand.

»Nein, nein. Ich kann das nicht. Ich werde nicht unterstützen, dass du nochmal in solche Schwierigkeiten gerätst.«

»Du willst mich nicht unterstützen, mein Glück zu finden?«, drehte ich seine Frage um.

»Nicht, wenn du dafür durch die Hölle gehen musst.«

»Ich *lebe* in der Hölle!«, entgegnete ich ihm wild fuchtelnd, wodurch mir etwas schwindelig wurde. »Und aus dieser Hölle möchte ich ausbrechen.«

Er öffnete den Mund, blieb aber stumm, weil er nicht wusste, was er sagen sollte. Eine feste und starke Entschlossenheit erfüllte mich. Ich hatte den Tod besiegt, hatte die Schmerzen besiegt und war dadurch nur noch stärker geworden. Egal, was da noch auf mich zukommen würde, ich wusste, dass es mir nichts anhaben konnte. Meine Entscheidung stand fest.

»Michael, ich verstehe dich. Ich weiß, dass du nur das Beste für mich willst.«, begann ich dann nochmal ruhig. »Aber hast du nicht gesehen, wie glücklich ich war? Siehst du nicht diesen Lebenswillen in mir? Jake hat ihn mir wiedergegeben. Ich brauche ihn. *Er* ist das Beste für mich.«

Michaels Blick wurde weicher, dann setzte ein melancholisches Nicken ein und er wandte den Kopf zum Fenster. Erst jetzt spürte ich warme Tränen in meinen Augen zittern, die nur darauf warteten, losgelöst zu werden. Sie entstanden aus der Vorstellung, mein Leben lang hier bleiben zu müssen und Jake zu verlieren, nur damit ich nicht zu Schaden kam. Doch genau das würde passieren. Ich würde hier eingehen, ich würde alles verlieren, was mich ausmachte. Ich hatte die Süße des Lebens gekostet, die Süße der Liebe, und genau deshalb wusste ich, dass es sich lohnte zu kämpfen.

»Mit oder ohne deine Hilfe.«, fuhr ich entschlossen fort. »Ich werde hier raus kommen und ich werde bei Jake sein.«

Michael hatte sich bereit erklärt, Jake einen Brief von mir zu überreichen, in dem ich ihm schrieb, dass ich ihn ebenso liebte. Er machte sich sicherlich schreckliche Sorgen. Ob Michael ihm auch wirklich den Brief gab, war ich mir nicht so sicher. Er machte sich Gedanken um mich, wollte mich beschützen. Die nächsten Tage tauchte er nicht bei mir auf und ich wurde langsam ungeduldig. Auch Jae konnte mir leider nicht viel Auskunft geben, als sie mir nach fast zwei Wochen endlich mal wieder beim Duschen half. Michaels und ihre Beziehung litt ebenfalls unter dem Drama, was sich auch mein Leben nannte. Sie meinte, Michael hätte die letzte Zeit nicht viel gesagt, wollte nicht reden und wäre sehr in sich gekehrt gewesen. Ich hoffte inständig, dass bald alles wieder gut werden würde. Wenigstens für die beiden.

Nach meiner Dusche kehrte ich zurück in mein Zimmer. Jae half mir beim Anziehen, wobei ich das erste Mal seit langem wieder einen Blick in den Spiegel warf. Ehrlich gesagt, hatte ich mich davor gefürchtet, mich wieder so zerbrochen zu sehen. Doch als ich die Schwellungen und die dunklen Ringe unter meinen Augen sah, sah ich mir zum ersten Mal nicht mit Ekel entgegen. Zum ersten Mal war da ein Gefühl, von dem ich niemals geglaubt hätte, dass es in mir existieren könnte. Ich traute mich kaum, es auszusprechen… doch irgendwie war ich stolz.

Stolz darauf, wieder aufgestanden zu sein, nachdem ich so viel hatte durchmachen müssen. Stolz darauf, weitermachen zu wollen. Stolz darauf, endlich einen Lebenswillen inmitten der Hölle gefunden zu haben.

Jae knöpfte mein Kleid am Rücken zu. Erst jetzt fragte ich mich, warum ich mich überhaupt zurecht machte. Den Tag über würde ich doch sicherlich wieder nur im Bett verbringen. Wozu der Aufriss also?

»Ist sie fertig?« Hugh tauchte im Türrahmen auf und musterte mich angewidert. Als normalen Reflex senkte ich den Blick, so wie ich es immer getan hatte. Ich machte mich kleiner, schwächer und versank in Angst. Im nächsten Moment merkte ich aber, dass da gar keine Angst in mir schlummerte.

»Decken Sie ihr die Augenringe ab. Sie sieht ja schrecklich aus.«, spuckte er Jae entgegen, die nur nickte. »Ihr Professor kommt in einer viertel Stunde.«

Fassungslos hob ich den Blick. Wie von selbst drückte sich meine Brust hervor und mein Kinn schnellte in die Höhe. Ich machte mich größer, baute mich selbstbewusst vor ihm auf und warf ihm denselben angewiderten Blick zu, den er mir schenkte. Wenn ich ihn ansah, sah ich nicht mehr den furchteinflößenden Onkel, den ich mit meiner Existenz maßlos enttäuschte. Nein, ich sah nur den Mann, der mir Jake genommen hatte, den Mann, der Michaels und Jaes Leben ebenso erschwerte, - und das verlieh mir so viel Wut.

Hugh merkte den wütenden Ausdruck in meinem Gesicht, kurz bevor er sich umdrehen und nach unten verschwinden wollte. Erwartungsvoll hob er die Brauen. »Möchtest du etwas sagen?«, presste er angespannt hervor. Die alte Abby hätte sich zusammengekrümmt und aufgeregt den Kopf geschüttelt, unmöglich sich zu bewegen oder etwas zu sagen. Doch hier stand ich nun, trat noch einen Schritt auf ihn zu und stellte mich.

»Meine Augenringe werden nicht abgedeckt und ich werde auch nicht am Unterricht teilnehmen.«, begegnete ich ihm so angespannt, dass für kurze Zeit verwirrte Überraschung über sein Gesicht huschte. Als Jae zischend den Atem einsog, kehrte die Wut in ihm zurück.

Hastig trat er einen Schritt vor und hob seinen Finger. Ich blieb stehen, zuckte nicht und rührte mich nicht. »Dass du es wagst, nach allem, was du angerichtet hast, so noch mit mir zu reden.«

Gleichgültig zuckte ich mit den Schultern. Bei dem Satz, der nun über meine Lippen flog, zuckte die ängstliche Seite in mir kurz zusammen. Doch ich konnte sie erfolgreich beiseiteschieben.

»Wie spricht man denn mit einem Gewalttäter?«, fragte ich und trat ebenfalls einen Schritt vor. »Wie spricht man denn mit jemandem, der Kinder gewalttätig missbraucht?«

»Miss, ich-« Jae wollte mich aufhalten, weil sie wusste, was meine Worte anrichten würden. Ich wusste es auch, doch das störte mich nicht. Mich konnte nichts mehr erschrecken!

Aus Hughs Nasenlöchern konnte man den heißen Dampf förmlich herausströmen sehen. Er kräuselte die Lippen und schnaufte wie ein Stier. Eine Zeitlang zappten seine Augen zwischen den meinen hin und her, so überrumpelt war er von meinem Angriff. Doch dann hob er die Hand und gab mir eine schallende Backpfeife.

Mein Kopf folgte seiner Hand und fuhr zur Seite. Kurze Zeit kniff ich die Augen zusammen, weil der stechende Schmerz auf meiner Wange nicht nur auf meiner Haut blieb. Auch mein Schädel meldete sich, und die vielen Blutergüsse im Gesicht. Und doch verlieh der Schmerz mir nur noch mehr Stärke. Ich richtete mich wieder auf, begradigte meinen Kopf und verhöhnte ihn mit einem so schrecklich angewiderten Kopfschütteln, wie ich es von mir niemals erwartet hätte.

»Du kannst mich von mir aus zu Tode schlagen«, begann ich, ehe ich noch einen Schritt vor trat und er dadurch zurück taumelte. Für kurze Zeit flitzte überrumpelte Furcht durch seine Augen. »das wird mich auch nicht mehr dazu bringen, mich zu meinem Professor zu setzen, ein lächerliches Lächeln beim Essen zu zeigen oder mich von Jake fernzuhalten.«

Er schnaufte angeekelt. »Dieser Jake hat dir nichts zu bieten!«

»Ich *liebe* ihn! Und er liebt mich!« Bei diesen Worten sammelten sich Tränen in meinen Augen an. Tränen aus Wut und Tränen aus Sehnsucht.

Hugh legte den Kopf in den Nacken und lachte spottend. »Nur weil dieser Junge dir einmal aus dem Wasser geholfen hat, weil du zu blöde bist und hineinfällst, denkst du gleich, das zwischen euch ist Liebe? Du naives Kind! Du weißt nicht, was Liebe ist!«

»Von dir brauche ich mir das nicht sagen lassen!«, zischte ich. »Du besitzt keinen Funken Liebe in dir!«

Er ignorierte meine Beleidigung und ging weiter auf Jake ein. »Wahrscheinlich ist er gerade schon wieder bei einer anderen! Ich kenne solche Jungs! Sie haben nichts und suchen sich dann wohlhabende Frauen aus, um an ihr Geld heranzukommen!«

»So ist er nicht!« Die Wut in meinen Augen vermengte sich mit den vielen Tränen. Heiß liefen sie über meine Wangen. »Er hat kein Interesse an dem Geld!«

Er lachte, dann wurde er wieder ganz ernst. »Du wirst es sowieso niemals herausfinden.«, meinte er mit einem unangenehm ruhigen Ton, der jederzeit explodieren könnte. Als er einen Schritt vortrat, musste ich schlucken. Ich ahnte, was er zu sagen hatte. »Denn du wirst ihn nie wiedersehen!«

Der Kloß in meinem Hals vergrößerte sich auf das Dreifache innerhalb nur weniger Sekunden. Es war nichts Neues, was er mir erzählte. Dass ich Jake nie wiedersehen durfte, war mir schon die ganze Zeit klar gewesen. Trotzdem machten mich diese Worte aus seinem Mund so wütend, dass ich Schweißausbrüche bekam. Er hatte mir so vieles genommen, einschließlich mir selbst. Doch das machte ich nicht mehr mit. Ich ließ mir Jake nicht wegnehmen.

»Das kannst du vergessen!« Mit einem Ruck schubste ich ihn zur Seite. Damit hatte er nicht gerechnet. Als ich an ihm vorbei und aus meinem Zimmer lief, konnte man deutlich die Überrumpelung in seinem Blick erkennen. Er stolperte und fiel gegen meinen Schrank.

Während ich die Treppen hinunter rannte - fest entschlossen, meinen Weg zu Jake zu finden - hörte ich, dass Hugh seinen Ärger bei Jae auslassen wollte. Dann kam er mir hinterer.

»Abbigail Paula Wincester!«, brüllte er so laut, wie ich ihn noch nie gehört hatte. Einen Blick in den Salon verriet mir, dass die Angestellten alle ängstlich ihre Köpfe reckten. Doch in mir gab es keine Angst mehr. »Ich schwöre bei Gott, wenn du nicht sofort stehen bleibst, dann-«

Hugh war mir dicht auf den Fersen. Ich wusste gar nicht, dass er so schnell war. Gut, woher auch? Schließlich hatte ich es noch nie drauf ankommen lassen, dass er mir hinterher rennen musste.

Wir erreichten fast zeitgleich die Eingangshalle und die letzten Meter zur Tür legte ich nochmal einen besonders schnellen Sprint ein. Doch es nützte nichts, die Tür war verschlossen. In dem Moment, in dem ich es realisierte, packte Hugh mich auch schon von hinten und hielt meine Arme in seinem starken Griff. Ich zappelte und schrie wie eine Furie, setzte damit wahrscheinlich das ganze Haus in Angst und Schrecken. Doch Hugh ließ nicht los, schleifte mich zurück ins Innere. Ich war im vollkommenen Tunnelblick, fühlte mich, als würde ich gerade zum Werwolf mutieren. Im ersten Stock entdeckte ich Jae, die sich erschrocken die Hand vor den Mund hielt und unfähig war, irgendetwas zu sagen oder zu tun. Was sollte sie auch tun? Schließlich wollte sie wie Michael nicht noch mehr Schaden anrichten.

»So habe ich dich nicht erzogen!«, spuckte er mir ins Ohr, woraufhin ich mich noch mehr windete.

»Doch genauso hast du mich erzogen!«, brüllte ich durchs Haus. »Ich wurde von einem Monster großgezogen!«

Hugh schnaufte erschöpft, weil ich es ihm wirklich nicht leicht machte. Er schleppte mich mühsam in Richtung Abstellkammer. In mein Zimmer die Treppe hinauf würde er mich nicht kriegen. Stattdessen ließ er nun eine Hand von mir ab, um die Türklinke zu betätigen. Den Moment nutzte ich, um mich zu lösen. Mühevoll drehte ich mein Handgelenk aus seinem Griff, doch er packte mich und drückte mich zurück an die Wand.

»Du kannst mich einsperren, du kannst mich verprügeln und mir Vorschriften machen«, spuckte ich ihm angewidert ins Gesicht. »Aber ich werde niemals aufhören, gegen dich anzukämpfen! Niemals! Und sei es mein Leben lang!«

Sein Blick veränderte sich eine Zeitlang. Sah ich da Furcht in seinen Augen? Wenn seine Zukunft mit mir so aussah wie nun, dann wollte er sie nicht, das wusste ich. Er wollte, dass ich höflich Ja und Amen sagte. Er wollte, dass ich meine Hausaufgaben machte und mit Michael zusammenkam. Er wollte, dass ich ihm keinen Ärger machte und seine Wähler ihn für einen liebevollen Onkel hielten, der seiner Nichte Manieren beigebracht hatte. Doch das würde er von mir nicht bekommen. Nicht mehr.

Sein erschöpftes und bangendes Gesicht verschwand. Nun kam die Wut zurück. Die Wut auf mein Verhalten, meine Beleidigungen, auf Jake und wahrscheinlich nun auch darauf, dass er ernsthaft für kurze Zeit Angst bekommen hatte.

Er fackelte nicht lang, packte meinen Kopf und schlug ihn gegen die Wand.

»Nein!«, hörte ich irgendwo weit entfernt Jae rufen, als kleine bunte Blitze vor meine Iris flogen und ich das Gleichgewicht verlor.

Diesen Moment, in dem ich entwaffnet war, nutzte er und warf mich in die Besenkammer. Das nächste, was ich wahrnahm, war der laute Knall der Tür und die Dunkelheit, die mich umgab.

Ehe ich meine Sinne verlor und erschöpft auf einen alten Wischmopp sank, hörte ich meine eigene Stimme im Inneren.

»Ich werde niemals aufhören, gegen dich anzukämpfen! Niemals!«

Das würde ich nicht. Sobald ich mich erholt hatte, machte ich mich auf in den nächsten Kampf.

Kapitel 31

März 2002

Die Sonne geht schon langsam unter und ich sitze immer noch auf dieser Parkbank am Eingang des Friedhofes. Gedankenversunken starre ich hinein, traue mich aber nicht, aufzustehen und rein zu laufen. Den Tag habe ich mit nervösem Auf- und Ablaufen verbracht. Der Friedhof ist einer der wenigen neutralen Orte in Saint Marys, - naja so halb. Jedenfalls verbinde ich keine Erinnerungen an Hugh, David und Jake mit diesem Ort, außerdem tummeln sich hier kaum Menschen, die mich ansprechen oder erkennen könnten. Wenn dort nicht ein bestimmter Grabstein mit einem bestimmten Namen auf mich warten würde, wäre dieser Ort also eigentlich wirklich relativ neutral.

Ein penetrantes Vibrieren in meiner Jackentasche lässt mich zusammenzucken. Genervt fische ich mein Handy hervor und drücke Danas Nummer seufzend weg. Jetzt nicht. Später nicht. Am besten gar nicht. Ich weiß, dass ich früher oder später ihre Anrufe entgegennehmen muss, aber gerade ist mir wirklich nicht zum Reden zumute. Mein Blick fällt auf die Uhranzeige. Wir haben schon kurz vor sechs und mein Magen knurrt. Eigentlich quartiere ich mich ungern wieder bei

Michael und Jae ein, doch Alpha ist noch dort und wenn ich ihn abhole, findet Jae sowieso heraus, dass mein Auto noch nicht fertig ist. Dann lässt sie mich nicht mehr gehen.

Ich fahre mir mit der Hand übers Gesicht, ehe ich ihre Nummer wähle. Zwei Nächte. Das bekomme ich schon hin, schließlich habe ich schon ganz andere Sachen überlebt.

»Abby?« Meinen Spitznamen aus ihrem Mund zu hören, fühlt sich an, als wären wir niemals getrennt gewesen. »Alles in Ordnung?«

»Ja… nein« Ich seufze. »Mein Auto ist angeblich erst am Mittwoch fertig und ich-«

»Wo bist du?«, schneidet sie mir das Wort ab. Im Hintergrund höre ich schon ihre Schlüssel klimpern. »Ich muss sowieso nochmal zur Apotheke, dann kann ich dich abholen.«

Ich verziehe eine wehleidige Grimasse. »Beim Friedhof.« Meine Stimme gleicht einem Flüstern. »Also vorm Friedhof.« Sie soll nicht denken, dass ich drinnen war. Sie soll mich nicht darauf ansprechen. Ich habe keinen Kopf, darüber zu sprechen.

»Okay, bin in zehn Minuten da. Bis gleich!«, meint sie fröhlich, als würde sie mich lediglich vor einer unbedeutenden Eisdiele aufsammeln. Etwas verdutzt nehme ich das Telefon vom Ohr und blicke auf ihren Namen, der kurz darauf vom Bildschirm verschwindet, weil das Telefonat beendet ist. Seit wann kann sie Gefühle und Sorgen so gut verstecken? Eigentlich habe ich erwartet, dass sie seufzend nach mir fragen würde, wie es mir geht und ob ich Okay bin. Doch die letzten Jahre scheint sie gut darin geworden zu sein, Gefühle zu verheimlichen. Ob ich das auch bin?

Jae ist pünktlich und das obwohl sie die Mädchen noch zum Sport gebracht hat. »Jazzdance«, erklärt sie, als ich einsteige. »Die beiden lieben es. Du musst sie mal zuhause erleben. Sie rennen den ganzen Tag im Tutu herum und fühlen sich wie tanzende Elfen.«

Ich muss schmunzeln, als ich mir den Gurt anlege. Getanzt habe ich selbst lange nicht mehr. Das letzte Mal trug ich Rollschuhe unter meinen Füßen. Ich schlucke bei dem Gedanken an diese Erinnerung und schüttele unauffällig den Kopf.

»Sie sind wirklich total süß.«, antworte ich und zwinge mich zu einem Lächeln. Ob meine Tochter, wenn ich eine gehabt hätte, auch tanzen würde? Oder würde sie lieber ein Instrument spielen? Surfen gehen? Oder zeichnen…?

»Ach, sie können auch ganz schöne Monster sein.«, lacht sie, woraufhin ich ihren Blick überprüfe. Wirkt sie überfordert mit den Kindern? Nein, ganz im Gegenteil. Man kann deutlich erkennen, wie glücklich sie ist.

»Es freut mich, dass ihr so glücklich seid.« Ihr Blick schnellt von der Straße kurz zu mir rüber. Das Glück in ihrem Blick lässt kurz nach, dann zuckt sie mit den Schultern.

»Das war nicht immer so«, haucht sie. »Aber wir sind auf einem guten Weg.«

Ich mustere ihr Profil und frage mich, ob ich der Grund gewesen bin, weshalb sie es schwierig gehabt haben. Doch ich kenne die Antwort bereits.

»Geht es Michael auch gut?«

Sie presst die Lippen aufeinander, nickt aber trotzdem. »Eigentlich schon.« *Eigentlich.* »Bitte nimm dir seine Launen nicht ganz so zu Herzen. Er hatte es, nachdem du weg warst, wirklich nicht einfach. Das kam bei ihm wahrscheinlich nochmal hoch, als wir dich gestern getroffen haben. Wir sind aber wirklich beide total froh, dass du bei uns bist, Abby!«

Ihre Hand sucht die meine und drückt sie einmal liebevoll. Ich erwidere den Druck und schenke ihr ein Lächeln, auch wenn ich weiß, dass sie mir diese Lüge nur auftischt, um mich glücklich zu machen. Nach 18 Jahren hat sie immer noch Angst, dass mir etwas zustößt, ich verletzt werden könnte oder nah am Wasser gebaut bin. Doch diese Zeiten sind vorbei.

»Ich wollte ihn nie verletz-«

»Das weiß er!«, beruhigt sie mich, bevor ich meinen Satz beenden kann. »Das wissen wir alle! Wir haben uns aber trotzdem natürlich immer gewünscht, dass es anders gekommen wäre, dass du bei uns geblieben wärst. Das ändert aber nichts daran, dass wir dich nicht verstehen konnten.«

Angespannt presse ich die Lippen aufeinander und antworte nicht mehr. Obwohl ich noch so viel auf der Zunge liegen habe, obwohl ich ihr so gerne erklären würde, wie es mir damals ergangen ist. Wie es mir die letzten Jahre ergangen ist. Doch ich glaube, dass weiß sie bereits

»Er hatte es einfach wirklich nicht leicht nach dem Unfall.«, fährt sie fort, weil ich immer noch keine Antwort gegeben habe. »Er… naja, ich will ihm da nicht vorgreifen. Das sollte er dir selber erzählen.«

Wenn er mit mir reden würde, gebe ich in Gedanken zurück, lächle ihr dann aber zu und nicke. Am besten reden wir gar nicht mehr über die Vergangenheit, lassen dieses Thema ruhen und am besten haue ich in zwei Tagen wieder genauso feige ab wie damals und verstecke mich vor meinen Gefühlen. Klingt doch gut.

Bei den Woods angekommen, kommt Alpha mir schwanzwedelnd entgegen und springt an mir hoch. Obwohl ich ihn erst gestern auf der Straße aufgegabelt habe, wirkt es, als seien wir schon seit Jahren unzertrennlich. Er scheint mir sehr dankbar zu sein, ihn gerettet zu haben. Ich bin ihm ebenso dankbar, in dieser Zeit an meiner Seite zu sein. Auch wenn ich keinen blassen Schimmer habe, wie ich das in Zukunft handhaben soll. In meine Wohnung dürfen keine Haustiere -

aber die wird mir ja sowieso bald weggenommen. Zudem habe ich kaum Geld für Futter oder andere Pflegeartikel übrig. Dann landen wir halt zu zweit auf der Straße und werden eines dieser Hund-und-Hundehalter-Bettelpärchen. Wenigstens bin ich dann nicht alleine.

Wie aufs Sprichwort fängt mein Handy wieder an zu vibrieren. Die einzige Geldquelle, die mich von diesem Schicksal bewahren könnte, taucht auf dem Display auf. Ich stöhne laut auf. Lange kann ich ihr nicht mehr aus dem Weg gehen.

»Alles in Ordnung?« Jae räumt die Medikamente in den Küchenschrank, die sie bei der Apotheke gekauft hat. Als sie mein Seufzen hört, dreht sie sich erschrocken um.

Ich hebe mein Handy. »Ja, ist nur meine Agentin. Ich versuche, ihr aus dem Weg zu gehen.«, antworte ich und runde die harte Message mit einem Schmunzeln ab.

Jae erwidert das Lächeln, dann wendet sie sich zurück an ihre Einkäufe. »Diese Dinger können schon nerven. Meins klingelt auch durchgehend. Mal ist es der Kindergarten, mal Michael, mal meine Eltern oder die Nachbarn. Viel zu viele Menschen rufen bei mir an.«

»Ja, kenne ich.«, lüge ich und verheimliche ihr dabei bewusst, dass ich in meinem Handy nur genau zwei Kontakte eingespeichert habe: Dana und mein Vermieter. Und die sind auch nur da drin, damit ich weiß, wer anruft und ich ihnen aus dem Weg gehen kann. Mehr Menschen gibt es leider nicht in meinem Leben. Nicht mehr.

»So ganz angefreundet habe ich mich sowieso noch nicht mit den Dingern.« Als ihre Einkäufe sicher im Schrank verstaut sind, packt sie die Tüte und verfrachtet sie unter der Spüle. Dann deutet sie auf die Kaffeemaschine, woraufhin ich ihr erfreut zunicke. Die Nacht werde ich sowieso nicht schlafen können, daran wird das fehlende Koffein auch nichts mehr ändern.

»Stell dir nur vor, immer erreichbar zu sein.«, lacht sie und befüllt den Filter mit Kaffeepulver. »Gut, in manchen Situationen kann es hilfreich sein.«

Nickend schweifen meine Gedanken zurück in meine Jugend. Während ich das schwere Telefon in meinen Händen betrachte, frage ich mich, wie es gewesen wäre, hätte es diese Erfindung schon damals gegeben. Jake und ich hätten keine Briefe schreiben müssen, wir hätten uns SMS geschickt oder telefoniert, und Michael und ich hätten während unserer Treffen immer in Kontakt bleiben können. Es wäre einfacher gewesen, das stimmt, aber wäre es dadurch auch schöner gewesen? Jakes und mein Briefaustausch war etwas Besonderes. Das ungeduldige Warten auf die Antwort, das aufregende Adrenalin, nicht zu wissen, ob es unsere letzte Begegnung sein würde. All diese Dinge hätte ein blödes Handy nicht schöner machen können. Auch wenn das Ende ganz und gar nicht schön war.

»Krass, wie schnell die Technik rast, nicht?« Jae lässt sich mir gegenüber nieder, nachdem sie mir die Tasse Kaffee in die Hände gedrückt hat. In ihrem Gesicht liegt ein Blick, als wüsste sie genau, was in meinem Kopf vorgeht. Als hätte sie dasselbe gedacht. »Jetzt werden ja sogar Handys mit integrierter Kamera hergestellt. Man kann Fotos machen und sie sofort verschicken. Stell dir nur vor, das hätte es bei uns-«

In dem Moment klackt das Schloss der Haustür und ein Schlüssel wird umgedreht. Jae reckt den Hals, um in den Hausflur hinter mir zu schauen. Ich bleibe mit gesenktem Kopf sitzen, weil ich weiß, dass es Michael ist und ich seinen Blick, wenn er realisiert, dass ich immer noch da bin, nicht sehen möchte. Als die Tür geöffnet wird, ertönt lautes

Gekicher der zwei Mädchen und ihre leichten hastigen Schritte.

»Michael, du bist schon da?« Jae steht verwundert auf und läuft in den Flur. Ich lausche hinter mich, rege mich aber weiterhin nicht.

»Mamaaa!«, rufen Mia und René im Chor und als Jae erschöpft schnauft, weiß ich, dass die beiden sich auf sie geschmissen haben. Alphas Bellen ist irgendwo dazwischen. Bei dem Chaos muss ich irgendwie schmunzeln.

»Die beiden wären doch eigentlich nach dem Tanzen noch mit zu Scarlett gegangen?«

»Ich dachte mir, wir essen heute Abend mal wieder alle gemeinsam.« Eine Tüte raschelt. »Ich habe eingekauft.«

Michaels Stimme klingt fröhlich und erleichtert. Sie hat einen ganz anderen Ton als den, den er bei mir an den Tag legt. Einen vertrauteren Ton. Den Ton, den er damals auch gehabt hat.

»Großartige Idee«, meint Jae und klatscht in die Hände. »Was hältst du davon, Abby? Du bist keine Vegetarierin, oder?«

»Was meinst du mit Abb-« Michaels Stimme klingt erst verwundert, dann bricht sie angespannt ab, als ich höre, dass er ein paar Schritte aus dem Hausflur tritt und mich erblickt. Langsam drehe ich mich um, lasse den Blick aber gesenkt. Als ich zu ihm hochsehe, schaut er mich schon gar nicht mehr an.

»Klingt gut.«, lüge ich und zwinge mich zu einem Lächeln. Jae stimmt mit ein. Alpha stimmt mit ein. René und Mia stimmen mit ein.

Nur Michael nicht.

Ich weiß nicht, wann ich das letzte Mal gekocht habe. Wenn ich überhaupt etwas esse, dann fällt die Wahl meistens auf billiges Fastfood, weil ich weder Geld für große Einkäufe noch

Zeit oder überhaupt eine große Auswahl an Küchenutensilien zu bieten habe. Dass das Essen aber oft auch ganz ausfällt, sieht man mir deutlich an. Manchmal vergesse ich es einfach.

Michael schnippelt Zwiebeln neben mir, ich kümmere mich um das andere Gemüse. Jae ist vor einigen Minuten in den ersten Stock die Kinder waschen gegangen. Jetzt, wo sie weg ist und die Stimmung nicht mehr auflockert, fühlt sich der Raum unheimlich bedrückend an. Ich schiele zu Michael rüber, doch sein Blick ist starr auf die Zwiebeln gerichtet.

»Die Werkstatt ist leider nicht schneller fertig.«, meine ich, weil ich das Gefühl habe, mich erklären zu müssen. Seit er hier aufgetaucht ist, hat er kein einziges Wort mit mir gewechselt. Meine Stimme ist nur ein Flüstern. Irgendwie fühle ich mich wieder so klein, so ungewollt wie damals. »Ich weiß, du fändest es besser, wenn ich schon weg wäre. Leider geht das erst Mittwoch und ich versuche, so unauffällig wie möglich zu sein. Ich weiß eure Gastfreundschaft auf jeden Fall zu schätzen.«

Sein hektisches Messer stoppt. Eine Zeitlang starrt er auf seine Hände, dann legt er das Messer weg und stützt sich mit geschlossenen Augen auf die Arbeitsplatte, ehe er sich zu mir umdreht. Sein Blick wird ein Stückweit weicher.

»Ich habe nichts dagegen, dass du hier bist.«, antwortet er mit einem Seufzen, was mich etwas stutzig macht. Verwirrt lege ich den Kopf zur Seite.

»Was ist es dann-«

»Das riecht ja schon herrlich!« Jae kommt mit den Zwillingen die Treppe hinunter. Sofort weitet sich der Raum und füllt sich mit Stimmen und Getrampel.

Michaels Blick verharrt eine Zeitlang auf mir, dann lächelt er seiner Frau zu und drückt ihr einen Kuss auf die Stirn. Als er sich zurück zum Topf umdreht, weiß ich, dass dieses Gespräch beendet ist. Hoffentlich können wir es an einer anderen Stelle fortführen.

Wo ich zu Beginn doch so auf Abstand gewesen bin, was Konversationen und Kontakt zu alten Bekannten angeht, möchte ich nun irgendwie umso mehr wissen, was in Michael vorgeht. Was ich ihm angetan habe, dass er so schlecht auf mich zu sprechen ist.

Das Essen läuft besser ab als erwartet. Die Stimmung am Tisch ist dank Mia und René lustig und aufgeweckt. Michael und Jae werfen sich immer wieder heimlich verliebte Blicke zu, als wäre ihre Liebe nach so langer Zeit immer noch verboten. Obwohl Michaels Aussage und sein mittlerweile weicherer Blick mir dabei helfen, etwas entspannen zu können und mich nicht ganz so unwillkommen zu fühlen, merke ich doch immer mehr, dass ich hier nicht hingehöre. Mit den ganzen Erinnerungen, über die sie sprechen, kann ich nichts anfangen, denn ich bin kein Teil davon. Sie haben sie ohne mich gesammelt. Und ich weiß, dass ich mich darüber nicht beklagen darf.

»Du bist jetzt eine richtige Autorin, oder?«, fragt Jae irgendwann an mich gerichtet. Bei der Aussage muss ich mich zusammenreißen, das Wasser in meinem Mund nicht über den Tisch zu prusten. Zum einen, weil ich mit dem Kopf schon längst abgeschweift bin, zum anderen, weil der Gedanke, dass ich eine *richtige* Autorin bin, urkomisch ist. Traurig komisch.

»Naja« Ich schüttele meinen Kopf und verziehe das Gesicht. Michael durchforstet meinen Blick prüfend, als würde er herausfiltern wollen, was ich die letzten Jahre so gemacht habe. Schließlich richtet er ihn aber wieder zum Teller vor sich. »Als eine richtige Autorin würde ich mich nicht bezeichnen.«

»Sei nicht so bescheiden. Du hast ja sogar eine Agentin!«

Eine wütende Agentin. »Ich schreibe Kurzgeschichten.«, kläre ich sie auf. »Ein paar davon sind im Access Atlanta erschienen. Mehr gibt es von mir aber nicht.«

»Schreibst du auch Märchen?«, fragt Mia neugierig und lehnt sich über den Tisch.

Ich muss schmunzeln. »Nein, leider nicht.«

Sie seufzt. »Kannst du dir nicht eins ausdenken und uns erzählen? Als Gute-Nacht-Geschichte?«

»Oh ja, bitte, Abby!« Renés Augen beginnen zu strahlen. Bettelnd faltet sie die Hände und blickt mich mit ihren großen Kulleraugen an.

Ich verziehe mein Gesicht, weil ich redlich überfordert bin. Wie soll ich mir denn jetzt so plötzlich ein Märchen aus dem Ärmel angeln?

»Hast du das früher nicht öfters gemacht?«, fragt Michael, als er die Verzweiflung in meinem Gesicht sieht. »Einfach drauf los erzählt oder geschrieben? Ich erinnere mich, dass ich dich mal an Davids Bett sitzen gesehen habe und gehört habe, wie du ihm eine Geschichte erzählt hast, die du dir in diesem Moment ausgedacht hast.«

Angespannt presse ich die Lippen aufeinander. Seit 18 Jahren habe ich mit niemandem mehr über David und Jake gesprochen und jetzt kommen beide Themen an einem Tag zusammen. Wie soll ich das überleben?

»Das war mal.«, hauche ich und schlucke hörbar. Dann zwinge ich mich den Zwillingen zuliebe zu einem Lächeln. »Aber ich kann es versuchen.«

Vielleicht mache ich damit ja nicht nur den beiden eine Freude, sondern auch Michael. Und vielleicht redet er dann endlich richtig mit mir.

Nervös und frisch geduscht laufe ich im Gästezimmer auf und ab. Jae hat mir ein Nachthemd und Duschzeug von sich geliehen. Schließlich habe ich nur für eine Nacht gepackt, die ich planmäßig eigentlich in einem heruntergekommenen Motel irgendwo auf dem Weg wieder zurück nach Atlanta verbringen wollte. Zum Glück haben wir in fast allem dieselbe Größe. Während meine schmutzige Wäsche also gerade in der Waschmaschine herumgewirbelt wird, damit ich Mittwoch nicht mehr auf Jaes Klamotten angewiesen bin, werden auch meine Gedanken herumgewirbelt.

Zwanghaft versuche ich mir eine schöne Geschichte im Kopf zusammenzureimen. Irgendetwas, das ich David damals zur Aufheiterung am Krankenbett erzählt habe. Doch es ist alles wie ausgelöscht, die Erinnerungen sind weg, jegliche Inspiration erloschen.

Die Tür wird geöffnet, woraufhin die Stimmen von Mia und René, die hörbar ungeduldig ihre Mutter nach mir fragen, vom Kinderzimmer hereingeströmt kommen. Michael steht im Türrahmen und mustert meine Nervosität eine Zeitlang. Schließlich seufzt er und schließt die Tür hinter sich.

»Du kannst auch einfach nein sagen.«, meint er und zuckt mit den Schultern.

Ich schüttele den Kopf. »Nein, nicht nachdem ich gesehen habe, wie sehr sie sich freuen.«

»Sie haben unzählige Bücher.«, schmunzelt er und zuckt mit den Schultern. »Aber die kennen sie alle schon.«

Seufzend fahre ich mir über das Gesicht und lasse mich auf die Bettkante fallen. »Was soll ich ihnen denn erzählen, Michael?«

Ein andächtiges Lächeln zuckt über seine Lippen, verblasst aber sofort wieder. Eine Zeitlang schweigt er, blickt mich einfach nur durchdringlich an, bis er schließlich die Arme vor der Brust verschränkt. »Erzähl ihnen von dir.«

»Von mir?!« Meine Stimme ist lauter als geplant. Sofort ducke ich mich und lausche nach draußen. Hoffentlich hat niemand etwas gehört.

»Ja, von deinem Leben. Von Hugh.«

Ich schlucke. »Du bist verrückt, wenn du wirklich willst, dass ich ihnen von diesem gewalttätigen Mistkerl erzähle.«, presse ich angespannt hervor. »Willst du sie in Angst und Schrecken versetzen?«

»So meinte ich das nicht. Erzähl ihnen von einem Mädchen, das von einem Monster festgehalten wird und es schafft, dort auszubrechen. Wie ein richtiges Märchen.«

Spottend schnaufe ich einmal. »Tolle Geschichte.«

»Du weißt gar nicht, was für ein Vorbild du für junge Mädchen sein kannst.« Michaels Blick ist weich und hart zu gleich. Ich spüre, dass in ihm immer noch der stolze, fürsorgliche Junge steckt, dem ich wie eine Schwester ans Herz gewachsen bin. Trotzdem wirkt seine Haltung, als würde er mich verachten. Seine Worte schmeicheln mir, trotzdem weiß ich, dass dies nicht die Wahrheit ist. Nicht die ganze Wahrheit.

Ich bin kein Vorbild. Ich bin keine Heldin. Ich bin ein feiges, ängstliches Mädchen, das fortgelaufen ist, statt sich dem Monster zu stellen.

»Sie werden es lieben, glaub mir.«, fügt er hinzu und dreht sich zur Tür um, um sie zu öffnen. Dann verlässt er das Zimmer, ohne mich nochmal anzusehen und ohne noch etwas zu sagen.

Vollkommen verwirrt bleibe ich auf der Bettkannte sitzen und starre hinaus. Wieso bezeichnet er mich als Vorbild, zeigt aber trotzdem offenkundig, wie enttäuscht er von mir ist? Und wieso zur Hölle ist er so enttäuscht von mir?

Allmählich werde ich ungeduldig. Wenn Michael gar nicht mit mir geredet hätte, hätte ich das vielleicht noch so hingenommen. Aber das, was er an diesem Tag alles von sich gegeben hat, verwirrt mich so sehr, dass mich langsam Wut packt. Er soll verdammt nochmal ehrlich mit mir umgehen!

Aufgebracht schnellt mein Körper hoch und stapft aus dem Zimmer. Im Flur höre ich, dass Jae im Kinderzimmer bei den

Mädchen ist und sie beschäftigt, so lange sie auf mich warten. Doch ich folge Michael, der in die andere Richtung, die ins Erdgeschoss führt, gegangen ist. In der Küche drehe ich mich ein paar Mal um, luge ins Wohnzimmer und in den Flur, kann ihn aber nirgends entdecken. Bis mir die offenstehende Terrassentür auffällt und ich hinauslaufe.

Dort angekommen, sehe ich Michael mit einer Zigarette am Geländer stehen. Ich spüre genau, dass er mich bemerkt hat, trotzdem starrt er weiterhin in die dunkle Nacht hinein, als hätte er mich bereits erwartet.

»Warum sagst du das?«, frage ich ihn und versuche meine Stimme nicht allzu gekränkt klingen zu lassen. »Wieso sagst du, ich wäre ein Vorbild, wenn du doch offenbar so enttäuscht von mir bist?«

Ehe er sich zu mir umdreht, zieht er tief an seiner Zigarette und drückt sie schließlich im Aschenbecher aus. Dann dreht er seinen Kopf zu mir, mustert mich und wendet sich schließlich wieder ab.

»Wenn es nach mir gegangen wäre, hätte ich Jae und dich niemals verlassen!«, fahre ich fort, weil ich davon ausgehe, dass dies sein Problem ist. »Ihr wart meine Familie, verdammt! Kannst du mich denn aber gar nicht verstehen? Kannst du nicht verstehen, dass ich meine Chance ergriffen hab? Kannst du nicht verstehen, wie es mir nach dem Unfall ging? Wie es mir ging, als ich gemerkt habe, dass ich alles-«

»Doch!« Seine Stimme hallt durch die Nacht. Laut und angespannt dreht er sich zu mir um und kommt einen Schritt näher. »Ich hatte immer Verständnis! Jahrelang habe ich mir gesagt, dass es gut ist, dass du diesen Ort verlassen hast! Ich habe gehofft, dass du glücklich bist! Dass du es geschafft hast! Aber das ändert noch lange nichts daran, dass es trotzdem unsagbar schmerzhaft gewesen ist!« Mit blutunterlaufenen Augen kommt er näher. Man kann ihm anmerken, dass dieses

Thema lange in ihm geschlummert und er es eigentlich tief in seinem Inneren vergraben hat, damit er nie wieder darüber reden muss. Doch jetzt sprudeln die Emotionen nur so aus ihm heraus.

»Hast du mal gefragt, wie es mir danach ging? Hast du in den Jahren einmal daran gedacht, wie es mir ergangen ist?«

Ich schlucke. »Natürlich, aber ich habe immer gedacht, du und Jae-«

»Das hast du *gedacht*! Aber du wusstest es nicht!«, unterbricht er mich. »Du wusstest nicht, wie es mir geht! Und weißt du warum? Weil du abgehauen bist! Einfach so! Ohne dich noch einmal zu melden, ohne zu fragen, wie es mir geht! Mein Vater war auch unter den Todesopfern, Abby!«

Zischend ziehe ich Luft in meine Lungen und behalte sie angespannt darin. Michaels Augen sind in Tränen getränkt. Wütende Tränen. Enttäuschte Tränen. Er wirkt so zerbrochen und verletzt, dass ich am liebsten all seinen Schmerz auf mich nehmen würde. Vom Tod seines Vaters habe ich nichts gewusst, und dass ich mich kein einziges Mal mehr gemeldet habe, war falsch von mir. Doch damals ging es nicht anders. Ich hatte solche Angst gehabt, gefunden zu werden, dass ich jeglichen Kontakt zu dieser Stadt gemieden habe.

»Du wusstest, wie es um meine Mutter stand.«, fügt er aufgebracht hinzu, wendet sich dann von mir ab und versucht sich zu beruhigen. Sein Gesicht verschwindet im dunklen Schatten, als er sich erschöpft über das Geländer lehnt. Als er weiterspricht, ist seine Stimme viel ruhiger, viel ausgelaugter. »Ich weiß, wie schwierig du es hattest. Ich weiß, dass es deine einzige Möglichkeit war, da raus zu kommen. Doch ich hatte es auch nicht einfach. Von jetzt auf gleich war ich alleine mit meiner Mutter. Wir hatten kein Geld, weil Dad ja nicht mehr da war und Hugh hat natürlich keinen Finger gekrümmt. Jae war die Einzige, die ich noch hatte. Ich wusste, dass du jeden

Grund hattest, wegzubleiben. Aber trotzdem habe ich jahrelang das Telefon angestarrt, jahrelang darauf gewartet, von dir einen Brief oder eine Nachricht zu bekommen. Einfach nur etwas, das mir zeigt, dass du mich auch vermisst. Abby, du warst wie eine Schwester für mich.«

Langsam lasse ich die angehaltene Luft meinen Körper weichen. Dabei merke ich, dass ich zittere. Ich öffne den Mund, um etwas zu sagen, bekomme aber nichts heraus. Wie soll ich erkläre, wie es mir damals ging? Wie soll ich erklären, warum ich mich nicht gemeldet habe? Es gab keine Erklärung. Ich war einfach feige gewesen.

»Du warst auch wie ein Bruder für mich.«, antworte ich und trete einen Schritt näher. Diese Worte klingen irgendwie so lächerlich aus meinem Mund, so daher gesagt. Schließlich meldet man sich bei jemandem, den man wie einen Bruder betrachtet. Und doch waren sie wahr.

»Wo warst du dann?«

»Ich-«, stammele ich, breche aber wieder ab, weil der große Kloß in meiner Kehle mich daran hindert.

Als Michael sich umdreht, schaut er mich nicht an, sondern wirft seinen Blick lediglich zu Boden. »Als ich dich am Friedhof erkannt habe, dachte ich erst, du bist vielleicht hier, um uns zu besuchen. Ich dachte, es gibt vielleicht eine Erklärung, warum du dich nicht gemeldet hast und jetzt bist du hier, um endlich nach uns zu sehen.« Er hält kurz inne, dann zuckt er ausgelaugt mit den Schultern. »Doch du hattest gar nicht vorgehabt, uns zu besuchen. Du wolltest uns nicht mal sehen.«

»Michael, ich hatte Angst.«, versuche ich mich zu erklären. »Ich habe jeden Kontakt hierher gemieden, weil ich Angst hatte, gefunden zu werden. Ein Teil von mir denkt immer noch, wenn Hugh mich findet, kann er mich wieder einsperren. Ein Teil von mir hat immer noch das Gefühl, er ist dieses kleine Mädchen, das kein Recht dazu hat, selbstständig zu leben! Diese Stadt birgt für mich so viele Traumata. Nach allem, was hier passiert ist, nach allem, was ich hier verloren habe…«

Sein Blick zappt hoch und durchforstet mich unsicher. Mir scheint es, als wäre da etwas, was er mir sagen muss, behält es aber schließlich doch bei sich und schüttelt erschöpft den Kopf.

»Ist jetzt sowieso egal. Ich wollte das eigentlich gar nicht ansprechen, weil es so lange her ist.« Kopfschüttelnd drückt er sich von der Veranda ab und läuft an mir vorbei zur Terrassentür.

»Es scheint dir aber nicht egal zu sein.«, versuche ich ihn aufzuhalten.

Ohne mich anzusehen, antwortet er mir kühl. »Keine Sorge, ich komme schon klar.«

»Michael!« Verzweiflung klingt in meiner Stimme mit. Eine Emotion, die ich lange Zeit unterdrückt habe und ihn schließlich dazu bringt, stehen zu bleiben.

Ich trete einen Schritt näher, als er den Kopf in den Nacken legt. »Was hast du vorhin gemeint?«, frage ich in seinen Rücken. »Du hast gesagt, dich stört es nicht, dass ich hier bin. Aber das tut es doch!«

Seufzend fährt er sich durchs Haar, ehe er sich zögerlich zu mir umdreht. Bevor er antwortet, blickt er mich unergründlich an und ich bekomme eine Gänsehaut aus Unsicherheit und Unbehagen. Er foltert mich mit dieser Warterei, mit diesem Blick, der in so viel Schmerz und Enttäuschung getunkt ist.

»Dass du hier bist, ist nicht das Problem.«, wiederholt er sich. Dann schüttelt er den Kopf. »Das Problem ist, dass du wieder abhauen wirst.«

XXXII

Jake

Ich glaube, mein Herz hatte in dieser Nacht aufgehört zu schlagen. Meine Augen waren glasig auf dem Nachhauseweg, ich konnte kaum etwas erkennen und fuhr regelrecht blind. Irgendwie führte mein Körper sich von selbst, drehte das Lenkrad von selbst und schleppte sich eigenständig die schmale Treppe an der Klippe hinunter zu unserem Cottage. Meine Gedanken hingegen waren nicht hier. Sie waren noch dort. In diesem Höllenhaus. Bei Abby.

Ich wollte mir nicht vorstellen, wie es ihr in diesem Moment ging, was sie durchmachen musste und was Mr. Grogan mit ihr anstellte, - und doch tat ich es. Ich sah deutlich vor mir, wie er sie am Kragen genommen hatte, ich sah, wie wutverzerrt sein Blick gewesen war. Der Tod hatte darin gelegen.

Am deutlichsten sah ich aber den Ausdruck auf ihrem Gesicht. So leer, so fremd. Sie wollte mich nicht mehr, sie wollte mich verdammt nochmal nicht mehr.

Ich stolperte am Cottage vorbei, steuerte wie in Trance den Leuchtturm an. Dads Boot lag noch am Steg, - das bekam ich irgendwie nebenbei mit, - also war er noch im Turm. Auch wenn ich keine Ahnung hatte, wie ich ihm erklären sollte, was los war, und mich vor seinem enttäuschten Blick fürchtete, brauchte ich ihn jetzt. Michael hatte Recht mit seiner Wut. Wie hatte ich nur so leichtsinnig sein können?

Weil ich kaum aufrecht gehen konnte, half ich mir mit meinen Händen die Treppen hinaufzusteigen. Immer wieder hörte ich mich irgendwo weit weg ächzen und schluchzen. Es hallte an den Wänden wider und kam zu mir zurück wie ein Ball, der abprallte und einen mit voller Wucht traf.

Ich erreichte die Tür, die nur angelehnt war, und stolperte ins Innere. Dad stand am Fenster und drehte sich erschrocken um, als wäre ich ein Einbrecher. Als er mich erkannte, huschte Verwunderung über sein Gesicht.

»Jake, was-« Jetzt erkannte er, dass ich weinte. Ich blickte ihm tief in die Augen, presste die Lippen aufeinander. Doch die Tränen konnten nicht aufgehalten werden.

Komischerweise verstand er sofort, ließ alles stehen und liegen - einschließlich seines Stolzes - und nahm mich in den Arm. Jetzt war es noch schwieriger, mich zusammenzureißen. Mein Körper begann zu beben und wurde von einem schmerzhaften Zittern heimgesucht. Der ganze Raum drehte sich und ich hatte das Gefühl, immer noch nicht wirklich angekommen zu sein. In der Realität.

Vielleicht war das nur ein blöder Alptraum? Vielleicht würden Abby und ich uns morgen wiedersehen, als wäre nichts passiert? Vielleicht würde ja doch alles gut werden?

Nichts wird wieder gut, flüsterte die negative Stimme in mir. Ich wusste, sie würde Recht behalten.

Dad nahm mich und führte mich zum Tisch, wo ich mich ausgelaugt auf einem Stuhl niederließ. Mein Blick war starr auf den Boden gerichtet, die Sicht versperrt durch die verschwommenen Tränen. Trotzdem bekam ich mit, dass er zum Schrank ging, eine Flasche hervorholte und Flüssigkeit in ein Glas füllte. Dann tauchte er vor mir auf und reichte mir jenes Glas.

»Trink das aus.«, forderte er mich auf. »Mit einem Ruck. Schnell und schmerzlos. Das hilft dir fürs Erste, die Nerven zu beruhigen.«

Der Geruch dieses Getränks verriet mir, dass es sich um Whiskey handelte. Ich zögerte nicht lange und ließ es meine Kehle hinunterrinnen. Es brannte und setzte meinen Hals in Flammen, trotzdem spürte ich es unter dem Schmerz, den ich für Abby empfand, kaum.

»Was ist passiert?« Dad nahm die Flasche und schenkte mir nochmal nach. Dann setzte er sich mir gegenüber und starrte mich an.

Bei seiner Frage vermehrten sich die Tränen nochmal. Ich brauchte einige Momente, um mich wieder zu beruhigen. Als ich das Gefühl hatte, wieder sprechen zu können, kamen trotzdem nur Brocken heraus.

»Abby… sie…« Ich schnappte nach Luft. »Mr. Grogan…«

Das Beben meiner Schultern setzte erneut ein und ich vergrub das Gesicht in meiner Hand. Nur mit Mut traute ich mich, durch meine Finger hindurch zu lugen und Dads Blick zu überprüfen. Seufzend wandte er den seinen auf den Boden vor sich und wurde mit einem Mal ganz andächtig.

»Er hat es herausgefunden?«

Das Beben verwandelte sich in ein Nicken, als ich die Hand vom Gesicht nahm und mich erschöpft zurücklehnte. Dad schloss für eine Sekunde die Augen, atmete tief durch. Dann durchforstete er eine gefühlte Ewigkeit mein Gesicht mit so viel Trauer, so viel Enttäuschung in seinem Blick. Ich hörte seine Worte deutlich in mir. Die Worte, die er nicht laut aussprach. Doch das brauchte er auch nicht.

»Ich habe es dir von Anfang an gesagt. Ich habe dir gesagt, dass es wehtun wird. Ich habe dir gesagt, dass es schwierig sein wird. Und vor allem habe ich dir gesagt, dass du vorsichtig sein sollst!«

»Es tut mir leid, Dad.«, seufzte ich schuldbewusst. »Es tut mir so leid. Ich wollte dich nicht anlügen. Ich habe alles kaputt gemacht und nicht nur sie, sondern auch dich enttäuscht.«

Mit einem Ruck stand er von seinem Stuhl auf, kniete sich vor mich und nahm meinen Kopf in die Hände. Dann rüttelte er ihn ein paar Mal. »Hör auf, das zu sagen, Jake.«, bat er mich eindringlich, wobei es mehr wie ein Befehl klang. »Hör auf, auch nur ansatzweise zu denken, dass du mich enttäuscht hast.«

»Du hast es mir von Anfang an gesagt.«, hauchte ich nur.

»Das ist doch egal.«, brach er mich ab. »Du bist deinem Herz und nicht deinem Verstand gefolgt und damit hast du so viel Schönes erschaffen können. Du hast ein Mädchen, das sich umbringen wollte, in ein Mädchen, das plötzlich lacht, verwandelt.«

»Jetzt lacht sie aber nicht mehr. Jetzt will sie vielleicht nicht mehr…« Ein Schluchzen brachte meine Stimme dazu abzubrechen. »Und das ist meine Schuld.«

»Der einzige, der daran Schuld trägt, ist dieser Mistkerl von Bürgermeister! Und das weiß Abby auch! Glaub mir!«

»Ich will sie nicht verlieren. Ich will nicht, dass sie verletzt wird. Ich wünschte, ich könnte irgendetwas tun. Du hättest ihren Blick sehen müssen. Sie hat mich abgestoßen, sie wollte mich nicht mehr.«

»Das sind leider diese Momente, in denen man nichts tun kann. Wenn deine Hilfe verweigert wird, sind dir die Hände gebunden. Das heißt aber nicht, dass du aufgeben sollst! Es werden noch dutzende Momente kommen, in denen sie dich abstößt, weil die Dunkelheit sie wieder einholt und es schwer für sie ist, zu vertrauen. Gerade deswegen musst du ihr jeden

Tag aufs Neue deine Hilfe zeigen - und selbst wenn sie dich immer wieder wegstößt, gib sie bitte niemals auf. Niemals.«

Ich blinzelte die Tränen vor meiner Iris davon, um Dad genauer betrachten zu können. Erst jetzt sah ich, dass er selbst welche in seinen Augen schimmern hatte. Sein Gesicht war schmerzverzerrt, die Lippen fest aufeinandergepresst. Als er meinen verwunderten Blick bemerkte, spürte ich, dass er aufgab. Dass er aufgab, vor mir den coolen Dad zu spielen. Dass er aufgab, mir seinen Schmerz zu verheimlichen.

Erschöpft sank er von seinen Knien aufs Gesäß und lehnte sich an das Tischbein. Sein Blick legte sich leer in den Raum, der Kopf sank hinter ihn an das massive Holz.

»Dad«, hauchte ich, weil ich langsam realisierte, *was* es wirklich war, das ihn so gebrochen hatte. »Hattest du Mum aufgegeben?«

Er nickte kaum merkbar, während sich vor seiner Pupille eine glasige Hülle bildete. Trotzdem rührte er sich nicht, bewegte nicht seinen Blick. »Deine Mum hatte schon immer mit Depressionen zu kämpfen. Als sie mit dir schwanger wurde, hat sie Panik bekommen. Sie hatte vor allem möglichen Angst. Angst davor, ihre Ängste auf dich zu übertragen. Angst davor, nicht gut genug zu sein. Angst davor, es nicht auf die Reihe zu bekommen. Angst, vor deinen Augen eine Panikattacke zu bekommen. Sie hatte Angst vor der Angst. Ich habe immer versucht, sie zu beruhigen und war für sie da. Als du aber auf die Welt kamst, wurde es nur noch schlimmer. Ich wollte mit ihr reden, sie beruhigen, aber sie wollte von all dem nichts hören. Dieses Thema hat sie so in Panik versetzt, dass sie sich abschottete. Ich wollte ihr diesen Freiraum geben, sie entlasten, indem ich mich um dich kümmerte und sie in Ruhe ließ. Ich hoffte irgendwie, dass es einfach nur eine Phase war.« Er schluckte hörbar, ehe er weitersprach. Als er an seine nächsten Worte dachte, vermehrten sich die Tränen wieder.

»Vier Tage habe ich sie nicht gesehen, weil sie sich ins Schlafzimmer zurückgezogen hat und ich habe ihr zuliebe mit dir im Leuchtturm geschlafen. Ich wusste nicht, was richtig und was falsch ist. Ich wollte sie einfach nicht bedrängen. Am fünften Tag wollte ich trotzdem nach ihr sehen. Sie hatte sich mit einem Schlafmittel das Leben genommen.«

Die Stille, die nun folgte, drückte so schwer auf meine Brust, dass mir jeglicher Atem fehlte. Seine Worte klangen so fremd. Ich hatte schon vorher gewusst, dass Mum aus eigener Hand gestorben war. Ich hatte von ihren Depressionen und ihren Ängsten gewusst. Doch es jetzt nochmal so genau zu hören - und das aus Dads Mund - war, als entreiße man mir jeglichen Grund unter den Füßen.

»Ich habe sie aufgegeben.« Dads Stimme überschlug sich, dann löste sich ein lautes Schluchzen und nun waren es seine Schultern, die bebten. »Hätte ich sie nicht alleine gelassen-«

»Dad, sag sowas nicht.«, bat nun ich ihn mit ebenfalls tränengetränkter Stimme. Schließlich ließ ich mich vor ihm nieder. »Du hast es doch nur gut gemeint, du wolltest, dass es ihr gut ging. Du warst einfach unsicher, musstest dich noch um mich kümmern. Trotzdem hast du aus vollstem Herzen gehandelt, weil du sie geliebt hast.«

Er nickte, als würde er mir zustimmen, auch wenn ich wusste, dass man diese Meinung wahrscheinlich niemals wieder aus Dad herausprügeln konnte. Er war der festen Überzeugung, dass es seine Schuld war. Doch genauso wie ich Abby nicht aufgab, gab ich es nicht auf, ihm von nun an jeden Tag klar zu machen, dass er Unrecht hatte.

»Es spielt auch gar keine Rolle mehr, wer die Schuld trägt…«, haucht er, ehe er sein Gesicht verzieht und ihn eine weitere mächtige Trauerwelle überrollt. »Sie ist fort und ihr Tod lässt sich nicht rückgängig machen. Aber Abby ist noch hier. Mach nicht denselben Fehler!«

»Ich verspreche es dir, Dad. Ich werde sie niemals aufgeben.«, meinte ich und legte dann meine Arme um ihn. Und ich wusste, ich würde das Versprechen nicht brechen. Niemals.

Die nächsten Tage waren für mich wie die schlimmste Folter. Ich konnte Michael nicht erreichen und wusste, dass ich auch bei Abby nicht einfach auftauchen durfte. Die Ungewissheit, wie es ihr ging, ob sie schwerverletzt in ihrem Zimmer lag und jegliche Hoffnung verloren hatte, machte mich verrückt. Minuten fühlten sich wie Stunden an. Tage wie Wochen. Die Zeit verging nicht. Obwohl ich darauf vertraute, dass Michael für sie da sein würde, ließ mich der Gedanke nicht los, dass ich etwas tun musste. Irgendetwas. Nur nicht hier herumsitzen und warten.

Meine Schichten im Diner sagte ich ab, für Arbeit hatte ich einfach keinen Kopf. Die meiste Zeit verbrachte ich am Strand, in der Hoffnung auf Alex zu treffen oder Michael auf der Promenade abfangen zu können. Doch sie kamen beide nicht und irgendwie fühlte ich mich, als ob jeder mir fernbleiben wollte.

Dienstagabend bemerkte ich, dass ich die letzten Tage kaum etwas zu mir genommen hatte, und beschloss, mir ein Sandwich beim Bäcker zu holen. Als ich vom Strand aufstand und zur Promenade schlenderte, stand die Sonne schon so tief, dass sie sich fast frontal in den Fensterscheiben der Läden reflektierte. Und doch konnte ich ihre Schönheit momentan gar nicht genießen, ich nahm sie nicht mal richtig wahr. Denn meine Gedanken waren ganz woanders. An einem grässlichen Ort. Während ich meine Bestellung aufgab und das Geld auf den Tresen legte, spürte ich, wie erschöpft ich mittlerweile war. Seit Mr. Grogans Wutausbruch hatte ich kein Auge zu machen können, hatte nur an Abby denken können, ob sie auch nicht schlafen konnte, ob sie überhaupt bei Bewusstsein war und ob sie ausreichend versorgt wurde. Auch wenn ich mir nicht vorstellen konnte, dass Mr. Grogan sie umbringen könnte, wusste ich, dass er sie so schrecklich verletzen würde, dass sie diejenige wäre, die sich letztendlich etwas antun würde. Ich hoffte nur, dass sie wenigstens noch einen Funken Hoffnung, einen Funken Lebenswille und vor allem Liebe in sich hatte, und dass diese Funken sie am Leben hielten.

Die Bedienung überreichte mir ein Sandwich und wünschte mir irgendwo weit weg noch einen schönen Tag. Ich bekam es nicht mehr mit, weil ich mich wie in Trance wieder abwandte und zurück zum Strand laufen wollte, wo ich meine Ruhe hatte. Gerade als ich hinaustrat, schweifte mein Blick über die Straße und machte einen Wagen aus, der mir bekannt war. War das nicht…

Plötzlich waren all meine Sinne wieder bei mir, der Trancezustand verschwand aus meinem Körper und ich wurde ganz wach. Hastig reckte ich den Kopf, inspizierte das Kennzeichen des Autos, das da vor der Apotheke stand. Als Michael hinaustrat und zurück zu seinem Wagen gehen wollte, realisierte ich erst, dass er gleich wieder verschwinden würde. Hastig hetzte ich über die Straße, brachte dabei ein paar Autos dazu, wild zu hupen. Doch das war gerade egal. Ich musste wissen, wie es ihr ging. Ich musste wissen, was ich tun konnte.

»Michael!«, rief ich, noch bevor ich bei ihm ankam. Er verstaute gerade die gekauften Medikamente auf der Rückbank. Als er mich erblickte, wurde sein müder Ausdruck plötzlich ganz starr. Dann tauchte Wut darin auf.

»Was willst du!?«, zischte er verständlicherweise.

»Bitte«, flehte ich, noch bevor ich irgendetwas gefragt hatte. »Bitte, sag mir nur, wie es ihr geht.«

Er presste die Lippen aufeinander. »*Nicht* gut!«, antwortete er so enttäuscht, dass es mir durch Knochen und Mark ging.

Gerade als er sich zurück in seinen Wagen schwingen wollte, hielt ich ihn nochmal auf.

»Bitte, sag mir, ob ich irgendetwas tun kann!«

Mit dieser Bitte packte er mich am Kragen und drückte mich an den Wagen. »Du hast schon genug getan, Jake! Und wenn du irgendetwas tun möchtest, dann halte dich fern von ihr!«

Tränen traten in meine Augen, weil ich mich so hilflos fühlte. Ich hatte nicht nur Abby, sondern auch einen guten Freund verloren. Und ich konnte einfach nichts dagegen tun.

Michael ließ von mir ab, dann stieg er in den Wagen, ließ mich dabei aber kein einziges Mal aus den Augen. Als sein Motor startete, grölte dieser laut über die Straße. Er war dabei, abzuhauen, doch ich musste doch irgendetwas tun. Bitte. Irgendetwas!

»Warte Michael!« Wie ein Verrückter lief ich vor die Motorhaube, woraufhin sich sein Gesicht noch wütender verzerrte. »Mein Vater!«, brüllte ich verzweifelt. »Er war Arzt bei der Marine. Er kann euch helfen! Bitte lasst ihn zu ihr. Bitte lasst ihn helfen!«

Der Ausdruck in seinem Gesicht änderte sich kaum, trotzdem merkte ich, dass er an Härte verlor und erschöpft meine Bitte in Betracht zog. Schließlich ging es ihm auch nur um das Wohlergehen von Abby. Ihr zuliebe mussten wir alle unsere Wut und unseren Stolz ablegen.

Michael und ich starrten uns eine Zeitlang durch die Frontscheibe an, während der Motor weiterhin heulte. Seine Knöchel traten weiß hervor, so angespannt klammerte er sich ans Lenkrad, und auch seinen Kiefer konnte man deutlich zucken sehen. Er kämpfte mit sich und mit der Wut auf mich. Doch er verlor.

Die weißen Knöchel färbten sich wieder rot, die Muskeln in seinem Gesicht erschlafften. Erschöpft lehnte er sich zurück in den Sitz und fuhr sich übers Gesicht. Dann deutete er auf den Sitz neben sich.

»Jetzt mach schon!«, forderte er mich auf, als ich nicht sofort reagierte. »Spring rein!«

Überraschenderweise hatte es nicht viele Überredungskünste gebraucht, Dad dazu zu bringen, mit Michael und Jae sich nachts bei Abby einzuschleichen. Das, was Michael erzählte, war nicht viel, doch es musste ihr so schrecklich gehen, dass sie wirklich ärztliche Hilfe brauchte. Es barg ein Risiko, bei Mr. Grogan einzubrechen - nicht nur für uns - doch trotzdem erklärte sich Dad sofort dazu bereit, alles in seiner Macht Stehende zu tun, damit es ihr besser ging.

Damit dies die nächsten Nächte gelang, übernahm ich für Dad alle Schichten und versuchte als Dank, all seinen Aufgaben im Leuchtturm gerecht zu werden. Jetzt waren die Nächte noch länger, doch wenigstens hatte ich eine Aufgabe, mit der ich mich beschäftigen konnte. Auf dem Boot versuchte ich, meine Gedanken durchs Zeichnen auszudrücken, im Turm klärte ich meine Gedanken mit ein paar Gläsern Whiskey. Im Großen und Ganzen half es aber nicht wirklich etwas.

Dad kam meist erst nach ein oder zwei Stunden zurück und erzählte mir nichts. Ehrlich gesagt, traute ich mich auch nicht nachzufragen. Ich fürchtete mich zu sehr vor der Antwort. Stattdessen versuchte ich in seinem Blick zu lesen, wie er Gesehenes aufgenommen hatte. Ob es ihn sehr mitnahm oder ob er Hoffnung hatte. Doch sein Blick war unergründlich wie immer und ich glaube, das war kein gutes Zeichen.

Als er in der dritten Nacht zurückkam und seinen Medikamentenkoffer zurück in den Schrank stellte, war dies das Zeichen, dass seine Arbeit vorerst getan war. Was hieß das jetzt? Ging es ihr besser? Oder war sie…?

»Dad?« Ängstlich trat ich näher, als er mit dem Rücken zu mir am Schrank stehen blieb. Mit der Frage in meiner Stimme, seufzte er und ließ den Blick auf den Boden sinken. Dann drehte er sich um und sah mir direkt in die Augen. Endlich ließ er seine unergründliche Maske ab, endlich zeigte er seine Erschöpfung und das Grauen, das in seinen Augen lag.

»Sie wird wieder.« Seine Worte schupsten einen riesigen Felsen von meinem Herzen und ich ließ mich erleichtert auf den Küchenstuhl sinken. Doch Dad war noch nicht fertig.

»Aber es hat sie schwer erwischt. Ich weiß nicht, ob…« Er schluckte, ehe er weitersprach, und ließ seinen Blick nervös durchs Zimmer schweifen. »Entweder wird sie da stärker denn je wieder herauskommen, oder sie…«

Er musste den Satz nicht aussprechen, um mir klar zu machen, wie schlimm es war. Umso mehr hoffte ich nun, dass sie sich an diesen Funken, dass sie sich an meinen Anker - an mir - festhalten würde. Dass sie tief im Inneren wusste, sie war gewollt auf dieser Welt, und ich auf sie warten würde.

»Gehst du heute mal wieder arbeiten?«, fragte mich Dad eine Woche später, als ich müde aus meinem Zimmer gestapft kam, nachdem ich endlich mal etwas länger als nur eine Stunde hatte schlafen können. Erschöpft ließ ich mich am Küchentisch nieder und stützte die Ellenbogen auf den Tisch, damit ich meinen Kopf in die Hände legen konnte. Dad musterte mich besorgt.

»Oder triff dich doch mal wieder mit Nino? Oder mit diesem Alex?«

Würde ich ja tun, meinte ich in Gedanken. Alex war seit unserem letzten Treffen am Steg vor dem ganzen Desaster nicht mehr am Strand aufgetaucht und ich machte mir allmählich Sorgen. Aber ich hatte sowieso keine Lust, groß unter Menschen zu kommen. Ich wollte mich nicht erklären, ich wollte nicht reden, ich wollte nicht gefragt werden.

»Jake, so kann das doch auch nicht weitergehen.«, hauchte Dad und schnappte sich seine Fischerjacke, um sich zum Leuchtturm aufzumachen.

Wieso nicht? So lebst du doch schon seit Jahren?, antwortete ich wieder nur in Gedanken und schüttelte den Kopf. Seit Tagen hatte ich kein Wort mehr gesagt. Ich war zu müde, zu erschöpft - außerdem gab es nichts zu sagen. Schließlich hatte ich von Michael und Abby noch nichts gehört und diese zwei Wochen Funkstille fühlten sich an wie zehn Jahre. Abbys Zeichnungen traute ich mich gar nicht mehr anzusehen. Zu groß war die Angst, wieder in Tränen auszubrechen, oder ihr schönes Gesicht übersäht mit Wunden und Blutergüssen zu sehen. Obwohl die Erinnerungen an sie mich am Leben hielten, mied ich sie trotzdem. Allmählich verstand ich Dads Art zu leben immer besser.

Er seufzte. »Ich muss jetzt wieder hoch.«, meinte er und deutete hinter sich aus der Tür hinaus. »Wenn du willst, kannst du mal vorbeikommen.«

Dass er mir das anbot, musste schon etwas heißen. Klar, seit unserem letzten Gespräch waren wir viel enger zusammengerückt. Trotzdem wusste ich, dass sich Dads Zurückgezogenheit nicht von heute auf morgen verabschieden würde. Es kostete ihn immer noch Überwindung, seine Gefühle zu zeigen und nicht in Einsamkeit zu versinken.

Ich nickte ihm dankbar zu, weil ich sein Angebot zu schätzen wusste. Und doch stand meine Entscheidung, dass ich es nicht annehmen würde, schon fest. Dad presste die Lippen aufeinander, musterte mich eine Zeitlang hilflos. Dann wandte er den Blick ab und stapfte nach draußen. Ich blickte ihm durchs Fenster hinterher. Wie es aussah, war es ziemlich windig und das Meer aufgewühlt. Der Sommer nahm langsam ein Ende und der Herbst kündigte sich schon an. Dad hatte die nächsten Tage sicherlich wieder viel zu tun.

Ich seufzte. Eigentlich hatte ich heute mal wieder Lust dazu gehabt, schwimmen zu gehen und mir den Kopf auf diese Weise freizubekommen. Doch das Wasser war viel zu aufgebracht, es war zu gefährlich, raus zu schwimmen.

»Jake!« Ich hörte Dads Stimme von weitem. War ihm etwas passiert? Angespannt schnellte mein Körper in die Höhe. Von jetzt auf gleich war ich hellwach und aufmerksam. Ich hetzte nach draußen und blickte mich um. Doch Dad war weder am Leuchtturm noch am Steg zu sehen.

»Jake!« Da war seine Stimme erneut. Sie ertönte hinter dem Haus in Richtung Klippen.

Hastig drehte ich mich um und lief ihm entgegen. Er kam von den Treppen zurück, kämpfte deutlich gegen den starken Wind an, der ihm immer wieder den Mantel gegen den Körper schlug. Im ersten Moment fragte ich mich, was er dort oben getrieben hatte, dann sah ich neben unserem Jeep einen schwarzen Wagen stehen. Der Wagen von Mr. Grogans Chauffeur.

»Was zur-«, fragte ich, als Dad bei mir ankam. Für kurze Zeit machte sich Hoffnung in mir breit, dass Abby drinsitzen könnte, dass Mr. Grogan es sich anders überlegt hatte. Doch Dads Blick zufolge, war dies nicht der Fall.

Was war es dann?

»Der Bürgermeister will dich sprechen.«, keuchte Dad erschöpft und stemmte sich gegen seine Knie.

»Mich?« Ich schluckte, dann ergriff mich eine unheimliche Wut. Wenn ich diesem Mistkerl gegenüberstand, wusste ich, dass ich sicherlich für nichts mehr garantieren konnte. Doch diesmal musste ich mich verdammt nochmal zusammenreißen. Diesmal durfte ich mir keinen Fehler erlauben.

»Ja, sein Chauffeur weiß leider auch nicht, worum es geht.«, meinte Dad. »Vielleicht ist es ja eine gute Nachricht?«

Dad klang ebenso pessimistisch wie meine Gedanken. Trotzdem setzte ich mich sofort in Bewegung und lief zu den Treppen. Wenn es nur eine klitzekleine Möglichkeit gab, alles wieder gerade zu rücken, dann ergriff ich sie.

Die Fahrt über war ich unheimlich nervös. Erst als wir in die Einfahrt einfuhren, merkte ich, dass ich meine schlampigsten Klamotten trug und mich vielleicht erst hätte frisch machen müssen. Obwohl ich Mr. Grogan so sehr verachtete und mich ihm zuliebe am liebsten vorher in Gülle gesuhlt hätte, hatte ich doch irgendwie den Drang, ihm doch noch zu gefallen. Abby zuliebe.

Mr. Bucket führte mich ins Innere des Hauses. Als ich es betrat, überkam mich eine fürchterliche Gänsehaut und die Geschehnisse meines letzten Besuches überrannten mich. In dem Raum, in dem Abby bei der Wahlparty ihr Geigenvorspiel gehabt hatte, kam Mr. Grogan zum Vorschein. Er saß mit einer Zigarre auf dem Sofa. Als ich eintrat, entdeckte ich auch Michael am Fenster lehnen. Im Gegensatz zu Mr. Grogan, der mich sofort mit einem überheblichen Lächeln begrüßte, würdigte mich Michael keines Blickes.

»Jake Ayres« Der Bürgermeister nickte, dann deutete er auf das gegenüberliegende Sofa. »Setz dich.«

Ich rümpfte die Nase. »Was wollen Sie von mir?«

Als er merkte, dass ich sein Angebot, mich zu setzen, nicht wahrnehmen wollte, musterte er mich kurz von unten bis oben, ehe er ein letztes Mal an seiner Zigarre zog und sie neben sich in einen Aschenbecher zerdrückte. Dann stand er ebenfalls auf und lief zu einem großen Tisch.

»Ich möchte dir ein Angebot unterbreiten.«, begann er. Michael rührte sich immer noch nicht. »Abbigail führt sich seit der Wahlparty schrecklich aufmüpfig auf. Sie weigert sich, ihren Unterricht wahrzunehmen, sie geht auf mich los, sie benimmt sich unmöglich. Und das alles nur wegen dir!« Widerliche Abneigung klang in seiner Stimme mit, als er über seine Nichte redete. Ich hingegen spürte, dass meine Mundwinkel in die Höhe zuckten. Abby wehrte sich - und das meinetwegen. Sie hatte mich nicht aufgegeben, sie liebte mich immer noch.

»Ich schäme mich in Grund und Boden für sie, weswegen ich leider nur einen Ausweg sehe.« Langsam drehte er sich wieder zu mir um. In seiner Hand steckte ein Zettel, leider erkannte ich aber nicht, was darauf stand. »Ich habe mich ein wenig über dich umgehört und habe herausgefunden, dass du Künstler bist und für ein Studium im *Mace & Grace* jobbst?«

Ich runzelte die Stirn, nickte aber trotzdem. »Das ist richtig.«

»Zufälligerweise habe ich gute Kontakte an der Jacksonville University und könnte dir ermöglichen, als Quereinsteiger noch nächste Woche ein Kunststudium anzutreten. Zudem übernehme ich alle Studiengebühren. Als Beweis übergebe ich dir schon Mal als Vorschuss für die vielen Lehrbücher und für die Miete in Jacksonville diesen Scheck in Höhe von 10.000 Dollar.«

Jegliche Gesichtsmuskeln erschlafften, als er den Zettel über den Sofatisch schob und ich die Summe nochmal mit meinen eigenen Augen lesen konnte. Erschöpft ließ ich mich nun doch auf dem Sofa nieder und starrte ungläubig den Betrag an. Doch dann wurde ich skeptisch.

»Warum zur Hölle sollten Sie mir das ermöglichen?«

Er hob den Finger, ein schadenfrohes Lächeln huschte über sein Gesicht. »Jetzt kommt dein Teil. Ich möchte, dass du aus dieser Stadt verschwindest und dich nie wieder bei Abbigail meldest, - ich will, dass du ihr das Herz brichst und sie sich endlich wieder auf die wichtigen Dinge im Leben konzentriert, anstatt ihre Gedanken an dich zu verschwenden.«

Wuterfüllt presste ich die Lippen aufeinander und wäre am liebsten über den Tisch gesprungen, um ihm eine zu verpassen. Zum Glück konnte ich mich beherrschen und ruhig bleiben.

»Morgen möchte ich meinen erfolgreichen Wahlkampf auf meiner Yacht feiern und möchte diese Sorge vorher aber beseitigt haben! Ihr zwei habt mir schon meine Wahlparty kaputt gemacht, an dieser Feier soll sie mir gefälligst keinen Ärger mehr machen!«

Ich hörte seine Worte kaum mehr, denn ich war viel zu sehr in Gedanken vertieft. Eigentlich war meine Antwort schon klar: Auf keinen Fall würde ich Abby das Herz brechen, denn damit brach ich auch meines. Aber vielleicht musste ich das auch gar nicht… vielleicht gab es einen anderen Weg.

»In Ordnung.«, meinte ich mit fester Stimme, nahm mir den Scheck und stand auf. Nun rührte auch Michael sich. Entsetzt drehte er sich zu mir um, starrte mich enttäuscht an. Ich würde es ihm schon noch erklären, wenn die Zeit reif war.

»Ich nehme das Geld und verschwinde aus der Stadt.« Auch Mr. Grogan wirkte erst ziemlich überrascht, dann allerdings stieß er ein siegreiches Lachen hervor.

»Ich wusste, euch gierige Kinder kann man mit Geld locken!«, jubelte er und erhob sich ebenfalls. »Gut, dann gebe ich der JU direkt Bescheid. Am besten du fährst die Tage schon hin und richtest dich ein. Je schneller desto besser. Ich werde dich nochmal kontaktieren, damit du weißt, wo du dich melden sollst! Aber es ist wichtig, dass du so schnell wie möglich verschwindest.«

Ich nickte, was Michael den Rest gab. Aufgebracht trat er einen Schritt näher und ballte die Hände zu Fäusten. »Du mieser-«

»Aber, aber Michael«, stoppte Mr. Grogan ihn. »Ich kann deine Wut verstehen, aber er ist es nicht Wert. Es war doch von Anfang an klar, dass er nur das Geld in Abbigail gesehen hat.«

Michael ließ mich kein einziges Mal aus den Augen, als Mr. Grogan zum Tisch lief und einen weiteren Scheck ausfüllte. Krampfhaft versuchte ich mit meinem Blick Michael klar zu machen, dass ich einen Plan hatte. Ich würde Abby doch niemals das Herz brechen. Doch Michael hörte meinem stummen Flehen nicht zu.

»Hier für dich, Michael.« Mr. Grogan reichte ihm den zweiten Scheck, woraufhin dieser seinen wütenden Ausdruck gegen einen verwirrten eintauschte.

»Was-«, stammelte Michael und musterte den Scheck.

»Du wirst Abbigal die frohe Botschaft überbringen und dich um sie kümmern. Sie wird sicherlich erstmal am Boden zerstört sein, aber früher oder später wird sie merken, wer wirklich zu ihr passt.«

Michaels Mund klappte auf, als Mr. Grogan ihm den Scheck überreichte und auch ich war ziemlich verwundert. Ich musste unbedingt nochmal mit Michael sprechen, bevor er Abby hiervon erzählte.

»Mr. Grogan, das kann ich nicht annehm-«

Der Bürgermeister winkte hastig ab und setzte ein überhebliches Lächeln auf. »Doch das kannst du, mein Sohn. Steck es in dein Studium, ich weiß, dass du es brauchst.« Er klopfte dem immer noch ziemlich neben der Spur stehendem Michael liebevoll auf die Schulter, dann wandte er sich an mich und sein Blick nahm einen kälteren Ausdruck an.

»Gut, dann wäre das alles geklärt.«, nickte er und deutete zur Tür. »Ich melde mich bei dir. Sollte ich dich nochmal in Abbigails Nähe sehen, sorge ich dafür, dass dich keine Uni im Umkreis mehr annimmt.«

Plötzlich war meine Kehle ganz trocken. Hoffentlich würde all das gut gehen. Hoffentlich richtete ich hiermit nicht noch mehr Chaos an. Doch dies war der einzige Ausweg, den ich noch sah.

Ich versuchte, Michael mit einem letzten Blick nochmal klarzumachen, dass ich mit ihm reden musste. Doch er beachtete mich gar nicht mehr, starrte nur überwältigt auf den Scheck in seiner Hand. Also krallte ich mich schließlich an den meinen - an den einzigen Hoffnungsschimmer, der mir noch blieb - nickte Mr. Grogan einmal kühl zu und verließ dann das Haus, - ohne Abby auch nur noch einmal wiederzusehen.

Als ich zuhause ankam, ging die Sonne schon unter und Dad war gerade dabei, die neu entstandenen Sandbänke zu markieren. Diesen Abend bekam ich ihn nicht mehr zu Gesicht und ich versuchte mich und meinen soeben entstandenen Plan zu sammeln und zu durchdenken.

Was machte ich mit Dad, wenn ich fort ging? Ich musste ihn mitnehmen, aber das würde er doch sicherlich nicht mit machen. Ich konnte ihn nicht alleine lassen.

Bevor ich einen ordentlichen Plan aushecken konnte, übermannte mich die Erschöpfung und ich schlief ein.

Den nächsten Tag verbrachte ich die meiste Zeit damit, eine Liste zu erstellen, was ich vorher alles noch besorgen musste. Außerdem versuchte ich ein paar Mal bei Michael anzurufen - leider ohne Erfolg. Auch nach ein paar Stunden in der Stadt nach meinen Einkäufen konnte ich ihn nirgends antreffen und fuhr schließlich mit gemischten Gefühlen nachhause. Das Meer mischte sich zum Nachmittag hin nochmal richtig auf. Hohe Wellen prallten gegen die Klippen und verteilten ihre Gischt auf dem harten Gestein. Auch der Himmel verdunkelte sich. Je später es wurde, desto mehr Wolken sammelten sich am Himmel an. Dad war im

Leuchtturm und stellte die Farben des Lichtfeuers neu ein, um Schiffen die neu entstandenen Sanddünen erkennbar zu machen. Diese Nacht würde er nicht mit dem Boot rausfahren, das war klar. Bei den Bedingungen, die herrschten, würde er sich mit seinem kleinen Fischerboot nur in gefährliche Schwierigkeiten bringen.

Am Abend stand ich barfuß im Sand, als der Himmel sich in dunkles Grau getunkt hatte, und ließ mir gedankenverloren vom Sturm die salzigen Wellen ins Gesicht sprühen. Der Ozean wütete laut vor meiner Nase, - so laut, dass ich erst gar nicht mitbekam, wie sich jemand von hinten näherte.

»Jake«, hörte ich irgendwo dumpf hinter mir, als ich gerade versuchte, meinen Plan durchzugehen.

Erschrocken drehte ich mich um und entdeckte Alex. Ein Lächeln machte sich auf meinem Gesicht breit. Seit dem Desaster mit Mr. Grogan hatte ich mit niemandem mehr reden können. Nino schuldigte ich auch noch einen Rückruf.

»Alex, man!«, lachte ich erleichtert. »Ich habe dich schon vermisst. Ich muss unbedingt mit dir reden, ich brauche deine Hilf-«

»Jake« Er unterbrach mich mit einem unglaublich ernsten Ausdruck. Eine schaurige Gänsehaut lief über meinen Rücken und ich glaube, der kalte Wind hatte damit weniger zu tun. So angespannt hatte ich Alex noch nie gesehen und ich bekam es allmählich mit der Angst zu tun.

»Alex, was ist denn los?«

Er schluckte und blickte sich nervös um, als würde er beobachtet werden. Immer wieder warf er seinen Blick an den Horizont, als würde hinter den Klippen gleich ein Seemonster auftauchen. Schließlich richtete er ihn auf seine Hände und reichte mir einen Umschlag sowie eine weiße Feder.

»Bitte gib das Abby.« Seine Stimme klang flehend und so weit entfernt. Ich betrachtete den Umschlag etwas verwundert, wurde aber auch aus der Feder nicht schlau.

»Abby?«, hauchte ich, da trat er ein paar Schritte zurück. »Was… was ist das, Alex?«

In seinem Gesicht stand so viel Schmerz, ich glaube sogar Tränen in seinen Augen gesehen zu haben. Kannte er Abby? Was ging hier vor sich? Was stand in dem Brief geschrieben?

»Alex!«, rief ich aufgebracht durch den Sturm, weil er sich immer weiter entfernte. »Was ist-«

Ein lautes Krachen ließ mich zum Ozean herumfahren. Das Gemisch aus Nebel und sprühender Gischt versperrte mir fast jegliche Sicht. Doch dann erkannte ich es. Ein Boot - nein, eine Yacht - wütete dort draußen zwischen den Wellen und war auf eine Sanddüne gekracht. Mein Herz beschleunigte sich von Null auf Hundert. Wer zur Hölle fuhr denn bei solch einem Wetter-

Plötzlich fiel es mir wie Schuppen von den Augen. Mr. Grogan wollte doch sein Wahlergebnis auf seiner Yacht feiern! Das konnte nicht wahr sein!

Unschlüssig darüber, was ich tun sollte, fuhr ich wieder zu Alex herum. Doch dieser war plötzlich wie vom Erdborden verschluckt. Panisch betrachtete ich den Umschlag und die Feder, die immer nasser wurden. Dann rannte ich ins Haus, legte sie in meine Schublade, zog mir meine Stiefel an und schnappte mir den Schlüssel fürs Boot.

Ich dachte nicht groß drüber nach, was mir alles passieren könnte. Das einzige, das ich vor meinen Augen sah, war Abby. Was war, wenn sie auf der Yacht war? Wenn sie dort umkam? Wie in Trance fuhr ich hinaus aufs Meer und hörte irgendwo an Land Dad dumpf nach mir schreien. Das Boot wackelte so stark, dass ich mich krampfhaft festkrallen musste. Immer wieder wurde es von einer großen Welle überflutet, doch das beachtete ich gar nicht. Wild entschlossen und voller Panik fixierte ich nur die Yacht, die langsam immer klarer wurde. Durch den Sprühnebel, der mir in die Augen gefegt wurde, erkannte ich erst kaum etwas. Dann aber sah ich, dass ein großer Riss im Unterteil der Yacht prangte, und sie immer wieder drohte, auf der Sanddüne von einer kräftigen Welle ganz umgekippt zu werden. Lichter flackerten im Inneren, die Elektrik sprühte gefährliche Funken und auf dem Deck konnte ich irgendwann panische Gestalten hin- und herlaufen sehen.

War Abby unter ihnen?

Ich musste näher heran.

XXXIII

Abby

Obwohl ich nach meiner unfairen Niederlage wieder eingeschlossen in meinem Bett aufwachte, gab ich trotzdem nicht auf. Ich weigerte mich, zum Unterricht zu gehen, weigerte mich, an Geschäftsessen teilzunehmen und war aufmüpfig und frech. Obwohl mir bei allem, was ich tat und sagte, die schmerzhaften Konsequenzen bewusst waren, hörte ich doch nicht auf damit. Und auch Hugh merkte nach ein paar Tagen immer mehr, dass seine Gewalt ihm auch nicht mehr helfen konnte. Irgendwann konnte ich regelrecht die Verzweiflung in seinem Blick herauslesen, ich sah, wie erschöpft er war - und genau diese Momente stärkten mich umso mehr, mich gegen ihn zu stellen.

Jae und Michael bekam ich die nächste Woche gar nicht mehr zu Gesicht. Niemand durfte mich sehen, niemand durfte mich besuchen, so lange ich mich gegen ihn stellte. Doch ich wusste, früher oder später war er derjenige, der sich eine Alternativlösung ausdenken musste. Ich kam mit Einsamkeit klar, Hugh war es hingegen nicht gewohnt, sich nicht durchsetzen zu können.

Auch wenn ich Jake schmerzhaft vermisste, wusste ich doch, dass ich diese Zeit der Einsamkeit überbrücken musste, um bei ihm sein zu können. Hugh musste früher oder später aufgeben, denn ich würde es niemals tun.

An irgendeinem Nachmittag - ich wusste schon gar nicht mehr, welchen Tag wir hatten - kam Hugh und brachte mir eine Schüssel Suppe. Damit ich auch ja nicht abhaute, schloss er sich mit mir ein. Als er sie auf meiner Kommode abgestellt hatte, blieb er anders als sonst vor mir stehen und musterte mich.

»Mr. Chest hat nach dir gefragt.«, meinte er bemüht ruhig. Ich spürte, dass er mich lieber zu Boden treten würde, statt es nun auf die liebe und verständnisvolle Tour zu versuchen. »Möchtest du nicht mal wieder zu ihm in den Unterricht gehen?« Fast klang seine Stimme richtig väterlich. Als würde er wirklich etwas für mich empfinden, als wolle er sich ernsthaft versöhnen. Doch ich kannte seine Spielchen mittlerweile gut genug.

Trotzig verschränkte ich die Arme vor der Brust, dann blickte ich ihm in die Augen. »Möchtest du mir nicht mal wieder etwas Freiheit gewähren? Oh, warte-« Spottend lachte ich, als erinnerte ich mich an etwas, das mir entfallen war. »Ich hatte ja noch nie welche.«

Er rümpfte angespannt die Nase und verkrampfte seine Fäuste. Dann hob er den Finger. »Du liebst ihn?«, fragte er spottend. Ich musste ihm nicht antworten. »Dann werde ich dir beweisen, dass er nicht dasselbe für dich empfindet! Dass er dich nur ausnutzen wollte! Warts nur ab!«

»Viel Glück dabei!«, brüllte ich ihm tränengetränkt hinterher, weil es mich verletzte, wie er über Jake sprach. Als er die Tür hinter sich zu knallte, sprang ich auf und trommelte wütend dagegen, landete aber nach ein paar Minuten schließlich wieder ausgelaugt auf dem Boden und umhüllte mich mit Tränen.

Um mir meine Zeit zu vertreiben, schrieb ich Jake Briefe. Briefe, die er natürlich nicht bekam, aber die ich ihm vielleicht irgendwann zeigen konnte. Zudem begann ich, unsere gemeinsame Zeit in Form eines Romans auf das restliche Briefpapier von Jake zu verfassen. Ich erzählte, wie verloren ich gewesen war, erzählte von seiner Rettung und unserer gemeinsamen Zeit im Autokino, Diner, am Strand, beim Bowling und in der Rollschuhdisco. Beim Schreiben fühlte ich mich, als würde ich all die Zeit mit ihm nochmal durchleben - bis ich zu dem Punkt kam, an dem alles geendet hatte.

»Hoffentlich werde ich irgendwann ein schöneres Ende niederschreiben.«, flüsterte ich und hielt den Ankeranhänger von Jake, den ich mir die letzten Tage als Stütze immer wieder heimlich umgehängt hatte, an meine Lippen. Draußen war es stürmisch, sicherlich zogen die Wolken aber nur an uns vorbei, denn immer wieder zeigte die Sonne sich, presste ihre Sonnenstrahlen durch die dichte Wolkendecke. Wie sehr ich den Rasen unter meinen Füßen vermisste. Oder den Sand. Oder den Wind in meinen Haaren.

Als ich draußen hörte, wie jemand die Treppenstufen hinauf kam, verstaute ich das Papier schnell wieder in der Holzdiele, versteckte Jakes Kette unter meinem Oberteil und legte mich ins Bett. Der Schlüssel wurde ins Schloss gesteckt, dann klackte es und die Tür fiel auf. Als ich statt Hugh aber Michael im Türrahmen stehen sah, sprang ich aus dem Bett und warf mich um seinen Hals. Zögerlich erwiderte er die Umarmung, drückte mich aber schließlich so fest an sich, als würde auch er darin Kraft tanken wollen.

»Gibt es etwas Neues?«, fragte ich neugierig und im Flüsterton, als er die Tür hinter sich anlehnte. »Hast du Jake meine Nachricht überbracht?«

Er wich meinem Blick aus und ließ sich seufzend auf dem Schreibtisch nieder. »Du brauchst nicht zu flüstern. Hugh ist sein erfolgreiches Wahlergebnis feiern.«

Meine Augen begannen zu Strahlen, dann deutete ich zur Tür. »Das heißt, wir sind alleine? Worauf warten wir dann noch? Bring mich zu Jake, bitte Michael!«

»Abby, ich kann nicht.« Seine Stimme klang erschöpft.

»Was… was meinst du, du kannst nicht?«, stammelte ich unsicher und etwas panisch. »Weil Hugh das sagt? Er muss es nicht mitbekommen, du bekommst keinen Ärger! Versprochen! Ich will doch nur kurz-«

»Jake ist ein Lügner!« Aufgebracht wedelte er mit seinen Händen in der Luft. Als er meinen erschrockenen Blick sah, versuchte er sich wieder zu beruhigen.

Er fuhr sich durchs Haar, wandte seinen Blick ab. Dann seufzte er. »Hugh hat ihm Geld angeboten und ihm ein Studium in Jacksonville ermöglicht, damit er dir fernbleibt.«

Fassungslos schüttelte ich den Kopf. »Nein, das glaube ich nicht. Jake nimmt das Geld niemals an, er gibt mich nicht so einfach auf! Er-«

»Das hat er schon, Abby!« Plötzlich trat er einen Schritt näher, verhöhnte mich mit seinen blutunterlaufenen Augen. Wann hatte er das letzte Mal durchschlafen können? Er wirkte so erschöpft. »Jake hat dich schon längst aufgegeben. Er hat Hughs Geld angenommen!«

Ich brauchte einen Moment, um seine Worte zu verarbeiten. Dann begann ich hektisch mit dem Kopf zu schütteln. »Nein, nein«, stammelte ich und wurde dabei immer lauter. »Das erzählt Hugh dir doch nur! Woher willst du wissen, dass das stimmt?!«

»Weil ich dabei war!« Seine Stimme wurde etwas weicher, wirkte nicht mehr ganz so aufgebracht. »Ich war dabei, als Jake zugestimmt hat, sich von dir fernzuhalten. Ich habe gesehen, wie er mit Hughs Scheck aus der Tür ist.«

Meine Knie ließen einen Moment lang nach und ich stolperte rückwärts auf mein Bett. Für ein paar Minuten verließen mich jegliche Sinne. Ich hörte nur noch ein penetrantes Dröhnen, hatte keine Kraft mehr, stehen zu bleiben. Die alte Abby kroch zurück an die Oberfläche. Die Abby, die Angst davor hatte, zu vertrauen. Die Angst davor hatte, die Gefühle für Jake zuzulassen, weil sie sich fürchtete, dass genau das passieren würde. Dass er es nicht ernst mit mir meinen könnte und mich für Geld verlassen würde.

Aber… dann war da die starke Abby. Die Abby, die Jake aus mir geformt hatte. Und sie sagte mir, dass da irgendetwas faul war. Ich kannte Jake, ich wusste, dass er mich liebte. Ich wusste es einfach!

»Mir hat er auch Geld angeboten.« Michaels Stimme drang zurück an mein Ohr. Langsam kam ich wieder im Raum an. Er klang beschämt und unsicher, seine Tonlage war tief und leise.

»Wofür?«, hauchte ich benommen, weil ich immer noch versuchte, das Puzzle zusammenzusetzen. Warum hatte Jake das Geld angenommen?

»Ich soll dich von Jake fernhalten, bis er nach Jacksonville verschwunden ist. Du sollst wissen, dass er dich für Geld und für sein Studium verlassen hat.«

Ein schmerzhaftes Stechen durchfuhr meine Brust. Nicht nur, weil seine Worte über Jake so unerträglich waren, sondern auch, weil der Gedanke, Michael würde Hughs Geld annehmen, mich so sehr traf.

»Du sollst mir mein Herz brechen?«, fragte ich fassungslos. »Bitte sag mir, dass du das Geld nicht angenommen hast.«

Die Wut holte ihn zurück. Aufgebracht trat er einen Schritt näher. »*Er* bricht dir das Herz. Nicht ich!«

Ich ignorierte seinen Einwand und hakte nochmal nach. »Hast du Hughs Geld angenommen?«

Er trat zurück, wich meinem Blick aus, woraufhin ich die Hände vorm Mund zusammenschlug. Heiße Tränen aus Fassungslosigkeit bildeten sich in meinen Augenwinkeln

»Michael«, schluchzte ich enttäuscht und schüttelte den Kopf, als er mich immer noch nicht ansehen konnte. »Wofür? Für dein Studium?! Ist das wichtiger als ich?«

»Du verstehst das nicht.« Seine Worte waren weit entfernt.

»Dann erkläre es mir!«

»Ich hatte keine andere Wahl!« Er breitete seine Arme aus und zuckte mit den Schultern. Auch in seinen Augen schimmerten blasse Tränen. »Vergiss nicht, wer dir wirklich das Herz bricht! Jake! Jake hat dich verlassen!«

Aufgebracht raufte ich mir die Haare. »Nein, nein, ich glaube das nicht. Bring mich sofort zu ihm! Ich muss es aus seinem Mund hören!«

Ohne groß darüber nachzudenken, drückte ich mich an ihm vorbei und lief in den Hausflur. Michael kam mir hinterher. »Abby, das kann ich nicht. Bleib steh-«

Sein Griff schlang sich um meinen Arm und wollte mich festhalten. Wütend fuhr ich zu ihm herum. »Was willst du tun?! Willst du mich auch zusammenschlagen und in die Besenkammer sperren?«

Getroffen wich er zurück, als hätte ich ihm soeben eine verpasst. Sofort bereute ich meine Worte.

»Tut mir leid, das war nicht so-«

»Meine Mutter hat Krebs.« Die Worte flossen aus Michael hinaus, als wäre es Sauerstoff, den er viel zu lange in seinen Lungen behalten hatte und der schon schmerzhaft auf seine Brust drückte. Ich wollte etwas sagen, brachte aber kein Wort hervor, so überrumpelt war ich. Michael taumelte rückwärts an die Wand und rutschte zu Boden. »Deswegen habe ich das Geld angenommen.«

»Michael, ich hatte ja keine-«

»Ich würde dir all das niemals antun für ein dummes Studium.«, schluchzte er und schüttelte den Kopf. »Ich tue es für meine Mum! Mit den Studiengebühren sind wir schon zwei Monate im Rückstand, weil all das Geld in ihre Behandlungskosten fließt. Wir brauchen Hughs Geld, deswegen habe ich den Scheck angenommen! Deswegen hat mein Vater sich den Arsch abgearbeitet und deswegen konnten wir uns nicht gegen Hugh stellen!«

Mit einem großen Schritt war ich bei ihm, ließ mich neben ihm nieder und drückte mich in seinen Arm. Gemeinsam ließen wir all unsere Trauer in der Umarmung. Wie Geschwister, die sich Halt gaben, wie zwei Freunde, die immer füreinander da waren.

»Warum hast du mir das nicht erzählt?«, fragte ich gedämpft in sein Jackett.

Eine Bewegung verriet mir, dass er mit den Achseln zuckte. Dann löste er sich von mir und blickte leer die Treppe hinunter.

»Du hast genug Sorgen.«, hauchte er. »Und die letzten Wochen warst du so glücklich, da wollte ich dich nicht damit runterziehen.«

»Ich habe mir aber auch um dich Sorgen gemacht.«, entgegnete ich ihm eindringlich, um ihm deutlich zu machen, dass sein Wohlbefinden ebenfalls wichtig für mein Glück war. »Ich habe gemerkt, dass da etwas nicht stimmt.«

Eine Zeitlang nickte er, ohne mich anzuschauen.

»Was ist es für Krebs?«, flüsterte ich, weil ich Angst hatte, diese Frage zu stellen.

»Brustkrebs.«, sagte er ebenso leise, ohne mich eines Blickes zu würdigen. »Endstadium.«

Meine Hände schnellten zu meinem Mund und Tränen sammelten sich in meinem Augenwinkel. Ich wollte mir nicht vorstellen, wie schrecklich sich Michael fühlen musste. Wie schrecklich er sich die letzten Wochen gefühlt haben musste. Dabei wirkte er meist so zufrieden. Mir zuliebe.

»Sie wird bald sterben.« Mit diesen Worten drehte er den Kopf zu mir. Eine quälende Grimasse breitete sich auf seinem Gesicht aus. Von jetzt auf gleich fühlte ich mich wieder wie 15, sah David vor mir im Bett liegen und das Gefühl der Erkenntnis, dass es nicht mehr lange dauerte, bis er mich verließ, traf mich erneut mit aller Wucht. Ich war am Boden zerstört gewesen - und doch hatte ich mich für ihn dafür gefreut, dass er bald von seinem Leid erlöst war.

»Bring sie an den Strand.«, bat ich Michael, woraufhin er mir einen verwunderten Blick zuwarf. Ich sprach weiter. »Jake hat mir erzählt, dass sein Vater daran glaubt, dass alle toten Seelen zu einer Welle im Ozean werden. Seitdem glaube ich fest daran und weiß, David ist dort draußen und lässt sich tragen.« Michaels Augen schimmerten nass, trotzdem zuckten seine Mundwinkel für eine Sekunde lang in die Höhe. »Bring sie, bevor sie geht, nochmal zum Meer. Es wird ihr gefallen. Und du wirst sehen, dass es sehr erlösend sein kann.«

Michaels Blick wandte sich von mir ab. Nachdenklich nickte er eine Zeitlang und verarbeitete meine Worte im Inneren. Ich hoffe, sie konnten ihm irgendwann so gut helfen, wie sie mir halfen.

Eine gefühlte Ewigkeit lang saßen wir da und schwiegen. Michael ging auf meine Worte nicht weiter ein, und das war in Ordnung. Was er mit diesem Ratschlag anfing, war letztendlich seine Entscheidung. Doch ich wusste, dass er das Richtige tun würde.

Nach ein paar Minuten begannen seine Schultern erneut zu beben. »Es tut mir so leid, Abby.«, schluchzte er. »Ich wünschte, ich hätte etwas tun können. Gegen deinen Onkel. Er… du hast das nicht verdient.«

»Shh«, machte ich und drückte ihn an mich. Dass ich Michael nun tröstete, wo doch eigentlich ich immer das Häufchen Elend gewesen war, war ein seltsames aber auch schönes Gefühl. Es zeigte, wie fest unsere Freundschaft doch war und wie viel Stärke ich eigentlich besaß.

»Ich weiß, dass du nichts gegen ihn tun konntest.«, erklärte ich ihm einfühlsam. Dann nahm ich sein Gesicht in beide Hände und zog es von meiner Schulter, damit er mich ansehen konnte. »Aber Michael, *für mich* hast du so viel getan. Vergiss das nie.«

Er schnaufte spottend. »Was habe ich denn schon für dich getan? Ich wollte dich hier eingesperrt lassen und dich von Jake fernhalten.«

»Du *wolltest.* Aber du hast es noch nicht.«, schmunzelte ich, woraufhin sich seine Augen ein Stückweit weiteten. Kurz flitzte Wut über seine Iris. Wut gegen Jake, denn er erinnerte sich an alles, was geschehen war. Sofort versuchte ich, sie von ihm abzuschütteln.

»Michael, du kennst Jake.«, flehte ich. »Du warst derjenige, der mir gesagt hat, ihm kann man vertrauen. Du warst derjenige, der ihn mir näher gebracht hat und der mir erzählt hat, dass er einer von den Guten ist. Das ist er auch immer noch.«

Er schüttelte schmerzhaft den Kopf. »Ich will nicht, dass er dich verletzt und deine Gutmütigkeit ausnutzt.«

»Das würde er niemals tun. Ich weiß das. Und du weißt das tief im Inneren auch.«

Erschöpft lehnte er seinen Kopf gegen die Wand und blickte ins Leere. Seine Tränen hatten gestoppt, die Wangen waren aber trotzdem noch nass und glänzten rot. Bevor er etwas antworten konnte, wurde im Eingangsbereich plötzlich eine Tür aufgeschlagen.

»Miss Wincester? Mr. Woods?« Das war Mr. Welshs Stimme, sie klang aufgebracht.

Michael und ich blickten uns skeptisch an, dann sprangen wir auf und liefen zum Treppengeländer. Mr. Welsh stand mit dem Telefon in der Hand in der Tür zum Salon und zog panisch die Telefonschnur hinter sich her.

»Ich habe gerade einen Anruf von der Polizei bekommen.«, brachte er aufgebracht hervor. »Es gab wohl einen Unfall. Ihr Onkel, Miss Wincester. Seine Yacht hat den Sturm nicht ausgehalten.«

Bevor ich überhaupt realisierte, was er da von sich gab, hatte Michael schon meine Hand ergriffen und zog mich die Treppe hinunter in Richtung Ausgang.

»Wo genau?«, fragte er mit solch einem ernsten Tonfall, der alles zu Eis verwandeln konnte. Umgehend wurde mir bitterkalt.

»An den Klippen am Waldrand. Südlich des Leuchtturms.«

Jetzt wurde auch ich richtig wach. *Leuchtturm. Unfall. Sturm.* Michael zog mich hinaus zu seinem Wagen. Erst jetzt spürte ich das enorme Ausmaß des Sturmes. Er hatte die letzte halbe Stunde deutlich an Kraft gewonnen und riss die Bäume gefährlich hin und her. Wenn er hier oben schon so stark wütete, wollte ich gar nicht wissen, wie es unten an der Küste aussah. Michael fuhr so schnell, dass ich jeden Moment befürchtete, gegen einen Baum geschleudert zu werden. Er war weder ansprechbar, noch reagierte er auf meine Hand, die sich beruhigend auf seine legte. Doch wie sollte ich ihn beruhigen können, wenn selbst mein Herz am Rasen war? War Hugh etwas zugestoßen? Und wenn ja, was bedeutete das nun für mich? Gab es Tote? Oder wurden alle gerettet-

Gerettet. Jakes Dad. Jake.

Plötzlich ergriff mich eine tödliche Panik. Eine solche, wie ich sie noch nie erlebt hatte. Was war, wenn Jake oder sein Vater hinausgefahren waren, um ihnen zu helfen?! So wie ich die beiden kannte, konnte ich mir gut vorstellen, dass sie all ihre eigenen Bedürfnisse an Land gelassen hatten und ihr Leben riskierten, um anderen zu helfen.

Nein, stammelte ich in Gedanken und bemerkte erst gar nicht, dass meine Lippe schon blutig gebissen war. *Nein, lieber Gott, bitte lass sie unversehrt sein.*

Ich sprach mir Mut zu, erinnerte mich daran, wie erfahren Jakes Dad in der Rettung eigentlich war und dass er sicherlich professionell vorgehen würde. Die beiden waren wohl auf. Ganz sicher!

Hoffentlich…

Als wir in der Stadt ankamen, überholte Michael ein Auto nach dem anderen. Es war nicht viel los - bei dem Wetter traute sich niemand raus und Hugh hätte seine Party auch ruhig mal verlegen können, aber er wollte ja unbedingt immer alles so haben, wie er es geplant hatte. Sturm hin oder her. Ich wurde durch das Auto geschleudert und prallte immer wieder gegen den Sicherheitsgurt, so hastig drehte Michael das Lenkrad in die Kurve. Ein Blick zur Seite verriet mir, dass er krampfhaft auf seiner Wange kaute und angespannt mit dem Kiefer zuckte. Hoffentlich kamen wir hier lebend wieder heraus. Wir alle.

Er überfuhr sämtliche rote Ampeln, kreuzte ein paar Autos von links und rechts, die aufgebracht zu Hupen begannen, und fuhr ab und zu auf dem Bürgersteig, um anderen Autos auszuweichen. Irgendwann kniff ich nur noch die Augen zusammen und krallte mich an Jakes Anhänger, presste ihn an meine Lippen und versuchte, in ihm Kraft und Ruhe zu tanken.

»Alles wird gut.«, flüsterte ich mir immer wieder zu. »Alles wird gut!«

Als ich die Augen wieder öffnete, hatten wir bereits die Strandpromenade erreicht und fuhren neben dem Meer entlang Richtung Außerhalb. Jetzt war es nicht mehr weit.

Meine Nase klebte sich angsterfüllt an die Scheibe. Das Meer war so aufgewühlt, dass ich schon beim Hinsehen seekrank wurde. Man konnte zwar nicht viel erkennen, weil alles dunkel war, doch ich sah deutlich die weiße schaumige Gischt, die die hohen Wellen immer wieder gegen das harte Gestein schlugen. Wer nun baden ging, würde nicht überleben. Das stand fest.

Weit entferntes Dröhnen eines Propellers drang durch das laute Grölen des Meeres.

»Schau, da!« Michael zeigte zum Meer, als auch der Leuchtturm langsam zum Vorschein kam. Ein Rettungshubschrauber schwebte in der Luft über der Meeresoberfläche und versuchte sich bei dem Sturm gerade zu halten. Unter ihm konnte man Hughs Yacht erkennen, sie schien wohl auf einer Sandbank aufgelaufen und zum Teil gebrochen zu sein. Mehr konnte man von hier aus leider nicht erkennen.

Die letzte Strecke drückte Michael nochmal richtig aufs Gas, schleuderte dann seinen Wagen an den Rand der Klippe und lief nach draußen. Ich brauchte einen Moment, bis auch ich mich traute aus dem Wagen zu steigen. Vollkommen überrumpelt versuchte ich, meine Atmung unter Kontrolle zu bekommen. Ein letztes Mal sprach ich mir Mut zu und stieg schließlich mit Jakes Anker in meiner geschlossenen Hand aus dem Wagen. Der Wind presste meine Tür zurück zum Wagen, als wolle er verhindern, dass ich das Auto verließ. Mit aller Kraft hievte ich sie auf und wurde sofort mit nassem Wind in meinen Haaren und in meinen Augen begrüßt. Der Sturm war so stark, dass ich die Lider kaum aufbekam und mich erstmal über die Lage klar machen musste. Michael war bereits die Treppen hinunter gestürmt, etwas weiter weg standen zwei Rettungswagen an der Straße und warteten mit blinkenden Lichtern auf ihre Einsatzkräfte und deren geretteten Opfern. Irgendwo war auch die Polizei zu sehen. Doch durch die vielen blinkenden Lichter und der nebligen Gischt, die im Wind lag, war es mir fast unmöglich, überhaupt etwas zu erkennen.

Meine Beine trugen mich ebenfalls zu den Stufen, führten mich instinktiv zu Jakes Zuhause, damit ich überprüfen konnte, dass es ihm gut ging. Je näher ich dem Haus kam, desto mehr Menschen erkannte ich. Mehrere Polizisten hatten sich versammelt und starrten zur aufgelaufenen Yacht. Auch Sanitäter waren dort, einer kniete am Boden und kümmerte sich um jemanden, der im Sand lag. Meine Schritte beschleunigten sich, mein Atem und mein Herzschlag ebenfalls. Wer verdammt lag dort auf dem Boden?! Wer verdammt war verletzt?!

»Mein Vater! Wo ist er?!« Mein Blick drehte sich wie in Trance zu den Polizisten, die aufgebracht von Michael angeschrien wurden.

»Bitte beruhigen Sie sich. Die Rettungskräfte geben alles, um Ihren Vater und die anderen Passagiere aus dem Boot zu retten!«

Michael brüllte weiter, tränengetränkt und voller Angst. Doch seine Stimme verblasste, je näher ich den Sanitätern kam.

»Nein!«, weinte eine andere Stimme voller Trauer. Eine Stimme, die ich nur zu gut kannte. »Nein, bitte! Mein Sohn!«

Wenige Meter entfernt blieb ich schließlich stehen und setzte nur noch in Zeitlupe einen Fuß vor den anderen. Ich wusste schon, wer da so leblos lag, bevor ich ihn überhaupt sah. Tränen bildeten sich vor meinen Augen, als ich Fred am

Boden knien sah und er laut brüllend weinte. Mein kompletter Körper begann zu zittern, Finger wurden taub und Beine schläfrig.

Ein Schritt weiter und ich sah ihn. Jake.

Er lag auf dem Rücken, der Körper nass vom Meer. Sein Vater versuchte ihn immer wieder eigenhändig zu animieren, während die Sanitäter schon aufgegeben haben. Ein Blick in ihr Gesicht verriet mir, dass es zu spät war.

Nun ließen auch meine Knie nach. Keuchend fiel ich in den nassen Sand und starrte auf den leblosen Körper des Menschen, der mich auf jede erdenkliche Art gerettet hatte.

»Mister« Eine Hand des Sanitäters legte sich auf die Schulter von Jakes Dad, woraufhin dieser einen ohrenbetäubenden Schrei voller Schmerz von sich ließ. »Es tut mir leid!«

»Nein!« Nun machte sich meine Stimme auch eigenständig. »Jake!«, flüsterte ich panisch und lehnte mich über ihn. Heiße Tränen tropften auf seinen Körper, als ich seine Wange streichelte.

Das war nur ein blöder Traum. Jake war nicht tot, gleich würde er wieder aufwachen und in ein paar Jahren würden wir zurückblicken und darüber schmunzeln, dass wir beinahe nicht mehr beieinander sein konnten.

»Jake!« Nun schnellte auch meine Stimme in die Höhe. Verzweifelt brüllte ich um mich, flehte Jakes Körper an, die Augen zu öffnen.

»Bitte, werd wach!«, weinte ich und legte mich auf seine Brust, um mein Gesicht in seine Klamotten zu schmiegen. Für eine Sekunde stellte ich mir vor, dass er die Hand hob und sie in meinen Haaren vergrub, so wie er es sonst immer getan hatte. Dass er mich an sich drückte und mir einen Kuss auf die Stirn hauchte. Dass er mir ins Ohr flüsterte, dass alles wieder gut werden würde und ich die Hoffnung nicht verlieren sollte.

Doch er rührte sich nicht und hier und jetzt - ohne ihn - verlor ich alle Hoffnung, die ich jemals besessen hatte.

»Sie müssen es weiter versuchen!«, brüllte ich zu den Sanitätern, als ich mich wieder aufrappelte. Dies animierte auch Jakes Dad dazu, wieder Hand anzulegen und eine Herzdruckmassage durchzuführen.

»Es ist zu spät.«, meinte einer von ihnen. Ich schüttelte panisch den Kopf, konnte das alles nicht wahrhaben. Doch je länger nichts passierte, je länger Jake leblos auf dem Boden lag, desto mehr realisierte auch ich, dass es zwecklos war.

Es war vorbei. Ein für alle Mal. Ich hatte verloren.

»Die ersten Passagiere konnten geborgen werden!«, hörte ich einen Polizisten weiter weg berichten. »Der Bürgermeister ist wohl auf!«

Michael brüllte ihn fragend an, was mit seinem Vater war. Doch ich hörte plötzlich nur noch diese fünf Wörter in meinem Inneren widerhallen.

Der Bürgermeister ist wohl auf. Der Bürgermeister ist wohl auf.

Hugh lebte. Und er war dort oben im Hubschrauber. Das heißt, ich würde bei ihm bleiben müssen. Ich hatte gegen ihn verloren.

Jake war fort. David war fort. Wie sollte ich das überleben?!

Panisch fuhr ich herum, rappelte mich schließlich auf und ging eine Idee in meinem Kopf durch, die mir plötzlich kam. Doch sie war absurd, ja, fast unmöglich, - aber mein einziger Ausweg.

Mein Blick schnellte die Klippen hinauf, dann landete er bei Michael, der immer noch aufgebracht auf die Polizisten einredete und abgelenkt war. Ich wollte es nicht wahrhaben, ich wollte nicht gehen, Jake zurücklassen, Michael und Jae, doch dies war meine einzige Möglichkeit. Mein einziger Ausweg, dieser Stadt zu entkommen. Jetzt ohne Hoffnung, ohne Liebe und ohne Sinn zu kämpfen hielt mich gar nichts mehr hier.

Ein letztes Mal stürzte ich mich auf Jake, hauchte ihm einen Kuss auf die Stirn.

»Ich liebe dich, Jake Ayres.«, flüsterte ich schmerzerfüllt in sein Ohr und brach dabei erneut in Tränen aus. Dann löste ich mich von ihm, entfernte mich im Rückwärtsgang vom Geschehen und rannte schließlich zu den Treppen.

Erst als ich oben angekommen war, bemerkte Michael mich und kam mir mit wilden Armbewegungen hinterher. Doch es war zu spät. Er war zu langsam.

Wie in Trance hievte ich mich in seinen Wagen, erinnerte mich krampfhaft an den Todestag von David, an dem er mir grob gezeigt hatte, wie man ein Auto bediente. Michaels Wagen sprang an, ging aber sofort wieder aus. *Kupplung!* Ich muss die verdammte Kupplung treten.

Erneut sprang er an, diesmal blieb er das auch. Mühsam legte ich den Rückwärtsgang ein und fuhr mit einem großen Schlenker zurück auf die Straße. Zum Glück kam gerade kein Auto entgegen. Gerade als Michael oben ankam, fuhr ich mit laut quietschenden Reifen davon.

Verzweifelt sah ich ihn durch den Schleier meiner Tränen im Rückspiegel kleiner werden und flüsterte mir immer wieder Mut zu.

»Es tut mir leid, Michael.«, hauchte ich, weil es mich zerriss, ihn hier zurück zu lassen. Doch ich wusste, Jae würde sich gut um ihn kümmern. Sie würden sich beide gut umeinander kümmern.

Mich hielt nichts mehr in dieser Stadt. In dieser Höllenstadt, die vom Tode regelrecht besiedelt wurde. Mein Glück war fort, jegliche Hoffnung war einfach so vor meinen Augen verstorben.

Und während ich alles hinter mir ließ, ohne Ziel einfach davonfuhr, war ich mir nicht sicher, welcher Schmerz schlimmer war:

Der Schock über das, was geschehen war oder das, was nie wieder geschehen würde.

Kapitel 34

März 2002

Als Michael mich Mittwochfrüh zur Werkstatt bringt, schweigen wir. Seit unserem letzten Streit, haben wir uns kaum mehr zu Gesicht bekommen und dementsprechend auch nicht mehr geredet. Den Dienstag über war er von früh morgens bis spät abends im Büro gewesen, wahrscheinlich meinetwegen. Ich hingegen habe mich an jenem Abend doch noch dazu gezwungen, Mia und René die Geschichte eines eingesperrten Mädchens zu erzählen, das es geschafft hat, dem Monster zu entkommen. Ob es mir leicht gefallen ist? Auf keinen Fall. Trotzdem habe ich mich danach etwas befreiter gefühlt.

Den Dienstag habe ich die meiste Zeit im Zimmer verbracht, weil ich mich in dieser Stadt ungern blicken lasse. Dana habe ich eine SMS geschickt mit dem Hinweis, dass ich mich demnächst mit einer neuen Kurzgeschichte bei ihr melde. An dieser Kurzgeschichte habe ich mich dementsprechend auch den ganzen Tag versucht, - leider erfolglos. Hoffentlich kommen mir neue Ideen, sobald ich wieder in Atlanta und nicht mehr von der negativen Energie dieser Stadt umgeben bin.

»Danke, Michael.«, sage ich, als er vor der Werkstatt stehen bleibt und angespannt die Hände ans Lenkrad krallt. Als seine Knöchel weiß hervortreten, blitzen Erinnerungsfetzen der Nacht des Unfalls vor mein inneres Auge und bringen mich und Michael für eine Sekunde zurück in seinen alten Wagen. Den Wagen, den ich damals gestohlen habe und mit dem ich abgehauen bin.

Ohne mich anzublicken, nickt er höflich.

»Ich meine es ernst. Danke, für alles.«, hake ich nochmal nach, weil ich mir wünsche, einen ehrlichen, freundlichen Blick von ihm abzubekommen. Ich möchte nicht so kühl und ohne richtige Verabschiedung auseinander gehen. Nicht nochmal.

Doch er nickt wieder nur, würdigt mich keines Blickes. Ich weiß, dass ich es nicht anders verdient habe und schlüpfe mit Alpha aus dem Wagen. Als ich mich zu ihm umdrehe, um meine Tasche aus dem Auto zu fischen, mustere ich ihn ein letztes Mal und hoffe, dass er mich auch anblickt. Stattdessen lehnt er sich schließlich seufzend zur Beifahrertür und zieht sie zu.

»Pass auf dich auf, Abby.«, sagt er durch das offenstehende Fenster und startet den Wagen. Dann fährt er ohne weiteres los und lässt mich dort stehen. So wie ich ihn einst stehen gelassen habe. Ich schlucke den Schmerz hinunter, unterdrücke jegliche Tränen und rede mir ein, dass es besser so ist. Dann drehe ich mich um und laufe zur Werkstatt.

Bill reicht mir meinen Schlüssel und erklärt mir genau, was repariert werden musste. Doch ich höre ihm gar nicht richtig zu. In Gedanken hänge ich immer noch bei Michael, spüre den Schmerz, den seine kühle Art in mir ausgelöst hat. In all den Jahren habe ich so oft an ihn und Jae gedacht - und mich doch nie gemeldet. Wieso nicht? Wieso war ich immer nur so feige gewesen? Hugh ist sicherlich mittlerweile alt und klapprig und kann mir nichts mehr anhaben, wieso habe ich dann immer noch so viel Angst vor ihm?

Ich schlucke, als ich eine traurige Erkenntnis habe. Hugh ist kaum mehr der Grund dafür, warum ich diese Stadt und alles, was damit zu tun hat, die letzten 18 Jahre gemieden habe. Jake ist der Grund. Jake, David und all die Erinnerungen an sie. Diese Stadt ist voller unerfüllter Träume und Wünsche. Pläne, die nicht wahr werden konnten und Hoffnungen, die auf der Strecke bleiben mussten. Und alles in dieser Stadt erinnert mich daran, was hätte sein können. Was hätte sein können, wenn es Hugh verdammt nochmal nicht gegeben hätte.

»Miss?« Bill schnippt ein paar Mal vor meinen Augen und ich fahre erschrocken herum. »Haben Sie gehört? Wie wollen Sie zahlen?«

»Ähm«, stammele ich und ziehe mein Portemonnaie hervor. Natürlich habe ich kein Bargeld bei mir und eine Kreditkarte besitze ich auch nicht. Trotzdem tue ich so, als würde ich darin wühlen, um mir etwas Zeit zum Nachdenken zu verschaffen. »Können Sie mir vielleicht eine Rechnung ausstellen? Ich überweise es dann.«

Skeptisch kneift er die Augen zusammen und mustert mich. Ich spüre, dass er mir nicht vertraut und verneinen möchte, da meldet sich Ninos Stimme aus dem Hintergrund.

»Das ist kein Problem, Bill. Ich kenne sie.« Bill dreht sich zu Nino, der langsam näherkommt und mir lächelnd zuzwinkert.

Erleichterung macht sich in mir breit, als Bill schließlich zögerlich nickt und ein leises »Na gut« murmelt. Dann verschwindet er in dem verglasten Kasten, der scheinbar als sein Büro hinhält, um die Rechnung fertig zu stellen.

»Danke, Nino.« Ich schenke ihm ein warmes Lächeln.

Er winkt ab. »Alte Freunde helfen sich doch gegenseitig.«, schmunzelt er, dem ich mit einem verhaltenen Nicken begegne. »Hast du die paar Tage in Saint Marys wenigstens etwas genießen können?«

Innerlich beginne ich nervös zu lachen. »Es…«, stammele ich. »Naja, es war schön Michael, Jae und dich wiederzusehen.«

Verwundert kneift er die Augen kurz zusammen und nickt enttäuscht, als hätte ich irgendetwas Falsches gesagt. Schließlich legt er den Kopf schief und blickt mich skeptisch an.

»Du warst echt kein einziges Mal bei…« Er zieht das letzte Wort in die Länge, weil er Angst hat seinen Namen auszusprechen. Ich helfe ihm aus.

»Meinem Onkel?«, frage ich mit spottendem Unterton. »Nein, nur über meine Leiche.«

Er verharrt mit offenstehendem Mund und braucht ein paar Sekunden, um meine Worte zu verarbeiten. Dann nickt er schließlich. »Ja, bei deinem Onkel.«, haucht er leise. »Denkst du nicht, du solltest ihn nochmal sehen, bevor du gehst? Also einfach, um mit ihm abzuschließ-«

»So, Miss Clark.« Bill tritt aus dem Glaskasten und reicht mir eine Rechnung sowie meine Schlüssel. Dass ich einen anderen Nachname habe, verbindet Nino sicherlich mit einer Eheschließung und ich lasse ihn in dem Glauben. Das ist mir lieber und auch viel einfacher, als ihm zu erzählen, dass ich nach meiner Flucht meinen Namen ändern gelassen habe, damit Hugh mich nie wiederfindet.

Sofort weicht Nino einen Schritt zurück, und obwohl ich mich nun Bill und der Rechnung widme, höre ich seinen Vorschlag noch ganz laut in meinem Inneren.

Natürlich ist mein erster Gedanke: Auf keinen Fall besuche ich diesen Mistkerl! Andererseits hat die Geschichte, die ich den Zwillingen gestern erzählt habe, mich wirklich etwas befreien können und es gibt so vieles, das ich meinem Onkel am liebsten noch an den Kopf werfen und loswerden würde. Ist es absurd, dass ich es wirklich in Betracht ziehe, vor meiner Abreise bei ihm vorbei zu fahren?

Ich schlucke, als ich den Betrag auf der Rechnung lese. 325 Dollar. Für einen Normal-Menschlichen mit einem guten Job ist diese Summe sicherlich ein Klacks, doch ich weiß, dass ich die nächsten zwei Wochen hart an meinen Kurzgeschichten schuften muss, um die Rechnung rechtzeitig begleichen zu können.

»Vielen Dank, ich überweise es Ihnen dann.«, bedanke ich mich und nicke Bill einmal zu. Dieser verabschiedet sich von mir und widmet sich dann wieder einem anderen Wagen.

»Also dann«, beginnt Nino und reibt sich die Hände. »Es war echt schön, dich mal wieder zu sehen, Abby.«

Ich gehe einen Schritt auf ihn zu und umarme ihn herzlich. Dabei schließe ich die Augen und sehe den jungen Nino vor mir. Den ersten Abend, an dem ich ihn kennengelernt und an dem ich Jake dazu gezwungen habe, sich bei ihm zu entschuldigen. Und die vielen weiteren Tage, an denen wir unsere Zeit zu viert verbracht haben. Ann, Nino, Jake und ich. Auch wenn die Erinnerungen an diese Zeit für mich nur noch von Dunkelheit und Schmerz geprägt sind, merke ich doch nun wieder, wie sehr ich sie damals genossen habe. Wie glücklich ich war. Wie viel Spaß ich mit den dreien gehabt habe. Und wie sehr ich sie doch alle vermisse.

»Hat mich auch gefreut.«, lächle ich und löse mich dann aus seiner Umarmung, um zu meinem Wagen zu gehen. Als ich die Beifahrertür öffne, springt Alpha voller Vorfreude auf eine weitere Spritztour hinein. Ich glaube wirklich, er liebt das Autofahren.

»Lass bald mal wieder von dir hören!«, ruft mir Nino hinterher. Ich antworte ihm mit einem warmen Lächeln, auch wenn ich gedanklich den Kopf schüttele. Es ist glaube ich wirklich besser so.

Sobald ich im Wagen sitze, dreht Nino um und kümmert sich wieder um seine Arbeit. Ein Lächeln überkommt mich, weil ich mich freue, mein Auto wieder zu haben, verblasst aber sofort, weil ein Teil von mir irgendwie das Gefühl hat, nicht gehen zu wollen. Als sei ich noch nicht fertig hier, als müsse ich noch ein paar Dinge erledigen, um abzuschließen.

Vielleicht sollte ich wirklich bei Hugh... Nein. Ich schüttele den Kopf und starte den Wagen. Er hat es nicht verdient, dass ich bei ihm vorbeischaue.

Mit festem Entschluss fahre ich auf die Straße in Richtung Highway. Als ich an einer Ampel zum Stehen komme, erwische ich mich dabei, wie ich gedankenverloren meine Kette in die Hand drücke. Das tue ich öfters, wenn ich unsicher bin - seit 18 Jahren. Aber warum bin ich unsicher? Meine Entscheidung steht doch fest! *Oder?*

Hastig schüttele ich den Kopf und versuche mich wieder voll und ganz auf die Straße zu konzentrieren, als die Ampel sich auf Grün schaltet. Trotzdem schaffe ich es nicht, all die Sätze zu ignorieren, die mir in den letzten Jahren noch eingefallen sind und die ich am liebsten Hugh an den Kopf geworfen hätte. Als ich damals abgehauen bin, musste ich alles zurücklassen. All meine Sachen waren bei Hugh verblieben. Jakes Pullover, Davids Armband, meine Geschichten und unsere Briefe.

Das einzige, was ich seitdem immer bei mir gehabt habe, ist sein Anker.

Ich nähere mich der Stadtausfahrt - aber auch der Straße, die hoch zum Wald und zu Hughs Anwesen führt. An der großen Kreuzung bleibe ich an einer roten Ampel stehen und fixiere die Straße vor mir, die zum Highway führt. Doch ich komme nicht drum herum, meinen Blick auch dort zu behalten. Vorsichtig späht er in die Straße rechts von mir hinein, die erst leicht ansteigt, weiter oben aber richtig steil wird. Ich erinnere mich an die vielen Male, in denen Michael und ich sie genommen haben. Und ich erinnere mich an jene Nacht, in der ich sie hinuntergestolpert und schließlich im Wald gelandet bin. Die Nacht, in der ich Jake kennengelernt habe.

Mein Blick zuckt umher, als die Ampel wieder grün wird. Panisch zwinge ich meine Beine, das Gaspedal zu drücken und diese Stadt zu verlassen, doch ich kann mich einfach nicht bewegen. Mein Blick hängt fest an der Straße rechts neben mir.

Hupgeräusche setzen ein. Aufgebrachte Autofahrer regen sich hinter mir auf und überholen mich schließlich laut fluchend. Erst als auch die Rechtsabbieger Grün bekommen und mein Blick ihnen folgt, wie sie in der Straße zu Hughs Anwesen verschwinden, kann ich langsam wieder klar denken. Wie von selbst presse ich schließlich das Gaspedal durch und feuere das Lenkrad nach rechts. Erneut ernte ich wildes Hupen und bin froh, als ich unversehrt aus dem großen Kuddelmuddel, das ich auf der Kreuzung angerichtet habe, wieder raus komme. Es wäre schlimm genug, wenn ich noch einen Unfall bauen und erneut in dieser Stadt festhängen würde. Nein, das hier wird kurz und schmerzlos von statten gehen.

Nur kurz alles ablassen, was sich die Jahre in mir aufgestaut hat, Hugh ein elendiges Leben wünschen und dann bin ich endgültig fertig hier.

Mit zittrigem Atem halte ich vor dem Tor seines Anwesens, lasse meinen Blick über die Einfahrt streifen, die gar nicht mehr so schön und gepflegt aussieht wie damals in meiner Zeit.

»Du bleibst kurz hier.«, sage ich zu Alpha, ohne den Blick vom Anwesen zu nehmen. »Glaub mir, da willst du nicht rein.«

Er winselt einmal kurz, lässt sich dann aber im Fußraum des Beifahrersitzes nieder und macht es sich gemütlich.

Das Tor ist verrostet und quietscht, als ich es öffne, und die Pflastersteine sind von dichtem Unkraut gerahmt. Auch die Hecke müsste dringend mal wieder geschnitten werden und der Springbrunnen sieht aus, als wäre er seit Jahren nicht mehr benutzt worden. Für kurze Zeit schließe ich die Augen und spreche mir Mut zu, weil ich einen kleinen Aussetzer bekomme und wieder abhauen möchte. Doch jetzt bin ich hier. In der Hölle. Und das habe ich mir ganz allein zuzuschreiben.

Meine Knie sind schwach, als ich mich in Bewegung setze und zur Tür laufe. Sein Anwesen wirkt wie ein uraltes Horrorhaus, in dem es spukt und in dem kein Mensch überlebt.

Ich habe überlebt, höre ich eine Stimme im Inneren und erinnere mich an Michaels Worte. Vielleicht hat er Recht, vielleicht kann ich wirklich stolz darauf sein, dass ich auf beiden Beinen stehe und lebe. Auch wenn ich mich seit 18 Jahren bei weitem nicht so lebendig fühle, wie ich es damals mit Jake getan habe.

Als ich meine Faust gegen die Tür schlage, um zu klopfen, lässt sie nach und fällt quietschend auf. Mein Herz pocht so laut, dass es das Geräusch fast übertönt. Angespannt lausche ich ins Innere, doch im Haus ist es totenstill. Fast so als würde hier niemand mehr wohnen. Wahrscheinlich hat sich seit Jahren kein Mensch mehr hier her verirrt. Ich hoffe, es ist so gewesen. Ich hoffe, Hugh vereinsamt hier oben.

Vorsichtig trete ich in die Eingangshalle. Als ich den Blick durch den Raum schweifen lasse, sehe ich mich plötzlich selbst. Ich sehe, wie ich mich mit meinem Professor unterhalte. Ich sehe, wie Jae mich die Treppen zu meinem Zimmer hochführt, um mich zurecht zu machen. Ich sehe, wie ich mit nassem Rock vor meinem Onkel stehe und er mich anschnauzt, dass ich die letzte Nacht wieder im Baumhaus verbracht habe. Ich sehe, wie ich gegen ihn kämpfe und ihn anschreie, bis er mich in der Besenkammer verfrachtet. Und ich sehe, wie ich mit Michael am Geländer im ersten Stock sitze und ihn wegen seiner Mutter tröste.

»Hallo?«, frage ich fast flüsternd, weil ich Angst vor einer Antwort habe. Ich bekomme auch keine, also blicke ich mich weiter um.

Bisher kann ich keine Veränderung erkennen, die Einrichtung ist stets altmodisch und mittlerweile auch verstaubt. Wahrscheinlich hat Hugh seit Jahren keine Angestellten mehr beschäftigt. Mein Blick schnellt die Treppe hinauf. Neugierig spähe ich in den Flur im ersten Obergeschoss, in dem damals auch mein Zimmer gelegen hat. Ob meine Sachen noch dort sind? In der Diele?

Bevor ich auf Zehenspitzen die Stufen hinauf laufe, versichere ich mich, dass auch wirklich niemand da ist. Doch das Haus wirkt weiterhin wie leergefegt. Als wäre es hier drin niemals so laut gewesen wie damals.

Die Stufen knarren leise unter meinen Füßen, doch in der Stille, die in diesem Haus herrscht, wirken sie richtig laut. Angespannt presse ich die Lippen aufeinander und halte die Luft an, als würde mich das irgendwie leichter machen. Erst als ich oben ankomme, hört das Knarren auf. Ein weiterer Moment, in dem ich ins Haus lausche, zeigt mir, dass sich immer noch niemand geregt hat. Also laufe ich weiter und komme meiner alten Kinderzimmertür - meiner alten Gefängniszelle - näher. Bevor ich den Knauf umfasse, schließe ich die Augen und atme tief durch. Dann stoße ich die Tür auf und weiche zurück, als würde mich ein großes Monster, das darin lebt, gleich angreifen. Doch es passiert nichts, es bleibt still.

Also traue ich mich schließlich einzutreten und stelle fest, dass alles noch genau so ist, wie ich es zurückgelassen habe. Dichter Staub liegt auf Kommode, Fensterbank und Schreibtisch. Vorsichtig fahre ich über das alte Holz meiner Schubladen und öffne schließlich die Oberste. Sie ist leer, meine alten Klamotten sind fort. So auch Jakes Pullover.

Seufzend sehe ich mich im Raum anderweitig um und bleibe mit dem Blick schließlich am Teppich hängen. Ohne groß darüber nachzudenken, knie ich mich auf den Boden, schlage den alten modrigen Stoff zur Seite und erblicke die lose Diele. Plötzlich ergreift mich dumpfe Panik. Was ist, wenn sie ebenfalls leer ist? Wenn alle Dinge, die mich an Jake und an mein Glück erinnern, fort sind? Will ich überhaupt erinnert werden?

Meine Finger kribbeln, während ich über das glatte Holz fahre. Und in dem Moment, in dem die Diele hinausspringt, halte ich unbemerkt die Luft an. Und dann ist es wahr. Alle Briefe, alle Zettel, all meine Worte - sie liegen vor mir zum Greifen nahe.

Ich ziehe die ersten Umschläge hervor und stelle fest, dass sie vergilbt sind. *Abbigail* steht mit schwacher Schrift auf der Oberfläche. Hoffnungsvoll fahre ich über meinen Namen und stelle mir vor, ich könnte dadurch Jake nahe sein. Er hat diesen Brief berührt, er hat diese Worte geschrieben - sie sind ein Teil von ihm.

Noch während ich den ersten Umschlag öffne und das Papier entfalte, merke ich, dass ich Tränen in den Augen habe. Normalerweise habe ich mir vorgenommen, nicht mehr zu weinen, doch jetzt und hier ist mir plötzlich alles andere egal. Jetzt gibt es nur mich und Jakes Worte.

Liebe Abbigail,
ich bin ehrlich zu dir. Dies hier ist der erste Brief, den ich jemals geschrieben habe, also sei bitte gnädig mit mir.

Ein leises Schluchzen gemischt mit einem Lacher löst sich aus meiner Kehle und ich halte mir krampfhaft die Hand vor den Mund, als sich ein trauriger Schleier voller Tränen vor meine Iris legt. Hastig öffne ich die nächsten Briefe und lese sie alle durch.

Ich hoffe sehr, dass ich deiner Welt etwas Farbe verleihen kann – und sei es nur mit einem Schmunzeln.

Heute musste ich an dich denken, als ich einen Burger im Mace & Grace gegessen habe. Es war so schön und vor allem lustig mit dir gewesen.

Liebe Abby,
du weißt nicht, wie viel es mir bedeutet, dass ich dich bei diesem Spitznamen nennen darf.

Ich liege wach und kann nicht schlafen, weil ich ständig an dich denken muss.

Vergiss nie: Wenn du nicht mehr kannst, dann ankere dich einfach an mir fest…

Meine liebste Abby,
was hast du bloß mit mir angestellt.

Was hast du nur mit mir angestellt, gebe ich gedanklich zurück und drücke das Papier an meine Brust.

Den letzten Brief kann ich kaum fertiglesen, so aufgelöst bin ich. Ausgelaugt lege ich ihn zu den anderen und versuche, meine Tränen zu stoppen. Ich frage mich, ob er gewusst hat, wie sehr ich ihn geliebt habe. Ob Michael ihm die Nachricht rechtzeitig überbracht hat, oder ob Jake es einfach gespürt hat. Erschöpft sinke ich mit dem Rücken an die Kommode. 18 Jahre ohne ihn. 18 Jahre lang habe ich jeden Tag versucht, weiterzuleben und nun, wo ich endlich mal wieder richtig etwas spüre, seine Worte fühle und die Liebe, die er mir geschenkt hat, frage ich mich, ob ich diese letzten Jahre auch wirklich *weitergelebt* habe. Mit der Trauer und dem Schmerz, der mich nun richtig wahrhaftig überkommt und den ich all die Zeit unterdrückt und weggeschubst habe, fühle ich mich zum ersten Mal seit langem wieder menschlich. So, als würde ich von den Toten auferstehen. Dass es Jake ist, der mir dieses Gefühl bringt, ist für mich keine Überraschung. Sogar über den Tod hinaus rettet er mich immer und immer wieder.

Nach ein paar Minuten stillem Weinen greife ich nach den anderen Umschlägen und dem restlichen Briefpapier von Jake, das ich damals mit Geschichten - einschließlich der von ihm und mir - beschrieben habe. Ohne sie zu lesen, - denn ich weiß, dass ich das nicht ertragen würde, - stecke ich sie samt der Briefe in meine Manteltasche und nehme die Diele, um sie zurück an Ort und Stelle zu verfrachten. Ich stocke allerdings, als ich zwischen dem Holz und unter dem Boden der anderen Dielen noch etwas anderes entdecke.

Mein Atem geht schneller, die Tränen vermehren sich nochmal, während ich den bunten Walkman hervorziehe. Ich habe gar nicht in Erinnerung gehabt, dass in der Diele so viel Platz ist. Langsam ziehe ich mir die Kopfhörer über die Ohren, dann betätige ich den großen Playknopf. Als Bryan Adams sanfte Stimme ertönt und mitten in der zweiten Strophe seines Songs *Heaven* einsteigt, verliere ich mich komplett. Mit der

Hand auf meinen Mund gepresst, kneife ich die Augen zusammen, um die Tränenflut aufzuhalten. Doch es nützt nichts. Dutzende Tropfen lösen sich aus meinen Augenwinkeln und bahnen sich über meine Wange. Von jetzt auf gleich bin ich wieder 17. Von jetzt auf gleich stehe ich neben dem Lichtfeuer des Leuchtturms und starre in die atemberaubend sternenerfüllte Nacht. Hinter mir steht Jake und legt mir die Kopfhörer auf die Ohren. Ich spüre seine Nähe, seine Wärme und sehe sein Lächeln vor mir, als wäre es gestern gewesen. Im nächsten Moment zieht er mich an sich und wir tanzen gemeinsam zu den Klängen von Bryan Adams.

»Wenn ich nicht bei dir sein kann, dann setz den Walkman auf, schließ die Augen und stell dir vor, ich bin da.«

Ein lauter Schluchzer holt mich zurück in die Realität. Ich weine wie ein Schlosshund, und das, obwohl ich seit 10 Jahren keine Träne mehr verdrückt habe.

Instinktiv greife ich nach Jakes Ankeranhänger, der immer noch um meinem Hals hängt, und presse ihn an meine Lippen.

»Ich vermisse dich so!«, flüstere ich, weil ich hoffe, er hört mich.

Erst als der Walkman verstummt, öffne ich die Augen und blicke verschwommen durch den Raum. Eine Bewegung lässt mich zusammenschrecken und ich kreische fast unbemerkt auf. Als ich die Kopfhörer von meinen Ohren robbe und panisch aufstehe, erkenne ich, dass jemand in der Tür steht. Mit pochendem Herz mustere ich ihn von oben bis unten, er tut es mir gleich, und sofort überkommt mich wieder diese Wut. Es hat sich wohl wirklich nichts verändert.

Er starrt mich an, als wäre ich niemals weg gewesen und als würde es ihn nicht wundern, dass ich nun wieder da war. Da war keine Überraschung, keine Verwunderung in seinem Blick. Nur dieser kalte, abfällige Ausdruck.

»Dass du dich traust, nochmal her zu kommen.« Seine Stimme ist alt und rauchig. Erst jetzt merke ich, dass er sich auf einem Stock abstützt. Ich mustere seine grauen ausgefallenen Haare und die vielen Falten in seinem Gesicht. Es ist vollkommen eingefallen und zeigt, wie zornig er doch immer gewesen ist.

Ich rümpfe die Nase und hebe den Walkman. »Ich hole nur das ab, was mir gehört.«

Er lacht spottend und dreht sich dann humpelnd wieder zum Flur um. Langsam folge ich ihm zur Treppe.

»Du hast jedes Eigentumsrecht in diesem Haus verloren.«, krächzt er abfällig, während er die Treppen hinunter humpelt. Mich überkommt der grausame Gedanke, ihn einfach hinunter zu schubsen, doch ich weiß, dass ich besser bin als er. Gewalt ist für mich keine Lösung. »Aber nimm dir den Schwachsinn ruhig mit.«

»Was hast du mit meinen Klamotten gemacht?«, frage ich, als wir im Salon ankommen, und schaue mich nun auch hier nochmal prüfend um.

Der Raum wirkt so alt und verstaubt, dass ich mir fast sicher bin, dass seit meiner Flucht keine Putzfrau mehr hier gewesen ist. Staubfäden und Spinnenweben hängen in der Deckenecke und am Kronleuchter. Ich rümpfe die Nase.

»Weggeschmissen natürlich.«, stößt er albern hervor, lässt sich dann auf seiner eingesessenen Couch nieder, um sich eine Zigarre anzuzünden. »Was soll ich bitte mit deinen Klamotten anfangen? So schrecklich wie du aussiehst, brauchst du sie sowieso nicht mehr.«

Ich ignoriere ihn, trete stattdessen an die Terassentür und betrachte den Garten. Auch er wurde die letzten Jahre vernachlässigt. Dichtes Schilf umzingelt den See und verschmälert ihn dadurch fast um ein ganzes Viertel. Trotz des vielen Unkrautes und der deutlich fehlenden Pflege erkenne ich plötzlich kleine Osterglöckchen am Rande der Bäume und muss skeptisch schmunzeln. Wo die wohl herkommen?

Um zu prüfen, ob unser altes Baumhaus noch steht, kneife ich die Augen zusammen, kann aber zwischen dem vielen hochgewachsenen Unkraut nichts erkennen. Wahrscheinlich hat er es nach all den Jahren endlich abreißen lassen. Es war ihm ja schon immer ein Dorn im Auge.

»Hast du alles?«, fragt er ungeduldig. Als ich mich zu ihm umdrehe, deutet er genervt zur Tür.

Ich verdrehe die Augen und entferne mich vom Fenster. Ehe ich ihm mit einem Ja antworte, überprüfe ich meine Taschen. Dann setze ich mich in Bewegung und laufe Richtung Tür. Doch bevor ich sie erreiche, stocke ich.

Habe ich wirklich alles? Bin ich wirklich fertig hier? Irgendwie fühlt es sich nicht so an und ich weiß auch genau, warum. Die vielen Worte, das Unverständnis und all die Fragen an Hugh schlummern immer noch in mir. Und ich muss sie endlich loslassen.

»Warum hast du mich immer so gehasst?« Ich stelle die Frage, bevor ich mich umdrehe. Als ich ihm in die Augen blicke, bilden sich wütende Tränen in den meinen.

Er seufzt halb lachend halb entnervt. »Herrgott, bist du immer noch so eine Heulsuse?«

Aufgebracht trete ich einen Schritt näher. »Warum?!«, brülle ich. »Was haben David und ich dir getan, dass du uns immer so gehasst hast?«

Sein Blick wird ernster. Wütend zieht er die Brauen zusammen und mustert mich mit zuckendem Kiefer. Ich fahre fort, als er mir immer noch nicht antworten möchte.

»Wir haben beide immer versucht, es dir Recht zu machen, aber wir waren Kinder, verdammt! Wir wollten spielen, wir wollten geliebt werden!«

»Ihr wurdet aber nicht geliebt!«, entgegnet er mir aufgebracht und hustet dann ein paar Mal mit schmerzerfülltem Gesicht. »Euer Vater hat euch einfach so bei mir abgelassen! Der feige Mistkerl ist abgehauen und hat alles zerstört, was ich hatte.«

»Was *du* hattest?« Skeptisch stelle ich seine Worte in Frage. »Als ob du in irgendeiner Weise darunter gelitten hast! Du hattest Ruhm, viele Anhänger, musstest dich nicht mal wirklich um uns kümmern, weil du Angestellte hattest, dir ging es immer-«

»Wegen deinem Bruder und dir hat mich meine Ehefrau verlassen!« In seiner kränklichen Stimme schwingt Trauer mit und doch ist sie so wütend. Ich öffne den Mund und schließe ihn wieder, ehe ich verdutzt einen Schritt zurücktrete.

Er hebt seinen Stock und deutet mit ihm auf mich. »Dazu kann die kleine Abbigail mal wieder nichts sagen.«, meint er und verhöhnt mich mit einem angeekeltem Blick, bei dem er die Nase rümpft.

»Ehefrau?«, hauche ich unsicher.

»Ja, ich war verheiratet. Du hast schon richtig gehört! Wärt ihr nicht gewesen, dann hätte Laurel mich nie verlassen, dann hätten wir eigene Kinder bekommen können.«

Für einen kurzen Augenblick habe ich wirklich Mitleid mit ihm. All die Jahre habe ich mich gefragt, was hinter seiner Wut steckt, und habe mir nie vorstellen können, dass sie unbegründet ist.

»Und was - verdammt nochmal - konnten wir dafür?!« Ich raufe mir die Haare, als die Wut auf ihn zurückkehrt. »Wir waren noch Kinder, ich noch ein Baby! Wenn es nach uns gegangen wäre, wären wir niemals bei dir gelandet. Lieber hätten wir auf der Straße gelebt.«

»Du bist so unfassbar undankbar!« Er schüttelt den Kopf und steht auf. Langsam humpelt er in meine Richtung, stützt sich dabei auf seinem Stock ab. »Ich habe euch bei mir aufgenommen und euch all die gute Schulbildung ermöglicht! *Meine* Kinder hätten das zu schätzen gewusst.«

Wütende Tränen rollen meine Wangen hinunter, weil ich so unfassbar über seine Worte bin. Wie kann er ernsthaft immer noch denken, dass er gut zu uns gewesen ist? Wie kann er denken, dass wir ihm dankbar hätten sein sollen?

»Dankbar für die vielen Schmerzen?!« Meine Stimme überschlägt sich, woraufhin er gelangweilt die Augen verdreht. »Du hast mein Leben zerstör-«

»Ach komm, hör auf!«, lacht er spottend, als würde ich maßlos übertreiben. »Kinder müssen manchmal gerügt werden, um zu lernen, was richtig und was falsch ist.«

Fassungslos stolpere ich nach hinten. Am liebsten würde ich auf ihn losgehen, ihn anschreien, dass er falsch liegt und ihm dieselben Schmerzen antun, die er mir angetan hat. Doch mit jedem weiteren Wort, das aus seinem Mund kommt, merke ich, dass es keinen Sinn hat. Hugh ist ein verbitterter, sturer, alter Mann, der von seinen Worten und Taten fest überzeugt ist. Es nützt nichts, meine Energie an ihm zu verschwenden.

»Du tust mir wirklich nur noch leid.«, hauche ich. »So verbittert und einsam, wie du bist.« Sein Blick tränkt sich in Betroffenheit, die er versucht durch Wut zu überspielen. »Zum Glück hat dich deine Frau verlassen, zum Glück hast du keine eigenen Kinder in diese Welt gesetzt.«, fahre ich dann fort, woraufhin er angespannt die Lippen aufeinanderpresst. Meine Stimme wird lauter, mein Herz schlägt immer schneller. Eigentlich wollte ich ruhig bleiben, doch ich kann mich nicht zurückhalten. »Das, was du David und mir angetan hast, wünsche ich keinem Kind dieser Welt. Du hast mir alles genommen, was ich hatte, und ich wünschte, du wärst statt Jake damals beim Unfall gestorben.«

Er öffnet den Mund, um los zu plärren, stockt dann aber und hebt die Brauen, als würde ich eine andere Sprache sprechen. Als er schließlich genüsslich beginnt zu lachen, gibt mir das den Rest. Kopfschüttelnd drehe ich mich um und entferne mich von ihm. Ich bin fertig hier.

»Du…« Sein Satz wird von einem weiteren Lacher unterbrochen. »Du denkst immer noch, Jake wäre…?«

Ich stoppe im Eingangsbereich und bleibe mit dem Rücken zum Salon stehen. Irgendwie macht sich ein unangenehmes Gefühl in mir breit, doch ich kann nicht ganz deuten, woher er es kommt und was genau es ist.

Unsicherheit? Panik?

»Man hat dir nie gesagt, dass Jake überlebt hat?« Sein Lachen schallt spottend weiter, verschwindet aber urplötzlich hinter einem lauten Dröhnen in meinen Ohren. Ich atme einmal ein, dann zitternd wieder aus.

Was genau hat er da von sich gegeben? Vorsichtig versuche ich mich umzudrehen, doch jede Bewegung ist so mühsam, jede Bewegung lässt mein Herz noch schneller Rasen und jagt mir ein schmerzhaftes Stechen durch den Körper. Irgendwie schaffe ich es aber trotzdem, mich wieder Hugh zuzuwenden.

»Was?« Ich spüre, dass sich mein Mund öffnet und diese Frage herausströmt. Noch bevor er antwortet, kenne ich seine Worte eigentlich - und ich weiß nicht, was genau mir mehr Angst macht: Dass sie wahr sind, oder dass sie es nicht sind.

»Dein toller Jake lebt.« Er sagt es mit einer abfälligen Handbewegung. Sofort taumele ich nach hinten, finde an der Eingangstür Halt. Der Sauerstoffzufluss in meinen Lungen setzt aus, ich bekomme immer weniger Luft, je öfter Hughs Worte in meinem Inneren nachhallen.

Jake lebt. Jake lebt. Jake… lebt?

Kopfschüttelnd laufe ich rückwärts, taste mich, als wäre ich blind, durch die Eingangstür und falle die Steinstufen hinunter.

Mein Knie schlägt gegen das harte Gestein, doch ich spüre in meiner Benommenheit keinen Schmerz. Wie betrunken rappele ich mich auf und taumele in Richtung Auto, ohne wirklich zu wissen, was ich tun soll. Wo ich hin soll.

Doch das entscheide ich momentan gar nicht selbst. Mein Körper hat die Kontrolle, während mein Kopf immer noch angestrengt versucht, jegliche Informationen zusammenzusetzen.

Alpha springt schwanzwedelnd auf den Beifahrersitz, als ich mit quietschenden Reifen auf die Straße fahre. Doch er merkt sofort, dass etwas nicht stimmt, und zieht sich winselnd zurück. Ich drücke das Gaspedal durch und fühle mich wie in jener Unfallnacht, überfahre wie Michael damals jegliche rote Ampeln und weiche sämtlichen Autos aus.

Selbe Geschwindigkeit, selbe Panik, *selbes Ziel.* - Und hoffentlich nicht dasselbe Ende.

Kapitel 35

März 2002

Ich brauche eine ganze Weile, bis ich mich traue auszusteigen. Angespannt kralle ich mich wahrscheinlich mehrere Minuten lang und ohne mich zu rühren ans Lenkrad, starre von den Klippen hinunter zum Leuchtturm und versuche hin- und hergerissen immer wieder den Blick abzuwenden, weil ich mich davor fürchte, dort unten jemanden stehen zu sehen. Jemanden, den ich kenne.

Doch ich schaffe es nicht, gegen meinen Körper anzukommen. Schaffe es nicht, den Blick abzuwenden. Als habe ich seit Wochen nichts mehr zu mir genommen, steige ich zittrig aus dem Wagen. Als ich auf den Boden trete, knicken meine Knie kurz ein, kann mich im letzten Moment aber noch fangen.

Bevor ich die Tür schließen kann, hüpft Alpha hinaus, weil er mir folgen möchte. Langsam setze ich mich in Bewegung, laufe zu den schmalen Steintreppen, die mittlerweile richtig abgenutzt und an manchen Stellen gefährlich abgebrochen sind. Sanfter Wind verfängt sich in meinen Haaren und das Rauschen der Wellen dringt in meine Ohren. Wie lange ich dieses Geräusch nicht mehr gehört habe, wie lange ich den Duft von Salz nicht mehr in der Nase gehabt habe. Zu lange.

Meine Schritte beschleunigen sich, als ich mich der Hinterseite des Cottages nähere. Mit jedem weiteren beschleunigt sich auch mein Herzschlag. Alpha rennt voraus, tappt in den nassen Sand und jagt laut bellend eine nach der anderen Welle. Je näher ich komme, desto mehr Erinnerungen und somit auch Tränen überfluten mich. Für eine Sekunde sehe ich mich auf dem Steg mit Jake stehen, höre unser Lachen durch das Fenster des Cottages und rieche den warmen Duft von Pancakes.

Alpha spitzt die Ohren, dann blickt er zum Haus und rennt los. Als er an der Vorderseite des Hauses verschwindet, komme ich gerade an der Hinterseite an. Dann stoppe ich. Stoppe meine Bewegungen, stoppe meinen Atem und jegliches Denkvermögen.

»Wer bist du denn, Kleiner?«, höre ich ums Haus herum jemanden sagen, woraufhin ich zaghaft ein paar Schritte vortrete. Alpha lässt ein Bellen von sich, dann ertönt ein Lachen.

Bei jedem Weiteren bricht mein Herz in tausende Teile und setzt sich gleichzeitig aber wieder wohltuend zusammen. Durch den Schleier meiner Tränen entdecke ich erst Alphas wedelnden Schwanz, dann eine große raue Hand, die ihn streichelt und schließlich…

Ich blinzele. Und blinzele nochmal. Atmen kann ich immer noch nicht, obwohl der Sauerstoff in meinen Lungen bereits zu drücken beginnt.

»Zu wem gehörst du denn?« Er fühlt über Alphas Hals, findet aber kein Halsband. Ich kann mich immer noch nicht rühren, starre ihn einfach nur ungläubig an. Nein, das ist nicht Jake, oder?

Jake ist tot. Ich habe ihn gesehen, genau hier. Er war tot.

Ich mustere den Mann mit offenstehendem Mund. Er trägt eine lockere dunkle Jeans und ein blau weiß kariertes Baumwollhemd.

Seine Haare sind dunkelbraun und zerzaust - wie Jakes. Seine Hände groß und rau - wie Jakes. Sein Lachen ist kindlich und dunkel - wie Jakes.

Doch es hört sich müder an, irgendwie erschöpft und traurig. Ist er es wirkl-

Alpha dreht den Blick zu mir, woraufhin auch er in meine Richtung sieht. Als seine Augen die meinen treffen, - so dunkel, vertraut und grün, - realisiere ich, dass es wirklich wahr ist. Der Mann, der hier so lebendig vor mir steht, ist Jake. Geschockt stolpere ich nach hinten und stoße damit ein paar Kisten um. Sein Blick ist verwundert, dann klärt er sich und bekommt große Augen.

Erst jetzt kann ich wieder atmen. Panisch und stoßartig beginne ich zu hyperventilieren. Jake richtet sich aus der Hocke auf und rührt sich dann nicht mehr. Für mehrere Momente starren wir uns einfach nur an, als sei alles um uns herum bedeutungslos. Der Streit mit Michael, die Werkstattrechnung, die ich noch nicht bezahlen kann, die fehlende Miete, meine angsteinflößende Zukunft.

Doch die Stille um uns herum verblasst, denn diese Situation ist anders als all die letzten Blickkontakte, die ich mit Jake geführt habe. Alles wird lauter, je mehr mir klar wird, dass ich die letzten 18 Jahre um die Liebe meines Lebens getrauert habe und sie die ganze Zeit an diesem Ort gewesen ist. Verschiedene Gefühle machen sich in mir breit. Wut, Verwirrung, Trauer, Reue.

Er tritt einen Schritt näher, woraufhin ich erneut zurücktaumele.

»Du«, kommt es aus meinem zittrigen Mund raus. Es ist mehr ein Flüstern, ein Hauchen, das mit all dem Sauerstoff hinausfließt. Verständnislos schüttele ich den Kopf und taumele weiter, bis ich schließlich beginne, mich rückwärts zu entfernen.

»Abby« Mein Name aus seinem Mund gibt mir den Rest. Verkrampft presse ich die rechte Hand auf meinen Mund, die andere fährt zu meinem Magen, der sich schmerzhaft zusammenkrampft.

Er lebt.

Ich schüttele weiter den Kopf, taumele weiter rückwärts und falle schließlich auf meinen Hintern. Trotzdem robbe ich mich von ihm weg, lasse ihn durch den Schleier meiner Tränen nicht aus den Augen.

Er lebt.

Er bleibt vor dem Haus stehen und blickt mir nach, bis ich es nicht mehr aushalte und orientierungslos zurück zur Treppe renne.

Er lebt.

Ich nehme die ersten Stufen. Falle erneut auf mein Knie und schluchze laut auf. Egal, ich muss weiter. Oben angekommen, laufe ich an meinem Auto vorbei. Warum laufe ich vorbei? Ich weiß nicht, was ich tue, taumele einfach auf die Straße und laufe sie ab.

Er lebt.

Minuten vergehen und meine Lungen brennen vom vielen Rennen und der Panik. Doch ich muss weiter. Weiter wohin?

Ein paar Autos fahren an mir vorbei, die Fahrer mustern mich erschrocken. Irgendwann höre ich das Quietschen von Reifen, erschrecke mich und falle in die mit Gras bedeckten Dünen rechts von der Straße.

Er lebt.

Ein Auto hat gehalten, eine Person steigt aus und kommt auf mich zu. Ich erkenne sie nicht, weil die Flut aus Tränen meine Sicht versperrt.

»Abby« Michaels Stimme dringt zu mir hervor und ich breche komplett in mir zusammen. Sofort kniet er sich vor mir nieder, zieht mich in seinen Arm, in dem ich einen lauten, verzweifelten und schmerzhaften Schrei loslasse.

Ich lasse alle Emotionen in meinem Brüllen, kreische mir die Seele vom Leib und ende schließlich in einem ausgelaugten, bebenden Schluchzen.

Er lebt. »Er lebt.« *Er lebt.* »Er lebt.«

Ich weiß mittlerweile nicht mehr, was ich sage und was ich denke, und das ist auch egal. Mein Kopf ist sowieso leer, momentan entstehen nur diese zwei kleinen Worte darin.

Diese kleinen Worte - die doch so unheimlich groß sind, dass meine komplette Welt in ein Karussell geschubst wird.

Ich öffne die Augen und starre an die Decke über dem Gästebett von Jae und Michael. Für kurze Zeit frage ich mich, was ich hier mache, dann erinnere ich mich, dass ja heute Mittwoch ist und ich meinen Wagen abholen muss. Als ich mich aufrappele, fängt allerdings mein Kopf an zu dröhnen und ich beginne zu realisieren, dass ich meinen Wagen bereits abgeholt und-

Sofort erinnere ich mich. Ich war bei Hugh gewesen, ich war bei…

Jake lebt.

»Hey« Erst jetzt bemerke ich, dass Michael am Ende des Raumes auf dem Boden sitzt und mit dem Rücken an die Wand gelehnt zu mir schaut. Auf seinen Lippen schwebt ein warmes aber auch trauriges Lächeln. Angestrengt kneife ich die Augen zusammen, weil sich ein Sonnenstrahl in dem Aquarium verfängt und mich blendet.

»Geht es dir besser?«

Ich schüttele den Kopf, als meine Sicht erneut von Tränen geflutet wird. 10 Jahre habe ich es geschafft, nicht zu weinen,

und jetzt bin ich drei Tage in dieser Stadt und mutiere wieder zur Heulsuse.

»Warum«, krächze ich und ziehe mich zur Bettkannte, an die ich mich kraftsuchend festkralle. »Warum hast du es mir nicht gesagt?«

Er braucht einige Zeit, um zu antworten. Dann rappelt er sich auf und lehnt sich auf seine Knie vor. »Ich wusste, dass es dich aus der Bahn werfen würde. Es ist so viel Zeit vergangen seitdem, ich wusste nicht, ob es dich überhaupt noch interessiert. Schließlich hast du einen anderen Nachnamen…«

»Ich habe ihn wegen Hugh ändern lassen.«, erkläre ich, woraufhin er mit dem Kopf nickt. Dann steht er auf und lässt sich neben mir nieder.

Behutsam lehne ich mich an seine Schulter und fahre fort. »Ich wollte euch doch nie verlassen.«, schluchze ich. »Ich war so verloren, ich dachte, Jake wäre-«

»Ist gut.«, beruhigt er mich und legt seinen Arm um meine bebenden Schultern, doch ich fahre fort und lasse all den Schmerz raus, den ich die letzten Jahre in mich reingefressen habe, weil ich niemandem zum Reden gehabt habe.

»Du weißt nicht, wie oft ich an euch gedacht habe. Wie oft ich daran gedacht habe, vorbei zu kommen. Ich habe euch so schrecklich vermisst. Die ganzen letzten 18 Jahre war ich alleine. Ich habe mich zurückgezogen und keinen Menschen an mich herangelassen, weil ich euch alle nicht loslassen konnte. Du kannst dir nicht vorstellen, wie erdrückend es für mich ist, in dieser Stadt zu sein. Gleichzeitig… will ich irgendwie auch gar nicht mehr weg.«

Er nickt, dann schweigen wir eine Zeitlang. Irgendwann höre ich, dass auch er angespannt schnieft. Aufmerksam hebe ich den Kopf von seiner Schulter und betrachte ihn. Sein Mund steht offen, ich sehe deutlich, wie zittrig sein Atem geht.

»Jake ist in dem Moment aufgewacht, in dem du weggefahren bist.«, flüstert er vorsichtig und verzieht bei dieser Erinnerung auch schmerzhaft das Gesicht, woraufhin ich reuevoll die Augen zusammenkneife und den Kopf in meine Hände lege. »Freds klappriges Fischerboot ist in den hohen Wellen einfach umgekippt, als Jake helfen wollte. Und es hatte laut den Sanitätern wirklich schlecht ausgesehen, Jake hatte eine große Platzwunde am Hinterkopf. Doch sein Dad hat einfach nicht aufgegeben.«

Verzweifelt beginne ich mit dem Kopf zu schütteln, weil ich immer noch nicht fassen kann, dass das alles wahr ist. Wäre ich einen Moment länger geblieben, hätte ich ein bisschen länger gewartet, würde mein Leben jetzt ganz anders aussehen.

»Es tut mir leid, Abby.«, fährt er erschöpft fort. »Ich hätte es dir sagen müssen. Ich war nur so… verbittert.«

Ich schüttele den Kopf. »Mir tut es leid. Ich habe egoistisch gehandelt, dich einfach zurückgelassen in solch einer schrecklichen Situation. Hughs Scheck, er war noch in deinem Auto… Michael, es tut mir so leid.«

»Ich hatte Jae.«, versucht er mich zu beruhigen. »Und der Scheck… Jake hat mir sein Geld für Mum gegeben, auch wenn es nicht mehr viel helfen konnte.«

Überrascht reiße ich die Augen auf. »Jake hat das Geld nicht für sein Studium genutzt?« Er schüttelt den Kopf. »Aber für was hat er das Geld angenommen?«

Eine Zeitlang durchforstet er unschlüssig mein Gesicht, verharrt mit offenstehendem Mund und scheint zu überlegen, was er mir antworten soll. Schließlich fährt er sich durch die Haare und wendet den Blick ab.

»Das sollte er dir lieber selbst sagen.«

Nachdenklich lehne ich mich zurück aufs Bett und starre an die Decke. »Ich weiß nicht, ob ich das kann. Ob ich mit ihm reden kann.«

Mit mitfühlendem Ausdruck betrachtet er mich. »Es ist Jake, Abby.«, erinnert er mich, dann zuckt ein Schmunzeln über seine Lippen. »Sind es keine guten Nachrichten, dass er lebt?«

Natürlich sind es gute Nachrichten. Großartige Nachrichten. Dass er lebt, ist alles, was ich mir immer gewünscht habe. Dass ich bei ihm sein kann, ihn noch einmal wiedersehen kann, um ihm all das zu sagen, was ich nicht mehr konnte. Und doch fürchte ich mich nun davor.

Davor, zusammenzubrechen. Davor, was passieren könnte und wie die Zukunft aussehen könnte. Davor, nicht mehr gut genug zu sein. Und davor, dass zu viel Zeit vergangen ist.

»Was ist, wenn er mich gar nicht mehr sehen will?«, frage ich unsicher. »So wie du mich nicht mehr sehen wolltest. Was ist, wenn er maßlos enttäuscht von mir ist?«

Er schmunzelt und plötzlich taucht genau derselbe liebevolle Ausdruck auf seinem Gesicht auf wie jener, den er mir damals zugeworfen hat, als ich mir wegen Jakes und meinem ersten Treffen Gedanken gemacht habe. Derselbe Ausdruck wie jener, als Michael mir klar gemacht hat, dass man Jake vertrauen kann. Dass er einer von den Guten ist. Der Ausdruck, der Bände spricht: *Deine Sorgen sind vollkommen unbegründet.*

»Jake ist nicht so verbittert wie ich. Vertrau mir.«, versichert er mir. »Ich finde, du solltest mit ihm reden. Er hat es verdient. Ihr beide habt es verdient.«

Zaghaft und immer noch unschlüssig nicke ich schließlich. Ich muss sowieso nochmal zu ihm, schließlich hat Alpha entschieden, dort zu bleiben und mein Auto steht auch noch an den Klippen.

»Kann das aber vielleicht noch eine Nacht… warten?«, frage ich und werfe einen Blick nach draußen. Der Himmel wird bereits dunkler.

Er lacht nickend. »Natürlich. Ruh dich erstmal aus. Morgen schauen wir weiter.«

Michael erhebt sich von der Bettkannte und läuft zur Tür, um mich mit meinen Gedanken alleine zu lassen. Ehe er den Knauf ergreift, halte ich ihn nochmal auf.

»Michael?«

»Hm?« Aufmerksam dreht er sich zu mir um. Sein Blick ist mittlerweile wieder viel vertrauter, trotzdem bin ich noch unsicher, wie wir zueinander stehen.

»Bist du… Ich meine, ist bei uns alles okay? Verachtest du mich?«

Schmerz huscht über sein Gesicht. Er räuspert sich, ehe ein ehrliches rohes Lächeln auf seinen Lippen auftaucht. Es wirkt, als wäre es lange verloren gewesen. So verloren, wie ich es gewesen bin.

»Du bist doch meine kleine Abby.«, wiederholt er jene Worte, die er auch vor 18 Jahren zu mir gesagt hat. Ich atme erleichtert auf. »Wie würde ich dich jemals verachten können?«

Meine Hände sind schweißgebadet, als ich am nächsten Nachmittag neben Michael im Auto sitze und aufs Meer starre. Immer wieder blickt er nervös zu mir rüber, weil ich es selbst nach einer viertel Stunde immer noch nicht geschafft habe, auszusteigen. Den Vormittag über habe ich im Gästezimmer verbracht, nachgedacht und überlegt, ob ich wirklich herkommen soll. Ich habe alle Pros und Contras aufgezählt, obwohl meine Entscheidung von Anfang an eigentlich klar gewesen ist. Egal, wie viel Angst ich vor diesem Moment habe, ich weiß, dass ich niemals zur Ruhe kommen würde, würde ich einfach wieder abhauen und alles hinter mir lassen, mit dem Wissen, dass Jake lebt.

»Ist er jetzt Leuchtturmwärter?«, frage ich angespannt, weil ich irgendwie den Drang bekomme, informiert zu sein, bevor ich wieder bei ihm auftauche.

Michael schüttelt den Kopf. »Nein, der Leuchtturm wurde in den 90ern vollautomatisiert und von da an von der Stadt aus gesteuert.«

Zischend ziehe ich Luft in meine Lungen. »Was hat Fred dann gemacht?«

»Er wurde in Frührente geschickt und hat weiterhin gefischt.«

»Jake hat nie etwas anderes gemacht?« Wie schade es doch um sein künstlerisches Talent wäre.

»Nein, aber… wie gesagt, das sollte er dir alles selbst erklären.«

Ich brauche eine Zeitlang, bis ich nicke. Trotzdem bleibe ich wie angewurzelt sitzen. Schließlich legt Michael mir die Hand auf die Schulter.

»Du hast schon Schlimmeres überstanden.«, ermutigt er mich. »Das wird schon.«

Ich lasse einen leisen Lacher halb seufzend halb zitternd los. »Irgendwie kommt mir die Situation bekannt vor.«, erinnere ich mich an die vielen Male, in denen Michael mich zu Jake gefahren hat.

»Ja«, nickt er. »Nur gehst du dieses Mal ganz ohne Zeitdruck, ganz ohne Angst, verletzt zu werden, zu ihm. Und wenn es dir zu viel wird, dann kommst du wieder zu uns und dann schauen wir weiter.«

Innerlich stimme ich ihm zu, als ich die Tür öffne. Körperlich muss ich wirklich keine Angst mehr haben, verletzt zu werden. Doch ob mein Herz das heil übersteht, weiß ich nicht. »Danke Michael.«

Der Weg zu seinem Haus kommt mir elendig lang vor. Trotzdem schaffe ich es überraschend ruhig und konstant zu ihm. Als ich es erreiche und an die Vorderseite trete, blicke ich mich etwas um. Mir fällt auf, dass Freds altes Fischerboot fort ist. Stattdessen schwebt nun ein neueres, größeres am Steg und wartet darauf, ausgeführt zu werden. Der Steg hingegen ist immer noch genauso alt und modrig wie damals. Hier und da wurde er ein paar Mal repariert. Sonst sieht alles aus wie früher, der Leuchtturm hat sich wie erwartet nicht verändert. Einsam ist es immer noch.

Ein Geräusch ertönt hinter mir, woraufhin ich mich erschrocken umdrehe. Die Haustür geht auf und Alpha läuft schwanzwedelnd nach draußen. Ich begrüße ihn mit einem Lächeln und schlinge für kurze Zeit kraftsuchend die Arme um seinen Hals. Dann traue ich mich, aufzublicken.

Jake starrt mich unergründlich an. Freut er sich, mich zu sehen? Will er mich überhaupt sehen? Was haben die letzten Jahre mit ihm gemacht? Wie hat er sich entwickelt?

Ich öffne den Mund, weil ich ihn begrüßen möchte. Doch wie tue ich das? Was ist das Erste, was man einem totgeglaubten Menschen sagt? Bis vor kurzem war da so viel gewesen, das ich ihm noch erzählen wollte, dürfte ich ihn nur noch einmal sehen. Jetzt habe ich die Möglichkeit dazu… und bringe doch nichts raus.

»Dein Hund?« Er scheint selbst nicht zu wissen, was er von sich geben soll.

Ich nicke nur. Er tut es mir gleich. Dann herrscht peinliches Schweigen.

»Er ist wirklich süß.«, fährt er fort, ohne mich anzusehen. »Wie heißt er?«

»Alpha«

Sein Blick schnellt zu mir hoch, für kurze Zeit blitzt Sehnsucht hinter seiner Iris auf. Gemeinsame Erinnerungen bilden sich in seinen Augen wie auf einer Kinoleinwand ab.

»Alpha?«, fragt er teils skeptisch, teils erfreut nach. »Wie Alphav-«

»Du lebst.« Es rutscht mir einfach so heraus. Irgendwie muss ich es vor ihm nochmal von mir geben. Vielleicht, um mir wirklich darüber klar zu werden. Vielleicht, um eine Bestätigung zu bekommen, dass es auch wirklich wahr ist.

Er verzieht schmerzerfüllt das Gesicht und kommt dann einen Schritt näher. Mein Mund öffnet sich und ich ziehe zittrige Luft in meine Lungen. Seine Nähe nimmt mir jegliches Denkvermögen und für kurze Zeit bekomme ich einen Anflug von Panik. Gleichzeitig ist es aber genau das, was ich mir Jahrelang gewünscht habe. Wonach ich mich mein Leben lang gesehnt habe. Nach ihm.

Er hebt den Arm, lässt ihn aber sofort wieder fallen. Stattdessen durchforstet er mein Gesicht voller Sehnsucht, ich tue es ihm gleich. Wir starren uns an, holen alle Blickkontakte der letzten verlorengegangenen Jahre nach. Ich entdecke kleine Fältchen um seine Augen. Ein rauer Dreitagebart schlingt sich um sein Kinn und seine Wangen und seine Augen fallen müde zur Seite herab. Trotzdem sieht er immer noch so unglaublich gut aus, so unfassbar vertraut und heimisch.

Er öffnet den Mund und holt Luft zum Reden. Dabei höre ich auch sein Zittern. Ist er aufgeregt, weil er sich freut, oder angespannt, weil er mich nicht hier haben möchte?

»Willst du reinkommen?«

Wie von selbst nicke ich und folge ihm in das kleine Cottage, das ich selbst nach so langer Zeit immer noch wie meine Westentasche kenne.

»Möchtest du einen Tee? Oder Kaffee?«

Ich bleibe in der Mitte des Raumes stehen. Der alte Essenstisch steht immer noch an Ort und Stelle, dafür wurden die Stühle gegen neuere eingetauscht.

»Kaffee bitte.«, nicke ich und schaue mich weiter um. »Schwarz.«

An den Wänden entdecke ich gerahmte Fotos - alte sowie neue - mehrere Zeichnungen vom Leuchtturm und Jakes Dad.

»Hier.« Er stellt eine dampfende Tasse auf den Tisch, lässt sich dann auf einem der Stühle nieder. Ich setze mich zu ihm und nicke einmal dankbar. Dann herrscht wieder unangenehmes Schweigen zwischen uns.

Krampfhaft starre ich in meine Tasse, im Augenwinkel sehe ich, dass er dasselbe tut.

»Tut mir-« »Was machst du-«

Wir beginnen gleichzeitig mit unseren Sätzen und verstummen gleichzeitig wieder. Beschämt presse ich die Lippen aufeinander.

»Du zuerst.«, fordert er mich schmunzelnd auf.

»Ich wollte mich nur entschuldigen, dass ich dir gestern so einen Schrecken eingejagt habe.«

Verhalten winkt er ab. »Ich glaube, du hast einen schlimmeren Schreck erlitten. Das tut mir leid.«

Ich zwinge mich zu einem Lächeln. Ein Schreck war das wirklich, doch dafür kann er ja nichts.

»Was machst du hier? In Saint Marys?«

Ich schlucke und schaue zu ihm hinauf. Erst jetzt erinnere ich mich an den wirklichen Grund, warum ich hier bin. Jakes Dad ist verstorben.

»Ich habe die Traueranzeige deines Dads in der Zeitung gelesen und musste einfach kommen. Es tut mir so leid, Jake.«

Sein Blick schweift aus dem Fenster zum Meer. Für kurze Zeit sieht er seinem Dad so unfassbar ähnlich. Die Art, wie Fred immer in den Wellen nach seiner verstorbenen Frau gesucht hat, legt sich nun bei Jake nieder.

»Er ist jetzt bei Mum.«, schmunzelt er traurig. »Das ist alles, was er sich immer gewünscht hat.«

Ich nicke, dann schweigen wir wieder. Nach einigen ruhigen Momenten deute ich zaghaft auf die Zeichnungen an der Wand.

»Zeichnest du noch?«, frage ich, weil ich hoffe, dass er trotz des nicht angetretenen Studiums noch künstlerisch aktiv ist.

Andächtig wirft auch er nun seinen Blick zu den Zeichnungen und scheint sich an bessere Zeiten zu erinnern. »Leider nicht.«

Sein Kopf senkt sich, als ich aufstehe und die Wände näher betrachte.

»Darf ich?«, frage ich etwas verhalten, weil ich nicht unhöflich sein möchte.

Er nickt wohlwollend, dann fährt er fort. »Es ist lange her, dass ich einen Stift in der Hand gehalten habe.«

Fasziniert fahre ich mit dem Zeigefinger über das alte Papier und frage mich, ob er meine Portraits wohl auch noch bei sich hat. Hat er sie in Ehren gehalten, so wie ich es mit seiner Kette getan habe?

Der Stuhl hinter mir wird weggezogen, was ein lautes Kratzen auf dem Boden auslöst und mich zusammenschrecken lässt. Als ich mich mit aufgerissenen Augen umdrehe, merke ich, dass es nur Jake gewesen ist, der sich ebenfalls von seinem Stuhl erhoben hat. Er mustert mich ein paar Sekunden zurückhaltend. In seinem Blick liegt Mitgefühl und traurige Reue. Ich kann mir denken, was er im Kopf hat. Nach so langer Zeit hat sich an meiner Unsicherheit nichts verändert. Im Gegenteil: Sie ist schlimmer geworden.

Um die Stimmung wieder aufzulockern und meinen kurzen Aussetzer zu überspielen, lache ich einmal nervös, dann zwinge ich mich, ruhig zu bleiben.

Langsam und behutsam, weil er mich nicht weiter erschrecken oder bedrängen möchte, kommt er näher und nimmt eine der Zeichnungen in die Hand.

»Die hier war Dads liebste.« Andächtig betrachtet er den goldenen Sonnenuntergang, den er zu Papier gebracht hat. Er findet vor dem Haus statt, schwebt über dem Ozean hinter dem Leuchtturm, und je mehr ich drauf starre und in den warmen Farben versinke, desto realer fühlt es sich an. Als würde er in diesem Moment vor Jakes Haus stattfinden, nur für uns, und uns daran erinnern, was mal war. Natürlich ist die Realität - die Gegenwart - nicht so schön. Draußen ist es grau.

»Darf ich fragen, wieso du nicht bei der Beerdigung warst?«

Bei dieser Frage zuckt er kaum merklich zusammen. Angespannt hebt er den Blick vom Papier und starrt an die Wand. Seine Augen zappen hin und her, ringen nach einer Lösung. Als er wieder zu mir rüber blickt, sehe ich Nervosität in seinen Augen schimmern. Statt mir aber zu antworten, sieht er sich im Raum um und läuft schließlich zur Anrichte.

»Hast du Hunger?«, weicht er mir aus und ich bekomme ein unheimlich schreckliches Gefühl, unwillkommen zu sein. »Oder Alpha vielleicht?« Er richtet die Frage mehr an meinen Hund als an mich, krault ihm ein paar Sekunden lang das Fell, um mich nicht ansehen zu müssen.

Ich schmunzele, um mir meine Betroffenheit nicht anmerken zu lassen. »Nein danke, wir haben beide eben bei Michael eine Kleinigkeit gegessen.«

Erneut zappt sein Blick hoch zu mir, verschwindet aber sofort wieder, weil er mir irgendwie nicht länger in die Augen sehen kann. »Wie geht es Michael?«

Ich stocke. Irgendwie bin ich davon ausgegangen, dass die zwei noch in Kontakt stehen. Wenigstens ein bisschen.

»Gut.«, nicke ich. »Die Zwillinge von ihm sind wirklich süß.«

Weil er nicht weiß, was er mit seinen Händen anfangen soll, lehnt er sich an die Küchenanrichte und betrachtet Alpha. Dann nickt er andächtig. »Kann ich mir vorstellen.«

Er kennt Mia und René nicht mal? Ich wurde skeptisch.

»Tut mir leid, aber… hast du gar kein Kontakt mehr zu ihm?« Meine Stimme ist ruhig und leise. »Ich meine… irgendwie habe ich gedacht, ihr seid noch in Kontakt oder vielleicht sogar befreundet. Nachdem du ihm schließlich solch ein großzügiges Geschenk mit Hughs Scheck gemacht hast.«

Bei diesen Worten wächst die Anspannung in ihm und ich bereue sie sofort. Das geht mich nichts an. Was er mit seinem Scheck gemacht hat, geht mich nichts an. Auch wenn es mich bis zum heutigen Tag beschäftigt, warum er Hughs Geld wirklich angenommen hat und ich am liebsten sofort eine Antwort darauf bekommen würde. Ihn am liebsten einfach damit konfrontieren und endlich verstehen würde, was damals wirklich los war.

Doch ich lasse das Thema vielleicht nun doch lieber. Vielleicht ist es noch zu früh, alte Dämonen wieder rauszuholen. Vielleicht sollte ich sie lieber ganz vermeiden.

Jakes Augen verfangen sich getroffen in meinen. Diesmal bleiben sie dort, diesmal weichen sie mir nicht aus.

»Wir stehen noch in Kontakt ab und zu.«, nickt er und hakt dann das Thema ab.

Immer mehr bekomme ich das Gefühl, nur zu stören. Meine Anwesenheit ist ihm ganz offensichtlich unangenehm.

»Tut mir leid.« Ich schüttele den Kopf, laufe dann zur Eingangstür. Alpha folgt mir. »Ich hätte nicht herkommen dürfen.«

Was habe ich mir nur dabei gedacht? Dass alles so sein würde wie damals? Dass all die Gefühle, all die Zeit stehen geblieben sind? Vielleicht ist das bei mir der Fall, doch Jake hat eindeutig kein Interesse. Seine Zeit ist weitergelaufen - ohne mich.

»Abby« Seine Stimme taucht in meinem Rücken auf. Bevor ich mich umdrehe, wische ich meine Augen trocken.

Er steht im Türrahmen, hält den Blick auf den Boden gerichtet und wirkt so klein. So gebrochen. Fast so wie sein Dad damals.

»Es ist so lange her.« Ein Seufzen ertönt aus seinem Mund und ich nicke. Er hat Recht, es ist lange her. Zu lange. Ich gehöre hier nicht mehr hin.

»Ja, ich verstehe schon«, hauche ich und zwinge mich zu einem verständnisvollen Lächeln. Auch wenn es schmerzt, weiß ich doch, dass keiner von uns in irgendeiner Weise die Schuld dafür trägt, dass wir nicht beieinander sein konnten.

Um dem Schmerz auszuweichen, drehe ich mich um und setze meinen Nachhauseweg fort. Doch ich komme nicht weit. Jakes Hand schließt sich um mein Handgelenk, sanft und doch bestimmend. Ich wundere mich, dass ich nicht sofort zurückweiche. Stattdessen stoppe ich und bleibe mit dem Rücken zu ihm stehen. Nur langsam traue ich mich, mich zu ihm umzudrehen. Mein Atem macht sich selbständig. Als ich in seine Augen blicke, die mir nun so vollkommen nah sind, zeigt er mir zum ersten Mal richtig den Schmerz dahinter. Andächtig betrachtet er mich, dringt in meine Iris ein. Eine gefühlte Ewigkeit stehen wir einfach nur da und durchforsteten gegenseitig unsere Gesichter, lernen uns neu kennen.

»Ich meinte«, haucht er mit eingerosteter Stimme. Dabei spüre ich seinen warmen Atem auf meiner Haut, der mir von Neuem klar macht, dass Jake wirklich lebt. »Es ist so viel Zeit vergangen. Ich habe nicht mehr damit gerechnet, dich jemals wieder zu sehen. Deswegen stehe ich etwas neben der Spur, tut mir leid.«

Benommen schüttele ich den Kopf. »Mir geht es genauso.«

Jetzt huscht ein Lächeln über seine Lippen, verschwindet aber sofort wieder hinter einem traurigen Ausdruck. Ich spüre, dass er mein Handgelenk immer noch umschlossen hält, was mir jegliches Denkvermögen stiehlt.

»Ich kann verstehen, wenn du mich nicht sehen möchtest. Ich kann gehen.« Ich bemühe mich, diesen Satz ruhig und sachlich über die Lippen zu bringen. Doch es gelingt mir nicht. Er versinkt in einem Stottern und wird von nassen Augen begleitet.

Jake lässt ein schnaufendes Schmunzeln von sich und schüttelt andächtig den Kopf. Für kurze Zeit hängt in seinem Gesicht derselbe liebevolle und traurige Blick wie jener, den er in unserer gemeinsamen Zeit so oft getragen hat. Der Blick, der mir immer gezeigt hat, dass er mehr in mir sieht, als ich es für möglich halte.

»Bitte bleib.«

Drei Silben. Zwei Worte. Ein Hauchen.

All das reicht, um mir den Rest zu geben. Eine Träne löst sich aus meinem Augenwinkel, dann lächle ich erleichtert und nicke. Jake hebt vorsichtig die Hand, lässt den Finger über meine Wange fahren und fängt die Träne auf, nimmt all meine Trauer und meinen Schmerz auf sich, so wie er es schon damals getan hat. Ich öffne den Mund, halte die Luft an und rühre mich nicht, weil ich nicht möchte, dass dieser Moment endet, gleichzeitig aber auch nicht weiß, was ich davon halten soll.

Nach wenigen Sekunden räuspert er sich und zieht sich unsicher zurück, bringt einen Meter Abstand zwischen uns. Als er mein Handgelenk loslässt, entsteht dort eine unangenehme Kälte und ich reibe es mir voller Unbehagen. Von jetzt auf gleich ist unser Moment vorbei und Jake blickt mich nicht mehr an. Stattdessen deutet er nun zu den Klippen und bemüht sich eines neutralen Lächelns.

»Was hältst du davon, wenn wir einen Spaziergang machen und später gemeinsam etwas essen? Ich habe heute Morgen erst frischen Fisch gefangen.«

»Das klingt großartig.«, flüstere ich und schenke ihm ein ehrliches Lächeln. Dass wir einen Neustart dieses wirklich seltsamen aber auch schönen Wiedersehens in Angriff nehmen, freut mich.

»Moment, ich hole mir gerade noch schnell meine Jacke.«

Als Jake zurückkommt, führt er mich am Strand entlang. Der Frühlingswind ist frisch und treibt immer wieder feine Tropfen vom Meer zu uns rüber. Alpha erfreut sich an den schaumigen Wellen, die immer wieder an Land gespült werden. Er scheint sich redlich wohl zu fühlen.

»Du bist jetzt Vollzeit-Fischer?«, frage ich und deute zurück in Richtung Boot.

»Ja, als der Leuchtturm vollautomatisiert wurde, mussten wir irgendeine Lösung finden.«

»Für deinen Dad war das sicherlich eine Umstellung, oder?«

Ich blicke zu ihm rüber, doch er fixiert starr seine Füße. Angespannt lässt er ein paar Mal seinen Kiefer zucken und ich merke sofort, dass ich das Thema lieber lassen sollte. »Ja, das kann man so sagen.«

Nun schweige ich und bemühe mich, ein anderes Thema zu finden. Doch mir fällt auf die Schnelle keines ein, weswegen ich die Hände in die Taschen meines Mantels vergrabe und den Blick zum Horizont werfe. Als ich über die vielen Umschläge in meiner Tasche fühle, beginnen meine Finger zu kribbeln. Ob Jake meine Briefe wohl auch noch hat?

»Wie geht es dir sonst so?« Die Frage klingt so bescheuert. Vor allem, wenn man bedenkt, dass ich sie jemandem stelle, von dem ich bis gestern geglaubt habe, dass er tot ist.

Er zuckt mit den Schultern. »Es geht schon.«

Ich weiß, was das heißt. *Es geht schon.* Das sage ich auch immer, wenn es mir eigentlich nicht gut geht.

»Und dir? Schreibst du noch?«

Ich rümpfe die Nase, will ihm dieselben kurzen und knappen Infos auftischen, die ich Jae und Michael aufgetischt habe, da überkommt mich plötzlich der Drang, ihm mehr zu erzählen. Woran das liegt, weiß ich nicht. Vielleicht, weil ich ihm immer noch so unendlich stark vertraue, wie ich es bisher nur bei David getan habe.

»Nicht wirklich.«, seufze ich. »Die letzten Jahre habe ich all meine Inspiration verloren. Ich schreibe nur noch Kurzgeschichten.«

Er durchforstet mein Gesicht mitleidig, als wir an einem großen Felsvorsprung schließlich stehen bleiben und zum Wasser blicken. Dann nickt er eine Zeitlang melancholisch. »Geht mir leider genauso mit dem Zeichnen.«, flüstert er. »Wie gesagt, ich habe seit Jahren keinen Stift mehr in der Hand gehalten.«

Er dreht sich zu mir und wir vereinen unsere Blicke. Bei dem aufregenden und gleichzeitig schmerzhaften Kribbeln, das mich überkommt, schnappe ich flehend nach Luft. Sein Blick wandert zu meinen Lippen, betrachtet meine neue Frisur und festigt sich schließlich an meinem Hals. Dann zucken seine Mundwinkel. Langsam hebt er die Hand und kommt mir damit näher. So nahe, dass ich den Atem anhalte. Ich spüre seine Finger an der Haut meiner Kehle, vorsichtig und zaghaft streifen sie darüber, dann entfernen sie sich wieder und nehmen meine, nein, Jakes Kette in die Hand.

»Du hast sie noch?«, krächzt er gerührt und getroffen gleichzeitig.

Ich nicke ebenso schmerzerfüllt. »Ich habe sie nie abgelegt.«

Sein Blick schnellt überrascht zu mir hoch, die Hand immer noch an seinem Anhänger. Hinter seiner Iris sehe ich uns tanzen. Wir tanzen zu Alphaville und zu Bryan Adams, liegen uns in den Armen und küssen uns. All unsere verlorengegangenen Träume, Pläne und die Zeit, die wir nicht miteinander verbringen durften, fliegen an uns vorbei. In seinen Augen bildet sich ein schwacher Wasserfilm, den er hastig wegblinzelt. Schließlich lässt er von mir ab, beendet den Moment und wendet sich benommen dem Meer zurück.

Und in diesem kurzen Moment, in dem wir uns so tief ineinander verloren haben, fühlt es sich an, als hätte sich zwischen uns nie etwas verändert. Doch mit der Stille, die nun herrscht, merke ich, dass sich *alles* verändert hat.

Kapitel 36

März 2002

Am Abend kochen wir den Fisch, den Jake erst diesen Morgen im Netz gehabt hat. Im alten Radio, das schon damals auf der Anrichte gestanden hat und überraschenderweise immer noch zu funktionieren scheint, laufen alte aber auch neue Lieder, dessen Klänge sich unter das melancholische Rauschen des Regens mischen, der vor einer Stunde begonnen hat. Wir begegnen uns weiterhin mit Abstand. Er erzählt mir, wie es seinem Dad die letzten Jahre ergangen ist, und ich erzähle ihm von meinem kaputten Wagen und wo ich Alpha herhabe. Unser Verhältnis ist sehr freundschaftlich und zurückhaltend, trotzdem erwische ich mich, wie ich immer wieder mit dem Blick auf seinen Lippen hängen bleibe, zurück an alte Zeiten denke und all die Fragen hochkommen, die ich ihm nie hatte stellen können. Doch ich stelle sie nicht. Und ich weiß auch nicht, ob ich sie stellen soll.

Nach dem Essen setzen wir uns mit zwei Stühlen vors Haus und betrachten schweigend die letzten Sonnenstrahlen des Tages. Der Himmel wird von ein paar letzten

Schäfchenwolken bedeckt, die die vielen Goldtöne der Sonne reflektieren. Es ist frisch, weswegen Jake mir eine Decke um die Schultern legt, und der Regen hat einen leichten Duft von Petrichor hinterlassen. Ich muss an den Abend in der Bowlingbahn und unsere Fahrt auf der Ablage von Ninos SUV denken und schmunzele.

»Machst du das öfters?«, frage ich und blicke zu ihm rüber. Er lehnt sich tief in seinen Stuhl und wirft seinen Blick zum Leuchtturm. »Hier sitzen, meine ich.«

»Jeden Abend.« Seine Mundwinkel zucken andächtig, mehr gibt er aber nicht von sich. Den ganzen Tag schon sind seine Antworten kurz und knapp, wirken kühl wie die seines Dads damals, und doch weiß ich, dass er es nicht so meint. Er hatte es die letzten Jahre sicherlich auch nicht einfach.

»Gibt es in Atlanta auch solche Orte?«, füllt er nach einer gefühlten Ewigkeit schließlich die Stille. »Ich meine, Orte, an denen du dich zurückziehen und einfach nur schweigen kannst. Wie dieser.«

Ich überlege angespannt, versuche, mir irgendetwas aus dem Ärmel zu angeln. Bestimmt gibt es einen Rückzugsort, oder? Mir fällt er gerade nur nicht ein. Je länger ich darüber nachdenke, desto mehr überkommt mich eine traurige Erkenntnis.

»Nein«, hauche ich. »Nein, solch einen Ort gibt es nicht für mich. Die meiste Zeit verbringe ich in meinem Appartement.« Dass es einer Besenkammer gleicht, lasse ich extra aus.

Er durchforstet unschlüssig mein Gesicht. »Was ist mit deiner Freizeit? Hast du keine anderweitigen Hobbys, die dir Spaß machen? Gehst du manchmal mit Freunden weg?«

Ich brauche einen Moment, um zu antworten, weil ich mich schäme. Schließlich schüttele ich aber doch mit dem Kopf. »Nein. Außer meiner Agentin und meinem Vermieter gibt es keine Menschen in meinem Leben. Ich habe mich bewusst zurückgezogen, niemandem meinen echten Namen genannt, damit Hugh mich auch niemals finden kann.«

Es überrascht mich selbst, wie ehrlich ich zu ihm bin. Ich spüre, dass ich ihm immer noch vertraue. Dass ich ihm vertraue, dass er mich nicht verurteilen oder verspotten würde. Trotzdem ist das Thema mir unangenehm und ich wechsele es hastig.

»Ich habe Nino in der Werkstatt getroffen.«, erzähle ich irgendwann mit einem Schmunzeln. Erst jetzt realisiere ich, was er wirklich gemeint hat, als er mich gefragt hat, ob ich schon bei Jake gewesen bin. Ich habe die Frage mit seinem Grab verbunden. »Mit ihm hast du auch keinen Kontakt mehr?«

Als ich den Kopf in seine Richtung drehe, sehe ich, dass er seinen Blick auf seine Hand, die sich an ein kühles Bier krallt, fixiert hält. Dann schüttelt er den Kopf.

»Nicht wirklich.«, meint er und verharrt mit offenstehendem Mund, weil er noch nicht fertig ist. Schließlich entscheidet er sich aber dazu, zu schweigen und schließt ihn wieder.

»Was ist mit Alex?« Bei seinem Namen stockt er und hält kurz nachdenklich inne. Mit gerunzelter Stirn scheint er sich zu erinnern.

»Alex habe ich seit 18 Jahren nicht mehr gesehen. Er ist wie vom Erdboden verschluckt.«

»Oh.«, hauche ich und frage mich, was mit ihm wohl passiert ist. Jake hat immer so brüderlich von ihm gesprochen, es ist eine Schande, dass ich ihn nie kennenlernen konnte.

Wir unterhalten uns noch eine ganze Stunde, wirklich reden tun wir aber nicht. Immer wieder herrscht Stille zwischen uns und ich spüre, dass da ganz viele unausgesprochene Worte in der Luft hängen, die wir beide aber nicht loslassen können. Als ich zu Gähnen beginne und auch Alpha sich erschöpft an meinen Füßen schlafen legt, entscheide ich mich, den Abend zu beenden.

»Ich denke, ich gehe dann jetzt mal.« Unschlüssig rappele ich mich in meinem Stuhl auf, weil ich mich hin- und hergerissen fühle. Zum einen möchte ich, dass er mich ein weiteres Mal bittet zu bleiben, zum anderen kann ich das indirekte Schweigen zwischen uns aber auch nicht mehr ertragen.

Ein weißer Schmetterling taucht plötzlich aus der Dunkelheit auf und setzt sich ruhig auf den bunten Farben Jakes Decke nieder. Mein Blick zappt zu Jake, der ihn ebenfalls entdeckt und skeptisch die Stirn runzelt.

»Das ist ja interessant.«, haucht er. »Ich habe hier noch nie einen Schmetterling gesehen.«

Ein seltsames Gefühl überkommt mich, während ich ihn betrachte. Dann stiehlt sich ein breites Lächeln auf mein Gesicht und ich denke daran, wie ungewöhnlich und selten es ist, dass sich ein Schmetterling an diesem Ort, genau an dem Tag, an dem ich Jake besuche, auf mir niederlässt und mir seine vollkommene Schönheit präsentiert. Fasziniert betrachte ich die gelben Punkte auf seinen Flügeln, die so weich wie Seide wirken. Am liebsten hätte ich einmal darüber gefühlt, gespürt, wie glatt sie wirklich sind.

Er schließt seine Flügel, dann hebt er ab und verschwindet wieder im Dunkeln. Und während ich ihm nachblicke, frage ich mich, ob er wirklich da gewesen ist, oder ob wir uns ihn nur eingebildet haben. Ein Blick zurück zu Jake zeigt mir, dass er mich andächtig mustert. Sein Kopf liegt schief und ein nachdenkliches Lächeln festigt sich auf seinen Lippen. Seit wann beobachtet er mich schon?

Nach wenigen Sekunden räuspere ich mich schließlich und auch Jake kommt wieder im Jetzt an. Hastig erhebt er sich und läuft ins Innere, um die leere Flasche Bier zurück zu bringen. Ich folge ihm und falte die Decke zusammen.

Als er mich nach draußen führt, frage ich mich wie damals so oft, ob dies nun unser Lebewohl ist.

»Wie lange bist du noch hier? In Saint Marys?«, fragt er mich zurückhaltend und vergräbt die Hände in den Taschen.

Ja, wie lange eigentlich noch? Eigentlich habe ich nie vorgehabt, länger zu bleiben. »Ich weiß nicht. Ich denke, noch ein paar Tage.«, lüge ich in der Hoffnung, er würde ein Zeichen geben, mich nochmal wiederzusehen.

Doch er nickt nur und ich tue es ihm gleich. »Na, dann« Ich presse die Lippen aufeinander. »War ein schöner Abend.«

»Fand ich auch.«

»Ich freue mich, dass es dir gut geht, Jake.« Das tue ich wirklich, und erneut wird mir klar, dass ich bis gestern davon ausgegangen bin, dass ich ihn nie wiedersehen werde. Wie glücklich ich doch bin, dass ich es doch nochmal durfte. Auch wenn es vielleicht das letzte Mal gewesen ist.

Er nickt, dann erwidert er meine Freude mit einem »Ich freue mich auch, dass es dir gut geht.«. Schließlich rufe ich Alpha zu mir, schenke Jake ein letztes Lächeln und drehe mich dann zu den Klippen um.

Das war's dann wohl. Er will mich nicht nochmal wiederseh-

»Abby?« Seine Stimme klingt unsicher und leise. Sofort drehe ich mich um und blicke ihn erwartungsvoll an.

»Hast du Lust… ich meine, wenn du noch ein paar Tage hier bist, möchtest du morgen vielleicht mal mit Jane und mir mitkommen?« Seine Mundwinkel zucken bei der Frage und auch ich freue mich zuerst, doch dann stocke ich und trete einen Schritt näher.

»Jane?«

Ein freches Lächeln stiehlt sich auf seinen Mund und er lässt einen leisen Lacher los, der mir sofort durch Knochen und Mark geht. Dann deutet er zum Steg.

»Jane. Dads Boot. Er hat es nach Mum getauft.«

Erleichterung macht sich in mir breit, als ich erfahre, dass es sich um keine neue Frau handelt, dann lache auch ich einmal und verharre schließlich in einem breiten Strahlen, bei dem ich alle Umstände, in denen ich lebe, für kurze Zeit vergesse.

»Das würde ich gerne.«

Am nächsten Morgen wache ich bereits um sechs Uhr mit gemischten Gefühlen auf. Im Haus der Woods ist schon alles im vollen Gange und ich hüpfe hastig unter die Dusche. Die letzten noch frischen Klamotten, die Jae letztens erst für meine eigentliche Abreise am Mittwoch gewaschen hat, fische ich aus meiner Tasche und ziehe sie mir über. Hoffentlich muss ich nicht mehr lange auf ihre Gastfreundschaft angewiesen sein. Auch wenn ich eigentlich mittlerweile wirklich noch gerne etwas länger bleiben und Zeit mit Jake nachholen würde, fühle ich mich doch immer noch etwas unwohl und weiß nicht, was ich von all dem halten soll. Von dem großen Kluft-artigen Abstand, der zwischen Jake und mir herrscht, weil wir nicht richtig miteinander sprechen, und von dem Fakt, dass sich mein Leben eigentlich mittlerweile in Atlanta befindet. Doch ist das dort wirklich mein Leben?

Mit dem Vorhaben im Jetzt zu bleiben und diesen Tag erstmal auf mich zukommen zu lassen, versuche ich, nicht weiter an die Zukunft zu denken und daran, was morgen sein könnte. Dann laufe ich hinab in die Küche und treffe auf Michael. Als ich gestern erst spät bei ihnen angekommen war, waren sie bereits im Bett. Michael hat mir seinen Schlüssel unter die Matte gelegt und ich habe ihm nichts mehr erzählen können. Doch eigentlich gibt es auch nicht viel zu erzählen.

Er mustert mich mit einem skeptischen Lächeln. »Wurde spät gestern, was?«

Meine Wangen fangen Feuer, doch ich lasse mir meine Nervosität nicht weiter anmerken. Jae tischt den Zwillingen ihr Frühstück auf, wirft mir aber ebenfalls neugierige Blicke zu und hat ihr Ohr aufmerksam bei uns.

»Es ist nichts passiert, falls ihr das denkt. Wir haben nur etwas gegessen und geredet.«

Michaels Lächeln verblasst, dann blickt er zu Boden und nickt. »Das habe ich nicht gedacht.«

»Was? Dass nichts laufen wird?«

»Nein.« Er schüttelt den Kopf. »Dass etwas laufen wird.«

Fragend runzele ich die Stirn und bekomme plötzlich ein ungutes Gefühl. Wieso ist es für Michael so unwahrscheinlich, dass zwischen Jake und mir nochmal etwas passieren könnte? Weiß er mehr als ich? Hat Jake vielleicht doch bereits jemand neues?

»Es ist lange her und es ist viel passiert.«, beantwortet er meine stumme Frage. Jae nickt andächtig. »Jake ist die letzten Jahre sehr zurückhaltend und ruhig geworden. Ich habe, ehrlich gesagt, nicht damit gerechnet, dass er sofort auftaut und ihr über euch herfallt.«

Ich nicke, weil ich an Jakes kurze und knappe Art denken muss, die auch mir sofort aufgefallen ist. Zudem bestätigt mir auch Michael nun, dass die beiden wohl seit längerem nicht mehr in Kontakt stehen. Ich ahne, woher das kommen mag, traue mich aber nicht zu fragen, weil ich irgendwie immer noch hoffe, dass es nicht das Schlimmste ist. Dass ich mit meiner Vermutung falsch liege.

In der Grobfassung erzähle ich den beiden von unserem letzten Abend und dass ich nun wieder auf dem Weg zu ihm bin, weil ich ihn zum Fischen begleite. Nachdem ich mich mehrmals versichert habe, dass meine Anwesenheit sie auch wirklich nicht stört und ich ihnen keine Last bin, erklären sie mir, dass sie sich freuen, mich wieder bei sich zu haben. Dann setze ich mich schließlich in meinen Wagen und fahre mit Alpha los.

Heute ist es noch frischer als gestern und die Wolkendecke noch dichter und dunkler. Ich fröstele, als ich bei Jake ankomme. Er erwartet mich bereits am Steg, trägt eine dicke Fischerjacke. Ich glaube, es ist die alte von seinem Dad.

»Hey« Als Alpha ihn laut bellend begrüßt, blickt er zu mir auf, während er an einer Leine hantiert. Er lächelt, wirkt aber doch etwas erschöpft, als habe er die ganze Nacht nicht geschlafen.

»Hey«, begrüße auch ich ihn und bleibe am Rande des Steges stehen. Ein kalter Wind kommt vom Meer herüber und veranlasst mich dazu, die Arme um den Körper zu schlingen.

Nachdenklich mustert er mich eine Zeitlang, dann kommt er ein paar Schritte auf mich zu. »Ist das die einzige Jacke, die du dabeihast?«

Ich nicke schuldbewusst, winke dann aber ab. »Ja, aber das geht-«

Bevor ich meinen Satz überhaupt beenden kann, eilt er ins Haus und kommt mit einer weiteren Jacke zurück. Wohlwollend hält er mir die Innenseite entgegen und ich schlüpfe in die großen Ärmel, dabei kommt er meinem Rücken so nah, dass für kurze Zeit sein Duft herüberweht und mir in die Nase kriecht. Täusche ich mich, oder hat er heute Parfüm aufgelegt? Was es auch ist, es riecht himmlisch!

Schließlich lässt er von mir ab und springt aufs Boot, dann blickt er zurück, stellt sich mit einem Fuß auf den Steg und streckt einladend die Hand aus. Alpha liegt bereits gemütlich auf einer der Bänke.

»Bist du bereit?«

Langsam setze ich mich in Bewegung, hebe nun auch die meine und lege sie in seine rauen Finger. Als sie sich berühren, ist es, als würden tausende von Ameisen unter meiner Haut ein Freudentänzchen aufführen. 18 Jahre war er fort - und jetzt halte ich seine Hand. Wie lebendig ich mich plötzlich fühle, wie befreit und irgendwie *gesehen*.

Jake scheint es ähnlich zu gehen, weswegen ich hastig aufs Boot trete und den Moment beende. Wir wissen nicht, wie die Zukunft aussieht, deswegen versuche ich mich nicht allzu sehr auf ihn zu fixieren. Leichter gesagt als getan.

Er startet den Motor, dann setzen wir uns in Bewegung. Ich schließe die Augen und stelle mir vor, dass dies ein ganz normaler Tag mit Jake ist. Ich bin 17 und sitze bei ihm auf dem Boot, später gehen wir zusammen schwimmen, halten uns im Arm und küssen uns - und lassen uns nie wieder los.

Als ich sie wieder öffne, ist der kurze Anflug von Glück vorbei. Ein Blick zu Jake verrät mir, dass er gleichgültig und nachdenklich zum Horizont sieht. An was er wohl denkt? Ob er sich auch immer wieder erinnert?

Weit draußen lässt er schließlich mit einem kleinen Kran ein Fischernetz ins Wasser, das Boot tuckert von selbst weiter. Mir fällt auf, dass der Motor weitaus leiser als der des alten Bootes ist.

»Hast du es doch geschafft, deinem Vater ein neues Boot zu kaufen?«, frage ich und deute schmunzelnd auf den Kran.

Er erwidert mein Lächeln, schüttelt dann aber den Kopf. »Michael hat es uns 1990 geschenkt.«

Verwundert sehe ich zu ihm auf, doch er weicht meinem Blick aus. Michael schenkt den beiden ein Boot und doch haben sie kaum mehr Kontakt? Ob er es ihm wohl als Dank geschenkt hat? Ich frage nicht weiter nach, weil ich schon gestern gemerkt habe, dass ihm das Thema des Schecks eindeutig unangenehm ist. Auch wenn mich die Frage nach dem Warum immer noch beschäftigt.

Doch ich habe das Recht verloren, solche Fragen zu stellen. Ich habe das Recht verloren, über sein Leben Bescheid zu wissen. Viel zu viel Zeit ist seit unserer Beziehung vergangen, und doch habe ich immer wieder für eine Sekunde das Gefühl, dass da zwischen uns immer noch dieser Funken Liebe brennt.

Kann eine solche Bindung, wie wir sie hatten, verjähren?

Gegen Mittag verdichten sich die dunklen Wolken und Jake zieht das Netzt an Board, um die Fische in einen Container zu verfrachten. Alpha schnuppert neugierig an den zappelnden Meeresbewohnern, zieht sich dann aber ängstlich zurück, weil ihm das Ganze nicht geheuer ist. Auch heute bleiben unsere Gespräche kurz, knapp und irgendwie unpersönlich, was mich mehr mitnimmt, als ich erwartet habe. Ich merke, dass sich ein dichter Kloß in meinem Hals bildet, weil ich die Kluft zwischen uns langsam nicht mehr ertrage. Körperlich bin ich ihm nahe, doch seelisch ist er irgendwie so weit weg und ich vermisse die Unbeschwertheit, die einst zwischen uns geherrscht hat. Die Zuversicht, die Hoffnung. Je länger wir uns unterhalten und irgendwie doch nicht wirklich etwas sagen, desto mehr verliere ich sie - die Hoffnung - und desto mehr kriechen in mir die vielen Fragen hervor, die ich mich bisher nicht getraut habe zu stellen.

Während wir zurück an Land fahren, herrscht Schweigen zwischen uns. Immer wieder bekomme ich das Gefühl, nicht willkommen zu sein, und dann zeigt er doch ab und zu immer wieder, dass da vielleicht doch noch etwas zwischen uns ist.

Doch will ich das überhaupt? Ja… oder? Oder ist es vielleicht besser, wenn da wirklich nichts ist. Schließlich findet mein Leben in Atlanta statt.

Ich kann nicht mehr klar denken. Die letzten Tage in Saint Marys haben meine gesamte Welt mal wieder vollkommen auf den Kopf gestellt und all meine Gedanken umgeworfen. Plötzlich weiß ich nicht mehr, was ich will. Auch wenn ich mir nicht sicher bin, ob ich das jemals gewusst habe. Schließlich hat mein Wille nie einen großen Wert besessen. Die letzten 18 Jahre lag mein Wille darin, zu überleben. Ich habe Geld verdient, um über die Runden zu kommen und meine Miete bezahlen zu können. Die Frage nach meinem Willen war nie präsent gewesen. Und jetzt ist sie es plötzlich. Plötzlich frage ich mich, was ich vom Leben möchte. Was ich von Jake möchte. Und was er von mir möchte…

Als wir am Steg anlegen, springe ich auf das knarzende Holz. Alpha folgt mir, während Jake sich um die Leinen kümmert. Über uns beginnt es zu Donnern und das Meer wird unruhiger. Von der einen zur nächsten Sekunde fallen Tropfen vom Himmel. Erst leichte, dann schwere.

Vollkommen durcheinander laufe ich vom Steg runter in Richtung Klippen. Ein gequälter Ausdruck macht sich auf meinem Gesicht breit. Ich weiß nicht, was ich tun soll und wo ich hin soll - und auf meinem Herzen brennen so viele Fragen, die ich einfach rauslassen muss, aber nicht rauslassen darf.

»Abby« Jake ruft meinen Namen. Meinen Spitznamen. Ich bleibe stehen, presse die Lippen aufeinander und kneife die Augen zusammen, weil sich Tränen darin bilden. Was mache ich hier eigentlich? Warum bin ich hergekommen?

»Alles in Ordnung?« Er steht hinter mir auf dem Steg. Seine Stimme ist in Sorge getränkt und klingt sehnsüchtig und reuevoll.

Jetzt kann ich mich nicht mehr steuern, jetzt breche ich zusammen. Aufgebracht drehe ich mich um und breite die Arme aus.

»Warum hast du das Geld angenommen?«, frage ich gekränkt und verziehe meinen Mund krampfhaft, weil ich versuche, die Tränen aufzuhalten. »Warum hast du Hughs Geld angenommen? Warum wolltest du mich verlassen?«

Meine Stimme geht in einem schallenden Donner unter und der Regen nimmt zu. Meine Haare sind nach Sekunden vollkommen durchnässt und auch Jake wird immer nasser. Doch er rührt sich nicht, starrt mich nur traurig an.

»Warum Jake?!« Jetzt brülle ich. Brülle durch meine Tränen, durch das Donnern durch den Regen hindurch, und trete noch ein paar Schritte näher. »All die Jahre habe ich gedacht, du bist tot, und mich immer gefragt, ob du mich wirklich verlassen wolltest. Ob du einfach so wegen eines Studiums abhauen wolltest! Immer wieder habe ich mich gefragt, was gewesen wäre, wenn du überlebt hättest. Ob ich dich trotzdem verloren hätte!«, schluchze ich. »Also« Ein weiterer Schritt bringt mich ihm näher. »Warum hast du das verdammte Geld-«

»Ich wollte mit dem Geld abhauen!« Er kommt mir ebenfalls näher, seine Stimme klingt genau so verzweifelt wie meine. Oder bilde ich mir das durch den lauten Sturm nur ein? »Ich wollte es nehmen, um mit dir abzuhauen und irgendwo ein neues Leben anfangen zu können. Wie ich das anstellen sollte, wusste ich da noch nicht. Aber ich habe mich an das einzige Stück Hoffnung gekrallt, das ich hatte.«

Ein erleichterter Schluchzer löst sich aus meiner Kehle, weil mir ein riesen Stein vom Herzen fällt. Ich öffne den Mund, um etwas zu erwidern, doch Jake kommt mir zuvor.

»Acht Jahre lang habe ich versucht, dich zu finden, weil ich mir selbst, Nino, Alex und meinem Dad ein Versprechen gegeben habe. Ich habe geschworen, dich niemals aufzugeben.« Seine Stimme bricht und durch die vielen Wassertropfen auf seinem Gesicht, bin ich mir unsicher, ob auch er Tränen in den Augen hat. »Ich habe jede Stadt nach dir abgesucht, mit Michaels Hilfe jeden Namen nach deinem abgesucht. Acht verdammte Jahre habe ich mich an die

Hoffnung gekrallt, du würdest vielleicht vorbeikommen, weil du Michael besuchst oder mein Grab sehen willst. Irgendetwas. Jeden einzelnen Tag habe ich einen Herzaussetzer bekommen, wenn ich eine Frau mit blonden Haaren auf der Straße gesehen habe, wenn ich ein Lachen gehört habe, das deinem ähnelt, oder jemand *Abby* oder *Abbigail* gerufen hat! Du warst überall und doch nicht hier bei mir und das hat mich zerstört!« Sein Atem geht stoßweiße, meiner ebenfalls. Zusammen keuchen wir um die Wette, als würden wir vor all den schmerzhaften Erinnerungen der letzten 18 Jahre wegrennen. Der Jahre, in denen wir nicht beieinander sein konnten. Doch wir schaffen es nicht, wir sind nicht schnell genug.

»Seit 10 Jahren lebe ich wie Dad.«, fährt er atemlos fort. »Seit 10 Jahren habe ich mein Zuhause nicht mehr verlassen, weil mich die Orte, die Erinnerungen mit dir kaputt gemacht haben. Die Orte, die ich nach dir abgesucht habe. Die letzten Jahre habe ich all meine Emotionen verloren, mich von allen Gefühlen abgeschottet, um diesen Schmerz nicht mehr zu spüren. Und jetzt stehst du einfach so vor mir.«

Seine Stimme überschlägt sich erschöpft und zittrig. »Jetzt stehst du hier und es braucht nicht mal eine Stunde, nicht mal eine Minute, und ich spüre wieder etwas. Aber ich weiß nicht, ob ich etwas spüren soll, ob ich etwas spüren darf. Ich weiß nicht, was in deinem Leben los ist, ich weiß nicht, ob du hierbleibst oder ich dich nochmal verliere. Ich weiß nicht, wie du dich fühlst, wie du-«

All meine Sinne setzen aus. Jetzt gibt es keine Logik mehr, kein *Was-Wäre-Wenn*-Gedanke. Nur uns zwei und all die verlorengegangenen Gefühle zwischen uns, die wieder hochkommen. Hastig schlinge ich die Arme um seinen Hals, er die seinen um meinen unteren Rücken. Als unsere Lippen sich berühren, verstärke ich den Druck und lasse ein sehnsüchtiges Seufzen voller vergessener Emotionen von mir. Tränen strömen über meine Wangen, weil ich merke, wie sehr ich ihn wirklich vermisst habe, wie gebrochen und unvollständig ich ohne ihn gewesen bin.

Mit einem starken Griff hebt er mich an und bringt mich zu sich ins Trockene. Dabei verlassen wir kein einziges Mal unsere Lippen, wollen uns nicht mehr trennen. Behutsam lässt er mich auf seinem Bett nieder. Um uns herum ist es stockdunkel und doch sehe ich ihn genau vor mir, weiß genau, welcher Ausdruck auf seinem Gesicht schwebt. Und das nach so langer Zeit.

Zärtlich küsst er meinen Hals, meine Arme und meinen Nacken, lässt den Schmerz auf meinen Narben und den Schmerz in meinem Herz verschwinden. Dabei trägt er meine Hand die ganze Zeit in seiner und lässt sie kein einziges Mal los. Er ist bei mir, er war immer bei mir gewesen, wenn auch nur seelisch.

Jetzt ist er es auch körperlich und ich spüre ihn mit jeder Faser meines Daseins. Er zittert. Ich zittere. Doch gegenseitig nehmen wir uns unsere Ängste, unsere Schmerzen und all die Trauer, die über unseren Seelen liegt.

Und mit dem Moment, in dem ich mich endlich bei ihm fallen lasse, spüre ich, dass mein Zuhause niemals ein Ort gewesen ist, sondern eine Person.

Jake.

Der Mond scheint hell in das dunkle Zimmer herein. Vor einer halben Stunde hat der Schauer gestoppt und Platz für die Sterne gemacht, die sich nun funkelnd freuen, dass unser Universum wieder vereint ist. Ich liege auf dem Rücken in Jakes Arm und starre hinaus, während er zarte Kreise über meinen Bauch streicht. Seit unserem Kuss haben wir uns von vergessenen Erinnerungen und unseren letzten Jahren erzählt.

Irgendwann berichte ich ihm von meinem Besuch bei Hugh und dass ich all unsere Briefe und seinen Walkman bei ihm abgeholt habe. Etwas verhalten lese ich ihm unsere Geschichte vor. Die Geschichte, die ich in meiner Gefängniszelle damals niedergeschrieben habe und die uns alles nochmal neu durchleben lässt. Er fischt dann ebenso seine alten Briefe aus einer Schublade. Mit Tränen in den Augen lesen wir sie uns gegenseitig vor und schwelgen in Erinnerungen. Dabei ist unser Verhältnis stets so vertraut, liebevoll und kindlich, wie es auch damals gewesen ist. Es wirkt, als hätte sich niemals etwas zwischen uns verändert, - und doch schwebt da so viel Trauer über unserer Geschichte. Gemeinsam lauschen wir den Klängen seines Walkmans, unterhalten uns über Alphaville und andere Bands und gehen immer wieder neue Erinnerungen durch. Wir lachen über vergangene Zeiten, weinen über den Schmerz und trösten uns gegenseitig. Dabei kuscheln wir uns aneinander, machen uns klar, dass dies hier wirklich die Realität ist. Und komischerweise fällt es mir nun gar nicht mehr schwer, über all diese Dinge zu sprechen. Auch wenn sie stets schmerzen, weiß ich, dass Jake mich wie ein wohltuendes Pflaster wieder heilt. Und ich heile ihn.

»Dad hätte sich so gefreut, dich zu sehen.«, flüstert er, als wir die Briefe und Geschichten zur Seite legen, und dreht sich auf den Rücken, um den Blick an die Decke zu werfen. »Er hat dich sehr gemocht.«

Ich verschränke meine Finger mit den seinen. »Er war so ein guter Mensch.«, sage ich und führe seine Hand an meine Lippen. »Als ich von seinem Tod erfahren habe, war ich am Boden zerstört. Ich musste einfach kommen.«

Seufzend zieht er mich näher an sich, drückt mir einen Kuss auf die Stirn. Ich versinke mit dem Kopf in seiner Brust und ziehe den lange Zeit vergessenen Duft von Salz und Erde in meine Nase. Gott, wie schrecklich ich ihn nur vermisst habe.

»Woran ist er gestorben?«

Sein Blick kehrt zurück zur Decke, lässt mich aber nicht los. Ich hebe den Kopf und studiere die einzelnen kleinen Sommersprossen auf seiner Nase.

»Nach dem Unfall hat er vor Stress einen schrecklichen Schlaganfall erlitten, von dem er sich nie wieder richtig erholt hat. Eigentlich sollte er von da an langsam machen und Stress vermeiden, aber du kennst ja meinen Dad, stur wie ein Esel hat er sich immer wieder Arbeit aufgehäuft, die er eigentlich nicht verüben sollte.« Er erzählt von seinem Dad mit Schmerz und Stolz zugleich. Ich spüre, dass er sich an irgendetwas erinnert, das ihm deutlich im Kopf geblieben ist.

»Hast du deswegen niemals zu studieren begonnen?«, frage ich vorsichtig nach.

Er zuckt mit den Schultern. »Ich konnte ihn nicht alleine lassen. Das ging einfach nicht.« Für eine Zeitlang hält er inne, fixiert einen Punkt in der dunklen Leere. Dann wendet er den Blick und dringt in meine Augen ein. »Aber auch wenn er gesund gewesen wäre, hätte ich nicht fortgehen können. Die Vorstellung, dass du in Saint Marys auftauchst und ich dich verpasse, war zu schmerzhaft.«

Ein schreckliches schlechtes Gewissen überkommt mich, weil er wegen mir sein Talent weggeworfen hat. »Es tut mir so leid, Jake.«

Er wendet seinen Blick wieder ab, antwortet nicht. Für wenige Momente sind wir stumm und lauschen nur dem leisen Rauschen der Wellen außerhalb des gekippten Fensters. Als ich längst mit keiner Antwort mehr rechne, holt er schließlich Luft.

»Haben wir nicht mal abgemacht, dass du dich nicht mehr für alles entschuldigen sollst?« Er sagt es mit einem Schmunzeln, das man sofort heraushört. Umgehend muss auch ich lächeln, erinnere mich an den Mut und die Sicherheit, die Jake mir immer gegeben hat und erfreue mich daran, dass diese kindliche Unbeschwertheit endlich zu uns zurückgekommen ist. Ich hoffe nur, sie hält auch an.

Ein penetrantes Vibrieren, das aus der Tasche meines Mantels kommt, der über dem Schreibtischstuhl liegt, holt mich zurück in die Realität. Ich seufze, weil ich ganz genau weiß, wessen Nummer da nun auf dem Display aufleuchtet. So spät hat sie noch nie angerufen, es muss wohl wirklich dringend sein. Langsam muss ich wirklich mal ran gehen.

»Bitte entschuldige.« Ich rappele mich auf, ziehe das Telefon aus der Tasche und führe es an mein Ohr. Dabei runzelt Jake besorgt die Stirn, streicht mir zärtlich über den Rücken.

»Hey, Dana.«

»Abbigail!« Sie klingt wütend aber auch erleichtert. »Ich drehe noch durch mit dir! Ich brauche bis Ende der Woche neuen Stoff! Es drängt!«

Stumm seufzend kneife ich die Augen zusammen, als könne ich mich somit vor ihr verstecken. »Ich versuche es.«

»Nein!« Ihre Stimme ist laut und ernst. So laut, dass es auch Jake mitbekommt. »Versuche es nicht nur sondern liefere auch ab! Du hattest genug Zeit dafür und solltest es doch mal hinbekommen, eine mickrige Kurzgeschichte verfassen zu können!«

Ihre Worte sind schmerzhaft und doch entsprechen sie der Wahrheit. »Ich-«, stammele ich, werde aber unterbrochen.

»Hör zu. Wenn ich bis übermorgen nichts von dir gehört habe, dann hörst du von uns auch nichts mehr. Das ist mein letztes Wort.«

Damit setzt ein penetrantes Tuten ein und ich knalle verzweifelt das Handy zurück in die Tasche. »Scheiße!«, zische ich und bekomme urplötzlich eine grässliche Angst.

Ich brauche das Geld, ich brauche diesen Auftrag. Nur wie soll ich mir innerhalb zwei Tage eine gute Kurzgeschichte aus dem Ärmel angeln?

»Alles in Ordnung?«

Ich nicke seufzend. »Meine Agentin will mich feuern, wenn ich nicht innerhalb zwei Tage etwas geliefert habe.«

Er setzt sich auf, als ich meine Ellenbogen auf die Knie stütze und das Gesicht in den Händen verstecke. »Was ist mit der Geschichte. Mit unserer Geschichte?«

Verwundert reiße ich die Augen auf und fahre herum. »Nein, das kann ich nicht. Das ist unsere Geschichte, Jake.«

»Nein, es ist deine Geschichte. Es ist eine Geschichte, die Mut macht und zeigt, wie stark du bist. Vielleicht kann sie anderen Frauen helfen.«

Sofort muss ich auch an Michaels Worte denken. Er war derselben Meinung und ich erinnere mich, wie erlösend es gewesen ist, den Zwillingen von Hugh in Form eines Monsters zu erzählen. Vielleicht kann ich ja wirklich… Nein.

»Naja, das sollte jetzt nicht unsere Sorge sein.«, lächele ich und lege mich zurück zu ihm, weil ich unsere Zeit damit nicht belasten möchte.

Er starrt mich eine Zeitlang unschlüssig an, weil er merkt, dass ich meine Bedenken nur überspielen möchte. »Es *ist* aber eine deiner Sorgen.«

Ich nicke, vergrabe aber trotzdem das Gesicht in seiner Brust und wünsche mir, dass dieses Thema nun erledigt ist.

»Musst du… dafür wieder zurück nach Atlanta?« Der Tonfall seiner Stimme jagt mir einen schmerzhaften Stich durch Knochen und Mark, und von jetzt auf gleich holt mich die Realität wieder ein.

»Zum Schreiben nicht wirklich…«, antworte ich etwas verhalten und hebe den Blick.

Sein Ausdruck verändert sich, wird plötzlich wieder so abweisend und schmerzerfüllt. »Aber?«

Ich schlucke. *Aber.* Es gibt immer ein Aber und auch in diesem Fall wird es eines geben. Doch ich will darüber nun nicht nachdenken, ich möchte die Zeit mit Jake genießen.

»Ich weiß nicht, was die Zukunft bringt.«, flüstere ich unschlüssig.

Er fährt mir über die Haare. »Möchtest du denn zurück?«

Hastig schüttele ich den Kopf. »Nach Atlanta? Nein, da muss ich nicht unbedingt zurück.« Ich halte kurz inne und auch Jake schweigt. Wir wissen beide, dass da noch ein Aber folgen wird. »Aber… es gibt einen Grund, warum ich Saint Marys die letzten 18 Jahre gemieden habe. Es schmerzt, hier zu sein. Ich weiß nicht,… ob ich das kann… hierbleiben, meine ich.«

Ich verziehe unschlüssig das Gesicht, weil mich die Ungewissheit zerreißt. Auch wenn ich in diesem Moment bei Jake sein will, frage ich mich doch, ob das morgen auch noch so ist, ob mich morgen nicht wieder mein Alltag einholt, meine Unsicherheit und die Erdrückung, die diese Stadt ausstrahlt.

»Was willst *du* denn?«, stelle ich die Gegenfrage und merke, dass er sich langsam wieder zurückzieht und Abstand zwischen uns bringt.

»Ich weiß es nicht.«, antwortet er und irgendwie spüre ich, dass er mir nur die halbe Wahrheit sagt.

Gegen ein Uhr nachts schlafen wir irgendwann ein, weswegen ich am nächsten Tag erst spät aufwache. Das warme Sonnenlicht, das zwischen den Wolken hervorscheint, kitzelt meine Nase. Verschlafen öffne ich die Augen. Als ich realisiere, wo genau ich bin, muss ich umgehend lächeln. Es verblasst aber sofort, als die Erinnerung an unser letztes Gespräch zurückkehrt. Wie wird der heutige Tag aussehen?. Ein Griff neben mich zeigt mir, dass ich alleine im Bett liege.

Jake ist wohl schon wach, ich höre das leise Rauschen der Dusche.

Ich rappele mich auf und setze mich an die Bettkannte. Dabei fällt mein Blick auf die offenstehende Schublade seines Schreibtisches, aus der er gestern all seine alten Briefe hervorgeholt hat. Neugierig spähe ich hinein und entdecke alte Zeichnungen. Eines der vielen Bilder vom Leuchtturm ragt daraus hervor. Ich ziehe den Stapel heraus und betrachte ihn. In der unteren rechten Ecke ist jeweils das Entstehungsjahr notiert. Die Zeichnungen, die oberhalb des Stapels liegen, sind alle in den 90ern entstanden und zeigen Stranddünen, Freds altes Boot und Fred selbst. Je weiter ich mich durchblättere, desto älter werden die Malereien. Bis irgendwann das Jahr 1984 auftaucht. Ich stocke, als ich mein eigenes Gesicht in grauem Blei betrachte. Bisher habe ich die Portraits, die Jake von mir angefertigt hat, nie sehen wollen, weil ich *mich* nicht sehen wollte. Doch jetzt und hier wird mir klar, welch großartiges Talent er wirklich besitzt. Die Art, wie er mein Profil in silbriges Mondlicht tauchen kann und das nur mit einem Bleistift, weckt in mir ein fasziniertes Lächeln.

Ich blättere weiter und komme zu Zeichnungen von Nino, seiner Mum und…

Mein Herz setzt aus, als mir ein sehr vertrautes Grinsen entgegenblickt. Urplötzlich fange ich an zu zittern, schüttele fassungslos den Kopf. Das kann nicht sein, das ist nicht wahr. Nein, Jake kannte ihn nie. Er hat ihn nie kennenlernen können. Wie kann er ihn so gut abgebildet haben?

Mein Herz rast mit jeder weiteren Zeichnung, die ich mir von ihm ansehe, schneller und schneller. Irgendwann tropfen heiße Tränen auf das Papier und ich halte mit meiner auf den Mund gepressten Hand einen Schluchzer auf. Erinnerungen überfluten mich. Erinnerungen, die ich lange Zeit nicht mehr im Kopf gehabt habe.

Ich sehe David und mich im Baumhaus sitzen und unsere Namen ins Holz ritzen. Ich sehe uns am Rande des Sees und auf unserem gemeinsamen Floß. Dann sehe ich ihn im Krankenbett, höre, wie ich ihm eine Geschichte vorlese. Ich sehe, wie Hugh auf ihn los geht und ihn rügt und ich sehe, wie ich versuche, meinen Bruder zu verteidigen. In all den Jahren sind der Klang seiner Stimme und die Erinnerung an sein freches Lächeln verblasst. Ich habe noch einige Satzfetzen im Kopf, die er öfters von sich gegeben hat, doch wie sie sich letztendlich anhören, weiß ich nach all den Jahren nicht mehr.

Doch jetzt und hier, wo sein Lächeln mir ins Gesicht springt, überfluten mich alle Erinnerungen wie eine Tsunamiwelle und reißen alles aus seinen Angeln.

»Abby?«

Jake steht hinter mir, woraufhin ich mich erschrocken umdrehe. Mein Mund klappt auf, zittriger Atem fließt heraus.

»Was ist das?«, frage ich und halte ihm die Zeichnung von David vor die Nase. Verwundert starrt er auf das Papier, doch ich lasse ihn gar nicht erst antworten. »Woher hast du ihn gekannt? Woher hast du meinen Bruder gekannt, Jake? Und warum verdammt hast du mir nie etwas erzählt?!«

Meine Stimme klingt aufgebrachter, als ich sie eigentlich klingen lassen will. Doch mein Kopf macht all diese schmerzhaften Einflüsse in dieser Stadt langsam nicht mehr mit, alles prasselt auf mich ein wie Tennisballgroße Hagelkörner.

»Was meinst du?«, fragt er verwirrt, woraufhin ich mir die Haare raufe. Dann trete ich einen Schritt vor und drücke ihm eine nach der anderen Zeichnung von David in die Hand.

»Das hier«, fange ich an aufzuzählen. »Und das hier, und das hier.« Meine Stimme überschlägt sich und ich verharre mit verzerrtem Blick in seinen Augen. Flehend blicke ich ihn an, flehend, mir eine Antwort zu geben. »Das hier ist alles David!

Und beim Entstehungsdatum steht 1984! Woher kanntest du ihn, Jake? Du hast ihn so präzise gemalt, woher wusstest du all diese Details? Hast du dir ein Foto von ihm gestohlen? Hast du diese Bilder mir zuliebe gezeichnet?«

»Nein, ich-« Er wirkt ebenso entsetzt und verwirrt, als würde er gar nicht wissen, wovon ich da spreche. Als würde für ihn ebenfalls kein Wort einen Sinn ergeben.

Ich blicke ihn erwartungsvoll an. »Du hast keine Antwort für mich?«

Er starrt auf die Zeichnung, fährt gedankenversunken mit dem Finger über das zarte Blei. Dann hebt er den Blick und starrt mich an, sagt aber nichts.

Das reicht mir als Antwort. Hastig nehme ich meine Tasche und packe meine Sachen. »Das ist mir zu viel. Diese Stadt ist mir zu viel. Ich muss hier weg.«

Jake bleibt wie angewurzelt im Zimmer stehen und starrt auf die Zeichnung, als würde er mich gar nicht mehr hören, als würde er in einer anderen Zeit schweben. Er hält mich nicht auf, gibt sich keine Mühe, mir zu erklären, was das da in seinen Händen genau ist.

Ich muss mir erstmal über einige Sachen klar werden und das kann ich nicht an dem Ort, der für mich 18 Jahre lang Schmerz pur bedeutet hat.

Ich verbringe den Tag in meinem Auto, fahre durch die Gegend und klappere alte vergessene Orte ab, um mir den Kopf frei zu bekommen. Irgendwie fehlt mir im Moment jegliche Lust, unter Menschen zu gehen. Unter Menschen wie Michael, die sicherlich wissen wollen, was los ist. Doch ich kann mich nicht erklären, ich möchte mich nicht erklären. Ich möchte einfach nur schweigen und versuchen, das Chaos in meinem Kopf zu beseitigen.

Irgendwann, als die Sonne bereits untergehen möchte, merke ich, dass ich instinktiv zum Strand gefahren bin. Aber nicht zu irgendeinem Strand. Nein, zu Davids Strand. Zu Davids Todesort. Verhalten steige ich aus dem Wagen. Im Gegensatz zu mir rennt Alpha sofort zum Wasser und erfreut sich daran. Ich bleibe am Rand stehen und starre auf die Stelle, an der ich mit David gelegen habe. An der ich zum letzten Mal mit ihm geredet und ihm ein Versprechen gegeben habe. Langsam trete ich in den weichen Sand und lasse mich schließlich an genau der Stelle nieder. Dass es in diesem März besonders kühl ist, spüre ich komischerweise kaum. Meine Sinne sind taub, ich kann nicht mehr denken und nicht mehr sprechen. Alles, was ich will, ist, mich an diesem Ort zusammen zu kauern und los zu lassen.

Als ich mich zur Seite lege, tropfen warme Tränen in den Sand und hinterlassen dunkle Spuren. Alpha legt sich winselnd zu mir, weil er spürt, dass es mir nicht gut geht. Mit seinem warmen Fell an meinem Körper falle ich schließlich mitten im Nirgendwo in den Schlaf.

Ich werde von warmen Sonnenstrahlen geweckt. Sie wärmen meinen kalten Körper und sorgen dafür, dass es mir besser geht. Als ich mich aufrappele, sehe ich David am Wasser. Er springt durch die Wellen und tobt über den nassen Sand. Ich lache, weil er lacht, und obwohl ich spüre, dass dies nur ein Traum ist, fühlt sich alles so real an.

So real, als er zu mir kommt und mir eine Decke über den Körper legt, weil ich am Zittern bin. So real, als kalte salzige Tropfen sich aus seinen Haaren lösen und auf mein Gesicht fallen. Und so real, als er laut lachend ein Rad schlägt und mir zeigt, wie glücklich er ist.

Dann sieht er, dass ich traurig bin und streicht mir übers Haar. Ich spüre es so deutlich auf meinem Kopf, dass ich eine Gänsehaut bekomme. Er sagt irgendetwas, doch ich höre seine Stimme nicht, denn sie ist verblasst. Mit dieser Erkenntnis verziehe ich grässlich die Mundwinkel.

»David«, rufe ich nach ihm. »Ich kann dich nicht hören« Meine Stimme geht in einem Schluchzen unter, doch ich flehe weiter.

»David!« Er schließt den Mund, schenkt mir ein andächtiges Lächeln. Ein Lächeln mit so viel Liebe darin. So viel Liebe, wie es nur zwischen Geschwistern geben kann. Dann entfernt er sich, oder entferne ich mich? Ich weiß es nicht, er wird einfach fortgezogen, verblasst irgendwo.

»David!«, rufe ich weiter, weil ich nicht möchte, dass er geht. Ich möchte, dass er bei mir bleibt. »Bitte geh nicht!«

Er sagt noch etwas. »Es ist okay, Abby.« Ich höre es wieder nicht, kann an seinen Lippen aber ablesen.

Hastig schüttele ich den Kopf. »Nein, bitte. Ich will noch nicht. Ich will dich nicht loslassen.«

Doch ich muss. Er wird mir einfach genommen, er wird mir einfach entrissen. Ein zweites Mal. Und ich kann nichts dagegen tun.

Epilog

Das muntere Schreien von irgendwelchen Vögeln weckt mich am frühen Morgen. Ich erwarte, dass ich mich halb erfroren kaum rühren kann, doch mir ist komischerweise wohlig warm. Mit noch verschlafenen Augen fahre ich über den Untergrund, er ist weich und eben und… nicht sandig.

Hastig fahre ich hoch und merke, dass ich in Michaels und Jaes Gästebett liege. Bin ich letzten Abend doch noch zu ihnen gefahren? Ich kann mich nicht erinnern. Mit dröhnendem Schädel und pochenden, geschwollenen Augen, rappele ich mich auf und blicke mich im Raum um. Im Untergeschoss höre ich kindliches Gekicher und Alphas Bellen. Ein Blick an mir herab verrät mir, dass ich immer noch Jakes Shirt und meine Jeans trage. Etwas verwirrt stehe ich schließlich auf und taumele die Treppe hinab. In der Küche entdecke ich Jae und Michael am Essenstisch. Mia und René spielen mit Alpha im Garten.

Michael wirft mir einen traurigen Blick zu. »Du machst Sachen, Abby.«

Auch Jae mustert mich mit zusammengepressten Lippen, klopft dann auf den Stuhl neben mir. »Hier, setz dich erstmal und trink etwas. Du musst ziemlich fertig sein.«

»Was… ist denn passiert?«, frage ich etwas verhalten und versenke den ganzen Inhalt des Wasserglas in mir.

Michael stellt sich hinter seine Frau. »Jake war gestern hier.«

Ich stocke. »Er war *hier*? In der Stadt?«

Sie nicken beide. »Wir haben uns auch gewundert. Aber er hat sich ziemlich um dich gesorgt, weswegen wir alles nach dir abgeklappert haben. Als wir dich am Strand gefunden haben, warst du schon halb erfroren.«

Ich schüttele gerührt den Kopf und denke nach. »Hat er etwas erzählt?«

»Nur irgendetwas mit David und dass du total verwirrt und aufgelöst warst. Wir haben nicht alles verstanden, er stand selbst total neben der Spur.«

Langsam kommen alle Erinnerungen wieder zurück zu mir. Deutlich sehe ich Davids Gesicht vor mir, die Zeichnung, die Jake angefertigt hat und für die ich immer noch keine Erklärung bekommen habe. Seufzend schließe ich die Augen und vergrabe sie in meiner Hand. Irgendwann spüre ich Jaes Finger auf meinen.

»Möchtest du darüber reden?«

Im Schnelldurchlauf erzähle ich ihnen von unserem Abend und unserer Nacht, meiner Sorge vor der Zukunft und der Frage, was genau das da zwischen Jake und mir ist. Dann komme ich zu den Zeichnungen und gerate ins Stottern. Ich beginne zu weinen, weswegen Jae mich an sich zieht und mir über den Rücken streicht.

»Ich verstehe einfach nicht, warum er diese Zeichnungen hat. Das muss doch ein Missverständnis sein. Aber wenn es eins ist, warum hat er dann nichts gesagt? Warum hat er sich nicht erklärt?«, schluchze ich und auch Michael und Jae wirken ratlos. »Ich halte das einfach nicht aus. Ich habe nichts mehr von meinem Bruder! Hugh hat mir alles genommen! Kein Foto, kein Armband, alles ist fort!« Erschöpft schüttele ich den

Kopf und löse mich aus Jaes Umarmung, dann starre ich mit verzerrtem Blick auf meine Hände. »Und jetzt tauchen diese Zeichnungen auf und ich weiß nicht, ob ich mich freuen soll oder nicht. Ich möchte einfach nicht mehr mit diesem Schmerz an David denken müssen. Ich möchte, dass es endlich aufhört, so wehzutun. Hier zu sein, an Hugh zu denken und mich nicht an David erinnern zu können.«

Plötzlich presst Jae die Hand auf ihre Lippen und bricht schluchzend zusammen. Michael greift nach ihren Fingern und blickt sie durchdringlich an.

»Es tut mir leid, Abby.«, krächzt sie und beginnt wie ein Schlosshund zu weinen. Verwundert reiße ich die Augen auf und mustere erst sie dann Michael.

»Es tut mir so leid! Ich habe Davids Brief nicht retten können!«

Ich stocke. »Sein Brief?«

Sie nickt, als sie die Hand vom Mund nimmt und ein paar Mal schluckt. »Dein Bruder hat mir vor seinem Tod einen Brief gegeben, den ich dir an deinem 18. Geburtstag überreichen sollte. Ich war so dumm. Ich habe ihn in meinem Spind in Hughs Anwesen aufbewahrt, hatte ihn immer in meiner Schürze, damit er auch ja nicht verloren geht. Doch als…« Sie stoppt und schluchzt eine Zeitlang ununterbrochen, ihre Schultern beben und die Stimme zittert. Michael streicht ihr beruhigend über den Rücken, weicht meinem Blick aber aus.

»Als Hugh aus dem Krankenhaus gekommen ist, hat er mich entlassen. Schließlich gab es ohne dich keine Arbeit mehr für mich. Als ich meine Sachen abholen wollte, war mein Spind bereits leer. Hugh hat alles beseitigt.«

Nun herrscht Stille zwischen uns. Jae versucht, die Luft anzuhalten, endet aber schließlich wieder in einem verzweifelten Schluchzen. Ich lehne mich erschöpft und benommen in den Stuhl zurück, höre, wie Jae sich immer wieder verzweifelt entschuldigt.

David hat mir geschrieben? Und Hugh hat mir erneut alles, was ich von ihm hatte, genommen. Fassungslos schüttele ich den Kopf, als sich erneut meine Augen in Tränen tränken. Dieser Brief wäre das letzte gewesen, was mir von David übriggeblieben wäre. Doch er ist weg. Weg mit all den vergessenen Erinnerungen an meinen Bruder.

»Es tut mir so schrecklich leid, Abby. Ich hasse mich dafür, dass ich ihn nicht jede Sekunde bei mir hatte, dass ich ihn in diesem Haus gelassen habe.«

Wie in Trance hebe ich den Blick und festige ihn in ihren Augen, dann lege ich meine Hand auf ihre und drücke sie einmal. »Mach dir keinen Kopf. Ich gebe dir keine Schuld.«, hauche ich, woraufhin sie erleichtert aufatmet und meine Hand an ihre Lippen drückt.

»Er hat dich so sehr geliebt, Abby.«, versichert sie mir, was in mir neue Tränen hervorlockt. »Behalte dieses Wissen als Erinnerung an ihn. Die Liebe deines Bruders ist so unglaublich stark.«

Voller Trauer presse ich die Lippen aufeinander, nicke dann eine Zeitlang und stehe schließlich auf. »Tut mir leid, ich brauche etwas Zeit zum Nachdenken.«

Diese angebliche Zeit zum Nachdenken verbringe ich den ganzen Tag im Bett und starre ausgelaugt an die Decke. Immer wieder versuche ich das Puzzle in meinem Kopf zusammenzusetzen, frage mich, ob ich mich auch nicht wirklich versehen habe und das gezeichnete Portrait David vielleicht einfach nur unendlich ähnlichsieht. Doch eigentlich bin ich mir sicher, dass er es war. Irgendwann rappele ich mich auf und lese Jakes und meine Geschichte nochmal durch, weil ich langsam wirklich in Erwägung ziehe, sie Dana zu schicken.

Schließlich ist dies das einzige, das ich überhaupt habe, also tippe ich sie ab und schicke ihr eine Leseprobe sowie ein kurzes Exposé davon. Doch meine Gedanken schweifen immer wieder ab, sind unklar und ich kann mich kaum konzentrieren.

Ein verhaltenes Klopfen ertönt, dann tritt Michael ein und mustert den Block auf meinem Schoß. Erst jetzt merke ich, dass das Tageslicht bereits abgenommen hat. Ein Blick auf die Uhr verrät mir, dass wir kurz vor sieben haben.

»Und? Hast du deine neue Kurzgeschichte fertig?«

Ich schüttele den Kopf. »Ich habe meiner Agentin eine andere Geschichte geschickt… *Meine* Geschichte.«

Er reißt die Augen auf, dann lässt er sich auf dem Stuhl neben dem Bett nieder. »Das klingt doch großartig.«, meint er und nickt stolz.

Ich presse die Lippen aufeinander, weil mein Leben alles andere als großartig ist. Michael merkt meinen sorgenvollen Blick und legt die Hand auf meine Schulter. »Denkst du nicht, du solltest nochmal mit ihm reden? Vielleicht kann er es dir mittlerweile erklären und es ist wirklich nur ein Missverständnis?«

Seufzend werfe ich den Blick aus dem Fenster. »Was ist, wenn es kein Missverständnis ist? Ich habe Angst vor der Antwort.«

Er lässt einen leisen Lacher von sich. »War deine Angst, die mit Jake zu tun hat, jemals begründet?«

Ich schüttele den Kopf. Nein, war sie niemals. Ich vertraue Jake, tue ich immer noch nach all den Jahren und doch fürchte ich mich vor dem Ungewissen. Wie immer.

»Fahr zu ihm. Er macht sich Sorgen.«, bittet mich Michael einfühlsam. »Er macht sich Sorgen, dich erneut zu verlieren. Und ich weiß, dass du ihn auch nicht nochmal verlieren willst.«

Michael bringt mich zu meinem Wagen, der immer noch am Rande des verlassenen Strandes steht. Alpha lasse ich diesmal bei den Kindern. Ich habe im Moment keinen Kopf, mich auch noch um ihn zu sorgen. Bemüht ruhig fahre ich schließlich los, nachdem mir Michael versichert hat, dass er weiterhin für mich da sein wird, egal, was auch kommen mag. Die Sonne steht tief und doch ist es durch die dichten Wolken, die nur wenig Licht hindurch lassen, schon so dunkel, dass ich meine Scheinwerfer anschalten muss. Als ich bei Jake ankomme, verharre ich an den Treppen eine Zeitlang und blicke hinunter, kann aber niemanden erkennen. Aus dem kleinen Schornstein am Cottage strömt leichter Dampf, er ist also drinnen.

Vorsichtig setze ich einen Schritt vor den anderen und als ich die Vordertür erreiche, atme ich ein paar Mal tief durch. Gerade, als ich klopfen will, wird sie aufgerissen und Jake kommt hektisch und aufgebracht herausgeströmt. Dann entdeckt er mich und stockt.

»Abby«, haucht er erleichtert. »Ich wollte gerade zu dir.«

Ich runzele die Stirn. »Du traust dich mir zuliebe mehrmals in die Stadt?«, frage ich teils erfreut, teils skeptisch.

Eine Zeitlang durchforstet er mein Gesicht, dann blickt er auf die Kiste in seiner Hand und kommt einen Schritt näher.

»Ich muss mit dir reden.«

»Ich muss auch mit dir-«, beginne ich, doch er winkt aufgebracht ab.

»Bevor du etwas sagst, hör mir zu.«, bittet er mich. Sein Gesicht ist schmerzerfüllt, die Augen blutunterlaufen. »Du hast Recht. Wir wissen beide nicht, was die Zukunft bringt. Doch ich weiß, wie meine Vergangenheit ohne dich aussieht und eine solche möchte ich nicht nochmal durchmachen. Ich möchte dich hier haben, bei mir.« Eine Träne löst sich aus seinen Augen und ich muss schlucken. »Ich habe einige Fehler gemacht, zu viele Fehler, aber ich weiß, dass, wenn jeder einzelne dazu geführt hat, dass wir uns wiederfinden, dann bin ich bereit, sie alle nochmal zu durchleben und mir für jeden einzelnen zu verzeihen.« Ein trauriges Schmunzeln stiehlt sich auf seine Lippen. »Es ist wie du damals gesagt hast: An irgendeinem Punkt in der Zukunft werden wir zusammen sein, egal, wie lange wir auch getrennt sein werden. Diese Zukunft ist jetzt.«

Ich schluchze leise und presse die Hand auf meine Lippen, weil er Recht hat. Aber da sind so viele Sachen, die noch geklärt werden müssen, so vieles, das mir immer noch Schmerzen bereitet. »Jake, ich leide immer noch unter Panikattacken, die durch diese Stadt nur noch verschlimm-«

»Ich möchte das mit dir gemeinsam durchstehen. Wir haben das schon Mal geschafft, weißt du noch?« Er tritt einen Schritt vor, führt seine Hand an mein Kinn und hebt es, damit ich ihm in die Augen sehe. Durch den Schleier meiner Tränen sehe ich, dass er andächtig lächelt. »Weißt du noch? Festankern?«

Erschöpft stoße ich ein Gemisch aus einem Seufzen und einem Lachen aus, doch dann schüttele ich wieder den Kopf. »Jake, was sind das für Zeichnungen? Was ist-«

Sofort wird er wieder ganz ernst, nimmt die Box und betrachtet sie andächtig. Dann zuckt er gequält mit den Schultern.

»Ich kann es dir nicht erklären, ich verstehe es selbst kaum. Aber vielleicht schaust du es dir selbst an.« Behutsam, als wäre es das Wertvollste, das er besitzt, reicht er mir die Box. Ich nehme sie genauso behutsam entgegen, blicke Jake aber fragend an.

»Was ist-«

»Bitte, bitte schau es dir einfach an. Vielleicht wird dann alles klar.«

Ich weiß nicht, wie ich nun plötzlich hier hergekommen bin. An die Klippen. An jene Klippen, von denen ich mich in jener Nacht heruntergestürzt habe. Doch nun stehe ich hier, fühle mich gebrochen und stark zugleich, und starre hinaus auf das aufgebrachte Meer. Ein Blick nach links zeigt mir weiter entfernt den Leuchtturm, dort, wo ich eben noch mit Jake gestanden habe. Sehnsüchtig blicke ich in seine Richtung, erinnere mich an den Moment, als ich das warme Licht des Turmes mit der Wärme meines Bruders verwechselt habe. Vielleicht war er es ja wirklich gewesen.

Angespannt kralle ich mich an die Box in meiner Hand, dann löse ich den Zettel, der daran befestigt ist. Er scheint von Jake zu sein.

Abby,

ich weiß nicht, wie ich dir das erklären soll, weil ich es selbst nicht wirklich verstehe.
Alex war mir immer ein sehr guter Freund gewesen, hat mir Ratschläge gegeben und mich gestützt. Schon damals habe ich immer das Gefühl gehabt, dass er dich irgendwoher kennt. Nun ahne ich, woher.
Am Tag des Unfalls kam er zu mir und hat mir diese Dinge gegeben. Er bat mich, sie dir zu überreichen. Leider kam ich nie dazu.
Aber schau sie dir lieber selbst an, dann wirst du verstehen.

In Liebe
Dein Jake

Verwirrt wende ich mich wieder der Box zu, an der Jake einen weiteren zusammengeklappten Zettel befestigt hat. Auch ihn entfalte ich zittrig und behutsam. Als ich erkenne, was genau dort abgebildet ist, presse ich die Hand auf die Lippen. Es ist eine der vielen Zeichnungen, die Jake von David angefertigt hat. Auf dieser hat er ihn im Profil abgebildet. Er sitzt am Strand und starrt lächelnd aufs Meer. Bei dem Glück und der Zufriedenheit, die sein Blick ausstrahlt, wird mir warm und gleichzeitig schwer ums Herz. Als könne ich ihn dadurch spüren, fahre ich mit dem Zeigefinger über sein Gesicht. Dann entdecke ich erneut eine Notiz in der unteren rechten Ecke.

Alex 1984

Ich stocke verwundert. Warum steht dort der Name von Jakes Freund? Und wieso zur Hölle erwähnt Jake ihn auch in seiner Nachricht?

Mit der Hoffnung, Antworten zu finden, widme ich mich schließlich der Box. Als würde darin eine wütende Schlange hausen, hebe ich den Deckel nur einen Spalt an und luge hinein.

Und dann verschlucke ich mich an meinem eigenen Atem.

Ein Umschlag liegt darin. Zudem entdecke ich eine Feder. *Meine* Feder. Die Feder, die David mir geschenkt hat. Die Feder, die Hugh mir genommen hat.

Aber wie kommen diese Dinge hier her? Wie ist das möglich?

Angespannt und erschöpft schließe ich die Augen und atme ein paar Mal tief durch, weil ich mir nicht sicher bin, ob ich bereit bin. Ob ich bereit bin, diesen Brief zu lesen, der eindeutig nicht von Jake ist. Ich ahne, von wem er ist. Verstehen tue ich es aber immer noch nicht.

Langsam nehme ich den Brief in die Hand, verschließe dann die Box wieder und stelle sie auf einem Stein ab. Nun kralle ich mich an den Brief, schließe die Augen, führe instinktiv den Ankeranhänger an meine Lippen und zähle im Inneren bis drei, um meine Nervosität zu bändigen. Eine warme Brise berührt mich an der Schulter, dann hebe ich die Hand wie von selbst und führe den Umschlag zu meinem Gesicht. Plötzlich fühle ich mich gehalten, als würde mich jemand stützen. Seufzend lege ich den Kopf in den Nacken. Sofort tauchen Erinnerungsfetzen an meine Kindheit vor meinem inneren Auge auf. Ich höre Davids Lachen, oder war das nur der Wind? Nein, es ist seine Stimme. Sie hallt in meinem Inneren nach.

»Ganz ruhig.«, will sie mich beruhigen. »Lies ihn. Es ist in Ordnung.«

Mein Gesicht verzerrt sich mit der Erkenntnis, dass es wirklich die Stimme meines Bruders ist, die ich da höre. Es ist wirklich wahr. Ich kann mich endlich erinnern.

»Okay.«, spreche ich mir selbst Mut zu, zwinge mich zu einem Lächeln und nicke ein paar Mal.

Dann nehme ich den Brief auch in die andere Hand und öffne den Umschlag. Starker Wind peitscht umher, lässt meinen Mantel und das Papier in meiner Hand tanzen und trocknet meine Wangen. Ich kralle mich so fest daran, weil ich Angst habe, es in meiner Nervosität los zu lassen.

Es ist vergilbt und die Schrift ist an manchen Stellen verschwommen. Doch ich erkenne sofort, wem sie gehört. Aufgeregt atme ich ein paar Mal tief durch, blase dann die ganze Luft aus meinen Lungen und mache mich bereit für die nächste Hürde.

Meine geliebte Schwester,

Weiter komme ich nicht. Mit der Erkenntnis, dass es wirklich wahr ist, dass diese Worte wirklich von meinem Bruder stammen, sterbe ich innerlich tausend Tode. Ich presse die Hand auf meinen Mund, unterdrücke einen lauten Schluchzer. Umgehend verschließen sich meine Augen, doch ich kann die Tränen nicht aufhalten. Sie pressen sich einfach durch meine Lider.

Erneut werde ich von einem lauten und stürmischen Heulen umgeben, in dem ich mir für kurze Zeit Davids Stimme einzubilden scheine.

»Es ist in Ordnung.«, höre ich, dann spüre ich, wie der Wind durch meine Haare fliegt und meinen Kopf streichelt. »Lass es raus.«

Ich nicke eine Zeitlang ununterbrochen, weil ich weiß, selbst wenn ich mir seine Stimme nur einbilde, hat sie trotzdem Recht. Ich muss loslassen, ich darf meine Trauer nicht festhalten.

Schließlich lockere ich meinen Stand, atme tief durch und wende mich dann wieder seinem Brief zu.

Meine geliebte Schwester,

wenn du das liest, dann hast du es geschafft. Du lebst. Und ich bin mir sicher, du wirst dein Leben auch noch weiterhin meistern. Du wirst die Flucht schaffen, du wirst auf eigenen Beinen stehen, frei sein, lieben und lachen.

Ich schreibe diesen Brief mit zittrigen Muskeln und kaum gefüllten Lungen. Die letzte Zeit ging es mir besonders schlecht, wie du mitbekommen hast. Ich weiß, dass ich dich irgendwann zurücklassen muss und der Gedanke daran schmerzt zutiefst. Und doch kannst du dir sicher sein, dass ich immer in deiner Nähe sein werde.

Wenn ich auf der anderen Seite des Horizonts bin, werde ich wieder Kraft haben. Ich werde all das tun können, was ich nie konnte.

Fahrrad fahren zum Beispiel, oder schwimmen gehen, am Strand spazieren und so viel springen und rennen, wie ich nur kann. Ich werde atmen, die Luft in meinen Lungen spüren und es wird nicht schmerzen.

Ich möchte, dass du dasselbe tust. Dass du all das nachholst, was du immer tun wolltest, aber nicht konntest wegen Onkel Hugh. Veröffentliche deine Geschichten, reise durch die Welt und mach den Tauchkurs, den du immer machen wolltest. Schaff dir einen Hund an, - am besten einen ganz großen Schwarzen, wie du ihn immer haben wolltest, - fahr Rollschuhe, geh in eine Disco tanzen. Veranstalte eine Pyjamaparty, iss so viel Eis, bis dir der Bauch schmerzt und lache, bis dir die Tränen kommen.

Verliebe dich. Verliebe dich so wahrhaftig, wie es nur geht. So schrecklich, dass du Angst davor bekommst. Angst davor, zu vertrauen. Angst davor, die Kontrolle zu verlieren. Angst davor, verletzt zu werden. Doch du musst loslassen. Du musst lernen, wieder zu vertrauen. Anderen und vor allem dir. Die Welt da draußen kann schrecklich sein, doch Ab's, das Schlimmste hast du doch schon hinter dir.

Wenn du all das getan hast, dann bitte ich dich zu verzeihen. Verzeih unserem Vater, dass er uns alleine gelassen hat, verzeih Hughs Angestellten, dass sie nur zugeschaut und nichts getan haben, verzeih Hugh, dass er es nicht besser wusste. Und vor allem verzeih dir.

Verzeih dir, dass du Angst und dir so oft die Schuld für Hughs Verhalten gegeben hattest. Verzeih dir, dass du dich selbst kleiner gemacht hast, als du es eigentlich bist, nur weil andere das gesagt haben. Verzeih dir, dass du mich gehen lassen musstest und vielleicht oft daran gedacht hast, dein Versprechen zu brechen. Verzeih dir, dass du geplant hast, mir zu folgen - denn ich weiß, du hast oft und wirst auch noch weiterhin daran denken.

Mach dich frei von all dem Schmerz, den andere dir zugefügt haben. Mach dich frei von dem Schmerz, den du dir zugefügt hast. Liebe dich so, wie du mich geliebt hast. Wie du die Tiere und die Natur geliebt hast.

Du bist nun 18. Du bist nun frei. Du kannst gehen. Neu beginnen.

Heute fängt dein Leben an, also tu mir den Gefallen und mach etwas draus.

Keine Angst. Ich werde bei dir sein, die ganze Zeit. Ich werde der Ast sein, der deine Schulter streift und der Sand zwischen deinen Fußzehen. Ich werde das Lachen eines Kindes im Supermarkt sein und die Osterglöckchen, die sich durch den fahlen Boden bahnen und deinen tristen Tag ein Stückweit bunter machen. Ich werde der Schmetterling sein, der sich auf deinem Arm verirrt, weil er dich mit einer Blume verwechselt, und ich werde das Glitzern der Fische in einem Aquarium sein, in deren Schuppen sich das Tageslicht verfängt.

Vor allem aber werde ich der Ozean sein. Dort bin ich Zuhause. Ich werde mich tragen lassen, dem Wasser lauschen, am Strand sitzen und den Wellen bei ihrem Tanz zuschauen. Und wer weiß, vielleicht werde ich dort ja auch Gesellschaft finden und gar nicht alleine sein.

Ich gebe diesen Brief Jae, damit sie ihn dir nach deinem 18. Geburtstag zu deiner Flucht mit gibt. Verzeih ihr, wenn sie es nicht schafft, weil Hugh davon erfährt. Doch wie es auch kommen wird, ich vertraue blind darauf, dass dich diese Worte erreichen werden. Vielleicht nicht pünktlich, vielleicht nicht durch die Hand von Jae. Doch sie werden bei dir sein.

In Liebe

Dein Bruder David Alexander Wincester

Je mehr ich lese, desto nasser wird sein Brief und als ich ans Ende gelange, kann ich es kaum fassen. Mit zusammengepressten Lippen drücke ich mir das Papier an die Brust, als könne ich somit meinen Bruder umarmen. Ein lauter Donner ertönt in der Ferne und ich werfe den Blick zum Horizont. Dann muss ich urplötzlich lächeln.

Er war hier. All die Zeit war er immer hier und für Jake ein guter Freund gewesen. Er hat ihn geleitet, stand ihm zur Seite und hat ihn schließlich zu mir geführt. Immer und immer wieder.

Ein leiser Lacher löst sich aus meiner Kehle. Jake hat immer Recht gehabt. David achtet auf mich, egal wo ich hin gehe. Er ist für mein Glück verantwortlich, er ist meine Stütze. Unsere Stütze.

Ich sinke hinab auf meine Knie, setze mich auf das harte Gestein und blicke hinaus in den Sturm. In seinen Blitzen und den dunklen Wolken, die sich immer wieder gefährlich erhellen, mache ich für kurze Zeit meinen Namen aus. David ruft nach mir, aber es hört sich nicht nach einem Hilferuf an. Es hört sich glücklich an, lachend, so als wäre er endlich erlöst, als wäre seine Aufgabe endlich getan. Nach all den Jahren sind seine Worte endlich bei mir angekommen.

Erneut verfängt sich der Wind in meinen Haaren, dann lösen sich ein paar Tropfen vom Himmel und ich recke erlösend das Gesicht. Langsam wäscht er das Salz von meinen Wangen, und je nasser ich werde, desto freier fühle ich mich. Ich lasse los. Lasse die Gefühle los, die vergangenen Tage und Jahre voller Leid. Und in dem Moment, als ich den Blick zurück zum Meer richte, sehe ich ihn.

Für den Bruchteil einer Sekunde sehe ich David auf unserem Floß sitzen weit draußen am Horizont über der Meeresoberfläche schweben. Und er blickt zu mir auf, lächelt mir erlösend zu, nickt beruhigend und verabschiedet sich schließlich.

Mit verzerrten Lippen forme ich ein »Ich liebe dich so.«, das er mit einem breiten Grinsen erwidert. Dann blendet mich ein greller Blitz und er ist fort. Fort mit all meinem Schmerz.

Ausgelaugt bleibe ich sitzen und starre an die Stelle, an der ich ihn eben noch gesehen habe. Im Inneren höre ich die Worte seines Briefes, höre seinen Rat, alles nachzuholen, was ich nie hatte tun können, und ziehe schließlich den Stapel Papier hervor, den ich aus der Diele in meinem alten Zimmer gefischt habe. Auf der Bucketlist, die ich mit 17 erstellt habe, lese ich die vielen Träume und Pläne nach, die lange Zeit in Vergessenheit geraten sind. Doch jetzt sind sie bei mir, David hat sie mir zurückgebracht.

- *Einmal ein Konzert besuchen*
- *Riesenrad fahren*
- *Mit Jake Rollschuhfahren*
- *Einen Tauchkurs machen*
- *Nach Europa reisen*
- *Meine Geschichte veröffentlichen*

Ich lese mir ein paar der Punkte durch und muss feststellen, dass ich bisher kaum etwas davon abhaken konnte. Mein Blick zappt hinunter zum Leuchtturm, dann huscht ein Schmunzeln über meine Lippen und ich erhebe mich. Der Regen erschwert mir die Sicht um einiges, doch ich habe mein Ziel ganz genau vor Augen. Schnellen Schrittes laufe ich die Klippen hinab, renne durch den Regen. An den Ort, an dem ich die letzten 18 Jahre hätte sein müssen. Bei meinem Zuhause. Bei Jake.

Ich entdecke ihn auf seinem Boot. Er nutzt den Regen, um das Salz abzuwaschen. Als er mich entdeckt, tauchen Schmerz und Hoffnung zugleich in seinem Blick auf, doch ich begegne ihn mit einem Lächeln. Langsam steigt er auf den Steg und kommt mir entgegen, tritt mir gegenüber. Wir bleiben mit einem Meter Abstand zueinander stehen, starren uns an und ich spüre, dass ich mir in meinem Leben noch nie so sicher gewesen bin.

Schließlich lächele, nein, grinse ich ihm breit entgegen und lasse eine letzte Träne los. Eine Träne voller Glück, Erkenntnis und Freude.

»Möchtest du mit mir Rollschuhfahren gehen?«, frage ich schmunzelnd, woraufhin er etwas verwundert die Stirn runzelt. Dann fängt er an zu verstehen.

Er versteht, dass er derjenige ist, mit dem ich meine Pläne und Träume verwirklichen möchte und es niemals jemand anderes gegeben hat. Versteht, dass ich bei ihm bleiben möchte. Versteht, dass der Schmerz, der viel zu lange auf unserer Geschichte gelegen hat, vergangen ist.

Nun lächelt auch er, nickt dann und zieht mich an sich. Wir halten uns so fest, als wäre es das letzte Mal. Nur ist es das diesmal nicht. Diesmal trennt uns niemand mehr.

Ich kneife die Augen zusammen, presse das Gesicht an seine nasse Schulter, während er mir immer wieder leise schluchzend erlösende Küsse auf die Stirn presst. Und während ich das tue, verzeihe ich mir. Verzeihe mir für all die Fehler, die ich getan habe und all den Schmerz, den ich mir selbst zugefügt habe. Ich verzeihe Michael und seinem Dad, Jae und all den anderen Angestellten, dass sie mich nicht retten konnten. Und ich verzeihe Hugh, dass er in seiner Wut und Verbitterung versunken ist und es nicht besser wusste. Und je mehr ich über all die gebrochenen Seelen in dieser Stadt nachdenke, merke ich, dass wir alle einem großen Puzzle gleichen und alleine als Einzelteile hilflos und schutzlos sind. Nun sind wir zusammen, halten und fügen uns.

Als ich die Augen wieder öffne und über Jakes Schulter hinweg zum Meer blicke, weiß ich, dass er bei uns ist. Dass er uns sieht und schützt, und egal, was uns in der Zukunft auch trennen mag, früher oder später wird er uns wieder zusammenbringen. Das weiß ich.

Mein Bruder David.

Jakes Freund Alex.

Danksagung

Anchor Up To Me war bei weitem die schwierigste Geschichte, die ich jemals zu Papier gebracht habe. Ich habe geweint, gelitten und oft aufgegeben, - und doch liegt sie nun vor euch.

An dieser Stelle möchte ich meiner besten Freundin Marlen und meinem besten Freund Bene danken, dass sie mich immer motiviert haben, weiterzuschreiben. Danke auch an meine Werbetanten Michelle und Vani, dass ihr immer an mich und meine Geschichten geglaubt habt, mich unterstützt, wo ihr nur könnt, und mir mit eurer Vorfreude die Motivation zum Weiterschreiben geschenkt habt.

Natürlich danke ich auch meinen Eltern, die mir beim Eintauchen in die 80er immer zur Seite gestanden haben, und meinen Geschwistern sowie dem Rest der Familie für die Unterstützung und den Rat, den ich immer von euch bekomme.

Und zu guter Letzt möchte ich euch danken: Den Lesern. Danke, dass ihr an mich glaubt und euch dazu entschieden habt, Abby und Jake eine Chance zu geben. Ohne euch würde es ihre Geschichte nicht geben.

Mehr von Sophia Como

Verbotenes kann so schön sein...

Lacey ist frisch getrennt, Nolan vergeben.
Nicht gerade die besten Voraussetzungen für eine Liebesgeschichte. Vor allem, weil Lacey erstmal die Nase voll davon hat. Die junge Studentin möchte sich voll und ganz auskosten und alles nachholen, was sie in ihrer Jugend verpasst hat. Blöd nur, dass ihr neuer Trainer Nolan unheimlich attraktiv ist. Immer wieder muss sie sich daran erinnern, dass er vergeben und somit auch verboten ist. Doch das Verlangen ist stärker als die Vernunft und so finden sie sich urplötzlich in einer aufregenden Affäre wieder. Als sich dann noch Laceys Vergangenheit mit einmischt, ist das Chaos perfekt. Und doch scheint es ihr schließlich unmöglich, die Gefühle für ihn aufzuhalten.
Egal, wie riskant es auch ist. Egal, wie verboten es ist.